U0722043

献礼阿坝州建州七十周年

阿坝州建州七十周年文学作品精选集

阿坝州文学艺术界联合会——编

團结出版社
UNITY PRESS

图书在版编目（CIP）数据

阿坝州建州七十周年文学作品精选集 / 阿坝州文学艺术界联合会编. -- 北京：团结出版社，2023.9
ISBN 978-7-5234-0401-0

Ⅰ. ①阿… Ⅱ. ①阿… Ⅲ. ①中国文学-当代文学-作品综合集-阿坝藏族羌族自治州 Ⅳ. ①I218.712

中国国家版本馆 CIP 数据核字（2023）第 211762 号

出　　版：团结出版社
（北京市东城区东皇城根南街 84 号 邮编：100006）
电　　话：（010）65228880　65244790
网　　址：www.tjpress.com
E - mail：65244790@163.com
经　　销：全国新华书店
印　　刷：四川科德彩色数码科技有限公司

开　　本：170mm×240mm　1/16
印　　张：29.5
字　　数：480 千字
版　　次：2023 年 9 月第 1 版
印　　次：2023 年 9 月第 1 次印刷

书　　号：ISBN 978-7-5234-0401-0
定　　价：75.00 元

《阿坝州建州七十周年文学作品精选集》

编委会

目　录

CONTENTS

小　说

诗 歌

散 文

小说

阿坝州建州七十周年文学作品精选集

格拉长大

阿　来

“阿妈，要下雪了。”

在这阴霾天气里，格拉的声音银子般明亮。格拉倚在门口，母亲在他身后歌唱，风吹动遮在窗户上的破羊皮，啪嗒啪嗒响。

“阿妈，羊皮和风给你打拍子呢。”

在我们村子中央的小广场上，听见格拉说话和阿妈唱歌的女人们都会叹一口气，说：“真是没心没肝、没脸没皮的东西！活到这个份儿上，还能这么开心！”

格拉是一个私生子，娘儿俩住在村子里最低矮窄小还空空荡荡的小屋子里。更重要的是，这家的女主人桑丹还有些痴傻。桑丹不是本村人，十来年前吧，村里的羊倌打开羊圈门，看着一群羊由头羊带领着，——从他眼皮下面走过。这是生产队的羊，所以，每天早晚，羊倌都会站在羊圈门口，手把着木栅门，细心地数着羊的头数。整个一群一百三十五头都挤挤挨挨地从眼前过去了，圈里的干草中却还睡着一头。羊倌过去拉拉羊尾巴，却把一张皮揭开了。羊皮底下的干草里竟甜睡着一个女人！

这个人就是现在没心没肺地歌唱着的格拉的母亲。

羊倌像被火烫着一样，念了一声佛号跑开了。羊倌是还俗喇嘛，他的还俗是被迫的，因为寺院被“革命”的人拆毁了。革命者背书一样说，喇嘛是寄生虫，要改造为自食其力的劳动者，所以喇嘛成了牧羊人。

羊圈里有一个来历不明的女人！这个消息像一道闪电，照亮了死气沉沉的村落。人们迅速聚集到羊圈，那个女人还在羊皮下甜甜地睡着。她的脸很脏，不，不对，不是真正让人厌恶的脏，而是像戏中人往脸上画的油彩——黑的油彩、灰的油彩。那是一个雪后的早晨，这个来历不明的女人在干草堆里，在温暖的羊膻味中香甜地睡着，天降神灵般安详。围观的人群也不再出声。然后，女人慢慢睁开了眼睛。刚睁开的眼睛清澈明亮。人群里有了一点骚动，就像被风撼动的树林一样，随即又静下来。女人看见了围着她的人群——居高临下俯瞰她的人群，清澈澄明的眼光开始有点散漫浑浊了。她薄薄的嘴唇动起来，自言自语嘀咕着什么，但是，没有人听见她到底说了些什么。她自言自语的时候，就是薄薄的嘴皮快速翻动，而嘴里并不发出一点声音。所以，人们当然不知道她说些什么，或者想说些什么。

娥玛扯着大嗓门问她："从哪里来。"她脸上竟露出羞怯的神情，低下头去，没有回答。

洛吾东珠也大着嗓门说："那你总该告诉我们一个名字吧？"

娥玛说："你没瞧见她不会说话吗？"

人群里发出了一点笑声，"瞧瞧，这两个管闲事的大嗓门干上了。"想不到，就在这笑声里，响起了一个柔婉好听的声音："我叫桑丹。"

妇女主任娥玛说："妈呀，这么好听的声音。"

人们说，是比你的大嗓门好听。

娥玛哈哈一笑，说："把她弄到我家去，我要给这可怜人吃点热东西。"她又对露出警惕神情的洛吾东珠说："当然，我也要弄清她的来历。"

桑丹站起来，细心地捡干净沾在头上身上的干草，虽然衣裳陈旧破败，却不给人褴褛肮脏的感觉。

据说，当时还俗喇嘛还赞了一句："不是凡俗的村姑，是高贵的大家闺秀哇！"

娥玛说："反正是你捡来的，就做你老婆好了。"

羊倌连连摇手，追他的羊群去了。

从此，这个来历不明的桑丹就在机村待下来，就像从生下来就是这个村子里一个成员一样。

后来，人们更多地发现她唱歌的声音比说话还要好听。村里的轻薄男人也传说，她的身子赛过所有女人的身子。反正，这个有些呆痴，又有些优雅的女人，就这样在机村待下来了。人们常听她曼声唱歌，但很少听她成句说话。她不知跟谁生了两个孩子，第一个是儿子格拉，今年十二岁了。第二个是一个女儿，生下来不到两个月，就在吃奶睡觉时，被奶头捂死了。女儿刚死那会儿，她还常常到河边那小坟头上发呆，当夏天到来，茂盛的青草掩住了坟头，她好像就把这件事情忘了。常常把身子好看地倚在门口，对着村里的小广场。有人的时候，她看广场上的人，没人的时候，就不晓得她在看什么了。她的儿子格拉身上也多少带着她那种神秘的气质。

所以，母亲唱歌的时候，他说了上面那些话，从那语调上谁也听不出什么，只有格拉知道自己心里不太痛快。

无所事事的人们总要聚集在村里的广场上。那个时代的人们脸也常像天空一样阴沉。现在越来越大的风驱使人们四散开去，钻进了自家寨楼的门洞。脸是很怪的东西，晦气的脸，小人物的脸阴沉下来没有什么关系，但有道德的人脸一沉下来，那就真是沉下来了。而在这个时代，大多数人据说都是非常重视道德的。不仅如此，他们还常常开会，准备建设新的道德。

要下雪了，不仅是头顶的天空，身上酸痛的关节也告诉格拉这一点。十二岁的格拉站在门口，眼前机村小广场和刚刚记事时一模一样。广场被一群寨楼围绕，风绕着广场打旋，把絮状的牛羊毛啦、破布啦、干草啦，还有建设新道德用过的破的纸张从西边吹到东边，又窸窸窣窣把那些杂物推到西边。

看到这些，格拉笑了。一笑，就露出了嘴唇两边的尖尖犬齿。大嗓门洛吾东珠说，看看吧，看看他的牙齿就知道他狗一样活着。那条母狗，就知道叉开两腿，叫男人受用，做那事情她还好意思大声叫唤。

有女人开口了：生了娃娃，连要拔掉旧牙都不知道。那些母牛——格拉心里这样称呼这些自以为是，为一点事就怒气冲冲、哭天抹泪的女人们。就是这些女人使格拉知道，小孩子到换牙的时间，松动的牙齿要用红色丝线拴住、拔除，下牙扔在房顶，上牙丢在墙根，这样新牙才会快快生长。格拉的母亲桑丹却不知道这些，格拉的新牙长出，把没掉的旧牙顶在了嘴唇外边，在那里闪闪发光，就像一对小狗的牙齿，汪汪叫的那种可爱可气的小狗。

议论着比自己晦气倒霉的人是令人兴奋的事，女人们一时兴起，有人学起了小狗的吠叫：汪！汪汪！一声狗叫引起了更多的狗叫。特别是那些年轻媳妇叫得是多么欢势啊！这是黄昏时分，她们及时拔了牙的、有父亲的孩子们从山脚草地上把母牛牵出来，她们正把头靠在母牛胀鼓鼓的肚皮上挤奶。她们的欢叫声把没有母牛挤奶的格拉母亲桑丹从房里引出来，她身子软软地倚在门框上，看着那些挤奶的女人。

正在嚼舌的那个女人被她看得心慌，一下打翻了奶桶，于是，那天黄昏中便充满了新鲜牛奶的味道。

第二天，村里的人们都说："那条母狗，又怀上了，不知哪家男人作的孽。"

格拉倚在门框上舔舔干裂的嘴唇，感到空气里多了滋润的水汽，好像雪就要下来了。他们母子俩好久没有牛奶喝了。看着空空荡荡的广场，不知第一片雪花什么时候会从空中落下来。格拉想起和次多去刷经寺镇上换米，弄翻了车，喝醉了酒的事。眼下该是中午，却阴暗得像黄昏，只是风中带有的一点湿润和暖意，让人感到这是春天将到的信号了。这场雪肯定是一场大雪，然后就是春天。格拉正在长大，慢慢长成大人了，他已经在想象自己是一个大人了。背后，火塘边体态臃肿的母亲在自言自语，她的双手高高兴兴地忙活着把火塘中心掏空，火就呼呼欢笑起来。

"格拉，我们家要来客人了！"

"今天吗？阿妈？"

"今天，就要来了。"

格拉进屋，帮母亲把火烧得再大一些。他知道那个客人将来自母亲那小山包一样的肚子里，他长大了，他懂这个。现在屋里已经烧得很暖和了，既然家里穷得什么也没有，就让屋子更加暖和吧，格拉已经十二岁了，能够弄回来足够的干柴。就让母亲，这个终于有一个小男人相帮相助的女人想要多暖和就有多暖和吧。格拉今年十二，明年就十三了。

连阿妈都说："不再小狗一样汪汪叫了，我的格拉宝贝。"

她放肆的亲吻弄得格拉很不自在。

桑丹开始吃煨在火塘边的一罐麦粒饭，饭里还埋了好大一块猪肉。

"我不让你了，儿子。"

格拉端坐不动。

"我要吃得饱饱的。"

“雪要下来了。”

母亲的嘴被那块肥猪肉弄得油光闪闪，“雪一下，客人就要来了，该不是个干干净净的雪娃娃？”

格拉脸红了。

他知道母亲指的是什么，一点忧愁来到了心间。格拉又听到母亲那没心没肺的欢快声音，“想要弟弟还是妹妹？”

格拉觉得自己该笑，就努力笑了一下。本来，他也是跟母亲一样会没心没肺地痴笑的。但这一笑，却感到了自己的心和肺，感到自己的心和肺都被个没来由的东西狠狠扯了一下。

“我要给你生个妹妹，我要一只猫一样贴着我身子睡觉的小女孩，你同意吗？”

格拉对着阿妈点点头。却想起河边那个被母亲忘记的、被青草掩埋被白雪覆盖的小小坟头，心肺又像被什么扯了一下。格拉已经有心事了。

“烧一锅水，儿子，给你可怜的阿妈。多谢了，儿子，再放把剪刀在我身边。”

说话间，她已经把那一大罐子饭吃了下去了。在以前，有好东西总是儿子先吃。今天，桑丹把饭吃光了，格拉很高兴母亲这样。

这时，疼痛开始袭击母亲。她一下挺直了腰，咬紧了嘴唇，痛苦又很快离开了。母亲说：“格拉，好儿子，客人在敲门了。女人生孩子，男人不好在边上的，你出门去走走吧。”说完，她就躺在了早已预备好的小牛皮上，牛皮下垫上了厚厚的干草。

躺下去后，母亲还努力对他笑笑。出门时，格拉心里像是就此要永别一样难过。

雪，在他出门的时间，终于从密布的灰色云层中飘了下来。

站在飞舞的雪花中间，格拉按了按横插在腰间的长刀。

背后，传来母亲尖厉的叫声，格拉知道全村人都听到了这叫声。雪一片片落在他头上，并很快融化，头上的热气竟使雪变成了一片雾气。母亲的声音驱使他往村外走去。

格拉恍然看到了血。

揉揉眼睛，血又消失了，依然只有绵密无声的轻盈雪花在欢快飞舞。

母亲的声音消失时，他已经走到村后的山坡上了。背后传来踏雪声和猎犬兴奋的低吠，有人要趁雪天上山打猎，是几个比格拉大几岁的狂傲家伙。柯基家的阿嘎、汪钦兄弟，大嗓门洛吾东珠的儿子兔嘴齐米，瞧他们那样子就知道是偷偷背走了大人的猎枪。他们超过格拉时，故意把牵狗的细铁链弄得哗哗作响。他们消失在雪中，格拉往前紧走一阵，他们又在雪花中出现了。他们站在那里等他，嘴里喷着白气对着格拉哈哈大笑。格拉准备好了，听他们口中吐出污秽的语言。但母亲放肆的尖叫，像是欢愉又像是悲愤的尖叫声从下边的村子传来，像一道闪电，一道又一道蜿蜒夺目的闪电。几个家伙说：走啊，跟我们打猎去，那个生娃娃的女人没有东西吃，打到了我们分一点给你。

那个娃娃没有老子，你就做他老子。

格拉刚要回答，兔嘴齐米笑起来。他那豆瓣嘴里竟发出和格拉母亲一样的笑声：欢快，而且山间流水一样飞珠溅玉。听到这笑声格拉禁不住也笑了。他像母亲一样，总在别人煞有介事愁眉苦脸的时候没心没肺地笑啊笑啊。格拉笑了，兔嘴齐米眼里却射出了因成功愚弄别人而十分得意的光芒。格拉就笑着扑到了这家伙身上，兔嘴齐米扬手扬脚在雪中往坡下翻滚。这时，母亲毫不掩饰的痛苦的声音又在下边的村子里响起来。她在生产又一个没有父亲的孩子时大呼小叫，村里人会说些什么？他们是不是说：这条母狗，叫得多欢势哪？格拉又扑了下去，朝翻滚着的兔嘴背上猛踢一脚，加快了他翻滚的速度。

那个怀了孩子，自己拉扯，并不去找哪个男人麻烦的女人又高声叫喊起来。

兔嘴齐米终于站了起来，立脚未稳就口吐狂言：你敢打我？他跟他父亲一样，都是村里趋炎附势的小角色，这小角色这时却急红了眼，“你敢打我？”

“你再笑！”

齐米腆起肚子，用难看的兔子嘴模仿桑丹的叫声。格拉心里是有仇恨的，并且一下子就爆发出来了。他拔出腰间的刀，连着厚厚的木鞘重重横扫在齐米脸上。齐米一声惨叫，他的猎狗从后面拖住了格拉的腿，兔嘴的窄脸才没有招来第二下打击。狗几乎把他的腿肚子都咬穿了。格拉高叫一声，连刀带鞘砸在了狗脖子上。这一下打得那么重，连刀鞘也碎了。杜鹃花木的碎片飞扬起来，狗惨叫一声，跑远了。

现在，刀是赤裸裸的了，寒光闪闪，雪花落在上面也是铮然有声。兔嘴齐米的脸因为恐怖，也因为塌陷下去的鼻梁而显得更加难看。

几个人把一脸是血的兔嘴架下山去。

格拉坐在雪地上，看着自己被狗咬的伤口流着血，看着血滴在雪地上，变成殷红的花朵。母亲仍然不知疲倦也不知羞耻地高一声低一声叫着，他想母亲生自己时肯定也是这样。现在好了，儿子和母亲一样疼痛，一样流血。流了血能让人看见，痛苦能变成血是多么好的事情啊。送齐米下山的阿嘎、汪钦兄弟又邀约几个小伙子回来了。格拉把一团团雪捂在伤口上，染红了，丢掉，又换上一团干净的。他一边扬掉殷红的浸饱鲜血的雪团，一边一声不吭地瞧着他们。这六七个人在他身边绕了好大一个弯子，牵着父亲们的狗，背着父亲们的枪上山打猎去了。

血终于止住了。

母亲的声音小了一些，大概她也感到累了。雪也小了一些，村子的轮廓逐渐显现出来。雪掩去了一切杂乱无章的东西，破败的村子蒙尘的村子变得美丽了。望着眼前的景象，格拉脸上浮起了笑容。格拉转过身踏着前面几个人的脚印上山去了，他要跟上他们，像一条狗一样，反正他的名字就是狗的意思。要是他们打到猎物，上山打猎见者有份，他们就要分一点肉给他。格拉要带一点肉给生孩子的桑丹。刚生娃娃的女人需要吃一点好的东西，但家里没有什么好东西给女人吃。格拉要叫她高兴高兴，再给她看腿上的伤口，那是为了告诉母亲格拉知道她有多痛。她是女人就叫唤吧。自己是男人，所以不会叫唤。格拉想象她的眼中会盈满泪水，继而又会快乐地欢笑。这女人是多么的爱笑啊。

笑声比溪水上的阳光还要明亮，却有那么多人像吝惜金子银子一样吝惜笑声，但她却是那么爱笑。这个女人——他已经开始把母亲看成一个女人——那么漂亮，那么穷困无助，那么暗地里被人需要，明地里又被人鄙弃，却那样快快乐乐。村里人说这女人不是傻子就是疯子。

现在，她又叫起来了。

村里其他女人生孩子都是一声不吭，有人甚至为了一声不吭而憋死了自己。不死的女人都要把生娃娃说得像拉屎拉尿一样轻松，这是女人的一种体面，至少在机村是这样的。这女人却痛快地呼喊着，声音从被雪掩盖的静悄悄的村子中央扶摇而起，向上，向上，向上，像是要一直到达天上，让上界的神灵听到才好一样。

世界却没有任何被这欢乐而又痛苦的声音打动的一点迹象。没有一点风，雪很沉重地一片片坠落下来，只有格拉感到自己正被那声音撕开。从此，作为一个男人，他就知道，生产就是撕开——把一个活生生的肉体。

格拉往山上走，积雪在脚下咕咕作响，是在代他的心发出呻吟。想到自己初来人世时，并没有一个人像自己一样心疼母亲，眼泪就哗啦啦地流了下来。当他进入森林时，母亲的叫声再也听不到了。

格拉又找到了他们的脚印。

他努力把脚放进步幅最大的那串脚印里，这使得他腿上被凝血粘合的伤口又开裂了。热乎乎的血像虫子一样从腿上往下爬行，但他仍然努力迈着大步。微微仰起的脸上露出了笑容——不知为了什么而开心的笑容，因此显得迷茫的笑容。

枪声。

阴暗的森林深处传来了枪声。也许是因为粗大而密集的树，也许是因为积得厚厚的雪，低沉喑哑的枪声还不如母亲临产的叫声响亮。格拉呆立了一下，然后放开了脚步猛跑起来。沉闷的枪响一声又一声传来。起初还沉着有序，后来就慌乱张皇了。然后，是人一声凄厉而有些愤怒的惨叫在树林中久久回荡。格拉越跑越快，当他感到就要够不上那最大的步子时，那些步子却变小，战战兢兢、犹疑不前了。

格拉也随之慢慢收住了脚步。眼前不远处，一个巨大的树洞前仰躺着一个蠕动的人，旁边俯卧着一只不动的熊。这几个胆大妄为又没有经验的家伙竟敢对冬眠的熊下手，而另一只熊正拖着一路血迹在雪地上追逐那几个家伙。其中两个家伙，竟然一直往下，扑向一块洼地里去了。在机村，即便一次猎都没有打过的女人都知道，猛兽被打伤后，总是带着愤怒往下俯冲，所以，有经验的猎人，都应该往山坡上跑。但这两个吓傻了的小子却一路往下。那是阿嘎、汪钦兄弟俩，高举着不能及时装药填弹的火枪往洼地里跑去。开初，小小的下坡给了他们速度，熊站住了。这只在冬眠中被惊醒、同伴已经被杀害的熊没想到面前的猎手是这样蠢笨。

摆脱了危险的同伴和格拉同时高叫，要他们不要再往下跑了。

汪钦兄弟依然高举着空枪，往积雪深厚的洼地中央飞跑。斜挂在身上的牛角火药筒和麂皮弹袋在身上飞舞。熊还站在那里，像是对这两个家伙的愚蠢举动感到吃惊，又像是一个狡猾的猎人在老谋深算。

格拉又叫喊起来。

晚了，两人已冲到洼地的底部，深陷到积雪中了。他们扔下了枪，拼命往前爬。

格拉扑到和熊睡在一起的那人跟前，捡起了枪。这是他生平第一次端起枪来，他端着枪的手、他的整个身子都禁不住颤抖起来。他嗅到了四周弥散的硝烟味道和血的味道。在机村，那些有父兄的男孩，很小就摸枪，并在成年男人的教导下，学会装弹开枪。格拉这个有娘无爹的孩子，只是带着从母亲那里得来的显得没心没肺的笑容，看着别的男孩因为亲近了枪而日渐显出男人的气象。现在，他平生第一次端起了枪，往枪膛里灌满火药，从枪口摁进铅弹，再用捅条狠狠地捅进枪膛，压实了火药，然后，扳起枪机，扣上击发的信药，这一切他都飞快完成了。这一切，他早在村里那些成年男子教自己的儿子或兄弟使用猎枪时一遍遍看过，又在梦里一次次温熟了。现在，他镇定下来，像一个猎手一样举起枪来，同时，嗅到了被捣开的熊窝温热腥膻的味道。那熊就站在这种味道的尽头，在雪地映射的惨白光芒中间，血从它身子好几个地方往下淌。

受伤的熊一声嗥叫，从周围树木的梢头，震下一片迷蒙的雪雾。熊往洼地里冲了下去，深深的雪从它沉重的身体两边像水一样分开。

枪在格拉手中跳动一下。

可他没有听到枪声，只感到和自己身子一般高的枪往肩胛上猛击一下。

他甚至看到铅弹在熊身后钻进了积雪，犁开积雪，停在了熊的屁股后面。那几个站在山洼对面的家伙也开枪了。熊中了一弹，重重地跌进了雪窝，在洼地中央沉了下去。但随着一声嗥叫，它又从雪中拱了出来，它跟汪钦兄弟已近在咫尺了。

格拉扔掉空枪。叫了起来：

“汪！汪汪！”

“汪汪！汪！”

他模仿的猎犬叫声欢快而响亮，充满了整个森林，足以激怒任何觉得自己不可冒犯的动物。如果说，开枪对他来说是第一次的话，那么，学狗叫他可是全村第一。他在很多场合学过狗叫，那都是在人们面前，人们说：格拉，叫一个。他就汪汪地叫起来。听到这逼真的狗叫声，那熊回过身来了。格拉感到它的眼光射到了自己身上。那眼光冰一样冷，还带着很沉的分量。格拉打了一个寒噤。然后，他还听见自己叫了一声："妈呀！"就转过身子，甩开双腿往来时的路上，往山下拼命奔逃了。

汪汪！格拉感到自己的腿又流血了，迎面扑来的风湿润沁凉，而身后那风却裹挟着血腥的愤怒。他奔跑着，汪汪地吠叫着，高大的树木屏障迎面敞开，雪已经停了，太阳在树梢间不断闪现。不知什么时候，腰间的长刀握在了手上，随着手起手落，眼前刀光闪烁，拦路的树枝唰唰地被斩落地上。很快，格拉和熊就跑出了云杉和油松组成的真正的森林，进入了次生林中。一株株白桦树迎面扑来，光线也骤然明亮起来，太阳照耀着这银装素裹的世界，照着一头熊和一个孩子在林中飞奔。

格拉回头看看熊。那家伙因为伤势严重，已经抬不起头来了，但仍然气咻咻地跟在后面朝山下猛冲。只要灵巧地转个小弯，体积庞大的熊就会回不过身来，被惯性带着冲下山去。带着那么多伤，它不可能再爬上山来。但现在奔跑越来越镇定并看到了这种选择的格拉却不想这样，他甚至想回身迎住熊，他想大家都不要这样身不由己地飞奔了。

现在，从山上往下可以看到村子了。

村子里的人也望着他们，从一个个的房屋平台，从村中的小广场向山上张望，看着一头熊追赶着格拉往山下猛冲，积雪被他们踢得四处飞扬。猎狗们在村子里四处乱窜。而在格拉眼中，那些狗和奔跑的人并不能破坏雪后村子的美丽与安静。

格拉还看到了母亲，在雪后的美丽与宁静中，脸上汗水闪闪发光，浑身散发着温暖的气息，在火塘边睡着了，睡得像被雪覆盖了的大地一样。母亲不再痛苦地呼喊了。那声音飘向四面八方。在中央，留下的是静谧村庄。

格拉突然就决定停下来不跑了，不是跑不动了，而是要阻止这头熊跑进雪后安宁的村子。村子里，有一个可怜的女人在痛苦地生产后正在安静地休息。

那一天，一个雪后的下午，村子中的人们都看到格拉突然返身，迎着下冲的熊挺起了手中的长刀。

格拉刚一转身就感到熊的庞大身躯完全遮蔽了天空，但他还是把刀对准了熊胸前的白点，他感到了刀尖触及皮毛的一刹那，并听到自己和熊的体内发出骨头断裂的咔嚓声。血从熊口中和自己口中喷出来，然后，天地旋转，血腥气变成了有星星点点金光闪耀的黑暗。

格拉掉进了深渊。

在一束光亮的引领下，他又从深渊中浮了上来。

母亲的脸在亮光中渐渐显现。他想动一动，但弄痛了身子。他想笑一笑，却弄痛了脸。他发现躺在火塘一边的母亲凝视着他，自己躺在火塘的另一边。

“我怎么了？”

“你把它杀死了。”

“谁？”

“儿子，你把熊杀死了，它也把你弄伤了。你救了汪钦兄弟的命，还打断了兔嘴齐米的鼻梁。”

母亲一开口，一件又一件的事情就都想起来了，他知道自己和母亲一样流过血，而身体也经历了与母亲一样的痛苦了。屋外，雪后的光线十分明亮，屋里，火塘中的火苗霍霍抖动，温暖的氛围中漾动着儿子和母亲的血的味道。

“熊呢？”

“他们说你把它杀死了，儿子。”母亲有些虚弱地笑了，“他们把它的皮剥了，铺在你身子下，肉在锅里，已经煮上了。”

格拉虚弱地笑了，他想动一动，但不行，胸口和后背都用夹板固定了，母亲小心翼翼地牵了他的手，去摸身下的熊皮。牵了左手摸左边，牵了右手摸右边。他摸到了，它的爪子，它的耳朵，是一头熊被他睡在身子底下。村里的男人们把熊皮绷开钉在地板上，让杀死它的人躺在上面。杀死它的人被撞断了肋骨，熊临死抓了他一把，在他背上留下了深深的爪痕。当然，这人不够高，熊没能吻他一下，给一张将来冷峻漂亮的脸留下伤疤。

“这熊真够大。”母亲说。

“我听见你叫了，你疼吗？”

“很疼，我叫你受不了了？”

“不，阿妈。”

母亲眼中泪光闪烁，俯下身来亲吻他的额头。她浑身都是奶水和血的味道，格拉则浑身都是草药和血的味道。

“以前……”格拉伸出舌头舔舔嘴唇，“我，也叫你这么痛？”

“更痛，儿子，可我喜欢。”

格拉咽下一大口唾沫，虽然痛得冒汗，但他努力让自己脸上浮起笑容，用一个自己理解中成年男子应有的低沉而平静的声音问道：“他呢？”

“谁？”

格拉甚至有些幽默地眨了眨眼，说：“小家伙。”他想父亲们提到小孩子时都是用这种口气的。

母亲笑了，一片红云飞上了她的脸颊。她说：“永远不要问我一件事情。”

格拉知道她肯定是指谁是小不点的父亲这个问题，他不会问的。小家伙没有父亲，可以自己来当，自己今天杀死了一头熊，在这个小孩子出生的时候，而自己就只好永远没有父亲了。

桑丹把孩子从一只柳条编成的摇篮里抱出来。孩子正在酣睡，脸上的皮肤是粉红色的，皱着的额头像一个老太太。从血和痛苦中诞生的小家伙浑身散发着奶的气息。

“是你的小妹妹，格拉。”

母亲把小东西放在他身边，小小的她竟然有细细的鼾声。格拉笑了，因为怕牵动伤口，他必须敛着气。这样，笑声变得沙哑，成年男子一样的沙哑笑声在屋里回荡起来。

“给她起名了吗？”格拉问。

母亲摇头。

“那我来起吧。”

母亲点头，脸上又露出了幸福的笑容。

“就叫她戴芭吧。生她时，下雪，名字就叫雪吧。”

“戴芭？雪？”

“对，雪。”

母亲仰起脸来，仿佛在凝望想象漫天飞舞的轻盈洁净的雪花。

格拉发话了：“你也睡下，我要看你和她睡在一起，你们母女两个。”

母亲顺从地躺在了女儿旁边，仿佛是听从丈夫的吩咐一样。桑丹闭上了双眼，屋子里立即安静下来。雪光透过窗户和门缝射进屋里，照亮了母亲和妹妹的脸。这两张脸彼此间多么相像啊，都那么美丽，那么天真，那么健康，那么无忧无虑。格拉吐了一口气。妹妹也和自己一样，像了母亲，而不是别的什么人，特别是村里别的某个男人，这是他一直隐隐担忧的事情。

格拉转眼去看窗外的天空。

雪后的天空，一片明净的湛蓝还有彩霞的镶边。

火塘上，炖着熊肉的锅开了。

假装睡着的桑丹笑了，说："我得起来，肉汤潽在火里，可惜了。"

格拉说："你一起来，就像我在生娃娃，像是我这个男人生了娃娃。"

母亲笑了，格拉也跟着笑了起来，还是我们机村人常说的那种没心没肺的笑法。

刊载于《草地》1995 年第 4 期

朝阳点燃的雪峰（节选）

阿　郎

终于轮到我休假了。

“十一”黄金周好不容易结束，整个假期，我几乎昼夜不歇地加班和值班，也该放飞一下自我了。

站在公司三十三层大楼的楼顶上，我禁不住吹起了口哨，兴奋地向西眺望。

这是成都秋天少有的好天气，一座洁白晶莹的雪峰在稀疏的白云间时隐时现，恍如蓬莱仙山。

我知道那仙界般的美景不是海市蜃楼，那是素有“东方圣山”之称的四姑娘山。

最近几年，四姑娘山景区比满山的秋叶还要红，经常有高高的雪峰矗立在成都上空的摄影作品见诸报端和网络，不断蔓延着它的神圣和神秘。

“成都西望第一山，户外天堂四姑娘。”著名作家阿来的一句诗，给四姑娘山打了很好的广告，平添了它的知名度。前一段时间，全国首家山地轨道——都江堰至四姑娘山轻轨正式开建。这个黄金周，四姑娘山神奇俊美的容颜更是刷爆了朋友圈。作为摄影发烧友和登山爱好者的我，早就心痒难耐，恨不得马上就赶到四姑娘山。

下午，开完公司的收假例会，履行完手续，带上各种装备，开上心爱的越野车，我便朝四姑娘山一路狂奔。

下午五点到映秀时遇到了一起车祸——一辆满载莴笋的卡车和一辆油罐车迎头相撞，驾乘人员被卡在严重变形的驾驶室里，生命垂危。警车、消防车、救护车闪着警灯，拉着警笛呼啸而至，这更增加了车祸的恐怖色彩。

两个小时后，人被救出来了。四个小时后，两辆面目全非的卡车被挪开，道路终于可以通行了。这时，天色已经完全暗了下来。

过去，山清水秀的映秀，作为“汶川大地震”的震中心，早已被世人知晓。但这条深谷的美，领略的人却不多。这条重峦叠嶂、山清水秀、动植物极为丰富的峡谷，也是高行健在长篇小说《灵山》中描述的重要场域。

汶川大地震后，映秀在香港特别行政区的援建下，沟里的公路修得更好了。汽车在平整的路面上欢快地奔驰，一点也不颠簸了。

公路两边不时闪现各种指示牌。灯光中，公路左边赭红色指示牌显现出一只躺着的肥胖慵懒的大熊猫。公路右边的赭红色指示牌上，是一只探出前爪、扭头张望、一脸警觉、随时可能逃走的小熊猫。

看到这两个牌子，我知道是到了卧龙自然保护区的核心地带，也是管理局所在的地方。

车过卧龙，开始爬山，车辆陡然稀少，人迹更是难觅了。

这时，一块巨石后突然蹿出一个黑影，黑影飞快地跑到公路中央，朝着汽车挥舞双手。我赶紧停车，摇下车窗，警惕地观察这突如其来的状况。原来黑影是一个四十岁上下的男人，他双手竖起拇指，请求搭车到四姑娘山镇。我仔细打量了一番来人，那人满脸污垢，一脸憔悴，身上也不见什么刀具之类，长得也还不算凶恶。我心想，大半夜一个人翻越巴郎山有个伴儿也好，就答应了。

那人上了车，在副驾驶位置上坐定。

“你到四姑娘山干吗？”我瞟了一眼那个有些瑟瑟发抖的家伙，问，“你叫什么名字呀？”

“我叫巴松，回家参加我的葬礼。”那人直勾勾地看着我，在车内昏暗的光线下，他的眼神格外瘆人。

“参加自己的葬礼！”那人古怪的话语和瘆人的眼神，使我一下子像被电流击中，从脚指头一直麻到了头顶，连头发都一根根竖了起来。我下意识地一脚急刹，汽车“吱”的一声尖叫，猛地停了下来。

那人没有系安全带，头重重地撞在了挡风玻璃上。

“你……你去参加自己的葬礼？”我满脸惊骇。

“哎呀，我的头！”半晌，那人揉着自己鼓起的额头，龇牙咧嘴地说，“不好意思，吓着你了！”他把手伸给我，苦涩的脸上挤出了一丝笑容，“你摸摸看，还有脉搏吧？你放心，我不是鬼！”

我小心地摸了摸那只关节粗大、手掌粗糙的手，那只手有些冰冷，却依然有着强烈的脉搏，是一个活人该有的手，我的心才跳得不那么剧烈了。

“你参加自己的葬礼？”我强烈的恐惧开始变成好奇，掏出香烟点燃，递给他一支，提醒他系上安全带。

“他们说我已经死了，寨子里明天准备请喇嘛给我念经超度。这么大的事情，无论如何我本人都得在场是不是？”巴松紧盯着前方车灯里不断变换的模糊景致，深深地吸了一口烟。

“你是怎么知道明天要举行你的葬礼的？”巴松吸烟时突然深陷的腮帮子，让我头皮又一阵发麻。

“今天黄昏时我在路边等车，遇到两个寨子里的伙计，看到我差点没把他俩吓尿，是他们边逃边告诉我的！”巴松苦笑着摇了摇头，“说不定这会儿，他俩正在寨子里到处传说在卧龙沟里遇到了我的鬼魂呢。”

“你是怎么到这里的？”我吸了一口烟，恐惧一消失，好奇又起来了。

“国庆节前两天，几个驴友找我当向导，带他们穿越四姑娘山。走到第三天遇到了大雾，我们迷路了，好不容易快把他们带出山了，其中一个人的宝贝摄像机却弄丢了，我只好又折回去帮他找摄像机。谁知摄像机没找到，差点把自己给弄没了！”

“哦，这个新闻我看过，为寻找和救援失踪的几个游客，当地政府和四姑娘山管理局花了不少人力和物力，那些脱险的游客因违反规定擅自穿越四姑娘山还被处罚了。”

“就是动静弄得太大，那些驴友都找到了，却没有我的动静，大家就以为我死了呗！”

“你干吗给那些不按规定穿越的家伙当向导？多危险！”

“唉，我不就是想多挣几个钱嘛！到头来钱没有挣到，差一点把命给戳脱了，接下来还会被政府处罚。”巴松摇摇头，憨笑道。

“你在山里待了几天？”

“今天几号？我手机早就没有电了，已经不知道时间了。”

“今天是十月八号。”

“哎哟，已经在山里晃悠了十天。”巴松摸了摸肚子，我听到他那儿发出咕噜咕噜的声响。

“有吃的没？好像肠胃那家伙也听到了十天这个数字，晓得饿了，开始提起意见来！”

我把一根加大号的火腿肠递给巴松。

巴松歪着脑袋，用牙撕掉火腿肠的塑料包装，大口啃食起来，噎得眼睛一鼓一鼓的，直喘粗气。我赶紧递给他一瓶矿泉水。

“想不到你们城里人也怕鬼！”吃完火腿肠，巴松有了些精神。

“你相信这世上有鬼吗？”我有点好奇。

“当然。”

“你怕不怕？”我来了精神，又递给巴松一支香烟。

“这几天一直在深山老林里晃荡，其实，我最不害怕的就是鬼了。”

“为什么呢？”

“鬼，我听说过，却从来没见过。棕熊和野猪那可是随时都可能碰上，对于赤手空拳的人来说，那些畜生可比鬼吓人多了！”

“你真厉害！”我朝巴松竖起了大拇指。

“唉，其实最可怕的还是人！”巴松顿了顿，“人一旦坏起来，那些棕熊、野猪和鬼都害怕得要命。”

“棕熊和野猪害怕人我可以理解，鬼为什么怕人呢？”我一脸疑惑。

“人手里有了刀枪，随时会要了棕熊和野猪的命。听老人们讲，中华人民共和国成立前，那些来山里做生意的货郎，经常在巴郎山上被强盗抢劫杀害。若真有冤魂，他们看到自己的财物被强盗掠走，恐怕只有嘤嘤哭泣的份儿，毫无办法。”

“你听到过垭口的鬼叫没有？”眼看着离巴郎山垭口不远了，我有些恐惧又有些兴奋。

“听到过，很尖利，很凄惨。”

“真的？”我睁大了眼睛。

“是的，不过那不是鬼叫，那是雪风在呼啸。”

“看来你是不相信。”我心里稍稍踏实一些。

“我相信呀，我们不能因为自己没有亲眼看到就说它们不存在。就像传说中四姑娘山的山神!”

“四姑娘山的山神?”

“嗯。”

“你见到过四姑娘山山神?”

“没有。不过，我被他诅咒了!”

“你被四姑娘山山神诅咒了?”我瞪大了眼睛。对于山神这样万物有灵的传说，高原地区到处都是，不足为奇。不过，他这样信誓旦旦，我还是有些惊诧了。

“嗯!”巴松重重地点了点头，脸上涌起痛苦的神情。

“能说说吗?”我又递过去一支烟。

“谢谢，我有些困了。”巴松摆了摆手，双手合十，侧过头靠在车窗上，闭上了眼睛。

巴松睡着了。

起伏的大山像淡淡的墨团，无声地壁立在眼前，看不清具体的模样。更高更深的夜空，一颗流星倏然划过。偶尔，一辆车的灯光在曲折的山路上游动，像萤火虫在那儿飞舞，又像是鬼火在闪烁。时不时有野兔和野猪从路边蹿出，顺着车灯的光照狂奔一阵，又仓皇跳下路坎，逃命去了。这也增添了漫漫长夜里我独自一人驾驶的乐趣。

非常幸运，巴郎山隧道早已贯通，无须担惊受怕地翻越那怨鬼哀号的垭口。穿过隧道，我开始下山，四姑娘山镇就要到了。

快到四姑娘山镇时，巴松醒了过来。他指了指对面半山腰那星星点点的灯光说：“我就住在那个寨子，欢迎过两天来家里做客。”

“好的。”我爽快地答应了。这一身故事的家伙，他不邀请，我也会自己找上门去的。

第二天一早，我租了一匹马朝海子山进发，开始了此行第一段旅程。

牵马的小伙子叫扎西，二十多岁的模样，穿一件红色冲锋衣，在秋天的山林中很是醒目。扎西的性格也和他衣服颜色一样，热情奔放，一路不是不停说话，就是哼唱着各种歌曲。

穿过一片五彩的树林，眼前出现一片开始泛黄的草甸。

“你认识巴松吗？”我突然想起那个参加自己葬礼的怪人。

“长坪寨的巴松？”扎西不再哼唱，回过头，一脸诧异。

“对，长坪寨的巴松。”我点点头。

“唉，那个可怜的人，前几天去世了！”扎西叹了一口气。

“他没有去世。”

“怎么没有？你看他家就在那儿。”扎西指了指对面半山腰的寨子说，“正冒着浓浓桑烟的就是他家，喇嘛们今天正在给他念经超度。”

顺着扎西的手指望去，一座藏式寨楼上白色的煨桑台里浓浓的桑烟正滚滚升腾，仿佛还传来清脆的法铃声。

“他真没死。昨晚，巴松就是搭我的车回来的。”

“那你一定是遇到他的鬼魂了。对了，我们寨子里的两个年轻人就在卧龙沟里看到了他的鬼魂。”扎西瞪大了眼睛，把我上下打量了一番，“走，我带你到白塔前烧点柏树枝，帮你消除晦气。”说罢，他扯了扯缰绳，快步朝草甸上边那高大的白塔走去。

看到扎西那么肯定和执着，我也就不再解释了。

早上，当巴松突然出现在为他操办后事的人群中时，人群顿时炸开了锅。几个姑娘失声惊叫起来，那两个在卧龙沟遇见过巴松的家伙，吓得竟然从二楼跳了下去，栽倒在满是粪草松软的羊圈里。看到巴松，年近七旬的阿妈手里的茶壶，“咚”的一声掉到地上，人也顺着墙壁瘫软下去。

巴松惊叫一声，连忙把阿妈抱到床上。

半晌，阿妈苏醒过来，紧紧逮住巴松的手，不断地垂泪。

正在念经的喇嘛们也噤了声。

多吉喇嘛从经堂出来，看到巴松，想起前两天自己所说的卦象，一丝红云悄悄爬上他丰润的脸庞。他认真地端详一会儿巴松，慢慢说道：“嗯，人是回来了，不过，魂魄还在山野游荡，还得念念招魂经！”

多吉喇嘛反身走进经堂。

不一会儿，经堂里又响起嗡嗡的诵经声和法器的鸣响。

死去的巴松回来了，活生生地出现在为他操办后事的人群当中，既让人惊惧，更让人惊喜。

人们唏嘘不已，忙完手中的活儿，纷纷告辞回家。善良的人们，都想给巴松一家留一个清静的环境。

小格央趴在三楼的窗台上，整个早上，他都在默默地观望着家里发生的一切。

阿奶曾告诉小格央：阿爸巴松这几天都是在四姑娘山的山神家里，商量接回阿妈的事情。阿爸迟迟不回来，大概是被山神给扣留了。然而，今天早上发生的事情，着实让小格央有些糊涂了。

“阿爸，你见到阿妈了吗？”小格央喊道，眼里满是期待。

“哦，格央，我忙得差点都把你给忘了！”巴松抬起头，双眼通红地望着小格央。

“你见到阿妈了吗？”小格央一脸执着。

巴松咚咚咚咚地上到三楼，一把将小格央抱在怀里，喘着粗气说：“见到了。不过，山神说她暂时不能回来，要等你长成小伙子了才行！”

“为什么呀？”小格央哭着说，“山神是个大坏蛋，大骗子！”

“格央，你不要骂山神了。都是阿爸不对，是我的罪孽还没有赎清，连累了你们！”巴松抚摸着小格央头发卷曲的小脑袋，幽幽地说。

小格央把头紧紧地贴在阿爸不停起伏的胸膛上，低声抽泣着，不再说话。

巴松死而复生的故事，风一样迅速传遍了整个小镇。

傍晚，我和扎西从海子山回到镇上，第一时间就听到了这个匪夷所思的特大新闻。

“你是对的！”扎西对着我竖起了拇指，“看来，你遇到的确实不是鬼。”

“巴松说，其实鬼并不可怕。”我笑了笑。

“是呀，比鬼可怕的是人，尤其是那些说鬼话的人。”扎西感慨道。

我约上扎西，前往巴松家。

这是一个典型的嘉绒藏族村寨。一座座错落有致、三楼一底、石木结构的寨楼，墙面上都用石灰绘着各种象征吉祥喜庆的图案。屋顶白色的坛形煨桑台上香烟缭绕，五彩的玛尼旗在晨风里轻轻飘扬。寨子里的水泥路平整干净，家家户户的窗台上，都养着各种漂亮的花卉。看得出来，这里的人们都是热爱美、热爱生活的。

巴松不在家，一早就和四姑娘山山鹰登山学校的郎卡兄弟进长坪沟了。

巴松的阿妈给我们打了酥油茶，在藏式条桌上摆好酥油、奶渣和糌粑，请我们吃早茶。

扎西告诉她，巴松前天晚上就是搭乘我的车回来的，她赶紧站起身，双手合十，泪流满面，不停地向我道谢。

“阿妈，你太客气了！”我被巴松阿妈弄得有些不知所措了，赶紧说，“其实，那天晚上巴松也是在给我做伴儿呢。没有他，我一个人大半夜翻越巴郎山，心里也会害怕的！”

巴松不在家，我和扎西也不便久留，吃过早茶就准备告辞。

刚走出屋子，一张白纸像巨大的雪片，晃晃悠悠地飘落下来，掉落在我们跟前。

“叔叔，帮我把画拿上来一下。”一个稚嫩的声音从三楼飘了下来。一个漂亮的小男孩儿，正趴在三楼的窗口望着我们。

我捡起那张纸，上面画的是四姑娘山。

那是一幅十分精美的画，四姑娘山的雪峰、山脊、岩石、冰渍，山腰的树林、草甸边的白塔以及空中的流云，不仅惟妙惟肖，充满质感，还散发着不一样的气韵。我感到震撼，这哪是一幅画？它比摄影作品还要逼真，还要传神。

我抬起头，望着那双亮晶晶的眼睛。半晌，我转过身对巴松阿妈说：“我能把这幅画给他送上去吗？”

巴松阿妈点了点头，带我上了楼。

那间屋子简直就是一个画室，到处都是关于四姑娘山的画。有的用木炭画在墙壁和地板上，有的画在各种品牌的纸烟盒上，当然，也有不少画在画纸上。

那些画几乎把四姑娘山的春夏秋冬、阴晴冷暖、风霜雨雪的每一天都画了出来。那些山，不但有准确的轮廓，还带着不同的表情。

“这些都是你画的？”我蹲下身，把那幅画递给小男孩儿，认真打量着他。

那是一个看上去五岁左右的漂亮小男孩儿，白皙的皮肤显得稍微缺点血色，眼睛黑黑的、大大的，长长的眼睫毛向上翘着，小小的鼻头也有些上翘，活像一个洋娃娃。可惜，就是身体有些瘦弱。

“嗯！”小男孩儿双手接过那幅画，点了点头。

“你画了多少年了？”我有些好奇。

小孩儿不回答，闭上了眼睛，像是在数着时间。

“整整五年了！”阿妈说，“从三岁开始，天天就望着对门的雪山，一天不画一幅画是不肯休息的！”

“那他多大了？”我开始怀疑自己的判断。

“八岁多了，小的时候得了一种怪病，两腿就开始萎缩，人也长不高了。”

“哦，你们找过医生吗？”我望着这个漂亮的小男孩儿，心里隐隐痛了一下。

“找过，没有用。我们被诅咒了！”巴松阿妈悠悠地说。

“诅咒？”我失声道。

“是啊！”巴松阿妈转过身，叹着气下楼了。

“巴松家真的被诅咒了？”从巴松家出来，我问扎西。

“是啊，他们都这样说。”扎西走在我前面，头也不回。

“是什么原因呀？”我觉得，应该是不幸的遭遇让他们无能为力，从而觉得是那传说中的山神在惩罚他们。

“这个，我就说不清楚了！”扎西加快了脚步。

我不再说话，赶紧跟了上去。

巴松和山鹰登山学校的郎卡兄弟沿着长坪沟溪水，逆流而上。一个多小时后，来到了一片开阔的乱石滩。

一棵巨大的枯树倒卧在乱石滩中，枝叶和树皮早已掉光，仅存些粗短的树枝在那里张牙舞爪，像一条恐怖的尼罗鳄趴在那儿。

见巴松在枯树上坐下来，郎卡兄弟对视了一下，也不催促，径直朝前走了。

巴松掏出香烟，点燃，深吸一口，陷入痛苦的回忆当中——

大雨接连下了三四天。

夜晚，在那棵巨大的杉树脚下，十四岁的巴松和阿爸南卡塔、哥哥王尔甲围坐在起伏不定的篝火旁。淅淅沥沥的雨水落在杉树浓密的层层针叶上，变成小水珠，滴落在他们身上，巴松不时一个激灵。水珠落在篝火中，随着一缕烟雾，发出扑哧扑哧的声响。

“什么天气？再这样下去，我的身上快长出木耳了！”哥哥王尔甲咒骂道，“砍了这么多年的树，从来没有遇到过这样的鬼天气。”

“不要着急！”阿爸南卡塔张开咬着烟管的嘴，吐出一口呛人的烟雾说，“我们在抢夺山神的财宝，他肯定不会高兴的，下点雨阻拦我们也是可以理解的嘛。”

这几年，阿爸南卡塔带着王尔甲、巴松两兄弟，明里暗里偷砍了不少树，着实挣了一些钱。他们家率先在寨子里修了新房子，买了洗衣机和电视机，今年冬天，还要给哥哥王尔甲娶新媳妇了。

“我听到了奇怪的声音！”巴松听到树冠上传来几声让人浑身起鸡皮疙瘩的怪叫，赶紧朝阿爸身边挪去。

“哦，那是鹜生，喜欢吞食烟雾的怪鸟。这家伙栖息在头顶，会给我们带来霉运，必须赶走！”说罢，阿爸站起身，大吼了几声。树冠上发出一阵扑棱棱的声响，一只大鸟扇着翅膀，朝森林深处飞去。

不同于往常，阿爸的吼叫在雨夜的大山里，回声显得格外微弱。尽管如此，也有胆小的野物被惊到了。林中响起奔跑的声响，以及因惊吓而发出的似羊非羊、似鹿非鹿的奇怪鸣叫。

“什么东西？”巴松一脸紧张。

“不用害怕，那是胆小腼腆的貘。它不敢伤害我们，只是会趁我们睡着的时候，悄悄跑来偷吃我们的梦！”

哥哥王尔甲死了，他的未婚妻拉姆倒床了半个月，身体刚一好起来，就悄悄离开了长坪寨这个伤心之地，去了山外，没了消息。

还不满十五岁的少年巴松，从此和阿妈过上了孤儿寡母的日子。

阿爸南卡塔和哥哥王尔甲死后第二年清明节，巴松阿妈和巴松来到这片乱石滩。母子俩把背去的几十棵树苗一棵一棵种上。从此，每年清明节，他们都会带去一些树苗。巴松阿妈说，这是最好的祭奠了，也算是他母子俩的赎罪吧。

一股风吹过来，巴松被烟呛得猛烈地咳嗽起来，弄得满脸的鼻涕眼泪。

啊，一晃二十年过去了，当年那满是污泥浊水、充斥着火药味儿和硝石味儿的乱石滩，历经二十多年风雨，除了巴松阿妈和巴松种的那些树，很多地方都长出了高山柳、沙棘和杉树。尤其是那高山柳，高得都快超过巴松了，再难看出当年那惨烈的模样了。

不过，巴松不会忘记，阿爸和哥哥就沉睡在这片乱石滩的某块巨石下，甚至很有可能就在这棵巨大的枯树下面。

一个影子快速从地面掠过。

巴松抬起头，看见半空中有一只鹰在盘旋，更高一点的地方，另一只鹰定在那儿一动不动，仿佛阿爸和哥哥的灵魂在那儿注视着他。

巴松掏出三支香烟点燃，插在枯树旁那些松软的泥土中，嘴里不停地念叨着阿爸和哥哥的名字，眼泪不争气地流了出来。

山鹰登山学校的郎卡兄弟在林子里打起了呼哨，巴松擦了擦眼睛，站起身，跟了上去。

没有见到巴松，我决定到双桥沟景区看看，先用两天时间适应一下这里的海拔和气候，以便接下来去攀登四姑娘山。

我和扎西暂时分了手，坐上观光车，进了双桥沟。

双桥沟的确是一处难得的美景，观光车里放着关于四姑娘山的歌曲，藏族歌手容中尔甲深情地唱道：

你在那天地云海之间
你在那阳光洒满的山巅
斯古拉　斯古拉
桑烟只为你呀神山
你是那神灵守望着家园
你带给我们吉祥和平安
斯古拉　斯古拉
朝圣走向你呀神山
斯古拉　英雄的神山
……

景区公路两旁植被茂密丰盛，尤其是那满沟的沙棘，举着一树金灿灿黄珍珠般的果子，散发出一阵阵带着酸甜味儿的清香。那些千年的沙棘古树更是造型各异，古朴端庄。

在人参果坪那如镜的湖中，站立着不少树皮早已剥落、枝干遒劲有力、闪耀着银灰色光芒的树，格外好看。

漂亮的导游姑娘介绍说：“那就是我们双桥沟里的一绝——盆景滩，有个名人曾经吟诗赞道，‘树在水中生，水在树中流。鸟在湖中飞，鱼在天上游。’各位客人，你们说写得好不好呀？”

“不错，不错，真是形象！”大家热情地互动着。

双桥沟两边是一座座雄奇险峻、轮廓俊朗的山峰。而且，每座山峰都有着自己的名字，布达拉宫山峰、阿妣峰、金字塔峰、猎人峰……导游姑娘如数家珍。

“猎人峰？”我对人变成山峰有了兴致，对导游姑娘说，“能讲讲猎人峰的故事吗？”

导游姑娘莞尔一笑，说：“当然可以，传说很久以前，一位勇敢的猎人，为了保护四姑娘山和双桥沟一带的牛羊和野生动物，单枪匹马赶跑了入侵的恶狼。为了防止恶狼返回，他便迎着朝阳，披着晚霞，天天守候在那个山峰上，天长日久，就幻化成了山峰，成了今天的猎人峰。”

导游姑娘讲完，车里响起了一阵热烈的掌声。大家都为这个充满童话意味的故事叫好，更为那个舍己为人的英雄猎人点赞。

快到双桥沟景区最后一站，在冰川脚下的牛心山，我看见沿途有不少巨大的树桩和四处倒伏的朽木，便好奇地问导游。导游说：“这些是几十年前森林工人采伐过的，由于砍了不少树木，水土遭到了严重破坏。当年这里经常发生洪水和泥石流，还死了不少人。好在政府保护得及时，要不，这些美景我们都难以看到了。”

“这里不是神山吗？神山怎么会伤害人呢？”我笑着问道。心想，看你这个知书识礼的姑娘如何看待山神。

导游姑娘笑了笑说：“神山历来都是保佑我们的，但是人们过于贪婪，索取太多，让雪山受到了伤害。山神流出的眼泪，不小心冲刷了这一切。”

“哇，好高深！”导游姑娘的一番话让我无言以对。我摇摇头，笑道。

导游姑娘送给我一个灿烂的笑，转移了话题。

从双桥沟景区出来，我打电话给扎西，约他到一个叫阿拉羌色的小酒馆喝啤酒。

“你们这里的小伙儿都长得很英俊呢！”看着眼前的扎西，我想起了巴松和他的儿子。

“那是当然！”扎西一点都不谦虚，朗声笑道，“我们的小伙儿还把你们城里的美女导游从欧洲带到了阿坝州，带到了我们这个寨子。如今，她还成了远近闻名的网红呢！”

我知道扎西说的是真的。这位都市的美女，为了爱情，从欧洲回国嫁到阿坝州四姑娘山脚下的这个嘉绒藏族村寨，还带动了不少人发财致富。最近一段时间，各类媒体经常有关于她的报道。

“巴松的儿子是怎么回事呀？那么乖，多可怜！”我很想从扎西嘴里了解点什么，端起酒杯说，“来，干了！”

扎西端起酒杯，一口干掉说：“那是他们和山神的事情，我们不好多说。”

扎西的回答，多少让我有些失望，但也更增加了我的好奇。

我又点了几打啤酒，不断地敬扎西，想趁他喝醉以后，掏出一些故事。

聪明的扎西眯着蒙胧的眼睛，有些不悦地说：“朋友，如果你真心请我喝酒，我们就只管往醉里喝！我们这儿有个规矩，别人的幸福你只管到处讲，千万不要在背后议论别人的痛苦！”

我苦笑了一下，干掉杯中酒，不再追问。

小格央坐在藤椅上，望着窗外的四姑娘山。

天气晴好。

金秋十月的四姑娘山，呈现出一年中最美的景致，碧蓝如水的天空下，四姑娘山雪峰晶莹洁白，高高耸立在那里。在窗前俯视着这个村寨的小格央，显得格外地庄重。山腰的桦树、柳树、花楸树、杉树和松树，在清晨的阳光里一片五彩斑斓，闪耀着亮亮的光芒。

清澈明亮的长坪溪，从四姑娘山遥远的山脚那片岩石里渗出，在树林和砾石间跳跃前行，时隐时现。

长坪沟左侧山崖上的喇嘛寺，煨桑的烟雾正缓缓升腾。没有风，阳光里，那些烟雾笔直而又有些灰白，像是多吉喇嘛抛向天空的一根牛毛绳。

小格央还仿佛听到了寺庙那白海螺发出的低沉悠长的鸣响。

五年多了，小格央几乎天天都这样端坐在窗前，守望着对面的四姑娘山。

五年前，为了方便小格央看山，巴松把那扇牛肋巴窗户拆了，换上了可以推开的玻璃窗。怕小格央的屁股磨坏，巴松还专门逮了一只羊，到寨子下的镇上换回一把有靠背又软和的藤椅。

每天早上，一喝过早茶，小格央就吵嚷着要阿奶把他抱上楼，坐在藤椅中，开始他一天中最重要的事情——看山。

小格央爱看阿爸吆喝着黄色的牛和白色的山羊出门，看阿爸从寨子出去，从长坪溪的木桥上过去，开始朝对面的锅庄坪攀爬。阿爸和他的牛羊，沿着曲折的山路不断走着“之”字形，慢慢地就消失在桦树、柳树、杉树和松树混杂的那片林子里。等他们终于出现在林子上边的那片草甸时，早上的太阳已经照到了寨子下边长坪溪的木桥上。

阿爸把牛羊放在那片草甸里，来到坡上那座高大的白塔前，点燃柏树枝，撒上从家里带去的祭品，嘴里念叨着祈祷和忏悔的经文。做完这些，开始朝四姑娘山雪峰磕头叩拜。

小格央看到阿爸模糊的身影在烟雾里起起伏伏，心里充满了好奇。

晚上，小格央问阿爸。阿爸说，他是在向那山神忏悔，请求山神尽快把小格央的阿妈还回来。

小格央的眼睛湿润了，带着哭腔说：“阿爸，你教教我吧，明天，我也在窗前向山神祈祷，请他早点把阿妈放回来!”

“那是大人的事儿，你只管好好看你的山。小孩儿虔诚的目光，山神是看得见的!”阿爸叹了口气，把小格央紧紧搂在怀里。

第二天早上，阿奶背着小格央上楼时，小格央问阿奶：“山神什么时候把阿妈放回来呀?”

“嗯，嗯!”阿奶把小格央放在藤椅里，站在一旁，右手叉腰，不停地喘着粗气。已经年近七旬的阿奶，感到体力一天不如一天。

“是我们造了孽，惹怒了山神，遭到了山神的惩罚!”阿奶布满白翳的两眼望向窗外，幽幽地说。

“我们究竟做错了什么呀？”小格央睁大了眼睛。

“你还小，等你长大就知道了。”阿奶慈爱地摸了摸小格央头发卷曲的小脑袋说，“孩子，阿奶给你讲讲四姑娘山的故事吧。”

阿奶告诉小格央：四姑娘山藏语叫斯古拉，是一个勇敢的山神。很久以前，大河下游的墨尔多山神经常要求这里的山神给他进献木材、牛羊甚至人口。每年夏天，这里的大小山神就会发洪水冲毁森林，卷走牛羊和无辜的人们，他们用洪水把那些东西送到下游，敬献给墨尔多山神，弄得这个地方灾祸不断，老百姓苦不堪言。

斯古拉山神长大后，坚决不答应墨尔多山神的非分要求。恼羞成怒的墨尔多山神朝斯古拉山神射来一箭，这一箭刚好掉在了斯古拉山神脚下。斯古拉山神毫无惧色，捡起一块巨石就向墨尔多山神扔去，巨石落下，震得大地剧烈地摇晃。墨尔多山神被斯古拉山神的神力彻底震慑住了，从此，再也不敢提非分的要求，这里的人们又过上了幸福安宁的日子。

小格央知道，喇嘛庙旁边就有一丛箭竹。多吉喇嘛说，这条一百多里长的沟谷里独独只有这儿有一丛竹子，足以说明斯古拉的传说故事不是假的。

阿奶还说，斯古拉山神是慈悲的，一心保佑着山下的众生。他又是威猛的，要是谁惹怒了他，他也绝不会客气。

小格央从来没有见过自己的阿妈，家里也没有一张阿妈的照片，不知道她长啥样。

有一次，小格央在衣柜的抽屉里找到一本红色的结婚证书，结婚证书的照片里，年轻的阿爸和阿妈肩并肩紧挨着。妈妈很漂亮，她戴着漂亮的头帕，圆圆的脸蛋上，睫毛长长的眼睛里流露出甜甜的笑。

小格央轻轻地喊了一声“阿妈！”把照片紧紧抱在怀里，开始抽泣。

当时，小格央这样想：“妈妈那么漂亮，一定是被那凶恶的山神给抢走了！”

刊载于《民族文学》汉文版 2022 年第 07 期

落雪的夏天

巴　桑

夏天是什么时候从太阳里疯跑出来的？邓珠刚刚坐下来，头脑里便闪现出这样一个疑问。

他伸开四肢，仰面倒在树林里参差的草丛中。它如此匆匆莅临，究竟想要给这些一动不动的山峰带来什么？仅仅是阳光还是漫长的白昼？邓珠闭上眼睛，左手在脖子上挠挠，汗涔涔的皮肤已经冷却下来，散发出几丝娇嫩的凉意。森格神山跟邓珠想象的一样：俊美、磅礴而又幽深。俊美因耀眼的雪峰而来；磅礴是因为森格神山连接着一座又一座的雄壮山峰；幽深除了松柏杂木葱茏外，还因为这些山峦被夏天的光线分割出连绵的阴影面，一片苍茫满眼皆是。邓珠瘪嘴一念：这样的景色才是我该落脚的地方吧。

此时此刻，阳光怡然倾斜下来，除了森林中清凉的氛围外，光秃秃的山脚和沟谷都被太阳晒得像散了架似的。邓珠心想：山底下喧嚣不安的人们也该歇息一下了吧，酷暑会将沥青路晒化并粘扯脚上的鞋，黏腻感在心里揪扯，人们懒得行走，躲在阴凉坝里看日头时，喧嚣应该暂时平静了吧。

酷热的光芒，专门寻找那些毫无遮挡的石头和半截子已经焦黄的蒿草，用泛着紫光的嘴撕咬它们。森林中流淌的空气却清凉得可以给人解渴。褪了色的杜鹃花耷拉着旧日娇躯，释放出一缕淡幽幽的清香。邓珠的疲倦连同他脑袋里虚幻的梦境被没头没脑地裹进了密林中。

就在邓珠刚躺下的时候，一条来路不明的狗，正沿着山路奔跑上来，黑色且油亮的毛在阳光下闪现出某种令人战栗的流光。那狗差点就踏在了邓珠的身上，在它敏捷而熟练地跳过横躺的躯体后，才慢慢转过身来。它惊异地看了看那张瘦削的脸，然后拖着热烘烘的躯体和偶尔痉挛几下的四肢踱到阴影和阳光相连的地带，守望着对面的躯体和远方的山峦。

邓珠就是在这个时候从无所顾虑的酣睡中听到诗人嘉措的声音："这样的景色，只有我的皮肤才相配。"这不是梦，那是不久前，在小酒馆里，谈过文学、女人之后，嘉措用喷着高傲酒气的嘴说过的关于风景的话。"去你妈的！"邓珠莫名其妙地嘟哝着，侧了侧身又睡去。

那狗抬起头来，警觉地瞪着邓珠的嘴巴：真想咬他一口，讨厌！狗把脑袋转了回去，突然又闪电般地扭回来，恶狠狠地盯着它邂逅的怪人：你再吓唬我，就咬你！

太阳又斜着走了几步，那狗不得不挪挪屁股，才能把身体都浸没在树林中清爽的空气里。

四周山峦肃穆静立，没有一丝丝颤抖的迹象。每到夏天炽热而风平浪静的日子里，唯有山峦一声不吭地挂在面前时，邓珠才能略略体会到自己血脉在暗暗涌动的激情。而太阳自始至终，却过多地霸占了夏天。

五天后，邓珠给我讲他爬山的故事时，我才估算到当他和那条已死的狗在山腰相遇时，我恰好在小镇上挨揍。那会儿我和伙计们照常坐进"三棵树"茶馆，准备用"灌啤酒"的方式度过闷热无聊的下半天。嘉措一边咬着啤酒的天灵盖，一边说："那小子可能已经到半山腰了，他竟然没带一点吃的，可怜可怜。"我说："带一点糌粑也可以的。"嘉措把啤酒瓶往桌上重重一放，对着扎西说："还是你来开吧"，扎西恍然扫了我一眼，就用嘴擒住了还沾着嘉措唾液的瓶盖。

这时，一个五大三粗的汉子闯过来，用屁股撞了撞嘉措的大脑袋，几乎把嘉措撬翻在地上。扭打开始了。我忙不迭地扯开他们，冲着大汉吼："都是乡里乡亲的，你干嘛啦。""去你妈的兔子，别以为会写几个字就高人一等，别以为长一双贼眼就可以随便看我的女人……"一拳过来我便失去了知觉。

仿佛有人在抱着我，我的头像是密封在罐子里，周遭的声音隐约传来，更增添了几分朦胧的恐怖。

"谁赢了?"我终于挤出来一点声音。

"我！"一个洪钟般的声音。

我这才看清我的两个伙计已是鼻青脸肿。

——

邓珠问我："他抱你干嘛？"

"鬼知道，大概是去医院。"

"给你看病还是要你交他的药费？"

"鬼知道。"

"那你怎样啦？"

"跑啦，不跑还能有办法吗！"

邓珠是在我挣脱逃走时，被那条来路不明的狗舔醒的。起先，那条狗在他的脚上舔了舔，但隔着厚厚的皮靴，那一舔是无关痛痒的。接着又在他的膝盖上用嘴顶了顶，邓珠只是神经质地收回了脚，旋即又把脚伸出去平摊着。于是，那狗就在他脸上放肆地狂舔起来。邓珠睁开眼睛时，满视野装着一个毛茸茸的丑陋的怪物，他尖叫一声，用手猛然一扒，像獐子一样跳了起来，才看清楚是一条狗。

邓珠在饱睡两小时和虚惊一场后，又继续往山顶上爬。在穿越茂盛的杂木林时，他的手和脚都被乱七八糟的植物刮戳得疼痛起来。那只狗在树林里窜东跳西，用鼻子胡乱到处嗅着。走出那大片的树林，仍然有许多稀疏矗立的松柏，指挥着草滩向上蔓延。邓珠开始感觉饿了，腹部从里到外，都变得空虚起来。吃的欲望在空荡的肚子里乱撞。邓珠觉得好笑，大学时代饭票紧张，他真以为自己练就了特异功能，那就是可以把肚子活活割掉。但归根结底是他的命好，每次想吃东西时，他总会十分顺当地吃到，且还丰盛。

草滩像地毯一样铺开，泛着青绿的光泽，一尘不染，那些被踩过的草会立马弹立起来，没一点踩过的痕迹。其间夹杂的野花，一派道骨仙风，姿态怡然。草渐渐稀少起来，最后像雨滴进水里似的全部消失在乱石嶙峋之中。他抬头望了望山顶，除了十米内散布着的岩石和逐渐厚实起来的云层外，什么也看不到。邓珠走了很久，才明白自己离雪线不远了，一丝一缕的冷气已经开始包围他。

雪层在他的头顶闪烁着大面积的光泽，凛然而冰冷的状态让人难以捉摸。那条狗已蹲在雪线边缘，用一种十分妩媚的眼光看着他。

邓珠艰难地走到那狗身旁，因一股寒风从身上横扫而过，冒出许多鸡皮疙瘩，他不由自主地打起哆嗦。他还没有意识到自己承诺要在山顶度过五个昼夜，反而十分兴奋地迎接寒冷的侵袭，甚至敞开衣服，像是要让绷紧的肌肉在冷气团中松弛下来。

那些家伙现在应该离开“三棵树”了，今天也许不会再醉了，昨天可是醉惨了。邓珠顿时觉得自己十分干净，没有酒精气味的周身都变得透明起来，只是有些孤独。整整一天没有见着一个人影，这在他的生活里是不可想象的，一天不和他的哥们儿抱团，他就会生恐自己被人冷落。

处在这空寂和寒冷的地方，他突然明白自己过去的生活是多么苍白，这次来登山实在是好事，而且还应该早些来。邓珠大学毕业后就没有工作也不想工作，跑了几趟生意，那些钱如水珠一样滴落在繁华的都市，况且用钱时总让他感到手头拮据，出不了大气，一来二去，觉得日子也没有个奔头，干脆就胡乱混起。于是邓珠便与一群同病相怜的人结伴，除了喝酒打架，就是放歌号哭，哭过之后又大笑。“生活充满阳光，生命充满苦乐。”带着酒劲这样嘶吼后，即使面对现实生活，内心的感受也暂且可以不屑一顾了。

可是近一个月来，他发现朋友们都变得古怪起来，他自己也对人生和命运充满困惑，怎么看自己都觉得不成个样子。他不知道在这个小镇上该干些什么？怎样的生活才可以安抚内心的不安和狂乱。就在昨天夜里，他醉酒回去后被父亲狠揍了一顿，揍完后父亲大吼：“你这个没本事的乌龟，你以为在街上称王称霸就是英雄？编弄几句诗歌就人模人样？狗熊！有脾气你给我爬森格神山，在山上住上五天五夜。去！去！你去爬给我看看！”当时仗着酒性加之气不可忍，邓珠就冲动跑出家门给伙计们发誓一定要上山，住上五天五夜。

第二天，邓珠脸没洗就出门了，我跑到门边大声叫住他：“别赌气了。”“肯定要去，说过的！”他用坚定的眼光扫了扫我头上的乱发，但没有看我的脸。

躺在雪地上的邓珠，又被一阵轻柔的舔吻弄开了眼睛。“天啦，怎么飘起雪来了？”他呆呆地看着，脑子里一片空白。在镇上时，常看到山顶上罩着一层铅灰色的雾霭，他知道那时候山顶上正在下雪，可他从来没想过自己会跑到这云雾缭绕、神秘可怕的山顶，更想象不到他会在山顶这片积满亮晶晶雪片的世界里看雪，这些空洞而美丽的雪让他产生了不安和惊诧。继而他又想，镇上的人这一刻准会从小窗口探出头，或者在炎热的街上仰起头，或者从酒馆里跑出来，大家都在说：看啦，山顶又降雪精灵了，怎么就不落一些到这镇上来呢？

邓珠眼睁睁地盯着从天上飘然而至的精灵们，它们轻飘飘地舞蹈着，悄无声息地落在自己周围，轻轻贴在那些陈年的雪面上。他想起父亲、想起大学的同学、想到早上出发时蔚蓝的天穹……邓珠不愿意再想什么，只想一个劲往山下跑，现在跑还来得及，顶多夜里三点到家。这当儿，那狗却疯了一样往山顶右侧窜去，邓珠试图叫住它，但没有成功，那狗头也不回，带着一种急不可待的焦躁。远处依稀看到一块巨大的黑色岩石，邓珠跟着狗的脚印前行，喃喃自语道："五天，雪中住五天？"

雪地并不像看起来那样平坦柔滑，到处都凹凸不平，那狗安谧地躺在岩石下，用一种无所谓的卧姿等待邓珠的到来。邓珠摸了摸狗的脑袋，依偎着它坐了下来，他已经感觉不到寒冷，只把头埋在双膝中，任凭簌簌落下的雪将他淹没。不知过了多久，邓珠突然抬起头来，朝着那片白茫茫的世界叫了一声："我要死在你的肚皮里，把嘴张开吧！"单调的声音，像石子扔在雪地里一样了无踪影。

雪，一如既往地飘落下来，仿佛这个世界除了雪以外，真的一无所有。她们拥挤着又互不碰撞，而且还排列有序，忽而滑出优美的弧线，逍遥自在地徜徉着。这雪不同于山腰上僵硬而纯洁的雪，也不像小镇上柔软轻薄但又易化的雪。它的光泽很是独特，仿佛是被寒冷的冰气浸洗打磨过的宝石，夺目的光彩在夜幕里也能四散飞溅，令人战栗而又欣喜。邓珠的心平静了许多，全身置于一个异样的空间，被雪花清洗着，陡增了空蒙而又纯洁的愉悦之情。这时，他终于情不自禁地低声说道："下吧下吧，你有多少就下多少，最好连我一块儿埋了……"

第二天清晨，邓珠被冻醒时，那狗正依偎在他左背，昂着灵敏的头，怔怔地盯着稀薄的雪雾。"这家伙看样子根本就没睡"，邓珠嘟哝着。这时天空中刚刚露出几丝光亮。

邓珠沿着山脊走了。他想找到一些能给他异样感觉的东西，可除了雪，什么也没有。当他往下走的时候，脚触到了一堆白骨，他迅速地看了一眼，知道那是牛的骨骸。这骨骸给他带来了一阵细微的惊吓，毕竟与生命相关啊，他加快了步伐。

"这山上什么也没有，我怎么能住上五天五夜，活活饿死还差不多。"邓珠一边走一边觉得好笑："其实住一夜就差不多了，谁会无缘无故跑到山顶来，像傻瓜一样待上一夜。"这时，他终于闻到一股新鲜牛粪味，那是山脊拂荡的风送过来的。他定下脚步，细细嗅嗅，才相信这是真的。“看样子这山上有人住。”邓珠听到那条狗也发出一串串欣喜的叫声，径直冲下斜坡。

透过依旧飘拂着的白雾，邓珠看见了一大群牦牛慢慢横过雪线。“反正有牛就会有人。”邓珠有些沮丧起来，“有人就没有多大意思了。”“在山顶的一夜，也没有升起避世的心愿啊，是我见不得人？还是不想被人所见？”邓珠又在心里自嘲，“真想躲起来，直到所有的人都忘了我。”

牧人是一位看上去年逾七旬的老人。他抱着那只狗连爬带撞地到了邓珠身边。“小伙子，犯了什么病，要爬到这里来泡一夜的雪？”说完话，才把狗轻轻地放下。“这老头是个疯子吧，抱着狗往上爬！奇怪。”邓珠在心里这样说，没来得及搭话。“小伙子，一定饿坏了吧，我家就在……喏，就在那里，走走走，去暖暖身子骨。”

老头重新抱起那条大狗，领着邓珠朝山背面走去。慢走上十分钟，就看见一座用石块砌成的房子，在雪地里孤零零地撑立着。走进屋内，邓珠才感到自己快要被冻成冰棍了。全身上下都变得轻薄、干燥，既听不到心脏的跳动声，也感觉不到血液流动的活力。我被风干了？邓珠闪出这样一个念头。

老头没有再与邓珠讲话，他把火烧得旺旺的，一会儿喂狗，一会儿又忙着在茶筒里放酥油、核桃渣、盐……经大火一烤，邓珠的双手、双脚和前身渐渐地从麻木冷钝的深渊苏醒，随之而来的是一阵钻心的痒痛，像铁针在身上肆意乱扎，搅割着他的心灵。邓珠一动不动地强忍着肉体的变化带给自己的苦楚，望着火堆一言不发，好几次想长长地吐口气，但就这点功能都被疼痛铲除了。约莫过了一个小时，他的身体才平静下来，不再暗地里折磨他，脑子也活跃起来，能够被自己支配使用了。

“你一直住在这里吗？”

“是的，我十五岁起就一个人住在这里。”

“十五岁，那么小。”

“是的，是十五岁，那时候，家里发生火灾，就剩我一个人。我讨厌火，就到这里来了。当时帮亲戚们放牛，后来村里搞合作社，他们就开始给我发工资。”

“原先我不知道这雪山顶上还有人，我们能看见的只有雪，我们吃的牛肉，就是这里的？”

“当然，三天两头有人上来又拉又扯把牛弄下山，镇上热闹，谁还需要想起我呀。”

“你就一个人？没结婚？”

“嘿嘿，我倒是和这雪结了婚。”老头干瘪地笑了一声。

邓珠这才仔细打量起屋里的陈设，虽然暗一些，东西少得可怜，倒也干净，再看见老头怔怔地盯着自己，不觉有些惊疑又有些心酸。

“这狗是你养的？它可跟我混了一天一夜。”邓珠忙把话题岔开。

“这狗已经随我五年了，当初是我把它从镇上捡来的。那时它还小，嫩嫩的，身上长满了烂疮。昨天被合作社的人带下去了，我就知道它会回来的，这不，上来啦。”说到狗，老头一边轻轻抚摸那条狗，眼里充满怜爱，脸上露出欢快的神情，像是小孩要到了糖。

突然，老头的双眼直愣愣地圆瞪起来，惊诧、恐怖而又可怕的表情在脸上闪电一样翻滚，他猛然侧身，在狗背上细细翻看。

“这是谁干的？谁干的？”老头语无伦次地呻吟起来。邓珠凑过头去，才发现狗背上有一个不显眼的黑洞，像是烧焦了一样。“是谁用铁棒捅了它，是哪个该死的杂种。”老头终于老泪横流、失声痛哭。邓珠用手托起那只可怜的狗的脑袋，才发现面孔恬静的狗已经死了。

老头脸上的肌肉扭成了几股难看的肉绳，鼻涕合着泪水挂在花白的胡须上。“它昨天还好好的。”“它是想来看我，来看我……”

老头抬起低垂的头，茫然地看了邓珠一眼，便把狗抱起来，放在褥子上。

小石屋在漫山白雪中独自兀立，周围的木头栅栏像雪地里的音符错落地围成一圈，大地悄无声息。邓珠帮老人管了三天的牛，陪伴牛群远远地审视着苍茫雪地里小屋的孤苦和温暖，久久蕴藏在心灵深处的痛楚感不断地涌上来，小镇上放任自流的生活一段一段地化成了眼前雪地背景的那片茫茫苍穹，空空如也。

四天后，邓珠把病情稍好的老人从床上扶起来，这是老头让他扶的。老头一起床，便一言不发地把躺在身边的死狗抱起来。

“我们去把它埋了。”

离开那堆雪冢时，老头一边依依回头看，一边自言自语道：“这下我可什么都没有了，只剩下这片雪了。哪怕是夏季，每一年这雪花都要为我唱几支歌……”

雪又飘下了，像是为了安慰老头。邓珠把老人半拥着带回石屋子。

雪一直下，鸟儿下山了。

邓珠轻柔地出现在父亲惊异而又带着一些赞许的目光里，静静地让父亲从头到脚打量个够，在父亲的目光里，他看到了小时候的自己，看到迷茫中一条安定的路在心底延伸，也看到宝石般的雪花挂在父亲的眼角……

雪是什么时候从夏天里疯跑出来的？邓珠五天后回到我们中间时，嘴里先冒出的就是这样一句话。

刊载于《草地》2017 年第 4 期

邓加的房子（节选）

白　林

一

在我们村，要说谁还在为房子的事犯愁，那应该就是邓加了。

邓加不听我的劝告，执意要拆掉旧房子。我说："邓加，你先冷静冷静。"

邓加不知是头脑发热，还是魔怔了，满不在乎地对珠塔俩弟兄说："这是我自己的房子，先拆了再说。"

珠塔挠了一把后脑勺也劝着邓加："真拆？要不，你再考虑考虑吧。"

"有啥好考虑的，拆！"

邓加带头第一个爬上屋顶，随手将码放在房顶上的鹅卵石搬开，双手托着，递给站在木梯上的珠塔，珠塔转身又传给在梯子旁边排队等候的哥哥如亚，如亚依次传递下去。前来帮忙的人排着队，一直延伸至村口停放的拖拉机前。太阳底下，一双双的手接过被风吹日晒弄得溜光且形状大小不一的石头，再递给下一个人。众人的气势非常壮观，他们把从这幢旧房子屋顶拆下来的鹅卵石、压条和朽烂得一撕就能扯成条状的油毡，一一码放在道旁拖拉机的拖斗内。在太阳的暴晒下，不一会儿的工夫，这些小伙子们个个额头都渗透出了晶莹的汗珠。

邓加是村里率先富裕起来的有钱人，他拆房子都是如此与众不同。不是先将室内的家具、沙发、电视柜、桌椅板凳搬出来，用一辆货车运走，而是示威似的堆放在晒坝里不要了。最后，开来一辆装载工程车，长长的伸臂前部垂悬着像铁锤一样的大铁疙瘩，朝着墙壁一甩，顿时响起巨大的碰击声，随即一面墙就轰然倒塌，溅起四处飘散的灰尘。小伙子们迅速地接通了一根消防水管，将水枪朝上喷射出水花把房子上空四散的尘埃压住。水花划出一道闪着晶莹光芒的弧形，水幕中居然产生了一道彩虹。

“建房难，破坏倒挺容易的。”望着眨眼的工夫，一幢木质泥墙结构的旧房子轰然倒塌，如亚喃喃地发出心疼的低语。

邓加不仅是村里的有钱人，还是村里公认最有头脑和见过世面的人，也是村里迄今都不愿意结婚的人。他雇佣村里的小伙子们，每人每天一百元的工钱。邓加说他的这种拆房子的方法，是他在外地学的。

做事不拘一格，是我对邓加这个人的评价。

邓加的旧房子不大，拆起来并不费事。木架子穿斗结构，一层一底，底楼是石块石片砌的墙，二楼则是用泥巴夹杂箭竹藤条砌的墙，算是很老旧的房子了。起初，邓加的想法是将房梁编号，打算再次使用。但当他发现不少木头早已经腐朽时，叹息了一声，冲小伙子们挥了挥手。小伙子们像是得到了什么暗示一样，于是加快了速度，蜂拥而上开始了野蛮地拆迁。

不知道从什么时候起，我们村的人好像都患上了“健忘症”。对几十年前甚至昨天发生过的事情，记忆几乎一片模糊。不过，这对大家来说倒也没啥影响。即便对同件事情的说法，因时间一长，往往也会产生不同的说法和不同的版本，好处是使平淡的生活在人们口头叙事时，因个人想象力及才情的发挥，在添油加醋的过程中居然产生了意料不到的喜剧效果。

邓加说，房子是父母留下的。

但在珠塔兄弟添油加醋的口述中，这幢房子却是原来大队最早的保管室，因为地势在大家都觉得生活不方便的临崖处。出于安全考虑，后来大队又重建了新的保管室，就把这幢旧的保管室分给了邓加的父母。

邓加的父母找来了村里的人帮忙，稍加改造，就成了一幢外观非常独特的民居。不规则的穿斗结构，斗拱形状的屋顶，房前屋后笔直的木杆插着风马旗帜，每天午后临崖吹起大风，猎猎飘舞的旗帜远远地就能看见。久而久之，居然成了村里一处醒目的标志，放牧归来的人老远就能看见邓加家的这幢房子，骑马站在从牧场归来的高坡上，指着说，快了，看，邓加家的房子都能看见了。

那时邓加一家共有五口人，父母和三姊妹，邓加排行第二，有一个姐姐和一个妹妹。随着父母先后过世，姐姐和妹妹相继嫁人，邓加也就成了一个孤独的男人。

拆除旧房子这事对邓加来说不算是件什么大事，关键是邓加打算原址原建，他说自己的宅基地风水不错，面朝着山口，每天太阳升起来时的第一缕光芒，直接照耀在房顶，背后又是像一把太师椅的山麓。

村里懂点风水的人说："这家的风水，将来不是出个大官，就是出个有钱的人。"

大家边拆着这幢旧房子，边抬杠争论着房子来历不同的说法，仿佛只有这样，才能更加卖力地作业。

我们村好多的事情就是这样，不争出个输赢，大家是绝不会罢休的。邓加本人倒并不太上心房子的来历，只要大家闹热地卖力作业，他才懒得去管。邓加觉得追溯这幢旧房子的历史就跟讨论"先有鸡还是先有蛋"的古老话题一样，有没有结论并不重要。鸡和蛋最终的结果都是被人吃掉。他想，争论也许会一代又一代持续下去，对于自己来说，就是抓紧机会拆房子，在自己家的宅基地上建一幢新房子，才是当务之急。

邓加自己也有个版本。

那时父母在县牧场有一幢孤独的庵房，眼瞅着大家都在村里有了房子，自己一家人冬天还没着落，父母就找到了当时大队的负责人说："你们管不管？"

大队的人来到了庵房，发现那是一幢四处漏风的木质建筑，室内中央有一个火塘。那时，邓加的外公和奶奶还健在，邓加一家老小七口人，挤在低矮的庵房内，冬天冻得围拢在火塘的周围烤火，背后敞漏而来的寒风，吹得身子瑟瑟发抖，大队上的人看不下去了，商量了半天，决定将村里的旧保管室作为冬季这家牧人的临时栖身之处。

除了天寒地冻的原因，还有邓加一家在我们村山脚底下的河谷有三亩土地，到了次年开春的时候需要播种。特殊的地理条件和生产资源决定了我们村是个偏远的半农半牧的村庄。在一年的时间内，人们一半的时间要耕作，种植青稞、玉米、胡豆和洋芋，还有一半的时间则要去高山牧场，放牧牦牛、挤奶加工酥油奶渣，依据时节上山挖虫草或其他药材。

邓加打小就跟着一大家人在牧场和村庄之间辗转迁徙，他觉得那是土地的诱惑，让人们几乎没有时间来思考别的事情，每天总是有着做不完的事。

春播之前准备好种子和肥料，从牧场到我们村都是山路，骑马要走大半天的时间，一去一返就得一整天的时间。关键是别人不用这样，到了冬天，别人就将牛和马赶下山关进了圈棚，可以从容地安排好时间，等到播种完自家土地的时候，又将圈棚里的牲口赶上山。

日子就是这样，满怀着希望。人们盼着风调雨顺，一年到头的忙碌，总是希望能够有一个好的收成。

望着蔚蓝色天空中游荡的云翳，邓加听说乡里正在申报传统文化村落这件事后，他预感到再不修房子，就很可能搞不成了。

到了中午，邓加要管前来帮忙的人吃饭，他都安排好了，他忙得脚底朝天，煮不了这么多人的饭，只能安排他们在乡政府公路旁边的餐馆里。既照顾了如亚开的“如亚餐馆”的生意，又省去了煮饭的时间。

如亚餐馆由如亚的妻子在经营，位置就在我们村的山脚，乡政府和乡中心小学毗邻省道的三岔路口。

珠塔一家和哥哥如亚一家并没分家，珠塔兄弟跟邓加一样也需要建一幢房子，可兄弟俩听从了政府的号召，在指定的规划地点，建了一幢新房子。

二

起初邓加是想过在县城购买房子的，不过这就意味着他将失去在村里重新建房的机会。俗话说，过了这个村，就没有那个店。邓加知道这个道理，他也清楚政府的规划不是个人可以左右的。邓加的想法表面上看似简单，内心却盘算过小九九。宅基地的面积不能扩大，但谁也没规定不能“向上”发展。他的如意算盘是修建一幢钢筋水泥建筑的楼房，将来这条省道扩宽完工之后，乡村旅游兴起时，二层保留一间自己居住外，剩余的房间和三四层的房间可以办成家庭旅店，至于底层嘛，可以开餐馆或者办个小超市。

邓加也想到了将要修建的楼房建筑风貌的问题，大不了就是多花一点的钱，用现代建筑材料按照老寨子的风貌装饰一番就行。

政府申报传统文化村落目的就是要保护原有的建筑和风貌，肯定是不允许邓加原址原建的。只不过邓加瞅准了时机，在申报的过程中打了个时间差，想造成既成事实。他的小九九算得很精，即便新修的房子实在要拆掉，最坏的结果应该也能获得一大笔的赔偿。但他没料到这次政府动了真格，坚决不允许原址原建。邓加想要建新房子，只能在规划地点修建。

由于偏远和贫穷，老寨子依然保留着全部是木头材质的建筑，钢筋水泥房子尚未建成。因此，邓加凭着自己的倔强和固执，就成了第一个想要在老寨子建钢筋水泥房的人。在邓加的心目中，旧房子是父母留给自己的财产，如何处置这笔财产完全是自己能够做主的事。

旧房子很快就拆除了，这让邓加觉得破坏一幢建筑比建设一幢建筑容易。过去村里的人家维修房子，更换腐朽的木头时，都要花费两三个月时间，倘若要重新修建一幢房子，从备料到请人看日子，再到请人动工直至竣工、装修、买家具入住，差不多要花费一年多的时间。

现在的问题是邓加想在老寨子里修建新房，上天并没有给他足够的时间。乡上的干部以为事先反复宣传过——不能在原址重新修建房子，大家都知悉政策了，但他们没有料到邓加不仅把旧房子拆了，而且看好了日子，准备动工了。乡上为此挨了县里的通报，乡上的干部不敢懈怠，找到了邓加，言明要建房可以，只能在寨子之外重新规划的地点修建。

邓加还是慢了一拍。

邓加害气开车去了牧场。他想不通，不想跟乡上的干部们见面。

从前邓加去牧场，只能骑马去。现在省道和牧场的乡村道路将要联网，牧民早就打定主意不再从事传统的“半农半牧”的产业。邓加开着车，沿着通村的柏油路下山，很快驶入了省道。

看着窗外一掠而过的风景，邓加沮丧的心情渐渐变得平静下来。他知道怄气解决不了任何问题，不如散散心，冷静冷静。看有没有折中解决的办法。

他边开车边开始欣赏沿途的自然风光，在心里感叹道，过去咋没觉得自己的家乡是处风景优美的地方呢。人只有在有了闲，有了钱的时候，才有兴致欣赏风景的优美。

省道公路修建在两山夹着一条河的岸边，两边的山峦呈现着“V”字形状，山麓、山岗和山坡满是针叶阔叶混交的森林，发源雪山的河流从高处飞速地流淌，起伏的地势，使河道落差跌宕，清澈见底的河水碰撞在岩壁和突兀而起的嶙峋岩石上，迸溅起雪白的浪花。

我这是自找的。邓加懊恼地自言自语着。

无知其实并不可怕。可怕的是自己不自知与不敢承认。邓加生肖属龙，他这一代人的命运仿佛总是处于历史节点的罅隙，如同山里岩石缝间生长的植物，天生营养不良，不像冲积滩淤泥内生长的毛茛，叶子阔大肥沃，给人一种土豪的奢侈感觉。如果以植物来形容，邓加更像是一株生长在高海拔的全缘叶绿绒蒿，透着罂粟科植物的艳丽与毒性混杂的奇葩。

五六月间，也是高山牧场一年中勃勃生机的时候，紫色的龙胆花，金黄色的金露梅，金莲花和兰科的西藏杓兰盛开，预示牧场进入了又一季的繁忙。

邓加小学毕业后，就来到了牧场，跟父母、姐姐和妹妹一道放牧，少年的邓加是个性格安静的孩子。他生得眉目清秀，身材羸弱修长，喜欢在牧场骑马奔驰。邓加坐在马背间，发出欢快的吆喝声，驱赶着牦牛上山。奔跑的马匹点燃了他周身的血液，他的脸兴奋地涨红着，一头油黑而浓密的头发，发梢自然的卷曲，脸颊被强烈的紫外线晒得通红。

树线下的森林在陡峭的山岗生长，形成山麓曲折起伏的天际线，阳坡则是大片的草场，一簇簇的高山柳绽放着黄白色的小花朵，小檗弯曲竭力向着天空延伸长满荆棘的枝丫。半当河在森林与森林之间的草场蜿蜒流淌，令绿草如茵。

空气里透着泥土的味道，邓加贪婪地呼吸着，嗅着，分辨空气中丰富的味道，草的味道，桃儿七的味道，芍药的味道，重楼的味道，所有的味道就构成了少年邓加对生活感知的味道。

阿妈斯佳生前常说，生活就是一碗酥油茶的味道。

从初春时节一只牛犊的降生，随之而来的就是一场春雪的到来，一家人只能待在牧场随流动而居的帐篷内，阿妈站在帐篷的门口，忧心忡忡地抬头望着天空，浓密的云雾将山岗隐藏在簌簌飘落的雪花深处，一家人围着龟形帐篷内中央的火塘，火塘的上方悬吊着一把铜壶，壶内正在“咕嘟咕嘟”熬着茶。阿爸不时往火塘里加着牛粪——那是妹妹的劳动成果。在天气晴朗的日子，牧人会背着一只上圆下尖藤条编织的背篓，等太阳把牦牛粪晒干的时候，一一捡拾起来，丢进背篓里。牧人决不浪费，千百年来就是这么过着逐草放牧和熬茶的生活。姐姐站在帐篷内搁着案板的地方，负责往几只小龙碗里放糌粑、酥油和奶渣，只有在天气不好的时候，一家人才能短暂地相聚在一起，喝着用熬开的马茶冲的酥油茶，说着跟春天相关的话题。

帐篷是他们的家，随着放牧季节转场而流动。

那时，阿依（奶奶）还健在，她年过八十了。蹲在帐篷外不远处临时搭建的小帐篷内，守着一头即将分娩的母牛，嘴里念念有词。

阿依的性格倔强，她像是守候着儿媳妇生产一样守着母牛，操心春雪降临会让刚刚正在发芽的牧草推迟生长，产后的母牛没有草吃，牛犊就没有奶喝。三四月间的这场春雪对于一家人来说是难熬的，阿依狠不下心将没有草没有奶吃的牛犊扼杀掉。

阿依虽说性格倔强，心肠却仁慈。她掉着眼泪，听到母牛发出阵阵痛苦的叫声，自己的心都缩紧了起来……

邓加回忆着自己年少时在牧场里的生活片段，内心被一种说不清道不明的东西搅动着。牧场的生活总是给人留下很多的回忆，对于农耕时节他倒是没多少记忆，只记得到了秋天，青稞成熟的时候，大片大片的麦穗扬着金色的波浪，在山岗吹来的风的拂动下，一摇一晃如同大海里的波浪一般，翠绿的针叶林，裸露在雪线的铁灰岩，蔚蓝色的苍穹里滑行的鹰隼，一层一层的台地间金黄的色带般延伸的青稞，山谷间流淌的玉带似的河流，就构成大地活态的色块。

恍惚中，他看见一位身材窈窕的姑娘，戴着红色的头巾，穿着一身合体的氆氇，挥舞着镰刀，水一样柔软的腰肢不像是在劳动，而像是在舞蹈……

那是邓加这一生在脑海深处都挥之不去的画面。

三

初恋的滋味令邓加觉得浑身有着使不完的力气。

这力气既像是身体荷尔蒙的作用，又像是自己被爱情叩开一道精神层面的大门。在邓加的心目中，这个世界完全是陌生的，充满诱惑的，跟每天肉眼看得见的世界完全不同。他觉得心中有团火在燃烧，姑娘的一颦一笑，令他魂牵梦绕。

姑娘的帐篷在半当河的对岸，邓加每次想要见到姑娘，就得骑马涉水过河。

姑娘比邓加大一岁，生着一双葡萄般明亮乌黑的大眼睛，胸脯丰满，爱笑，一笑就露出洁白的牙齿。

在半农半牧的往返中，最令邓加心醉的时候是六七月间的牧场，那时甘青铁线莲盛开，点地梅散发出馥郁的馨香。邓加没喝酒却步履踉跄，他感觉自己就像是喝了酒一般，骑在马背，拽紧缰绳，穿过一片紫杉树林，来到了半当河畔。

每次都不会事先预约，每次都有意外的惊喜。他跟姑娘之间没有事先的约定，除非是在集体活动的场合，比如郎银嘉节上的碰面，河谷扎满了一顶顶白色的帐篷，野蔷薇绽放在河边岸丛，蝴蝶在花丛间翩跹起舞。看花节日期间有一项重要的内容，就是青年男女谈情说爱，那也是邓加最快乐的时候。

不过，不是每次过河邓加都能见到姑娘，半当河水清澈见底，连河床上的鹅卵石都能看见，河面平缓流淌，河水却势大力沉，在河床和水面之间翻涌，交织出河床底鹅卵石的斑斓，一两只白胸黑头的水鸟伫立在河心突兀耸立的岩石上，倏地一头扎入水中用尖利的喙叼起一尾细长的闪着银白色光泽的小鱼。

骑马过了河，穿过一片云杉森林，空气中弥漫着潮湿清新的味道，还夹杂着硫黄的味道，邓加知道那是地名叫雅碌的温泉的味道，在隔着河的露天台地上，有一个天然构筑的坑凼，就像一处天然的浴池。牧场的海拔高，即便是在夏季，如果碰上阴天落雨，温度也会骤然下降。因此，牧人一直穿着宽大的氆氇，烈日当顶照晒时，就把一边的袖口撸下，男人裸露着结实的臂膀，女人露出贴身的内衣劳作。牧人就是这样，依着天气状况及时改变穿着。

天地之间，即使是在空旷鲜见人影的牧场，牧人总是知道用什么方法找人，男人吹着呼哨，在远处的男人听到也会吹起呼哨回应。从声音来判断方位，女人则不同，喜欢用高亢婉转的歌声来表达自己的存在和方位。群山环抱的山岩和山壁具有回音壁的作用，空旷的山谷回荡着这些牧人的声音。

邓加撩开遮挡视线的树枝，远远地就看见姑娘的帐篷，像一朵蘑菇孤独耸立在那片开放着繁星般花朵的如茵绿草上。

邓加双腿轻叩着马匹的胸前，嘴里念着“驾，驾”，这匹青色的河曲马便在笔直挺拔的树丛间飞奔了起来，高大的云杉，透着大自然进化的灵性，所有树枝的高度正好是一人骑马的高度，因此，根本不用担心骑马飞驰时被树枝划伤脸的危险。只有在邻近杂灌林时，一簇簇的高山柳丛遮挡了邓加前进的路线，邓加拿出事先准备好的砍柴刀砍掉碍事的树梢，在高山柳和小檗茂密的丛林中间重新开辟出骑马的小道。当邓加来到姑娘的帐篷时，一缕阳光钻出了云层。

“出太阳了。”邓加欣喜地叫道，他下意识地抬头望了望天空，此时天空里的云层依然厚实绵密，就像是被谁倒入了染料，在云层和云层之间漏出一块可以看见蓝天的空隙。太阳仿佛是静止的，只有云层在不停地扩张翻涌，仿佛有什么神灵正站在云层之上，不停地用巨大的吹风机吹着云层，云层如同洁白轻盈的棉絮，带点色彩稍浅的灰色，邓加清楚，这稍浅的灰色加深时，那就该降雨水了。

邓加跳下马，右手的拇指与食指呈小圈状塞进嘴中，使劲一吹，发出一声清脆的呼哨声音，这是邓加与姑娘事先约定的暗号，以往听到呼哨音，姑娘就会从帐篷门口探出头，露出一张邓加熟悉的鹅蛋脸，“咯咯”笑得花枝乱颤，冲邓加打着招呼，“来了。”

“来了。”邓加回应着姑娘，倘若见到姑娘正在做事，邓加不会闲着，会主动帮着姑娘劈柴，要么就是拎起一只塑料水桶，去附近的溪流打满一桶清澈的山泉水。桶内的水轻轻地漾动着，邓加心里充满着甜蜜。

邓加吹了两声呼哨，姑娘似乎不在帐篷，他撩开帐篷的门帘，看见在一块毡子上放着姑娘换下的氆氇，心里恍然大悟。

姑娘应该是跑到附近的雅碌温泉沐浴去了。他犹豫了起来，自己是在帐篷里等姑娘，还是去温泉找姑娘呢，邓加纠结了好久，最终他还是希望早点见到姑娘。

在邓加和姑娘的观念意识当中，没有男女授受不亲的概念。他骑马走了差不多半天的时间，牧场平时也鲜有外人来，除了高山森林和林下的草场，就是每天的天气变化。虽然彼此之间并没有过多口头的语言表达爱慕，但身体却是忠实情感的，支配邓加做出实际的行动，牧人的爱情不是山盟海誓的甜言蜜语，而是一个人当他思念心爱的姑娘时，就骑马过河来看她。

邓加觉得自己体内有股酥软的感觉，从骨头的深处沁出，如同硫黄温泉水面泛起的透明泡泡。想到就要见到沐浴中的姑娘，邓加血脉偾张，感到神秘而新奇，就像面对难以抵挡又抵挡不住的诱惑。

当他居高临下看见姑娘赤裸着身体站在温泉中时，一团水雾包裹着姑娘的身体，充斥着朦胧的意味。他干脆找了山坡内的一处表面平缓的岩石坐下，开始含羞地欣赏起姑娘沐浴来。

姑娘背对着他，双手撩起水从头顶淋着，清亮的水珠沿着她的前额、肩胛胸前无声地滑落。温泉使姑娘的肌肤变得洁净光滑，闪着月色的光泽。人在自我净化的过程中借助水的清澈，就像大自然拥有强大的自我过滤和净化的功能一样，人类通过大自然不仅获得了食物，更重要的是获得了肉体与精神的沐浴与慰藉。

姑娘是敏感的，仿佛背对着邓加的肌肤上也生长出眼睛似的，那是人体本能的自我保护与敏感，觉察到背后的异常不是山风吹拂的呵护，而是莫名的目光投来的力量。她机警地扭转过身子，一眼就看见了邓加。邓加此时正在偷窥姑娘沐浴，却不料被姑娘突然发现了。他尴尬地双手捧着脸，把手和脸伏在两腿之间，姑娘发出一串银铃般的笑声，双手本能护住浑圆的乳房，蹲下身子，不忘说出他俩见面时的问候语，“来了。”

邓加臊得脸通红，禁不住姑娘年轻具有弹性的肉体的诱惑，连回应都忘记了，只是乞求时间在这一刻能够停滞。温泉的形状如同女人的子宫，如同倒放的梨子。温泉出水口狭长，两边对称呈半圆弧形。姑娘仿佛是重新回到了大地的母体，温润的硫黄山泉水就像母亲的羊水，轻柔地抚摸呵护着姑娘。而她的眼帘却满是森林、草场和徐徐吹来的轻风，空气中夹杂着高山杜鹃花所散发出的冷艳的幽香。

姑娘在水中的身子被清澈的温泉水吞没着，仿佛有张无形的嘴巴，在吞吐之间，姑娘窈窕的身躯同水纹般破碎、变形，四肢和苹果般浑圆的臀部线条，勾勒出少女肉体不朽的魔力。

姑娘含羞地紧闭着她那双迷人的眼睛，仰面朝着天空。从云层的缝隙疏漏落地的阳光打在姑娘的脸庞，五官的轮廓是那么地分明，就像群山起伏，延绵山麓。挺直的鼻梁，厚实而饱满的嘴唇，宛如传说中的“嫩恩桑措”（仙女沐浴的钙化池）一样，姑娘就像哪位仙女正在池中沐浴……

那是邓加今生注定不能忘怀的画面。

邓加开车去牧场，就是想找到那处终日弥漫着硫黄气息的雅碌温泉。当他沿着林区的公路，过桥来到姑娘帐篷曾经所在的那片牧场时，这片牧场早已成了国家森林公园的一部分。

这处姑娘曾经沐浴的温泉也早已干涸，漏斗状嶙峋的岩石间生着斑斑点点的绿色藻类真菌。邓加长长地叹息了一声，早年散发着硫黄气息的温泉和姑娘的身影历历在目，一切都宛若昨天。

邓加感到一阵锥心的痛，眼眶内已经流不出泪水了，但他在心里流泪。

刊载于《草地》2021 年第 2 期

小木匠

陈泽波

学校唯一一间空房在我隔壁，面积跟我住的那间一样。说是空房，其实不空。学校把它租了出去，租金三十元一个月。

我刚分到这学校时，隔壁的小伙子很殷勤地过来帮我收拾屋子，并给我讲了学校的许多人和事。当时我以为他是本校教师，便老师老师感激地叫了半天。

末了，他告诉我，他是木匠，在城郊一家木器厂打工。

当天晚上，我惬意地躺在床上，打量这间真正属于自己的小天地，为脱离那几人一间的集体宿舍的集体生活而得意。突然，靠床的墙壁咚咚地震起来，甚至震落了一块石灰落在床上。忍受了几分钟，这声音停了。又过了几分钟，这声音又响起来。我实在忍无可忍，只好礼貌地敲开木匠的门。

他的房里简直是一个木工作坊，满屋子的刨花、木屑。他正在起劲地推木板，支架便随他的动作一下一下地猛撞墙壁。木匠看见我的脸色，便尴尬地说："泽老师，对不起！厂里定料计件，所以我晚上也拿些料回来做。原来你住的那间是空房倒没什么影响。"

言下之意倒是我影响了他，而且他那么忙。我不禁有些生气："我是学校的老师，睡不好，咋有精力上课呢。"

木匠说："那，我把木架转一个方向。"

我说："那还是有影响的。"

由于我的固执，气氛沉闷起来。木匠为难地搓搓手，说出一句风马牛不相关的话来："我给你打四个小凳子，怎么样？"

我房间的确缺家什，来客只有坐床沿。这木匠可真鬼机灵，我同意了。他把木架也转了一个方向，还憨厚地说："这还是有影响的，你别见怪。"

我说："不会，不会。"

回到房间，我为意外的收获而高兴，四个凳子算是我自己置办的第一样家什，而且不花钱，何乐而不为。声音确实小多了，可我仍辗转难眠，可一想到这声音中能诞生我的小凳子，它就变得善意悦耳多了，像爵士乐。

慢慢习惯就好了。我安慰自己，人的适应力是非常强的，原来八人一间那么响的鼾声那么臭的脚气还不是睡得安逸。

木匠果然言而有信，一星期后，他就把四个精巧结实的小凳子放进了我的屋里。我假惺惺地问他价钱，他说，以后再说，小意思，小意思。

我觉得过意不去，便买了一瓶酒和半边卤鸭子送到他屋里。

酒酣之际，木匠开始摆老家龙门阵了，他说："我是一个孤儿，没文化，从小在外流浪，到处被人看不起，承蒙你不嫌弃我……"

我非常感动，想到自己虽然悠闲享用大锅饭，还能得到学生的崇拜和家长的尊敬，但是并不比他高尚，便说："我很佩服你，你的人生经历和你不向命运低头的勇气。"他听了激动地哭起来。我安慰着他，也哭了，我尝到了我只身初涉尘世所体会到的人情冷暖，而木匠的憨厚与诚恳，于我的确是一份难得的情谊。

当晚，我俩都喝麻了，便在刨花堆中晕头晕脑地睡着了。

此后，我们的关系亲如兄弟，平时没事我就过去帮些小忙，他又给我打了一张方桌，不过是从木器厂拿回来的，还拿回一筒家具漆，把我的凳子和桌子都漆得亮锃锃的。他还是说小意思，小意思。他又说，做一样就要像一样，不然被人看不起呢。

我想，这话对我的教学工作的启发比学校的大会小会还灵。

三个月后，木匠做完了木器厂的活要走了，学校的总务主任要收房租。木匠共住了五个月，租金是 150 元。

木匠边收拾东西边说："你向泽老师收，我给他打了一张方桌和四个凳子。"

我一听急了，说，你不是说小意思吗？

木匠笑笑说："小意思并没说不收钱，150 元不高，市场上至少 250 元呢。"

我难堪地干笑着，我想我的笑比哭还难过。

当晚隔壁没了声音，我却睡不着了。

刊载于《草地》1996 年第 2 期

祈　祷

达尔基

谨献给站在或将要站在讲台上的老师们。

——题记

组织部副部长已和杨松老师谈过两次话了：要调她到县城工作。

明天就要走了，所以今天醒得特别早。开门走出房去，好天气，蔚蓝高远的苍穹，点缀着金灿灿嬉笑的晨星。

她跑出小寨，伸腰、俯背、压腿……

渐渐的，东方出现了浅红的幕布，慢慢扩展为紫红色的一大片，把草原衬得更加美丽。

她站在门口，手拿一本《新草地》杂志，想看看有没有反映牧区学校生活题材的文章。看看目录，正好有一篇，而且读着觉得写得还可以。有一些人以为，地区刊物，无啥看头，她却非常喜欢这些高原上的“小草”。因为正是靠“小草”挤出来奶浆，正是这些“小草”以清新、醇厚的香味，给人希望、美德和奋进……我配做高原上这样的“小草”吗？她想。哦，三三两两的学生已走进校园，有些围着她聚在门前。

面前十几个才入学不久的小学生，个个抬起圆圆的、胖胖的脸，用纯真的像一泓清泉的眼睛望着她，似乎在说：老师，您发什么愣呀？您怎么不像平常那样和我们一起唱歌跳绳，讲有趣的故事呢？

是哦，为什么？自从结束三年“寒窗”生活，就被教育局这把威力无比的大弓，射向了这个百花盛开的牧区草原，有蓝蓝的天，红红的太阳，宽宽的草地，土黄色的寨群。那似云一般的牛羊，正直、好客的牧民，还有那粗犷、豪迈的歌声……给了她多少依恋。

今天的学生为什么来得这样少？这种事平常很少见。坐会儿，再不来，就只有去喊了。

冉冉上升的旭日，射出万道金辉，照在窗上，玻璃辉映出灿灿的光点。她转过身从寝室拿出一根小木凳，坐在窗前，耐心等待着……

在这三千六百公尺的高原上，又在这离县城很远很远的地方，一个丁点儿小寨子里，她生活了整整三年。哦，三年，草原给了她多少深沉的爱。每当她还在梦中的时候，勤劳的牧民吆吼牲畜声，背水姑娘悠扬的民歌声，从她房间的各个缝隙飞进来，把她唤醒。她起床了。走出校门，等待着自己的学生……

年复一年，日复一日。三年，她时时重复着永不完结的，单一而又多彩的生活，嘴里唠叨着，心里惦念着：学生，学生。

你看那矮矮的个子，有着胖胖的脸蛋，始终把字母“ན”，读成“兰”的小平戈，拿着一根牧羊鞭子也挤进来了。

她没有说什么，做手势叫这些学生越挨来越近，好似把她压倒时学生们让远了一点！她知道，他们的心灵比村边清澈见底的泉水还要纯洁许多倍。她那沉思默想的表情，对这些还未散尽奶气的幼童来说，就像疑惑拖拉机为什么不吃草而能驮运一样。

“老师，妈妈又叫我今天去放牛。两天没来上课，想学校、想老师……”是呵，学生的心思，她是理解的。他们渐渐懂事了，想学文化，也在一天一天的相处中，越来越喜爱自己的老师了。是老师让他们看见了奇妙的世界，给了他们比星星还多的知识。他们徜徉在知识的海洋，就像学者走进了“十大明”（藏文十大部分）的宫殿，越走越深。她的心没有白费，力没有白出。当有些学校的学生日渐减少时，她的学生却天天在增多。她被评为县上的优秀教师，得到了奖品和奖状……这一切算得了什么呢？更重要的是那几十双带着稚气而又信赖的眼睛。

她又开始回味组织部副部长给她说的话：“你到县城去工作较合适，你就去吧。”她又想起了初到这所村校时，大队长恳切的声音：“老师，学校已有三十年了，但至今连队上的会计、记分员都是由老和尚在干。请您给予孩子们明亮的眼睛啊，用珍贵的黄金般的知识，练出一双双坚硬的翅膀。”当时她是那样激动，充满了信心，充满了勇气。

还有十几个高年级的学生，怎么还不来上学？难道他们出了什么事情？她用一双探询的目光望向站在身边的低年级学生俄戈。多聪明的学生，她用小眼睛盯了盯老师，说了声：“我去喊。”便跑了。童年，富于幻想、好奇心的时代。悠悠的情思又开始搅扰着她。

是呵，到县上去工作确实比这儿好。生活条件，工作环境，文化娱乐，真有天上地下的差别了。曾经希望过的事，马上就要实现了，可是，要她离开这些可爱的小家伙，她又怎能舍得呢？她从朋友那儿借来了相机，和全校师生照了一张合影，又同各班分别照了一张。三年来的师生情感，是不能忘怀的啊……

俄戈手提衣服长襟，前后摆动着小手，急忙忙地跑回来，气喘吁吁地说：“老师，姐姐她们在……在……”她心里一惊，不知出了什么事，赶紧随俄戈跑出校园。的确，她真的愣住了。就像日本影片《我两岁》里的母亲，看见孩子爬上了高高的楼梯。

学校左侧近一百公尺的地方，那座方台圆顶的神塔前，十几个高年级的学生在抽泣着，还有些学生站在神塔前，虔诚地磕拜着。这是村上佛教信徒们自己组织起来，在三十年前的遗址上重建的神塔。由于连日下雨，围墙没打成，一出校门，就能看见每天到这里来烧香拜神的善男信女。

她侧身问身边的俄戈：“你姐姐他们，怎么还不来上课？”“她们听说您要走，就哭了。给菩萨磕头，愿菩萨开恩，千万别让老师离开。妈妈说：‘历来好的老师，就像雨后的彩虹，待不长。这次只要老师真的走了，你们以后就再也别去上学。’”她听不下去了，这使她感到揪心的痛苦，酸溜溜的鼻子一抽一抽的，泪水决堤般流下。她望着花台上正待开放的蓓蕾，想到这还需要每天不断地浇灌、除虫、修枝。耳边又响起了初到村校时，大队长那恳切的话语，想起了具有强大生命力的高原小草……她走过去，走近正在祈祷的孩子们，感情深沉地说：“孩子们，到学校去吧。我要留在这里，天天给你们上课，讲故事。”声音，飘向很远很远，好似它再也没打算回来。

刊载于《新草地》1984 年第 4 期

鸣声幽远（节选）

谷运龙

一

春风不知道他为什么要回来，只觉得城市的那些喧嚣已让他那空明的心干涸了，需要一声带着晨露的鸟鸣唤醒枯寂的心灵。

现在，他站上凤凰山的山嘴，眼前的干涸让他的心灵快要枯死了。倏忽间，就想起了和师父秋阳第一次钻入这片山林的美好时节。

是秋天，秋意正浓，凤凰山正浴在霞彩之中。山林在并未走远的夏天中金光熠熠，夏天的幽趣只是少了好些的湿润和清爽。师父不经意地学着母画眉瞿瞿地叫了两声，山林就躁动起来，雄画眉们争先恐后地亮出了它们金沙沙、脆生生、亮光光的嗓子，让这片林子旋转起来、扭动起来、舞蹈起来。

师父蹲下来，用他薄薄的嘴唇和灵巧的舌片更加动情而兴奋地吹奏。几只画眉从远处闻鸣而舞，张开它们用心装点的华美的羽翅，滑翔着向师父飞了过来，落在了树枝上。

听着它们赛歌一样的婉转鸣啼，春风的气都出不顺畅了，总觉得心在胸腔里被画眉的喙轻轻地叼着。

就这样，春风爱上了捕鸟的行当。

下河知鱼性，上山识鸟音。师父吹得一口好口哨，不论鸟鸣鸡叫，熊吼猴闹，他都可以假乱真。更让春风难以想象的是，他还可把各种戏曲唱腔，各种打情骂俏也吹奏得惟妙惟肖。天上飞的哄得下地，水下游的也能骗得出水。

春风也是生来就吃这碗饭的，半年时间，就练的巧舌似簧，灵唇如笛了。师父听他学画眉叫，母画眉的声音不仅充满磁性充满温润还富有感情，雄画眉的鸣声更是极具阳刚之美。高亢时，被龙卷风扭曲着扶摇而上，一直升上天宫；低缓时又如流水入潭，泓碧澄滞；婉转时，如龙走曲谷，百折千回；直鸣时，又如闪电劈空，穿刺而来。出师那天，师父给他送了九根雪白的马尾，又送上一张网，然后说："春风啊，这凤凰山是师父几十年的饭碗，你可不准来抢夺。这么大的岷山，自有成就你的地方！"

春风实在太喜爱凤凰山了，他听了这话，低下头，像败下阵来的兵士，将一碗谢师酒捧给师父。

"师父，你放一千个心，这一生，哪怕我一鸟难求，凤凰山的一片鸟羽我春风都不去碰。"

话说得轻巧，春风和师父在凤凰山钻了一年多的时间了，哪里有水凼，哪里是鸟道，他那心里自是清楚明了。现在，要去寻觅一个生疏的地方，查鸟路，识鸟语，还得找水流，辨山音，这可不是三五日就能熟知于怀的。正因为岷山太大太深，反倒茫然不知去向了。

春风灵醒，他在寨子里走访打过猎，安过套，挖过药的老人，挨个挨个地询问，都听到过什么鸟叫，看到过什么稀罕的鸟。那些都老出岁月痕迹的人，就摸着胡子，吧嗒着叶子烟，眯细着眼，很享受地回忆起来，他们说看见过白马鸡、贝母鸡、娃娃鸡、锦鸡、星袖鸡，听到过画眉、相思、清明、鹦鹉等的呼叫。春风的心里就塞满了神溪沟的鸟鸣，眼前仿佛也飞翔着那些美丽的鸣禽。

春风是打定主意去神溪沟了。临行前，去师父处辞别，也想顺便再讨教些问题，就碰上了夏花。

夏花算是鸟贩子了，师父的所有获鸟都是卖与她的。她从不算计师父，也从不优待师父，平平常常地做着问得过心的收鸟生意。

夏花的初衷也是拜师学艺的，却因天生的舌头偏大，即使吹几句口哨都跑风漏气的，不要说学着雄画眉悠悠扬扬的叫个天花乱坠，就连母画眉那几声单调的音节都叫得拖泥带水，浑浑沉沉的。她那肉嘟嘟的嘴唇虽不灵巧，却可以慢条斯理地把话说出一些青幽幽的颜色和回锅肉一样的味道。更为神奇的是，她仅凭自己的一张花手帕，便可勾引出那些雀鸟美妙的歌声，还可点燃它们的兴致，翩跹起舞，美轮美奂。

“哦，真是出门遇贵人，幸运得很哩。”

“春风兄弟，又让我可以多赚些零零碎碎的小钱了。”

“以后，还请花姐多关心。”

“太见外了。”

说话时，师父已将近些日子所捕获的画眉、红嘴、相思、鹦鹉等鸟放在夏花面前。鸟们虽也急躁地在笼子里跳跃扑腾，到底已失去了刚被捕时的那股子猛烈的野性了。

夏花说老规矩吧？

师父说：“这回不行了。”

夏花不明地望着师父。师父说这只画眉是他这么多年捕获的最了得的极品。说后，师父便从它的头、喙、爪、毛色、体型、尾羽、眼水等一一开始讲解。最后，师父说：“这是一只打遍天下无敌手的斗鸟。只要夏老板舍得花一年半载的工夫，价值不可限啊！”

春风这才仔细按照师父讲的一一对着看。他还未入道，连皮毛都还看不究竟。夏花似装又不像装，蹲下去像研究古玩一样的研究着。好一阵才站起来，咝咝的抽着凉气。

“那就三千吧。”

“少说也得六千。”

“五千！”

师父没接话，绕着鸟笼走一圈。“看在这么多年的情分上，我亏点。”

春风没参与过这样的交易，他被这样的成交价吓得半死。一只鸟，怎么可以有这样的身价？

夏花走后，师父说：“春风，人与人不同，鸟与鸟也不同，你得了解它们，和它们说话、交流感情。观赏鸟在好看，是养眼的，鸣鸟在好听，是养耳的，斗鸟在好胜，是养性的。各各不同。除此之外，你还得了解市场行情，不然，被别人骗了还蒙在鼓里。”

想到这里，春风的心里已有了一脉细细的清流。他想吹奏一曲鸟歌。春风撮着嘴唇，舌尖积了厚厚的舌苔。

他这才发现凤凰山已早没了绿树纷披的景象了，那些孕育鸟鸣的林子，那些滋润鸟音的流水以及那些艳丽如鸟羽的鲜花都离开了这片土地。

春风坐在山嘴上，向往着林茂木丰的浩荡时光。

于是，他说：神溪沟呢？

二

第一次钻进神溪沟，已是二十多年前的事了。

是夏天，雨脚一直没有停过，不仅河里的水涨得满盈盈的，就连那些板岩的裂隙中也汩汩地往外涌流。雨水还顺了树干向下淌着，在上面流出好些漂亮的水靥，一涟涟的串着。所有的鸟都淋湿了嗓子，喑哑了。偌大的山林就沉重的湿塌着。

春风按照师父给他描绘的路线，找到了那孔岩洞，不深的洞里还残存着地榻，蒿草和竹枝参差交杂，榻旁还堆码着柴薪，余烬中有野兽的脚印。

入夜后，他刚在疲惫中睡下，山林就不安分起来，猴子打斗的声音，娃娃鸡哭叫的声音，还有其他辩不明听不仔细的声音都闹腾起来，让山林不是静寂地过夜，反生出热烘烘的恐怖。

好像在梦中，他听见了山鹊的啼鸣，喳喳喳喳，接着是斑鸠的咕咕咕咕……春风被这越来越紧的叫声唤醒了。他的眼前就有几只山鹊在洞口的树枝上雀跃，鲜红的喙叼着这样干枯的啼鸣，尾羽却出奇的长。斑鸠又叫了几声，没睡醒一样的声音，稠稠的。天光不是从枝叶间漏下来的，仿佛是从天上瀑布一样倾泻而下，和着这样的天光，所有的鸟雀都鸣叫起来，构成明丽的交响，充盈了神溪沟这个美妙的清晨。

他没有爬起来，不愿去扰乱这个美妙的清晨，他要让所有的鸟都尽情地唱响这天籁般的晨祷，迎接久违的旭日的降临。

热烈而澎湃的交响中，他听到了画眉极具质感的鸣叫，也听见了八哥金汤般流淌的叙语。他没有想到，神溪沟居然还这么原生态。

这样的热闹持续了一个多小时，山林安静了下来。阳光将多日的雨幻化成缥缈的雾岚，起初是拥塞在沟谷，渐次升腾到山峦。春风就被雾岚所制造出的那些明明灭灭、莫测变幻的景象迷惑了。这时，又有一声或两声悠长的鸟鸣从云雾深处响起，让山林更加的空旷和幽深。

春风想起了释比爷爷的唱经。

神鹿溅起的水花
飞落到金鸡的羽翅上
金鸡一叫，把释比惊醒了
释此击鼓，把人类惊醒了
人声鼎沸，把太阳惊醒了
日出东方，把这个世界惊醒了

春风心里很舒服，舒服得仿佛看见云雾缭绕的海市蜃楼。他说好啊，都醒了。

春风找到了被称为神溪的那条小河，逆流而上时，他发现了许多小湖，湖水汪着一块块青碧的翡翠，湖底沉淀着金铂一般的华贵色彩，湖旁又生长着绿意葱郁的柳树、桦树和杨树。惊诧后的鸟并不飞远，或站在高枝上窥视，或钻入密丛中静听，或躲在浓荫中等候。春风看见溪流的两岸，生长着不同的浆果树，有藤萝缠绕的也有枝干虬曲的。他看见了锦鸡在林下觅食，也看见了星宿鸡栖息在高树上。中午时分，所有的鸟都休闲地慢生活着，只有神溪淙淙的更显活泼和洒脱。

春风沿了鸡们踩出的道路往前寻找，他要找到一个下马尾套的所在。他找到了，必经的地方只可容一只鸡走过。他顺手拉过一根黄荆条，试试弹性和韧性。再上到更高处，接近山梁处，他发现了更大的马鸡群，梦幻的洁白的尾羽几乎接近于精灵了。

再次回到溪边时，春风被眼前的一幕给惊呆了。那么多鸟都云集到水边，约定俗成的在各自的领地上快乐地沐浴。它们先张开翅膀，抖动起来，将水滴洒向全身，再将羽毛舒张开去，蓬松出炸裂的样子，抖动，扑扇，跳跃，当水流从羽背上滚落下后，便静静地站立着，用它们灵巧而纤美的喙一根根地梳理着湿滑的羽毛。先整理出胸前的柔羽，再扭过头去梳理翅膀上的硬羽。梳一梳，啄一啄，再理一理，每一羽都必须整理得巴巴实实，都必须梳理得伸伸展展。自己照顾不到的，还可由同伴代劳。整理完后，它们很惬意地将头扭回去，将喙插入洁净的羽毛中，小歇片刻。

阳光从它们的羽毛上游走后，它们便起飞了，飞到那些稠密的叶簇中，开始为大山颂诗一般的晚祷了。

夜幕降临了，神溪沟的第一天就这样飞走了。

春风最先捕得的是一只雪马鸡，他把马鸡关进笼子里，笼子太小，马鸡根本没办法转身。太小的笼子哪里罩得住马鸡，它的野性是春风完全没料到的，一个晚上，就死得硬翘翘的了。让春风心里很不好受。

第二只画眉是春风花了整整两天时间才哄入套的。他几乎把学到的招全都用上了。当他将它捉到手时，他就感到了不一样。铁疙瘩一样紧扎的手感，和凤凰山的画眉相比，劲也大多了，不仅爪子的劲把它的手划出几道血口，嘴上的劲就更让春风难以招架，一啄一个青疙瘩，一扯一个乌血点。再看它的羽毛，比凤凰山的有光泽，不是土黄、压铜黄，而是金黄，并镀金似的放出光华。特别是那画眉的眼梢，一直延展至翅膀的前端，剑锋似的插进去一样。春风将它放于笼中，这家伙极度的不老实，片刻也不停地上蹿下跳，左冲右突，大有不把笼子毁坏不罢休的阵仗。

凭感觉，春风知道这是只好鸟，和师父卖给夏花的那只相较有过之而无不及。

春风学着师父和鸟对话，希望沟通后消减它的野性。然而，这只自以为是的鸟根本不领情，所有鸟语它都听不懂，几小时后就气息奄奄了。春风又是给它灌水又是柔情的抚摸，还是无济于事，不多久，它死了。

春风是痛心了，几千元到手的票子不翼而飞了。他不得不考虑如何解决这个问题。

几天内，又捕获了锦鸡、松鸡，都一个结果，不是碰得头破血流就是气绝而亡。所有的辛苦都白费了。

师父上山了，和徒弟一起观察研究，这才发现，神溪沟的所有鸟鸣声都没有凤凰山的悠扬，但音质却极为硬朗，像是敲打钢板后发出的声响，鸣声停止后，似乎都还可以听见余音袅袅。师徒二人头都想大了，头都抓疼了，还是找不到对路的理由。只好把原因归咎于神溪沟的水，怪只怪水中的钙让水太硬，太硬的水养了太硬的鸟性。才知一方水土养育的岂止是一方人。

夏花当然不会放过春风的这笔生意，一周后就主动找到神溪沟来了。恰好捕获一只八哥，六百元成交，但夏花还在路上，八哥就归西了。把夏花气得吐血。

春风被系列问题困住了，他失去了信心。师父却劝他钉在神溪沟，只要找到驯化的办法，神溪沟的鸟是可以成全他的。

整个夏天，春风几乎没有什么收获。倒是夏花提醒他，让他把那些死去的鸟，马鸡、锦鸡等观赏禽类做成标本，多少也弥补了些亏空。

夏花告诉他说他做的标本逼真，不仅每一尾羽毛都毫毛不损，而且活灵活现，特别是那一双双眼睛，明亮光辉，盈盈的饱含情爱，总盯着主人，明星照一样，有些主人还为标本罩上玻璃房，生怕它扑腾一声飞回山林了。

春风做的观赏标本果然就走起俏了。夏花让他改行做标本，春风听其言，却不改初衷。他也发现自己是个做标本的高手，除禽类外，凡到山里打猎安索子的，只要有所获，他都买下猎物的皮，把它们做成标本。夏花为他带来了做标本生意的广东商人。那人眼睛像星星一样亮，脸上的肌肉都活活的要说话一样。在夏花的说合下，春风的标本售价不比捕鸟低。

但是春风不为标本的事所动，他的心还在画眉上，总希望画眉把他带到城里去，让他成为城里的“画眉”。

入秋后，进山猎物的人多了起来，春风就主动的当上猎人们的后勤部长了。他把早晚的餐饭给他们侍候得比家里还巴适。猎人们自是感谢他，好些皮张就都送了他。到第一场雪沉沉地压住山林时，猎人们走了，留下满满一山洞生机盎然的标本陪着他，还有肉、酒、米、糖，要什么有什么。

雪一下来，鸟们就离开了神溪沟，一整天下来听不到一声鸟鸣。春风以为是那些猎人的枪声和吵闹声赶走了鸟儿，心里生出对他们的记恨。他必须弄明白这件事，以决定明年还来不来神溪沟。

春风爬上神仙包。这是周边几条沟的最高处，可以望向四方，也可以听到周边的信息。终于，他听见了画眉的鸣叫，是沐浴后的歌唱，有些舒缓的流淌。寻声望去，皑皑白雪中似有岚雾薄薄的袅娜，山风将一股矿石的味道送入他的鼻腔。他寻着这样的气味向西行去，接近轻纱似的薄雾时，他看见了热气氤氲的那一股热泉。没有想到，鸟们都汇聚到温泉的周边过冬了。

春风回到山洞里，夏花已等在那里了。他说，冬天鸟们都飞走了，一无所获。夏花把送他的物品摆在那里，每一件物品都让春风心里燥热。她望着他说这次完完全全为他而来。春风腼腆地低下头去，有些不敢看面前的这个女人。只听村里人说：做生意的人除了钱以外，什么都没有了。夏花这样做是不是只为了以后在他这里挣更多的钱。春风被这想法激活了，也许她拿这些东西来封他的口，让他以后不要与她在价格上过多计较。

夏花早就在春风身上打自己的主意了，特别是春风在标本制作上显出与众不同时，她的主意就打定了。她对自己很有信心，春风哪怕有十八变，在她面前也不过如来面前的孙猴子。虽比春风大两岁，那又有什么影响呢？古歌不是唱“六月麦子正扬花，丈夫还是奶娃娃”吗？

“你那副样子，好像我有其他的目的。”

“我又没有说什么。”

“我真的是喜欢你！”

夏花如母画眉一般只瞿地叫了一声，就等着雄画眉为她动情的歌唱了。

这只雄画眉却还没长醒，还没长开，毛桃子一样的青涩。

“我说的是真话！”

春风不知道夏花究竟是不是真话，他还是那样低着头不回话。

夏花又说了些什么，春风根本没听见。他走神了，总在想如何去和那些鸟雀做朋友，赢得它们的芳心。

夏花没想到，春风连山里的鸟雀都不如，起身走了。

好一阵，春风才走出山洞，想招呼夏花进来，却连人影子都没有看到。他就说走了也好，不然，还不知道去哪里过夜哩。

这几天，春风好像有些感觉了，他每天早上都去温泉，将大米撒在地上，然后就躲在不远处观察。他看见了那只火红的画眉最先下地啄食，然后有些神秘地低声呼唤同伴。一只又一只，五只九只十只都来了。它们边吃边说着悄悄话，很是自在惬意的样子。不一会儿，米粒被它们捡食完了，意犹未尽的互相看着，用爪子剔剔金色的长喙。春风吹出清丽的叫声，那只火红的画眉只啾的一叫，它唤来的画眉便全都飞走了。

以后，春风又将米炒了。他想炒过的米会让画眉逐日的染上人的味道，消弭它们的野性。

几天后，鸟们开始按时来到。只要春风晚到片刻，它们就会鸣叫着相互询问相互质疑，甚至一齐鸣叫着抗议。这时的鸣声燥烈得如看得见丝线的阳光。当春风出现在它们的视野中时，它们已没有了十足的野性，有些带着期待地低语。他将炒米撒在地上，马上就有胆大的去啄飞去远处的米粒。

那天，夏花又来了。春风说，来了。她说，不会又撵她走吧。春风说：“我去找你，你已走了。”夏花说：“你是还没长醒吗？”春风不明白夏花问的问题，好久以后才说：“有些东西一直都是醒着的，不需要长。”

天已不早了，太阳出奇得好，把山林都晒出了阳光的味道。夏花说：“我走了。”春风说：“我带你去看温泉。”夏花用怀疑的目光询问他。他就拉开步子向温泉走去。

阳光将雾岚洞穿，他俩看见朦胧中的画眉群浴的景象。它们的每一片羽毛都缠绕着洁丽的丝线，那些亮光光的丝线又鲜明的被薄薄的轻雾簇拥着。当画眉跃动时，仿佛听得见丝线轻触时发出的铮铮之音，断裂的嘣嘣之声，更多的却是一种曼妙的升华之音。当画眉扑腾时，便有珠落玉盘、雨洒金盆的美妙绝响。鸟们在这样的场景中穿行、扑闪、跳动，不断地构织出虚幻的缥缈景象。春风和夏花都被鸟们的卓尔不凡惊得目瞪口呆了。他俩痴痴地陶醉了，这时，一声精美的鸣叫带着千丝万缕从那里超越出来，金光四射地穿行在山林中，仿佛是一声号令，鸟们都齐扑扑地从雾气中飞向阳光驻足的枝头，吸纳着夕阳喷薄的能量。他俩向温泉走去，什么都没说，没有阳光照耀的雾气变得更加浓稠。

三

春风被神溪沟的枯萎和败落惊呆了。以前的茂树修竹都哪去了呢？他知道哪怕去觅得一声麻雀的枯叫也会是一种奢望。他找到了那孔曾给他那么多野味和女人味的山洞。现在什么都没有了，只呈现出岁月老朽的腐痕。本想坐坐，又突然打消了这样的念头。他怕以前的那些活灵活现的标本和清幽滑爽的鸟鸣构织出一张无形的痛苦的大网将他罩住。他向神仙包爬去，神仙包已龟裂出临死的噩梦，那些腐烂的木桩，爆裂的树根，直直地插在他的心上，杀灭着回忆中的青葱岁月。缭绕而升腾的雾气呢？汩汩叙语的温泉呢？都远去了，只留下一块块老人斑似的焦黑。

他知道，凤凰山、神溪沟的山林都是被人们偷伐盗伐了。那些被贫穷追赶着的人们，被穷根绊住脚的人们，心灵便在向往油光水滑的日子中因终年的素食而溃烂下去，这样的溃烂传染给了山林，山林因此以更加难以想象的速度溃烂开去，一片片林子倒了下去，继而失去了为它们装点和护脚的鲜花，赶走了与它们相依为命、相映成趣、为它们注入生命旋律的飞禽走兽。

春风何曾想到，失去了常态的自然，竟然变得这般的面目全非，恐怖至极。这对于一个捕鸟人来说意味着什么呢？在这样的难堪中，往事又妖娆的向他扑来。

春风经过一个冬天在温泉边对画眉的喂养和对话，神溪沟野性十足的画眉已变得乖巧起来，它们甚至会站在树枝上与春风对鸣，不服输的秉性进一步升华它们鸣唱的歌曲，它们不仅可以在婉转中增加一些陡然向天宇直上的阳刚，也可以缓缓地让歌唱变成轻轻的言语。甚至，它们还学会了林涛漫卷的声音、修竹摇曳的声音，学会了水漫乱石的穿越声、流淌声、滑落声，并将其融合着交织起来，创造出独特的流韵水律。

春风和夏花改变了策略，他们先捕回一只母画眉。这正是他们想要的那只，它的叫声很有磁性，总蕴含了腴美的诱惑，只要它一发声，所有的雄画眉都会争先恐后地歌唱起来。起初是清丽明快的竞歌，接下来便是对手之间的相互抗争、打压、谩骂，再后来就是搅杀、碾压、老子天下第一了。

他俩给它取名叫牡丹，不是因为它的鸣声，而是它的羽毛。

它的羽毛并不如雄画眉那样束得紧紧的，只在乎修长的躯体和健硕的肌肉。它是雌鸟，要有母性的雍容和富有脂肪的弹性，加上它周身的金箔般的沉稳的黄，实在是太像一朵刚开放的黄牡丹。

在笼子里，牡丹先是急躁的蹿动和怒钻，春风用晨抚一般的叙歌安慰它，它听得很焦躁，过一会儿，它就偶尔停下，凝神聆听，在辨认中，牡丹安静下来了，并开始对鸣。

瞿、瞿、瞿瞿。

它停下来，再听一阵，又垂下开扇的尾羽，将头昂扬起来拉直。啾啾的又叫了几声。

在和春风的对鸣中，牡丹显出了它的认同，它将头侧向声音传来的方向，满怀希望的等待着。

下午，一只雄画眉在春风的招惹中扑向了他的网子。

这只画眉羽色鲜丽，通体耀光。身体紧束，线条明快。它的眼线如镶嵌进去的钢丝，眼角很有劲道的向上斜去，刀锋似的。沿了眼圈的画框，却白得耀眼，闪耀着健与美的光彩。

春风给它取名金刚，将它和牡丹关在一起。两只画眉只短暂的对视后，便久违似的亲昵起来。对话让春风和夏花都难以听懂。

夏花自认为金刚是一只可以培养的斗鸟。它的鸣叫并不怎么动听悦耳，但声音中充满了刚毅和不屈，正是这样带着杀气的昭示，让它的特长和优势展示出来。

春风发现了金刚的弱项在它的腿和爪子上。它的腿过细过长，爪子的抓捏力量不足。即使在和牡丹的打闹中，腿爪还不是牡丹的对手。

几天后，金刚这只十足的生鸟，野性消减得不少，只要和牡丹在一起，好像什么想法都没有了，天天守着仙女似的美鸟，自己是雌是雄都分不清了。再这样下去，就只能是一只公不公母不母的烂鸟了。

前不久，春风去斗鸟场观战，不大的斗鸟场被擂主装点得很是别致。广告画上的几只斗鸟被渲染得不可一世。那些名字都充满杀气。有战神、铁甲、雷公、金羽。不仅把斗鸟画得气宇轩昂，目空一切，而且还披上恶魔似的大氅，罩上一层恐怖的氛围。再看看那些介绍，都是攻无不克战无不胜的常胜将军。每一个字都沾满了淋漓的鸟血。

一张厚重的长条桌上摆放着散发着血腥味的斗笼，笼子不大，结实、华丽、坚固。几百上千的观战者里三层外三层的围就斗鸟场，伸长了脖子攥紧了拳头，等待一场鸟羽横飞，你死我活的殊死战斗。

面对人声鼎沸的场面，主持人双手高举着往下压去，大声提示大家安静并宣布斗鸟战斗开始。

两位鸟主也很提劲，一位披着黑色的大氅，领口处露出朱红的衬里，戴着一副很是夸张的墨镜，神情肃穆，一脸杀气。一位着一身将军尼的将军服，头戴大盖帽，浑身弥漫着沙场秋点兵的胜利喜悦，每一步都是凯旋的英武和豪迈。

两只斗鸟在他俩的笼中被笼衣罩着，既听不见战斗前的铮铮誓言，也看不见临阵的摩拳擦掌。一袭笼衣把什么都裹住了，所有的战事都只能从两位鸟主人身上去推演和猜测了。

春风是第一次来此地观战，夏花虽来过，但从来没有认真看过。倒是战斗后，胜利者的价值倍增，让她很上心。她怎么也没有想到，一只好的斗鸟居然可以几万甚至几十万。当夏花把这个信息传递给春风时，春风几天都未想明白。

想不明白不等于不发生这样的事。

主持人已将斗笼两边的门打开了，两位鸟主人很夸张地取下笼衣，面容威严，目光坚定，字字如刀，句句似剑的给斗鸟作战前动员。斗鸟亦心无旁骛地凝心聚神，信心大增地迎接大战的到来。

两只斗鸟迫不及待地破门而出，火速进入充满血腥味的战场，在对手面前它们没有丝毫的犹豫和等待，径直地飞扑过去，搅杀在一起。

这样的缠斗，春风从未见过。除了四只将每一根羽毛都竖得笔直、羽毛之间灌注了无尽的力量的翅膀外，就什么也看不见了。它们没有了头，没有了爪和脚。它们从这头扑腾到那头，战斗的翅膀发出机枪扫射的声音，再从那头滚翻着撕扯着战斗到这头，扫射的密度依然不减。没有伤痛的呻吟，更没有退缩的哀求。只有战斗中飘飞的羽毛从它们身上飞上去再落下来。如战场上勇士被战火、被弹片撕碎的军装，被弹片穿透的旗帜。

春风的心被这样殊死的战斗揪得紧紧的，他的手心里沁出了冰凉的汗水。几分钟过去了，两只斗鸟越战越勇。扑腾的气势，搅杀的阵仗似乎丝毫没有消退。观战的人们开始躁动，有的叫着铁头，有的叫着金翅。听到这样的叫声后，两只斗鸟如听见冲锋号的战士，血气喷涌，血性再起。斗笼里再一次展开更加难解难分的战斗。

春风听见铁头这个名字后，心里为之一震，莫非这只叫铁头的斗鸟是秋阳师父的那一只吗？他看一眼夏花，发现夏花看得入了神，他不便打扰，就继续观战。

刊载于《民族文学》汉文版2021年02期

生荒——深山老林纪事之二

蒋永志

他起来得很早。天蒙蒙亮，就窸窸窣窣地披上衣服，朝火塘里扔几块柴，提着锄头，掩上门，像夜猫子，悄无声息地往山上走。

雾很浓，把山裹得紧紧的，挡着他的视线，他也就不去看远远近近的景物，只使劲吸一口气，空气很潮湿，一股薄荷般的清香，透进五脏六腑。他觉得舒服，轻轻咳了两声。

这是邓木良去挖他的第八块生荒地。

离开木板房，走五十步，就开始爬坡。草棵子上，树枝条上，排列着一串一串的露水，轻轻儿一撞动，便一齐跳跃到地上，再无踪影。路也湿漉漉的，像下过雨，有些打滑。邓木良不管这些，大步朝山上蹬，他心里憋着气呢。上了山，也不朝四下看，荒地是早看中的，从哪里开锄，心头都有数。只是雾越来越浓，缠着脚脖子，缓慢地蠕动。他很喜欢早晨的雾，钻在雾里，感觉世界上只有他一个人了，混混沌沌，很像天地之初，只有他一个人在那里开辟乾坤，老一辈人说过，天地原先就是这个样子。

他朝手心里吐口唾沫，抡起大山锄，很有力地掀起一块土饼。他喜欢挖这种还没有完全解冻的山地，一锄就是一大饼，用劲翻过来，敲下一锄背，土饼“嘭”地发出一声闷响，裂为几块，沙沙地呻吟着，慢慢四散躺下，等着早起的太阳，晒成一摊湿润润的黑土。晾几天，就可下种了，他想着。一块土饼翻了个身，又翻个身，他的脚躲闪不及，小腿骨一阵疼，被土饼稳稳地砸在脚上。“×娘的。”他咕噜着骂一句，躬腰掀开土饼，一条蜿蜒的液体流出来，很快朝脚脖子爬去。他用手掌抹了一把，一片血，顺手扯一片栬树叶子，贴在伤口上，就不再管它，继续挖地。

渐渐燥热起来，他甩掉拴在腰间的半截麻绳，齐膝的旧军大衣便敞开了。衣服没有扣子，不是这样的早春天气，邓木良是连绳子也不扎的，任随油光光的大衣，像朴棱的鸡翅忽扇着，太阳很凶狠地将他的胸膛烤成了土黑色，长年不洗澡，弯腰刨土时，泥尘扑打在皮肉上，结了一层垢泥。头上的汗水，顺着脖颈往下淌，在胸脯上开出一条条弯弯曲曲的运河。

今天他挖得狠，连太阳出来也不知道，忽然觉得肚子有些饿，才歇手。他看中一块脸盆大的石头，一屁股坐下去，是该歇气了。他眯着眼睛，望四山八野的雾气，被太阳赶得飞快逃散，朝林子里钻，朝岩缝里钻，一会儿就亮出一大片青幽幽，绿汪汪的林子来。他瞟了一眼工段住地，才突然发现，这儿真是一块好地方哩，不但一眼望得完整个工段的木板房，再往远处，还隐隐约约望得见锁着这片山林的石门。

他很有兴致地看工段那几幢木板房。一共四幢，不规则地排成两排。这些房是十几年前伐木场正兴旺时盖的，那时不止这几幢，一把大火，烧掉大半，就再没恢复元气，年深日久，就剩下这四幢，不知道有多少年没翻盖过了，日晒雨淋，成了土黑色。伐木场早撤了，搬来个营林队。邓木良十几年没挪过窝，退休了，也就住着靠山边那一小间。他看得见门关着，房顶有淡淡的烟丝丝缕缕地逸出，火塘燃着，他放心了。他一间房，一间房地望过去，有的门紧闭着，有的门打开，有人进出。望到最后，他盯着支书那扇门，严严地关着。“×他娘，昨晚又打半夜麻将。”他心里涌出一股怒气，倒不是真骂他打半夜麻将，林场里的干部，是打麻将的大瘾客。他是想起昨天的事哩。

“叮铃——铃，叮铃——铃……”远远儿，清清亮亮的马铃声飘过来。透过树林子，看得见一支马帮，正缓缓爬坡。

这怪物好早！

邓木良站起身，看看一早开出的荒地，很满意。再起几个早，就挖得完了，他盘算着。拿起山锄，走了两步，又改变主意，选一棵枝叶密实的青冈树，把锄头严严地藏在树枝上。

“叮铃、叮铃……”马铃子好响，翻过了山梁梁。赶马人呵什、呵什的吆喝声，在林子里传得好远。邓木良灵巧地绕过那些灌木丛，快步朝山下走，他要去截住马帮哩。

也不为别的，赶马人是他的熟识，就想跟他走一段路，吸他一袋烟。

巧巧地，邓木良站在马道上，马帮也就到了。头马是匹大青骡子，额头有一个油亮亮的白斑，有一个好听的名字——玉点。它见了邓木良，认得是熟人，也不惊诧，冲他友好地点点头，畜牲通人性哩。邓木良伸手拍拍牲口脖颈，玉点一昂头，马铃子一阵乱响，走过去了。他站在路边，让驮着麻袋的牲口，一匹一匹从面前过去，见赶马人骑着红马过来了，他就大声打招呼：

“×娘的，你杂种好早啊！”

“老杂毛，这么早，就候着你大爷了！”

赶马的，也是个半老头子，精瘦，却有精神。看见邓木良，从马背上下来，把缰绳搭在马鞍子上，冲着马帮喊“呵——扎、扎！”马儿停住了。赶马人顺手把烟袋递给邓木良，趁邓木良吸烟的功夫，撒一泡尿。

“咦，你杂种穿这么抻展，是要妆舅子吧？”邓木良发现赶马人穿了件崭新的卡其布衣服，不像往日的邋遢光景。

“我讨婆娘了——啊什！”

赶马人顺口回答，又赶动了牲口。邓木良心里一震，站下了。赶马人照料牲口，走出几步，见邓木良并未跟上，回头喊：“嗨！走哇。”邓木良慌乱地把烟杆插进嘴里，猛猛吸了一口，呛住了，吭、吭地咳嗽。紧走几步，撵上赶马人，把烟袋塞在他手里，立住了。

“咋啦？走哇。”

“不，你走。”

邓木良脸色难看地说，赶马人不解地望他眼，牵住坐骑，一翻身，上了马背，说声“我走了。”便去追他的马帮，细碎的马蹄声，敲打着邓木良的耳鼓，渐渐远去。

往日的习惯，他是要同赶马人高高兴兴走一段路的，边走边互相打趣，直待烟吸足了，才拍一掌马屁股，欢欢地送走赶马人。他俩的友谊，持续了二十年。

邓木良木木地站了片刻，叹口气，懒心懒意地往回走。遥遥地，马铃儿还在林子间摇响：叮——铃，叮——铃……

咦，那不是马铃儿吧，是一串脆生生的耳环碰撞声哩。唉，五妹，唉，五妹！咯咯地笑，也脆生生的，像摇一串铃铛……

“邓哥，歇口气呀。”她在放羊，站在路边打招呼。

“嗯。”他轻巧地放下肩头扛着的麻袋，歇下了。

“邓哥，扛啥呀？”

“大米。”

邓木良扯过衣襟擦汗，看五妹远远站着做针线。

“做啥呢？”轮到他问了。

“做鞋。”

“给我做一双呀。”

“做梦！”

他笑笑也不生气。

歇够了，他又扛起米袋赶路，说也怪，肩头轻多了，那是心头高兴哩。

咦，我咋想起她？邓木良望望老高的太阳。回去吧，回去吧，想她做啥子哟。他心里恨恨的，加快了步伐。

回到木板屋，捅燃快要熄火的火塘，邓木良呆呆地坐了一气，无精打采地支起大罐头盒，等水烧开了，便用木筷搅动着往里撒玉米面，一会儿，稠稠的玉米糊糊咕嘟咕嘟地煮起来，大滴大滴地跳入红红的塘灰里，又痛苦地鼓起气泡，丝丝地哼。待水分蒸发完，便有黄黄的玉米糊锅巴，他从灰里捡起来，扑扑吹去灰，送进无牙的嘴里，很香的咀嚼。

“邓老狗回来了吧？”支书的声音，在问谁。

“兴许回来了。”那是住在隔壁的卫生员在答。

邓木良见是说他，停住咀嚼，支起耳朵听。咚咚的脚步声，就朝他门口走近。吱呀一声，支书伸了个头。

“在家哩。”支书稍停片刻，待眼睛适应了屋子里很暗的光线，才推门进屋。

“噢，吃早饭。”支书也不坐，站着，伸手去搅挂在火塘中央的大铁壶，里面煮着白生生的兽骨。

邓木良连头也没有抬一抬，也不让坐，也不说话，存着戒心哩，他晓得支书心里揣着啥子鬼点点。

“跟你说过，荒不准开，你不听话，这是上头的规定哩。”

看看，就是这话。邓木良白了支书一眼，心里嘿嘿一笑，“那是眼红我那十来块地！”他没有说出口。上头规定，哼！鬼才相信。要在那二年，干部说声是上头的规定，他句句信着，这二年，他渐渐明白，有些是干部胡编的，拿这话吓唬人。

支书见邓木良不搭话，停住搅铁壶里的兽骨汤，盯着他口气硬硬地说：“总之，我给你打了招呼，听不听由你，割尾巴办公室下午就要来人，别把你抓了典型！”说完，大步跨出门，走了。

邓木良也就无心吃饭，仰身躺在地铺上。肚腹里涌起一股无名的燥热，冲得眼睛发胀，他使劲闭上眼睛，脑子里翻腾得厉害。

不挖就不挖吧，他是退休工人，每月有三十多元的退休金。唉，是为了她呀，十几年的冤债，有那么多年的纠葛，牵挂着五妹。

好硬的风，刀子样割人，邓木良鼓足劲，爬过最后几步陡立的石坎，上了石门。五妹呢？他在往日歇脚的地方歇下来，往四野望。不见五妹，也不见五妹的羊。往日他翻过石门，不远不近，五妹就会立在那块平坦坦的青石上，捻羊毛，做针线，从没误过。今日咋不见呢？邓木良心里升起一丝惆怅。从衣兜掏出两绞青线，看一眼，又揣进怀里。他坐在往日坐的石上，敞着衣襟，任风在胸膛上割，割得生痛了，便掩过衣襟。噢，五妹兴许今天不放羊。他想着，也就不介意，扛起麻袋走了。

他又翻一回、两回石门，还不见五妹影子，他心里空落得慌。三十里山路，寥无人迹，爬完那么多的坡坡坎坎，翻过石门，才是路程的一半。每日里早早他下石门，抬眼就望见五妹的羊群漫过那面缓缓的山坡。下午返回石门，就同五妹打了照面，他也记不清咋就和五妹熟识起来，天天见着面的，几日不见，他就生出许多猜测，莫不是生病了，走亲戚了，还是……他寻思。我去看看她吧，就拐上另一条小路。

他本不是走那条路的。搬运工是沿着流送木材的渠道往工段走。五妹的家，住在一条浅浅的溪流的那一边，靠山一座古寨楼，据说那是两百年前一个藏族的头人修下的呢。溪流上架一座小木桥，过了桥，绕着刚生出几瓣儿嫩叶叶的胡豆地边走，爬一段很陡的坡，过五妹门前，再慢慢绕回到渠道边，要多走三里地。邓木良不算计它哩，他有的是力气，何况是为了五妹哩。

他把麻袋放在石埂上，跨两步台阶，就用手掌拍门，高声喊："有人在家吗？"他不敢贸然推门，五妹家有狗。果然狗汪汪地叫起来，叫声沉闷，狗老了。

有人拨动门闩，吱呀开一条缝，是五妹的哑巴大哥。他见是熟人——邓木良来过几次。回头呜哩哇啦喊几声，就又有人出来。

"是邓大哥呵。"是五妹的妈妈。开了门，哑巴拦住狠狠的狗。"是五妹请我帮她买的线，不见她放羊，顺路送来。"话是早想好的，边说边掏出线，给五妹妈看。

五妹妈让了座，就进了里屋。邓木良不安地坐着。片刻工夫，五妹走出来，闷闷的样子，眉头锁着，眼圈有些发黑。邓木良忙站起来，手掌里摊着线，送到五妹面前。

"是邓师父。"五妹有些儿犹像地拿过线，哀怨地望邓木良一眼，再不说话。

邓木良心里一沉，咋喊邓师父？不像往日亲亲切切地喊一声邓哥。

"病了？"

"没病。"

"不放羊了？"

"要放。"

五妹见邓木良满怀狐疑的样子，就又添一句："明天放羊，有话，再说吧。"

第二日，邓木良果然在往日见面的地方，同五妹见了面。五妹便恓恓惶惶地向他倾诉，泪珠子洒了满衣襟。

原来五妹家里穷，这是三年灾害的第二年，一家人苦挨苦码，硬是拖不走了，要让五妹出嫁，嫁到更高更远的山上，去换粮食。邓木良听得恨恨的，说："给你妈说，不嫁！钱，我有！粮，我有！"

"你——你说啥呀！"五妹脸一红，扭捏着把头偏开，双手慌乱地理衣角。邓木良知道她把话听岔了，说："我是说我节约下的有东西，送给你家，渡难关。"他望一眼还低着头的五妹，又说："我现在就去拿。"也不等五妹答话，一撅屁股，站起来就大步往工段走了。

“哎——”五妹来不及说话，呆呆地望他渐渐远去的背影。

打那以后，邓木良把每月的口粮，掰一半给五妹家，把每月的薪水，分一半给五妹家。五妹不嫁了，又天天站在青石板上捻羊毛，做针线。邓木良回回背脚翻过石门，就同五妹闲话。

五妹十八九岁的姑娘了，出脱得像一朵花，虽是山里长成的山花花，不穿绿、不抹香，一挂轻轻一摇就叮叮响的耳坠，伴着山风吹得绯红的圆圆脸儿，招人爱哩。

邓木良已是四十岁的男子汉，虽然长得高挑、壮实，有一把好力气，唉，毕竟是四十岁了，只够着同五妹打趣儿，说话儿，哪能作伴儿，作对儿呢。偏偏地邓木良心下就迷上了五妹，就真真儿地对五妹讲：“我俩耍个相好吧。”偏偏五妹就笑嘻嘻说：“看你那一嘴野茅草般的络腮胡。”

噢，她是嫌胡子哩。

剃掉络腮胡，邓木良又说：“我俩相好了吧。”五妹照样笑嘻嘻说：“看你那一副邋遢像。”

噢，她是嫌我脏哩。

下一趟背脚，他就买一身卡其衣服。五妹不再笑嘻嘻打趣了，忧郁地对他说，她不能和他相好，他对她们家的好处，她一辈子也不忘，待日子转过来了，给她们家的钱粮，她会想法子还的。还说了些啥，邓木良耳朵嗡嗡发响，起初还是五妹嘤嘤的，蜂鸣般的话语，到后来，竟像打雷般轰轰响。他啥话也没有说，扛上麻袋，走了。肩头好沉重……

邓木良一翻身，从地铺上爬起来，揉一把被木头顶得生疼的肩膀，骂一句：“×娘的！”一伸腿，不提防把火塘的罐头盒踢翻，还未吃的玉米糊倾在火灰里，丝丝叫着冲起一屋塘灰。邓木良忙扶正罐头盒，惋惜地望着火灰里嘶嘶作响的面糊，几口把剩下的喝进肚里，夹几块火炭，围在那一摊面糊周围，烤干了，揭起一块完整的玉米粑粑，他也不吃，放在一边。

他坐着出一会儿神，觉得还有啥事要做。人老了，看这记性。他站起来，原地打两个圈圈，脑袋里越加空落，叹一回气，也就不再想，脚步却朝门外走去。

雾早散尽了。青山显出严肃的苍黑色。高大的云杉，顶着耀眼的太阳光，庄重地沉思；一长溜一长溜叫作“山挂面”的藤萝，从树梢垂下来，纹丝不动，看不出有啥浪漫味儿。一条运材渠道，汹涌地卷着原木，一直延伸到山沟尽头。

融融的阳光下，邓木良感觉舒心一些。沿着渠道，一直就走到一片青冈林子后面。被春日的阳光晒得懒洋洋的一片黑土地，默默地望着他。“我到这儿来做啥?”邓木良弄不懂自己咋就信步走到这里来了。他站在地边，警惕地朝四下搜寻一遍，确信没有人来，把眼睛瞄着地中央，那儿有两个窖，藏着满窖洋芋，是留着做种的。他跪在窖上，叉开十指，深深插进土里，像凶狠的土豹子，只几下，就扒开一个坑。浓烈的枝叶腐烂的气息，加出土的洋芋醇酒般的香味，熏得邓木良兴奋，他使劲扒开枯树枝，双手捧起很鲜色的洋芋，闻一闻，在阳光下仔细看。“这老鬼找的种是不错啊。”他记得繁衍了若干代子孙的洋芋，全是当年赶马人替他找的，清一色的紫皮洋芋，儿子儿孙传下来，今年又要拿它做种哩，五妹家也等着哩。唉，五妹，他又想起了她。年年春天，他把洋芋种背到石门，交给放羊的五妹，眼下他惆怅，无名地怨恨。是恨赶马人，还是恨五妹?他弄不清，只感觉心头有股怒气，赶马人今早那一身新衣服，马铃子那一阵得意的摇响，搅得他思绪大乱。

那年，邓木良把钱、粮送了五妹家，一个壮年汉子，半饥半饱，日子难挨呀。起初强忍着，后来人瘦了，运一趟东西，要出许多虚汗。到了晚上，饥饿折磨得他无法入睡，就偷偷起来，解开马帮寄存在他那儿的料口袋，抓一把马饲料胡豆，放在火塘里爆。天长日久，竟吃去大半口袋。赶马的朋友叹口气，也不责怪他，只说畜牲也苦哩，你就不要争那一口饲料了，给他出了个主意，说：“满山满野的荒地，用指头戳个洞，下颗籽，也要结满树的果实，你到无人知晓的地方去挖块生荒吧，种子，我给你想法。”

邓木良就到密实的青冈林深处，挖一块荒地，按赶马人的指点，轮着种、间着种，白菜、萝卜、洋芋、胡豆、这茬子刚冒芽芽，另一茬就已经能下锅了。他也吃不完，顺带着捎给五妹家一些。日子长了，邓木良的这些秘密，工人们都知道了，也不点穿，只悄悄拔他的菜，掏他的洋芋。他也不吭声。就是撞见了，大家也只尴尬地咧嘴一笑。那年头，人的眼睛都饿绿了，整日找寻能填肚子的东西。好些工人，也是省下钱粮，寄出去，家里还有婆娘娃娃呀。只是五妹的事，大家都挖苦他，奚落他，说他半老头子还做春梦，骂他人模狗样，别糟践了人家黄花女，他不理会，由着性子做。

唉，五妹、亲亲的五妹，好恨的五妹，要不是过了那个好漫长的冬天，天天说着话儿，怄着气儿的冬天，开春我送洋芋种给你们家，撞着你正同你那个后山的表哥定亲，我也不恨你，我也不怪你。就是你不与我相好，能天天说上几句话，看着你灵灵巧巧地做针线，抿着两个酒窝儿，甜甜地喊一声邓哥，我也满足了，你咋要成人家的媳妇，那人的一只眼睛，是让豹子抓掉的，一个好难看的黑窟窿，你咋要嫁给他！

邓木良把洋芋种扔在五妹家门口，怨恨地望一眼脸儿红扑扑的五妹，心头涌起潮水样的苦味，一跺脚，离了五妹家。

一倒头，邓木良闩紧门睡了三天三夜，也不吃喝。直到工段长咚咚踢他的门，才爬起来。工段长见他失魂落魄的样子，说：“病了？没病，咋不下山背盐巴？”

“不去。”

“咋不去？你也想给老子扯拐。”

“给我换个工作。”

工段长没料到邓木良也会提出换工作，愣神片刻，打一串响亮的哈哈：“换工作？你会干啥？伐木，集材，当炊事？还是工人当腻了，想当干部？”工段长鄙夷地说。

是呀，他邓木良能做啥？

八岁时，被人卖到老凉山，当娃子，一当二十年。挖地、背柴、背柴、挖地。直到脱去娃子身份，送去修铁路，也只会扛枕木。修完铁路，转到森工林场，念他大三十好几，人听话，好使唤，让他自选工种。他难为情地对领导说，啥也不会哩，就扛米袋，当搬运工吧。领导对他说，你背架也不会背，几十里山路，哪能老用肩扛？他说，我能。就当了运输。

“快去，快去，不要胡思乱想。”工段长催促他。

他拖着软软的步子，无精打采地下山。路边野芍药浓绿的叶子间，已打出花骨朵了。解了冻的溪水，快把小小的木桥淹没了。唉，该是种白菜，种洋芋的季节了。他想起了那些盼着下种的荒地。×娘的，老子啥也不种了！他发狠地在心里说。

远远看见五妹的身影了，站在青石板上，一动不动，正望着他呢。不理她，不理她，你咋了要嫁给那个人。

“邓哥。”他听见五妹怯生生的声音。他努力把脸别到一边，不看她，不看她，好糊涂的五妹。

“邓哥……”

下了石门，五妹清含幽怨的声音，还在耳畔悠悠地震颤。

要不是赶马朋友，今生今世，我也就不再想起她了，他倒好，不声不响就讨了婆娘。邓木良一想起赶马人早晨那悠然的情景，满不在意的向他说讨了婆娘的事！心下就冒起又苦又酸涩的味来，突然间觉得心里坠着了一块石头，沉沉的，好重。他懒心无肠地胡乱掩好窖，跪在黑土地上，感到很累，手里抓一把黑土，使劲一捏，又摊开手掌，呆呆地看黑土慢慢地蠕动，松散，顺着指缝悄悄地溜回到土地上，和那些黑土拥抱在一起。他生出一种莫名其妙的醋意，猛一翻掌，把手心剩下的黑土狠狠砸在地上，抬头茫然望隐在林间的小路，一阵“铃儿、铃儿”的声音，在林子里隐隐传递。噫，莫不是马帮？难道赶马的老杂种打回身了？邓木良站起来，竖起耳朵听，老半天，也不见再有响动。他望着远山出神。

死了心吧，死了心吧。那年子，自打不理五妹以后，邓木良心也就渐渐淡了。是呀，人家又不曾答应同你相好，你凭啥记恨人家。现时五妹已是别人家媳妇了，你凭啥还去招惹人家！人家年纪轻轻的，你个半老头子，咋跟你过日子。道理虽是这样，心里那份情，牵扯得他心痛。在这个世界上，没有第二人疼过他，亲近过他。人们除了看得起他一身力气，说他笨，说他除了能光着一双大脚丫子，吭哧吭哧像牲口一样运东西，跟猪一样脏，就什么东西也算不上。

邓木良运输不再走石门了，绕过半边山崖，走牲口路。在林边上歇下脚，慢慢望一回站在青石板上的五妹，又长长叹一回气。只在发薪水时，走石门，把钱塞给五妹，头也不回地走。五妹捏着钱追着要还给他，他就用恶狠狠的目光瞪她。五妹只好怯怯地停下脚步。

一日，邓木良正扛着豆瓣竹篓爬山，忽见赶马人在前面坐着抽烟杆，他纳闷马帮咋拐到这条道来，就见赶马朋友，朝他招手。他歇下了，接过烟杆闷闷地抽。赶马人望他一回，说：“五妹想见你一面哩，你咋拿脸色给人家看？”他木然地抽烟，不回答。

“明天，五妹在林子边等你，有话说，去不?”

他也不答。

“一家人有一家人的苦处，你难为人家作甚，明天去吧，别让人空等。”

他也不吭气。

赶马人发火了，一把抢下邓木良啮上的烟杆，跳起来骂道：“你这连野狗也不吃的东西，绷啥架子，看得起你，才正正经经跟你说话，你连屁也不放一个，算啥意思。”奚奚落落骂一通，吆吼一声牲口，走了，把邓木良扔在路边，心里好一阵翻腾。

邓木良同五妹还是见了面。五妹也不让他说话，倚在桦树楔子上，拿眼望着他，眼里放出火一样的光，根根底底诉说。后来，火一样的目光，让莹莹的泪水淹灭了，邓木良心里却燃起了火，他恨，却不是恨五妹。五妹有苦处，五妹可怜哩。五妹父亲死得早，姐姐出嫁早，母亲守着哑巴儿子和幺女五妹，过日子艰难。五妹同表哥是娃娃亲，早订下的。表哥打豹子被抓瞎了眼，扭歪了半个脸，好难看，五妹不愿嫁给他。亲戚们不依，说五妹敢嫁给外人，就一绳子一刀子收拾了。五妹妈心疼女儿，懂得幺女的心，只是没办法呀，就劝五妹：“认下吧，认下吧，就算当娘的作下的孽，是命呵。”五妹家要男人撑持，表哥愿做上门女婿。说着诉着，五妹哭出了声：“邓哥，你对我们家的恩，我心底里记着，日子有奔处，送的东西，还你，只是别记恨我。”

邓木良沉默了好久，重重叹一口气，说：“那天背的洋芋，不够下种，明天，我再背来。”望一眼啜泣的五妹，快快地走了，老远，他回头看，五妹还倚在那棵桦树上……

早春的阳光，不晒人，却绵软人。邓木良走出青冈林，上了马道，踩着深深浅浅的马蹄印，往回走。噫，他支着耳朵听，老像有叮铃叮铃的声音在远处响动，他站下要听清，又消失了，森林静得出奇。“×娘的，这是啥毛病!”他心里生出烦躁。山林本该有那么多的平静，也有那么多的动荡，有那么多的欢乐，也有那么多的苦恼，大山老林子，也该是有情有意的哩。邓木良不理解，一种深沉的孤独感，像赤红的火炭，炙烤得心里难受。他离开马道，走上运材渠道窄窄的石埂，急急奔流的卷筒水，激起烟尘般细密的水雾，钻进他敞开的胸膛、脖颈里，他忍不住打一个喷嚏，竟把腰间一条很旧的黑布腰带挣断了，他连忙拽住，看看是否还能接上。布已朽坏，轻轻一用劲，嘶嘶地裂开，他惋惜地一扬手，丢进渠道里，立时就无影无踪。

那是赶马朋友送他的。

那晚，从林子里丢下五妹回来，邓木良脑子空空，什么也不再想了，倒显得轻松。待赶马人从山沟里打回头，就留他住下了。其实也不是有意留客，赶马人那一身马尿味，汗酸味，工人们避着、躲着。哪会留他歇宿，跟邓木良打堆作伴，倒合适。

两人默默地煮了饭吃，就歪在地铺上转换着抽烟杆，一屋又燥又辣的烟雾，熏得两人都把眼眯成一条缝，邓木良还狠着劲吧嗒，赶马人抢过，在石上空空烟锅里冒着黑油的烟末，叹口气，说："你把那事，丢开吧。你我是啥样人，咋能存那些妄想。这些年，我也想过一个女人，人家看不起，唉……"那夜，赶马人说动了情，说了好久，嗓眼里打着哽咽，望着邓木良说："五妹人心好，以后，我们都帮补她一把。"

老杂种仅顾自讨了婆娘。邓木良在水渠边站下了，心绪里那么多的纠葛，缠得他心神不定。他抬头望悬在头顶的太阳，毫不动情地洒冷冷的光。远处又有什么声音，杂乱地传入耳鼓，这回他听清了，是工段那段用来当钟敲的钢轨，被人胡乱敲响，钟声紊乱，有气无力。邓木良朝工段望，见一伙子人，正朝工段外走。他站下看着，就见那伙人慢慢移过了渠道。邓木良猛然意识到，这是林场什么组下来抓什么典型，那面山坡上正有他两块埋藏着洋芋种的荒地。他不由心底生出一股冲天怒气，他要赶在那伙人前面走到自己地里，这肥美的荒地有啥碍处？邓木良四下一望，见前面不远处，渠道上正横一根原木，他急急上前，用脚蹬了蹬原木，稳稳地，便小心踏上去，走出一步，原木一动，邓木良便摔下了渠道。

他仰面朝天，七彩水波纹，把太阳分割成奇形怪状的图案。两面同样七彩的大山和林子，猛然间拥抱过来，心里涌起一丝从未产生过的快意。这水流好急！邓木良想大声喊叫一声，一张嘴，却涌进满嘴凉水，只好闭上眼睛，任流水把他送往他不知道的地方。

刊载于《草地》1988 年第 1 期

草原深处的爱

李　刚

这是一个草原深处寂静的山谷，山清水秀，风光旖旎，现代的气息，在这是失去方向。

山谷的东山上，散落着几十户人家，这就是东日藏寨，日出而作，日落而息，是千百年流传的定律。

时值清晨，朝霞把东方染成风景，霞光万丈，山谷芬芳开来。

山寨边，有一眼山泉水，四季叮咚流畅。

泉边，泽旺多杰坐在林下的草甸上，看着流淌的山泉水，陷入沉思：人畜饮水工程，有序推进，然而，心恋的娜姆，走了数日，怎么还不回来？

“娜姆，狠心的人，你去哪儿了？”泽旺多杰半咬着牙噘着嘴有些埋怨地说。

话刚落音，突然，耳被手指掐住，痛一直到了心上。

“是谁？胆子不小。”泽旺多杰气势汹汹地转过身去，“我要打人了。”

“你打呀！你打呀！打！打！打！……”娜姆把头撞向泽旺多杰的胸膛生气地说。

“原来是你，我想是谁呢，你怎么才回来？我还担心死了。”

“你担心什么？担心我飞了。”

“就是担心你飞了，我现在心中装的全是你，血液里流淌的全是对你的浓浓爱。你是我的生命，你是我的魂魄。”

听到这些，娜姆心花怒放，羞红的脸庞，美如仙桃。泽旺多杰情不自禁手伸向她的脸庞，可被手掌用力拍击了一下。

"今天，我要去放牛，再见了。"娜姆顽皮地边走边说："你还是好好搞饮水，工程早日完工，我们全寨人都会铭记你的情。"

娜姆修长苗条的身段，在透过树枝的阳光中，更加美丽，倩影在泉水边的弯弯小路上，瞬间消失，只留下，更加清脆的画眉啾啾声。

泽旺多杰又激动又不舍，他随即拿出尺子，开始测量水池的尺寸，他把对娜姆的爱，全身心地投入到工程中。

娜姆是泽旺多杰来到东日寨建设人畜饮水工程认识的。泽旺多杰不能忘记高原暮春的那一天。泽旺多杰在单位领导的陪送下，带着实施人畜饮水工程的重任，来到东日寨的第五天。这天，全寨子的户主，到村委会开大会，决定饮水工程重大事宜。

娜姆家，父母到县城有事，家里只有她去开会了。

当太阳越出青山凹，升了丈高，山谷被阳光灿烂开来之时，村委会前的草坪上，散坐了许多来开会的人，人人脸上笑容可掬。村委会主任求扎开话了："各位乡亲，我们村祖祖辈辈盼望已久的自来水，就要动工了，希望大家积极参与，这是我们自己的事，是惠及子孙后代的大事。"求扎倾情的讲述着，"现在，大家商量确定水源取自哪里，但有个要求，就是水质一定要好，水量要够，投资要少。"声音洪亮，穿越山谷。

村民们开始讨论，场面热闹而嘈杂，有的说取村西边山林里泉水，水好，路线短，投资少，有人补充说可大冬天要冻；有的说取东北面阳山沟的泉水，水足，有人补充说可路线长，投资大。大家七嘴八舌意见各异，求扎也拿不定主意，皱着眉头，右手挠头，嘴里不停地说："再考虑考虑，看还有没有，路线短，水好水量又足的。"

开始大家还说上几句，一会儿没有了声响，大家都开始失望了，都低垂着头，用拳头轻敲胸口，怨不能找到适合的水源。

"我知道，有个地方，水甜量大，而且路线近。"娜姆从人群中站起来声音清脆。

全村人和技术员泽旺多杰，把目光投向了娜姆。一个小小的姑娘怎么知道？可信吗？

泽旺多杰被娜姆的话语吸引了过去，看那娜姆，高挑的个儿，穿一身灰色的藏装，系一根朱红的头围巾，组合极好的五官，美貌似天使，深深地吸引着他的视线。接着说的话，更让人们刮目相看。

“你们若不信，我带你们去，如果我说谎，我就从这个村寨出走。”娜姆铿锵有力地说。

人们半信半疑，又指不出其他水源，看到她那么认真，求扎和泽旺多杰以及六位村民代表，随娜姆而去。在离村子三公里的沙弯沟里，娜姆停下了，她说：“这群高耸的岩石背面，有一口泉山，流出地面五米，又流入了地下，所以人们一直未发现。”

“哦，真的吗？”大家惊讶地问。

“当然是真的，我难道还敢欺骗全村的父老乡亲？!”娜姆反问道。

于是，有两个小伙子，攀岩而上，不一会儿，上面就喊道：“有泉水，有泉水，水还大，还甜，你们上来。”又有几个攀岩高手上去后又下来。

这时，求扎和泽旺多杰高兴极了，连声对娜姆说：“你太聪明了，这下可给全村人帮了大忙，节约了资金，节约了时间。你是怎么找到的呢？”

“小时候，一次一只小羊爬上去了，我去追，结果就发现了。”娜姆有些得意地说：“那次，我下来时差点摔下来，从那以后，再没去过，太危险了。”

“全村人感谢你，我也感谢你，你可帮大忙了。”泽旺多杰有些激动不已。

心中的爱恋，油然而生，从此，娜姆就在心里扎了根。

随后，在饮水工程的义务劳动中，他们的心，走得越来越近了。

娜姆，在整个春季，每天都要到山寨后面的草山上放牧。今天依然如此，她像往常一样，匆匆吃过早饭，便走到栅栏围成的牛圈，打开圈门，牛便陆续走出圈舍，成一黑色曲线，伸向远方。

娜姆，沐浴着金色的阳光，走在曲曲折折的牧道上，然而，心早已飞到泽旺多杰那里。

她把牛群，赶到山坡上，就来到村饮水工地上，说是参加义务劳动，其实，就是来看心上人。

一条深掘的水沟，已蜿蜒千米，只需等待水管的填埋，就可通水了。

娜姆，走到堆积如山的黑色水管边，开始梳理它们，忙得不亦乐乎。

“娜姆，不要累坏了，你们家有一人参加义务劳动就可以了，你爸一直在这里。”泽旺多杰赶忙走过来说。

“多一个人，多一份力量，水早一天通到家不好吗?”娜姆开悟泽旺多杰认真地说。

“好是好，就是不忍心你太累。”

“你心疼，就早点通水。”

“好的！好的!”

泽旺多杰被娜姆的爱心、善良、一心为公的高尚品德所感染，而深深感动。

劳动中的休息时间到了，他俩自然而然走到偏僻的静处，交心谈心，互诉衷肠。

娜姆先开口说：“你在我们这里习惯吗?”

“习惯，习惯，太习惯了！因为有你在。”泽旺多杰赶紧回答。

“你真坏，你真坏。”

“我坏吗？我帮你们搞饮水。”

“你就是坏，你就是坏。”

接着是一阵打狂。过了一会儿娜姆说：“你爱我吗？今生今世不离开我吗?”

“我永远爱你，海枯石烂永不变心。”泽旺多杰举起右手掌向天发誓。

“你向天发誓，就要遵守誓言。”

“会的，一定会的。”

泽旺多杰把娜姆揽入怀中，轻拂着她的秀发，娜姆沉浸在爱的海洋。

这样的日子，没过好久，他俩的事，在村上传开了，激怒了娜姆的阿爸热巴。

一天，热巴把娜姆叫到身边，严厉地说：“你再不能和县上来的交往，你早就定亲，你必须要嫁给邻居的东戈尚的扎西，他们家牛多，家庭富裕，嫁到他家，才是你的福气。”

“可是，我不爱他。”娜姆可怜地解释说。

“什么？不爱他，你嫁了，你就爱他了，这事不能变，全村人都知道的事。”

从这天起，娜姆的心情就像晴空布满乌云，整天阴沉沉的，一方面是心爱的恋人，一方面是父亲严厉的阻挡，她不知如何是好，于是，她开始躲避泽旺多杰。

开始，日子还好过，可几天后，心中始终不能忘记心上人，他的身影时时浮现在眼前。

泽旺多杰两天没见到娜姆了，他的日子更是度日如年，他夜夜做噩梦，有种不祥的预兆，他开始疑惑，娜姆，怎么突然不来了，是什么原因呢？他百思不得其解，他决定去找娜姆，问个明白。

这天，他早早忙完了工地上的事，就急不可耐地向娜姆放牛的山坡走去，脚步声像敲击的鼓声，急促而有节奏，一段很远的山路，很快就走过了。

他走到一座山冈上，喘着粗气四周瞭望，可不见她的踪影，他疲惫不堪地坐在草坪上，垂头丧气起来，眼前是迷茫的山野和狂乱的风，心忐忑不安，思绪杂乱无章，他索性睡在地上摊开四肢，仰天长叹，然后，闭目养神，心却翻江倒海。

不知过了多长时间，他有种预感，娜姆就在近处。他起身坐起来，开始从左至右环顾四周，当眼光扫至右背后的山林时，他的目光再也不移动了，娜姆，坐在林下的绿毯上，神情恍惚的用树枝，拍打着长得粗糙的杂草，一轻一重，显得没精打采的。

泽旺多杰的心都快要跳出胸部了，他声嘶力竭地吼叫道："娜姆，娜姆，我的女神。"他边跑边说，上气不接下气："我终于见到你了，我终于见到你了。"

瞬间，他就来到了，娜姆的身边，刚坐下，娜姆就扑进他的怀里，哭开了，泪流满面，泣不成声。

泽旺多杰的心跳加速，他双手握住娜姆的双肩，眼睛盯着娜姆的双目，四目相对，迫切地问道："怎么了？到底发生了什么？你快快说出来。"

娜姆，只是一个劲地哭，不说一句话，这样，把他急得不知所措。

他把娜姆搂得更紧，不停地说："你快说，把我都急死了，是不是有人欺负你了？有我呢，你快说嘛。"

"不是的，不是的。"她终于开口了。

"那是为什么？求求你把真相告诉我。"

娜姆把事情的原委一五一十诉说了一遍，泽旺多杰的心要炸开了，他激动地说："我今生今世只爱你，你只属于我，我不许别人娶你。"

"我也爱你，你是个心善、正直、做事踏实的人，我的心已属于你了。"娜姆认真地说。

"那你跟着我走，到县城去，我养你一辈子，爱你一辈子。"

"可是，我的父母怎么办？他们年岁已高，母亲又多病在身，全家只有我一个劳力，两个弟弟还小，牛有三百二十头，地有十亩。这么大的家，这么多事，我怎么忍心丢下他们呢？”她边说边不停地流泪。

“那牛全卖了，他们就可以自己照顾自己了。”

“那怎么行，牛可是父母的命根子，全家人的主要生活和经济来源。”娜姆叹了叹息又说，“我担心的还不是这些，如果我和你走了，父母在村上没法住，全村人就会鄙视他们。我们的村寨千百年的祖训，定了亲，就不能更改。这可怎么办？再者，父亲是个十分古板又爱面子而异常严厉的人。”

“现在新时代了，有的习俗要改的。总之，我管不了那么多，我只爱你，只娶你。”泽旺多杰的声音开始有些嘶哑。

“天啊！菩萨啊！怎么人间有如此多的烦恼和苦楚，求求您怜悯我俩可怜的心。”娜姆哀求道。

这时，太阳当空高悬，阳光明媚如线，穿过枝丫，照在一对情人的身上，斑斑点点，时空奇妙而幽静，只听到两颗心怦怦直跳的声响，异常的清晰。

就这样两颗两亲相爱的心相互依偎，陷入了沉亘的思绪里，很久很久。

这时，有两只小鸟飞进林中，就停落在身旁的树枝上，相互戏弄，不时发出俏皮的鸣叫声，好不快乐。他俩看得入神，愁眉苦脸中终于绽出一丝笑容，他俩四目相对，会意地笑了。

“我俩像这两只小鸟就好了，自由自在，无忧无虑，开心地过自己的日子。”泽旺多杰深情地说。

“若那样，该多好啊！不知哪辈子才有这个福分哦！”娜姆动情地说。

工地劳动的时间又到了，泽旺多杰对娜姆说：“我会想办法做你阿爸的思想工作的，我一定会娶你的。我先回工地上，工程马上要完工了，事特多，等忙完了，我带你去西藏朝圣，好吗？”

“嗯，好！嗯，好！”娜姆边答应边流泪。

娜姆看着匆忙的背影远去，心里一股酸愁袭来，心情降到冰点，好似世界末日快要到来。

不一会儿，疲惫的太阳坠入山后，晚霞把西边染红，山谷奇丽的静静的美丽，牛羊吃饱喝足了一天，开始在绚烂的霞光中牧归。以往，在这个时候娜姆都是唱着悠扬牧歌，甩动鞭儿，快乐地驱赶牛羊牧归，然而，今天，她没有什么心情，呆板地走在牧道上，挪动着疲倦和破碎的心。

今天他俩在一起的事，被她的阿爸知道了，她的阿爸，意识到事态的发展，太出乎预料，如再放任下去，后果不堪设想，后来的局面将不好收场，他深刻地认识到问题的严重程度。于是吃过晚饭后，他把娜姆叫到身边说："现在，夏季快到了，牛羊在冬牧场吃了一个冬春，草场上的牧草都吃光了，我决定明天，我们就迁徙到夏草场去，今年牛养好点，多卖点钱，冬天去朝圣。"

停了一会儿，热巴看看女儿的表情，有些忧愁，一言不发，于是接着说："今年，冬天朝圣回来后，就办你们的婚事，平时，他们家对我们也挺不错的，什么忙都在帮，你嫁过去是我们的福气，你两边都可以照顾，我的乖女儿，你不会叫阿爸失望的，对吗?"

"可我不喜欢他，从小就不爱他。"娜姆流下两行酸楚的泪滴，声音有些胆怯。

"什么，不喜欢?不行，早给你说了，嫁过去就喜欢了。"热巴放大声音，手指指着娜姆说："你听好，你再不准和县上来的那小子来往，否则我打断你的腿。"

娜姆知道阿爸脾气暴躁，性格刚烈，说一不二，她彻底绝望了，只有偷偷地流眼泪，一会儿泪水把衣襟都淋湿了。

娜姆回到自己的房间，开始胡思乱想起来，甚至想到了上吊自尽。然而，转念一想，自己去死了，父母谁来养育，两个弟弟谁来关心，还有那么多的牛怎么办，于是更加伤心，只能以泪洗面，别无他法。

这晚她想了很多，哭了很久，一夜无眠，这晚长得像一年，天终于亮了。

她走出房间，走到厨房，火塘里的火熊熊燃烧，火苗窜到了茶锅的上面，看来父亲早就起来，烧好了茶，收拾好了夏房所用的行囊，就等她了。

她沏上一碗糌粑茶，觉得格外醇香可口，也许是不舍冬房的温馨和幸福，夏房可没那么舒适，黑色的牛毛帐篷远远抵不上石碉楼温暖。于是，这顿早餐，她吃得特别慢，特别用情。

"吃好了吗?吃好了就出发，今天的路途远。"热巴和气地说。这是他这个阿爸难得的和蔼可亲。

牛群从圈舍争先走出，跟着头牛，迅速成一条黑带，向远方伸展。

娜姆骑上大马，眼光飘向自家的房子，随后移向整个藏寨，留恋冬房。其实，她在找寻泽旺多杰，她多么希望他能来，来送送她，这一去，不知何时再相见。她恨泽旺多杰，可一想，泽旺多杰不知她去遥远的夏牧场。

就这样，她恋恋不舍地离开了村寨，走向遥远的夏牧场。马从山上向下走，骑在马上头重脚轻十分不舒适，平时半小时的下山路，用了整整一个小时。然后，折向东南顺泽多河。

娜姆带着深深的眷恋，艰难地走向茫茫的无期。

庆典完后，泽旺多杰回到县上。他的心中无限爱恋着娜姆。后来根据老百姓请求，县委组织部决定下派泽旺多杰到乡上任职，这让他十分高兴，一方面是组织在培养他，另一方面他也可以见到心上人了。

热巴听到这个消息，更加不安了，他思量着：夜长梦多，必须尽快把婚事办了。

结婚这天，全寨子的人都聚在一起，开始热闹起来。

清晨，东方刚出现鱼肚白，娜姆早已打扮好了，今天格外美艳动人。

苗条的身段穿上深绿的藏装，戴上了华贵的头饰，红红的脸蛋上一双大眼明亮多情，娇羞的面容，似仙女再世。

接亲的人也全部到了，在屋前等候。

收拾好了一切陪嫁，送亲开始了。娜姆别过父母，眼泪汪汪，在接送亲队伍的里面，在伴娘的扶助下，向未来的家走去。不一会儿，就到了男方家门口，只看见门口早已煨好桑，门前聚满了人，新郎走出来，牵住了娜姆的手，走了几步停在大门边，喇嘛手持柏枝，蘸着桶里的圣水，抛洒给两位新人，口中念着吉祥颂词：“今天是吉祥之日，三宝祝愿两位新人，家庭和睦，恩恩爱爱，牵手一生……”

接着两位新人走进屋内，拜过菩萨，拜过父母后，婚宴开始了。

全村男女老少，团坐在一起，吃着香喷喷的手抓肉、酸奶、人参果饭等藏餐，喝着各种各样的饮料，大家开怀畅饮，好不热闹，新郎新娘一一开始敬酒。婚宴之后便开始跳锅庄，音乐响彻整个山谷，跳落了太阳，跳升了月亮，跳燃了篝火，欢乐的歌舞到天明。

再说泽旺多杰回县城后，十分想念娜姆，准备去见娜姆，可领导又派他出差，购买饮水工程的材料，一去就是半月。等他回来，知道娜姆结婚的事情后，气得暴跳如雷，一连几天吃不下饭，他恨自己无能，恨自己没能给娜姆幸福，他不知如何面对这个残酷的现实。

过了一段时间，经过领导的开导帮助，经过自己的认真考虑，他的理智回归了，他决心把爱深深埋在心里，不去干扰她的新家，只是心中永远祝福她幸福快乐。

换届开始了，泽旺多杰在组织干部的陪送下，来到了东日乡任副乡长。他告诫自己，不能辜负组织的培养，不能辜负老百姓的希望，也不能辜负娜姆对自己工作的祝愿，他决心要全身心投入到工作中，并不去打扰娜姆的新生活。

他说到做到，把对娜姆的爱变成了工作的动力，他开始忙碌了，和班子一道，找致富路子，引项目，调整产业结构，老百姓的日子一天天好起来了。

几年来，他很少到娜姆所在的那个寨子，生怕碰到娜姆，他已把爱，深深刻录在脑海里，而不外露。不过，他晚上时时梦见娜姆而流泪。

时隔六年，有件事情，不得不去娜姆那个村。原因是县上来了扶贫工作组，要求工作组和乡干部到各村各户摸清牲畜的基数，便于扶贫掌握第一手资料，更好的因人因地扶贫。

为了彻底摸清从来没有搞清楚的牲畜头数，乡上决定到夏房的各户牛圈里数牛。泽旺多杰和工作组人员宗冈被分在东日村，他再也不能回避了，心情忐忑不安，不知如何面对，如何相待。

出发的日子到了，村委会主任早早把两匹黑马牵到了乡政府院里，到夏房要骑一天的马。

泽旺多杰给宗冈说："这次到东日村夏房去，要骑一天的马，你行吗?"

"行吧！我也不知道，不过我能吃苦。"宗冈底气有些不足。

"能吃苦就行，这次去，你会有很多收获的。"

"什么收获呢？我的领导。"

"走完这一程，你就知道了。"

"真的吗？"宗冈有些不解。

行囊早已备好，搭在马鞍上，骑上马背，三人出发。

他们顺着泽多河，在临河的山路上前行。泽旺多杰看到宗冈额头上全是汗珠，接近说："怎么样？够惊险的吧！你看你额头上全是汗。"

"不会吧？"宗冈不信，边说边摸额头，"就是，冷汗，肯定是刚才过悬岩太紧张了。"

"经过这一段，你有什么感想？"

"只要勇敢、坚持，危险和困难终会被克服。"

"对了，这就是我给你说的收获。"泽旺多杰停了一会儿，接着卖弄关子地说，"后边，还有更大的收获。"

"什么收获？快说说。"

"到时你自然明白。"

走了这一难行的河边山路，开始向右边的小山沟逆小河水前进，路宽阔多了，心情开始放松。

泽旺多杰对宗冈说："我给你讲讲故事好吗？"

"好啊！这一路还十分辛苦，时间太漫长了，你讲讲故事，时间就会过得快。"宗冈激动起来。

"这个故事就发生在这个村子上，在多年前县上来了个饮水工作组，其中有个工程管理员……"泽旺多杰深情地开始讲述。

宗冈时不时地插话，泽旺多杰边解释边记叙讲述，动情处，心情沉重，眼眶里浸满泪水。

"那个管理员是谁呢？人勤劳聪明务实肯吃苦，就是爱情不幸福。有情人终没成眷属，这个人有些可怜，老天怎么不成全呢？"宗冈为那个管理员动情起来。

这时，他看见泽旺多杰已眼含泪珠，声音低沉，他猜出来了说："那个人就是你吧？是不是？"

"兄弟，那个人就是我。"泽旺多杰耿直的肯定。

"你是个重情义又理智的人，我赞赏你对这事的处理原则。"宗冈发自内心的开始敬佩起来，"不过，这次老天保佑，你可以见到几年不见的曾经的情人了，你应该高兴啊。"

"这次，本还是不想见面，只要心中默默祝福就可以了。可是，这次这项工作，不得不和她见面了，我不知说什么？能说什么？"泽旺多杰剖心真诚地回答。

"爱情不成，友情在，你们可以兄妹相称，真诚祝福对方幸福快乐，这样你俩都把包袱卸下来了，心情自然就轻松了，一切就都自然了。”宗冈老道地开导道。

“你说的还真有道理，我的心情好多了。”

“毕竟相爱过，就当人生一段最美好的回忆，并封尘在历史中。现在，面对现实向前看，一切都快乐。”

经过一番对话，泽旺多杰看出来，宗冈是个学识渊博、会开导人、对人真诚的人。

在不知不觉中，太阳快落山时，他们已到了夏房。卸下行囊，村主任爱人央金迎他们走进了屋里。累了一天，便席地而坐。

央金热情地倒上奶茶。奶茶香扑鼻而来，沁人心脾，极大地刺激了味觉。他们周身爽朗开来，胃口大开。他们三人一连喝了三碗奶茶，接着开始揉糌粑，一坨坨糌粑进入口腔，饿了一天的胃，充实得好幸福。

泽旺多杰开始安排工作，认真地说：“明天我们的任务是到各家各户数牛，为了掌握最真实情况，我们事先不通知，我们自己到牛圈里去数，所以我们三人要天一亮就起来，明天先数一组的，后天数二组的。”

“好的，我们这里的老百姓十分纯朴，会积极配合我们工作的。”求扎接过话题。

“这次，县上下大力气，搞扶贫调查，重点是摸清牲畜的底数，为科学扶贫提供第一手资料，所以我们要辛苦，亲自去数。”宗冈补充说。

“明天，就我们三人去就行了，村六大组织其他成员就不通知了。”泽旺多杰说。

工作安排妥当，大家早早入睡了。泽旺多杰却始终没有睡意，他想到，明天就要见到常常思念的久别多年的情人，现在已是人妻的娜姆了，心情难免复杂不安。他认真思考着明天的事情，工作首先是第一位的，不能耽搁工作，在这个前提下，娜姆一定要见，而且，要真心的祝福她，娜姆家就安排在最后。理出思路后，他也便快快入睡了。

凌晨五点，天还没亮，求扎就把泽旺多杰叫醒。泽旺多杰睁开眼睛时，屋内小火塘已烧起大火，马茶开得滚烫，看来村长起床已多时了。

匆匆忙忙吃过早饭，天已发白，星星隐退，他们便走出木屋，走向各户的牛圈数牛。

不到一个小时，二十五户已数完。

轮到今天任务的最后一户娜姆家了。

他们走到娜姆家，她正在挤奶，挤奶的动作熟练异常，她早已是成熟老到的牧民了。

泽旺多杰看到了久别的昔日情人，心跳加快，脸有些羞红，他努力压制异常，可还是表露了出来。

娜姆见到泽旺多杰，先是惊讶，然后微笑着说："你也来了，多年不见了，你还好吗？"

"还好，还好。"泽旺多杰有些不知所措，脸红得更厉害了。

泽旺多杰没敢多说，就走向圈舍，开始数牛，不到一会儿工夫，牛数完了。

求扎说："今天的任务完成了，我还有其他事，你们就在这里可以多休息一下，我先回去了。"

"好的。"泽旺多杰说。

"要么，我也先回去，你在这里好好和她聊聊，我不影响你们。"宗冈好心好意地说。

"不，你还是跟着我，如果她爱人看见我和娜姆在一起，他会多疑的。"

"好的，我理解你，你是个非常注重品德修养的人。"

于是，他俩走进了木屋，娜姆热情地铺垫子，倒热茶。还是娜姆先打开话题："我们这里条件差哦，你俩肯定不习惯吧？"

"习惯，习惯。"还没等泽旺多杰开口，宗冈抢先回答。

"你怎么一个人呢？"泽旺多杰关心地问。

"他到山上捡柴火去了。"娜姆回答。

宗冈看到两颗受到创伤的心，开始交流，他便有意回避，慢慢出去了，他把有限的时间留给曾经相爱的两个人。

"娜姆，这几年过得还好吗？"泽旺多杰热情地关心。

"我还好，就是有点忙，要照顾两个家庭，有时也挺累的。"娜姆还是那样真诚和纯朴。

"你爱人对你好吗？"泽旺多杰发自内心关切地问道。

“对我挺好的，就是不爱说话，像头牦牛，只知道做事哦。”娜姆爽快地答道，接着笑了起来说，“你过得好吗？听说你在乡上当官了，我也挺高兴的。你成家了吗？”

娜姆一连串地发问，真诚的关心。好久没人如此关心泽旺多杰了，他的红心开始激荡，他仿佛又回到了那段最甜蜜难忘的时光。

泽旺多杰沉默了一会儿，整理了心情说：“我还好，谢谢你心中还有我。”

“我心中当然有你，现在，你是我永远的好哥哥，我要深深地祝福你。”

“谢谢你！”泽旺多杰停了一下接着说，“我还是一个人。”

“什么，一个人，你这人怎么还不结婚，你得找个人照顾你，你工作那么忙。”娜姆有些激动。

“再等等，没有合适的。只要你过得好，过得幸福，我就放心了。”泽旺多杰真情流露。

“你要早点成家，不然我的灵魂会不安的，求求你成家吧！”娜姆可怜兮兮地哀求道，眼泪夺眶而出。

“好！好！……我早点成家，我听你的。”泽旺多杰立即回答。

“这就好，这就好。”娜姆的脸上，掠过了一丝笑容，好像心情好了一些。

“你是我这生真正爱过的女人，也许是今生今世唯一爱的女人，我的心永远为你而跳，我在心中会天天祝福你的。你幸福，我就幸福，你快乐，我就快乐。”泽旺多杰吐露着真情。

“你不要这样，我会内疚一辈子的。世上好女人多得是，你不要太固执，其实我这人，还是有许多毛病的，只是你没发现。”娜姆又陷入了痛苦不安。

“好，好……我尽力，争取早日成家。不过，你放心，我不会影响工作的，反而，我把全部精力投入到工作中。我的工作得到了领导和乡亲们的称赞，娜姆，我不会让你失望的。”泽旺多杰坚定地说。

“这样就好，这样就好，你永远是我的好哥哥，你永远是最优秀的。”

娜姆脸上出现了久违的笑容，这个笑容能化解世上任何心的寒冰。

这时，宗冈看到远处山上有一人背着柴火下山，他便走进屋内说：“我们走吧，求扎还在等咱们。”

“好的，好的。”泽旺多杰会意地答应。

临走时，娜姆送给泽旺多杰一大块酥油说：“这里没有什么好东西，这是最新鲜的酥油。你要好好照顾自己哦。”

“好的，你要多保重，有什么困难就到乡上找我。”泽旺多杰注视着娜姆的双眼。

“卡卓，卡卓，我会的，德么切（再见）。”

“德么切！德么切！”

娜姆走出房来，送远客。

泽旺多杰和娜姆依依不舍地惜别后，心情好复杂，每走几步，都要回头看看，当走了很远的路程，再回头望，看到木房前娜姆一直在目送着，心里又不平静起来。

越过了山冈，再也看不到娜姆了，心情开始慢慢恢复平静。

第三天上午，完成了所有的工作，泽旺多杰和宗冈开始走向回归的路。这时旭日东升，朝霞把天空染得奇丽异常，牧场的炊烟又升起来了，牧场的世界恬静得美丽，他俩骑着骏马，在美妙的时空里穿行，泽旺多杰也彻底地卸下了心上多年的包袱，乘着清晨的纯净的阳光，心情顺畅如风。

泽旺多杰是幸福的，因为，心中有世上最美的祝愿和最深情的梦想。

刊载于《西藏文学》2019 年第 5 期

棺木之外

罗开东

我知道自己是癌症那是生病后第三个星期的事了，在一个很安静的地方听见他们闹哄哄地说着话，但有一个声音不大却很清晰，因为其他闹哄哄的声音都是模糊的。那声音在我耳朵里被清晰地放大，他们说我死了！

是吗？我死了吗？我开始一些或有或无的思考。

也不知道为什么，最近总是很困很疲倦，做什么都没精神。自从矿山停业以来，我便在家里待着，没有想着要再找一些活做。因为我还等着矿山开业，万一矿山开业了，我就可以回去上班了。在那里我的工作不累也很简单，只是负责由场子到矿洞的那段路，要是被车轮挖坏了或是被突来的雨水冲坏了，我只要去把那些损坏的路面填平就好。因为工作简单又轻松，大多时候都闲着无聊，所以便常和我工作性质差不多的朋友一起喝酒聊天。也有很多时候，我一个人也会喝醉。醉了，我饭也不想吃，便就睡了。

今年初春，矿山停业了，原因是当地老百姓不准矿山的工人开矿。他们说，山都被我们挖空了。因为当地老百姓是纯正的藏族，也信仰藏传佛教，他们放了一些狠话，要是不听劝，我们再继续开矿的话，就怎么怎么……所以开矿的工人，办厂的老板都迫于压力，停了业。

我回到家，本想就在当地学校附近或是街上开一家饭馆之类的，因为以前也做过，因为担心矿山会再开业，所以开饭馆的事也就不了了之，因此也就一直在家里待着，等着。

后来，大概是夏天，具体忘了是什么时间，我开始感觉自己总是很想睡，很疲倦，偶尔侧着睡的时候，感觉腋下有一点点疼痛。我心想，自己是很久没做过活了，都在家待出一身闲病了。虽然在家没做过什么活了，但我可以趁着在家的这段空闲时间去找找好友，我们可以继续喝喝酒聊天！

在家里快一年，转眼，已是初秋了。那一天早上我破天荒地起了一个大早，也不知道为什么突然早上就醒了。刚步入秋天的气温还是很高的，但早晚的温度却不如夏天了，还是渐渐转凉了。我站在堂屋门外，院子里有一棵苹果树，我看见树梢有的叶子已经枯黄了，我想，自己从来没有注意过这些细节的东西，为什么呢？现在却对那枯黄的叶子有了一丝莫名的感情或是感动，但也就在那刻我盯着它的时候。我想，大概自己开始上年纪了吧，这些都是应该的。所以不必诧异更不必惊奇。有些感觉就像人这一辈子，从长远了看就是一瞬间，比如就现在。

不一会儿，老婆也起床了。平日里因为我常喝酒并且逢喝必醉，所以老婆和我也会吵个几句。依她的话说，一辈子都过了大半了，黄土都堆到胸口了，总还是看着醉的时候比清醒的时候多！她起床后，做了饭，喂了猪，我也在饭后喝了一大盅茶。她说，她今天要去娘屋，去给女儿的孩子找两副鞋样子，她要做！让我在家里煮点肉，灶台上那肉是烧了也洗好了的。因为今天下午女儿要回来。

女儿是我的老二，我有三个孩子，老大是男孩，现在考上教师了，女儿也在前两年嫁人了，结婚了，现在孩子都有了，老婆就是去给她的孩子找鞋样子。小的一个是男孩，现在也二十三岁了，在映秀消防队上班。老婆走后，我便去院子里抱了一大抱柴火，把肉煮下锅了，等肉煮好了，她们也差不多该回来了。我心里算着时间，时不时拿筷子去戳戳肉皮，一来看看熟了没，二来怕煮粘锅了。

下午女儿和老婆一起回来了，我见女儿有些消瘦，还没来得及说，女儿便问起我：“爸，你咋又黑又瘦的，怎么了啊？”

我怎么了啊，没怎么啊，可能没有睡好，担心的多嘛！

这时候我见老婆也从头向脚地打量了一下我，她也说：“还真是，又黑又瘦的！我还没咋注意，天天在一起！”她说完又继续着，“肯定是那个酒，喝嘛，天天喝嘛，你认为好吃得很……”

几十年都这样，我也习惯了吧，你说就说吧，女儿现在嫁人了，回来一次又难，我可不想生气，所以没有像往常一样回她。

晚饭的时候，我们仨加上一个一岁多的小孩子围着一桌菜，女儿给我舀了饭。一碗饭后，我便吃饱了，女儿说我饭量下降了，怪不得我瘦了……

这一天过后，时间转眼过秋末，冬天要来了，天气已经冷起来了。九月份的时候，红原就下雪了，你说高原的天，能按外边的大城市那样算么。

可能是天气冷了的缘故，也可能是发一些痨病吧，我的腋下有点痛得厉害，但是这一次是一段时间得间隔着疼。后来，又发现不是腋下痛，而是肚子上面一圈在痛。

想着再等三个月就过年了，还是莫病莫痛地过年好啊，于是女儿和老婆带着我去医院做了检查，后来回到家，她们说只是一些炎症，按时吃药就会很快好起来！

说也奇怪，不去医院还好，去了医院反而像是染上了痛病一样，我的肚子上面一圈越来越痛，有时候痛得就无法睡觉。

老婆更年期，听她说，她是什么更年期综合征。自上次去医院后，她便像变了一个人似的，有什么脾气也不发了，只是偶尔一个人自言自语，独自生闷气。女儿说为了照顾老婆也为了照顾我，要在家里住一段时间。女儿还对我说，医生说让我不能喝酒，多吃饭，自己控制一下，等病好了，就又可以喝酒了。但是要少喝。我也遵听医嘱。

冬天的气温越来越低，我的炎症也一直没消，后来我对老婆说，我药吃完了反而没什么效果，痛也一直没有减轻。老婆说，她会去医院给我拿药……我看老婆老了，这一次我病得还真的不是时候，因为我知道她也是更年期综合征，看着她老了，看着她也长出白头发了，我的心抽动了一下……

还好，这个时候朋友们每天都有三三两两地来看我们，和我们聊天，一起在院坝里烧起火来烤火，也正是这样，我看见她好多了，但是晚了朋友们一走，她便打开电视，彻夜不关。

那一天女儿对我说，我的饭量减小了很多，她说我要多吃点，病好了就一切都好了。我也在想，是啊，这是个什么病呢？为什么还不好呢？眼看着要过年了，我发现老婆也一天一天的瘦了，黑了，她的症状也不好，我想，她也病了。

突然，我感觉我肚子上面肿起一块包来，女儿说那是一个肿瘤，等身体好一些了，做个手术割了就好了，现在就其他的药也没开，就是一些止痛药。我才明白，怪不得那么痛，原来是长了一个瘤子！

那一天夜里，我一下子从梦里痛醒，感觉我的脚和手都是冰凉的，冒冷汗，又一痛，像是一根锥子刺进了我的胸口，仿佛我的身体随着每一次疼都会收缩一点。我不敢把背打直了，因为太疼，我只能靠着躬缩着身体才能减少痛感。

早上起床的时候也很麻烦，因为那肿块长大了，而我身体却缩小了一样。那几天，我可能承受了这辈子最痛的痛！最后痛到感觉肿块处就有十把小刀在铰动。我把我的身体一再压弯，因为只有这样能减轻这个痛，我只能这样了。后来，我耳边经常呼呼作响，我想，可能是晚上太疼没有睡好吧！直到后来几天，我一直是晚上疼，无法入睡，白天我可以坐着躬着身体，那样痛会减轻一点，但痛一减轻，我便想睡，那种睡意可以赶去所有的痛，就算在梦里疼了，那好像也与我无关了！

有一次，我迷糊听见他们说我不行了，已经倒柱了！怎么会呢？我不是还好好地坐在椅子上吗？只是身体痛而已呀！后来我又想起，我已经有好几天没有关心老婆的病了，但想过之后，我又想睡了。等我病好了，我一定要……我也不知道要干什么，但没有什么时候比我现在更想要病好！

那一天，貌似肚子没有那么痛了，这时候我才又想起好像我已经很久没有吃过饭了。那天我吃了一点饭，但一会我又想睡了，于是我就又睡了。在半醒的状态下，我听见有人说今天我还厉害，吃了半碗饭。那声音像极了老婆，但又很像女儿，也像老大，我努力睁开一下眼睛，想看看是谁在说话，但天太亮了，我睁开后马上又闭上了眼睛。

后来，有个声音在我耳边响起，很清楚，所以我知道是她们在我耳朵边说的。

“爸爸，您别生气，您这是癌症，是肝癌……”

好像还说了很多，但我就记得这句话了。怎么会呢？怎么不早点给我说呢？怎么……我想张口说话，一张口，却感觉好冷的空气经过我的口与我的肚子相遇，突然像十万只扫把在打扫我的肚子般，那疼几乎让我叫出来，但我只能把牙齿咬得吱吱响了。我已经没有声音了，我不知道自己怎么了。我知道我是癌症，但却忘了是什么癌症了，我知道好痛，所以我相信了，我这是癌症。

后来的日子，我几乎忘了是怎么过来的，那一天感觉家里好像来了很多人，全是邻居，他们在慌张地忙着，我还听到有人在低语什么，还听到有人在慌乱中低低地哭泣……

他们把我从床上移动了一下，我感觉到他们动了我，但我知道我是病人，所以我也没有动，也没有说话。后来，我又听到有人在打电话，有人在接电话……我感觉到我好像在梦中，听到很多人在说话，能感觉他们在做事……我想我应该是在梦里，因为今天的梦里我不疼，所以我很愿意这样，我不想醒来，所以我又下定决心睡去！

记得今天下午阳光也不是特别的刺眼，中午的时候有点热，我昏昏沉沉的在椅子上，下午时候又有点冷了，我又想去床上，于是他们又把我抬到床上。到床上我侧躺着，感觉一点也不舒服，我想靠右躺着。可能他们发现我这样躺着不舒服，又好像他们知道我的想法，我终于又在他们的帮助下靠右躺着了。靠右躺了却又实在不舒服，因为肚子上面已经肿出很大一块了，这时候我也不愿意他们知道我不舒服，我只是自己动了动，想再舒服一点。

好像他们把火盆端到我的屋子里来了，我能感觉得到家里又来人了，他们聊天的声音吵得我很烦躁，声音好大，我想听听那是谁的声音，可是那声音又变得那么小。我想看看都来了谁，睁开眼睛却看见房顶挂着的灯泡好大好大，红红的，我看见它就挂在我的上边，这灯泡怎么这么大呢？仿佛我都快被这灯泡给包裹了，这时候我发现了一个现象，我发现他们都在灯泡底下，都在灯泡外面！但是他们的声音又变大了，闹哄哄的，全是呜呜的声音。我想算了吧，懒得管他们，我再动一下身子，那样可能会好受些，因为我感觉我身侧都快要在床上生根了。

这一动，仿佛是扯断了身子长在床上的根，那种硬生生的断裂也撕破了我的肚子，我一直痛得就像回到了人间，回到了醒的时候。我确信自己刚才是陷入昏迷了，现在这一痛又把我拉回来了，我听见他们在叫我，我还看见地上火盆里的火快熄了。但这一切都没有那痛来得直接，我想吼出来，那痛让我不能自己。我听见女儿说，爸，你痛就叫出来吧，那样会好受一点。我又看见有一个人戴着眼镜，他一直在我旁边，他就坐在床边，他说：“哥，我是三弟，你痛就吼出来，不要忍着！”

听他这么一说，我就吼了，我感觉我的脸在扭曲，仿佛我的身子被这病痛给扭成了十根大麻绳，并且还在不停地扭动着。我发觉我的身体在变色，一会儿红色，一会绿色，一会很重，一会很轻。我把牙齿咬得咯咯响，这时候，我感觉好像平衡一点了，虽然身体的痛让我感觉我以一颗黄豆的姿势站在硕大的一座山前，那山正是这痛，但我貌似可以把气出在牙齿上，我可以紧紧地咬住牙齿，那样的话，我可以把一半疼痛的力气用光，就好像转移了注意力般！

我已经听不到他们说话了，就感觉他们还在我的身边。我这痛啊，让我已经糊涂了。要说现在我最能感觉到的就是我的痛又变了，现在它不像刚才那样像扭麻绳那样疼了，而是痛的地方仿佛有千斤重，又仿佛能感觉到它在一蹦一蹦地长大，但我已经感觉不到那是在哪里了。

就这样，我继续着痛，我已经习惯了这痛，要痛就让它痛吧，我把身体就交给它吧，我已经没有力气和它抗争了，我累了，不想去管他了！随后，我的身子微微一跳，感觉自己的背心都要离开床了一般，这样的感觉让我猛地吸了一大口空气，然后，突然……我有一点迷糊了吧，我感觉我又睡着了，我没有想其他的事儿了，随后，我归入平静，肚子上那痛就像退烧一样，一点一点下去了，但我却还能感觉到它的跳动！我又能听清他们说话了，我睁开眼睛，那灯泡也和往日一样大了，我听了他们的话后自己变得很伤心，仿佛一件很大的事就要发生，但我却没有记住这话。我看见天暗了下来，暗得很快，就像一圈一圈的，从最外沿开始，最后！仿佛那灯也照不亮所有的黑暗。那灯泡也在夜里，最终只是一个点，在那里！

我自己被这样的感觉压得慌，我又突然醒了，我又看见灯泡了，我想长长的呼一口气，那肚子上的疼又像针一般，扎了我一下。我开始感觉我的脚，我的手像被束缚住了，又像是定格了，又像是陷入那泥地一般，我虽然想动一下，代表我已经不那么痛了，但我还是没有动，因为就那样不动着，感觉很舒服，就像躺在棉花上一样。于是我就这样睡着了，我把耳朵也关了，以前没有发现，人睡觉的时候耳朵竟然可以听见东西，但我却可以控制，我现在就不想听见声音，果然，我就没有听见声音了，没有外界打扰，我就像躺在一张没有边际的白纸上一样，没有任何的不舒服，所以，我安心极了。

可能是第二天，也可能是那天晚上，我不知道我经历了什么，是他们的声音吵醒我了还是我自己听到了他们的声音，我自己也不清楚。这个时候，我唯一的感觉就是我很重，重到我无法支配运动自己的身体，并且感觉自己陷入某种介质后在往下沉。但是偶尔，我又很轻，轻到就像是没有自己或是自己的身上出现了多片白云。我在一层不知道叫什么的梦里思考，在窥视，在倾听。

突然，我听到我的旁边有声音在说："先请先生，给不太远的亲戚打个电话，看下日子，对了，记住落气的时间……"

怎么了呢？谁又怎么了呢？然后我又听见有人说："在大料底板上撒一层柴灰，十岁一个大圈，五岁一个中圈，一岁一个小圈，用那酒杯的口沿正好。"

这是为了让亡人们知道自己大限年龄的告知方式哦，是谁又怎么了吗？我疑惑起来，但是这个时候我更多的是在想，我竟然不痛了，只是感觉那曾经痛过的地方实在很重，偶尔也很空的感觉。突然我听见有人在哭，既而很多人在哭，然后开始闹腾起来，我听见有人说："去抱点柴，后院有木疙瘩，去，快去抬来，烧点火，一会儿人来得多……"

我又闻见一些烧纸的那种特有的味道，还有香的烟。我确定是出大事了，这是在烧纸，这种情境是有人没了！我想问问是谁，但我感觉自己就睡在他的旁边，我就问了他。他也没有回答我。然后天太黑了，我也看不见，所以我便任由他们去了。可是，貌似我很久没有想起过她了，她的病好点没呢？这些天她哪儿去了呢？但是又说不服自己，因为我现在能想起来，貌似她一直都在我身边，只是没有说话。或者是我没有听清或记住她说的话。老婆现在在干什么呢？我又忘了自己，仿佛自己一直在沉睡，但耳朵却一直在听，眼睛也一直能看见……

我四周都被包裹得好好的，我睡的地方很安稳，这时候，有一些声音哑哑的在我的耳朵里进出，我想了一会，原来是火炮的声音。过了一会，我便听见一个很熟悉的声音，我又想了一会却始终想不起来，后来他说：日子看好了就请人上山，我们去看看方位，下午就开坛……这时候我才想起，原来是霍先生来了。他可是我们村唯一有很大名声的先生了！后来，我仿佛听见，他们在说我的名字，难怪我不痛了，难道是我……我突然很伤心，想流泪，于是我流了泪。突然又是一封炮打断了我的思想，我便又不知道自己在哪里了。

过了好久好久，一声锣响和海螺声传进我耳里，我又开始细听，但我却不想思考每一句我听见的话了，因为自己感觉无论什么事或话我都记不住了，听见听不见都不重要了。听了就过了，后来，一些东西出现在我脑里，那是有人在喊我，好像当时我没有听见，但确实有人在喊我，然后有人在哭，那哭好让我伤心，我想答应一声，但又想起当时的疼痛让我忘掉了一切，除了自己，仿佛再没什么。

我在睡去，仿佛在自己的身体上睡去，然后越来越小，最后又变成和自己一样大。身旁开始有人念经了，我知道是怎么回事了，所以我也就懂了，没什么了，我在听着，安静的声音里偶尔出现的一些声音。

又不知多久了，我又想起，在先生念经休息那一点时间，有人在我旁边和别人聊谈，我又听到了许多……

以前我去医院和她母女二人检查，就查出了我的病情，为了怕我担心所以就瞒了我，说只是炎症。曾经当我知道我是癌症的时候，我也气愤，为什么不早点告诉我呢？为什么不花钱给我治呢？

仿佛我自己找到了答案，以前那些家里来的邻居朋友们不是陪老婆的，而大多是来看我的，而我却不知道这些，还在他们身边抱怨自己这个炎症硬是治不好……也是现在我才清楚我的头发和指甲都是我一个从小耍到大的朋友给我剪的，这时候我又想起我的她，我一直认为她是因为更年期综合征而瘦的，结果却是我的病……想到这儿，我又十分想念她，我亲爱的她！一辈子我是喝酒喝过来的，年轻的时候，多少个日夜我酒醉彻夜不归，回到家，她与我生气，我还与她吵闹。她是我这一辈子对不起的人啊，现在，我还说什么呢？在我刚查出病的时候，女儿说是在家照顾她妈，其实她是在替她妈分担，也为了多点和我在一起的时间，我为什么要到现在才知道呢？

我又忘了或是飘离了，总是浮浮沉沉的，有时候我能听到一些他们的声音，却很少了，我感觉不到自己，仿佛自己就只剩下自己那一点点感觉和偶尔出现的思考了。我怕失去这样最后一点的自己，如果那样，我就真的失去自己，丢下他们了。

又不知道什么时候，我又知道了是医生说没必要花钱了，因为癌细胞已经扩散了什么的。我才又想起为什么我以前就只吃消炎药和止疼药了。我已经不为自己悲伤难过了，因为还有他们，他们才是这个世上最可怜可疼之人了。

我知道明天我就要上坟山了，我想告别但什么都不能做，以前妻子为我哭为我担心的多少个日日夜夜我还没有说声感谢，我就要走了！早知道这样，当时我就该清醒些，再痛，我都该忍着给他们道个别，说上几句话，留下个念头什么的……

我好像又能听到一点声音了，好久了，都没有听见了。那些大大小小的声音，那些多多少少的人们，他们都在我的家里帮助我的家人给我料理后事，我看见我的孝儿孝女们戴着孝帽，他们疲倦的脸上我可以看出他们的不舍与孝心，我还看见我的同学们，他们来了，来送我。棺木之外，我了解到了自己，也了解到了他们！我还听说，我痛得厉害的时候，连叫也没有声音了，只是把牙咬得咯咯响！

我离开的那一年，56岁！他们说，我死的时候，只剩下八十六斤，离过年还有二十天。

刊载于《草地》2015年第2期

古城之曦

马寿宇

那一年我五岁，浑然不知在这一年世道就变了。人五岁时的记忆有多少？都是后来父亲每逢国庆给我们摆的。日积月累，它像一本旧书让我们翻了无数遍。

那时父亲马思秋是个小学教员，因薪水薄不能养家就和母亲自己做醋卖。那个租来的前店后坊的小铺子就在中街上。父亲是个幽默风趣之人，为招徕顾客，自己写了一副对联贴在门上："浓香引致八方醋客；美誉招来万里酸朋。"

金圆券开始一天天地贬值。父亲上课的薪水已经变成一斗麦子、一斗胡豆、一斗青稞，醋生意也不好做了。国民党兵在老百姓家里搜吃搜喝搜穿的，隔三岔五就要来一次，父亲把面口袋都藏到阁楼的梁上了。兵们还在街上拉民夫在塔坪山西岷顶修工事。

1949 年冬的一天晚上，一个人来见父亲，此人叫刘炯明，民盟雅安成员。他说到后面醋房里说话。刘炯明带了杨大夫的口信，说成都已经解放，松州解放也快了，希望你们做点迎接解放的事。如做些宣传工作，三大纪律、八项注意，这些小册子在松职校邓教员处可拿到；动员商会的人不得囤积居奇，哄抬物价，更不能给国民党溃军提供物资；了解国民党的布防和兵力情况。刘炯明说完走后门出去消失在黑夜里。

一天上午，一个穿灰色中山装的人又来到我家的铺子上喊打醋打醋！父亲出来一见是马文均，说你打什么醋，怕是有事吧，几时回来的？两人就笑了。原来马文均从缅甸的远征军回松后同国职校的毕业生于 1947 年秋去成都读书了。成都解放时我们就回来了，马文均说："今天天气好，走，我们到城墙上转一转。"

两人上了城墙，邓教员、马世芳已在那里了。这道明洪武年间修筑的城墙，几经战乱，加上日本飞机轰炸，已经残破不堪，弹痕累累。就在这个阳光明媚的上午，他们在南门城墙上商量了筹组松州解放委员会的事，组成人员、第一次开会的时间地点、任务以及分工都一一确定了。

瓦屋、杉板房挤挨着的街巷笼罩在黑夜中，城墙拖着朦胧的剪影，只有父亲醋房楼上窗户里透出微弱的灯光。松州解放委员会在马思秋醋房的楼上成立了。马文均任主任，沙丹墀、马思秋分别任宣传组组长、副组长，马建良任粮秣组长。

“别看解放委员会当初只有十几个人，但都不一般嘞”，一次父亲说，于是就如数家珍地讲开了。

先说沙丹墀——清真上寺、北寺的掌教阿訇，阿文汉文并通，德才兼备，品学兼优，名贯西北。抗战爆发，他发起成立了松州回民抗日救国会。1941 年日机轰炸松州，死伤千余人，他日夜奔忙，救死扶伤，还在鼓楼十字口搭起募捐棚，带头捐款，还把师娘的首饰都捐了。

马文均是青年远征军 200 师戴安澜的部下，在中缅的丛林里与日军激战二十七昼夜，从野人山爬出来的。

马建良，松州商会会长。在县城及成都灌县都有商号，生意还做到草地牧区。为人豪爽仗义，脾气大。讲诚信，商号的口碑、声誉极好。

还有教育界的邓校长、马世芳等，他说。我们知道，文化界就是父亲了。

县政府坐落在松州东街，一进两院，院内有两棵大柏树。进院的两面白墙上有蓝色大字：礼义廉耻。

此刻，县政府院里正在烧文件档案，冒着浓烟。县长申云敞开衣服，忙乱地指挥着。三十多人的保安队把守着前后院。

父亲、马文均他们从民教馆的收音台里听到邓锡侯、刘文辉、潘文华在彭县通电起义的消息后，就同解放委员会十多名骨干成员到县政府逼着申云迎接松州解放的告示。申云垂头丧气地坐在椅子上不吭声，不时摆着麻秆一样的手表示不从。父亲说，大势所趋，人心所向，希望申县长弃暗投明，以实际行动迎接松州解放。马文均也说，成都解放了，茂县解放了，解放军马上就要到松州了，你不想给自己留条后路吗？他们同申云周旋了一个下午后，申云才出了告示。他们立即用电台给北京毛主席、朱总司令发了电报，代表松州各族人民热切盼望解放军速来解放松州。

告示贴出后，人们街谈巷议，也有不了解共产党解放军的，显得惶惶不安。不几天，国民党川陕甘边区绥署突击纵队司令樊廷璜、国民党中央军田中前师长、四川军阀杨森部肖传伦师长带其残部共四千多人逃至松州，几千败兵在县城内强占民房，搜刮粮秣。

形势突然紧张起来，解放委员会转入秘密活动。一面打听敌人兵力和布防情况，一面和已到茂县的解放军取得联系。

一天天擦黑，几个农民模样的人混在吆牲口的背背子的人中出了城。这几个人正是父亲、马文均他们。他们连夜疾奔茂县。天亮时走到镇江关，打听到开进松州的国民党溃军实际已不足两个师的队伍，驻扎在县城及附近乡村，搜寻粮食草鞋等物，正准备向西逃窜。他们就在镇坪住下来等待消息，并马上派人去茂县把这一确切消息报告给解放军。

1950 年 2 月 7 日下午，得知解放军一七九师姚小成团的先头部队就要到镇坪了，父亲他们同乡长及老百姓扯起红布，燃放鞭炮在场口迎接。

第一个跟他们见面的解放军代表着实让父亲和马文均吃了一惊，居然是杨大夫！他们紧紧握手，杨代表说，你们终于不负众望啊，转而面向欢迎群众宣讲共产党的主张、解放军的三大纪律八项注意和民族政策。

杨代表在讲话，父亲却走了神。他怎么也不能把面前的穿着军装的杨大夫和以前穿长衫提药箱的杨大夫联系起来。穿了军装的杨大夫简直成了另外一个人。

傍晚，姚小成的大部队赶到了，姚团长与他们亲切握手。根据父亲和马文均的报告，姚团长、杨代表立即召集一、三营营长、教导员开会，拟定了攻击松州县城的作战方案：兵分两路，一营由归化进沟，从右翼迂回，经东胜堡占据县城东面的制高点金蓬山、塔坪山；三营随团部由岷江而上，正线向松州南门进发。同时由解放委员会给各藏羌寨子的土司带信，通知他们保护好自己的寨子，防止国民党残兵的抢劫破坏，给牟尼沟土司的信中还特意要求他阻击向西逃跑的国民党残军。

1950 年 2 月 9 日（农历腊月二十三）凌晨，枪炮声大作，解放军三路向驻扎在松州城内的国民党溃军发起猛烈攻击。一营从金蓬山、塔坪山上冲下来，占领了东门和北门，三营也在南门打响了。

城内的田、樊残部惊慌失措，乱作一团，只顾夺路逃命。首先登上北门城墙的一营突击班用机枪打退了企图从北门逃窜的溃军，一、三营分别从北、东、南门攻进城内，老百姓家家关门闭户，乱窜的溃军有的顽抗被击毙，多数举手投降。

经两小时战斗结束，五星红旗插上了松州城头。

为了彻底消灭逃窜的国民党残部，姚团长命令三营向西追击。樊残部经牟尼沟逃到螺丝岭时，又遭到牟尼沟土司率领的藏族武装的一顿土枪阻击，同赶到的三营一起歼灭了这部分残兵。

枪声平息后好一阵，又响起最后一枪，这是一支勃朗宁手枪发出的。樊廷璜铺下毯子，躺在上面，举枪自毙。

县长申云带着保安队逃到漳腊，伙同北窜的残兵继续顽抗，被漳腊的民众围困，待解放军赶到后歼灭，生擒申云等官兵一百余人。

八百余名俘虏成两行走在青石板街上，他们被押往东门小广场。街檐下挤满了看热闹的人。俘虏狼狈不堪，有的慌乱中抢来老百姓的衣裳绷在身上，还来不及换裤子，有的还抓了回民的白帽扣在头上，有的拄着棍子，一瘸一拐……国民党军里的大官人们不认识，不过从服装上能区别出来，最引人注目的是耷拉着脑袋的县长申云。

2 月 9 日这一天是松州古城永世不忘的日子。一个划时代的开元，日后的每一天都有了新的意义。

大年初一，雪后天晴。这一天又逢开斋节。清真寺的大殿上宫灯高挂，廊柱间吊着红绸绿缎挽成的绣球。大殿前的台子上摆着一溜长条桌，铺了新床单，摆满了红枣、桂圆、葡萄干和果子、红伞等油炸面食。

条桌后面依次坐着沙丹墀、马建良、父亲和马文均。这时，几位贵宾笑盈盈地踏上台阶与已入座的人握手。最前面的是解放松州的五三五团团长姚小成，接着是军代表杨大夫。当其中一位首长跟大家握手的时候，大家都感到惊喜，原来是领着万名工人罢工的漳腊金夫子吕玉峰。沙丹墀握着他的手说，原来你和杨大夫都是共产党啊，那个刘汉呢？吕玉峰说，牺牲了，转而向几马说，解放了，你们还有很多事情要做呢。

姚团长穿着洗得发白的军装，笑吟吟地给台上的人打招呼、说话。台下的面孔便发生了由紧张到平和的变化。承受了一早晨霜冻的没有光气的脸显出一点暖色。他们嘴里喘着白气，手抄在袖子里。

阳光先是照到姆那楼的尖顶，而后照到大殿的翘檐、照到彩球、宫灯，迅速洒到台阶以至整个大院。

沙丹墀、父亲、马建良、杨大夫、吕玉峰和姚团长都融进阳光里；一直盯着桌上的果品面食的眼珠以及破袖烂袄旧白帽也融进倾泻下来的暖融融的光线，从厨房里冒出花格窗的抓饭的甜润的热气和女穆民麻雀似的声音也散在瓦楞的金光里。

沙丹墀站起来，庆典便开始了。姚团长带头鼓掌，于是众人也鼓起掌来，大寺里头一次爆起一片掌声，如早潮，惊飞了几棵老槐树上的鸦。

沙丹墀看看姚团长，姚团长点点头。

"我不久前就向大家讲过，松州解放之时，就是我松州人民的新生之日。"沙丹墀扫视了一下上千之众。

"我们怀着信仰，背着重负，熬着苦难的生活，同其他民族一样，受着压迫，如今，这一切像乌云一样过去了!"他停了停，提高了声调，"我们要在共产党的领导下，建立起社会主义的和睦的大家庭。"

姚团长站起来鼓掌，台下又一片掌声。沙丹墀的眼睛有些潮润，向左右点点头，手往下一按，说现在请姚团长给我们讲话。

姚团长站了起来，向大家行了个军礼："今天是松州解放后的第一个回民的开斋节，我向大家表示祝贺啦！没有共产党，就没有新中国，就没有新松州，就没有我们回民的新生活。现在松州是军管，很快要建立人民政府，希望大家各安生业，发展生产，配合政府肃清敌特，维护治安。"

姚团长说一口山西话，台下的人似懂非懂，都尖起耳朵听，很认真地看着这位个头不高但很精神的解放军长官。姚团长讲话爱挥手，像他指挥部队一样，"我们尊重回民的宗教信仰，尊重回民优良的风俗习惯。我们回民也要尊重其他民族，要在党的民族政策下，团结汉、藏、羌族，建设新松州!"

姚团长看了看左右，笑着说："过几天还要开群众大会，今天我就不多讲了，你们的开斋饭的香气也钻到我鼻子头来了，就祝大家节日快乐!"台上台下响起一片掌声、笑声。

大家的心情都落到开斋饭上了，都退到边上，空出了院子，帮忙的人就在院子里搭桌子板凳。一盆盆烩菜、一笼笼花卷被端上了桌。顿时整个院坝腾起烩菜的香气。烩菜是在煮肉的原汤里烩上熟牛肉片、耳子、黄花、粉条、莲白、蒜苗，这样的烩菜加花卷，对于隆冬季节饥肠辘辘的人们是怎样一种美食！穆民们吸吸呼呼地吃着，脸色渐渐红了起来，有了光气，他们用袖子擦着细汗，不时看看和他们一起吃着说笑着的姚团长、杨代表、吕玉峰他们。人们吃得大半饱了，有了精神，就开始议论起来。说马建良上了两头牛，马思秋、马文均上了两百斤面，广益店上的是黄花、耳子、粉条。说樊廷璜在牟尼沟自杀了，田中前是在东路着抓的，有人说不是，是在弓杠岭……说昨天解放军都出来扫街道、贴标语、给老百姓挑水砍柴，说马建良的院子里住着医疗队，给老百姓看病不收钱呢。

初二，街上所有的铺子都贴了大红春联，早早地大开铺板，迎来第一缕朝阳。初二是出灯的日子。小晌午时分，北门外顺江的花灯进城了，下尼巴的牛从东门舞了进来，南街的狮子出来了，南门外玉真宫的龙、外城的龙也在娄壮娄壮的锣鼓声中上街了。街上热闹起来，人们在议论今年的龙出得早，然而真正吸引松州人眼球的是解放军的秧歌队，特别是女解放军扭秧歌、踢花杠的队伍。解放委员会的成员和学校师生也手执小旗跟在后面……

阳光把她的全部温暖洒向这座多灾多难的边城，松州人也在为告别苦难而尽情欢庆。

最精彩的是晚上的舞灯，舞灯中最好看的是花灯。花灯的灯板是一块长凳长宽的木板，两头扎一朵莲花，又叫九莲灯。花心置一灯盏或蜡烛，灯板正中下方楔一木柄，舞灯人执柄起舞。舞灯队数十人上百人不等。舞灯人的动作和队形变换全由领舞者吹哨指挥，或边舞边唱，一唱众和，甚是热闹。松州花灯在川西北很有名，因舞灯人多是回民，所以又叫回族花灯。

“花灯出来了！花灯出来了！”人们站在街巷两边欢呼起来。

这是欢庆解放的春节，花灯扎得格外好看，那莲花栩栩如生。灯队的阵容也特别大，走在前面，后面是汉族的高跷、采莲船、龙灯、狮灯，藏族的牛灯……南北大街成了灯的长河，照亮了街上的青石板，照亮了歪歪斜斜挤挨着的街铺，也给这道苍老的城墙镀了一抹金色。

今晚舞花灯的人格外卖力，大冷天的，有的人还光膀子舞，他们在舞扬眉吐气，舞自己的新生。一时只见光影重重，莲花翻飞，忽聚忽散，歌声起落。

姚团长、杨大夫他们也来了。他们被这热闹的场面感染得很兴奋。

花灯舞队唱起了不知谁编的歌：

“长官姚晓程，解放我松城。古城见天日，百姓得翻身。谣言莫要听，五行各安生。拥护共产党，热爱解放军。”

舞着唱着，姚团长、杨大夫他们被围在了莲花中间。领舞人说，请姚团长给我们的花灯取个名字好不好，大家说，好！

姚团长说，老乡们，松州人民今天翻身做主了，就叫翻身花灯吧！

初五，松州城万人空巷，军管会和松州县人民委员会筹备组在城东广场召开三千人大会，沙丹墀、父亲、马建良、马文均当选为人民代表。父亲第一次在几千人的大会上讲话，他号召各族人民要拥护共产党，拥护解放军，各安生业，使用人民币，以实际行动表达松州人民的真诚心意。

1950 年 3 月，中共松州县委员会、松州县人民政府成立，姚小成任县委书记，杨大夫任县长。沙丹墀相继任城关区副区长、区长、人民政府副县长，马文均任行政科副科长，马建良任工商科副科长兼新商会会长，我的父亲马思秋先后任县文教科科长，自治州文化科科长……

翻身花灯已渐行渐远，万人空巷的庆祝场面也如历史的浪潮退去。父亲早已离开了我们，值此祖国七十年华诞，我们又记起父亲津津乐道的陈话。

刊载于《阿坝日报》2022 年 1 月

洛桑家的变化

南 林

当双眼还犯困的太阳还没有在地平线露头时，尕秋寨夏牧场上一顶称为“瓦”的黑帐篷里，外焰青蓝的炉火已烧开了一锅马茶，暗红色的茶汁带着舒展开的茶叶翻滚着，火炉里干牛粪燃烧出淡淡的干草香味。满头白发的让姆喜欢在劳作中充实每一天的生活，她认为：牧羊的孩子，茧子长在脚底板；成天坐着喝酒的男人，茧子长在屁股上；操劳的女人，茧子长在手掌上。让姆用黄色的铜勺舀出些烧开的马茶，口念经文，分三次倒出，敬天、敬地、敬神。她的帮手是班玛初。班玛初是让姆亲戚家的女儿，让姆做主为儿子洛桑订下亲，让青春年少的洛桑娶了班玛初。没成亲前的班玛初性如烈马，还比洛桑大两岁，而且班玛初还曾和另一名女子走到千里之外的拉萨朝圣过。亲友们都担心年轻的洛桑管不住班玛初，可事实恰恰相反，婚后的班玛初像换了一个人一样，成了家里的贤妻良母，帮让姆把家管得井井有条。让姆用右手肘柔和压动皮袋吹气进火炉，让火苗越发旺盛。披一身银霜的牧场在牦牛们懒洋洋的“哞哞”叫声中苏醒了。

将长发编成细辫的班玛初把烧开的棕色马茶、白色牛奶和橙黄的酥油倒进打茶筒，再将全身之力从下而上，再从上而下地呈波浪形有韵律地使出打茶。火炉另一边的洛桑、仁青和尼玛还沉睡在梦中。在炉火的映照下，班玛初打好酥油茶，让姆嘴唇翕动、念念有词、手指灵活地拨动着一串深褐色的念珠，她满意地看着醒来的儿子和孙子们，他们都穿上了厚实的羔尔皮藏袍。

洛桑接过妻子递上的热酥油茶，盘腿坐在地上，喝下一口飘着一层黄澄澄酥油的热茶，吃上一口泡得劲道刚好的奶渣，感到口舌生香，一股热流传遍全身，感到周身通泰的他对让姆说道：“阿妈，这里的草不够牛吃了，看来再过两三天，我们得搬到别的地方去了。”

“现在的草越来越不经吃了。”班玛初给大儿子仁青添茶时说道。仁青的童年是在一块透明的红色彩糖纸中度过的，那是他在一次给乡干部带路时得到的一颗硬糖，硬糖用透明的红彩纸包住。那彩色的糖纸被仁青小心地收藏着，有时仁青会拿出糖纸透过阳光看，觉得那是世上最美的色彩。他很想去看看造出糖的地方，他想那里肯定不一样。他还想开一个小卖部，不过要实现这两个愿望就得有钱，可是钱从哪里来呢？

仁青心里怎么想就怎么说：“家里有这么多牛，是不是可以考虑卖掉一些呢？”坚信生命是轮回的，弱小的生命说不定是自己前世父母说法的让姆，看着将要守家的仁青，担心地说道：“怎么能卖牛，牛可是我们的命根子，卖什么都不能卖牛，想都别想。”

“家里牛少了，那不是让人看笑话，会说我们家穷。”班玛初附和道。

“我们又不是活给别人看的。”仁青低着头，扯着地上的青草说道。

“有你这样跟妈妈说话的吗？俗话说‘雪山再高也在蓝天下耸立，河水再深也在木桥下流淌’，你小子再有本事，也不能这样跟长辈说话。”洛桑不满意地看了仁青一眼。

仁青见没有商量的余地，就将话题转移到了弟弟身上，“弟弟，听说乡上买了一台新彩电。”

“那台彩电好大哦，比以前那台黑白电视机大多了也好看多了，每天晚上去看电视的人把乡上的会议室都挤满了。”尼玛双手比画着说道。

“那不是快成看电影了？”此时的洛桑想起了以前乡上的电影放映队。

“就是，乡上那些人都说彩电就是小电影。”尼玛应道。

“好久没看过电影了！”班玛初看着炉火说道。

“乡上还有什么新鲜事？”仁青感到外面的世界总在变。

“听说乡上的电话换了，把过去的手摇电话换成了按数字的电话，说是那样就能直接把电话打给对方，不再需要总机转了。”尼玛知道哥哥喜欢问外面的情况，所以，在乡中心校上学时会格外留意乡上的变化。

“乡上的变化真大！”仁青感叹道。

“这还不算什么，我听老师说，在外国，还有电脑，那东西可神奇了。”尼玛越说越起劲。

越听越激动的仁青，越发坚定要开小卖部的想法，他要走一条自己想走的路，他终于说出了自己的想法。

“什么？你想开小卖部？”洛桑听到儿子仁青的想法，惊得眼珠都快从眼眶中掉下来。

“孩子，你这是怎么了？怎么会有这样的想法？吃干糌粑吹笛子，同时做两事不可能。我们牧人不在牧场上，还能做什么？”让姆停下口中默念的经文和手中拨动的念珠，看着孙子仁青，不知道这世道怎么了？怎么让她的孙子有了如此疯狂的想法。

正在烧茶的班玛初，听到儿子仁青的话，手中的铜勺也掉进了翻滚着马茶的锅里。她双目直直地看着儿子仁青，心想，儿子怎么会有这样让人意外的想法。不过班玛初却很欣慰，至少证明儿子长大了，就像展翅高飞的雄鹰。

尼玛特别佩服哥哥仁青这种敢说敢干的行事风格，对哥哥点了点头。

对于奶奶和父母的反应，仁青虽然事先有准备，但没有想到会如此强烈，他坚持自己的想法，说道：“奶奶，阿爸阿妈，你们放心，我并不是乱花钱，我相信我会挣钱的。”

让姆看着仁青，心想，既然这个家早晚要交给仁青，是该让他做主家中之事了，这可是牧场上千百年来的规矩，自己怎么能去打破？何况孙子又不是卖了牛把钱用在吃喝玩乐上，就让他去吧。

洛桑想不明白这世道究竟怎么了？孩子们怎么会有这么多想法？怎么就不能安心在牧场上放牛？安安分分地过日子呢？洛桑想劝仁青放下那些想法，可他又不知道说什么好，只能看着熊熊的炉火，轻轻地叹了一口气，说道：“唉！钱可不是麝香，啥炎症都能治好。”

对于在乡上什么地方开小卖部，尼玛和哥哥仁青有不同看法，尼玛认为应该在乡上的中心位置开，而仁青想在靠边的地方开，因为买那里的地皮便宜。尼玛对哥哥说，今后肯定还有人要开小卖部，到那时，谁的位置好，谁的生意就好。经过再三的考虑，最后，仁青同意了弟弟尼玛的看法，因为，他相信弟弟那书中的世界。

办事雷厉风行的仁青，很快在乡中心位置建起了一层土房，这土房很快引起了周边村民的注意，因为那土房的窗子开得特别大，要知道这里的民房只会在二楼开个小窗。那屋里的摆设也奇怪，摆了不少供销社那样的货架。村民都在猜测这家主人在抽什么风？不知道他想干什么？不等村民们看明白、想明白，仁青已经赶着满载着商品的牛群从县上回到了乡上，一块用藏汉两文写的“小卖部”招牌挂在那大窗上。感到稀奇的村民们很快围观而来，当村民得知可以用虫草和酥油来换小卖部的货，能记账买货，能随时买货时，村民们的购物热情空前高涨。第一天下来，仁青和尼玛进的货，很快成了虫草和酥油，这是仁青没想到的。洛桑和仁青的称谓在村民的口中发生了变化，过去人们会说这是洛桑的儿子仁青，现在人们会说这是仁青的父亲洛桑。洛桑对仁青开的小卖部没有兴趣，就是路过，他也绝不会进去。他认为那里不是他该去的地方，哪怕就是老伴儿班玛初叫他去乡上买东西，他也不会去小卖部，而是到乡供销社。

到仁青小卖部买货的人越来越多，就算住得很远的人也会赶着牛驮着货到仁青的小卖部，仁青小卖部前的草坝上满是驮着货的牛。热情的仁青会请来人进屋喝茶，歇歇脚。又要招呼人又要卖货又要搬东西的仁青，实在是忙不过来了，他决定把牛全卖了，这样家人都可以到小卖部帮他，他还想用卖牛的钱把小卖部扩建成商店。

“什么，你要把牛全部卖了，你是不是疯了？你要卖牛，除非我死了。”气得全身打抖的洛桑对儿子仁青的决定完全否定。怒不可遏地看着仁青，洛桑不知道自己的儿子这是怎么了，怎么好像离自己越来越远了。

让姆得知了仁青要卖牛的事，一时之间也无法接受，她看着仁青，心想孙子这是怎么了？他的脑子里是不是进了什么魔，她真想揪出孙子脑子里的那个魔。感到内心无助的让姆，眼里涌出了泪水，伤心地说道：“别再说卖牛了，我都这把岁数了，也活不了几年了。”

仁青的决定，让班玛初感到会失去这个家，就像心没了房，没了遮风挡雨的地方。她认为自己必须站出来表明立场，她不能看着儿子走向悬崖，她也不能让妈妈再伤心，她口气坚定地对仁青说道：“儿子，牛不能卖！”

“可是，我一个人确实忙不过来，那你们说怎么办？”不想再让奶奶和母亲伤心的仁青把问题交给了家人。

想到问题都源于小卖部的洛桑，立马说道："那你把小卖部关了。"

"那怎么能行？不，绝对不行。"仁青没想到父亲会说出这样的话。小卖部是仁青的理想和希望。他决不能失去自己的理想与希望，他坚决不让步。

在无言中互不相让的父子，把目光都投到了火炉上，火炉里火势正旺，烧得锅里的马茶味都飘散了出来。

让姆和班玛初，不知道该如何劝，如何说。两人也在静默中看着火炉。屋里静得只听得见火舞动的声音。

"唉！醉酒的人可以清醒，迷财的人永远糊涂。"洛桑长叹一声。

为了保住小卖部，仁青的大脑快速转动起来，突然他脑中灵光一闪，他想父亲的底线是不能卖牛，那他可以把牛交给别人代养，每年只收点酥油就行了。只要牛还在，父亲和家人就没有反对他的理由了。对仁青的这个新想法，让姆、洛桑和班玛初也实在想不出更好的理由反对，想到牛还在的他们只得勉强同意仁青的想法。

一年后，仁青觉得是该买一辆拖拉机的时候了，这样也好方便自己进货。这下仁青成了全乡热议的话题，乡政府一位年轻干部将仁青的事汇报给县电视台，电视台很快派来记者进行专访。仁青没想到会有记者来采访自己，看着那黑洞洞的摄像机，自己的魂像丢了一样，他不知道自己该说什么，特别是那位女记者身上奇怪的香水味直熏得仁青头晕。仁青就这样成名了，他认为自己挣到的钱像盖在神山上的瑞雪，那么丰厚、实在。

闲下来的洛桑时常会到村民活动中心去转转，去看看。他感觉那里才是全村的中心，是村子的主心骨。

在村民活动中心办公的村主任俄热说道："洛桑大哥，怎么不进来坐坐？"

进到村主任办公室的洛桑听到俄热和各组小组长们正在商量事，洛桑问道："你们在忙什么？要不要我帮忙。"

一组组长正在想如何解决人手不够的问题，听到洛桑主动要来帮忙，赶紧招呼他加入他们的行列。"行啊，洛桑大哥，明天乡上会送帐篷和'九件套'来，我们要把它们发给各家各户，到时你能来帮忙，当然好了。"

“什么？乡上要给我们送帐篷，还送什么‘九件套’？”感到新奇的洛桑接着问道。

“听说，那帐篷和‘九件套’是从省上送来的，叫什么‘帐篷新生活’，县上的领导和群众都到街上迎接了，那热闹劲就跟过年一样。”村长接着说道，“那帐篷跟我们的黑帐篷不一样，不仅防雨防晒还保暖呢。那‘九件套’有太阳能照明设施、钢炉、折叠床、牛奶分离器、奶渣晒垫、马夹凳、多功能组合架、多功能组合桌、提水袋。”

“这么多好东西，送给我们，国家太关心我们了。真想快点看看那些东西是什么样。”洛桑感叹道。

第二天，得到消息的村民纷纷涌向尕秋村村民活动中心。从乡上来的大货车满载着帐篷和“九件套”来了。一顶帐篷撑在村民活动中心旁边的草地上，帐篷前摆满让人眼前一亮的“九件套”，村民们立马围观过来。

一位工作人员向围观的村民介绍道：“这顶帐篷既轻巧又牢固可靠还防水透气，据说能抗 8 级风、承受 10 厘米以上的雪，雨珠滴不下来、蒸汽却能透上去。”

“有没有你说的这么好哦？”一位村民问道。

一位工作人员立刻从村民活动中心打来一盆水，走到帐篷边使劲把那盆水泼到帐篷上，水全部顺着帐篷流下，那位工作人员对村民们说道：“大家可以进帐篷看看，看看有没有水进帐篷。”

“这帐篷还真是好。”进到帐篷的村民们感叹。一些女人站在帐篷四周，用力拉、扯、咬、摩挲帐篷布，想确认一下眼前帐篷的质量。

另一位工作人员提起折叠床的一头，说道：“为了满足折叠床能放在坑洼不平的草地上，这床腿还特意设计了伸缩功能。”那位工作人员边说边做示范。

“政府想得太周到了，感谢政府！感谢党！”洛桑带头挥手喊道。村民们跟着喊道：“感谢政府！感谢党！”

一位头发花白的老者看着折叠床，摸着自己的腿，说道：“这下好了，不用睡在地上了，我的风湿关节炎就不会再那么痛了。”

牧民们看到一位工作人员正准备打开一个绿色箱子，问道：“这是什么哦？”

“这可是好东西，它叫‘马背电视’。”工作人员打开箱子说道。

“真是电视机，还是能放进箱子里的电视呢。”瞪大眼睛的尕秋村人感叹道。

“可牧场上没有电，怎么能看电视?”有人问道。

“这电视，靠太阳能就行，是一个能看50多个频道的电视机，还有藏语节目。”工作人员将接上太阳能的电视机打开，调出节目说道。

“这图像还真好看啊!”草地上一片赞叹声。

“格桑花啊呀拉，为什么这样的鲜咯，是因为党的雨露阳光。”有一位老人亮开嗓门唱道。

大家跟着一起唱那首在草地流传很广的歌，那歌声越来越亮，越来越高亢。

洛桑对现在住的冬居房是满意的。过去，洛桑在冬居点只有一间四面透风的小屋，那小屋用灌木枝扎成的，为了遮风还贴上了不少牛粪，进出屋都得低着头，一家人到了晚上都围着火炉睡。晚上那刺骨的寒风把洛桑经常冻醒，那个时候的洛桑每天就盼着天明。结了婚的洛桑，下决心要建一座新家，他起早摸黑为建房做准备，为了找齐建房用的基脚石料，洛桑每天到河边背石块，时间长了，石块磨破了背上的皮，渗出血，化成脓包。洛桑就这样每天坚持背上石块，脓包被挤破，又渗出了血。虽然身上的疼，让洛桑咬紧了牙，但看到一天比一天多起的石块，洛桑的心就满是希望的快乐。班玛初看到洛桑的背，落下了泪，她叫洛桑不要再背石块了，她不愿自己心爱的人受罪。洛桑说，这点痛不算什么，作为一个男人他不能忍受自己心爱的人晚上总是被冻醒，更不能让自己的后代居无定所，那样他的心会更痛。让姆看着倔强的儿子，没说一句话，只要她能搬动的石头，她会一点点地将那块石头搬向目的地。房子修好那天，洛桑围着房子转了一圈又一圈，他感觉自己怎么都看不够，爱不够这房子，从那天起房子成了他的另一个心上人。为了爱护好这个心上人，洛桑会对儿子说房子也有生命，你爱它，它也会爱你，让你住得舒心快乐。每年洛桑都会带着家人对房子的裂缝进行糊墙“美容”，让它青春常在。

日子在尕秋村的四季更替中流过，草地上的花依次开放，当蓝色的花成了尕秋村牧场上的主角，牧场上的雨季就到了，到那时土壤里的水就会充盈起来、汇聚起来，当它们源源不断地汇在一起时，洛桑家门前的小溪就涨了起来，小溪也就变得有气势，有冲劲了。也就在这时洛桑家出现了意外，这意外，让洛桑心爱的房子面临危险。一股地下水从洛桑家底楼的地上涌出，洛桑看着脸盆大小的出水口，看那不停涌出的水，心想，怪了，过去这里从没有出现过这样的情况，怎么现在突然冒出了这么一股水？而且那水没有丝毫会停的样子，怎么办？洛桑只得先从屋里开出一条沟，将水先引出去再说，不然时间长了，房基泡在水里，房子会垮。看到面临危险的房子，洛桑感到仿佛心上人得了重病，让他吃不下饭，睡不着觉。让姆看着成天默不作声的儿子洛桑心中叹道："不吃草的牛羊有疾病，不言语的人心里有忧愁。"

洛桑到乡上反映家里的情况，没想到乡上给他带来了一条好消息，说是政府要在牧区搞牧民定居工程。

洛桑家建房的政府补助很快下来了，洛桑挖好地基，仁青开拖拉机运来新石料砌好墙基，村里人都带上工具来帮忙了。

看到地基规模的村民对洛桑说道："这房子看样子要修得大哦！"

"就是哦，现在生活比过去好多了，还有政府的帮助，可以修大一点的房子了，可以享福了。"满面微笑的洛桑应道。

年轻人在老人的指点下，用木板在石基上做成活动墙模，梳着小辫的女人们脱袖缠腰，背上黏泥倒进墙模中，一排男女站在墙模上，手握夯杵边跳边唱：

姑娘们啦

嗨——

端来泥哟

嗨——

莫要站着

嗨——

腰带甩起来

嗨——

长发扬起来

嗨——

脸要红起来

嗨——

臂要伸起来

嗨——

小伙们哟

嗨——

愣着干啥

嗨——

有劲就使

嗨——

把泥夯紧

嗨——

土墙夯得好

嗨——

姑娘赏你酒

嗨——

打下手帮忙的老人，看得露出牙不全的嘴，乐呵呵地说道："年轻就是好哦，又能唱又能跳，看得我都想唱想跳了。"

"老爷子，那你就给我们跳一段唱一段嘛。"年轻男女们对老人们说道。

"跳就跳，唱就唱，你们别以为我们老头子不行了，老伙计们，我们来一段别让小年轻小瞧了。"一位老人挥手喊道。

站成一排的老人们，提腿舞动起身体，唱道："我们是一群黑色的马，雷声是我舞步的节拍，闪电是我腰间的银器，我摇动着黑色的毡帽，苍天降下所有的福气。"

"看来我们来晚了，没想到老爷子们也跳上唱上了。那我们今天也一定要好好露一手才行。"两位提着录音机的年轻男子，带着夯杵走进了工地说道。

"两位大忙人，又上哪儿去表演了？"站在土墙上的人问道。

"当然忙了，前两天我们到县上表演了藏戏，州上的领导还看了我们的演出，我们现在可是县藏戏团的演员了，藏戏团还给我们买了什么保险，还给我们演出费呢。"两位年轻人中的一位，提起录音机说道，"你们看，这是我们在县上买的，边放音乐边跳那才带劲。"

"那你们就别站这里光吹了，快上去跳一段，让我们看看。"老人们催促道。

两位年轻男子打开录音机，录音机里立马传出轻快的歌声，只见他们身体灵巧地上了土墙，他们对大家说道："让你们开开眼吧，看看我们是怎么跳的。"

土墙上两位年轻人动作协调一致地踩着节拍跳了起来，他们的双腿提起轻盈，落下有力。他们的腿和脚在提、转、踏、踢间，舞步灵活，似流水、似飞云、似马蹄落地。他们挥动手中的夯杵，让它在左右晃动、上下起伏中，有了灵性，有了生命，有了欢乐。那土墙成了两位年轻人尽情表演的舞台，他们感到自己此时不是在夯墙，而是在尽情地飞翔，他们要飞得更高，飞到那蓝天上，飘啊飘啊……

在两位年轻人的带动下，大家跟着挥动夯杵，唱起歌谣，动起双腿，将整个建房现场跳得热火朝天，唱得响彻云霄。

"没有木头，支不起房子，没有政府，过不好日子。"看着房子修起的洛桑衷心叹道。

刊载于《草地》2018 年第 5 期

红色草地的记忆

宁克多杰

立春，内地许多地方，意味着万物开始复苏。但对于地处青藏高原东南缘的阿坝州来说，只有海拔在2000米左右的少数县，感受到了春天的气息。海拔3000米以上的县依然春寒料峭，冰雪皑皑。

上午9时，我们一行乘三辆越野车从州府马尔康出发，前往红原、若尔盖、阿坝、壤塘“草地”四县调研。

到达马塘村寨时，天空纷纷扬扬飘起了雪花。春天下雪，在这里是常态，今天的雪花，虽然为我们的出行带来不便，但却是今年丰收的吉兆，它带着希冀飞翔在辽阔的高原上，滋润着广袤的红色草原。

我们抵达的第一站是红原县。红原，红军长征走过的大草原，1960年周恩来总理亲自命名建县。红原县最南边的门户刷经寺镇，这个梭磨河上游，过去还是一片原始森林和沼泽地的地方，由于它在地图上有着阿坝州中心位置的优势，1954年，新生的阿坝州人民政府开始在这里运转！

随着解放大军不断地向西北挺进，剿匪任务基本完成，经济建设和社会发展成了阿坝大地的首要任务。经过多方权衡，马尔康成了首选地，1958年5月，州府迁至马尔康，刷经寺仅是红原县的一个建制镇了。

当我们行驶到这里的时候，已是上午10点多。只见公路上摆设着交通警示物件，两旁搭建着天蓝色的帐篷和闪着警灯的警务用房。不少警车、消防车、宣传车停在路边，随时待命出发。靠山的一旁，矗立着“发扬红军精神，坚决维护社会安全”的大红标语牌。

按照卡点执勤交警的手势，我们把车辆停在了指定接受检查的位置。打开车门，一股凛冽的寒气扑面而来，我不禁打了个寒战。

正在这时，几个刚给来往车辆做完检测登记的消防战士跑了过来，我急忙问道："这么冷的天，装备又不好，你们能坚持下去吗？"他们停下脚步，齐声回答道："能，我们不怕冷。有长征精神鼓舞我们，有红军先烈的事迹激励我们，我们什么都不怕。"其中领队的同志，大声地说道："报告首长，我们准备了'暖宝宝'，都揣在怀里，暖和得很！虽然天气寒冷，但我们的心是热的！"说完后，立正向我敬了一个军礼，一转身向前跑去。我被他们的言行深深地打动了，不知用什么语言来表达，只好说道："好！这就好！"

轮到我们登记时，随行人员低声对正在埋头工作的警察同志说："我们是州上来检查工作的，能不能不登记！"小伙子抬头看了我们一眼，不紧不慢地回答道："不管是谁，一视同仁，都要接受登记检查，这可是州上领导的要求啊！"

我佩服地看着他，轻轻地点了点头。过了卡点，我们来到不远处的刷经寺镇人民政府，一进大门，办公楼上方悬挂着的"学习雅克夏红军烈士精神，坚决完成基层社会治理各项任务"的标语，红底黄字格外醒目。

过来与我握手的第一个人，是红原县委书记。他中等个头，身体笃实，略略有些发福。二十世纪八十年代初进州，在州里一干就是近四十年。

由于长期在高海拔地方工作，高原疾病缠身。特别是近几年在红原县担任县委书记，睡眠越来越差，头发越来越少，脑门越来越亮堂。此时此刻，他双眼干燥发红，满脸疲惫。

站在县委书记旁边的县长，个头与他差不多，没有他胖，但比他更壮实。他是本地人，若尔盖唐克镇的安多汉子。他黝黑的面容带着微笑，灰白的头发剪成平头，结实的身板灵活有力。到底是高原人啊，好像浑身上下都有使不完的劲！

在这里，我们检查的重点是乡镇基层治理工作推进情况。走进相关的几个办公室，边看他们的工作平台建设，边听他们插话式的汇报全县工作，其中各乡镇干部去村、社开展工作，被冻伤的问题引起了我的注意。

我突然想到刚才卡点上，那个消防战士说的"暖宝宝"管用，就立即对他们说："你们要多准备一些暖宝宝，做到下村的同志每人都有，今天就到位。"县长立即掏出电话，当着我们的面给县上做了安排。

看见大家都站在镇政府机关的院子里候着我们，借此时机，我给大家提了几点要求："一要解决好基层工作人员冬季防冻御寒问题。二要保障人民群众的物资供应。三要继续发扬红军长征精神，弘扬和传承红色基因，用你们身后雅克夏雪山上的红军烈士作榜样。四要把基层治理和其他工作有机结合起来，让群众满意。"然后，在大家的一片掌声中，我们登车向红原县城赶去。

离开刷经寺，不到三公里，就是壤口村。朝村子左边山沟里走约 10 公里路程，就是著名的雅克夏雪山。每次经过壤口村时，我总要想起红军长征"爬雪山、过草地"的艰难历程。

遥想当年，红一方面军于 1935 年 6 月 12 日从雅安宝兴翻越夹金山，进入小金境内的达维，与红四方面军先头部队相遇，由此拉开了红军在我州"爬雪山、过草地"的序幕。6 月 17 日红军两大主力胜利会师，6 月 21 日红军总政治部在县城中心的天主教堂举行干部同乐会，会后举行了盛大的联欢晚会。随后红军告别小金县城，过猛固桥抵达两河口关帝庙，召开了著名的两河口会议，后经两河口翻越梦笔山，到达今天的马尔康市卓克基和马塘等地。随后红军又向草地进发，到达康猫寺，康猫寺现属刷经寺管辖，离镇子不到十公里路程。

红一方面军右路军先头部队通过康猫寺，翻越雅克夏雪山，到达今天黑水境内的芦花、沙窝等地，后又经毛儿盖进入松潘草地，在班佑、巴西、包座、阿西茸、求吉等地开展革命斗争，与国民党胡宗南等部展开殊死战斗，打响了松潘、包座等战役，并取得包座战役的全面胜利。

红军在我州翻越了 8 座海拔 4 千米以上的大雪山。雅克夏雪山是当年红一、四方面军长征途中翻越过的第三座大雪山，也是海拔最高的大雪山，达 4460 米。同时，它还是一、四方面军长征翻越次数最多的大雪山。这里终年积雪，空气稀薄，气候变化无常，时而烈日当头，时而乌云遮天，时而狂风乍起，时而冰崩雪塌，令人胆怯心寒，当地百姓敬畏有加，无人敢去攀爬。

但是，再大的困难也挡不住中国工农红军北上抗日，尽管他们物资匮乏、缺衣少食，但仍然克服了重重困难与险阻，以顽强的毅力和大无畏的革命精神，在短短一年多的时间里，多次将神秘的雅克夏雪山征服。为此，也有不少红军指战员在雅克夏雪山上留下了铮铮铁骨。

其中，12 位红军烈士的遗迹就是最好的例证。1952 年 7 月，进山剿匪的解放军轻骑师 137 团的官兵在海拔 4450 米的雅克夏雪山垭口，发现一排头北脚南，间隔相等，排列整齐的 12 具遗骨。经检验，骨骼上没有断裂与枪伤的痕迹，遗骨旁有武器装备、皮带环、铜扣之类的残骸。后经专家断定，他们是 1936 年第三次翻越雅克夏雪山，北上毛儿盖的原中央红军五军团和红四方面军三十一军九十一师一个建制班的战士。

他们是怎么牺牲的，是在哪种环境下牺牲的？现已无从考证。但这么多年过去了，他们还整整齐齐的排在一起，没有虎豹豺狼敢去动动他们。这种惊天地泣鬼神，气壮山河的革命精神，世世代代牵动着后人的心。

137 团的官兵收敛了烈士的遗骨，以石砌墓，用木立碑，上书“中国工农红军烈士之墓”。1961 年，省政府将此墓公布为省级文物保护单位。后经人们多次修缮，2006 年 5 月，国务院将此墓列为全国重点文物保护单位，使之成为国家级重点文物供后人瞻仰，以此来告慰先烈们的英灵。雅克夏雪山红军烈士遗址，因此也成了中国大地上海拔最高的红军烈士遗址。

想着想着，车已到达红原县城。在飞舞的雪花衬托下，整个县城干净整洁，淡黄色的建筑主体与褐红色的民族元素，显得宁静而热烈，质朴而灵动。进了城里，我们在空旷的大街上巡视了一遍，整个县城的冬防工作开展得有条不紊。

这个季节是草地几县物资供应最困难的时候，所以我们准备去市场看看。进入超市才发现，货架上物资摆设整齐，门类齐全，各种商品纷呈，特别是米、面、油、肉、菜、蛋等生活必需品货物充足，完全可以保障广大牧区群众的生活所需。

我问超市经理：“你们在物资供应上，采取了哪些措施，做到保障有力的？”经理说：“这要感谢州上和县上的关心和支持。岁末年初，县上就做了安排，把我们超市确定为重点物资供应单位，安排县发改委、粮食局等单位在成都帮助我们采购调拨相关物资。州上对物资运输车辆统筹管理，签发了‘绿色通行证’，到现在，我们已运入生活物资 200 余吨，完全能够保障红原县和周边各地的需求。”

我有些感慨，一个有 4 万余人的高原小县城，在大雪封山，冰天冻地的严冬时节，还能保障得这么好，能为群众的生活需要考虑得这么周全，工作做得这么细，是多么不容易啊！这都得益于我们伟大的党始终心系人民，得益于社会主义制度能够集中力量办大事，也得益于全州人民团结奋进，有一股强大的凝聚力和执行力。

随后，我们驱车前往离县城30多公里的瓦切镇日干村，检查乡镇和村寨脱贫攻坚巩固情况。冰天雪地中，远远地就看见一面党旗迎风招展。脱贫攻坚战打响以来，我们州好些地方基层党组织用升党旗的方式，亮明身份，展示风采，在雪域高原这个偏僻的乡村都能领略到这道风景，我双眼一热，泪水差点溢了出来。

我们一下车，基层的同志就踩着“吱吱”作响的积雪，艰难地跑了过来。他们头顶雪花，眉挂冰霜，嘴里吭哧吭哧的呼着热气，热情高涨地为我们介绍瓦切镇脱贫攻坚巩固情况，特别是日干村的“星级评定机制”，引起了我们的关注。

该机制对每户贫困户按照“感恩意识强、勤劳致富强、诚实守信强和遵纪守法好、卫生环境好、教育支持好、家庭和睦好”的“三强四好”标准确定具体星级。建立1至5星评价体系，最高评为5星，最低评为1星。其中：5星贫困户又分别评定为奋进之星、勤劳之星、诚信之星、法礼之星、卫生之星、教育之星、和睦之星。

2015年，红原县率先在瓦切镇日干村试点“星级激励”评定机制，初步将全村56户建档立卡贫困户全部纳入星级评定范畴。该工作法的试点成功，得到省州的好评。当年日干村被评为“全国民主法治示范村”。

继日干村试点成功后，“星级激励”工作法迅速在全县推广，2019年7月，村党支部被省委表彰为先进基层党组织。2020年底，全村人均纯收入达到18200元。

从日干村村委会出来，我们来到了单亲母亲叶尔多房屋前，只见白墙红瓦的牧民新村统建房干净、整洁。来到叶尔多家门口时雪停了，时隐时现的阳光把雪地照得亮晃晃的。

33岁的叶尔多，年轻漂亮，正在家里忙着准备餐饮食材，11岁的儿子和4岁的女儿在屋里看书学习，见我们进屋，怯生生地跑进了里屋。叶尔多羞涩地低着头，只顾忙着手里的活，听说我们去看望她，不停地用半生不熟的汉语说着：“卡卓（感谢），共产党！卡卓，习主席！”

据介绍，叶尔多独自带着两个未成年的孩子，2015年镇政府帮助她在新村建设中解决了一套50平方米的小住房。村上还考虑到她家中有幼儿，出门务工不方便，动员她去县上参加餐饮技术培训。在乡村干部的鼓励支持下，她参加了两期藏餐制作技术培训。2019 年春天叶尔多在乡镇和村社的帮助下成功创办了“牧家乐”。家庭年人均纯收入实现了从 2014 年的 1545 元到 2019 年的 8283 元。叶尔多的生活变迁证明：贫穷并不可怕，怕的是没有消灭贫穷的信念和行动！

从叶尔多家走出来，村子里那面猎猎飘舞的党旗，让我一下子想到了脚下这片面积约 250 万亩，海拔 3400 多米的大湿地，这可是当年红军长征时走过的最大的沼泽地啊！《金色鱼钩》《七根火柴》等作品写的都是这里的故事。

那个时候，日干乔大沼泽被称为“死亡之海”。1936 年 8 月上旬，红二、四方面军左路纵队部分指战员，渡过嘎曲河，踏上了茫茫征程，日干乔大沼泽成了他们穿越草地、北上抗日的必经之路。许多红军战士因饥饿、寒冷、伤病倒在草海、泥潭和沼泽中再也没有站立起来。与日干乔大沼泽连为一体的若尔盖班佑草地，1936 年 8 月底红军经过这里时，就付出了巨大的牺牲。

据说，8 月 28 日这一天，红三军主力走过草地，到达阿西茸一带休整时，彭德怀命令十一团政委王平，率一个营的战士，带着刚刚筹集到的粮食返回草地，接应滞留在班佑热曲河那边的红军战士。

王平率队走到热曲河边，用望远镜观察，只见对面至少有七八百人，背靠背地坐在地上，一动不动。当他们过河后才发现，这些战士都牺牲了。有一个十六七岁的小战士，还有一丝微弱的呼吸，当把他背过热曲河后也牺牲了。

这是有史记载的红军长征过草地时，牺牲人数最多的一次。七八百人呀！说没就没了，是什么原因造成的？人们不得而知，但不管是什么原因，红军的英勇，长征的艰难，中国革命胜利的来之不易，这是肯定的，显而易见的。作为红色草地的后人，该怎么做呢？这是我们必须要正面回答的问题！

不忘历史，永记先烈，以史为镜，不断前行。通过努力，2000 年日干乔沼泽地被上级确定为“州级湿地自然保护区”，保护面积 12 万公顷。现在的日干乔湿地水草丰茂，生态奇特，人们希望用肃静的方式来纪念英勇的红军先烈们，用保护生态环境的实际行动来守住这一方净土，不去惊扰先烈们的英灵。

后来，先烈们的子女和军队、武警的代表，在这里垒起了纪念长征和怀念先烈的巨石阵。州、县相关部门，也在日干乔最高的山顶上修建起“日干乔红军长征纪念碑”。2004 年，这里被国务院确定为全国经典红色旅游景区，是红军长征“过草地”的标志性纪念遗址，属全国 100 个经典红色旅游开发区之一，既是爱国主义教育基地，也是红色经典影视拍摄基地。

而在若尔盖班佑村，当地藏族群众为了纪念当年在这里牺牲的800名红军战士，自发的以石磊堆，日久天长，便形成了一座座高大的嘛尼堆。2008年和2009年，王平将军之子范晓光先生，先后两次到达若尔盖班佑村，考察并指导地方政府完成了“胜利曙光”这座激励后人艰苦奋斗、不怕牺牲、勇于前进的红军烈士群雕像的建设。让红军精神发扬光大，红色基因永远传承。

望着这片草地，我情不自禁地喊了一声：“同志们！请大家过来！让我们在党旗下静默一分钟，以此缅怀红军先烈们的英灵。”大家先是一愣，片刻，不论是州上的、县上的，还是乡村的干部群众，很快都聚拢过来，一齐低下了头！

随行的同志一再提醒和催促该吃午饭了！我们才驱车向县委食堂赶去。我边吃东西边把红原县的工作亮点给县委书记、县长和联系县的州级领导作简要反馈。

见我充分肯定红原县的工作，州上蹲点的同志非常认同，说这里的干部职工真是了不起啊！他们身在高原，艰苦不怕吃苦，缺氧不缺精神，表现得特别好！红原县林草局分管森林草原防灭火工作的副局长，一位女同志，在麦洼草地火灾的扑救现场不慎摔了一跤，当时她觉得头部剧痛，也没怎么在意。后来发现自己举止不听使唤，同志们见状立即把她送到医院，一检查竟是脑溢血，没过几天这个同志就去世了。说到这里，讲述者的声音有些哽咽了，整个食堂一片寂静，好长时间没有一点声响。

阿坝州广大干部群众，充分发扬红军长征精神，放弃假期，放弃周末，没日没夜地为全州的发展、稳定和社会进步奉献着一切。每年我们都有一些同志英年早逝，他们用自己的生命回答了“为什么？是什么？怎么办?”用实际行动践行了伟大的长征精神。

见我们连续不断在赞扬红原县，县委书记有些不好意思地对我说：“其实，红原县的工作也并没有刚才说的那么好，我们干部在现实斗争中也出了一些意志不坚定者，比如县应急办主任，就在我们县委、县政府通知公安、应急等相关部门领导返岗时，还想赖在成都，不按时返岗，多次电话催促后仍然不归队，被我们撤职处理了，这可是全州第一例在关键时期被处理的干部啊！我们对不起州委、州政府呀！”

县长叹了一口气接着说：“他后来连夜赶回来了，回来后才知道自己被撤了职。这个同志还是有点血性的，到县上家都没回，径直去了草原火灾现场，一守就守到事故处理完结后才回来。他说，他在哪里跌倒就要在哪里爬起来！后来我们才知道，他迟迟没有返回的原因是他的父亲病重在医院，他想多守他几天。哎！他返回到县上的第二天，就接到了父亲去世的电话，但他一直没有吭声，到现在还坚守在一线工作岗位上。”

听完县长的介绍，我的鼻子有些发酸，真的不知道该说什么才好！只好边点头边说道：“这样的同志我们也要关心，要给他改正错误的机会，该用起来还得用起来啊！”天色已黯淡下来，路程还远着哩！我们依依不舍地挥手告别，然后向若尔盖方向匆忙奔去！

刊载于《民族文学》汉文版2022年09期

遍山皆神

潘梦笔

秋九月，山肥水美的收获之季。此时的九顶山，万物吐翠，竞展丰姿，绿时绿得出油，黄要黄得流金，红又红得滴血……

本来应该是赤吉高兴或得意的季节。此前多年，每当秋季到来，对于猎人赤吉来说，就意味着膘肥体壮，意味着肉厚油香，意味着又一笔稳定的收入。可不知从什么时候起，政府和村两委都不再用猎人或猎户这个称呼了，林业部门来宣传，更干脆，直接就叫盗猎者。

唉，就一个称呼，也否泰今昔，得看世态风向和脸色啊。

这不，以前是名正言顺上山打猎安索套，可现在，跟做贼一样，得偷着躲着防着，生怕被人看见，被人逮着，被人检举。以前感觉遍山皆猎物，现在却满山有眼，时刻在盯着自己，让赤吉反而觉得自己是别人的猎物。

其实赤吉也觉得盗猎不好，也深知盗猎的风险。可几十代人养成的习惯，身为曾经的猎人，每年不上几次山，不翻几道梁，不带回一点野味，手心脚心就痒得难受，就觉得对不起日子，对不起几十代的传统，对不起那张好吃嘴，当然也对不起那些隐秘的买家。

哪怕是带回三两只野兔、野鸡也好。

自从猎枪上缴后，赤吉就只能安索套了。其实索套也在收缴禁止之列，可依据不足啊，就一根钢绳，谁知是用在正道还是邪路上？

赤吉将钢丝索绾成一个套子，安放在野物可能经过的路上。赤吉已经记不清自己安了多少套子，反正是广设薄收，安几十个能收获一两个就算不空跑一趟了，要是运气好套到一头大家伙就更了不得了。都知道，九顶山的野物曾经成群结队，遍山撒欢，可现在却一年少于一年，一些野物已好几年没见踪影了。

或许真的绝种了。

这次上山，赤吉沿着另一条僻静的小路上去的。每次他去，一般三件事，安新的索套，察看旧索套有没猎物，顺便挖几苗药、捡几朵野菌。唉，要不是政府收了枪，他才不会安索套哩，跑马射箭，打枪放狗，那才叫打猎，那才是真正猎人干的事情。可现在枪也没了，狗也退种了，安索套是一个猎人最没出息的无奈之举——或许，现在真的不该有猎人了。

手机响起来，信号虽不好，还勉强能听清。手机那头似乎天气不好。

“你这条不着屋的，又死哪里去了？走也不给家里说一声。”老婆吴花花的呵斥。

“你晓得的，上山挖点药嘛。”赤吉撒谎。

“给你说了，挖药就挖药，野物那东西弄不得！你不要哄我。”吴花花不信。

“我咋敢哄你嘛，就是挖点药。”赤吉继续撒谎。赤吉对付吴花花的谎话早已驾轻就熟。每次说上山挖药，药没挖几苗，倒是时不时带回一点野物，且继续编故事，“不知道哪个安的索子套的，鸡公叫鸭公叫，哪个捡到哪个要。我捡到就是我的，放在山上也臭了。”或者说，“今天运气好，捡到一只从岩上摔下来的……”具体摔下来的是什么，故意装傻不认识。当然吴花花也不傻，东西已经带到家里，而且值钱，吴花花也不开腔，跟着装傻，只是嘱咐以后不要再去整野物。

都知道，现在政府打击盗猎力度大，弄不好要坐班房的。

“注意安全，早点回来哈。”吴花花叮嘱。

“明天回来。”赤吉看看手机电量也不多了，后悔走前该给手机充电。

再往上就是高山杜鹃林了。九顶山的杜鹃六月起开花，从海拔二千多米上升到三千多米，整整三个月，遍山的杜鹃随海拔升高次第开放。现在虽已九月，一些百年高龄的杜鹃树还挂着零星的残花，不知是在预示猎人还是猎物的命运——或者两者皆而有之。

一大团山雾贴地侵过来，随之带来一团比针尖还细的雾雨。赤吉躲到一棵碗口粗的杜鹃树下，拿出馒头、咸菜和香肠，就着保温瓶开水打尖。农村人，忙三闲二，现在农闲，一般早晚两餐，午间打个尖，随便吃点东西便凑合了。农忙则三顿饭管饱，酒肉烟茶不可少。

一只松鼠跑过来，大概嗅到食物的香味。赤吉想逗一下它，将馒头分一块扔过去，反而把松鼠吓了一跳，惊跑进树丛。顺着松鼠逃跑的方向，林中有动物皮毛的反光，赤吉眼光一闪，一种阔别多年的兴奋突然从心底升起，啊，猎物，一头大家伙！赤吉心中一阵狂喜，忙猫着腰小心地向前爬去，他知道自己不可能逮到这头猎物，他只是兴奋，只是要确认一点，这野物到底是什么大家伙？会不会是已经好几年没有见到的那种野物了。

杜鹃林往身后退着，棕色动物的毛皮在林中闪烁，凭赤吉经验，可能是马麝或岩羊。

赤吉还想靠近些，突然手机响起来，吓了赤吉一跳。林中动物随之一闪不见了。赤吉一看电话，心中鬼火直冒，该死的电话，早不叫晚不叫，最关键的时候，它偏偏叫起来，一看是吴花花的来电，他气呼呼地按下接听键。

手机信号不好，电也快没了。电话那头传来吴花花与电流混合的声音，赤吉听了几句没听清楚，“你大声点嘛。”他对着手机喊，“你说啥子，找我？哪个找我？听不清楚，恼火。”赤吉退到林子不太密的地方，电话清楚了一些。这时他终于听清楚了，却以为自己听错了，吓得心都缩紧了，“啥子，派出所找我？”

“派出所来人找你，我问他们什么事，他们说要了解一些情况……”电话那头传来吴花花紧张的声音。

“你再问清楚一点，找我做什么？喂、喂喂……”又是一阵电流声，然后手机缺电的警示音响起来，嘟嘟嘟响几下就自动关机了。

赤吉再按开机，开机仅一下，还没有等赤吉回拨，手机又自动关机了。这手机啊，总是关键时候掉链子，赤吉气得真想把它摔了，可没舍得摔。

吴花花的来电确实把他吓坏了。派出所找我！派出所找我做什么？为什么派出所会来找我？难道是……赤吉越想越怕，越怕越往最坏处想。这几年，他年年上山，每次或多或少都有些收获。可每次他都做贼一样，提心吊胆，害怕被发现，被逮着，被抓起来……

是福不是祸，是祸躲不过。一想到自己盗猎之事被发现，赤吉一下就瘫靠在树下，不知该怎么办了。然后就开始假设派出所公安人员来抓自己时的种种场景：

他看见派出所所长带着武警，拿着手铐，在他家四处搜查，看他躲藏在哪里；看他家冰柜里有没有野物肉。糟了，他记得冰柜里好像还有一肘岩羊腿没吃，都好多年了，这下可好，正好是罪证；他仿佛看见派出所所长已经拿到了那肘岩羊腿，然后宣布赤吉盗猎国家保护动物，要关起来，坐班房……不对不对，他记得岩羊腿好像早就送人了，家里应该没野物肉了，唉，要是有，但愿他们认不出来。

赤吉越想越害怕，越害怕，曾经打猎的一幕幕往事就愈加清晰地回映在眼前……

他看见四十多年前的自己，那一年他才十来岁，第一次跟随阿爸上山打猎。那时候，打到猎物要上交村里，村里当然也要奖励。阿爸是村里的民兵连连长，有一支“七九”步枪，当地喊“七九棒”，比起老猎人的鸣火枪，这家伙那才叫厉害，野猪野牛老熊这么大的家伙，只要瞄得准，常常是一枪毙命。

跟阿爸第一次上山那天，他发现阿爸竟然信迷信，这让阿爸在他心目中高大英武的形象大打折扣。阿爸当着他的面在山脚下的山神庙敬香烧纸，其实那庙已经没有山神的塑像了，早就被当四旧砸了。阿爸对着破庙一脸虔诚，让赤吉也感到了气氛的神圣，赤吉脸上跟着严肃起来，心底却想笑，笑阿爸封建迷信。

阿爸做完仪式，对赤吉说：“这事不准对外人说。”然后补充，“家有家法，山有山规。猎人进山也要讲规矩。”然后就给赤吉讲了一通以前哪个哪个不守规矩，上山就没有回来；哪个哪个不讲规矩，被野物撞死了，摔岩底下了……总之一句话，不守山规庙矩都没有好下场。至于规矩有多少，阿爸给他讲了几不打：肚里有崽的不打，奶幼崽的不打，动物做那事时不打，春季不打，不投毒食不放火，见好就收不贪心等等一大堆规矩。

上山后，阿爸每看见一只猎物，便拿枪瞄准，之后教赤吉瞄准。阿爸一般不轻易开枪，那些野鸡、野兔甚至土猪子之类的东西，都入不了一个真正猎人的法眼，不值得打。后来赤吉才知道，不打的主要原因还是子弹金贵，这些东西的价值一般低于子弹的价值，没有一个猎人不去算子弹成本的账。

赤吉和村里那帮年青猎人上山都不敬山神，因为他们不信封建迷信。那几年，虽然没有敬山神，赤吉猎到的猎物一点不比阿爸少，有马麝、岩羊、野猪、野牦牛、毛狗（狐狸）……具体猎了多少野物，赤吉自己也记不清了，反正那时一年到头都不缺野味。县里、乡里或公社来人，吃个饭喝个酒或者逢年过节送点土特产都要让赤吉送野味过去……

这也是赤吉一笔稳定的收入。

那时，最值钱的是麝香，只要打到雄马麝了，一坨麝香就是一家人全年的柴米油盐钱，肉也可以卖。可是，随着猎人越来越多，野物却越来越少，最近十几二十年，赤吉再也没有打到马麝了，不仅没打到，连见都没见到，其他猎人也一样——或许真的绝种了。

而且，最坏的事又被赤吉阿爸遇上了。一九七六年八月的一天，松潘地震，九顶山也跟着摇晃。那天阿爸正好上山，从此再也没有回来。发生这样的事一般不外乎几种情况，要么被滚落的石头砸了，要么被塌方埋了，要么地震时被摔下山崖了……

自从阿爸失踪后，赤吉每次上山也要上香烧纸了。他知道自己祭的不是山神，而是阿爸，唉，可怜的阿爸，茫茫大山你在哪里。你那么敬重山神，还是被山神收走了……

这都是以前的事了。后来，野物越来越少，越来越难打。直到有一天，林业部门进村宣传，禁止打猎，后来派出所开始收枪。之后，赤吉和其他猎人都不能打猎了，也不敢卖猎物了。枪没了，他们便偷偷安索套，放毛狗蛋（土雷）。林业公安和派出所就那么几个人，哪里管得过来，没多久索套满山都是。要是被逮着了，只要不是打熊猫，一般找人通点关系，办个招待认个错，也不会被关进去——除非遇到严打和专项整治。

回想起这些，赤吉心中多多少少有些愧疚。这几年，他上山次数也越来越少，每年就秋天上几次山，以前是去打猎，现在是去碰运气；以前名正言顺，现在偷偷摸摸；以前打到野物了，感觉自己像英雄，现在套到野物了，知道自己在做贼。他也曾想过不要上山了，不要套野物了，不要杀生了。可积习难改，想起来容易做起来难啊。每年款待亲朋好友，桌上没点野味，感觉席桌上不了档次，感觉辱没了猎人的荣耀。唉，现在的人啊，屁嘴好吃，街上能买得到的，鸡鸭鱼肉都吃腻了，只有街上买不到的东西，吃起来才有档次——要真说味道有多好，其实都是肉，野味也好吃不到哪里去。

唉，这人的一张屁嘴，犯起贱来，能把好嘴带贱，好人带坏。

天色已晚，赤吉拿出睡袋，找了个避风的岩窝困觉。以前他是要生一堆火的，一则可以驱寒，二则可以赶野物。但现在野物少了，生火也没可驱的野物。况且才接了电话，他更不敢生火了。他在想，派出所的人会不会连夜上山来抓自己呢。他从来没有和公安人员打过交道，只是看电影电视里演过，派出所公安的经常是夜间行动抓人，趁夜黑出手，堵门掀被窝，一逮一个准。

一时睡不着，他拿出自带的土门老白干，就着一节冷香肠，慢慢吃着，喝着，驱寒壮胆。

不知怎的，今天这酒特别无味，往天他是要控制酒量的，今天他越喝越寡淡，越喝越想得通了。管他三七二十一，一切听天由命，关进去最多坐几年班房，总不会把班房底坐穿，他又不是其他犯罪，肯定不会受多少苦。听朋友讲，监狱里强奸犯地位最低，最被人看不起，最受欺负，自己是盗猎的，关进去了应该不会受多少罪。况且都这把年纪了，那些犯人也不会把自己怎么样。

酒是越喝越无味，越无味也就越想得通……

迷蒙中听见有人喊自己的名字“赤吉赤吉”。他警觉起来，好熟悉的声音，怎么像是阿爸的声音呢。赤吉很是吃惊，忙起身寻着声音的方向跌跌撞撞寻去。借着月光，他在杜鹃林中一步一步往前钻。赤吉赤吉，那声音就在他前面，在呼唤着他。可当他走近时，那声音仍在前面。他继续往林子深处钻，树枝从他身上脸上划过，在他身后水一样恢复原样。终于，在林中一块开阔的地上，他看见一个人的背影……

阿爸，是你吗？原来你只是失踪了，没有死啊，赤吉惊叫起来。

月光下，背影转过身来，竟然真是阿爸。他还是原来那样英武，那样年轻，那样一身传统猎人打扮：黑布包头、羊皮褂、裹腿、明火枪、牛角火药筒。赤吉想问他你的“七九”步枪呢，可阿爸让他小声点，然后阿爸带着他走过一段小路，来到一座山神庙前。阿爸说，让我们拜祭山神，赎我们的罪过吧。赤吉说，阿爸，你还是那样迷信，你看，你每次都拜山神，山神对你还是不好，你打的猎物都没有我们多。

阿爸也不多说话，默默地跪拜在山神脚下：老天爷，请你原谅我们的杀戮，赦免我们的罪过吧。

赤吉才不跟着拜呢，他想叫阿爸起来不要拜了，他想说他们不是神，他们不过是泥塑木雕罢了。然而，赤吉话还没说出口，接下来可怕的事情发生了，那些泥塑木雕菩萨突然扭动起来，活了过来，随后庙里所有的神像都解冻一般，突然活了过来。他们活动着他们的残肢，走下神龛，带起一团灰尘，他们有的拿着弓箭，有的拿着神鞭，有的拿着关刀，有的拿着银枪，有的拿着宝剑……

他们咆哮着，呼吼着，拖着残缺的肢体向赤吉他们走来。

阿爸喊，赤吉快跑，他们要追杀我们。然后带着赤吉往杜鹃林跑。赤吉吓了一跳，跟着阿爸往杜鹃林里钻，阿爸跑得很快，赤吉想跟上阿爸，可他发现自己突然又变成少年时的自己，步伐太小，有点跟不上。身后一路众神威风凛凛呼吼着，刀枪剑齐鸣，在他们身后猛追，杜鹃林遇到他们，水一样向两边分开，为他们让路。

赤吉一边跑一边想问阿爸到底是怎么一回事。可是他突然感觉自己说不出话了，然后他惊奇地发现自己竟然四脚着地在奔跑，而且自己的手上和脚上都长满了毛，自己竟然变成了一只马麝。再看阿爸，前面已经没有了阿爸的身影，领着他跑的竟然是一只岩羊。

赤吉有些糊涂了，可身后追得紧，没时间去想到底是怎么一回事。他只管跟着变成岩羊的阿爸一路狂奔。突然，阿爸一下就跌倒了，赤吉一看，原来阿爸被一个索套套住了，赤吉赶快过去，想解开这个索套。可是，可是赤吉发现自己已经没有手指，自己的蹄子根本没办法解开阿爸的索套，而且，赤吉发现，那索套正是自己此前安在那里的。

身后众神一路冲过来，他们围着被套的赤吉阿爸，哈哈大笑，赤吉想跑，也被捉住了。

赤吉和阿爸被众神逮回山神庙。阿爸绵羊一样声声叫唤，赤吉听懂了，是阿爸让自己向众神下跪求情，赤吉想跪下求情，可他被绑着，想下跪都没机会。

一个拿银枪的山神走过来，将枪杀在赤吉面前，地上溅出火星。知道你们犯了什么天谴了吗？知道你们拉了多少命债吗？今天就要拿你们来命抵命。

阿爸说我们错了，你们放过赤吉吧。但阿爸说出的话却变成了咩咩的叫声。

赤吉说我知道错了，我发誓，从此我再也不打野物了，我一人做事一人当，你们放过我阿爸吧，他那么尊重你们，你们却这样对他。但赤吉所说的话却变成了咴咴的叫声，没有谁听得懂。

然后山神们就准备将变成岩羊和马麝的阿爸和赤吉砍了，当祭祀的牺牲品。

突然，一个拿短剑的山神指着赤吉说，看看他有没有麝香。然后山神走过来，用短剑挑开赤吉的裤子，准备把赤吉的下身割下来。赤吉大声叫喊着，说这不是麝香，你们割错了，我还小还没发育长出来。可这些泥塑木雕才不听赤吉说什么，他们只管用刀向赤吉下身切下去……

下身一阵冰凉，赤吉尖叫一声。然后，他被吓醒了，发现自己原来在做梦，一瓶白酒差不多喝完，余酒从瓶中流了出来，湿了他的下身。

幸好是个梦，幸好是个梦，赤吉庆幸道。然后发现自己吓出一身冷汗。

天上，月明星稀。林中，万籁俱寂。赤吉突然发觉自己有些傻，这么好的夜色，正好趁夜色下山回去，他还在傻等什么呢？难道等天大亮后派出所公安人员来抓自己。

说走就走。赤吉顺着来路，借着月光向山下走去。一路上，每当他走到安索套的地方他都停下来，把所安的索套一一取下，然后就近埋进土里。他知道自己这样做是在掩盖罪证，但一想到下山后派出所的人在找他，他就心虚得发慌，就想把所有的证据都毁完毁光，不给派出所的人留下那怕一丁点的线索和把柄。只有这样，或许能躲过这一劫。赤吉掩埋索套时心里一边祈祷，一边暗暗发誓，如果自己真能躲过这一劫，从此以后，金盆洗手，再也不整野物了。

当赤吉发誓时，他突然听见夜空深处有个声音在鼓舞着他——你这样做就对了。阿爸是你吗？赤吉向夜空深处探望，希望看见声音的来处。天空月明星稀，满天神秘，并不见阿爸的身影。然后，赤吉就分不清那声音到底是真实的存在，还是自己的幻听。但他所发的誓言却不停在耳边回响：再也不整野物了……

离家越近他就越紧张。他害怕派出所的公安和武警正埋伏在他回家的路上，埋伏在他家周围，正等着他自投罗网。此刻的赤吉，完全是做贼的心理，联想到耳边幻听到的声音，他觉得自己或许真的被吓“神”了。

天边已经开始发白，启明星闪烁着。赤吉在村口仔细探听，似乎并没有什么埋伏，然后他借着月光的阴影左闪右躲，蹑手蹑脚回到家中。听到赤吉的开门声，吴花花警觉地问，哪个？赤吉说，我。听见是赤吉回来了，吴花花放心了许多，给你打电话怎么也打不通，还以为你怎么了。赤吉说，没电了，忘给手机充电了。赤吉试探地问她，派出所来找我干什么？他们走了吗？

没什么，说是入户调查。赤吉还想问点什么。吴花花还想眠一会儿，不耐烦了，不要问了，你还要不要我睡觉?

听了吴花花的话。赤吉长松一口气，悬了多时的心终于放了下来，原来是入户调查啊。吓死我了。看来跟自己上山没有丝毫关系，哎，虚惊一场，虚惊一场，没事了，没事了，都是自己吓自己。

然后他一身轻松的脱衣上床，他要好好补上一个瞌睡，好好做上一个美梦……

天大亮时，赤吉还在睡。突然院子外边有人喊，赤吉、赤吉。吴花花问有什么事，院子外边人说，村上通知赤吉到村委会去一趟，说林业局和森林公安来村里，找他了解情况。吴花花回答，等一会儿哈，我去叫他。

还没等吴花花进门。赤吉在睡梦中突然听到“森林公安”四个字，他条件反射般一下从床上坐起来，一身冷汗，喃喃自语：这回肯定遭了！这回真的跑不脱了……

刊载于《草地》2017 年第 2 期

嗒基阿爸

雀　丹

嗒基阿爸终于决定下山了。当载着他简单行李的汽车缓缓离开牧场时，我的心阵阵难受起来。

嗒基阿爸叫龙云飞，是新中国成立初期最早来到色撮草原的一个汉族兽医干部。他那时住在我的家里，我才十一岁。我阿妈在我三岁时就去世了。阿爸因给土司砍柴闪了腰，干不得重活，龙大叔就帮我家背水、砍柴，比亲人还要亲。大叔和我们藏族牧民亲如一家，藏民们给他取了个藏族名字，叫他嗒基阿爸。民主改革以后，色撮草原建立国营牧场，嗒基阿爸当了场长。在他的帮助下，我这个连一句汉话也不懂的穷孩子，学会了识字，学会了兽医。到我十七岁那年，嗒基阿爸就亲自给我提上褡裢子，送我上了工作岗位。嗒基阿爸真是我参加革命的领路人呵！

我参加革命，转眼二十年了。由嗒基阿爸一手拉扯长大的我，如今被任命为色撮牧场党委书记。昨天上午我乘车回到家乡。一路上我一直在想着，要是能同他在一块工作，该有多好呵！可是，他决定下山了，下山回他温暖富庶的川西坝子去……眼看着汽车轮子缓缓地转动，我阵阵难受，眼眶渐渐湿润起来。

龙云飞同志调回家乡工作的通知，是由我带来的。前天，县委英丹书记把我专门叫去，给了我一封信，要我亲手交给龙云飞同志。英书记反复说明这是县委的决定，这已是第三次通知他下山了。

我心里有些忐忑不安，刚调我回去，多想同这位曾经启蒙培养过我的老同志一起工作，结果他马上要走……我正想给英书记提个建议，他好像看透了我心中的秘密，从抽屉里取出一张病情证明单，指着说："严重风湿病，搞不好会转成风心病。"他严肃地说道，"斯朗同志，我们不能凭感情办事，老龙兢兢业业，肩挑着整个牧场，这几年又刻苦进行品改科研，取得了优异成果，是个好同志呀。在风雪高原上一干就是二三十年，来时是个精精干干的小伙子，如今是快六十的老人了呵！我们每个藏族干部都应向他学习。我同样舍不得他走，可不行呀，我们应该对他负责！"

"英书记，龙云飞同志什么时候走？""送你的车回来时就送他走，来个迎新送旧。你也给老龙说，他进行未完的科研项目，县委决定抽人去继续搞，叫他放心好了。"

昨天我赶到色撮正是中午。嗐基阿爸见到我，像见到久别的亲人，扑过来把我抱得紧紧的。接着拉我进了他陈设简陋的单身屋子，又是给我倒奶茶，又是为我炒羊肉，问长问短，唠叨不休。他多高兴呵，真像只快活的喜鹊。可是，当我把英书记那封信交给他时，他变脸了，闭上嘴一句话也不说了。过了半天，他把那封信往床上一甩，怒冲冲地对我喊："我老了，要撵我走是不是？"我解释说不是这个意思，并把英书记的话讲了一遍。可嗐基阿爸怒气未消，赌气地说："撵我三次了，好，走就走！"边说边卷铺盖行李。他的老伴和孩子都在老家。他一个人在高原山区，单身生活惯了，行李简单，三脚两手就打点好了。凑巧这时送我来的汽车停在屋外，根据事先的安排，调转车头正在等嗐基阿爸。嗐基阿爸把行李往车箱上一撂，对司机说了声："走，跟我走！"他把跟我走几个字说得很重，钻进驾驶室，"砰"的一声，把车门关了。

场里的牧工不知怎么得到消息，丢下正在喝茶揉糌粑的碗，丢下正在捻羊毛线的木转子，"嗐基阿爸""龙场长"地喊叫着，朝汽车奔跑过来。见乡亲们朝自己拥过来，嗐基阿爸开了车门，站在踏板上，望着朝夕相处二十余年的藏族同胞，眼眶滚出了泪水。

几个老年人走过去挽留他，拉住衣角不让走。可嗐基阿爸狠了心，弯腰进了驾驶室，对司机说了声："走，听我的，听我的安排！"关上车门，车轮转动起来。

嗐基阿爸说走就走，也不同我告别，连看也没看我一眼。只是在他最后钻进驾驶室，对司机说"听我的安排"时，望了我一眼，冲我笑了一笑，真不知什么意思。

嗒基阿爸走了，回他温暖富庶的川西坝子的家去了，走得这样急促，走得这样坚决，我有多少心里话没来得及说呵！

时间过得真快，转眼间嗒基阿爸已走了三天了。这天，风和日朗，我同通讯员色格射到海子边的羊群去，那是嗒基阿爸花了多年心血培育的改良羊群，是他坚持搞品种改良取得成绩的地方。去海子有两条路，骑马去走三个小时，坐汽车也是三个小时。自然罗，公路绕了几道大弯。海子在通往县城的公路边上。我来色撮那天，就在海子边逗留了好久。夏天的海子蓝汪汪的，草滩青青，山花开放，苍翠的森林连绵在海子边的大雪山下，是一个十分美丽的地方。

色格躲是一个初中毕业生，二十出头，一股子孩子气，天真活泼，骑马技能出众。一路上，他有声有色地给我讲起了嗒基阿爸的故事：“‘文化大革命’中，嗒基阿爸被撤职，照说他可以回到川西坝子去，逍逍遥遥过日子，可他却待在这山窝窝里，舍不得离开他的羊群。他正在搞绵羊品种改良。不久，他被关进牛棚，被没收了医疗器械和书籍。有一天，改良队的种公羊突然得了重病，兽防员没有办法，只好来请嗒基阿爸。大叔听了，急得满头大汗，可是，身边什么也没有，只有一只私藏的体温表，怎么能治病呢？”

“是呵，没有药，去有什么用呢？”我说。

“他可有办法。”色格躲接着说，“嗒基阿爸赶拢一检查，种公羊发高烧，瞳孔扩散，气急腹胀，是食物中毒和风寒综合症。手中无药怎么办？只见他手提马灯，在林丛、沟边、草滩上转了一大圈，褡裢里装满了野花椒叶、大黄、羌活、败毒草等十几样草药。一些药熬水，另一些捣碎挤汁喂灌。一个通宵抢救，嘿！那种公羊脱险得救啦。”色格躲眉飞色舞地讲着，继续说，“嗒基阿爸违犯了牛棚的条规，私自外出治病，给加了罪，被放下去监督劳动。这一监督劳动倒好了，把色撮牧场给改了个样。”

“为什么？”

色格躲脸上浮起一层喜悦：“把他放在奶油队，就试制出土法快速产油机；放在病弱畜群，就把牲畜变得膘肥肉满；放在草原建设专业队，他就试种成功高产草；下放到改良群，他又开始对绵羊种群基因改良进行研究。你说多有意思，哈哈哈！”

说话间，我们已经过了一道山梁。一阵凉风吹来，西边地面上升起一缕缕铺地浮云，我催色格躰说：“快走，天要变了。”又过了一个垭口，海子出现在眼前。色格躰用鞭子指着海子边一排石头墙的屋子说：“瞧，那就是改良点，喏基阿爸整月整月的住在那里。”

改良点的棚合修得很讲究。一间大屋子里整齐地摆着实验设备，墙上挂着挂图和羊毛、牧草的标本，还用毛笔画了张图，写了细毛羊各系各代的特性。我认得出来，这是喏基阿爸的笔迹。我禁不住又思念起他来，多好的老同志呵！来到喏基阿爸平时当作寝室的小屋，奇怪，一把大锁锁上了门，是谁搬进去住了呢？

这天晚上我就在改良点住宿了。

草地的风云气象，瞬息万变，我刚入睡，一声霹雳把我惊醒，大地在抖动，刮地狂风把牛毛帐篷吹得摇来摆去，要不是撑杆和拉绳结实，早有被风腾空卷走的危险。闪电过后，暴雨同冰雹混合着发疯似的泼撒。羊群不会出事吧？我一骨碌爬起来，忙披衣跑出去。

阴森恐怖的黑夜，雷雨交加，睁不开眼，抬不起头，暴风呼啸，吹得人闭气，趁闪电的一瞬光亮，我努力睁眼眺望……

怎么！远处草滩上，有人怀抱羊羔，安抚惊恐乱奔的羊群。又一道闪电光亮，我看清是个熟悉的身影——喏基阿爸！他没走？我来不及细想，只见他手中好像有一根棒，除了驱赶羊，还在追打捕捉什么一样。他是不是还在吼叫，这时已无法听清楚。我认准方向冲过去，借着闪电一看，却错跑到另一个方位，回头又一趟跑过来，似乎我也成了受惊的羊，在乱蹦乱跑。

雹雨一股劲地泼撒，雷电交加，几声饿狼的嚎叫伴随海子的浪声传来。这说明狼没有讨到便宜，因而在忿怒。我心里恍然明白了，羊群为什么会惊散和喏基阿爸追捕的是什么。我一股劲朝海子的浪涛声传来的方向奔去，在闪电的一晃间，我看见海子滩上集中了不少零散羊群，改良点所有的牧工都在那儿。那个站在海子边，怀里抱着一只“美利鹿”种羊的老人，不正是喏基阿爸！

“龙大叔！”我大声喊着冲了过去。“斯躰！”大叔回应着，嗓门很大，比雷声还响。

我紧紧搂住大叔宽阔的肩膀：“大叔，你不是走了吗？”

“是呀，我不是从场部走到这儿来了吗？”

“我说的是下山!”

“我说的是进山!”

“我说的是回家!”

“我说的是安家！我龙云飞一辈子在这山窝窝里安家!”

雷声滚滚，海子里浪涛声也很大。我同龙大叔一问一答，一个比一个嗓门更响，就像两个雷公在吵架。蓦地，我记起来了，“喏基”在本地话中，即是牛皮筋。喏基阿爸呵！我真拿你没办法呵!

刊载于《新草地》1980 年第 1 期

三根腰带

阙玉兰

十多年前，马宝斋去世的前一刻，十来个儿孙围在床边。

七十多岁的大女儿马慧敏悲伤焦虑，舍不得父亲就这样走了，同时她还希望父亲还能有什么话留下。自懂事以来，她一直怀疑自己不是马家亲生的。因为父母对她，比对任何一个弟兄姊妹都好。并且，她发现自己的个头与相貌都跟后面的弟弟相差甚远。此时此刻，她多么希望父亲能够亲口告诉她，她的生身父母在哪里？

然而98岁的马宝斋已经说不出话来了。

马慧敏悲伤焦急地恳求着："爸爸，爸爸你还有什么话？"

马慧敏的兄弟姊妹及儿孙们想法却不同，纷纷猜想马宝斋有什么值钱的东西留下，毕竟他任过红军长征路过时建立起来的第一个回民苏维埃政府的主席，当过土改时的乡农会主席，后来任公社书记，再后来当过县政府副县长、政协主任。为党、为人民艰苦奋斗了几十年。一生辛劳，一生荣耀，肯定攒有值钱的东西。

一个非常调皮的孙儿说："太爷爷，太爷爷，快告诉我们，你的宝贝藏在哪里了？"他心里想着：如果不抓住最后机会弄清楚，太爷爷死后，他藏的东西肯定没有人能找得到。

马宝斋神志清醒，无力地摇头，然后伸出骨瘦如柴的手指着老式衣柜上的那个从来不准人动的上着锁的皮箱。

所有人的目光顺着马宝斋的手指，看向那个布满灰尘与裂痕的皮箱，脸上纷纷露出惊喜的神色。

然而，马宝斋的手指，最后无力地用垂着的手指着马慧敏，并且定格于马慧敏身上。

清水洗、白布裹，料理完马宝斋的后事。马慧敏召集弟兄侄儿男女到马宝斋的房间，指挥大弟马慧成从衣柜上搬下皮箱，让所有家人见识一下父亲（爷爷）的宝贝。

马慧敏赶紧递上父亲床头柜里藏得很深而且有些生锈的钥匙。

二弟马慧林迫不及待地抢过钥匙。大家静静地屏住呼吸，睁大眼睛死死盯着两个老人的一举一动。生怕一眨眼皮箱里的宝贝就不翼而飞了。

钥匙生锈，锁同样生锈，弟兄俩折腾了好一阵都未能将锁打开，马慧敏的大孙子说："两个舅爷，干脆拿钉锤，一锤就砸开！"急躁的孙子们附和着说："随便弄开。""现在哪个还用箱子？""就是，那么烂的箱子送给我都不要。"

脾气非常好的马慧成说："好事多磨，这么多年都等了，还害怕等这么一会儿？不慌，不要慌。"

马慧林那个五十来岁的大女儿说："要不，先拿清油润一下？"

好不容易将皮箱打开了，所有人伸长脖子朝皮箱，"呀！真主保佑，果然有宝贝。"映入眼帘的是一个牛皮纸包裹的圆筒。"该不会是金元宝、珍珠玛瑙、字画之类的宝贝吧？"所有人暗自惊叹着，大气不敢出，更不敢伸手，马家是有严格家风的。马宝斋走后，就数马慧敏岁数大，如果她不发话？没人敢动手。

看见牛皮包裹，马慧敏心跳加速，想起了父亲指皮箱后的指向。莫非这个牛皮纸包裹着什么值钱的、神秘的东西？莫非跟自己的身世有关？暗地里称赞父亲深藏不露，居然还有如此严密的东西。到底是一个什么东西呢？该不会是什么名贵的字画吧？激动导致眩晕，马慧敏胡乱地猜测着。马慧敏稍微镇定了一下对马慧林说："拿出来！"

马慧林动作麻利，同样急切地想知道究竟是什么。剥开里三层外三层牛皮纸，先露出黑不溜秋、毛茸茸的东西。却又赶紧缩回触摸着的手，惊愕地叫唤："妈呀！"

马慧敏大惊失色："咋个了？我的真主！"一家人惊恐万状不清楚那东西到底是个什么。

胆子稍微大一点的马慧成，伸手去抓那黑不溜秋的东西，手到之处，顿时化为粉末："真主保佑！这到底是啥东西？我没有用力，它就烂（化）了。"

马慧敏非常着急："怎么会烂，快看看，还有啥子？"

马慧成刨开黑色粉末，显现出一根泛黄的白色布带，他一把抓起，伸向空中，抖动着，所有瞪大的眼睛渐渐看清楚，原来是一根当地人常见的腰带。

马慧敏伸手，仔细观察着：腰带宽窄两寸，大概有一米多长，有些泛黄，模模糊糊看得见两头绣有花，丝线脱离，不知道是什么图案。莫非这就是最常见的羌族绣花腰带？

大家异口同声地说："腰带！"

"腰带？我们还以为是啥子值钱的东西。"

"算了，不就是一根破腰带。"

儿孙们非常失望，纷纷摇头，并且一边议论一边渐渐退开。

马慧敏也有些失望，然而她觉得自己一定要弄清楚父亲马宝斋到底藏有什么秘密。于是，她再次认真仔细地观察着绣花腰带。这是一条当时称之为土白布的腰带，两头确实有用丝线绣的花，从泛黄的丝线看得出，这是一条男人拴在腰杆上的腰带。马慧敏不明白父亲为什么保存着男人的腰带，如果保存的是女人的腰带，还行得通，英雄爱美女嘛。父亲是真正的英雄，经过了多少风风雨雨的奋斗，才成为小镇的领导、功臣。

"再看看，底下还有啥子？"马慧敏授意马慧成。马慧成拨开黑色粉末，从牛皮纸上抓出了一条皮带："有一条皮带！"莫非是当年父亲参加革命时拴过的皮带？皮带上镶嵌有什么珍珠玛瑙之类的东西，甚至更珍贵的物件吗？

马慧敏放下手中的绣花腰带，接过皮带，翻来覆去地看，上面根本没有什么珍贵物件。她发现这个皮带扣不像现在的皮带扣，上面好像有一个变形的五角星，这种皮带似乎在哪里见过，马慧敏一时间想不起。但是绝对不是一般人的皮带，说不定大有故事。所以父亲才束之高阁，马慧敏思索着。到底有什么故事呢？马慧敏不明白，所有人都不明白。儿孙们见没什么值钱的东西，纷纷退出，只留下马慧敏姐弟仨。

马慧林看了看马慧敏与大哥说："搞不清楚，爸爸藏这些东西有啥用？"

马慧成想了想，看了看马慧敏，肯定地说："爸爸藏的东西，肯定有他的意思，如果没得一点意思，绝对不会保管得这么好。”

“有意思，那你说黑灰灰是啥子？”马慧林问。

是呀，黑色粉末到底是啥子东西，马慧敏想追根问底，问道：“箱子头还有没得啥子？”

马慧成摇头说：“没得啊！箱子里啥子东西都没得了。”

对任何工作都非常认真负责的父亲，绝对不会无缘无故的搁两条腰带在箱子里，说不定真有什么秘密。于是，马慧敏赶紧捡起马慧林丢在桌子上的牛皮纸，一层一层地剥，并且翻来覆去仔细地寻找，想从牛支纸上寻找到些什么。

终于，马慧敏在最里面发现了父亲熟悉的毛笔字迹，墨迹有些模糊，间断地看出：“三……命……敏……一……五……”马慧敏震惊不已，想起父亲指指箱子后指指自己的情形，分明告诉箱子与自己有关。莫非自己的命运竟然跟箱子里的这些奇奇怪怪的腰带有关。

马慧林盯着姐姐马慧敏的脸，沉思着：“命”“敏”两字很明显说的是姐姐的身世，然而“三”代表什么呢？莫不是三根腰带？那还有一根哪里去了……莫非是黑色粉末？对，黑色粉末，他赶紧抓了一把黑色粉末在手掌上观察起来。咦，粉末偶尔还有断裂的毛，是毛，是牛毛。这黑色粉末就是黑色牛毛毪子腰带，被虫多年蛀蚀化为了粉末。毪子腰带，是当地藏族男人的腰间之物。

太奇怪了，三根腰带，来自三个民族。简直不可思议，三个民族的腰带为什么同时在父亲的箱子里呢？

马慧成摇头说：“爸爸也是，藏这么一些腰带，我还以为是啥子东西，唉！我就想不明白，到底是啥子意思呢？”

正当姐弟仨百思不得其解的时候，马慧敏五十多岁的儿子强凯急匆匆地从都市赶回来，他对当年红军长征有过很长一段时间研究。强凯拨开弟兄姊妹和侄儿来到母亲跟舅舅跟前，先招呼母亲后，对舅舅说：“舅舅，让我看看。”

马慧敏不知道说什么好，怀疑地盯着儿子的脸。仨老人都没有看明白，莫非他还能看出什么名堂？

强凯先摸了摸绣花腰带，然后看看皮带，接下来抓起黑色粉末哈哈笑了起来说：“哈——我晓得了，爷爷曾经讲过当年红军经过一个寨子的时候，用腰带救起一个掉到悬崖下面的红军遗孤。”

马慧敏睁大眼睛不相信儿子的话："是不是哦?"

马慧成看看马慧敏再看看强凯："你哪里听的哟?"

马慧林也不相信："当真听你爷爷说过? 那，那红军遗孤在哪里?"

马慧敏摇头说："不可能，不可能。"

强凯非常肯定地说："真的，我当时没有多想，也没有问红军遗孤最后在哪里?"

马慧成说："就算是真的，为啥子偏偏留下腰带? 其他啥子都没有留下，我不相信。"

强凯非常肯定地说："爷爷说了，正当他抱起红军的遗孤爬上悬崖边的路坎上时，红军的冲锋号吹响了，三个红军战士没来得及收起各自的腰带，就又投入了战斗。"

马慧成不相信，抬头望着侄儿："是不是哟?"

强凯笑着说："真的，听爷爷说，新中国成立后那个羌族红军战士还回来过。"

马慧敏说："回来? 为啥子你爷爷没有把腰带还给他?"

强凯苦笑了一下："爷爷说，羌族红军战士的腰带本来是心爱的姑娘送给他的。"

"那就更应该还给他了。唉!"马慧林感叹着。

强凯道："你们不晓得，红军战士心爱的姑娘在新中国成立前夕，为解放军带路遭土匪害死了，所以他说腰带暂时让爷爷保管。"

"唉! 原来是这样。"马慧敏无比感慨。

马慧成又问："你爷爷说过没有，后来为什么没有还给人家?"

强凯回答道："后来，当上团长的红军战士最后在剿匪的时候，牺牲了。"

原来如此。听到这里，马慧敏的几个兄弟姊妹和侄儿男女都显得有些失落，此时，马慧敏的眼睛湿润了，仿佛看见连接起来的三根腰带悬挂在高空。随风飘荡着，飘荡着。

刊载于《草地》2020 年第 1 期

沼泽地上的足迹

森　涛

一

昏沉沉、没精打采的阿甲贡波一手牵着马，一手拄着一根桦木棍子，勾腰驼背、一颠一跛地在沼泽地上细细辨认着人兽混杂的足迹。

“阿甲贡波快走呀！”

弟弟更让连马都未下，坐在马上不耐烦地急催着。

说来真有些奇哉怪哉！葛拖草原上的人们很难见到这两弟兄同时出没这一沼泽地带，可今天偏偏并驾齐驱来了。当然，这是第一次，也是最后一次……

这天，阿甲贡波骑的是一匹枣栗马，马的个头不大，但是膘肥肉满，看来十分驯善；弟弟更让骑的是“玉点”，被毛全黑，头顶上有一撮雪白的毛，中等膘情，跑起来摇头摆尾，称得上一匹好“走马”，但不十分驯善。到场部下马卸鞍时“玉点”四蹄一扬，扯断缰绳趵蹄而逃。

“玉点”的惊诧吓坏了阿甲贡波，他忙放下刚卸下来的鞍鞯一颠一跛朝惊马跑去。更让满脸怒气站在原地把拿在手上的鞭子“叭”地甩在地上，本来就清瘦的脸气得更青了。特别是他那右眼角上的那块疤痕气得一扯一扯的使整个脸都变了形。

阿甲贡波、更让是同母异父的亲兄弟。

阿甲贡波的父亲是内地人，“背脚”的，也兼卖一些针头麻线之类，在他还未出世时早已去世。更让的父亲据说也是一个内地人，当兵的，因身负重伤被他母亲从山那边背回家，伤好后就住下来一直到生了更让，前几年在一次迁场途中为从熊口中救出刚满周岁的亲生儿子更让被马熊活活撕成好几块吃掉了。

阿甲贡波比更让长七岁，因此更让打两岁起就是阿甲贡波看管大的。

“依勒贡波，快把羊赶上山回来看看弟弟哈。”阿妈边取出用粗牛毛织就的绳子把更让往帐篷外拴犊牛的木桩上拴，边吩咐着在羊圈里赶着羊群的阿甲贡波。

阿甲贡波从小就是个矮个子，但肥胖笃实，圆圆的脸庞上镶嵌着一双黑白分明的大眼睛和一对大而厚实的耳朵，看来极不协调，但却显得出几分憨厚和诚实。更让与其恰恰相反，个子瘦小修长，有个弱不禁风的感觉，但一张瓜子脸上一双大而明的眼睛却透露出几分聪慧、几分机灵。

逐水草而居的游牧生活，空旷阒寂的山林和一望无垠的草原培养了阿甲贡波他们从小便好动、不畏寂寞和善与牲畜（甚至野兽）打交道的习惯。尤其是更让，他不像阿甲贡波五岁以前常常是由继父、阿妈揣在怀里或背在背上出牧、迁场、打柴、背水，他多数时间是被拴在木桩上由不很懂事的阿甲贡波照看着。阿甲贡波出牧羊犊和羊群时，他便与一些不便远走的牛犊、羊羔们玩在一起。有时一些不知事理的野兔、雪猪、小熊也爬到帐篷边上来与他为伍。一天，更让同几只小熊边玩边走，离开了帐篷去到小熊的窝边。当阿妈回来未见更让时便找来阿甲贡波是问。阿甲贡波被阿妈用皮鞭一顿抽打之后，哭着四处寻找去了。

“更让，更——让！”已近傍晚时分，阿甲贡波在远离自家帐篷一二里路的一个二荒林中找到了弟弟更让。

“更让，来阿甲背你回家。阿妈也在到处找你呢。”

“嗯——嗯，我不嘛！”更让怀中死死抱着一只小熊，死也不让阿甲背他回去。阿甲当贡波拉他上背时，他又抓又扯，把阿甲贡波头发扯掉了几绺，脸上抓出了几道血口。不回家哪能行呢！阿甲贡波无奈之下，将他环抱在怀里往回赶路。没走几步，正欲将横扳顺跳的更让用毛绳背在背上时，他又从阿甲贡波怀中挣脱，踉踉跄跄地回头朝小熊那里跑去。这下遭了，没跑上三五步便被树枝绊了一个跟斗，右眼角上划了一条长长的血口。满脸都是血，阿甲贡波吓坏了，急忙跑上去给包扎。更让又哭又号：

“哎哟——就是你，就是你！你坏，你坏！”

二

我二十岁那年，已是包产到户的第二个年头了。我和阿爸以及一个十八岁的妹妹，一家三口从山那边拉古牧场迁到了葛拖与阿甲贡波他们做了近邻，以求得相互有个照应。本来我们两家自古以来都同住一个沼泽地，同饮一沟水，只是冬场各居一方，相距较远。从现在起，我们的四季草场便全是共用了，无论怎样搬迁，就像一家人一样。比我年长五岁，比妹妹娥比年长七岁的阿甲贡波就成了我们三个的兄长。无论搬场撤帐篷或是给牛上驮、下驮，到农区去驮脚、换青稞马茶一类的重活他都抢着干，生怕累坏了我们。

一个秋雨绵绵的季节，为抢在降雪之前做好牲畜越冬准备，我同阿甲贡波去冬场搭棚盖圈耽搁了三天。三天后的一个黄昏时分我们回到了家里，还未来得及给马卸鞍，阿甲贡波便奇怪地发现阿妈心事重重地站在帐篷门口东张西望的，不知在寻找什么、等待什么？

“阿妈，这一夜了天上又下着雨，你站在外面看啥呀？”

“唉——急死我了！自你们去冬场，娥比由更让陪伴驮了一驮牛羊毛、酥油奶渣，吆了三头牦公牛去农区换青稞、马茶去了，不知为啥到今天还未见人影——能不盼不等吗？……”

没等阿妈的话讲完，阿甲贡波二话没说把牵在手上的马拴在木桩上便钻进了帐篷。他脱下身上的黑布夹袍，换上了牛毛毡衫，揭下头上的羔儿皮帽，换上了一顶崭新的狐皮帽。

“阿妈，你放心，我去接他们。”阿甲贡波收拾停当向阿妈作了交代后，车过身来看见我站在我的帐篷门口马仍牵在手上时，他便走过来：

“兄弟，两位老的需要伴儿，两家的牲畜要人照看，快入冬了狼害较凶，你留下吧。”

于是，我留下了。

摸夜路是十分危险的，为了阿甲贡波的安全，我进帐篷把阿爸的一支旧猎枪硬给他挎上了肩。

三

阿甲贡波日夜兼程来到沼泽地带时已是翌日的黄昏时分，骑马周身大汗涔涔疲惫不堪，阿甲贡波也感到全身骨架要散了似的，便找一凹地歇了下来。

四周却岑寂了，只有雪风在头上呼呼地吼着。此时，阿甲贡波从腰间抽出铜头烟袋，熟练地拉开用酥油揉得十分柔软的犊牛皮烟包，把烟袋头塞进袋口里挖了满满一袋兰花烟。他把烟杆衔在嘴上又从腰带上扒下火镰慢慢把白火石与艾草并在一起敲打，连打数十下只见火星四溅却未打燃艾草。大概由于心里惦挂着娥比他们的缘故，他停止打火，嘴里仍紧紧地衔着烟杆并抬起拿着白火石的左手神情专注地把烟杆支着，一双圆圆的眼睛凝视着远方……

漆黑的夜。狂吼着的风绞雪。山梁上，娥比牵着马在前面死拉活拽。更让在马左侧一手拽着马尾一手搬着马尻，把马死死地朝前又推又拉。马倒了。更让滚下山去，掉进了沼泽陷坑里，越陷越深，一会儿头也看不见了……

农区郊野，一片荒草滩上，三头犾牛七倒八歪地瘫在那里，有的口吐白沫“嗯——嗯——”地低吟着。娥比在哭泣。更让不知去向。

……

突然，“嗖嗖——嗖——”一声，一只公鹿追赶着一只母花鹿从阿甲贡波旁边草丛中跳出来打断了他的遐想。

他下意识地急忙端起明火枪，欲打又忍了……

“嚁嚁，嚁嚁嚁——”有节奏的小铜铃响声越来越近。随着便是娥比妹妹撩开帐篷的门帘走了进来。定睛一看，倏然感到娥比越长越逗人爱。红扑扑的圆脸上一对水汪汪的眼睛，加上她那得体的打扮——红灯芯绒的短褂外套，用红黄两色布料镶嵌了花边的洁白的羊毛长袍，颀长的身段，一双羊毛袍袖环勒在腰间，高挺而富有弹性的胸脯，哪个小伙子见了不被撩拨得心律紊乱才怪。

“依姆，你硬是仙女下凡一般呀，嗨，嗨嗨。”仗都寺扎巴和尚去年来家时就这般挑逗过她。

阿甲贡波触景生情，想到娥比妹妹的长大成熟，就更使他为妹妹这次下山操起心来。

月蒙蒙，雾蒙蒙，一彪形大汉骑着一匹大红鬃马，马尾上拖着双手被反捆起的更让，怀中紧紧搂抱着娥比。娥比在马上、在大汉的怀中挣扎，在大喊大叫。一个旧庙里，一尊欢喜佛台下，大汉一丝不挂把全裸着的娥比搂在怀里狂咬着。哈哈大笑着。一双毛辣辣的手猛揉着娥比少见太阳的、结实富有弹性的胸脯……一晃大汉不见了，是更让压在裸睡在床上的娥比身上，动作着，呻吟着……

“啊！不会的，绝对不会的。更让做不出那种见不得阿妈的事的。”阿甲贡波猛醒过来。

“会的。就是他更让糟践了我。嗯嗯——”阿甲贡波离家的第三天中午，当他在土围外面发现自己的驮牛并找到娥比妹妹时，她就这样向贡波哭诉着：

七八月的草地，已是暮秋时节，冰霜雨雪随时都会交替出现。那天，更让和我出家门只半天便到了这沼泽地带。刚步上草甸时还是晴空万里，霎时间阴森迷蒙的浓雾突然而至，先雨后雪，弄得我们寸步难行便躲进了土围子（牧民们储备冬草和堆放干牛粪的地方）。

我们周身被雨雪淋透，两人都冷得瑟瑟发抖。我说，更让，我们生把火烤烤衣服吧。当时不知他在想什么或是被冻木的缘故对我未做任何反应。待我再说：“我们生把火烤烤吧。”这时他如梦初醒似的，倏地抬起头出神地盯着我，“呀，呀——我生火，我生火。”

更让在土围子里搜拢一些火柴头、干牛粪和干草，取出火镰生火。我边脱上衣边擦着身子，当我转身时，更让手拿火镰一动不动出神地看着我。我脸一下从耳根烧到头顶，赶紧把刚脱下连水都未拧一把的汗衫又依旧穿上。可我正在穿时，更让突然甩掉手上的火镰和干草，像饿狼一样向我扑来……

平常间少言寡语，羞羞答答，见到朝夕相处的阿甲贡波也要脸红的娥比妹妹，这天一反常态，毫无任何顾忌地，一五一十把她被更让糟蹋的经过向阿甲贡波哭诉了一遍。

“不、不不，这不是真的。弟弟更让能做出这样的事吗？”阿甲贡波似信非信地想着。

四

虽然阿甲贡波仍怀疑更让糟蹋娥比的事是真的，但他还是真诚地劝说娥比回了家。

回家，当然是回阿甲贡波的家。当时他怕我和我的阿爸看见娥比妹妹哭哭啼啼的样子生出疑心。

可到了自己的家里，阿甲贡波阿妈劈头对他一顿责骂："娥比究竟为什么弄成这样？你为什么要欺负她？"一问到更让，阿妈更加怒不可遏地痛斥道："你这没良心的东西，你把弟弟弄到哪里去了，他为什么没回来？"当他向阿妈解释时，阿妈不但不听，反而大哭大骂道："我知道你恨他，他小小的时候你就见不得他！你把他找不回来我要你的命，你这没心肝的黑心眼的，你要知道他是他阿爸用命从熊口中夺回来的呀，你去给我找回来！"

这天，已是夜幕降临的时候，天上一阵紧似一阵的雪花不停地飘飘洒洒。阿甲贡波经不住阿妈的怒骂，更经不住娥比妹妹的苦苦劝说："阿甲贡波我知道你受冤了，可是更让是伤阿妈的心头肉，你就再受点苦去找找吧，他不会走远，他也不会……"

阿甲贡波只好拖着疲惫的身子，冒着大风雪，忍受着因受寒发着高烧的身子摸黑离家向沼泽地走去。

仗都寺内香烟袅袅，经堂里莽筒声声鼓钹齐鸣。

扎巴和尚的经房内嘿嘿笑声夹杂着不十分清楚的谈话声时高时低。

"就这么办。你把她诓到寺里来，我会躲过住寺喇嘛、和尚设法安顿她。"扎巴和尚说。

"我去了，也许她还在土围里。"更让说。

天刚蒙蒙亮，阿甲贡波已摸到了沼泽地带。他远远看见他找到娥比妹妹的那个土围外有什么东西在晃动，时隐时现。

"是人是鬼？是畜是兽？"他自问道。阿甲贡波手提猎枪靠拢土围，什么也未见到。沼泽地上一行人的足迹在渐亮的晨光反照下绰绰可见。他寻着这足迹跟踪到了林边。人的足迹消失了，只存有不少熊迹、狼迹。有新的有旧的。回首再看那些自己刚涉过的足迹时全都被涨水淹没了。

土围仍旧是那座土围，可原有的棚门不翼而飞了，土围内冒出淡淡青烟。

阿甲贡波越看越觉稀奇，值得进去一看究竟。他左脚刚步进围门，便听他“哎——唷！”一声。

阿甲贡波痛醒过来时右脚被一架生铁铸就的捕兽器死死咬着，捕兽器上的八个钉状卡齿深深地陷入小腿骨肉之中。他忍着疼找到机关拔掉齿夹……

山林里，更让暗暗地窥视着土围的一切动向：那火灰里堆放的草冒出大烟正迷惑着阿甲贡波，如愿地把他引进了“鬼门关”。更让看着、想着、乐着。那声“哐当！”炸响的捕兽器，便使他乐不可支。于是，他将紫袍袈裟得意地抖了抖，便乐融融地丢了一句：“哼！想独占娥比，妄想。”更朝仗都寺扬长而去。

五

仲夏时节。一个昏昏的月夜。夜幕刚降临时，天空挤满了星星，月亮好像也在与星屋媲美似的，一爬出山坳就喜笑颜开地大放光彩，微荡的牧草一起一伏，沼泽地上流水的波光粼粼可见。霎时间，成群的星星躲进了云层只稀稀拉拉剩下了数得清的几颗还在眨巴着眼睛，月儿也失去了雅兴收敛笑脸只留下了模糊的身影。整个葛拖牧场好似盖上了一层厚厚的灰纱。眼前静谧灰暗的大地除了小溪潺潺水声和从远山传来的阵阵凄惨的狼嗥外，什么也难以分辨。

阿甲贡波的帐篷外有低泣之声，有人窜动；帐篷内满头是血的阿妈仰倒在血泊之中；怀身大肚的娥比妹妹也渺无踪迹……

翌日，我单马赶赴农林把阿甲贡波找了回来。顺便去寺庙找在那里当和尚的更让，可都说不知道。

更让早守在他阿妈灵前哭得死去活来。

筹办葬仪之事当然地落在了更让的身上。更让是和尚深信家葬礼，因此，他怀着十分悲痛的心情，按照藏族葬礼，里里外外做着安葬阿妈的一切准备。

“更让，一切准备完了吗？”当主葬大喇嘛向更让询问准备情况时，他十分老练地一一做了回答：阿妈的属相为鸡，应在天刚拂晓鸡鸣之时出殡，阿妈殁于仲夏，应是间接火葬。入葬点火喇嘛中要有与阿妈属相同者，已请到。火葬时所需若干桦树柴块充作炉熔。大量被熔化了的酥油、炒熟的青稞麦子胡豆等五谷杂粮都准备好了。火化之后要有一长者当场向亲友们陈述死者的业绩者，当然地落在了我阿爸身上。

他们阿妈遗体葬于土中只等入冬时再行火葬了。更让同请来的喇嘛和尚还在念大经祈祷。阿甲贡波却悲伤过度病倒在床，不时在梦呓中发出瘆人的叫声不断地喊着娥比妹妹和更让弟弟。

“阿甲贡波你安心歇着，我备好马就去找回娥比。”更让安慰着阿甲贡波。

“不，我们一同去找——娥比，现在就走。”

阿甲贡波硬撑起来，双手拉着更让。

“不！你放了我，我要把她抓回来，为阿妈偿命！”更让高声喊道。

一头寒栗一头“玉点”齐头并驰在茫茫草原上，忽而朝东忽而朝西。

我寻妹妹的心切，顾不得细细视察两个骑手是谁。

我快马加鞭先去场部报了案，然后从截路直杀仗都寺庙。不出我所料，在寺庙里我找到了娥比妹妹。她被皮绳反捆着双手，关在扎巴和尚的经房里。我轻手轻脚未惊动寺内做着佛事的其他任何一个喇嘛、和尚，闯入扎巴的经房。扎巴早已不见踪影。

娥比一见是我便一头扑倒在我怀里泣不成声。我安慰着妹妹，并把她一身被抓挖得不像样的衣服穿戴整理好后便起程回家。

来到沼泽地时，突然雷鸣电闪，我俩又躲进了那座饱观沼泽地上羊迹狼迹的土围子。

妹妹情绪有些安静了，我便问道：“娥比妹妹，阿甲贡波阿妈的死你知道吗?”娥比点了点头。

“她是怎么死的?”我问。

“她是摔死，不，是一个蒙面人——不不！是他的幺儿更——让整死的。他不是人！……他……”娥比痛苦地回答着。

“啊！是他整死的?!”

……

就是那个月暗星稀的夜晚，早已熟睡的阿妈突然向我发出了怪问：“娥比，夜这么深，天这么暗你出去干啥呀?”

“我——我早睡了呀，阿妈。”

当我抬起头来回阿妈的话时，帐篷拉绳“蹦——”地响了一声。随即滚进了一个人，向我爬了过来，并悄声地说：“娥比妹妹，我是更让，我知道阿甲贡波不在家，赶黑来你这里嘿嘿嘿……”

更让？声音为什么这样沙哑，笑声这样粗莽？娥比急忙推开伸向她的那双毛辣辣的手。

“不！更让，我怀身大肚的，使不得，别——别这样！”

“娥比！你在干什么呀，嗯？”阿妈又在发问了。

“阿妈，是我回来了。”那个自称更让却又看不清面容的人，他的手刚摸到我的胸口时，阿妈从床上爬了起来。

“你这豺狼般的野兽！你给我滚——滚得远远的，我再没有脸见你了。”

阿妈的懊悔，我的羞愧号哭并没有慑住他，把他撵走。相反，他好似刚喝下一桶酸奶子一样镇静，不慌不忙、毫无羞耻地说：“这是我的家，是阿甲贡波从我手中把娥比夺去的，是阿甲贡波从小就妒忌我给我脸上弄起伤疤，把我弄成像他一样的丑八怪……”无奈的更让似乎越讲越有理，越讲越激动、越气愤也越失去了理智：“哈哈哈哈——！我是丑八怪，我是吞口儿，他更是丑八怪！我得不到的他也休想得到！”一阵癫狂之后，他拔出腰刀，凶相毕露，向我扑来。

我们什么也看不清楚，但越觉得在我面前的人不像更让，特别是说话的声音，但是，那时我也来不及辨认真假，便急忙躲到阿妈身后向他乞求：“更让，我的好兄弟，你别这样，杀死我是小事，你要看到还未出世的侄儿面上啊，卡卓呀——更让兄弟！”

“菩萨呀——我为什么养了这个野兽，这是我的罪孽呀——你杀了我吧！你不能这样作孽呀！”

阿妈哭咒着把他握刀的手死死抱着。可被兽欲烧迷了心窍的更让丝毫不听阿妈的哀求，将阿妈朝后一推。阿妈倒下了，倒在了埋有火种的火塘里。头碰在了锅庄石上，喷流的血染红了火塘里的灰。灰由瓦灰变成红泥块，红泥块变成了红泥浆……

娥比用眼泪诉说完了阿妈死的经过之后，便更加泣不成声了。

当我问及她为什么要跑去仗都寺庙时，她气愤地说了个大概。

那是阿妈断气之后，口称更让的蒙面人用布条把她的眼睛，嘴巴死死勒起，用皮绳捆绑在马上驮到寺庙去的。

……

寺庙大门敞开着，门外拴着两匹未卸鞍的马。

庙里出来两个人，骑上庙门口的马向场部驰去。

骑枣栗马的是阿甲贡波，骑“玉点”的是更让。

更让说：“阿甲，娥比是跟野男人扎巴杀人畏罪潜逃了，我们要向场领导报个案。”

阿甲贡波说：“阿妈的死因谁都还未弄清，可不能乱说呀。”

六

仲夏一过，节令已轮到金黄的秋天。草原牧民们最忙碌，最开心，也是最负有希望的秋天又很快过去了。

我们一入冬场便着手忙碌贡波阿妈的火葬仪式。

她的死、更让的失踪加上娥比妹妹的小产把一个结实得像一头牦牛的阿甲贡波拖垮了，他不仅身体消瘦下来，而且一副又黑又黄的脸上时常表露出与常人不同的喜怒哀乐来——“阿妈你为什么要死！更让弟弟你为什么一去还不回来！……”

操办火葬之事只有落在我的身上了。

寄葬墓地四周、一顶顶用黑色布花缝制出的白布帐篷内，大大小小数十盏铜质酥油灯通明透亮，好几十位喇嘛和尚吟念着大经。

天快拂晓，“咕——咕儿——”报晓鸡鸣之声渐渐传来之后，火葬塔下上百斤早已熔化的酥油点燃了，数十名亲朋好友和扶掖着阿甲贡波的娥比妹妹，他们各自捧着炒熟的五谷杂粮远远地围着噼噼叭叭熊熊燃烧者的火葬塔边绕着圈边向塔上撒着杂粮。

我做完火葬仪式中的一切安排之后，把阿爸扶到了主葬喇嘛的身旁席地盘脚坐下。

“唵嘛呢叭咪吽——”

阿爸双手奉合着举在额前念完六字真经之后，开始了他陈述亡人生前业绩的使命。

葬塔上的火越烧越旺。

火葬场上的人们鸦雀无声。此时此刻除阿爸如泣如诉的、略有些低沉的陈述之声外，便是火葬塔上各类物质燃烧时迸发出的“噼噼叭叭”声。

火越烧越旺。

阿爸越讲越激动。

当他话题从亡人的业绩陡然转到要追查阿妈的死因并希望仗都寺在座众长老明大义协助查明凶手时，白布帐篷内众喇嘛、和尚哗然，并有一个身披袈裟的和尚从帐内直冲火塔之中。

当人们从熊熊火塔中拖出扑火人时，此人已奄奄一息。虽然满脸烧得焦黑，但经辨认，他就是数月未露身影的和尚——扎巴。

“扎巴！你为什么扑火？”火葬场的人们团团围住扎巴并追问他。

“更让——阿妈——是——是——是我……”扎巴话未讲完，带着忏悔和他的躯壳倒下了……

火葬场上一片沉静，山风助着火威越烧越旺。

刊载于《草地》1991 年第 3 期

噢，达斯波

索朗仁称

达斯波寨镶嵌在邛崃山脉的一条沟尾，人口两百出头，聚居点很集中。幢幢古老的碉楼，紧紧挨着，像拥挤的乌纱帽。

山外的风是强烈的，拐弯抹角也疾速刮进达斯波，而且撞痛每副胸膛。与共和国同龄的茸麦，像面旗帜被大家举在领头的位置上。经过几个月轰轰烈烈的苦战，在口号中诞生，在口号中又成废墟的獐鹿场旧址上，奇迹般再次建起獐鹿场的雏形。

茸麦的轮廓是粗犷的。当力扩张时，浑身便布满棱线。虽脾性爽直，可处理事也还心细，乡里乡亲都信任他。为了公众及自身的利益，所有的猎手都出动了，齐心合力地布陷阱，装上有暗门的圈栏，大家纵犬追，半个来月獐和鹿就各有了二十来头。

一天，寨前那条通向远方的出道上，左右拐着走近个安多汉子，经过别人的手势指引，找到了他想找的茸麦。于是茸麦的耳边响起神秘的悄声：用两头牦牛的价换只雄性的獐，如果合伙干，将走遍花花绿绿的城市，而且还能发财。

他沉默地裹了支又粗又长的叶子烟点燃。喷出的第一口便呛咳了那汉子。

他懂得这条财路的分量。虽说脸上很光彩，其实还不如本分人的屁股。他斜瞄那汉子一眼，说："打老远来，真不容易。先搞饭吃吧。"

杀了只一岁的嫩羊，剥皮后整个儿下锅又整个儿取出。煮熟的肥白羊肉直打颤，两把八寸长的吊刀插上羊身，他还拿出一瓶赤狐皮帽换来的五粮液。主人一家陪着客人尽兴吃着。客人讲着纳木错（天湖）湖畔和阿尔金山脚下的趣闻，引得笑声阵阵。看得出，客人眼内蓄满成功和得意。

吃完饭，围着火塘饮淡咸的马茶是种享受。客人美美“吱溜”了几口滚烫的茶后，随便地说道：“该商量咱们那件事了吧？”

茸麦还是那么不慌不忙地裹支烟，喷出辛辣的烟雾，却反提个令客人吃惊的问题：“你没尝过坐牢的滋味吧？”

“我可尝过。”他凝神盯着，扭摆的火苗，“皮肉苦些倒没啥。关键是在人前心烂碎了，颈椎也承受不住脑袋的重量。”

安多汉子的脸上镀上一层迷惘，目光构成强烈的讯问。

茸麦斜眼看看客人，严峻地说：“国民党那阵，我阿爸到拉萨朝佛。在拉萨丢了盘缠，于是到甘丹寺的却溪（寺院庄园）当差巴，干了两年，交了些朋友。一九五七年，西藏上层分子开始骚乱时，从拉萨寄来一封给阿爸的信，是后来当上郭巴（头人）的穷朋友写的，邀我阿爸在嘉绒地区起事。当然，信交到了政府。一九六八年，这事又被翻出来，阿爸的腿让黑心的家伙打断。为这，我让那个打我阿爸的人付出一对胳膊的代价，所以坐了三年牢。一九七八年平了反，我想想也踏实，这到底不是做肮脏事坐的牢。”

安多汉子明白了。眸子里那欲望的强光彻底黯淡，他终于悻悻然起身离去。

默默地望着渐渐淡去的背影，茸麦心里蓦然涌起遏制不住的怜悯……

只图场面和扬名的企业，诞生就意味着自灭的开始。为了獐鹿场的前景，茸麦同寨子里的寿星们商量了一个通宵。后来，他灌了一塑料桶头道咂酒，装了半皮袋炕干的盘羊（扭角羚）肉，进了县城。

他找到了县长若嘎。递过咂酒的同时便开始叙说自己冥思苦想的通盘打算，请求若嘎替侄子（县长是他舅舅）考虑一下全寨人的利益，找找麝香鹿茸能卖大价钱的正当路子。

县长边听边对喉咙灌咂酒。待只剩下半桶时，拿宽大的手掌抹掉胡茬上的酒渍，然后摇摇头：“你那麝香鹿茸一年能产多少？到头来，还得垮台。”

“莫非，路又走错了？”

“错倒没错，就是太单一。”

“那该……？”

“回去等着，县政府给你们派人来。”

茸麦兴致低落地回去了。他知道舅舅不会欺弄他，只是送了他一道谜，谜底得等来人解开。

就这样，在茸麦越来越暴躁的时候，到底等来了。然而面对面一打量，他的五脏几乎冻结了：堂堂县政府竟然打发来个满脸乳气的嫩鸟。一看年龄，二十岁还差六十天。学历倒高，民族学院畜牧专业的大学生，去年才脱离书本。老天，达斯波的鹿场可不是书本啊！

茸麦足足逼视了两分钟，心想会使对手垂头不安，甚至畏惧，然后撒腿回去，把难堪留给县长大人。谁知那娃虽嫩却不怕他的冷峻，迎视着他的目光，黑亮的眸子还隐含挑逗。茸麦想发怒，然而心底却不得不承认是块钢料。到这里也许希图玩玩吧？

“这里可不是什么名山古胜。”

“会是的。”

茸麦怀疑他顺口应诺，不由得再次狠狠地盯他一眼。他依然仰视着茸麦，不过眸子里闪逝过一丝不易察觉的惧怕，恰恰被茸麦捕捉住，于是，他满意地转过身：“走吧，到我家落脚。”

“你还没问我的名字呢。”

跟在背后的年轻人有些不满地嘟噜一句。

“名字？到头只要能让人觉得是条汉子就行。”

“不，你得问！”

不容置疑的倔强使他再次回头重新打量对方。他用力在鼻孔里“哼”了一声，终于说道：“好吧。那你就亮亮祖宗封你的旗号。”

“姜均！”

“将军？你是想当将军吧？”

“不是，是……”

“好啦好啦，不就那么回事。”

“你太像堵岩石了。”

“你怕吗？”茸麦嘲弄地说道。

“对真正的男子汉，峻峭的岩壁只给勇气。”

“哈哈哈哈……”他敞开喉咙大笑。

“笑什么？不相信？”

“你娶了老婆吗？”

“会娶的！”

“在你这个年龄，我已搂上老婆生下了今天的儿子。从那时，才懂得男子汉还应该有些什么。”

姜均住下了，他觉得跟茸麦在一起，感觉上总有股硬朗朗的威武在游荡。茸麦呢，也认为姜均身上有种不可捉摸的豪气。

第二天，天没亮透姜均就起了床。他极小心地穿衣套裤，那细微的窸窸窣窣声还是惊醒了隔壁的茸麦。他瞅着夜光表上的时间：四点十分。起这么早，干啥？他挪开老婆搭在他腰际的手，摸索着轻手轻脚穿上衣裤。姜均上房背了，他跟着也悄悄爬到楼梯口，看着姜均灰黑的影子，屏息静听。

渐渐传来粗重的呼吸，人影也左右上下地晃动着，还不时有噼啪的声音。茸麦偷偷地咧嘴笑了起来，原来这娃娃还想成武打匠。他悄悄退回，钻进热烘烘的被窝。

姜均吃饭也像练武，一口气就灌下四五碗奶茶。接着又是大半个烧麦面馍就着一大碗炖羊肉落下肚。茸麦很吃惊，看他人不大，饭量几乎赶上自己。

饭后，茸麦问姜均：“先游山或是先逛水？”

姜均回答：“山和水都要欣赏，但还是先走走獐鹿场。”

两排三十米长的房子，全是木板拼装的，各盖了一半云杉的瓦板。露天的一半是喂料和游戏的地方。茸麦告诉他，左手那排关獐，右手那排关鹿。

走近房子，几个饲养姑娘同茸麦打着招呼。姜均的视线逐个从姑娘脸上扫过，禁不住道：“啊，山区姑娘真有种雕塑美。”

茸麦狡黠地眨眨眼，朝姑娘们吼道：“喂，姑娘们，我给你们带来个县里的客人。他说你们美啦，当心，他胸腔内可旺着火！”

姑娘们弓着身子嘻嘻哈哈，其中一个粗嗓门叫道：“好啊，只要受得住，我们都嫁给他。”

说着，渐渐围拢。粗嗓门还当着姜均的面解开长衫的侧扣。

姜均稳不住了，一股热浪冲得满脸通红。

“啊，啊，这……这……”

口里吐不出字来，干脆撩开细长的腿逃。背后顿时爆起震耳的笑骂。

“好啦，人家可是为鹿场……不，为我们达斯波今后的日子来的。找老婆，人家城里有的是。”

茸麦止住姑娘们的戏谑。这时，窘迫的姜均站在关獐那栋房子顶端供喂料和观察的走廊上，从肩上的旅行包内掏出个望远镜，专注地瞄着。

“啊，还带着千里眼。”粗嗓门姑娘惊奇地伸出舌尖。

“稀罕吗？以后一人给你们买一个，不过可别整天把镜头对准男人。”

又一阵嘻嘻哈哈。仍是粗嗓门姑娘的声音：“当真？”

茸麦为得不到信任而感到有点伤心。他伸手比画着：“要是没有，就把我当断了尾脊骨的狗看。不过得等獐鹿场闯出路子以后。”

姜均似乎看够了獐子，移到鹿圈顶端。茸麦挨近他，怀疑地问：“你是看虱子吧？”

姜均依然专注地看着。“看病。”

茸麦心想：恐怕你才该找医生看看。

獐鹿场耽误了近两小时后，他们走向离寨子八九里的海子（高山湖泊）。茸麦在前，姜均在后。

“你不愧是个油子。”

“啊，油子？”姜均诧异地张大嘴。

“是啊，带着望远镜看山水多方便，只是还差个照相机。”

“照相机？我带着，日本货，尼康。还有变焦镜头。”

茸麦扭转头，果然，他从旅行包掏出个黑色人造革外套的相机。他摘下皮套，取下镜头盖，迅速举起对准茸麦就按下快门。

“嘿，扭着脖子照的回头像，多难看。”茸麦有些恼怒地责怪。

“放心，等我冲印出来你看，一张充满诱惑的真正男子汉神态。对我来说，很不容易碰上这种机会。”姜均满意地嘻着牙。

“要照，也得坐着，就是站，也得有准备。回头像有什么好的。”

“回头一瞥，艺术魅力最浓。再说‘回头’这词的哲理味还挺深。”

“深个鬼！不就那么扭下脖子。”

茸麦认为他简直在胡说，书读多了脑袋里就会钻些杂七杂八的东西。一件明明白白的事偏要说得这么悬。

“扭脖子，仅是回头的一个表面。如果回过头看走过的路，如果回过头想想做过的事，再转过来思谋今后，心里不是亮堂多了。”

海子的水蓝蓝的，蓝得真浓，随便放什么进去毫无疑问也要染蓝。

茸麦满以为他会发狂。没想到他竟面对海子愣怔征的，一言不发。水面，几朵云影懒洋洋地游荡着。这娃娃看啥还是想啥？茸麦忍不住了：“喂，敢下水么，将军？”

“敢，这么美的水死在里面也值得。”沉默的姜均说话了。三两下，茸麦已经一丝不挂，姜均红了红脸，也脱掉三角裤。于是，一前一后扑进了海子，溅起颗颗水珠。

等两人游够爬上岸，让海子的风一吹，发红泛青的皮肤立马起了层鸡皮疙瘩。茸麦躺到沙滩上，用细沙一阵的猛搓，少顷，皮肤又红了，热乎乎的。

“要是有个温泉泡泡，才更高级。”姜均仰望蓝天，遗憾地自语。

“热泉水么？有的是。”茸麦把沙已堆到盖住肚脐一带。

“真有？快说，在哪？”姜均翻身爬起，伏到茸麦身旁。

“就在那座小山包边。”茸麦伸手指了指几百步外紧依海子的小山包。远方望去山包虽小，却长满了树。

“走，去看看。”

“就这样去？”茸麦向他光身子努努嘴。

“嗯！”

两人抱起衣物，光着屁股朝小山包跑去。

一堵滴水岩下，冒着蒸气的椭圆形温泉映入眼帘，姜均高兴得三呼万岁。

茸麦放下衣物就要跳进去，被姜均一把拖住。“别忙，待我取过水样再下去。”

他从旅行包内掏出个小瓶，在泉眼处盛了一瓶水，塞紧瓶盖，放回旅行包，又取出拇指粗的硬纸筒，倒出温度表，伸进泉眼。片刻后拿起来看着。“哟，六十度。要不是岩上浸下凉水，还真不敢进去。”他掏出本子记着。

“哎，我说你的花样搞完没有？”

茸麦不耐烦地把脚伸进水中，姜均做了个许可的手势，他便全身浸了进去。

“嗬嗬，真美，真美……”

“该回去了。”望着西移的太阳，茸麦说：“抄近路到鹿场，在姑娘们那儿填填肚子。再待会儿，我连撒尿的气力都没有了。”

受着饥饿的催促，两人的脚翻得格外快。拐过那道阻隔视线的山嘴，獐鹿场就展现在眼前。茸麦打了一个响亮的呼哨。

“哎，我说咱们干脆到草坝上去吃。这屋里除了人就剩屁股大个地盘，吃菜也得轮着上前。”进了姑娘们狭小的屋茸麦皱眉提议。

于是，茵茵草坪上，摆上核桃、酸奶渣、奶酪，还有一大盆蘑菇炖松鸡。当中还立着一坛刚启封的咂酒，五六根长长的酒杆翘首四方，几大盘馍馍各搁一方。

待姜均放出第一个响亮的饱嗝，茸麦问：“想好明天的目标了吗？”

“明天？明天我准备回去了。”

“怎么，玩够了？”

“不！”

“待久了怕交不了差？”茸麦又问道。

“隔段日子，我还打算到这里长住。”

沉默了一会儿，姜均又开口了：“看了一天，收获不少没白来，我来之前，县长谈了不少关于达斯波的山水。我想，出于对家乡的偏爱，或许有些夸张。实地一游，才知其实远没说够。”

“去年，我写过一篇开发山区旅游业的文章在报纸上发表。我提出了不少自己的设想。不过总的来说比较空，没举出能说服人的实例。所以这次县长特意让我下来，搞个比较具体的规划。”

茸麦似乎听出了什么潜在的名堂，只是还不实在。他没横加打岔，并摆手止住了粗嗓门姑娘快溜出嘴唇的话。

“经仔细观察，我发现有三只鹿，两只獐的鼻尖干燥没汗，可以断定有病，应隔离饲养。我脑袋中有个初步设想：把海子边那个小山包，全用双层围墙围上。修一栋有十米间隔的病房，用于隔离医治病畜，搞些适合獐鹿野性特点的窝，然后把所捉的獐鹿全放进去，定时定点喂些补充食品，慢慢消除它们的生疏和惧怕，争取第二代或第三代完全能同人自然相处。再在山上建造娱乐设施，造上百来条既安全又有原始风味的独木船。再进一步在海子边或树林中修几十栋经过改进、外观依然藏家风味，室内高雅舒适，食宿娱乐俱全的旅社，从眼下十四五岁的少年中选拔一批到外地培训，作为整个旅游区的服务人员。对了，温泉也得充分利用，得建澡堂，淋浴盆浴都应该有。泉水的质地我回去到防疫站化验后就知道了，说不定对皮肤病有特殊疗效。想想看，在海子里划船、游泳，然后在沙滩躺着日光浴。高兴了到林间与獐或鹿嬉戏一番，再到温泉冲冲。晚上，在藏式宾馆吃顿丰盛的藏家风味饭，然后是室内娱乐，不长的日子达斯波就会肥得冒油。”

这时，彩色的晚霞笼罩苍穹。

天越来越暗了，弯弯的月牙开始发光了，渐渐稀释夜空。

茸麦突然跳起，抱住姜均就在草地上翻滚起来，俩人爆发出畅快的大笑。

“将军，将军，你以后可以当元帅。”

茸麦拉着他的手，大叫：“达斯波的姑娘敬亶真正的男人。将来，到那天，你瞧得上哪位姑娘给我说说，我保证她很快就乖乖躺进你怀中，哈哈哈哈……”笑过，他狡黠地对姜均眨眨眼，“明天，我们就进县城。我还得找县长做笔生意。”

刊载于《新草地》1986 年第 1 期

王驼子

唐远勤

王驼子个子肯定不高，背肯定驼，不然怎么会落下这么个名号？但王驼子的驼不是那种呈六十度到九十度的驼，那驼至多也就有个三十度，所以你不认真看还只认为他个子矮，与驼子不沾边。王驼子小个子小脸却有一张阔嘴，一开口说话那张阔嘴就不能不成为人们注目的焦点。

王驼子一开口说话不用几句那嘴角上的唾沫星子就直冒，他说出来的话就被那些唾沫星子冲淡了、漂白了。王驼子是哪里的人谁也不清楚，只知道他是从内地来的汉族，是这个地方为数极少的汉族上门女婿。这个乡是一个纯藏族聚居乡，做上门女婿没什么不光彩的，藏族喜欢把儿子“嫁”出去，把女婿“娶”回来，也就是藏族喜欢女儿当家。女儿当家好啊，女儿当家免去了婆媳的紧张，女儿当家免去了姑嫂的是非。女儿当家好，女儿哪有对父母不好的？女儿当家，女婿能说三道四的吗？所以在藏族看来做上门女婿没什么不好的，只是王驼子总是带着自己家乡的观念，总觉得自己做了上门女婿多少有些丢了列祖列宗的脸面。

历数整个乡，所有的汉族上门女婿只有三个，一个是果尔山村的蒙正敖，那个情急之下用菜刀为自己的女人做剖宫产的男人，他那一做不打紧，连派出所都惊动了，按所长的说法，如果那女人有个什么闪失，蒙正敖至少也要治个过失杀人罪；一个是居里子岗村的谭木匠，那个一边为村主任做木匠活一边把村主任的女儿要了的木匠，等村主任女儿的肚子一天天大起来时，他还能往哪里走？村主任的女儿不久为谭木匠生下一个儿子，那儿子像极了谭木匠，水灵，白净，一双眼睛黑葡萄一般置在小脸儿上。谭木匠看了这般好儿子就死心塌地地留在了村里，至于谭木匠在老家有没有家小谁也不清楚。

王驼子一开口就是满口的乡音，这里的老百姓笑话他，跟着他学着那些不太清晰的乡音。小孩子们更是不客气，他一开口孩子们便接上，还带着明显的嘲弄。王驼子不生气，只是咧嘴笑笑。也许流落他乡的他压根儿就没有什么气可生了，但凡有点脾气、有点运气的，都不太可能流落到这穷乡僻壤。

王驼子的媳妇泽朗斯基中等个子，有些痴傻，但细致看倒有几分姿色。没有嫁给王驼子以前，有很多男人都想过跟她睡觉的事儿，也有很多男人声称自己跟她睡过了。甚至还有些人诞着脸皮当着别人的面向泽朗斯基求证，说："泽朗斯基，我是跟你睡过了吧？"说完就嘿嘿直笑，眼里放着兴奋的光芒。泽朗斯基再傻也知道这不是好话，就跑过去打那个人，那个人就得意地跑，大家伙儿就跟着推推搡搡地起哄，大笑。大家觉得这样的玩笑很惬意，只要有泽朗斯基在场，这样的玩笑就会很自然地开起来，泽朗斯基其实也从来不真恼真羞，于是大家就更加肆无忌惮了。

王驼子流落到此地时，最先到的是泽朗斯基家，王驼子那时快要饿晕了。王驼子被泽朗斯基让进屋子，从阳光进入昏暗的王驼子眼前一黑，拼足最后一点力气说给我一碗水就晕了过去。泽朗斯基端来一碗马茶扶起王驼子给他喂了进去。王驼子的脸白得像一张纸，额头上尽是虚汗，当他缓过来时就对泽朗斯基感激地笑了笑。听说，就是这一笑让泽朗斯基对别人说，那人就是她的人，那是白渡母早就安排好了的。

王驼子在泽朗斯基家里缓过来后，泽朗斯基又给他吃了一碗满满实实的糌粑，王驼子第一次吃糌粑没想到竟那么香。

王驼子暂时住在泽朗斯基家里，泽朗斯基家里还有一个七十岁的老奶奶。

王驼子挑水劈柴做饭喂猪，屋子里有什么事他就做什么事。王驼子一做事泽朗斯基就在一边傻站着看他，王驼子偶尔把目光落在泽朗斯基的脸上，泽朗斯基就春心荡漾地对王驼子笑，王驼子受不了这种笑，就会迅速地把目光挪开，但挪开了目光的王驼子，那男性的欲望就在内心胀满了。

王驼子住在了泽朗斯基家，泽朗斯基家里就有了生机，七十岁的老奶奶知道家里多了一个人，也显出乐意的笑容，嘛呢也念诵得要高声了一些。

住在泽朗斯基家里的王驼子真真正正地要了泽朗斯基，王驼子不在意泽朗斯基同别的男人如何如何，他得到了女人，得到泽朗斯基这么一个还颇有些姿色的女人是他万万不曾想到的事。说来也怪，自从王驼子住到了泽朗斯基家，泽朗斯基仿佛老实了许多，也不像以前那么痴傻，不同那些同她开玩笑的男人推搡了，人们都说那是王驼子把泽朗斯基收服了，泽朗斯基身上的邪魔只有驼子才能镇住。

王驼子在这个地方上门多年，同泽朗斯基一起送走了老奶奶，泽朗斯基为王驼子生了一儿一女。照理，在这样一个藏族聚居的乡里，什么事情都应该入乡随俗才好。王驼子在很多方面做得都很好，但在为孩子取名字时坚决地有自己的主张，给儿子取名叫王小兵，女儿叫王小红。泽朗斯基却也让活佛给自己的一双儿女取了名字，儿子叫扎西女儿叫娜姆，于是王驼子家里既小兵小红地叫，也扎西娜姆地叫。到了儿女上小学时就很少叫扎西娜姆了，泽朗斯基最后妥协了，泽朗斯基改口叫儿子为小兵，女儿叫小红。这是王驼子最得意的一件事。

王驼子学会了用藏语与其他人交流，但他的藏语发音很不准确，他一开口别人就笑，新成长起来的一拨小孩子们又跟着他学说他不地道的藏话，有些性情急躁的孩子还去纠正。王驼子还是不生气，王驼子已经把自己当作当地人，还跟一帮小孩子怄什么气？但不管怎样，那些大人们不得不承认王驼子聪明，那笑也就显得善意多了。

不知从什么时候开始王驼子喜欢上了打鱼。王驼子去弄鱼的那条河叫阿木柯河，虽说是一条在地图上能见度极低的河，但河床却极宽河水也极丰沛，尤其在夏天那也是一路浩浩荡荡的。阿木柯河汇入大渡河最后汇入长江。那条河里的鱼俗称细甲鱼，官会称雅鱼，肉质细嫩，味道鲜美，卖得好价钱。这里的人们刀耕火种，以土地为生，加上藏族不喜杀生，所以对河里的山里的小动物几乎没有人去动。有句俗语说，棒打獐子碗舀鱼，野鸡飞到饭锅里。可见这条河的鱼何其多，只是轮到王驼子喜欢弄鱼时，碗舀鱼的时代早就结束了。

正因为碗舀鱼的时代过去了，王驼子弄鱼才更有意义。每年一开春，天一擦黑王驼子就到河边安拦河网，早上再去收，运气好的时候收上三五斤。下午就背着渔网到河边打鱼。王驼子弄来的鱼就卖给乡机关的干部们，王驼子说换些盐巴马茶钱还是没问题。

王驼子的日子一天天滋润起来，虽然王驼子比刚到泽朗斯基家里时黑了不少，但黑红的脸膛上泛起了健康的光泽。王驼子说话中气十足，走路两脚生风，驼子也好像没有先前那么显眼了。对于王驼子的收入，有人在背地里算了一笔，比一般乡机关的干部们收入少不了多少，何况逢着乡上开什么人代会、党代会、政协会、总结会、赛马会，王驼子还上伙食团帮忙做点小工。

有一天，王驼子晚上下了网，早上去收时发现捕鱼网没有了，别人帮着收了。其实王驼子每次下网都很小心，总是看好了没人才下网的。王驼子心里那个气没处说，王驼子怀疑是乡机关的那些小青年干的，他跑到乡政府院子里一阵破口大骂，人们不知道王驼子什么时候长了脾气。他丢了网虽然有些人很同情他，但却没有人出来为他说一句话。骂完了，王驼子又向一些平日里接触得比较多的机关干部讲述了他的不幸，当然仍然没有人为他出头做主，丢就丢了呗，也不是什么了不起的东西。王驼子说，那些网还是很贵的，弄那几张网少说也要整十天半月的鱼才能弄齐。王驼子不得不又到县城里去买些网回来，捕鱼是他的营生，也是他家生活中最大一项收入，没了这收入，王驼子的盐巴马茶钱从哪里来呢？

可是不久弄鱼的人越来越多。因为一帮来乡政府视察工作的大大小小的官员们食用过这条河的鱼后，发现这鱼比那些网箱鱼鲜美了不知多少倍，这是真正的绿色食品。于是这鱼的身价就高了，这鱼的市场就很快从乡机关开辟到了县城，县城那帮食客领略到了这鱼的鲜美后，这鱼价就更是水涨船高，直线攀升。县城有一帮子人组成了专业的捕鱼队，一个个骑着摩托，戴着头盔，所到之处卷起一股股尘浪，乍一望去，活像进村的鬼子。摩托车后备箱两边挂着大塑料桶，弄到鱼，哪怕只有三五斤也立即往县城里送。王驼子与他们相比就太相形见绌。加上他们人多，一条河没多长一段就有一两个他们的人，王驼子就是再熟悉这条河里鱼的习性也架不住他们这种拉网式捕鱼。王驼子有时候竟然会空手而归。

鱼价还在涨，那鱼的市场不但开辟到了县城还开辟到了省城。在省城，那鱼有了一个新的名字——高原雪鲢，有的说叫高原鳜鱼，有的说叫高原鲟鱼，反正什么鱼贵就叫什么名字。听说一斤能卖到六十元。这价钱让捕鱼队的人疯狂，这些疯狂的人对阿木柯河里的鱼儿们进行了疯狂的捕杀。说捕杀，是因为他们开始炸鱼。雷管炸药一弄好，点燃往河里一扔，随着一声炮响，多数时候那河面上就浮起一层白，那些人就只管舀那些大大小小的鱼就行了。他们都梦想哪一天炸了鱼箱（指鱼聚窝的地方），那运气就很不得了。

王驼子眼红啊，但王驼子没有办法，只能干瞪眼，他到哪去弄那些雷管和炸药呢？他只好按他的方法，捕一些漏网之鱼，而且他没办法卖成好价钱，因为他不可能因为三五斤鱼就到县城去。乡机关的工作人员也眼红啊，于是乡机关的工作人员找来雷管炸药，有时也能炸出白花花的鱼来。鱼资源遭到了浩劫。

这种现象不可能没有人管，于是三令五申来了，一个中心就是不准炸鱼。那些专业捕鱼队的可管不了那么多，鱼照样炸，钱照样挣。

村上要修机耕路时县上配了一些炸药雷管给村上，王驼子提着两条斤把重的鱼、一块斤把重的腊肉和一斤六十度的江津白酒到村主任家里。王驼子以主人翁的姿态把那鱼和肉弄好了，两人就你一杯我一盏地喝上了。酒喝了，王驼子的愿望也实现了，王驼子在村主任那弄到了十斤炸药、一盒雷管、一圈引线。天黑尽了，王驼子蹒跚着两条醉腿，拿着这些能让他发财的东西回到家里。王驼子回到家里叫醒早就睡下的泽朗斯基，对着睡眼惺忪的泽朗斯基说："老太婆，你看这是什么？这是我们的摇钱树！那帮龟孙子炸了多少鱼？把我们的饭碗都给炸坏了。但我知道好几个有鱼的地方他们一直没有动到，还有一个鱼箱他们更不知道。明后天我包个拖拉机，去把那个鱼箱炸了，把炸到的鱼全拉到县上去卖，少说也能挣他个千儿八百的。"

泽朗斯基完全相信王驼子的话，惺忪的睡眼也明亮起来。王驼子又说，"到时候给你和女儿一人买件新衣服，那种不是在综合市场买的歪货，要正品的，让你们也过过牌子货的瘾。"

泽朗斯基的脸上就显现了一些兴奋的红光。王驼子趁着酒劲在泽朗斯基身上一番作为后，很惬意很满足地睡了。

第二天一早王驼子找到索拉能周并对索拉能周说："过几个小时我来找你，有事儿。"说完不等索拉能周回话就自顾自地走了。索拉能周望着王驼子的驼子，在心里不屑地想：这王驼子会有啥事儿?!

鱼箱在大多数人的心里是充满传奇色彩的，因为没有人真正领略过在鱼箱里钓鱼或者鱼箱里撒网的感觉。但王驼子真的炸到鱼箱了。王驼子只扔了一斤炸药就炸出了白花花的鱼来，那些鱼之多之大是从来没有人能想象的，最大的一条鱼甚至有十来斤。王驼子把所有的鱼装进了他事先准备好的两只大塑料桶里，藏在河边的灌木丛中，就以最快的速度去找到了索拉能周。

王驼子对索拉能周说：“把你的拖拉机发燃，帮我拉货到县城里去，钱嘛一分也不会少，现过现。”

“你能有什么货往县城里拉？”索拉能周不客气地回了王驼子的话。

王驼子心里正兴奋着，哪有时间跟索拉能周解释那么多，就简单说：“你不要管，钱一分也不会少你的，把拖拉机发动起来跟我走就是了。”

索拉能周把拖拉机发燃，顺着王驼子的指点开到了王驼子藏鱼的地方。时间不过早上九点刚过，太阳也刚刚升起，当索拉能周跟着王驼子来到那丛茂密的灌木丛时，看到了满满两大塑料桶的鱼，那些鱼静静地睁着鼓鼓的眼睛，让索拉能周的眼睛也睁得鼓鼓的，他怎么也不相信，没有几个时辰王驼子就弄到了这么多的鱼。

索拉能周问王驼子：“王驼子，你怎么弄到这么多鱼？”

王驼子诡秘而小心地对索拉能周说：“我炸到鱼箱了。还有些鱼来不及舀被水冲走了。那鱼啊，白花花的，多！”

索拉能周说：“王驼子，你这一下得挣多少啊？”

王驼子不说话，只咧着嘴嘿嘿地笑。

王驼子与索拉能周把两大桶鱼弄上拖拉机后又用绳子把塑料桶固定好。王驼子坐在拖拉机车厢边，轻快地对索拉能周说：“走！”

“突突突”，索拉能周发动了拖拉机；“突突突”，索拉能周的拖拉机就欢快地在大路上跑了起来。走到王驼子家门口时，王驼子对索拉能周说：“等一下，我去给老婆子打个招呼。”

索拉能周看见王驼子轻捷的身影翻过那块大地的篱笆飞快地回家去了，不一会儿又从家里出来。王驼子换了件干净的蓝色中山装，左边上衣兜里还别了一支一元钱一支的圆珠笔。

正当他们的拖拉机一路欢跑时，林业工作检查站那个长着一脸横肉的大个子站在路中央挡住了他们，简洁地说：“检查。”

“哪弄的这么多鱼？”大个子发话了。

“网的。”王驼子回答得理直气壮。

“网的？你运气真好啊！”大个子满脸的横肉不由自主地抖了抖，然后带着完全号准了王驼子脉象的神情气定神闲地说“真的，是网的，今天运气特别好，网到鱼箱了。”王驼子心里有些发虚，嘴上却还硬撑着。说完拿出几条中等大小的鱼就往大个子手里送：“你们很辛苦啊，拿两条鱼去吃，尝个鲜。”

大个子接过王驼子送过来的鱼，在手上掂了掂，往工作站小院里喊道：“小王，拿剪刀来！”嘴角浮出一丝对王驼子的绝对嘲弄。

王驼子卑微十足地征求大个子的意见说：“我们可不可以走了？时间长了这鱼不新鲜了就不好卖了。”

“走？卖？你想什么呢！小王，剪刀怎么还不拿出来，磨蹭什么呢？”

小王拿出剪刀，大个子把手里的鱼扔进塑料桶里，又从桶里抓出几条小鱼来，用剪刀剖开肚腹，鱼鳔破了。

大个子又拿出几条中等大小的鱼，剖开肚腹，当然鱼鳔还是破的。大个子对王驼子展示着那些被炸药震破了的鱼鳔说：“还要剖几条给你看看吗？”

王驼子傻了眼儿。大个子一挥手两个林业公安过来把王驼子铐上了。

于是王驼子没有赚到钱，索拉能周也没有得到王驼子现过现的运费。

王驼子因为不顾政府三令五申，滥捕滥杀、顶风作案而锒铛入狱。

如果让王驼子站在别人的立场上实打实地说话，他自己也会认为炸鱼不好，那一炸小鱼苗也炸没了，今后不是就没得鱼捕了？但王驼子架不住那些专业捕鱼队一炮一炮地炸，架不住乡机关的那些干部们一炮一炮地炸，眼红啊！好不容易弄来点雷管炸药，不炸它一炮两炮的，心里怎么过得去？

可是倒霉的王驼子不知道严打开始了，更不知道炸鱼也在严打范围之内。唉！谁让王驼子置国家政府的法令于不顾呢？他这是罪有应得啊。政府三令五申，总有那么一些人置之不理，这次要在严打期间抓一个典型，保证国家法令制度的严肃性。

得，王驼子撞了个正着。

王驼子被警车带走了。王驼子满脸的愤懑，他自己只与那些专业捕鱼队的人比，只与那些乡机关的干部们比，他没有意识到他已经触犯了国家的法律，他更没有意识到可能牢狱之灾正等着他。他最担心的是他那两大塑料桶的鱼怎么办，会还给他吗？王驼子真的天真得可爱了。鱼当然有它自己的归宿，就像王驼子也会有相应的处理结果等着他一样。

索拉能周被罚过款后放回了家。

王驼子的女人，那个有些痴傻的泽朗斯基不知如何是好，王驼子再不待见也是她的男人，王驼子跟她生活了这么久，对她也是知暖知冷的。她不明白国家的人为什么要带走她的王驼子，她问王驼子怎么了，王驼子说是炸鱼了。泽朗斯基就问那些人炸了那么多的鱼为什么没有抓走呢？王驼子一下子也不能回答了，他想，跟泽朗斯基这样的人说也说不清楚，还不如不说。

严打期间公检法司联合行动，在县城民族文化宫广场上开了公判大会，太阳很好地照在广场上，有些耀眼。各种流行的音乐放过好一阵子后，公判大会开始了，随着那一声威严的“把犯罪分子押上来”，王驼子与那些严打期间被抓住的人列成一排被带上了主席台下面那一溜过道上。王驼子在晴好的阳光里实在是有点像一个缩了水的人，不起眼不说，还有那么一副可怜相，谁会相信一个矮小的驼子会与那些杀人越货的狂暴之徒列在一起？王驼子被判了一年有期徒刑。王驼子要吃一年牢饭了。王驼子服刑期间，泽朗斯基在她亲戚的携带之下去看过他两三次，让他唏嘘不已。

王驼子让泽朗斯基不必担心，一年时间一晃就过去了，让她在家里管好小兵小红，不能耽误他们的学习。

王驼子从牢里回来时又白得像他才到泽朗斯基家里一样，但总是不如黑黑的王驼子受看。王驼子回来后，又提着一块腊肉一斤白酒到了村主任家。王驼子对村主任说：“你看我倒霉到家了，别人炸鱼都快要炸疯了没有管，我炸一次就坏事了，你说，这是不是老天爷专门跟我过不去啊？”

村主任无话可说。

王驼子又说，“你不知道那鱼箱啊，那些大鱼啊，白花花的吓人呢！保不准我真得罪了鱼神。唉！跟你说吧，这鱼也是欺软怕硬的家伙呢！”

王驼子回来后就没有再捕鱼了，按他的说法是人老了下水风湿重，受不了。王驼子心里想那一年的牢饭不好吃，挨打受气那是家常便饭，这都是让弄鱼给弄的，他恨透了弄鱼。

小兵长大了，小红也快成人了，他同泽朗斯基一起细心地经营起他们那一亩三分地，加上小兵跟着别人到城里打工能挣回些钱，日子也过得蛮好的。

王驼子总是显不出年老相，王驼子的背不见得比年轻时更驼，脸不见得比年轻时候皱纹更多，他来时怎样仿佛现在还是怎样，倒是泽朗斯基现出了老相。人们都说，别看王驼子自己驼，一定会死在泽朗斯基后面。

王驼子不弄鱼了，有了很多空闲时间，退耕还林后他就更没事可干，没事儿做的王驼了常带在田边地头转悠到山坡上拾些柴火回家。更多的时候他跟着泽朗斯基一起同村上那些老年人一路到村上那个转经房去转经诵嘛呢。王驼子像模像样地转着经筒，像模像样跟着别人佝偻着腰按顺时针方向转着转经房边用石头堆起来的嘛呢堆。王驼子诵嘛呢的音节咬得很有个性，总有些铿锵的意味，不像村里那些地道的藏族老人诵得平和，诵得含糊，诵得模棱两可。

没事儿可做的驼了背的王驼子还是有一把好力气的。泽朗斯基一个表哥修房子，本来是请王驼子帮着做饭的，没事的时候他也去帮着取石头，他取的石头总是很好用，石匠们都很喜欢。人们发现了王驼子这个新能耐，于是这家修房那家造屋的都请王驼子帮忙取石头。王驼子从来也不吝啬他的力气，也从不吝啬他取石头的技术，总是把他所知道的一切毫无保留地教给那些想要学习的人，于是人们在好些时候又叫他取石头的王驼子，但这时人们的称呼里就带上了那么一点点尊重的意思了。

这年开了春，王驼子自己家要盖新屋了。小兵大了，小红大了，得把小兵嫁出去，再给小红招个上门女婿。经过多年的生活，王驼子接受了藏区这种风俗，王驼子觉得这真的没什么不好的，女儿当家多好，在汉区也应该发扬光大一番，什么香火，不讲究那么多。

历时两年多，王驼子的新居造好了，来给王驼子帮忙的人真不少，村长一家人是来得最勤的，而且不要王驼子任何报酬。给钱的给粮的给酒的给肉的人也不在少数。从挖基脚到做完所有的木匠活儿，王驼子盖房真有一股子热火朝天的景象，这让王驼子自己万万没有想到。王驼子想：我一个开始老了的外乡人，泽朗斯基一个有些痴傻的女人，有何德何能会得到乡邻如此的照顾？七月的时候屋子完全修好了，新屋是一座三层高的石头寨房，站在新屋屋顶，能看见屋子四周宽阔的田野，田野里新熟的麦子泛出了金色，微风过处还能闻到一阵阵麦香。再往远处看去，能看见滚滚而来的阿木柯河水。王驼子知道是这条河养活了他，养活了他的泽朗斯基和一双儿女。王驼子从此会常常面对着这田地这河水像所有的寨子里的老人一样，太阳出来的时候就坐在屋顶平台上，一边晒太阳一边拿着转经筒转经一边在口里诵念着嘛呢。王驼子对自己能在这样一个地方养老比较满意，他的脸上浮现出了淡淡的满足和笑意。

按照当地的习惯，每家每户都要在屋子四个檐角上放置四块一样大的白色的花岗岩卵石，用来驱鬼辟邪。王驼子认为那是件很严肃的事，一定要亲自做，于是他只身到河边找合适的卵石。

王驼子精心地选好了四个大卵石，又大又白又光滑，那白简直白得有些耀眼，这样的卵石放在檐角上实在让别人没有任何挑剔的话语可说！这卵石放好后，就该请乡亲们来烧锅底了，到时候一定热热闹闹地办一场，再孬也要比乡上的赛马会办得更好一些。那赛马会都忙着赛马去了，哪里顾得上弄好吃的，一锅子的手抓肉就把参会的人给打发了。这搬新家烧锅底就不同，荤菜素菜要搭配好，不说色香味俱全，至少也要像个席桌一样，得整他个汉式的九大碗；甜、咸烧白不能少，麻辣鸡、脆皮鸭、糖醋鱼不能少，虎皮青椒、皮蛋、折耳根、芹菜、韭黄、蒜苗不能少。王驼子想起他年轻时候在老家吃过一次大队长娶媳妇的婚宴，那次大队长整了九大碗，但那九大碗除了桌子中央的那一碗泛着油光的咸烧白实在之外，其他的都是素多荤少，象征性地在碗中撒了几片肉，就那样也羡煞死王驼子了，那时王驼子人生的最高理想就是弄一个比大队长家更九大碗的九大碗。现在王驼子自家要整上九大碗了，王驼了心里能划好的九大碗与大队长家的九大院已经没有什么可比性。那时想在桌上摆上肉就了不得，哪里想过还能摆上鸡鸭鱼？这九大碗才能算得上真正的九大碗，这九大碗可比大队长家的九大碗要实在多了，想到这，王驼子不禁哼上了一段他年轻时候学会的小调：桃花乌是美人窝，桃花千万朵……除了九大碗，当然还得做上手抓肉，要炸上那种藏式油条，要打上酥油茶……要请几个泽朗斯基的侄儿男女来帮忙，不然怎么忙得过来？对了，请泽娜做的青稞酒也应该好了，明后天一定让小兵去背回来，那酒得由村长来开坛，村长开坛那酒吃起来一定会更香醇一些。吃了酒还要跳几圈锅庄舞，年轻人还要打打扑克牌，完了还要给每个来烧锅底的人发一些花生糖果，嗯，那花费一定不会少。但那真会像过年一样让人快活。王驼子想到那热闹场面心情就很好，他这晚年就会从此幸福地开始。

太阳快要落山时，王驼子叫来小兵小红和泽朗斯基。夕阳的余晖照在河床上和河面上，清亮的河水跳跃着金色的波光，他们一家人就被这温暖的光芒映衬着、包裹着，织成了一幅明丽的画卷。王驼子在这样温暖的光景里分派着让他们把他找了几乎整个河滩才找到的白卵石抱回家。

是呀，那天的夕阳实在是出奇的好，一抹夕阳的余晖无声地投射到阿木柯河宁静的水面上，随着细如鱼尾纹的水波，闪动着神秘的眼睛。是的，夕阳的余晖也有眼睛，水波也有眼睛，它们暗藏在傍晚这幅明丽的画卷的某个角落里，注视着这个世界，注视着拣白卵石的王驼子。而王驼子也似乎发现了这颗神秘的眼睛，那真是一颗奇异得诱人的眼睛呀，王驼子一下子被这颗闪动着神秘之光的眼睛吸引住了。王驼子屈膝弓腰，整个身体快要变成一个圆圈了。

王驼子一步步向河的边缘挪动，那颗隐在水面下边的眼睛越发明亮起来，有一阵差不多要跳出水面。王驼子一只脚探进浅水，一只手朝着那颗不断发散着强大磁力的眼睛伸过去。

王驼子想，这是一颗真正少见的能够避邪的卵石呢。

王驼子朝身后喊了一声："小兵小红，泽朗斯基，快来呀！"

王驼子终于捞住了这块奇异的卵石一样的眼睛，当他的手触摸到这颗冰凉又柔软的眼睛的时候，才感觉到阿木柯河的水已经没过了他的头顶。习水性的王驼子在河里扑腾了几下，双脚像被什么缚住了似的，怎么也浮不上来了。他想莫非自己真的老了，还是多年未下水完全忘记了水性？他慌了，开始在水中拼命地挣扎，这个时候，一个浪头打过来，把他卷进更深更远的旋涡中。他听见小兵小红与泽朗斯基撕心裂肺的呼救声，渐渐地他能听见许许多多的乡亲们充满惊恐的呼叫声，渐渐地他什么也听不见了，只能拼尽全身力气向空中举起一只手对这个世界做最后的请求。

一切都归于寂静，王驼子被阿木柯河吞噬了。

在一种庄严与沉闷的气氛中，乡机关的干部们、派出所的干警们、村里的民兵们，还有一些手脚便利的人们沿着河边找了三四天，最后还是连个尸首也没找着。

很多人叹息说，唉，王驼子是个好人。

当然也有人说，王驼子吃了一辈子的鱼，现在被鱼吃了。说这话的人未免有些绝情，私下里附和的人也不少。王驼子如此迅速地从人们的生活中消失让许多人都不习惯，王驼子那一说话就直冒唾沫星子的阔嘴还清晰地活在人们的视线里，他那只向这个世界做最后的请求的手，还清晰地、缓缓地摇晃在人们的视线里，但王驼子就是这么迅速地从人们的生活中消失了。

这世上除了小兵小红可能再没有人知道王驼子的名字，就连泽朗斯基也不知道，不论人前人后一直都是王驼子王驼子地叫。听王小兵说，王驼子曾给他说过老家是四川遂宁的，至于老家具体在哪个方位？还有没有人？王小兵也不知道。

刊载于《四川文学》2007 年第 4 期

一只叫太让的乌鸫

晓　鸿

那在通往科纳多的垭口上，我遇到了给我讲故事的那个人。

那人又高又瘦，正倚靠在一块灰白色的石英石上。“何不下马喝一碗茶再走?”他说，“说不定会是同路人。”

我听从了他的建议，下了马。

我从褡裢里取出瓷碗递给他。“谢谢。”我说。

“不用谢!”他摇了摇头，用折叠式铜瓢盛了满满一碗马茶递给我。他放下铜瓢，双手捧起茶碗，喝一口转动一下手中的碗。

你这是要去哪儿?

科纳多，我到那儿去收点古董。我回答。

你是古董商?

可以这么说。

我不是刚说了吗?我俩兴许会是同路人。

你也去科纳多?

我是那儿的人。

真巧。

可不是嘛，在这荒无人烟的地方难得遇上一个人，能够遇上同路人那简直就是奇迹中的奇迹了。

这条小路不会只通一个地方吧?

不是，它通五个地方，察夏、科纳多、冈西阿、查如达则和龙热。

热浪开始在草丛间晃动，一只黑色的鸟穿过热浪，落在他身边的岩石上。

对，我想就是它了。他看着鸟端详了半天。你不介意我给你讲一段与它有关的故事吧。

这家伙我是第一次看见。有何不可呢？我说。

那时候……他开始讲。

我家的那栋房子还是石木结构的平房，有三间，中间是厨房，两边是卧室兼储藏室。现在我家这幢两层半的楼房，是前几年拆了老房子后新修起来的。

那时候，我们都还小，哥哥七岁，妹妹五岁。小屋前面有一座院子，院子一面朝小屋，另外两面是石墙，面对小屋的一面码放着整齐的山毛榉柴垛。院子里经常放养着猪。

祖母是生产队饲养员，她养了八只大猪，十五只小猪。

院子两边的墙根下分别摆着一排食槽，大猪在南边的墙根下进食，小猪则在北边的小食槽里进食。

大猪经常抢小猪的吃食，虽然它们也许是这些小猪的舅舅，姨妈甚至妈妈，但它们丝毫不管这些，照抢不误。哥哥和妹妹就被祖母唤来守猪。

后来，妹妹病了。她咳了一个多月差不多两个月，之后就奄奄一息地躺在火塘旁边，静静地等待密林中那个叫太让的死神将她带走。

妹妹是不是要死了？哥哥问。

是的，等不到多久了。祖母回答。也许明天，也许后天……谁知道呢？她仿佛在喃喃自语。

两个月前，邻居老太太死了。她只有一个孩子。她的孩子守了她三天，最后一天，他说，我不再守了，我要出去找她。他骑上一匹白马，走了。

哥哥看了一眼倚靠在门框上的小门，他想起自己和妹妹曾吊在小门上，抬头望着纷纷下落的雨或者雪，嘴里高唱着：

北山高南山矮，
两山之间藏女妖。
出远门，骑白马，

祖母的糠糠遍天下

……

屋檐下的一根白桦椽子上，无数圆形的雨滴排成一溜长队，它们聚集到椽子中央的一块树节后，就从树节的末端跳到地面上。这些雨滴就像一群调皮的孩子，前赴后继地玩着快乐的游戏，地上一块巴掌大的片石都被它们砸出了一个浅浅的坑。

哥哥蜷缩在屋檐下躲避天上落下的雨水，地上溅起的水花，还有那些玩着游戏的调皮雨滴。密密的雨帘后面，大猪和小猪正在愈渐变暗的天光下面欢快地进食。

一阵鸟叫声传来，哥哥抬起头，看到一只乌鸫从昏暗的空中飞下来，在他头顶绕了一圈后，钻进了被烟熏火燎若干年的屋檐下面。哥哥站起来，想用手里的木棍去捅，却因木棍太短人的个子又太矮小改为敲打墙壁。受惊的乌鸫窜上天空，但仅几秒钟之后又飞了回来。

如此几个回合后，哥哥的不耐烦之心占了上风。他找来一只木墩和一根更长的木棍。他爬上木墩，颤巍巍站起来，刚一抬头，就和黑暗中乌鸫闪亮的眼睛对上。

乌黑的身体像一块炭，一双炯炯有神的眼睛就像夏夜草丛中的两只萤火虫。他说。

哥哥举起木棍掷向乌鸫，与此同时，一只大手一把将他从木墩上拽了下来，随即被四仰八叉地扔到了地上。

在一阵严厉的呵斥声与疾风暴雨般的鞭打中，他绝望地看到大猪们站在小猪食槽里拼命抢食。它们的样子就像一群傻瓜般的大人，终于搞到了一瓶梦寐以求的白酒，得意之情溢于言表。

祖母把他从地上拉起来。

我看到死神了。他呜咽着说，我看到死神太让了，它就藏在屋檐下面的墙洞里。

闭上你的臭嘴。祖母刚压下去的火又窜了上来。哥哥赶紧抱头跑进厨房。

还没到点灯的时候，厨房里漆黑一片。哥哥止住抽泣，屋子里十分安静，静得可以听到雨点击打屋顶发出的噼啪声，听得到粉蛀虫在木板墙壁里滴答滴答地蛀着木头，听得到老鼠在墙角熟睡中发出的鼾声……火塘边妹妹那儿却没有一点声音，连平时不间断的咳嗽和粗重的喘息都听不见。

死神就蹲在那里，在屋檐下面，在墙头上，她要带妹妹走了。他想给祖母说，想给家里的所有人说，但一想到那根杀气十足的荆条时，他就毫不犹豫地选择了闭口。

他抽泣着慢慢走进卧室，爬上床，用被子蒙住了头。他多么希望在大人们揭开被子时，伤心地发现他已经死了。

他一边这样想一边更加痛苦地哭泣，后来不知不觉地睡着了，醒来时天已大亮。

他吃惊于居然没人叫他吃晚餐。他想一定是妹妹在他睡着后被死神带走了，家里人没时间做晚饭，因此没叫他起床吃饭。

他蹑手蹑脚地下了床，悄悄走到卧室门口。没有什么异样。祖母跪在火塘边生火，父亲在院子里劈柴，母亲，她一定又背着水桶到山沟里背水去了。

他朝火塘边妹妹睡的方向瞟了一眼，恰好她翻了一下身子，涌动的毛毯就像微风吹过湖面。

他走过去伏下身子。她这是在变好还是怎么回事儿？

她这是在变好。祖母手拿吹火筒边吹边说。

妹妹的枕边放着她的帽子，帽子里有一个黑乎乎的东西，他伸手取出来。是太让。他把乌鸫扔到地上。它是死神的化身！

祖母抬起头，看着他手中的乌鸫。我有一个预感，嘉央，措姆的病会一天比一天好。你相信吗？

哥哥似信非信地点了一下头。他双手捧起乌鸫，将它轻轻放进妹妹的帽子里。

你知道得这么清楚，好像是他们亲口给你讲过一样。我抬头看了看乌云密布的天空，把剩下的马茶一饮而尽。这天好像马上就要下雨了，我看我们还是赶紧上路吧。

他没理睬我。那个妹妹就是我妻子。他说。

难怪。我说。

我就是骑马出去找妈妈的那个人。他又说。

哦。我一边点头，一边用目光寻找我的那匹枣红马，发现它正一动不动地站在一棵高大的红柳旁边，昂首望着蓝天，深陷于沉思之中不能自拔。

从科纳多回来后，我查了查资料，知道乌鸫们喜欢栖息于次生林、阔叶林、针阔叶混交林和针叶林等各种不同类型的森林中。从海拔几百米到4500多米都看得到它们的影子，饮食很杂，有昆虫、蚯蚓、种子和浆果。

刊载于《草地》2021年第1期

啬老汉外传

叶星光

俗话说得好："凡人不可貌相，海水不可斗量。"渔湾塘生产队的余福寿老汉，人生得干干瘦瘦，个头长得矮矮小小，脸上，身上皱皱巴巴的，全无半点富态相。不晓得是咋个的，已经都满七十的人了，还是那么精精神神，清清爽爽。

有人说他阿爸给他取了个好名字——余福寿；有人说：他生日碰巧了——六月六；所以他的儿女恭顺，衣食不愁，不是大福大寿？

今天正好是旧历的六月初六。"六月六，晒衣服。"据说这天的太阳特别的圆，特别的红，能把人沾在衣服上的霉气全部晒掉，而且衣服不生虫哩。可想而知，余福寿出生在这么个吉利的日子，能没有大福大寿？"有福之人六月生"嘛。当然罗，今年的今天又要比往年的今天更为喜庆和热闹，因为，今天是余老汉的七十大寿。

按照羌家的规矩，寨中出了七十高龄的老人，全寨人都要前往朝贺，"人活七十古来稀"嘛。这些礼节，作为当家撑门户的大儿子余金琐，那还能不晓得，只是阿爸的年岁愈大，脾气愈怪，弄得不好的话，他又要耍性子。所以，早在春节前头，金琐就悄悄找幺妹金花和屋头[①]通了个气，对老人的生日做了安排。不要临到那一天着急，没得抓拿。于是破例只杀了一条过年猪，留下两条大肥猪喂在圈里头。这几天忙着准备待客的糖啊，调料条粉之类的。

其实，儿子要想热热火火地办一台，阿爸就不想体体面面地做大生？他呀，早就巴心巴肝地在等"六月六"。就在过了大年之后的一天晚上，他叫金花给在外头工作的哥哥姐姐些写信，说他六月六要做大生，大家都回来。不准给他扯衣料，买东西，凡是拿工资的，无论是哪一个，必须在这一天给他拿回一百元现钱……

金花懵了，“阿爸，你要那么多钱做啥子？”

“我喊写就写，你问到做啥！”老人很不耐烦地答道，最后还下命令似的，“没得钱就不准回来见我！”

余老汉膝下共有三男两女，只有老大金琐和幺女子金花没得“出息”，在家握锄把子，二儿金富、三儿金贵、大女子金枝都在外头拿工资。如今，只有金花尚未打发，其他的都先后做了酒，成了家。不要说他儿孙满堂，连重孙儿都见了呢！无论是儿子媳妇，女子女婿，孙儿孙女都对他十分孝顺，在家的把他侍候得巴巴适适，恭恭敬敬，生怕他老人家怄气。在外头的都每月给他寄回零用钱和营养品。他的老婆子过世后，儿女们怕老人家想不开，可以说要钱有钱，要人有人，啥事情又能把他难得到？

人嘛，也很难说清，各有各的脾气，这余老汉呀，也是拿到福气都享不来的人。老伴死后，变得来古里古怪。整天叭着一杆兰花烟，不开腔，不出气，变得来小家子气了。一文钱都要用心口粘的“小气鬼”，寨子上给他取了个名字叫啬老汉。就拿吃烟来说吧，人家敬给他，他顺手就装在烟裹肚子里，也不说声客气话。无论是来他屋头耍也好，帮忙也好，从没见他大大方方地撒出过一支烂纸烟。有一年的腊月初七，他们家请人“洗猪”，大儿子金琐想到人家要来帮忙，从外头买回来了一条“农村大前门”——八角钱。这事让他晓得了，指着儿子就骂“败家子”，估着金花拿出去让给了别人，结果弄得金琐金花在外头没脸见人。一提起给他家帮忙，哪个会乐意？七嘴八舌地说：“啬老汉那么节省，钱都要存起来垫方子板板！”

“求大爷给他帮忙，去了都要倒八辈子的霉！”

说起来又笑人又气人。在县物资局工作的老二金富和在县工交局工作的老三金贵，想到阿爸年纪老了，接二连三地写信请他去耍，各寄回了拾元的路费，他钱也拿了，人也去了，可就是高矮不肯搭车，顶着太阳整整地翻了两天脚板，弄得送他的幺女金花也跟着受活罪。两个哥哥整整寄回二十元，一张车票才要一元五角钱，啥子舍不得嘛，金花当然不满意。哟嗨！这老汉咋个说，“队上一个劳动日才一角三，两张车票就要出脱三块钱，你大哥差不多都要挣上二十好几天呢！”唉！这个余老汉，硬是越活越古怪，越老越糊涂，把钱看得比命还贵，还舍得拿钱出来办酒席，做大生？这回，硬是像在石磨子上打瞌睡——响（想）转了。

今天，余老汉比哪个都起得早。鸡才叫头道，天才打麻子眼，他就起了床，全身上下，打扮得干净利落，破例没有穿他那件补了又补，疤上重疤的白麻布衣裳，换上了他一直舍不得穿，压了几年箱子底的那件毛蓝色涤卡长衫。昨天下午，一家人都先先后后地回来了，他心头确确实实高兴了。人逢喜事精神爽，你看他，脸上笑眯眯的，身上新崭崭的，人都像年轻了好几岁。他咋会不高兴嘛，儿女对他这么孝敬，事情办得这么如意，一家人团团圆圆地围桌吃饭，他这一辈子不晓得还能有几回了！

“阿爸，天还早，你老人家咋不再睡一会儿？”背后传来金琐关切的声音。听见阿爸起了床，金琐两口子也赶忙起了床。虽说天色还早，可事情也还多，再说他们是主人家，兄弟姊妹毕竟难得回一趟家。

“嘿嘿，不睡了，今天这么忙，我咋个睡得着。”老汉慢条斯理地裹着兰花烟，头也没抬地说着，声音却是分外地柔和。“老大呵，今天的早饭嘛还是俭省点，打一锅‘麦拉子’②捞一盆酸盐菜，火塘头多烧点洋芋，反正他们都爱吃。”他擦了根火柴把烟点燃，吐了泡口水，又慢腾腾地吩咐开了：“中午吗，推两磨豆腐，吃豆花也对，再杀几只鸡，把去年子的陈猪膘煮几块……”

“阿爸，今天不杀猪？人都请好了。”

金琐觉得阿爸也硬是太小气了，昨晚还说得好好的，今天又要变卦，简直是开大人玩笑！这么大的事情咋能草草了事？兄弟姊妹还好办，一会儿亲戚老表，同寨的社员都要来赶礼，那点东西还不够喂苍蝇哩！

“阿爸，兄弟妹妹都难得回来，生活还是该开好一点，人家哪个又想吃你的肥大块。我们这里的规矩你老人家是晓得的，再说，帮忙的也请好了，可能天一亮人家就要来。我还请了韩唢呐两爷子……”

看得出来，金琐有难处，他虽是当家人，按寨子的规矩，只要阿爸在，儿子是不敢做主的。但是依照阿爸的意思办，那么，他这个撑着余家门户的男子汉必然会被人家嘲笑。“你披张人皮做啥嘛，连门户都撑不起。”这些话，他不晓得听过好多回。如果自己做主吧，阿爸又那么大的岁数，万一把他气倒了，一口气不来……唉！难呀难，金琐此刻硬是像耗子钻风箱——两头都是气。

“老大呵，我昨晚上想了又想，还是俭省点，一分钱有一分钱的用处。午饭就那样子办，兄弟姊妹面前我晓得说，规矩，我当然也晓得。一顿饭吃脱几百元，划不着。如果人家来了，你们不准收礼，就说我不让做生。还有那两条肥猪，明天就牵到收购站去卖了，把钱给我……”

“那、请的人……？”金琐已经绝望，在固执的老人面前无可奈何了。

“趁天还早，你去给人家打个招呼，叫他们不要来就对了。唢呐也不要吹了，我就想一家人清清静静的……”

“阿爸，依我说，痛就痛一回嘛，你老人家七十岁的人了，还图个啥？我们也不愁那几个钱，”金琐还想劝劝阿爸，没想到阿爸今天硬是吃了秤砣——铁了心。”

“说得好听，你娃娃摸得出来几个钱？老子要用钱，你少给老子磨嘴皮！”

一见老人发火，金琐再不敢说啥。“阿爸，听你的安排就是了，我这就去跟人家打招呼。”

老大前脚出门，大媳妇过来给老人披上一件衣服：“阿爸，早晨有点冷，我扶你到火塘边去烤火。”虽说今天是六月六，可山区的天气比不得外地。不要说是七十高寿的老年人，就是身体差一点的年轻人，一早一晚都还要加件把衣服哩。

大家都起床了，洗的洗脸，刷的刷牙，此刻天已经放亮。

余老汉坐在碉房门前那块石墩子上，悠闲地叭着兰花烟，眯缝起那双已经变得昏花了的老眼，望着远处的景物，慢慢目光停在了离他家不过几百公尺远，紧系在大河两端的那一根长长的溜索上。看不清是哪个正在系溜壳子[③]，看样子，是准备过河。余老汉虽然想起了什么，又好像什么也没有想，他的脸上掠过了一丝不易被人察觉的痛苦……

唉，十年了！也不知十年前的今天他冒犯过哪位菩萨，给他这个安乐窝带来灾祸。正当他翻过六十，吃过了庆寿酒，又接到了远在州府工作的大女儿金枝捎回的喜讯，添了个胖嘟嘟的小外孙，这不是喜上加喜嘛。虽说老两口没见到那只报喜的雄鸡[④]，可金枝确实坐月子了。于是收拾好看月母子必须带的东西，让老婆子赶紧过河搭车去送竹米，抱外孙，可万没想到，苦命的老婆子却从此成了龙王老爷的门客……

房背上，传来一阵阵“劈劈叭叭，劈劈叭叭”的火炮声，这欢快而又清脆的响声，把他的思绪冲淡了。

“哈哈，阿爸，吓着你了吗？”房背上传来幺女金花调皮的声音，他晓得这些火炮子不是老二就是老三买回来的，当阿爸的也不好说啥子。是嘛，每人一百元，又没得哪个少了点。

“余家放火炮了，余家放火炮了！”一群娃娃从旮旮旯旯头钻了出来，一边欢快地叫喊着，一边争先恐后地朝他家门前跑，娃娃些是来看热闹，拣哑炮的。连一些大人也在房背上伸着脑壳朝这边看哩！

吃过早饭，一家人都为晌午那顿庆寿酒席忙开了。烧火的、打杂的、推磨的、杀鸡的，忙得来不亦乐乎，硬有点“十个厨子八个客”的味道。当然，老二、老三和女婿自然是陪着老人聊天喝茶，老大和幺女子则是用好言好语打发走那些好心好意前来登门朝贺的亲朋好友们……一切都井然有序，灶房头的工作在嘻哈打笑中进行。堂屋头，老人和儿子女婿谈得津津有味。调皮的幺女子金花跑进里屋，打开了老二带回来的收录机，顷刻间，这间屋子里响起了别有风味的羌族山歌，仿佛跳起了轻快热烈的羌族锅庄……弄了半天，原来是金花在放录音带，把个余老汉当真“麻”住了。

终于，两张大方桌拼在了堂屋中间，酒菜上齐之后，却暂时还无人敢动，因为必须先祭余氏历代祖宗先人。只见余老汉双膝跪在“金炉火千年不断、玉盏灯万岁长明”的神龛子下面，点燃了纸钱，然后双手合十，上了三炷香，恭恭敬敬磕了三个响头，口中念念有词，两片嘴唇不住地动.（也不知到底说了些啥）只见他左手举着酒碗，右手蘸酒向天弹出，按上下左右各个方位依次祭奠神灵祖先。那虔诚的样子，惹得幺女金花及一些孙儿孙女直想发笑，但又没人敢笑出声来。

先祭祖宗，后饱肚皮，这个带着浓厚宗教色彩的古老的仪式结束后，大家都高高兴兴地围在桌前，纷纷端起酒碗向端坐在上把位的余家的活老先人敬酒祝福。里屋，录音机正播放着欢快的乐曲。当然，这情景虽不能与那些一办就是几十桌乃至上百桌的体面人家相比，可毕竟是一家人，谈天说地，嘻哈打笑，倒也无拘无束。

今天老人确实太高兴了，脸上一直挂着笑容。三杯酒一下肚，更是满面红光："这点酒算个啥，我年轻那个时候，一口气喝得完一坛子咂酒呢。嘿嘿！"老二金富摸出一包大前门，首先恭恭敬敬地给老人敬了一支，老三赶紧摸出打火机"叭"的一声双手捧火让老人把烟点燃。余老汉今天也很是得意，他大大地吸了一口烟，将已经燃了一小截的大前门举在手头盯了又盯。"嘿，这东西硬有点香，比兰花烟安逸，就是太贵了点。"他意味深长地说着，同时用手摸了摸挂在下巴上那几根稀稀啦啦的山羊胡子。

又一杯酒被他一饮而尽，这才用眼睛扫了大家一眼："我们这里有句俗话。话是酒撵出来的，獐子是狗撵出来的。我这个人，平时也没啥说的，今天一家人都在，儿子媳妇，女子女婿，还有我的孙孙重孙儿都回来了，我硬是喜欢得很。不过，你们也不要说我当阿爸的心太凶，拿一百元钱回来就这么简简单单地把你们打整了。是啊，阿爸我对不起你们，阿布[⑤]我更对不起我的孙儿孙女。嘿，我硬是心凶，硬是想钱，连孙儿孙女的油都刮了一层？……"

"阿爸，你喝多了，说酒话干什么？"还是幺女金花胆大，敢在阿爸面前随便说。

"阿爸，你不舒服就去休息一会儿。"儿子媳妇们对老人的反常情绪有了觉察，不免感到担心。

"你们不要担心我，也没得哪里不舒服，听我把话说完嘛。金花，去把它关了。"他指着里屋的录音机。

屋子里顿时安静下来，谁也没有再动动筷子，摸摸酒杯，都把眼睛对着老人，天才晓得他会说些啥子？

老人提到的一百元钱，大家一直都认为是个谜。接到老人家的来信，晓得要做大生，哪个又会不高兴？可一看他的安排，又都觉得莫名其妙。他老人家可是从没开过这样的金口哟。幸亏，当儿女的都是些大肚皮，想得开也装得下，没人计较这一百元钱，本来嘛，又没拿去丢河，有啥想不通？再说，人生能有几个七十？万一他老人家一口气不来……一百元就一百元吧，自己节省点，顺老人家一口气，只要他高兴，能多活几年，就是当儿女的最大福分了！想通了，一百元钱值个啥哟，更何况，这一百元钱不仅可以买到老人的欢心，还可以买到一个难得的合家团聚。是也倒是，自从阿妈因为溜索断了而不幸葬身河底，这十年间，儿也好，女也好，还不是照常回来，可从来就没有聚齐过一次。当然，老人也从没怪罪过谁，他又不是那种一点不通情达理的人，晓得各有各的事情，而且工作地点又是远的远，近的近，再加上过河不方便，那道溜索硬是弄得人过一回伤一回心。

“今天你们都在，我想给你们商量个事情。”又是老人那显得苍老的声音打破了这短暂的沉默，“说句老实话，自从你们阿妈死后，我的心头就好像实屯屯的，装下了一块心病，一天比一天重，一天比一天恼火。”老人的声音忽然变得有些悲凉，“唉，你们还是吃嘛，我们一边吃一边摆龙门阵。”他用筷子点了点桌子，提醒大家，随后才慢腾腾地夹起一块菜朝嘴里送去。

“阿爸，你有啥子事慢慢说就对了，只要我们这些当儿女的办得到……”金枝和颜悦色地安慰老人。

可谁也没想到，老人却突然放下筷子，提高了声音，“你们的阿妈是咋个死的，你们还记得到吗？”

这件事哪个忘得了，更刺痛了大女儿金枝的心，要不是今天是喜庆日子，她真想跑到河边去大哭一场……

“哎呀，阿爸也硬是恼火，今天是你老人家的大喜日子，七十大寿，提那些伤心事情做啥子嘛！”又是幺女金花那带着埋怨和撒娇的声音。看来，也只有她才解得这个围。“你再说这些，我要去开录音机了。”

“你这憨女子晓得个啥，阿爸今天一点不伤心，比哪一天都高兴。现在，我钱也凑得差不多了，心病也好得差不多了，我还伤啥心？”硬是个怪老汉，刚才都还是满脸的云雾，此刻忽然又变成了火红的晴天：“哈哈，也算老天有眼睛，还硬是让我等到了这一天，要不然到了阴曹地府，我也不敢去见你们阿妈的面哟！”老人越说越兴奋，一仰脖子又送下一杯酒，随便地捋了捋下巴上那几根已经花白的山羊胡子：“老二，再给阿爸拿杆烟来。”

老人这些话、这些举动反复无常的神态，都使大家如在云里雾里，越来越糊涂，摸不着边际。

“阿爸，你有啥子话就干脆点说嘛，又不是讲评书，转弯抹拐的。”

“对对对，还是我的幺女说得对，阿爸这就给你们说。”他吸了一口烟，吐出一团浓雾，“这些年来，人家都骂你阿爸是小气鬼，是啬老汉。其实哟，哪个晓得我的心，包括你们这些当儿女的，哪个又懂得我的心？老大，今天早晨我们俩爷子还争了几句，为啥子？还不是为钱。是嘛，钱这东西生不带来，死不带去，我为啥用不来，要俭省？一分钱一分钱的俭省，还不是为的这块心病？嘿，你们回来不方便我晓得，你们要接我八方去耍，我咋个去？我这七十岁的人还去爬溜索？唉，河那边就是大马路，汽车不会飞过来接我余福寿嘛……是啊，这溜索叫人见到就恼火！你们阿妈死后，队上就把那根篾索换成了钢绳，牢是牢实了，可还是不方便得很……我想在我没有死之前积点阴功，做点好事，嘿嘿，修桥补路嘛，……我晓得，前些年队上也想过这件事情，可那一阵，社员连盐都吃不起，肚皮都填不饱，哪里去拿钱来修桥？是倒是呵，馍馍还要靠面来摆嘛。”

好像窗户上的纸，终于被捅开了一条缝，大家似乎理解了老人那颗心了。

“……虽然这两年世道变好了，生活也好过多了，土地到了户，又成了各家管各家，没人来承这个头。那十年捣乱，把摇钱树砍光了，新栽的苹果、核桃、花椒又都还没啥收成，哪个又有好多钱？哪一家又翻了好大个身？嘿，我嘛还算有你们这些争气的儿女，也就还敢在这渔湾塘称个冒尖户呢！”

“阿爸便有点笑人，大家县上开劳模会咋没来请你呢？”

“幺女子，那些事阿爸这辈子都想不到了，留给你们了……我这辈子也没有白变一场人，总算架得起一道桥了。不过，只架得起索桥，还没本事架啥洋灰桥呢？”老汉此刻显得异常激动，嗓音特别洪亮。

“阿爸，你到底有好多钱嘛？”显得惊奇的金花望了一眼心情十分轻松的阿爸。阿爸这人便摸不透，哪晓得到他会有这些想法。

“不多不多，总有两三千吧。哈哈，幺女子还不信？好好好，我们今天就当众点数。”老人的眼里闪动着从来没有过的光芒，从来没有过的喜悦。

他进到里屋，拉开了床上的草垫子，于是，一个皱皱巴巴的牛皮口袋被他那双苍老得像松树皮的手捧了出来，拿到了堂屋头……此刻，残席已经撤去，桌子抹得干干净净。那么多双眼睛都专注地望着那扔在地上也没人要的烂牛皮口袋，望着老人那双好像能够变出魔法的手……终于，方桌上，“哗”的一声响，票子，真正的人民币，有天安门，有工农兵……新旧不等的角票、分票，还有叮叮当当的硬币，摆了一大堆在桌子中间，五光十色，叫人眼花缭乱！是啊，这哪里是钱，是老人那颗比金子贵重的心，是老人的满腔热血，是老人向着子孙后代捧出来的深沉的爱……

憨厚的金琐眼里闪动着泪光，羞惭而又激动地望着老人那双手……

大女儿金枝的眼角上早已流出了晶亮的泪珠。金富和金贵都在沉思之中，默默地低着头，不时地感叹着……

孙孙和重孙儿们神情是惊讶的，不解的，带着几分幼稚和天真……

“哈哈，金琐是当家人，这钱就交给你了。不过，你们几姊妹都要给我出力。老二明天就回去办材料，你在管物资嘛。老三就给我赶紧画个图出来，交给你大哥，人家匠人来了才晓得咋个修……”老人兴致很高，像一位信心百倍的将军，下达着命令。

大家都没有说话，还能说什么呢？也许，他们都在各自的心中想着索桥剪彩那一天的欢快情景……不过，应该给这既平平常常而又极不平常的索桥怎样命名呢？

当然，这个故事并没有到此了结。就在还没来得及正式动工的时候，却从老二金富和老三金贵的口里送来了更让老人放心和更使老人欢心的好消息——县工交局已经决定派出金贵及另外几名工程技术人员前来渔湾塘进行勘察设计工作，国家将在这里架设一座雄伟壮观的大桥——一座能过汽车、拖拉机的钢筋水泥大桥……

注解：

①屋头：羌族男子对自己爱人的称呼。

②麦拉子：用玉米面搅成的稀糊状食物。

③溜壳子：套在溜索上的工具，能上下滑动。

④报喜的雄鸡：羌家风俗，女儿出嫁后，生了小孩，生男则由婆家向娘家抱回一只雄鸡名曰报喜，再由娘家配上一只下蛋鸡婆一并送回。

⑤阿布：羌语即爷爷。

刊载于《新草地》1984年第3期

看不见的路（节选）

尤努斯

一

高山上的太阳总是比沟谷河坝来得早一些，才是早上七点过一点，太阳已经照满仓了。不过今天的太阳却像是灯泡被纱布包裹了一层一样，颜色有些像鸡蛋中的蛋黄，同时又带有些许的猩红，这样的颜色总是让人有一种不舒服的感觉。不过木他珠可没心思欣赏太阳是什么颜色，只要不下雨，对他来说就是好天气。他手里拿着一根枝条，边走边打着路边树枝和草叶上的露水，吆喝着在他前面慢吞吞走着的一群牦牛。这些牛可是他们家的财神爷，一年的收入大部分来自这些牛身上。特别是这两年，木他珠还指望着它们多长膘、多下仔呢！因为他要筹备结婚用的钱了，对象就是如洼寨最漂亮的女孩子，仁真大叔家的卓玛。

说起这个卓玛那可不是一般的漂亮，不敢说沉鱼落雁、倾国倾城，至少在如洼寨找不出第二个敢跟她比上一比的。什么香肌玉肤、美若天仙，什么貌美如花，这些赞美女孩子的词汇统统可以放一边去凉快了。她的美就像冬天的棉袄给人温暖，像瞌睡中的枕头给人满足，像黑暗中的灯塔给人希望。她让同龄的女孩子都不好意思跟她走一路，却又让寨子中的男孩子对她望而生叹。因为在她还是孩子的时候就跟木他珠定了亲。难能可贵的是她还有一颗水晶般纯洁的心，不论是谁遇到困难，只要她能帮上一点的，她都会毫不犹豫地上前。

如洼寨是一个纯藏族村寨，保留着许多早期的传统习俗，还有不少早期留下的房屋建筑，就连那座古老的藏传寺庙也是香火鼎盛、长盛不衰。空中时常飞舞的龙达散乱地飘落在如洼寨的四周，这就构成了当地特有的民族风情。这些老旧的东西反倒让那些没见过“大世面”的城里人感到别样的新鲜，于是隔三岔五就会有一些城里人上来，这里看看，那里摸摸。胆大的还会走进山里，说什么一百年前有个外国人叫洛克的曾经来过这里，还从这旦带走了很多山上的野花野草，回国后成了世界名人，于是他们也要走走这个洛克走过的路，看看这个洛克见过的花花草草。这其中有个胆大的城里姑娘叫陈水英，她剪着齐肩的短发，穿着一身红白相间的运动服，独自一个人背着背包，脖子上挂着一只单反照相机很洋气地走进了土盆子沟。沟的尽头右边上山就是根布山，也就是传说中当年洛克去过的地方。这个地方山势相对平缓，山也不是很高的那种，所以来的人一般都会选择去根布，而放弃左边的姜冉山。陌生人来得多了，谁也不会留意谁进了山，谁又出了山，而陈水英就是当天没能走出山的其中一个。

当打算去山上放牛的卓玛发现陈水英的时候，陈水英已经不只是蓬头垢面那么简单了。在进山的当天下午，陈水英一个不小心滑下了十多米高的沟谷，扭伤了左脚，好不容易爬上来，结果发现背包不知被树枝还是石头撕破了，食物和日常用品全无踪迹。或许滑下去的时候掉在了坡上，或许掉进水里冲走了吧！就连上山之前专门买的打火机也不在了，最让她感到心疼的是她的新手机，本想借这个机会好好在微信朋友圈晒晒自己的壮举，却不曾想会出现这样的情况，连手机都不在了。

在这荒无人烟的地方，除了偶尔能听到一些鸟叫的声音，就只剩下自己的呼吸和风的声音，感觉不到还有其他生命的迹象。但她同时感觉到的还有另一种生命在暗处窥视着她的呼吸，不过那是由恐惧和害怕组成的魔鬼，是想吞噬她呼吸的魔鬼。大叫，她发疯般地大叫，希望有人能够听到，然而她的叫声像钻入了一个无底的黑洞，不知道消失在了什么地方，连一丝回声都听不到。绝望中好像只有哭是唯一能做的事，但哭也有哭累、哭够的时候，她还不想就这样让自己消失，可她试了很多次也无法让自己站起来。从溪谷爬上来用光了她所有的力气，就是想用手爬下山也不可能了，何况两条小腿和手掌在滑下溪谷的时候划了好几道口子，特别是两条小腿一直在流血。她爬到一棵棉柳树下，靠着树干坐了起来，幻想着有人能来救她下山，可惜直到太阳落山也没看到一个人出现。

天色渐渐暗了下来，饥饿、寒冷、恐惧随着四周景物的模糊像一个个巨浪不停地拍打在她的心上。光线每弱下一分，她的绝望就增加一分。黑暗中那些树木的影子就像一只只怪兽紧紧地包围着她。她很累，却不敢睡觉，连打盹都不敢，眼睛一闭她就能看到那些恐怖的场景：有的人在山上迷路，被野兽吃掉；有的人在山上昏睡，早上醒来发现自己的手脚被蚂蚁啃得只剩骨头；有的人在山上受伤，活活饿死；还有各种各样自己在书上、电视上看到过的妖魔鬼怪都会向她扑过来……不敢睡，不能睡，但要怎样才能让自己好过一点呢？相机，对，相机里她拍了很多照片，不为看照片，只为相机里那一丝微弱的光，这样至少可以让她觉得还有那么一丁点希望。

陈水英进山并不是为了旅游观光，只是好奇，她想知道那个美籍奥地利人在这个地方到底走了一条什么样的路，在路上都看到了些什么植物？其实陈水英既不是从事植物研究的学者，也不是植物专业毕业的学生，她只是县城医院的一个小护士而已，根本就没必要往这深山老林钻的。听别人说一百年前有个植物学家、地理学家约瑟夫·洛克来过这里，于是就把她的好奇心勾引了出来，同时最重要的是她想让朋友、同事们知道自己有一次独自“探秘”的经历。现在落到这步田地，只能说是好奇害死猫了。

陈水英在根布山上，这里是如洼寨人冬季放牧的地方。虽说是牧场，却不是那种一望无边的草原。这里沟谷相连，灌木丛生，低矮的原生植物就像天上的星星一样繁多，这也就难怪那个外国人会选择来到这里了。陈水英只知道往山上走，并没有在来之前了解过这里，而且她也不清楚她走的这条路是不是就是当年洛克走过的那条路。包括洛克从这里带走的植物是什么她都不知道，她唯一知道的就是：一个外国人叫洛克的植物猎人曾经来过这里。

相机里拍到的绿绒蒿还没开花，毛茸茸的叶片只有二指宽，远远地看去就像是一堆绿色的驴耳朵挤在一起。多数报春花开了，一些杂色的兰科也开了，可惜她最想拍的杓兰还没开，只看到一些叶片像竹笋一样的杓兰新芽在潮湿的地方长了出来，估计要等它们开花至少还要一个月吧！陈水英心想或许洛克带走的植物里就有这些东西，不过谁知道呢？那都是百年前的事了，说不定有些物种都已进化、有些物种消失了也说不定。

天蒙蒙亮了，她的眼睛红肿得像新熟的桃子，头发像毛草背篼一样沾满了枯草和泥土，衣服裤子没有一点干净的地方。最让她难受的是山上的露气太重，衣服裤子全被打湿粘在了她的皮肤上，受伤的左脚踝早已肿得暗紫发亮，好在被石头跟树枝刮破的伤口停止了流血。她再次试着想要站起来，可惜还是以失败而告终。但天亮终究就是好事，至少能看清四周的景物。昨晚一夜她都在想：我是不是还能看到明天的太阳？现在这个问题解决了，虽然太阳还没出来，但能肯定的是，这个太阳自己一定是能看到了。

远远的她看到一群牛在山腰上慢慢向上移动，牛群后面跟着一个人，不过却不是朝她这个方向来的。看见了人，陈水英就知道自己有救了，她不会死在这个名叫根布的山上。呼喊，大声地呼喊，声音穿过空气，穿过灌木丛，钻进了山腰上那个人的耳朵。那个人停了下来，望向了她的方向，接着就听到那个人大声喊了一声：哦吼吼。陈水英明白这是在向她打招呼，同时应该也是在确定她所处的位置。她马上大声回应："我在这里，我受伤了，快救救我吧！"那个人听到这样的话，放弃了前面的牛，转身朝着她的方向折了过来。

等待的时间是那样的漫长，但现在明显是带着温暖的希望在等待，不像昨天晚上的那些时间，那是黑暗世界，是死亡世界，是闻不到人气的魔鬼世界。

每隔一会儿，就会听到一声哦吼吼，陈水英就会赶紧回应一声。

太阳出来了，草头叶间出现了一层薄薄的雾气，有些枝叶上的露水慢慢地滑在一起，合成一滴水珠，从叶尖轻轻地滴落下来，这时的树叶像是突然卸下了千斤重担，调皮而又轻松地颤抖一下才会安静下来。终于那人出现在了她的面前，是个姑娘，一个年龄跟她差不多大的美丽姑娘。虽然穿着不入时的暗红色藏衣，却裹不住她天生的好身段：高挑的个头，纤细的腰身，胀鼓鼓的胸脯。那张清秀的脸上布满了细细的汗珠，就像叶上的露珠一样慢慢汇集一处，从下巴落下。奇怪的是她的头顶居然有一层白色的雾气在飘荡。在这时的陈水英看来，赶来救她的这个姑娘不只是养眼的美女，更是救苦救难的活菩萨。

这个漂亮的姑娘正是如洼寨的卓玛，打算上山放牛的卓玛。"你怎么了？没事吧？"卓玛喘着粗气用流利的汉语问道。"我受伤了，动不了。"陈水英一边说一边用手摸着她受伤的左脚，眼泪又控制不住地流了下来。她本以为昨晚上眼泪已经流干，没想到现在还是流了出来。卓玛安慰了她两句，看到她小腿裤管撕裂的地方血已经结了一层痂，但那脚踝却肿得像她们家喝酥油茶的木碗子一样大，而且很明显能看出骨头已经错位。常在山上走动的卓玛马上就想到可能是关节脱臼，但脚踝脱臼一般可能都是骨折引起的。她让自己的呼吸稍微顺畅一点之后说："你的脚没法走了，我背你下山吧！"陈水英说："我知道，我是医院的护士，我的脚这个样子，应该是骨折了。"卓玛嗯了一声算是回应了，然后慢慢地扶起陈水英，让她一只脚先站稳，自己一只手牵着她的手避免她摔倒，接着很快转身蹲下想要背起陈水英。就在这时，陈水英突然"哎呦"一声叫了起来，原来结痂的伤口在这个时候又裂开了，血从破裂的血痂缝里流了出来。卓玛只好让她再次坐下来，察看了流血的地方，看到并无大碍，于是卓玛在附近的草丛中找来一些蒿草一样的东西，扯下一些枝叶放进嘴里嚼碎，和着她的口水涂在陈水英流血的伤口上，把那只撕破的背包垫在石头上，砸断背带固定住她腿上的草药才又转身将她背了起来。

山高路远，而且还背着一个九十多斤重的人，卓玛也只能走走停停，停停走走。在这时卓玛看到她的牛并没有按她的想法到夏牧场姜冉方向去，而是东一个西两个在山坡上散漫地游荡着，她没时间去管她的牛，继续背着陈水英往山下土盆子沟走去。陈水英得救了，但她连卓玛的名字都没有问，就跟着别人的车离开了如洼寨去了城里。她不知道为了救她卓玛家的六七头牛跑到了雪山梁子，仁真大叔跟卓玛找了三天才找回来。

二

土盆子沟有两条河，说是河，不如说是两条水流量较大的溪流更为恰当。两条河水面都不足两米宽，深度最深处也就三四十厘米吧！它们从两条相邻的小山谷流出来，最后在如洼寨汇合一处流向县城方向。同样是在山谷，左边从姜冉流出的牙仁河就像深闺少女，寂静无声，如果不走进树林几乎发现不了它的存在。而右边的拉扎河却像暴躁的汉子，一路大吼大叫，生怕别人不知道它的存在，这条河就是从根布流出来的。现在正是夏季，如洼寨的牦牛都会被牧民赶到姜冉山上，牧民也会留在那里，主要是割下一些牧草储备，在冬天山上缺草的时候就能使用，而且这个时候正是挤奶打酥油的时候，加上姜冉山上有很多狼和羊鹰，刚出生不久的小牛仔一不小心就会成为它们的美餐。特别是羊鹰，这家伙抓小牛仔就像老鹰抓小鸡一样轻松。因此，牧民上山之后往往要待上一些时日才会回到寨子做其他的事。

木他珠赶着他的牦牛已经到了土盆子沟的尽头，牦牛停在了牙仁河边喝水，过了牙仁河就是上姜冉的山路。先喝完水的牛慢慢地在往山上走，后面的还在喝。这些牛喝一气水会悠闲地停一下，把脖子伸得长长的，让嘴巴跟脖子拉成一条直线，瞪着大大的眼睛左边看看，右边望望，嘴里还不停地嚼着，好像刚才喝进去的水里还喝出了食物一样。有几头刚出生不久的小牛仔调皮地跑来跑去，一会儿钻进路边的树林不出来，一会儿又钻到母牛肚子底下吃起奶来。先上山的牛偏离了路线，木他珠一边遭瘟的、栽崖的，嘴里不干不净地乱骂着，一边从地上捡起一块小石头扔了上去。那石头就像长了眼睛一样十分准确地打在了带头往斜路上走的牛身上，带头的牦牛吃了一石头，赶紧上坡折回到了应该上山的路上。

一般情况下如洼寨的男人只看管牦牛，这些牛长大就会卖掉。看管奶牛、挤牛奶、打酥油这些事都是女人做的事。木他珠的母亲早已去世，还有一个老爹和两个弟弟，两个弟弟在县城读书，只有周末才会回来。老爹患有严重的痛风，根本无法上山，所以看管牦牛就只有他一个人来完成了。这里的牧民为了挤奶打酥油，通常情况下都会把奶牛刚生下的小牛仔杀掉吃肉。以前小牛杀掉之后都是自己家吃，自从县城周边兴起了旅游，就出现了专人来收购这些小牛。现在城里人给游客吃的所谓的羊肉，其实很多都是小牛肉，特别是那些专做游客生意的烤羊棚更是如此。毕竟小牛肉比羊肉成本低了很多，而且外地来的游客面对焦黄的烤肉谁也认不出是不是真的羊肉，只要看到院子中有一只羊头就行。他们不会知道，这只羊头到了明天还要拿出来继续忽悠别的游客。

黄昏时候木他珠才赶着牛走到牧点，他把牛关好之后，第一件事就是去看卓玛。山上没有电，卓玛的电话早就打不通了，木他珠这次专门托人从城里给她买了一个太阳能充电器。他的怀里还有他亲手做的一包酥香小牛肉和一瓶酒，不过小牛肉是给他自己准备的下酒菜。一想到卓玛他心里就美滋滋的，可惜他连卓玛的手都没碰过一下，不是他不想，是卓玛不准。卓玛答应嫁给他是因为她不想让仁真大叔为难。

那是八年前的事了，当时卓玛才十二岁，仁真大叔为了方便送牛到县城去卖，花了五千块钱买了一辆二手小四轮拖拉机。有一天送完牛准备回如洼寨的时候，遇到了十四岁的木他珠跟他妈妈搭车，好心的仁真大叔二话没说就让他们坐在了拖拉机上。然而没想到车走到半路刹车管突然爆裂，导致刹车失灵，拖拉机直接冲进了河里。仁真大叔拼尽全力救出了木他珠，而木他珠的妈妈却不幸淹死了。木他珠的父亲在他们家亲戚的鼓动下，打算把尸体抬到仁真大叔家经堂，然后再说后事。当仁真大叔听到这个消息，不顾受伤的身体，马上从医院跑回家，求他们不要那样做，要赔钱、要赔命都行，千万不能把尸体抬进他们家经堂。经过无数次的沟通，木他珠父亲才面露难色地说，不抬也可以，仁真大叔必须要答应等卓玛长大后嫁给木他珠。因为他们家实在太穷，而卓玛又实在长得漂亮。谁都知道如果凭木他珠的长相跟他们家的条件，想要娶仁真大叔家的卓玛，那是永远都不可能的事。只是事情走到这一步也没别的办法，最后仁真大叔逼于无奈，只能答应下来。

卓玛长大了，木他珠也长大了。卓玛出落得像仙女一样漂亮，而木他珠相貌平平，也没什么出息，他们家现在的四十多头牦牛都是当初仁真大叔赔的钱买来小牛发展起来的。木他珠别的本事没有，喝酒却是一把好手，经常醉得一塌糊涂，醉了之后田边地头大路小道哪里方便就睡哪里。为这个事他父亲不知道骂过他多少次，但他还是我行我素，有酒必喝，喝酒必醉。寨子里同龄的年轻人见到他总会来一句：美丽的凤凰天上飞，醉倒的猪儿呼呼睡。然后一阵大笑扬长而去，对他的不屑之情溢于言表。仁真大叔每次看到木他珠心里就有气，自己的女儿嫁给这样的一个人，以后的日子会好的了吗？

木他珠在姜冉山上的木摞子房子离卓玛家的木摞子不是太远，大约半小时就能走到。远远他就闻到了萝卜炖牛肉的味道，闻到这个味道他不由得咽下了口水。中午在路上啃的干馍早不知道跑到哪儿去了。他在想等会儿跟卓玛吃饭的时候要不要哄着卓玛也喝两口。自从上年在城里买了部智能手机，他就经常在网上看那些黄色段子、黄色视频。沉迷在那些勾魂的片段中不能自拔，时时想着要是卓玛也能像那些女人一样就好了，可惜卓玛碰都不让他碰一下，更别说像那些女人了。一路上他都在想怎么样才能把卓玛弄到手，用太阳能充电器还是用酒？如果她不同意要不要硬来？他下意识地摸了摸怀中的矿泉水瓶，那里面装的是散白酒。摸着酒瓶马上感觉心里踏实多了，不知不觉已经来到了卓玛家的木摞子门口。

“卓玛，我上来了，我给你买了个太阳能充电器，有了这东西你的电话就不怕没电了，你看看喜不喜欢。”木他珠边说边把充电器从怀里取了出来。正在削土豆的卓玛抬头看了他一眼说："我不怎么用电话，你自己留着用吧。"

"这怎么行？这是专门给你买的，六十多块钱呢！"

"我说了我不要。你要不要在这儿吃饭？如果在这儿吃，我就多削一个土豆。"

"我都要饿死了，肯定要吃嘛！"

木摞子空间不大，也就十个平方的样子。迎进门对着就是一张简易小木床，床前放着打酥油的木桶和一张小桌子，桌子上堆码着做好的十几砣酥油，还有一个不大的菜板，上面放着几片刚切好的腊肉。看起来卓玛是准备再炒一个腊肉土豆片了。没有玻璃的窗户下就是火塘，火塘上吊着一口老式的鼎锅，闻味道就知道鼎锅里蒸着米饭。火塘边煨着一个不大的钢精锅，锅里炖的正是萝卜牛肉。削土豆的卓玛脸被火烤得红彤彤的，门外的光线暗了下来，卓玛脸上的红霞却让她显得更加迷人。木他珠坐在床边静静地看着她，没有再说话。心里盘算着如何靠近她，充电器明显没有作用，那就喝酒，想办法让她多喝点，要是她喝醉了更好，那想怎么办就怎么办。想到这样的美事，木他珠一丝坏笑偷偷地爬上了他的嘴角，只是卓玛没有看到而已，如果让她看到他那样的坏笑，说不定马上就会赶走他。

不大工夫，腊肉土豆片、萝卜炖牛肉就装进了两只碗中，卓玛把它们放在了火塘边的一块木板上。桌子上堆码着酥油，木板充当了临时桌子。当卓玛准备舀饭的时候，木他珠一边从怀里取出小牛肉和酒一边说："等会舀饭，先喝点酒，你累了一天，也喝点吧！你看，我还带了小牛肉呢。"卓玛白了他一眼说："要喝你自己喝，我不喝。"说完自己舀了饭开始吃了起来。木他珠无趣地倒了半碗酒自己喝着，他这时想的是你不喝就算了，那我喝完就装醉硬来，你不同意也得同意，我不信就你那小身板我还搞不定。

刊载于《四川文学》2018年第8期

阿克拉杰（节选）

泽让闼

一

丹曾郎杰采药归来，在小镇西面的山坡上休息了一会儿。白日高悬，清风拂动。几步外，一丛粉色的狼毒花开得正艳。

他吐掉衔在嘴里的半截草茎，打开背包，从满是草药的包底掏出装有白酒的饮料瓶，拧开盖子深抿一口，惬意地叹息了一声。当地酿制的青稞白酒又纯又烈，单单闻着就让人陶醉。

抬眼处山谷寂静，河水两岸的红柳绿意正浓。远处的山峦间，深深浅浅的蓝犹如薄雾般涌动。云影怕惊动了草木的沉思，在大地上悄悄移走。

山脚的小镇深陷在淡黄色的青稞地里，预示着秋天将至。

丹曾郎杰在这里生活三年了，对小镇已是熟悉得不能再熟悉。

小镇很小，小到连酩酊大醉的酒鬼拖着脚步，耷拉着脑袋，在漆黑的深夜都能顺畅地、毫不倾斜地从南走到北，或者从北走到南。

小镇每晚都有酒鬼夜行。有的像鬼影一样悄然消失；有的发着酒疯在街上盘桓，嚎叫，谩骂。运气好时没人理睬，运气差时被几个毛头小伙子揍上一顿，扔在路边的庄稼地里，等黎明酒醒，只觉浑身疼痛，却又想不起来到底发生了什么。

想到酒鬼，丹曾郎杰的眼光落在卫生院后面的旧房子上。邻居是个很奇特的酒鬼，清醒的时候对人特别友善，一旦两杯酒下肚，说话就变得粗野，而且还态度嚣张，拍桌子砸板凳，无故与人叫阵，有时还去招惹那些街上过路的。然而，他对丹曾郎杰倒是客客气气的。大伙儿瞧着酒鬼清醒时的面子，一般都让着他。可难免有人不买账，所以，只要挨了打，他就回去拿家人撒气。万籁俱寂的夜里，丹曾郎杰隔三岔五就会听到他妻子无助的哀号，或者两个孩子惊恐的哭喊。

从山坡上望下去，小镇里行人寥落。街道两边的老房子格局相似，但已砖瓦失色，极度衰败。不管是学校、乡政府、卫生院、派出所、兽防站、邮政所、粮站，还是那三家商店、两家小饭馆，都同样散发着古老、陈旧，还有些许颓丧的气息。虽然此时看不见，但丹曾郎杰知道，那条毛发凌乱的黑色流浪狗此时正在街上的某个角落里趴着。流浪狗快要老死了，连喘气都吃力，时常吃下醉汉们吐在街上的酒食，醉倒在街边的房檐下一动不动。它每次到卫生院里溜达，丹曾郎杰都要喂它点吃的。

小镇外围的庄稼地里散落着老百姓的房子，土墙板壁，栅栏小院。虽然只有十多户，却东一家西一户，一个个离得远远的。沙沙作响的庄稼地里，隐藏着纵横曲折的小路。

小镇的南面有条小溪，一座歪歪斜斜的水轮转经房坐落在溪水上。转经房上的石板稀疏错位，满是缝隙，四周陈旧的杉木壁板已所剩无几。巨大的转经筒用牛皮包裹着，年复一年，不分昼夜吱呀转动。旁边的几棵白杨树冠高耸，青郁葱茏。小镇上的人就在这座转经房下取水。

看着土墙环绕的卫生院，丹曾郎杰想起他刚来报到时的情景。小镇距县城近两百公里，是县里最偏远的乡镇。他赶了一天路，换了两趟车。第二次转车，搭的是附近村民的拖拉机。

站在乱石嶙峋、尘土扑面的街道上，只见卫生院的那排房子很是气派。但是，从有些倾斜的大门看进去，里面格外冷清，见不到一个人影。大门两边的墙角石缝里长满了野草，还有黄灿灿的蒲公英。

往里面搬行李的时候，丹曾郎杰在昏暗的过道里看见每个房间的门楣上都钉着个腌臜的小木牌，上面的字迹覆满尘垢。搬完行李后，他特意在过道里转了一圈，看见牌子上不但写有挂号室、诊疗室、药房、内科、外科和病房号，竟然还有化疗室和手术室，心想这里应该有不少医生吧。

可是，卫生院里只有一个老医生。

丹曾郎杰站在空寂无人的院子里，正寻思着接下来该怎么办，老医生几乎小跑着出现，嘴里还忙不迭地问候着："呀呀呀，这一路辛苦了吧？"

走近后，丹曾郎杰见老医生的脸有些浮肿，两个眼袋沉重得像注了水，脸色还隐隐发青，一看就知道是个嗜酒如命的人。

老医生格外热情，说话声音比常人高了八度。他把丹曾郎杰的行李搬进自己的寝室后，将他带到一家小饭馆。一阵吆喝：一斤酒，三个菜，一个汤，算是为丹曾郎杰接风。

老医生刚才在这里跟人喝酒，听说有人往院子里搬东西，知道来了新医生，马上跑来。

赶了一整天的路，身上又没带干粮，丹曾郎杰早就饿得前胸贴后背了，酒没沾几口，饭却吃了好几碗。丹曾郎杰心里清楚，自己那天的吃相就跟饿了好几天的乞丐差不多。

老医生很健谈，但他喝的酒比他说的话还多。搭在盘沿上的筷子没怎么动，酒杯却像粘在他嘴上一样。

老医生说他最初是个赤脚医生，后来因为县里医生紧缺，就被卫生局聘用，前前后后培训了又培训，一直守着那个四合院，不知不觉间从一个精神焕发的小伙子变成了一个儿孙满堂的糟老头子。他几年前好不容易转正，本来去年就该退休的，可是一直没有人顶替，不得不又多待了一年。

说到小镇上的老房子，老医生说这都是以前森工上修的。那时候，原始森林还严严实实地覆盖着这里的每一座山，每一条河。后来，响了几十年的砍伐声骤然停止，山河疮痍处，只留下漫山遍野的灰色树桩、腐烂发黑的废弃树干和这些老旧灰暗的房子。河面上漂着密密匝匝的木头，直到最后一辆东风卡车拉着木头卷着尘土消失。那些外地人收拾家什陆续离开，工人子弟学校停办，直达省府的班车停运，当然也不会有露天电影放映了。这里除了消失的森林和迁离的动物，没什么改变，大家的日子过得依旧艰难。

说话间，天已经快黑了。老医生见丹曾郎杰酒足饭饱后神情困顿，意犹未尽地收住话头。他一口喝干杯子里的酒，说寝室门没有锁，让丹曾郎杰先暂时住他的寝室，等丹曾郎杰的寝室整理好了再说。他又从怀里摸出一串钥匙塞到丹曾郎杰手里，就算把卫生院交付到他手里了。

老医生醉醺醺地回去了。他的家在一公里外的村寨里，抬眼即可望见。丹曾郎杰很快了解到，老医生虽然医术有限，但是心肠热，人缘好，名声还不错。

从山坡上望下去，丹曾郎杰能从门诊部后面的那排宿舍里准确地找到自己的寝室。为了收拾这寝室，他可没少下功夫。

报到第二天，丹曾郎杰把老医生隔壁那间布满尘土和蛛网的屋子打扫干净，然后从乡政府和学校讨来几捆旧报纸，熬一锅糨糊，把里外两间屋子的四面墙壁和天花板细致地糊了一层。墙上斑驳的污秽遮挡住了，板壁上透风的缝隙修补好了，寝室看上去焕然一新，也亮堂了不少。

过后，丹曾郎杰在下雨天发现屋里有好几处漏水，于是等天晴后着手翻瓦。翻瓦这活儿不能选段，只能从边上开始翻起。面对十多间房屋，他原本做好了打持久战的准备，刚翻了半天，老医生知道后带着他的三个儿子、两个孙子和村寨里的几个小伙子来帮忙，只用了两天就翻完了。

就这样，丹曾郎杰虽然不能阻止成群结队的老鼠每晚在地板下厮杀，或者在天花板上追逐，但他可以将凄风苦雨的侵蚀阻挡在门外，自己也算有了一个小小的落脚处了。

二

一路吹着口哨回到卫生院，丹曾郎杰看见寝室前的台阶上坐着一个人。那人两条胳膊环在膝盖上，脸埋在肘弯里，像是睡着了。

听到动静，那人抬起脑袋，原来是住在医院后面的桑吾，赫赫有名的酒鬼邻居。

看到桑吾，丹曾郎杰心里暗自发笑，刚才在山坡上他还想着这个整天跟酒较劲的人。

桑吾三十岁出头，看上去稍显瘦削，但身板结实精干。他对着丹曾郎杰笑了笑，依然是一副纯善的模样，只是笑得有些无精打采。

看到桑吾，丹曾郎杰立刻想起了他前不久戒酒的事情。

为了彻底让桑吾戒酒，他的几个亲戚强行把他带到寺院。当活佛拿来经书准备在他头上加持让他受戒时，他忽然从怀里掏出一瓶酒，说请仁波钦为这瓶酒诵经许可，承诺这是戒酒前的最后一瓶。

活佛见他嗜酒如命，在如此庄重的场合还能提出如此怪诞的要求，啼笑皆非，但也应允了。

然而回来后，桑吾并不是一次性把那瓶酒喝干，只是在忍无可忍的时候喝上两小口尽力拖延戒酒的时间，不仅如此，他还另外拿一瓶酒，在里面滴上几滴，摇上一摇，说这瓶酒里有了活佛念过的经文，应下的承诺，坦然而饮。他的亲戚和妻子哑然无语，竟然没法反驳。细想他的话好像有些道理，也就被他这样钻了空子。

丹曾郎杰赶紧收回思绪，眼前这个人绞尽脑汁跟酒斗智斗勇的故事太多太多了，一时半会儿也捋不完。

"感冒还没有好吗？很抱歉，今天上山采药去了。你等很久了吧？"丹曾郎杰带着歉意说。

"没事，没事，就等了一小会儿。我还以为你出门买东西去了。"桑吾站起身，从身后的窗台上提来一大把捆好的韭菜，"来的时候才割的。"他怕丹曾郎杰推辞，紧跟着又补了一句，"你客气就是嫌少了。"

这里是半农半牧地区，海拔高，气温低，只能种植青稞和胡豆，还有少量的豌豆或土豆，而且产量都低。院子里能长的蔬菜也有限，且都是一副营养不良的样子。只有韭菜是个例外，从绿意初现的五月，到秋意萧瑟的十月，一茬一茬，蓬蓬勃勃。

"谢谢啦，帮我放到屋里吧。"丹曾郎杰刚才没看到窗台上的韭菜。听了桑吾的话，不好再客套。他放下背包，在檐下的台阶上晾晒草药，话里没把桑吾当外人。

桑吾推门进去，把韭菜放在火炉边的桌子上，眼光拘谨，还没来得及左顾右看就赶紧出来了。丹曾郎杰跟老医生一样，从来没有锁门的习惯，当然也没有人到他们的屋里去偷东西。

晒好草药，他带着桑吾到门诊室检查。桑吾的肺部有点感染，除了吃药，还需要输几天液才行。

丹曾郎杰给桑吾做过皮试，见没什么不良反应，便问他："你想在医院输，还是想回家里去输？"

"要是不太麻烦，还是去我家里吧？"桑吾的脸上有了讨好的神情。

丹曾郎杰收拾妥当，背着药箱，跟着桑吾。当时，上面对乡镇卫生院的管理还不太规范，也不严格，要是就近的机关单位或者村民有人输液，为了患者方便，他常常上门服务，到他们的家里去挂液体。如果有远处的病人来输液，他觉得让他们孤零零地待在陈旧简陋且有些昏暗的病房里甚是可怜，就把自己的住处当成病房，在外面那间“厨房”兼“客厅”的屋子里给病人挂液体。到了冬天，天气异常寒冷，他的屋里会一直烧着火，便更是如此。很多时候，输液的时间长了，他还给病人做饭，管人伙食。

如此过了多年，一次县上主管卫生的领导来检查工作，见他在自己的家里给病人输液，还忙着给病人做饭，将他狠狠地批评教育了一顿，说一个医务工作者首先要懂得保护自己，寝室不能当病房，万一病人有传染病怎么办？但是离开的时候，那位领导私下又因为丹曾郎杰的医者善心夸奖了几句。

土墙外几十米就是桑吾的家，如果两人翻墙，几步就能到。墙上有个缺口，虽然不大，但很高，对于身手敏捷的人来说也没什么太大的难度。有一次，桑吾就从那个缺口跳进来，帮着丹曾郎杰劈柴。那是丹曾郎杰唯一一次见有人翻卫生院的墙。不过，这天他俩还是规规矩矩从卫生院的大门走出去，绕了一大圈从青稞地里穿过。

“你是没有按时吃药，还是没有休息，感冒怎么会加重了呢？”丹曾郎杰问得有些客气。两人虽然是邻居，但是除了那次劈柴，平常见面只是点点头相互问好，并没有更进一步的交集来往。

“你上次开的药我都吃了。平常大家都说感冒了要钻树林、钻灌木丛，那样病就被枝条挂掉了，看来这话是骗人的。”桑吾在前面走得有点喘，说完嘿嘿一笑，可语气中没有多少笑意，一听就是出于礼貌。他说这几天到远牧场帮阿爸搬圈，从夏季牧场搬到冬季牧场。搬圈的活儿累人，山上昼夜温差又大，冷一下热一下就成这样了。

说话间到了桑吾的家。丹曾郎杰见院子里拴着一匹黑马，精神抖擞地来回踱着步子。马背上的鞍鞯还没有卸。

楼下光线昏暗，空气中弥漫着牲口粪便的味道。楼梯狭窄而陡峭。丹曾郎杰随桑吾上楼后来到厨房。这里跟他的老家一样，厨房不只用来做饭，还是平常待客的地方。只有在重要的节日，或者婚丧嫁娶人多的时候，才会用上真正的客厅。

这是一座几十年的老房子。厨房不仅狭小，还特别矮，眼睛随意一晃，屋里的一切已经尽收眼底。漆黑的火炉，被烟熏得黢黑的雕花碗柜。一张靠窗的坐床和陈旧的氆氇垫子，几张杉木削成的粗陋发亮的小板凳。碗柜旁边的木架上蹴着盛水的大铜锅，铜锅下面搁着三口锅，大小不同，但都一样黑亮。四周壁板和天花板上烟色弥漫。

丹曾郎杰的心里忽然“咯噔”一响，眼光回扫，发现架子下有一口锅特别眼熟。那是一口把手残缺的高压锅，盖子和锅口边沿还没有完全被烟熏黑，能隐隐看出这口锅原本是金色的。

那不是自己丢失的高压锅吗？他怕自己搞错了，再次凝神细看，果然就是自己丢失的锅。他的心里有股火“轰”的一下烧了起来，可一时间又不好发作。

丹曾郎杰刚到这里的时候，不知道做饭要用高压锅，等煮了几次夹生饭才知道原因，不得不买了一口。丹曾郎杰家境不好，那时身上没有几个钱。他挨个在那三家店里询问，但高压锅都不便宜。第三家店里有一口金色的高压锅，款式也特别，他一眼就看中了，踌躇再三，贵也买了，尽管是赊账。他领到第一个月工资后就去还账，那时候工资五百多，而高压锅却整整两百元。

丹曾郎杰回想着买锅的情景，桑吾已经半躺在坐床上，倚着壁板，靠着靠垫，脱下左边的袍袖，亮出手背做好了扎针的准备。他的脸上虽然带着病人萎靡的倦容，但活泛的眼睛却在丹曾郎杰的身上转来转去，像第一次见什么新奇事物似的看他做着输液前的准备。

丹曾郎杰竭力克制，可眼睛总是被高压锅吸引着。他机械地套好液体瓶，见桑吾头上接近房梁的壁板上有根钉子，上面搭着几截失色的毛线和一根细绳，伸手垫脚把液体挂上去。放液体，加药，撕胶布。扎压脉带的时候，丹曾郎杰终于忍不住问：“你家高压锅的把手怎么那么怪？”

“哦……不小心烧坏了，换了一个木把手。”桑吾的脸上堆满了谦和的微笑，若无其事的语气中没有一丝波澜。

“好一个虚伪无耻的家伙。”丹曾郎杰心里暗自咒骂着，忽然对桑吾感到无比的厌恶。他想桑吾那么专注地看着自己的一举一动，不可能没有注意到自己的神情变化，可是看他神色坦然，脸上露着微笑，还泰然自若地说什么烧坏了、换了一个木把手的话。

高压锅的把手确实是烧坏的，但烧的人是丹曾郎杰。那天他正压着饭，有个小伙子骑摩托车摔伤了，灰头土脸、一瘸一拐地找他处理伤口，情急中忘了锅里的饭。卫生院的院子很大，看病和住宿之间隔着老大一块草坪，拉上门后，听不到高压锅冒气的声音。

小伙子倒也硬朗，从头到尾没吭一声。丹曾郎杰把他脸上、胳膊上、手上和大腿上的尘土污血清洗干净，再细心地用镊子把嵌进肉里的小石子一颗颗夹出来，然后给几处较大的伤口上药包扎。

等那小伙子离开，丹曾郎杰才想起炉子上还压着饭。他甩开腿往回跑，可是在门口已经闻到了呛人的焦味，屋里黑烟弥漫，高压锅里的饭烧成了黑炭。更让他心痛的是柴火从炉门口烧出来，把高压锅的把手烧得变形变细了。

后来有一天，丹曾郎杰买了点排骨。准备用高压锅炖肉的时候，高压锅的把手忽然断了，一锅水与砍碎的排骨淌得满屋都是。

商店里没有单独的把手卖，县城又太远，本想将就着用，可是断了柄的锅不但烫手，而且还不方便。于是，一天中午，他到小镇北边阴坡的桦树林里砍了根树枝，烘干后削制打磨，用细铁丝一番捆绑，一个新的把手就做好了。虽然不太好看，但是结实管用。

半年前的一天傍晚，丹曾郎杰把高压锅放在屋外的台阶上排气，有个病人来买药，等他从药房回来，锅连同窗台上的压阀一起没了踪影。他感到难以置信，伸长脖子左顾右看，好像高压锅躲在院落的某处草窝里跟他捉迷藏似的。

尽管不愿相信，可他清楚高压锅定是被人偷走了。他感到胸口憋闷，但又忍不住想笑：这么荒唐古怪的事情，也只有自己才会遇上吧。

丹曾郎杰最初怀疑过邻居，但他想自己从来没有锁过门，桑吾要是翻墙来偷东西，屋里恐怕早就被搬空了。然而令人费解的是，当时除了来买药的人，再没有其他人进出。药房连着过道，大半个墙都是窗玻璃，有人进出不可能不知道。

往事历历在目，桑吾却睁着眼睛说瞎话。

丹曾郎杰越想越气恼，粗鲁地抓起桑吾的手找血管。由于生病身体虚弱，桑吾手上的血管不太明显，丹曾郎杰就在他的手背上啪啪拍打，不觉中手上用劲，痛得他龇牙吸气，可是又不得不忍着。

血管凸显出来了，手背也被拍得通红。丹曾郎杰缓过神来，忽然有点为自己的失态后悔。他用棉签消毒的时候，又像怕把桑吾手背的皮肤蹭破了一样，擦得特别轻柔。

“锅还好用吧？”丹曾郎杰没有考虑，张口随意问道。他的心里还是放不下。

“很好用。你也知道我们这里没有高压锅不行。”桑吾老老实实地回答，听上去也很随意，根本没露丝毫马脚。

“该死的小偷！不知羞耻的酒鬼！知道没有高压锅做不了饭，还偷！”丹曾郎杰又在心里恨恨地咒骂起来，并暗自紧了紧拳头。要不是碍于医生和病人的关系，桑吾的脸上早就结结实实地挨一拳了。

抓着桑吾的手，丹曾郎杰决定让他吃点苦头。他慢慢把针扎进肌肉，然后装作找寻血管，深深浅浅，左探右刺。如此几下，丹曾郎杰感到桑吾的手一抽一抽的，浑身僵直，显然痛得厉害。

心里的那点不痛快还来不及玩味，瞬间烟消云散。丹曾郎杰想到自己竟然这样折磨一个病人，医德何在？背心猛然湿漉漉冒了一层汗。

丹曾郎杰定了定神，手腕一稳，把针准确地扎进血管。

液体终于挂好。桑吾长呼一口气，瘫在靠垫上，虚弱地闭上眼睛。

丹曾郎杰退后几步，斜坐在窗户边，心还在怦怦直跳。他见桑吾的脸上隐隐闪着汗迹，动了一丝恻隐之心。他打量着桑吾带有风霜的硬朗的脸，心想他知道自己在报复吗？看他那么安然平静，应该不知道吧？可是，他又不是傻子！

丹曾郎杰胡思乱想了一通，见桑吾还没有从虚弱中恢复过来，就把头转向窗外。

桑吾家的地势稍微有点高，从窗户看下去，卫生院里的一切尽收眼底。丹曾郎杰想自己这几年一直被人暗中偷窥，心里很不舒服。

他的眼前出现了丢高压锅时的情景。自己被病人喊走。桑吾攀上土墙，一步跳到院子里。桑吾低头弯腰一路小跑，把冒着气的锅提在手里，顺手抓走压阀塞进怀里。桑吾像只惊逃的兔子原路返回。

可是，他想不出桑吾是怎样从墙上回翻的。墙那么高。当时锅里压着挂面，汤汤水水，而且还烫。

那段时间他还没领到工资，手头紧张，不得不又赊了一回。

丹曾郎杰进而想到，自己这几年前前后后丢的东西也不少，除了那口高压锅，还有一双运动鞋、一件夹克衫、两件T恤、一条内裤和两双袜子，都是洗干净晒在院子里后消失的。当时他怀疑，鞋和衣服可能被病人悄悄塞进怀里揣走了，但是T恤、内裤和袜子是贴身穿的，应该不会有人去偷，大概被风吹落后让流浪狗或者流浪猫什么的叼走垫窝里了。现在他确信，丢失的东西被眼前这个寡廉鲜耻的酒鬼偷了。

丹曾郎杰像做CT似的，把桑吾全身上下细致地扫描了一遍，脑子里的机器也在高速运转。

他的脚上穿着一双黄胶鞋，鞋帮上沾着泥土和草屑，显然从远牧场回来后还没来得及换——他也许怕露馅，运动鞋自己不敢穿，廉价转卖给了别人。

他的袜子是黑色的，而自己喜欢白色。这个可以排除。

夹克衫没见他穿过，恐怕也跟鞋子一样贱卖了。

紧接着，丹曾郎杰想到自己的T恤和内裤说不定此时正被他贴身穿着，不由得起了一身鸡皮疙瘩。

他感到浑身不舒服，打了个哆嗦。

这时，桑吾缓缓睁开眼睛，对着丹曾郎杰歉然一笑，说：“对不起啊，来了你一直在忙，都忘了给你倒碗茶。”

其实，从桑吾闭眼休息到睁开眼睛，也就一小会儿。但是，丹曾郎杰思绪涌动，像是过了很久。

“哼哼，不要脸的家伙，我丹曾还稀罕你家的那碗茶吗？冷锅冷灶还假装客气，脸皮也真够厚的。”丹曾郎杰心里暗自骂着，起身往外走。他不想继续待在屋里受煎熬。他不知道自己跟桑吾还有什么话可说。

刚跨出门槛，丹曾郎杰转念想到桑吾还输着液，他是自己的病人，不交代一下也不妥当，就冷冷地说：“药还多，我先回去一趟。”

说完，他头也没回地下楼了。

题注：阿克，本意叔叔，亦是对男子的尊称；拉杰，医者敬语，为吐蕃赞普赤松德赞赐予医生的称号。

刊载于《草地》2020年第5期

云朵上的梦

扎西措

雪从高高的云朵中悄悄地飘下来，继而又把寂寞的村寨染成一片银色时，花花蜷缩在新买的丝绵被子里做了个奇怪的梦。她梦见自己变成一只小凤凰，从阻挡在凤凰寨四周的高山峡谷中飞出去，飞到传说中那片广阔的草原。那里有比蓝宝石还要明净的天空，有比天空还要深邃的原野。成群的牛羊在缤纷的花丛中流淌，悠扬的牧歌在天际边回荡。花花快乐地飞翔着，七彩的羽毛在云层中弹奏出美妙的音乐。她看见了美丽得如同一部神话的花海，看见了住在花海中的英俊王子。他们一见钟情。王子骑着白色的马儿，在开满格桑花的原野和她举行了浪漫的婚礼……

花花从梦中醒来的时候，一缕阳光正好从凤凰山顶斜斜地滑下来，滑过院墙上覆盖着第一场冬雪的玉米垛，最后穿透粉红色的窗帘滑到孕育了一场美梦的丝绵被子上。这时，母亲的房里有了轻微的咳嗽和浓烈的烟草味，饿极了的猪仔们不耐烦地拱着圈门，雀鸟们扑棱在房檐下，叽叽喳喳地寻觅食物。浓烈的烟草味终于伴着“嘎吱嘎吱”的踏雪声从母亲的房里一直蔓延到村寨中间的石板路上。

花花微眯着眼睛，似乎舍不得从那场美丽的梦境回到现实。崭新的丝绵被子簇拥着她山桃花一般娇美的小脸。昨天。母亲揣上卖猪攒下的2000多块钱，带着花花上了“烟草味”的灰色面包车，风风光光地逛了趟汶川县城。他们几乎踏遍了汶川的大街小巷，高档商场、个体店铺，无一漏过。直到三个人的肚子发出强烈的抗议，“烟草味”才歉意地把母女俩领到一个叫作“好又来”的中档馆子，热情地点了一大桌菜。没想到，花花的母亲和“烟草味”竟也点了四两烧酒，分半倒进两个透亮的玻璃杯子，然后两人轻斟慢饮。“烟草味”似乎很动情，他殷勤地给花花和花花的母亲夹菜，不停地重复着“这几年苦了你娘儿俩”的话。

花花发现，朴素的母亲格外打扮了一番。穿上了压了许多年箱底的绣花布衫和枣红的金丝绒夹袄，脚上是一个月前亲自做的“云云鞋”。“烟草味”却是一副“城里人”打扮。藏青色的廉价西服里面是V字领的黑色毛衣，不知是为了陪衬母亲身上的枣红夹袄还是想为被岁月榨干了水分的脸上增添一些光彩，他特意打了条枣红色的领带。花花知道，母亲其实做了两双“云云鞋”，只是不知道那双是不是做给“烟草味”的。

花花心不在焉地听着母亲和“烟草味”的谈话。她的眼睛贪婪地捕捉着街道上来来往往的人流车辆。花花非常羡慕那些洋气十足的城市女郎。她们走路和说话的样子像极了电影明星。她们的长筒靴子在水泥路面发出骄傲的回音，好像在宣言与众不同的身份和地位。她们简直就是整个汶川街上是最亮丽的一道风景。她们永远无法体会生活在大山深处那种窒息的感觉和脸朝黄土艰辛劳作的酸涩。当她们用最优雅的姿态品尝餐桌上一道道美味佳肴时，谁也不会领会“谁知盘中餐，粒粒皆辛苦”的无尽内涵。

花花的思想随着大街上不断交替的画面起伏不定。她也看到了和母亲一样的农村妇女和汉子挑着担子穿行在人流中大声叫卖的沙哑声音，看到了他们与繁华的城市不太协调的卑微目光。一些半大的孩子，缩在街角守着一筐核桃或水果，天真的眼里满是羡慕和渴望。

花花的心绪突然间低落下来。她收回目光，低着头仔细地审视自己一身俗气的大花棉袄。她的自卑感强烈地占据了所有的思想。她恨不得马上逃离这个让她无比向往却又高不可攀的城市。

母亲和“烟草味”好像已经忘却了花花的存在，他们的脸上流淌着一丝暖暖的色彩。他们大胆而又深情地凝视着对方，用一种心的感应传递着彼此的爱慕。花花显得孤独而又愤怒。浓烈的烟草味和烧酒味呛得她头昏脑涨。她几乎要吐出刚刚吃进去的所有食物。可是，母亲一脸的陶醉和爱怜使她强忍住想要爆发的吼叫。多少年了，母亲一个人支撑着没有男人的家，她从未看到母亲像现在这样满足和幸福。

花花不得不仔细地研究一下令母亲如此心仪的“烟草味”。她睁大水灵灵的眼睛，从头到尾地进行了一番“扫描”。“烟草味”其实并不难看，除了左耳根下一道浅褐色的疤痕，五官倒也端正。加上说话的语气很温和，给人一种稳重和可靠的感觉。也许母亲的选择是正确的，在经历了人生最悲伤的考验后，“烟草味”填补了她心中的空虚和疲累。给了她一个男人的关注和扶持，对此，母亲是感激而又内疚的。

“好又来”的生意很兴隆。精明的女老板洋溢着满脸的热情招呼着不同身份的客人。她见花花清秀得如同一朵带雨的山桃花，开玩笑说要讨她做自己的儿媳妇。她还送花花一盒精致的糕点，惋惜地说这样水嫩的闺女搁在农村真是埋没。

花花的母亲和“烟草味”终于结束了漫长的“宴会”。母亲无不心疼地拥抱了一下花花。一股酒香从母亲的嘴里荡漾开来，花花竟有好一阵的陶醉。她真想就一直依偎在母亲温润的胸前。对“烟草味”的介入，花花有着强烈地不满和排斥。

“烟草味”大方地结了账。他堆着比冬日的暖阳还要厚实的笑，说花花好不容易上趟县城，一定要多买几件过年的衣服欢喜欢喜。之后，花花母女跟在“烟草味”的后面又不厌其烦地逛了所有的商店。直到把事先预备购物的蛇皮口袋装得满满的，三人才坐上灰色的面包车，沿着之字形的山路回到了寨子。

“我要飞出大山！”脱口而出的话惊飞了落在玉米垛上偷食的一只画眉。正在院子里喂猪的母亲诧异地望着女儿的窗口。她大声地问花花是不是做噩梦了。花花没有回答母亲。她拉上柔软的丝绵被子蒙住了自己的脸。她多么希望能像梦中那样，飞到一个没有大山的阻隔，没有峡谷包围的地方，她多么渴望能遇到心中的白马王子，带着她离开这个高耸在云端里的孤独羌寨。

花花的心又一次驰骋在那个逐渐淡去的梦境。她在努力地回味梦里的点点滴滴。她要抓住那个令她痴迷的王子，她要把梦里的一切变成现实。可是，厨房里不时飘来的香味和母亲轻微的咳嗽使她不得不气恼地掀开带给她一场美丽梦境的丝绵被子。

“烟草味”的确是个周到的人。昨天，他在一家打着“大甩卖”招牌的商店里，让花花选了一套粉红色的床上用品。花花偏爱粉红色，这是一个容易让女孩子产生许多幻想的色彩。新添的被子和床单使花花的小世界变得缤纷而又温馨。

就在三个月前的一个夜晚，“烟草味”伺候半瘫的黄脸婆喝了一大盅中药后，又转悠到村寨中间的石板路上，喷发着一路的烟草味走进了花花母女烧得暖暖的土灶前。他谨慎地从羊皮褂下的衬衫口袋里掏出包得严严实实的红布放在花花母亲的手心，在寓意深刻地看了几眼坐在面前端庄的女人之后，宣布了一件足够让花花母亲唏嘘不止的决定。

“烟草味”说闺女长大了，和母亲挤在原本就很窄的木床上总不是个办法。好在今年因倒腾了一些药材生意，倒也赚了个万儿把块钱。他决定在紧邻厨房的墙角给花花修个小小的卧室，作为她十八岁生日的一份特殊礼物。

花花母女睁大了两双水汪汪的眼睛，弄不清是自己听错了还是“烟草味”不小心说偏了嘴。见母女俩一脸的怀疑，“烟草味”的嘴角流露出一丝猎人期待猎物前的那种浅笑。

果然，三天后，“烟草味”带着五个工人模样的人走进了花花家的院子里。经过几番舌战，那个长了一口黄牙的工头说三个月后交房子。

接下来的日子里，赤着脖子的工人们整天忙碌在水泥和砖瓦之间。小小的院子显得拥挤而又杂乱。母亲更加卖力地做饭，喂猪，打柴。花花守在家里，有一半监工的含义。想到很快就可以拥有一个完全属于自己的小天地，花花对“烟草味”的反感似乎也有些淡化了。毕竟，“烟草味”是另一个家庭的顶梁柱。他没任何责任对花花母女这样。

花花穿好衣服，经过院子的时候，花花感到眼睛被雪地上的阳光刺痛了。她快步走向厨房。母亲做了她最爱吃的煎饼和酸菜面。花花简单地洗了脸，然后坐到靠窗的地方，出神地看着雪地上鸟雀们追逐的影子。母亲担忧地观察着一语不发的女儿，花花一脸的迷茫让她不知所措。她并不知道，一个美丽的梦境把女儿的心带到了很远的地方。

“我要飞出大山！”花花又一次从心底发出了这样的呐喊。她为自己陡然产生的勇气而感动。她那双水汪汪的眼睛里燃烧着一种向往和憧憬。花花的母亲轻轻地叹着气，“烟草味”的介入使她们之间少了很多沟通的机会和语言。

卧室竣工的那天，母亲和“烟草味”弄了一桌酒菜，请五个工人热热闹闹地吃了顿饭。“烟草味”还给花花添置了床和衣柜。那天，花花亲亲热热地喊了“烟草味”一声叔，乐得他不停地说“好闺女好闺女”。但也就是那天晚上，“烟草味”理所当然地占据了花花母亲的床。隔着厨房，花花清楚地听到了“烟草味”狗熊一样的咆哮和母亲压得低低的轻吟。她感到了莫大的羞辱！“烟草味”处心积虑地把她隔绝在另一个空间，为的是可以随心所欲地霸占自己的母亲！他的目的就是要把花花从母亲的床上赶走，以便使自己无所顾忌地发出狗熊一般的咆哮。那一晚，花花彻夜失眠。她恨极了“烟草味”，他简直让人恶心！花花也恨自己的母亲，她不明白母亲抛开山桃花一样娇美的女儿让一个浑身散发着烟草味的男人睡在身边究竟有什么好。

也就是从那天开始，花花不再和母亲说话。她故意躲避着母亲无不羞愧和乞求谅解的眼睛。太多的时候，花花把自己关在红瓦白墙的小房子里，打发着无边无际的孤独和失落。“烟草味”仍然我行我素。他越来越多地出现在母亲身边，俨然以一家之主的身份安排着家里的一切，母亲对其已是唯唯诺诺。看着花花一副倔强的样子，母亲几次把“他其实就是你的……”话强咽下去。

“烟草味”是谁，这对十七岁的花花不太重要。他既不是继父，更不是大舅。花花知道自己有过父亲。他是全村有名的木匠。小时候，她常常跟着父亲走家串户，她喜欢看着父亲变戏法似的从墨斗里拉出长长的黑线，然后在不同宽度的木板弹出笔直的黑线，她喜欢听父亲推着刨子翻飞漂亮刨花的“嘘嘘”声。那是整个寨子中最响亮的音乐。到谁家的房子落成了，都会请父亲吃上一顿丰盛的晚餐。花花就坐在父亲的腿上，享受着比过年还要快乐的心情！

长得矮小的父亲经常给花花一些意外的惊喜。比如木制的小狗或是一只栩栩如生的木鸟，这些可爱的小玩具给她的童年增添了无限的快乐和情趣。

父亲的突然去世，给花花的心灵罩上了很深的阴影。母亲更是悲痛欲绝。家境的跌落迫使花花辍学。花花变得沉默而又内向……

花花的思绪依然在飞翔。母亲的不安和疑惑并没有使她停止自己的遐想。梦里的草原令人心驰神往！英俊的王子更是让人梦牵魂萦！

“听说你杨大婶家的二娃要回来了。”母亲在苦苦地搜寻了一遍不太灵活的脑子后，终于找到了一个还算是新鲜的话题。她不想再和女儿僵持下去。她想重新找回她们之间的和谐。花花是她的一切。她不能因为“烟草味”而和自己的骨肉有丝毫的隔阂和疏远。

寨子里的人都知道，二娃三年前离开大山，到南方打工。过年的时候，二娃给家里寄来了一万块，给当家的兄弟买了一台小四轮。这件事曾轰动了整个寨子。人们争先恐后地议论着，用一种眼红的口气谈论着二娃的发迹史。

花花和二娃是光屁股一起玩大的。后来二娃上了初中、高中，但终究因为离高考分数差了三分而与大学梦失之交臂。但二娃并不甘心，他说要到外面去闯一闯，说不定能学到点什么本事。他还预言，不出十年，那些看腻了高楼大厦的都市人会纷纷涌到大山。凤凰山将是都市人回归自然、观赏山野风光、探询羌文化、追溯历史走廊的必然选择。对高中生的谶语，族长表露出极大的轻蔑。他威严地要求杨氏好好管教自己的儿子，不要成为寨子里受人讥笑的对象。

可二娃还是走了。他不顾母亲的哀求和寨子里一双双怪异的目光。他连换洗的衣服都没带就走了。当二娃的母亲在焦躁和不安中稳稳地收到儿子寄给她的一万块钱时，好奇的人们又用一种复杂和研究的口气分析二娃在南方究竟在做什么样的生意。

"二娃是个很独立的孩子，你们一直是要好的朋友。这次回来，你要请他到家里来吃顿饭。"母亲见花花的脸上有了表情，暗暗地庆幸自己还真是找对了话题。她想也许可以通过二娃缓解与花花的紧张感情。

听说二娃要回来，花花的心情开始好起来。这个孤寂的大山，压得她喘不过气来。她期望二娃能给荒凉的寨子一些精彩的信息，给她孤独的生命注射一点新的血液。她厌倦了周围的崇山峻岭，厌倦了岷江河千年不变的怒吼！她要做一只骄傲的凤凰，在无边无际的天空下翱翔！

花花重新打量着自己的母亲。她用久违的笑回报母亲在飘下第一场冬雪的时候传递了一个可以让自己兴奋的消息。母亲明显地憔悴了，女儿的敌意无疑摧垮了她所有的意志。花花意识到自己在母亲心中的价值。她为自己的报复感到内疚。

二娃回来的当天晚上就来看花花了。他长得更加殷实，人白了，也俊了。说话的口气比以前还爽朗。他给花花讲自己刚进城时的茫然和无助，讲打工仔们走南闯北的艰辛和无奈。他给花花买了一条粉红色的纱巾和一只笨笨的玩具熊。

那一晚，母亲把一大捆柴火丢在土灶前，知趣地呵斥退了刚刚走进院子的"烟草味"。

二娃的到来，扫去了压在花花心中的所有烦闷。她的一双水汪汪的眼睛在山桃花一般的脸上闪着光芒。

"那边有蓝宝石一样的天空和一望无际的草原吗？那花的海洋里是否住着骑

着白马的王子？”花花的语气充满梦的色彩。二娃认真地告诉她，他去的地方没有草原，但有比蓝宝石还要蓝的海洋。蓝色的海洋里没有骑着白马的王子，但有比王子还要威武的轮船和海军战士。他问花花是否愿意跟他去看看南方的海和南方的椰树，还有穿着筒裙的南方姑娘？

“我要做一只凤凰，一只长有七彩羽毛的凤凰！我要飞出大山，飞到美丽得如同一部神话的花海。那里有我最真的梦有我最向往的王子啊！”

二娃听不清花花犹如梦呓的话。但他清清楚楚地看到了花花眼中的忧伤和失落。

花花的母亲因为女儿的好心情而开怀了许多。她选了个吉日，请“烟草味”和两个小伙子把两条喂得滚肥的猪宰了。晚上，二娃提着三瓶从南方带回来的椰子酒到了花花家里。他把酒送给宰猪的人表示慰劳。

吃饭的时候，二娃亲热地喊着“他婶他叔”，把个“烟草味”叫得手脚都不知搁哪儿才好。

借着酒意，二娃恭恭敬敬地给花花的母亲和“烟草味”敬了杯酒。他慎重地告诉他们，过了年后想带花花出去。他在南方的生意还算过得去，但缺人手。他想带花花出去帮忙。当然，二娃告诉二老，这其实已经在正式向花花求婚了。他希望能得到花花母亲的同意。在南方做生意并不是一辈子的事。将来他们还会回到寨子。

花花的母亲有些措手不及，她用探询的目光在看花花。“烟草味”不置可否地咂吧着长长的烟杆，浓烈的烟草味弥漫了整个屋子。

二娃走后，“烟草味”又一次钻进了母亲的房子。花花孤单地躺在“烟草味”为她营造的世界里。她不知道自己应该高兴还是害怕。她无法想象南方是什么样的。虽然她也从来没有见到过草原，可梦里的草原那么真实，真实得无法从记忆里删除。二娃怎么就不能带她去草原，在蓝宝石一样的天空下放牧那是多么浪漫的事情呀！

母亲的房间里又传来了“烟草味”狗熊一般的咆哮。不知是因为喝了酒还是被二娃的举止所感动，“烟草味”的咆哮一阵胜过一阵，完全覆盖了母亲压抑到极至的轻吟。花花厌恶地用被子蒙住了头，她不想听到母亲无济于事的反抗和徒劳的挣扎……

衣锦还乡的二娃，成了寨子里的座上客。每天都有人请他过去喝酒吃肉。威严的族长也睁大了自以为看够人情世故的眼睛，颇有兴致地要二娃给他讲山那边的故事。二娃还经常跟新当选的村长在寨子四周的田埂边转悠，指指点点地议论着什么。

快过年了，寨子里的人开始陆陆续续下山购买年货。“烟草味”更加频繁地踏入母亲的房间，也更加殷勤地承担起家里的所有重活。他帮着母亲拾掇墙上的玉米，把过冬的柴火整齐地码在屋檐下，他做出来的腊肉又香又嫩。如果家里缺了什么，他会开着灰色的小面包车，扬起一路尘土去县城买回来。花花不得不承认，“烟草味”的确为母亲分担了很多的劳累。他们之间也许真的有很深的感情。

二娃成了寨子里的红人，成了小伙子们模仿和姑娘们暗恋的对象。他每天都会来花花家坐一坐。他对花花是爱怜有加。看着比自己小四岁却有着与年龄不相称的忧伤女孩，二娃的心被深深地震颤了。他在外面也认识很多女孩子，可没有一个能像花花这样令他心动。这个空寂的大山带给她的只有窒息的忧伤和惆怅。他要带花花去一个缤纷的世界开开眼界。

花花也喜欢二娃。不是因为他成了寨子里的红人。她很欣赏二娃做事的干练和为人的坦率。他能够看懂花花藏在心中的秘密和伤痛。花花从二娃的眼睛里看到了“烟草味”看母亲时的那种火焰。她想一个男人只有面对最心爱的女人时，他的眼睛才会发出火焰一般的光芒吧。

无论怎样，见到二娃，花花的心情就会莫名地愉悦起来。她越来越多地期待二娃铿锵的脚步从村寨的石板路上一直响到她红瓦白墙的小房子跟前。就像母亲期待浓烈的烟草味从寨子的大小巷子一直蔓延到自己的房间里那样。

也许，那个美丽的梦境在预示着一个新的爱情故事。那骑着白马的英俊王子就是从大海边回来的二娃？

一天晚上，二娃又坐到了花花家烧得暖暖的土灶前。他告诉花花的母亲，过了年就要出去忙生意。他想把亲事定下来。但不忙结婚。一则是因为还想拼搏两年，多积攒些钱。等自己有了实力，要在寨子里搞一个规模较大的旅游接待点。这个打算已经得到了村长的支持。二则是因为花花还小，等她跟着自己磨炼成熟后再娶她。二娃还说定亲的事不要张扬，只说花花出去打工挣钱。

花花的母亲同意了二娃的要求。但实在舍不得让女儿离开自己到陌生的城市。她嘱咐二娃要真心对待花花，不能让她有丝毫的委屈。二娃满口答应。

自从和二娃定亲后，花花发现那种窒息的感觉在逐渐消失。她终于可以离开大山，做一只美丽的凤凰自由飞翔。也许那里并没有辽阔的草原，没有开放着金色花朵的海子，但有和草原一样宽阔的大海和比姑娘还要婀娜的椰树。那个陌生而又新奇的地方，她和自己的王子将开始一种全新的生活。花花的心又时常驰骋在南方那片蔚蓝的大海边……

母亲仍然忙碌着。砍柴、做饭、喂猪，把家里收拾的一尘不染。她觉察到女儿脸上那种幸福的光晕和眼底的希冀。她在感恩神的安排，在花花的心境处于低谷的时候让二娃回来了。女儿的变化给了她极大的安慰。

这天，“烟草味”在花花母女烧得暖暖的土灶前吃了一碗酸菜面。之后，他和花花母亲商量采购年货的事。这一次，母亲无论如何都不肯接受“烟草味”递过来的3000块。她说过年的钱早有着落，实在不能再给他添任何的麻烦。“烟草味”又说花花翻了年就十八岁了，衣裳应该穿鲜亮一点，硬塞给花花500块钱要她“买自己看中的衣裳”。

晚上，花花没有听到让她惊悸的咆哮声。母亲和“烟草味”压着声音似乎在谈论花花是该嫁人还是招个上门女婿。母亲说刘婆子又在替族长家的孙儿求亲，她还说将来谁要是做了自家的上门女婿，院子和房子都得扩大。她没有告诉“烟草味”花花和二娃定亲的事。

第二天，“烟草味”把灰色的面包车开到花花家的小院里。出门前，花花突然决定不下山了，她请母亲帮她买个可以带到南方去的小箱包就行了。母亲难得上趟县城，她想给母亲和“烟草味”一个轻松的空间。如果她去了，母亲会有许多的不安和焦躁。和二娃的接触，使她体会到感情是个很奇妙的东西。它可以改变一人的思想和心态。她喜欢和二娃单独相处，“烟草味”又何尝不是这样。花花很为自己的成熟和宽容感到得意。“烟草味”其实不是个讨厌的人。花花决定原谅他占据了母亲身边原本属于自己位置的过错。

时间很快就过去了。二娃并没有在花花的期待中出现在她那红瓦白墙的小房子前。花花不知道，二娃此刻正和年轻的村长坐在被雪水润泽的田埂边，在设想如何利用凤凰寨古朴的建筑风格和古老的羌文化打造出大山深处最具风情的旅游民俗村。二娃兴奋地告诉村长，等他有了钱，第一件事就是要在岷江峡谷上建造第一家羌山酒楼。

二娃没有过来，花花自己吃了午饭。母亲走后，屋子里少了很多的温暖和依恋。花花走到院子里，她看到所有的窗子都被母亲贴上了红色的剪纸。贴在自己窗子上的是一对戏水鸳鸯，厨房的门上是金色的“福”字。花花从母亲细致的劳作中嗅到了新年的气息，她在心中更加地思念起母亲来。

花花走到母亲的房里，从装有针线的抽屉里拿出一张红纸和剪刀。她拖了张小板凳，坐在院子里细心地剪裁起来。两只可爱的小猪在花花的巧手中诞生了。花花把剪好的小猪贴在母亲房间的门上。她在心中默默地祈祷，愿这只肥胖的小猪给母亲带来平安和福气。

寨子里有几声脆脆的响声，是顽皮的孩子们在放鞭炮。母亲他们也该回来了。花花回到屋里，在烧得暖暖的土灶前理菜。她要亲自炒几个菜，好好地慰劳一下母亲。想到很快就要离开家乡，花花真是后悔自己对母亲的态度。母亲的心里女儿始终是放在第一位的。她多么希望能和二娃挣到一笔大钱，将来好孝敬她老人家，也好弥补自己对母亲的伤害。

花花想象着母亲和“烟草味”开心和幸福的样子，他们会不会又去了那家叫作“好又来”的馆子。说不定他们又叫了二两酒，分半倒进透亮的玻璃杯子里轻斟慢饮。

母亲其实是幸福的。花花常常看见母亲偷偷地拿出另一双云云鞋，在朦胧的月光下深情地抚摩上面的图案。她的眼睛陶醉而又神往，她花瓣一样的唇间荡漾开一缕又一缕的笑……

天边堆起了浅浅的暮色。二娃还是不见身影。母亲他们不会就在县城过夜吧？花花有些烦躁，耳朵里总是面包车爬坡的轰鸣声。她甚至感觉到浓烈的烟草味会很快地从田埂下的公路上一直蔓延到自家的小院里。

花花把菜重新放回蒸锅里热着。她渴望母亲大声地称赞自己的手艺。她们很久都没有亲亲热热地一起吃饭了。一段时间里母女俩一直回避着关于“烟草味”的话题。母亲经常忐忑不安，她总是把预备说出的话在女儿冷漠的眼神中咽回去。花花从来没有像现在这样想念自己的母亲，也从来没有像现在这样感觉到母亲的重要性。

花花坐在靠窗的地方，她听到了心脏在胸腔里急速跳动的声音，眼皮也在剧烈地跳动，这使她无法安静地想一些问题。

花花焦急地等待着，天已经全黑了。奇怪的是，今天下山买年货的人似乎都没有回来。她没有听到邻居们惊喜地吆喝孩子们出来搬年货的声音。偌大的一个寨子突然间沉寂下来，沉寂得让人浑身起鸡皮疙瘩。

不知过了多久，花花的头脑开始生产错觉。她看见母亲和“烟草味”坐上凳子，正在津津有味地品尝花花做的菜。母亲看起来那么年轻，那么美丽，花花从母亲的身上找到了自己的影子。她们是凤凰山上最美的两朵山桃花。

花花想告诉母亲，她的房门贴上了自己亲手剪裁的福猪。她想实实在在地喊“烟草味”一声“爹”，她要真心地祝福母亲和“烟草味”白头到老。她想过年前让“烟草味”正式搬到家里来住，她要说他们本来就该是真正的一家人。可是，母亲和“烟草味”并不领会花花的好意。他们开心地吃饭，愉快地交谈。完全没有感觉到花花的存在。

花花看到母亲和“烟草味”手牵手地进了房间。门上的小猪怎么变成了血红的“喜”字？

花花气恼地别过头，她又看见二娃阴冷着一张灰白的脸，正定定地看着她。她想扑过去骂他，骂他没良心，骂他在母亲走后没来陪她说话。

花花满脑子都是幻觉，母亲和“烟草味”不见了。菜依然在锅里热着。灶里的火发出噼噼啪啪的响声。花花站起来，她使劲地拍打着脑子，好像要拍出阻止她正常思维的东西。

二娃站在原地，阴冷的脸在痛苦地抽搐。他上前两步，一双大手拽紧了花花娇小的身子。花花这才知道，二娃的出现不是幻觉。他的大手抓得花花很疼，她想挣脱二娃的手。她不明白二娃怎么会如此粗鲁。

“听我说，花花。”二娃咽了口唾沫，突发的事故使他找不出一句合适的话来稳住花花。他意识到这个晴天霹雳的消息会带给花花毁灭性的打击。花花怔住了，二娃的神情令她恐惧，她惊恐地张大了嘴。

“刚才，你母亲他们在回来的路上和一辆大卡车相撞！他叔当场就断了气。你的母亲正在医院抢救……”

花花的脸突然失去了血色。她感到头晕目眩，她听到了山崩地裂的响声，听到了冰雪峡谷中孤狼的哀叫！她又一次感到那种窒息的气息向自己逼来！她声嘶力竭地喊了声“母亲”后就昏厥了……

两天后，花花的母亲也因为失血过多停止了呼吸。临终前，母亲拉着花花的手，请求她不要恨“烟草味”。她告诉花花，说“烟草味”其实是她的亲爹。他们原本是青梅竹马的一对，只因各自的成分没能走到一起。她乞求女儿原谅自己没有告诉她真相。

母亲和“烟草味”的葬礼很简单。族长同意以夫妻的形式将两人合葬在一起。但不能刻碑文，因为“烟草味”家里半瘫的老婆还活着。

春节过后，花花没有随二娃去南方。她不忍心让母亲和那个与自己有着相同血脉的“烟草味”孤独地躺在凤凰山下。她认为自己决定离开大山是一种无法原谅的过错。这个决定让她失去了世上最疼爱自己的亲人。花花完全被失去母亲后的痛苦和自责击垮了。

二娃推迟了去南方的时间，他陪花花过了她母亲的“七七”后才走的。出发前，他一再地要求花花等自己回来成亲。花花茫然地看着二娃乘坐的车子慢慢地消失在之字形的山路下……

三年后，二娃的“羌山酒楼”在凤凰山隆重开业。族长带着三岁的孙儿亲自剪彩。那天，二娃没有在热闹的人群中看到朝思暮想的花花，但他分明看到了族长孙儿手臂上那块和自己一样的三角形的紫色胎记。

刊载于《草地》2008 年第 2 期

牵不动的牯牛

周辉枝

金山寨生产队谭绍华饲养的那条牯牛，肥头大耳的，头顶长一对立角。看样子很劣，其实，这条牯牛有个好德性，不打人，队上谁都可以牵。自从包产到户以后，这条牯牛也好像跟着形势走，只服谭绍华和他的女儿谭明英管了，外面的人摸都不敢摸。

这天中午，谭明英牵着牯牛从坡头放了回家来，两眼笑得流出了泪。阿爸惊奇地问她笑啥子，她说："今天出了个怪事，刚把牛赶到水井弯，李队长就来牵牛了。可那头牛的脾气也生得古怪，躺在草坪上，埋着头，瞪着眼，弄得他眼鼓鼓的，背也背不动，牵也牵不走……嘻嘻嘻。"

"呵，他果真来牵牛了！"谭绍华闷着头陷入沉思。

说来话长。谭绍华已是五十岁的人了。他在队里干农活门门在行，什么背、抬、担、耕地、播种、施肥都不在话下，是个地地道道的庄稼人。他还外带一门受人欢迎的手艺，会做细砖细瓦。他做的砖甩得过对河，碰不缺摔不断；他做的瓦黝黑发亮。所以，队上就分派他到砖瓦厂领队。在他上任的那天早上，队里还给他专门牵来一条身怀有孕的母牛。说的是母牛牵去做砖瓦踩泥用，等到母牛生了小牛，小牛长大了换母牛。过不多久，在一个冷风刺骨的晚上，母牛在圈头哞哞地大喊起来。他点亮马灯，走到圈门边探头一看，是母牛发作了。在马灯的照映下，他清楚地看到那母牛的双眼里痛得滚出豆大的泪珠儿！牲口也和人一样，每当生下自己的孩子时，做母亲的总是要冒着生命危险啊。他站在圈门口，自言自语地这样想。没过一会儿，母牛生下一条小牯牛，他心里乐开了花。小牛刚满半岁多就接了母牛的班，开始在做砖瓦的泥坑里劳动，为人类造福了。

那会儿，金山寨只有二十一户人家，一百二十口人，是大队最偏僻的一个寨子。说起来话长，为修队上的二十四间仓库和养猪场用的砖瓦，他牵着那条牯牛差点累断了气。加之，粮食又少，吃的全是玉米搅团，有时连玉米搅团都顾不上嘴，但他还是勒着肚皮干，瓦桶子一天到晚地咚咚咚响。声音一停，人们又知道他牵着牯牛在泥坑里转来转去地踩泥了。那黄色的稀泥巴粘性大，使他的一双脚在泥坑里拔也拔不动啊。天长日久，他的一双腿脚不知脱了多少层皮，连一根汗毛都没有了，和黄色的泥巴一样，而且还发出光亮。那条牯牛也累得呼呼地直喘气，嘴、鼻干得掉着银色的涎丝儿。靠了这头牯牛，队上好不容易修起二十四间集体仓库和养猪场啊！现在这条牯牛，满打满算七岁半了，想不到这牲口也和人一样，能够过上点自由的日子。从前年开始，庄稼人终于能够按照自己的考虑来料理农事，日子越是好过些，越是能挺直背脊做事了。

他清楚地记得，自从兴起新的生产责任制以后，这条牯牛是生产队分派给住在阳坡里三家人管用的。那天开会，生产队李队长高声大嗓地说："现在新的政策下来了，各人分一块地种，种多少吃多少，那条牯牛就交给阳坡三家人管，谁用谁喂，平时由谭绍华饲养，各负其责。"顿时，会场响起了一阵掌声，没有一个人不拥护。大队副书记陈明也来了，他还讲了话。社员划了地，队干部们也划了。陈明要了长坪那块面柜子地。那块地比谁的都好，而且就在他房背后，施肥近又好管理，不用人工挖完全用牛耕，土质厚又耐旱，人们都叫它面柜子地，地虽好，却要牛耕得好才行，统一划拨，给他的牛，他打不上眼，眉头一皱，想到了谭绍华那头牯牛，可那头牯牛早宣布由谭绍华喂养。咋办呢？他找到了生产队李队长。事隔没几天，金山寨召开一次大会。会议是在一间大仓库里开的。这天，全大队男女老少都参加了。屋中间摆了张方桌，左边坐着陈书记，右边坐着李队长。两位领导对面坐着互相目送眼色。这时候，李队长调换了一只脚，说："唉，今天召集大家开会，主要解决生产队的财产，比如，耕牛、二十四间仓库、猪圈、农具。根据大队与队领导研究，唉——算了吧，还是由陈书记来说，我说不清楚。"陈书记也不客气，他把烟斗往桌上一搁，顺手端过杯子，喝了口浓茶，说："自从包产到户以后，土地、山林都基本上分给在坐的了。目前面临的一个主要问题，是生产队的二十四间仓库、猪圈，再就是耕牛。"说话间瞥了一眼谭绍华，接着又说："农具有的生了锈，有的不知下落。这些都是在座的每个人的汗水，眼鼓鼓地看着损坏谁不痛心嘛！根据这个实际情况，经研究决定，二十四间仓库、养猪场，砖瓦厂的砖、瓦、屋架、楼板都拆毁，按照人口多少、劳动力多少，分给各家各户；犁杖、犁铧等分给有耕牛的；大锤、钢钎过秤后平均分，电动机、粉碎机等处理后，给大家分点盐巴钱，看大家有没有意见，啊？”

这时候，会场上鸦雀无声，沉默不语，仿佛大家都在痛苦地思索，这是为什么，为什么？

陈书记见大家没有应声，伸着头看了谭绍华，紧接着说：“既然大家没有意见，证明大家看准了形势。还有谭大伯饲养的那头牯牛，他家人少，又那么大年纪，经研究决定分给李队长了，啊，嘿嘿嘿。”

此刻，谭绍华从东边屋角的座位上站了起来，面向周围坐的群众说：“我姓谭的喂那头牯牛为啥不可以呢？别人饲养和我饲养都一样的，只要情理说得过去，只要不是黄狗向火，自己顾自己就行！”

“说话不要出口伤人嘛。”陈书记从桌上拾起烟斗，“那一点不是为了大家，为了集体！”

“哼！为集体，为大家。”谭绍华一大步走到屋中间站着，左手叉在腰间，“口口声声为大家，为集体，谁不知道你和李队长家人口多，劳动力多！啊，拆毁仓库、猪圈、分农具、卖东西，赶猪牵牛，样样按人头摊，这都是为集体？谁不知道你陈明的女娃子要出嫁没有房子给上门女婿！这也是为大家？”他说完回到了自己的座位上。

“谭大伯，吸口烟。”李队长像是解围，面红耳赤递过兰花烟斗，转身坐在原位上双脚调换不停，随后又从衣袋里掏出一包叶子烟伏在桌上卷起来。

此刻，屋头静悄悄的。陈书记睁大了眼睛，烟一口接一口。李队长的眉头更皱了，双手抱着额头抓。两位领导尴尬地坐着，焦头烂额，见会场上叽叽咕咕的局面，害怕收不拢口口。于是，陈明站起来宣布道：“大家听着，明天吃过早饭，男劳动力下瓦拆砖，妇女收拾农具等，李队长去牵牛，非牵不可，散会！”万不谙李队长果真牵牛来了，瞧，李队长手里捏着把嫩得出水的节节草。他身体略前倾，两眼紧紧地注视着牯牛，嘴里哝哝地说：“乖牛儿，吃点你喜欢吃的东西，牵你回去啊。”话没说成，只听呼呼几声，牯牛喷出一股热气，做着一个打架的样子，它头埋着，双角对准了他。顿时，李队长吓退了几步，手里捏的草也被吓得落在地上了，额头上的汗珠儿冒了出来。谭绍华站在青草坪上，漠然置之，女儿左手捏着割的青草，右手拿着刀，歪着身子偏着头冷笑。

李队长不好意思的，但他的眉头皱得更厉害了，“谭大伯，求你一下。”

“你打算咋办?”谭绍华问。

“帮忙牵一下。”李队长恳求地说。

“牵是可以的，但是以后你要借给我耕点包产地哟，放心我不会白借用你的，借用一天还两个工嘛，你看这样行不行?”谭绍华故意这样说。

“只要合适还用说。”李队长笑了。

“这牛好牵，不过，你得把公社干部请来，他们批准你牵就牵了去，牵不动我再给你牵。”谭绍华依然站在青草坪上。

“昨天群众大会不是这样决定的吗?”

“群众没表态。”

“大队有这个权力!”

“他一个大队书记算不了数，国家没这个政策。”

李队长被谭绍华这一问问得无言以对。只见他眼鼓鼓的，嘴里吐着粗气。顿时，他转过身跑到树林里掰了根木棍，不闻不问，走到牯牛屁股后画，嘴里喃喃地说：“发瘟死的！跟我走不走!”啪啪啪地几木棍，牯牛被打得直跳跳。这时候，像是刺痛了谭绍华的心肝，他跑了过去站在牯牛的屁股后面。冲着李队长气鼓鼓地说：“打我，来！打吧!”谭绍华拍着胸口，“牯牛没有得罪你！为啥要打它，你怎么不打你自己呢?”

“少废话!”李队长一把拖开了谭绍华，随即又是啪啪啪地几木棍。谭绍华又站了过去，顺手抓住木棍砸成两截，然后两手叉在腰间。

“不怕你哥哥是公社书记，打吧，只要你有胆量!”谭绍华又拍着胸口，“你们目无党的政策，瓜分集体财产，要犯错误的！打吧，只要你有胆量，打这里!”他还是拍着胸口。声音很大很大，像是说给满寨子人听的，山谷被震动得嗡嗡响。

女儿站在那里，亲眼看到阿爸和李队长鼻子贴鼻子，嘴巴接嘴巴地骂，惊慌地喊道：“快来人！这里打牛又打人哟！快来人哟!”

“干啥的呀！啊？莫名堂!”

这声音，谭绍华觉得熟悉，赶忙松了手，两眼寻找着。那人慢慢地走拢来了，又大声对李队长说道，“把手放下来，听到了没有?”

李队长把手握得更紧了。因为看清了来者是谁，得意地笑了，这笑是眯缝着眼睛的，心想：难道你亲生的弟弟遇难，就不帮忙说句公道话吗？所以，把拳头捏得更紧，不时把脚在地面故意地踢一下。

“把手放下！”这是一声威严的吼叫。

李队长被吓得松了手，随即面对来人，亲热地喊了声：“哥哥。”

哥哥没有应声，只是狠狠地盯了他一眼，便把眼睛看着那条牯牛去了，脸上露出微笑。

谭绍华迷惘了，他这是笑啥呢？来人是李队长的哥哥，公社第一把手；他将如何断这个公案！正寻思间，耳朵里扑进一个柔和亲切而又坚决有力的声音：“谭大伯，这牛你牵回去吧。”

谭绍华犹豫不定。李书记怎么会叫他把牛牵回去，也许是缓兵之计，等以后风声过了再由他弟弟来牵走。现在的人，谁不顾自己人呢，何况是他的亲生弟弟。这时，谭绍华懒悠悠地牵着牯牛，往家里走。他的后面，跟着李书记、明英、李队长，大队副书记陈明也赶来了。

不多会儿，大家已经坐在谭绍华屋头了。屋内除了谭明英倒茶水的响声外，再也没有一点动静。只有谭绍华不时瞅李书记一眼。随后，李书记说：“谭大伯，庄稼人，锄头雨啊。”李书记拍了拍谭绍华的肩头，“做得很对！哈哈哈，昨天知道情况后，连夜赶过来，我昨晚上已经批评了老陈，他那一套是错误的，谁兴的拆毁仓库？赶猪牵牛？‘所有权’是集体的嘛！不能划公为私，集体财产要保管好。目前，谁人占了集体便利的，统统收回集体保管，损坏集体财产的都要照价赔偿。牯牛仍然由你老人家使用饲养，但‘所有权’是生产队的。”李书记又拍了拍谭绍华，“谭大伯，你说呢？”

满屋子的人都没说话。李队长和陈明副书记脸红得像猪肝。谭绍华眼眶里噙满泪水，他用手背揩了揩，怕人笑话，鼻子抽了抽走出屋子，来到牯牛身边。李书记也跟着走出屋，伸手拍了拍牛背：“谭大伯，把牛吆进圈里去吧！这么大的太阳，蚊子叮得厉害。”

刊载于《新草地》1982 年第 1 期

阿坝州建州七十周年文学作品精选集

阿坝，跳动的音符

阿米拉果

月亮湾

有谁见过
月亮弯弯曲曲地走在哈拉玛草原上
疏朗清淡的夜色就成了
一碗化不开的酥油茶

牧人伫立在四季的风里，勒马
眺望黑色的帐房

那些缩短时空的光缆、电波和异乡人
沿着弯弯曲曲的嘎曲河，踯躅
徘徊
把故乡走得越来越远
走着走着，露珠就濡湿了衣襟

再回到若尔盖

再回到若尔盖

馒头似的碉堡山变得越来越矮小
大街上的房屋像家中骨骼走样了的老人，旷达又慈祥

后来，碉堡依然矮小
房屋葱茏茂盛，越长越高
像雨后草地上突然冒出的各色蘑菇
从小一起长大的伙伴，坐上车去了远方
我曾经的家已找不到一砖片瓦
只有记忆中的一棵树
还生长在原来的坡地上，让人不忍相认

岁月倏忽
若尔盖成了我熟悉的陌生地方

大藏寺

时间到了春口村
就慢下来了
十几户人家
十几头猪
十几头牛
十几匹马
都有名有姓
十几方田地
也各有各的颜色
大藏寺是晾晒在村后山坡上
缓慢行走的时钟
看呐，十几只乌鸦停歇在晾晒青稞的木架上
旋即飞到寺庙青灰色石板铺就的屋顶上

一个僧人推开木格子窗棂
伸手把一片云捏成右旋白海螺
一只鹰飞在连绵起伏的山峦上
回头聆听法号的声音

朵哇寨

春天，山边的野桃花粉红
轻盈，一路到了朵哇寨。格本家
青白的烟火，唱着歌融入了云朵。
放牛少年八尔特熟谙云朵的歌，用歌声
安抚失怙恃的生灵。田野里的农人
在歌声中直起腰，一动不动
直到被一阵风摇醒
青稞、胡豆、酸秆秆开始歌唱
少年八尔特跨着一根青柳枝
从门外进到火塘边，响亮地喊一声：
我回来了！

牛社的皂角树

它们是宽厚和沉默的主人
来自过去、现在和未来
一株一千岁的皂角树上挂满人类的祈福带
它成了美好心愿的传递员
另一株三百岁的皂角树，花五十多年的光阴
把铁丝的桎梏长成了坚硬的骨骼

它们或是一对母子

同样拥有长寿基因和坚毅品质
同样见惯了周围的人和鸟兽来来往往
一茬茬，像庄稼一样成长、倒下
同样听惯了大金川河谷变调的音律
在你看得见的地方，它们不挪不动
在你看不见的地方
它们乘着光的翅膀日夜飞行

土门的秋天

蓝色的羌服，黑色的头帕
小船形的云云鞋
土门女人从高山上的家中一路来
走到山下
走到更远的场口
迎候归来的亲人

血脉相连的亲人
一聚合
羌寨火塘里的火就升腾而起
山川河谷改换姿颜
金黄、橙红、墨绿、湖蓝……
全是温暖的颜色
火塘夜语后
一枚枚灯火通明的柿子
就挂上了高高的枝头

刊发于《民族文学》汉文版2023年04期

古海之歌

白　汀

青藏高原是地球上最年轻的高原；在二千多万年以前，这里还是一片浩瀚的海洋。

——题记

两千万年的时光
只是历史长河的浪花一蓬
古海是在一个艳阳的中午消失
还是消亡在那风雨如晦的长夜之中
是在天崩地裂的震动中死去
还是在静谧中无声退隐
那深邃湛蓝永远无法量尽的海水
已被谁一气喝干，无影无踪
那众多的水族，那海底的宫阙
现在何处？那里有它的断壁残垣
珊瑚花、翡翠树、碧玉草
在那座园圃开放，在那片山林葱茏
巨大恐龙的嘶鸣
在那儿才能寻到回声

那变幻莫测的蜃楼海市
会在什么地方闪现
那海的魂魄，海的躯体
海的语言、海的笑声
海的歌吟、海的叹息
海的愤怒、海的柔情
海的音乐、海的绘画
如今安在？浩渺的古海呵

站在这天高地阔的高原
我寻找那死去了的古海
问盘旋在高天的苍鹰
问梦一样悠远的白云
问万物之父的太阳
同万物之母的太阳
问浩渺而深邃的银河
问遥远又神秘的星星
问茫茫苍苍的大地
问寒气森森的雪岭
问群山之长的珠穆朗玛
问众水之源的昆仑
如今安在？浩渺的古海呵

长空的雁唳回答了我
寒风的啸吟回答了我
融化的冰川回答了我
巨大的雪崩回答了我
呢喃的雪燕回答了我
翱翔的鹰歌回答了我

那浩渺的古海并没有死去
它有着海壮美的形象，辉煌的标记

峰峦起伏的雪山，逶迤万里
是海开出的花儿，是海涌起的波峰
滔天白浪张开快乐的翅膀
飞向遥远而湛蓝的苍穹
悠远的白云正贴着海面飞翔
使这古海一半明朗、一半朦胧

披着褐色毛翎的鹰群
像鸥鸟搏击着海上的狂浪飓风
衔着一朵朵晶莹的浪花
去镶嵌那五彩斑斓的云空
这海面上浮荡起绚丽的霞光
海啊，是这般壮美而又凝重

那出没奔蹿的雪豹、麋鹿、香獐……
是海的游鱼、虾蟹、蚌蛎
阳光下闪烁着柔滑的皮毛
鳞片似的晶亮，五光十色
一声声欢乐的嘶鸣山鸣谷应
是唱给海的歌曲，将海赞颂

郁郁苍苍的雪松、云杉、桦林
是海的毛发，是漂荡的水草
海水将它们染得一片翠绿
常青的色彩昭示生命永存
苍茫的古海呵，何曾干涸

你的碧波荡在天地相交的远处

美丽的花儿，彩色纷呈
有的橙黄、有的洁白、有的金红
这是海的花园，那奇丽的珊瑚丛
这是海的雕塑，海的造化之功
辽阔的海，深邃的海
一切美都在你的心中包容

漫漫高原，碧波万顷的海
有潮涨潮落的云涌
有霞光万丈的日出和夕照
有海浪和星星私语的静谧
沧海横流，烟波浩渺
古海呵，是这般生机勃勃

海的性格，海的遗传基因
全在这茫茫高原展现
有谁相信这只是海的幻影
这只是海的遗址、海的废墟

然而海却真的死去了，在一场大劫中死去
只有你这没有一点瑕疵的鱼化石
在幽暗的石缝里将生命延续

历史老人已化为一座座峰崖
站立在这漫漫风雪高原
像哲人般地思考，并讲述着
无比遥远的沧海桑田的故事

让岁月在双肩上结着茧疤
而这个故事却被历史的长河
淘洗得真实而生动

古海呵，确确实实已经死去
死得热烈而又悲壮
凄厉的海啸为他唱过一曲挽歌
巨大的漩涡曾为他结成金色的花环
他在那山崩地裂中呼号
向死神发出挑战者的狂笑

鱼化石呵，是海留下的骸骨
作为一个物证
不愿在时光的消逝中衰老
留下了对海永恒的相思

你是海的精英、海的魂魄
海塑造了你的形象
有了海，才有你生命之火迸射
海虽然死去了，你却生命不灭

刊载于《新草地》1984 年第 2 期

绿色极地

苍　泉

引子：

当太阳初醒时，光环反射出一片翠绿色的奇迹，这时，牧童发现自己迷路了。是他离开了羊群，还是羊群离开了他，在天的尽头有一片小星星眨着眼，于是开始向前走去……

一

在诞生生命无穷的力量里
宇宙失去了最初分娩的时辰
年青的风从他初成型的胸腔里呼出
从世界的另一方吹向他
无数光环像木梳一样清理他的头发
一双有力的大手抚摸着他的躯体
宇宙间千万种不和谐的声音
此时，聚成一个铜锤
急切地敲击着他的耳鼓
追叙着世界的一切
此刻，他已闻到乳汁般流动的空气
蜜糖似紧紧包围着他

直到甜甜的入醉
太阳起得真早
清晨多么好
生命能周而复始多奇妙
这个能够极早诞生的生命
又能够被生命延续的早晨
祈祷着初升的太阳

二

一个神圣的暗示出现在他灵魂里
暗示着什么无需知道
发现本身的感觉之外还有一种知觉
隐藏着这翠绿包围的一切
但这一切都无需看到
没看到的就没有感觉
诞生时忘了一件事
就是睁开明亮的眼睛
不该发现的不要去发现
冷酷永远扼杀这绿色
沙化后的绿色桎梏着他的呼吸
开始数不清牧笛的指孔
春羔拖着羊水吻着他的额头
望着仰天而卧的母羊
生命诞生的喜悦中
同时制造出这悲壮的痛苦
渴望从新梦中醒来
一颗滚烫的心脱口而出染红了一片翠绿
那颗心如一颗火红的球去撞击天宇

他已化为光芒喷射的太阳

三

首先是向着太阳摇动的花儿
永远对着四射的光茫微笑
紧接着逐渐洪亮起来的声调
浸进皮肤深层无气味的风
一缕缕乱麻般的彩光之线
被他的眼睛牵引着伸向远方
月光凝滞在深远明朗的雪峰之巅
便有了无旷的极地
当月光在定格后转移
河流与草原同时闪亮了
他认定这一切在母体中都见到过
这诞生在他的梦之前
熟悉与陌生
形成了生命的胚胎
或许是这熟悉与陌生孕育了他生命自身
和一切星球步入天空
宇宙清澈见底
这以外可能是另外一个世界
总有一种无法抵制的诱惑
死死地把他灵魂抓住
羊群用雪白的屏障
切断了那贪婪的目光
坚信目光切断处有什么秘密
苦恼紧拴在太阳的身躯上
始终应该飞到绿色的终极处

至少应该一饱眼福
目光已被切断
最终还是在这绿色里遨游
这时，他已被宣判
一切都无法穷尽
穷尽的只是那有限的目光

四

狂奔狭窄的马背上
太阳背叛一切
无数把光的利剑
切割着他的躯体
汗被烘成了盐
血被烤成了块
酷光逼迫他开口
窥测着心中的秘事
用无数条利刃制成的鞭
拷问着他深藏的灵魂
远处传来一声声奇异的音响
那是血爆裂后形成的瀑布
让干渴的太阳狂饮
让那绿色保留那生命的芬芳
虽然，厚厚的地表层已被阳光击穿
可地壳岩心中间还有那绿色的希望
他呐喊太阳不能枯竭
双眼永远放出光和亮

五

静坐在群星的边上
日光激化了巴颜喀拉的冰峰
雪水注入了干涸的血管
时空的波浪从他脑海里涌出
淹没了他而又托举着他
波浪在他体内翻滚
荡漾着心灵中的污垢与尖屑
心灵这块浓缩的海洋
沉留着块块暗礁
但，终于越过了这片汪洋
奔向绿色的彼岸

六

月亮越升越高的暗影
这中间行走的那个牧童
仿佛一夜间长成了一个巨人
他意想中自己还未诞生
无形的精灵在通过他的躯体
蹦跳着爬满了他的头颅
精灵们预示着什么
连他自己也无法知道
太阳醉醒后凝视着他
去追寻那奔散的羊群
这是天庭的旨令
驱使着精灵与他

天的尽头起伏的浅山
一把钝缺的手锯
紧握在这牧童手中
什么能与磅礴的大自然相比
他明白
必须勇敢地正视绿色的生命
眼眶被雪水灌满，心田被绿色滋润
有几株格桑花向着太阳点头
向着他欢欣的微笑
一切又复为夜
万物进入沉睡
他跨入浩瀚的星海
羊群找到他，他也寻到了羊群
宇宙间一切等待着诞生

刊载于《草地》1992 年第 1 期

在马尔康的冬天看一片叶子

杜　平

在马尔康的冬天看一片叶子
看一支食着草根和树皮的队伍
纪律严明。一条枪，一根引领眼睛的手杖
绕过村庄，青稞和羊群
在死亡的雪地，折断鸟翅的顶峰
飘扬着叶子般鲜红的旗帜

叶子之上，春天翠绿的阳光，照亮
融化的雪水，一些
无法酿制的乳汁
和耳鼓之上逝去的音乐
喂养马群般，喂养着我们
和我们的子孙

在马尔康湍急的河流中
看一片叶子，不能攀缘而上枝头
叶子下面，庄稼和肥沃的土地
我们植种的眼睛
都很清亮，朴实

像这棵树
依着这片叶子
我们从脚到脊背
到思想深刻的头颅
在马尔康降临的风雪中行走
喝一口马尔康雪山的水，我们
就能够进入马尔康旺盛的火苗
就不觉得寒冷和孤独

刊载于《诗歌报月刊》1996 年 4 期

雪山之上的雪和嘉绒藏区的女人们

龚学敏

一

遍野的喜鹊，给冬天的草地铺满女人们的阳光
静止的声音是山坡上喇嘛寺中黄铜祭器上的祥和
在旱季，一棵树的旁边需要一位奶水丰沛的
女人，和她们随身姿摇曳的珊瑚

那些嘉绒藏区源自土司时代的女人，那些从雪山
之上的雪山深处，被白色牦牛驮来的女人
距太阳亲近的树发芽了
树下面的草发芽了
天呵。这些遍地的女人在喜鹊的歌谣中
泪流满面。我看见她们在孤寂的身影中发芽了

阳光在经幡们最后的一次飘动中，被点化成黄金
成为羚羊甘甜的草料。智者们的思想席地而坐
如同夜空中冰凌锻打成的星辰。
把头枕在高冈上，河流一样把爱情躺着的女人
月亮是你们情歌中长发的树长成的银子的爱情

夜色是你们眼眸后面被梦境诱惑的雪豹的爱情
喜鹊。在女人们丰满的乳房，左边是水，右边是草的喜鹊
让我们把生生不息的羽毛
伸进她们用雪花走过的路上

二

敲打出枚枚雪花的牦牛皮制成的鼓
敲打出朵朵雪莲的羚羊皮制成的鼓
还有可以敲打出来世的树叶和天气的，用一种美丽
制成的鼓。女人，水草样年轻和充满祝福与咒语
的黄金肌肤的女人

我用江河之源静止的另一种姿态，进出氤氲的
气息和睫毛般精致的藏式长裙
谁是高处的舞者，谁是高处雪花上轻盈舒展的舞者

面对如此空旷着美丽的鼓声，和她绯红的嘴唇
牦牛的乳房情不自禁地飞翔在蓝色的绸缎上

松和柏干枯的思想，从僧人的法器中
用一种纯粹的舞姿冉冉升起
我手中的面具整齐地坐在时间绿松石耳环燃烧的火塘周围
男人中的智者说话的声音
取悦另一种从未发出的声音
用酥油散发的光，照亮酥油前世今生的过程

长满青稞和歌声的最茂盛的树枝
滋润男人和水草的最纤细的河流

栖息阳光和劳作的最淳朴的铁器
温暖孩子和帐篷的最善良的火塘
奉献金银和肌肤的最虔诚的信徒
是女人风情万种的腰肢和发辫们婉转而去的背影
是女人在海子的寓言上舞蹈的颜容

三

女人把青稞的种子和自己播进肥沃的土地。风吹雪花开
养育那些在阳光中休眠的碉楼和它们的主子

站在青稞黄金的芒中，佝偻着腰的身姿。冰
正在演绎流完两滴泪后成为水的过程
而后，把青稞经筒般转动成酒，把女人放在玛尼堆中
成为一块青色的石头。经幡和碉楼沉默的唇
在女人如玉的肌肤挥洒着一粒粒的文字
太阳升起的时候，女人和她的手走出了碉楼
月亮升起的时候，女人和她盛满青稞的乳，还有歌声回到了碉楼
成群的男人在牦牛的引导下
追逐女人般茂盛的水草去了
还有火塘中不曾熄灭过的温暖和会说话的酒。女人们
需要种植一种与路一起生长的季节
并且，种进比土地和自己还要肥沃的
碉楼。

四

格桑花儿开……

那些侍奉过土司时代的女人把她们的颜容奉献在寺庙
金属们漆黑的冰凉之中，如同一尾在梦境中蜕皮的蛇
一枚在法号声中丰满起来的苹果，从花朵到充斥着欲望的乳房
需要阳光的抚摸。一枚在手的温暖中河流般
渐渐干枯的
苹果，悬挂在你的额前。嘉绒藏区的女人

我听见一群羊子跟随着你的声音，正在咩咩自语

唵嘛呢叭咪吽……

酥油归于灯。青稞归于酒。所有的劳作归于无数次地显示
而又永远不能触及的秋天。男孩归于寺庙，女孩归于土地
男人归于天空与草原之间浸染成格桑花颜色吹动经幡的长风
碉楼归于抵达寺庙上端的虚空之前的驿站
自己归于，格桑花儿开

什么时候开始把诵经的声音放在情歌中唱遍雪山
牦牛的角温柔地穿行在长长的黑发中间。被太阳晒化的鹰
身披红色袈裟，浸透了整个雪地

选自诗集《遇见藏地心有风马》

曼扎（组诗）

康若文琴

曼　扎

觉姆坐进大殿角落
左肩太阳高悬，躬身月亮低垂
背后生出土墙

她仔细用净水擦拭出发的路
一帧帧回放一生，只用了四个定格
就走到了生命的最高处
然后，顷刻坍塌

她在左边诵经
青稞染绿河风，万物生，村庄躁动
她说，大雪是万物的被子
海子是留给大地的眼泪

她一遍遍演绎不同的一生
一样的开始，同样的结局
隔着尘埃，在右边，我风尘仆仆

曼扎内，火焰和海水相安无事
都来自远古
她假设没有真正的死亡
出生只是一次次出发
每一轮回，她都放下些许尘埃

一点，一点点
然后，她大步走进尘埃

空　杯

旷野的空杯
一半装褐色草原，一头板寸
一半装蓝天，少许白云
天空始终紧抱大地
大地一脚踏空

那些牛羊，那些花草
还有那些色彩
他们都害怕被隐匿

河曲马追赶时间，牦牛待在原地
传说它们会相遇
河流担心日渐消瘦
河床担心反转干瘪的口袋
露出一滩鹅卵石
隐藏垂钓者的秘密

天地空旷，如巨大的空杯
有草籽，鱼卵，有珠胎暗结
有蛰伏地下的旱獭，冬眠的蛇

在若尔盖

整个上午，牦牛都在与草对话
比嘴更勤劳的是尾巴
每一次甩动都是一场战争
让牛虻溃不成军
为了生活，双方屡败屡战
整个下午，牦牛都躺在草上消化
整天都不理睬那些花花朵朵
叽叽喳喳，没啥营养

远山是蓝色的波浪
在草原上荡漾
湿地像一面面通透的镜子
还天空一个个似是而非的模样
看到自己千万个化身

风终究闲不住
羊群开始奔涌，天上地上
遮天蔽日
风浪中，草原颠簸
像一艘巨轮

只有牦牛一样，穿上黑袍
哑然，风用手指扣动雨丝

就像拨响竖琴的丝弦
一次冲锋，雨洗白了乌云的战袍

风惊讶于自己的劳作
让主角焕然一新，让观众无言

在天边
只有牦牛一样，穿上黑袍
反刍，发呆

牧　人

落入寂静深处的人
牦牛一样发呆
一遍遍，反刍过往
骑一匹快马
左边指向风去的远方
右边连着现在
困了，枕着羊群睡觉
云中没有挂碍

风捡走他的脚印
草捡走马的脚印
让语言休息，牧人遇见自己

草根躲开草原鼠的围猎，如同
草原鼠避开鹰来自高处的伏击
如同，冲破语言的围困

人的天敌不是别人
风中尽是他的声音

星星跌跌撞撞，跌入白昼的深渊
到夜晚再也藏不住自己的脚印
发出些许寒光
星星在天空躲来躲去
是在躲避自己吗

被磨损着的灯光

大地像网，筛一地月亮的呼吸
人间因呼吸起了烟火

从前，一家人围坐诵经
拨开语言，拨亮炉火
会举灯的人，黑暗中点燃灯
照亮前路，又遮不住身后的光
然后，吹灭灯光
为来者留白

黑帐篷内，灯光越来越亮
夜夜用尽整个白昼的光
白昼巨大的身影覆盖夜晚
夜晚和白昼一样喧哗

防不胜防，夜的尖牙
会咬住抑郁的影子
夜把灯传给白昼

黑夜和白昼相互消磨，相互依靠

寨子醒了

都要睡去。
碉楼挂半盏月亮
石头落入夜色，线条隐忍

所有的声音落入无声
月亮还是不说话

梭磨河眼里含着整个夜空
匍匐到尘土里
七里，白湾，莫斯都岩画
直波碉楼，还有四大丘的蚂蚁
静默，一句真言
与星辰的碎屑和解

月色淡黄，包裹人间
伸手，拈一朵流云
石头呼出雾，颔首，想要献身

我还是自己的王
修习千年的气质
只有那块雕花的石头记得
自己曾是官寨的基石

石碉子立龙头
想起当年的基业

青稞地汹涌绿焰
想要喂饱身体内的沼泽

就要流走，穿寨而过的山泉
花正娇艳
与石头的沉默相撞

真的，寨子醒了

刊载于《民族文学》汉文版 2021 年 03 期

一个人的草原（组诗）

蓝　晓

今天，我们都要回家

一场雪跟着春天缓缓降临
此时，俄莫塘草原还在沉睡
雪花漫天飘飞
弥漫涨潮的心情

桑塔纳形单影只
叫嚣着 **F4** 的爱情
疯狂地奔走
撞碎了许多雪花

玻窗外
一位藏族妇女裹着她的孩子
骑在马背
与我们一同前行

雪花拥着她们
我看见哼着小调的气息

四围静寂
车轮碾过马蹄

就这样
我们和那个带孩子的藏族妇女
在落雪的旷野里前行
回家的感觉
让我们没有距离

布满石头的草原

波浪一样向前的目光
在草原的深处触礁
一岁一枯荣的草原啊
你是牛羊的家、牧人的家

那些突兀的浑圆的石头
是怎样撞击着我的眼眸
驻留在我的心
而那些石头
又走过怎样的路途
涉过怎样的江河
投奔到牛羊和牧人的家园

石头不言语
可我听见，石头
坚硬的表情上跌宕的山歌
倔强的皱纹里沧桑的故事

曾经的刀光剑影
曾经的烽火狼烟
一如阳光将鹰飞翔的姿势刻进石头
让时间亘古　悠远

石头累了
就让他怀抱生命里蓝色的花朵
和一些执着　坚定
安详地睡在草原的怀里

大藏寺

那个来自拉萨的梦境
以哈达的吉祥飞扬
秉持一百零八颗念珠的夙愿
在这里有了圆满的释义

青山之上
层峦之中
法螺的声响像鸟的羽翼
轻盈　舒展
其他的所有
都在静寂中沉默

红尘凡心
匆匆走过时间
在深谷里坠落
阳光见证虔诚的足印
佛看见放下的心灵

一个人的草原

深深浅浅的绿向四野
蔓延开去
闭上眼睛
倾听草原的宁静

风轻轻地过来
在我耳边喘息
草们啊，摇了又摇
那是多少个声部的低吟

我听见了那些遥远的铿锵之声
以及那些鲜活的生命
地底的热流涌动
急促我的呼吸

那颗心跳跃阳光的琴弦
拨响弦音
一只鹰在头顶滑翔
丈量咫尺的梦境

一个人的草原
在草尖上站立
谁的羽毛
掠过泪光盈盈的眼睛

花朵一样开放的帐篷

花朵一样开放的帐篷
关住了草原上的雨
铁炉里劈劈啪啪的絮语
温暖着那些冰冷的心

帐篷里
一个婴孩在熟睡
另一个孩子睁着清纯的眼睛
两个孩子的世界
是我们难以抵达的旅程

奶茶飘散着醇香
有一些故事被烟尘窒息
没有带来什么
甚至女儿的一件旧玩具

孩子的母亲
怀抱着雨水淋湿的枝丫回来
一股风乘虚而入
撕扯着女人们的裙裾

花朵一样的帐篷
开放在雨里

草原把我接住

草原把我接住
那纤纤弱弱的一棵和巨大的一群
我物质的肉体就此开始坠落
那仅有的恒温向地壳渗透

思绪拉开距离
瞬间冲入云霄
一切都来得太突兀
没有来得及向薄如蝉翼的思想挥手
告别如此果决

思想站在云端
轻盈的泪飘散
随云舒云卷
过往消逝得不见踪影

阳光火辣辣地照耀
刺痛我的表皮
草的温润惊醒我
我残忍地拔掉一叶草茎
咀嚼汁液流出的香

在大藏与丹曾曲扎品茶

一壶甘洌的山泉水
把不相识的人和器物连在一起

我们席地而坐
对坐落在海拔三千多米高的大藏寺
满怀恭敬

曲扎从山西到北京
在大藏寺已有六年的修行
茶壶里的正山小种
也从福建辗转
与高原的雪花相遇

时间绕着香炉里的青烟散去
挥手告别在下午的光景

阳光斜斜地照过来
拉长曲扎的身影
高风鼓动袈裟
飘散诵经的玛尼
再望一望背影
山西来的曲扎
是否还记得红尘中的汉名

刊载于《民族文学》汉文版2016年01期

未被登记的古树

雷　子

增头寨的青稞酒

一想起青稞咂酒
高山箭竹就按捺不住激动
青稞生长的海拔叫高原
日月星辰的温度被时间均匀收拢

用古老的技法让它发酵
清亮亮的液体就自由若火
它是羌之祈愿的最高礼仪
唯用深情的咒语将它请出
狂喜之神是他的孪生兄弟
灵感和激情都是被他们撞击过的头颅
如此循环了一千遍　如此就醉了一千年

增头寨曾是新家　亦是旧土
增头寨是故园　是彩线蜿蜒栖居处
增头寨的咂酒与众不同
它来自雪山之巅的雪　藏着无畏的汹涌

它是记忆里的乡愁　喉咙里的哽咽
心田上的澎湃　柔肠里的漂泊

古老的母语已不能完整翻译“增头”
在羌之九百九十九种狂野比喻里
我想赠它美丽的笔名：“针头”
这样我才可将三千灵感的彩线穿越
为她织锦　为她写书

石头帐篷

帐篷是行走的家
驻扎在疾风暴雨的喉咙
帐篷是部落全部的家当装满野兽般肆虐的风

皓月曾一万次抚摸氐羌的帐篷
霜雪将亘古的寒冷装进骨头
先祖们翻越四季的经纬
丛林屏障成全石头帐篷的构筑

选铁一般漆黑的曜石
选铜一般古朴的条石
选银质一般的花岗石
选金砂般闪烁的矿石
族群将七彩的虬根扎进大山深处
石帐篷呼吸　族人勇敢地活！

增头寨是本悬念迷雾的古书
石头帐篷收纳疲惫的云
消融的霜　古老的种子　沉睡的漩涡
不知石头帐蓬的年龄
年轮捻须在我耳畔呢喃
石以荒凉为旷野　石以烈焰为雪崩
石头堆砌的帐篷灿若银雪
被遗忘的时光一寸寸复活

誊抄《心经》

从未想过会在山腰的禅室誊抄《心经》
从未预料某一天　森林成了我的书童
三圣堂轻烟袅袅　众山吟诵着梵音
端坐于蒲团　花径满溪　麦草香幽
书案上的笔墨浓成一团化不开的月
我用汉字推开小小的宇宙

将滚烫的江湖暂且遗忘
用舌尖把浓郁的红茶细尝
蒙眬的雨是流浪的云与海
焦灼的情绪被方正的楷书安抚
在梵文里长大的《心经》着一身素袍
经书透明　时光清凉

冥思。誊抄。感触浩渺波光
一字一经。一花一菩提
诸法皆空　未来顿悟　秩序与空间各行其踪
薄如蝉翼的经文蕴藏世间最柔软的力量

古典的宣纸是否承载过一枚星辰的魂魄

邂逅一棵古树

古柏　苍茫岁月仅存不多的遗嘱
岷山大峡谷隐有凋敝的森林
到雁门关麦地村寻踪
一棵树将自己站成华盖
柏树的虬根凹凸成山地的版图
梦里的落叶堆积了半个世纪
梦外的树片于何时消融

故去的人越走越远
远成天边淡淡的山峰
邂逅一棵未被登记的古树
隔着凛冽的时间　我触摸柏涛深处
灼伤的铁骨是山脊沉睡的刀锋
漂泊的树叶被风装订成一册斑驳的书

于乳白的晨光见他云冠的巍峨
褐皮的筋络泛着岩石的优渥
一棵树老到静谧　老到从容
任风雨停歇　任鸟雀筑巢
我竟渴望飞上它枝头吟一曲婉转的歌

八家寨的稻草人

宗科乡下着如针的细雨
八家寨颠簸的山路比传说更崎岖

田野。避免被城市欲望觊觎的田野
田野。色彩自由驰骋的原始田野
这里的风光离童话很近
憨厚的土地不知人间还有转基因

天空密集的飞鸟总是成群结队
八家寨的稻草人一定常常聚会
它们将神形分离在原野内外
白天紧裹孩子破旧的衣衫挥袖
夜晚扯脱腰间的麻绳将猫头鹰捉弄

八家寨的稻草人一生也未去过县城
我想赠他们一把雨伞
算是与农耕文明的亲切交流
稻草人将四季的炎凉咀嚼成土豆和青稞
把另一种存在放逐于如水的轮回

藏　戏

神在星空下追问我很多次
壤塘县　你为何迟迟不去
在梦里　我被藏戏邀约了经年
时间耐心地给我的旅途打上补丁

绿色的草原青了又碧；蓝色的海捧出晶莹的盐粒
红色的权杖漆了又漆；黄色的面具依然忠烈
黑色的残暴无处着色；善良的雪山白了头顶
隐喻的　暗喻的　借喻的　象征的手法在舞台齐聚
鸟鸣的唱腔咳痛雪域的背脊

走在前世与今生的路上
我和“乌鸦金钢威武步”相遇
佛经的故事庄严，甄别善恶的种子洒满原野
梵音恢宏　司钹浑厚　清音辽阔
《格萨尔王》策马扬鞭开拓疆域的传奇
布施的《智美更登国王》感天动地
原始的图腾随部落和帐篷一路迁徙
五彩的嘛呢旗轻轻抚摸高原的眉宇
眼睛里住着日月，信仰里供奉着神明
从游牧时光里提炼沸腾的史诗
于奶香的母语中寻觅人间温暖的秩序

刊载于《民族文学》汉文版 2020 年 03 期

被梭磨河带走的四十五天时光

梦 非

我在一条河的岸边
水向北流去
然后在一片大山的中央回头
向东朝海
曲折婉转又汹涌澎湃
就像人生
回头的路很长
它们隐约于记忆深处
是花是草
是风雨中的兼程

这让我感到生活
有时如一把锋利的刀
斩落下来
断开的激情与企盼
在河的那边
便随了经幡的绳
向上又向下
最后成了悟道的石头

谁能认识此岸与彼岸的距离
听一首抒情的歌
感受生活
用手捧读那篇叫《匆匆》的散文
体验飞去的时光
学会珍惜
我看见一只鸟冲天而去
于云天相及处
徘徊了看水的心境

对岸
经幡在远离阳光的地方
仍然热烈
意念诵读了文字
我遥望
有声音掠过柳树的枝头
掠过了清风中的留念
山水无限吉祥
那些时空里的人
就成了通向远方的小路

太阳总在每一天落进河面
光阴浮动
如闪烁的碎金
它们以迷茫的方式呈现
很快又化为流逝的水淌过心间
洗涤最疼痛的部分
我发现时间随水而去的山中

寨子留了下来
生命进进出出
他们怀念飘飞在天空的祖先
体验基本的幸福
痛自己的痛苦
做世间的男人和女人
心愿系在经文上
永恒的——
除垒砌了房屋的石头
还有生生世世的信仰

什么人仍然会置身过去和未来之间
坐下来
身前身后
每一块石头都很坚硬
音乐是记忆里的葫芦丝轻扬起来
让人想起遥远的时光
和青春的纯情
我抚摸冬天的草
很轻很柔
一岁一枯荣是含意深刻的诗
时光来来往往
见证世间的悲欢离合
人非草木
青春一去不还
谁能如草悠然自得地舒展

心则是冰，挂一片晶莹
我透明自己是为了透明人生

在被梭磨河带走的四十五天时光里
阅读一些美好的文字
感受幸福
一个人守望一片精神的领地
高大的树下
枝条的影子经纬交错
使人想起人面桃花
和解不开的结

柔情偶尔苏醒
最伤心的部分总是最珍贵的部分
如我放弃许多年的诗歌
旋律飘在草叶上
它们点点成精
记录的心路艰辛曲折
带了泪的微笑
或者带了微笑的哭泣
都是一颗心存在的方式

赞美荒芜也是赞美生活
河边的蒿草很平常
我想象位于春天的样子
青悠葱郁
它们是被忽视的部分
是无声无息的美
是生命的尺寸
是我一千个日子里
守望一条河的理由

感情没有像蛇一样冬眠
置身光阴内部
聆听 2010 年的足音
往昔十分清瘦
文字一病不起
灵魂缺少肥料
饥渴之后
麻木与无奈将怎样持续
我抬头
山峰的夕阳正抹去诗性的部分
转眼又是黄昏
星移斗转
我想到了曾经心旷神怡的月光
清霜的凉意覆盖满山草色
山外是山
诗词中的心情留在古道上
意象里长满芳草
碧绿连天

于是，我开始对一些人进行适度的想念
流走的时光因为一条河饱含深情
回忆永远是温馨的部分
他们是同学或者其他人
生活在人间岁月
背影是曾经的挥手
有时相聚在梦的眼中
哭与笑都是生存的状态
这使人感到幸福
牵挂是歌，祝愿是诗

想念是日子最丰富的部分
我怀想看见一些远去的人如春天的落花
他们随水而逝
生命自然而亲切
回归的路已指向何方
河边的风马旗
播撒的全是祈祷的种子

置身被梭磨河带走的四十五天时间
我还想起了相同地点的夏日
月季花开放起来
红艳于寂寞的心
你是我的友谊
点缀了美丽的寂寞
季节葱葱郁郁
我行走，与一地文化对话
碉楼，历史的骨架
以符号的姿态矗立山野
我抛撒的龙达
蝶般飞向阳光
昌列寺周围的杜鹃
总让人想到啼血的鸟

四十五天时光是一个过程
与水相伴
流走了岁月
便留住了心情

刊载于《民族文学》汉文版 2012 年 04 期

像大海一样得以保存（组诗）

牟　欢

铁　匠

我的爷爷是赞拉的铁匠
他用自己铸造的火钳，从灶膛里夹出六块
发红的，大声哭喊的火炭
叫作柳浪春的白酒，煨在火炭上
加一勺蜂蜜，一坨酥油
就是铁匠最快活的时候，
是歌颂的时候，是无可挽回的，泛黄的时候

我的父亲，铁匠的儿子
十几岁就学会了打铁
但他的每一锤都是背叛，火星飞溅中
他早就在远方种了青竹和淡菊
离开赞拉很久了，做了教师的父亲
醉酒后还是会暴露出作为铁匠儿子的蠢动，
他被世界戏弄，莽撞地亮出肌肉
并为铁匠的先人虚拟出家族辉煌的编年史

铁匠用月亮割我的耳朵，因为我也计划背叛他
那月亮是澄澈的河水上，绿草掩映的赞拉
铁匠希望我失望、惶恐、焦虑
当我与爱人交换姓氏，当我计划着——
是时候背叛了
我往河坝里走，桥上、松树上都挂着风马旗
铁匠的眼睛，都在经文后面眨啊眨

没过多久
叫作柳浪春的白酒喝完了，火炭的热也快萎了

铁匠双脚颤抖，他不再打铁
一生都没有成为温情的男人
割耳朵的月亮还挂在他的墙上
风吹过的时候，响出打铁的声音

在山坡上

二十一岁，快要从大学毕业的冬天
我和孃孃们去给家公上坟
在曾长满野草莓的山坡上
家公坟前的一棵松树，疲惫地绿着

家公擅长银匠活，也擅长撒种子，放狗
在收藏了家公的山坡上，二十一岁的我
察觉到无限的温柔，这温柔
让我泣不成声——因为我感到孤独
只能被亡者包容的，令人羞愧的孤独
它执明火，在荒草丛生的山坡上游荡

我惹得孃孃们落泪
我们一起好好哭了一场，下山去了

家公腹腔中那半副完好的器官
长成我眼中的半屏青山
涵养我的深水孤独

马尔康纯想

冬天往下压
玻璃上的霜，疼出了花

遇到唯一的同乡人
邀他在河边晒太阳、喝茶

谈论深秋失落的苹果
谈论这里的姑娘
他说："我爱放山羊的，胜过放绵羊的；
我爱喝白酒的，胜过喝青稞酒的。"

我们围坐在火苗旺盛的地方
等柳枝撞碎玻璃
等一盆花被端出阳台

下午四点，我们起身道别

我想，我是一捧麦子
度母的手在月光下翻晒我湿哒哒的梦

在太阳下，让我发出幸福的噼啪声

等一棵树落叶子

苦度十八年相思，却不见垭口
一棵树落叶子
萧萧无边，合在十一月的平原
我被困在暴雪中
不敢打伞，也不能上前
先祖从古旧中送来灯与铁链
他们唱的哀歌，没有一棵树记得——
其时，精壮的嘉绒汉子
迎娶鹅蛋脸的汉人女子
雨水唧唧地响
他们修建房屋，立起晾架
他们灌醉月亮，围猎岩羊
那晚的嘉绒大地夜色沉沉，麦色青青
十八年来，没有一棵树知道
知道我，在垭口的雪中
无数次想到死亡和自毁，可是先祖
送来灯和铁链，他们把我捆在垭口
要让我等一棵树，落叶子

“垭口的风会特别大，”先祖说，
“你可与雪，与石，与鹿共饮，
打马走进草原的人可相留醉。”

刊载于《草地》2020 年第 3 期

春天的祈祷

王明军

一只山野的布谷鸟，在阳光普照大地的时候，穿行在
桃树、梨树、槐树和麦地青绿平静的心田中
用心灵叩问大地的情怀。如天空云朵的彩衣
和水中穿梭的鱼儿

一棵刚发芽的树，在空旷的大地上叙说村庄的绿色
日子如一册书页，汗水，把山坡装订成五彩的画册
让苍天的祥云行走在弯曲山路上。

阳光，天和地间的一抹红
成了随影而行的念想，在山谷涧的土地上铺开。
从中飞起的那一只鸽子，是用向往的血精心制作的。
血一样红的那盏灯，在无法行走的远方，
等待着黎明的红。

从石头台阶拾级而上的，云
降落的雨水，侵蚀石头长久的记忆

阳光铺天而来，树枝上的那一缕新绿，正在浸渗

村庄的每一个角落。那些流动在叶脉间的汗水，
让他们仰望山神的雄鸡，还有被叩问的古老方式
让世间最虔诚的心，在神林的柏烟中升起

就这样，把未来的想象一日日认真地活着
披肩的长褂包裹一声声咳嗽，
被放大的一些雨，一些露，是一些抹不去的雷霆。
把日子捧在手心中。让开花的日子隐秘在点上红烛的角落。

刊载于《民族文学》汉文版 2010 年 12 期

梨花又开

向瑞玲

梨花深处

探寻之路比一生更长
皈依与舍离
在信步而行的道上
一次次停顿，转弯

谁在时光深处借
梨花之手，一步步引我深入
枝头那小片朴拙的天空
一点点神秘，一点点沸腾
如光，如火
生出羽翼，生出心里隐隐的疼

未来之路在脚下延伸
它的不预设，不确定
我总是找借口守住心中的那朵梨花
往深处开辟

这不谙世事的小小领地
灵魂最后的庇护所
把每个无助时辰的卑微，送达
高处

风吹过寨子

开始是满的
吹着吹着，太阳西斜
月光噼啪落进火塘

阿妈坐在风里，望着铺向云端的山路
一边晒粮食，一边听风声
风吹过一次，念一次嘛呢
她说，风听到诵经声，会少带走
属于寨子的东西

高高的石墙，把风挡在外面
风来风去，风急风缓
寨子侧耳就能听懂
其中的隐喻

风是寨子的邮差
谁来，谁走
由它驮送
寨子把四季的命运交给风传递
唯有青稞麦子喂老的光阴
风吹走，再带不回

老　街

青石街铺在山腰
伸臂托着日头
笃笃足音踩出的日子
油亮亮泛着青光

三三两两小院
用梨花的头帕裹住不同季节
清明，谷雨，秋分
一场场及时雨赶来
把蔬菜，麦子和梨树喂了又喂

谁家顽童举起了弹弓
惊得枝头的果实簌簌发抖
穿阴丹蓝长衫的婆婆
不得不气喘吁吁地追

刚从地里回来的男人
劳累锁在眉头
奶着孩子的女人赶忙起身
捞酸菜揉面团
顺手把月亮挂在灶前

炊烟抖落满嘴碎语
安静爬上屋顶
酸菜面片哧溜哧溜梭下肚
走腔走调的摇篮曲哄睡了孩子

把夜关在门外的老街
系着一条银腰带
随梦远去

梨花又开

你年年开，我年年来
你的白，不给其他颜色
任何余地
我紧张地捂紧身上的
菊黄草色
春风早把你我吹散
我们之间隔着的旷野
无边

刊载于《民族文学》汉文版 2020 年 01 期

石磨本是圆圆的碑（外一首）

孝　俊

你以锐利的坚韧
把白石
咀嚼成
一座圆圆的碑

碑上没有字
只残留岁月
能转的齿痕

没有文字的碑
一天天旋转为生命的模型
一上一下
一阴一阳
周而复始
转圆了太阳
转落了月亮
把苦荞和比苦荞更苦的山岚
磨成白面
滋润草地喂养家园

没有山盟海誓
只有无休止的苦役和咏叹
刻下剽悍的故事
忧愤成汉瓦秦砖

你依然咀嚼
如雪的声音
是想从释比的口中诵读失传的经典
还是要那偷食竹茎的羊
以一种方式表白
一个曾失传文字的民族
历史怎样把历史
遗忘

阳光下
你把岁月咀嚼成一座碑
同千峰齐辉
与万壑争鸣
月色中
你耐心期待新的朝阳

种果树的母亲

母亲的果树
一天天长成我的稿笺
她唯一的希望
就是把我发表在树上

当我背一书包思念回家
学着母亲的样子
亲近果树
火辣辣的阳光
已把母亲晒成风景

果树下的我
还能说什么呢

刊载于《草地》1996 年第 3 期

阿坝记忆

心　根

鹧鸪山

现在能唱全《三过鹧鸪山》这首歌曲的人，比卧龙沟中的野生大熊猫还珍稀了。

当山脚下的隧道通畅的时候，山峦间的盘山公路快速被荒草掩没，令新来的岁月彻底遗忘。

曾经是时代的生命线，担负着运进来和输出去的重任。无论春夏的滑坡和泥石流，还是秋冬的积雪与冰凌，不息的车轮始终在坑洼曲折的土路上不绝地滚动，度过了青春，直到历尽终生。

从刷马路口爬升到山顶垭口，又从山顶垭口下滑到山脚坝。这么简短的抛物线上，有道班工人晴天一身灰、雨天一身泥，有开车的司机好路得意状、烂路做悲相，有往返的乘客去时寡言无语、归来高谈阔论……甚至有许多不幸者，在此献出了绝无仅有的生命，留下纸钱或经幡，永远分界阴阳两地。

在故事稀少、事故繁多的成阿公路上，鹧鸪山变化莫测的幻影，一年四季都在演绎生与死的传奇。春风中似一个柔韧的发结，捆住峰峦叠嶂，任勇敢者来征服。夏雨后如一道靓丽的彩虹，气吞惊涛骇浪，让追梦者去搏击。秋色里宛若一根拂动的经幡，尽染层林野草的天然本色，给离世者朗诵《大悲咒》。冬雪下极像一条洁净的哈达，融汇吉祥如意的天籁之音，为远行者默念《平安经》。

虽然最新的旅游线路上，搜寻不到鹧鸪山的芳名，但她顶天立地的尊容，永远印烙在整整一代人的记忆深处，有艰辛的血泪，也有幸福的微笑。

盘龙河

在茫茫无际的高原丘陵上，还是层峦叠嶂的高山峡谷中，蜿蜒回环的水流，盘结肥沃丰美的地脉，吮吸变幻莫测的气象，养育一代又一代勤劳富足的平民。

牛粪火的青烟，飞出帐篷的窗口，在盘龙河的曲岸间牧放马牛羊，远望似一幅唐卡，近观如一帧氆氇，在阳光明媚的蓝天白云下，静静地晾晒安宁祥和的幸福生活。

坐北朝南的碉房，插上桑烟的翅膀，在盘龙垮的田边地角嵌入五谷杂粮，舒展如一曲色彩缤纷的锅庄，折拢似一坛纯正芳香的咂酒，在深厚朴实的秘境净土上，悄悄地扎稳吉祥如意的美好夙愿。

从雪山冰川而来，向着汪洋大海而去，人生就像这条长河，在此小站上悠闲一会，弯过去沉淀昨天的得失，折回来汇聚未来的功力，澴潆匝叠后鼓起澎湃的勇气，增长磅礴的骨气，充实汹涌的正气，滔滔不绝地奔向岁月迢迢的终极目标。

俯瞰流水里的游鱼蛙鸣，平视陆地上的花草丛林，仰望半空中的霞光鸟影。原来大自然中龙脉的密码：水是生命之源。

弦　子

在这纷乱杂呈、娱乐至上的时段，要想寻找原汁原味的本是万分地艰难。

仿佛与雪崩一道，震碎远古的时空，劈开浑然的天地，扎根茫茫高原。无论田边地角，还是冬夏牧场，遇雨就萌动发芽，随风就茁壮生长。

土生土长的马尾，在牛角胡的弯弓上射出奇特的音符，翩然飞翔的翅膀，如高山峡谷的流水逶迤，如辽阔苍穹云雾缭绕，如重峦叠嶂的豹吼狼哮，如丘塬平川的蝉鸣虫吟，如春夏细雨的淅淅沥沥，如秋冬白雪的潇潇洒洒……悠扬的旋律，恰如别具一格的藏名，令人过目就永远不能忘怀。

紧随弦子的节拍，在嘹亮的歌声中，男人们迈开雄壮的步伐，女人们甩动缤纷的彩袖，老人们露出安详的微笑，儿童们放飞舒心的憧憬……置身于茫茫无际的高原，将心灵放生于广袤无垠的藏区风情，天天不是节日，但时时胜似节日。

从单独的弦子到多彩的弦子舞，从悠扬的古曲到日常的生活，从简朴的民间到富丽的舞台，从偏僻的地域到繁华的广场……但愿能歌善舞的遗产，在日新月异的历史丛中生生不息。

帐　篷

像一颗颗闪亮的珍珠，镶嵌在茫茫无际的草原上，让漂泊流浪的炊烟，找准回家的归途。

白得如游动的云朵，在红花绿草间调节岁月的阴晴；黑的似翻飞的老鸹，在雪山河流上预示日子的吉凶；蓝的宛若纯净的宝石，在羊羔牛犊中显示生活的穷富。

始终与牛羊一道，永远保持着逐水草而居的生存方式。从此岸的冬牧场划向彼岸的夏牧场，又从彼岸的夏牧场漂回此岸的冬牧场，年年如此循环往复中哺育一辈接一辈的马背民族，传承一代又一代的草原文明。

只要能够点燃牛粪火，糌粑团就能充实骨骼，酥油茶就能滋润肌肉。无论外面风云变幻，入内就是风清气正。

在冬长夏短两个季节的雪原草地中，要想解开生命的密码，只有借助时间这把万能的金钥匙，顺其自然去自然而然。

刊载于《阿坝日报》2021 年 7 月 30 日

站在玉米地里的向日葵（外二首）

彦　姝

土地与前世作别后
地里长出了玉米

玉米列队整装
每一粒都与泥土拥抱
顺着汗水滴落的方向逆向生长

流淌在地里的汗水
经过缜密的筹划
与雨水密谋
一场渐变
正由青绿走向金黄

阳光下，一株向日葵站在玉米地里
悄悄地　随风印随
太阳是它的念想

每一次拔节都离太阳更近了一步
追着日出和日落

升起又落下
守望着孤独与骄傲

玉米和向日葵彼此相拥
合二为一
剩下的都留给了“新开”和“云盘”
他们有了共同的名字——新开宗

注：“新开”和“云盘”是金川县两个村，村级建制调整后合并为新开宗村。

一棵树

一棵树独具慧眼
从树皮脱落留下的痕迹长出
和一只猫头鹰约定
白日分给竹林
黑夜留给脚儿姆

树上，云雀在与啄木鸟对话
树做好自己的本分
把一切装进树洞
只有松鼠和金鸡在树下偷听

树下，两头牛在较劲
几只公鸡还在打鸣
只有两枚金色的大南瓜守护着
庭院的净与静

千百年前，皂角树下许愿的人

如今还在
挂上祈福带的那一刻
甘牛社实现了
幸福和安宁

注：脚儿姆，藏语“甲尔莫”，指女王，现在是甘牛的后山。

打捞一轮明月

沿青石板拾级而上
在金川的老街
寻见一只燕子的足迹
百年　抑或千年

一位老人　坐在青石板台阶上
在尘封的岁月里
找到了　一轮明月
守着一只兔子，一不小心
竟让月亮掉进了水里

打捞一轮明月
散落成满池的星星
等等，再等等
等到星星褪去
月亮就捞起来了

刊载于《草地》2022 年第 6 期

故乡·心境

杨　俊

安安静静的村庄在炊烟里沉睡
迎风的经幡在祈祷　古老的碉房已老去
温暖的火塘上　父亲用双手雕刻的时光
在沉默的石头上游动着当年的阳光与月影

弯弯曲曲的山路在山水间穿梭
一边是轮回的身影　一边是年少的轻狂
苍穹之下是大鹏金翅鸟护佑的净土
去挥毫花儿芬芳的诗意秘境　来举杯雪花飘扬的忧郁季节

祖祖辈辈的山歌在岁月里传来
序言是春天的花开　结尾是秋天的明月
漫山遍野的杜鹃花在怒放生命的最后惊艳
那一缕缕月光下有多少乡愁在荡漾

浮浮沉沉的人生在命运中漂泊
失去时笑对世间人　得到时珍惜身边事
所有的坎坷随命运流向远方的远方
一切的荣耀都属于青稞摇曳的故乡

故乡的炊烟　故乡的路
感谢你们指引游子回家的方向
向上升腾的是云彩　向下流淌的是河流
向远方延伸的却是梦想的力量

故乡的歌谣　故乡的人
感恩你给我所有的坚强
多少年来，多少时光
一曲曲悠扬的山歌唱不尽世间悲欢离合

刊载于《阿坝日报》2020年12月4日

永远的雪山与草地（组诗）

远　泰

我们的队伍向太阳

还是那一片天　那一块地
草青青黄黄一年四季
抚摸它的边缘　天高云低
一支红色的军队从记忆中渐渐清晰
高大的身板　铁的力气
本该用来对付敌人的枪林弹雨
用双手挡住飞向情人的子弹
挡住惊醒婴儿的爆炸声
而此时　只好用来对付
隐藏于青草丛中的沼泽地
东北汉子滇西汉子江西老表
用不完的劲被草地一次次吞噬
肩上的枪　发出微微的叹息

是正午　阳光却早已隐没
留下风雪和疯狂的雨
目光就切入这种景致

一步步走入死亡　走入墓地
高昂的头颅从此消失
变成草丛中星星点点的花
草地上多了一撮苦难的泥土
多了一双永远不眠的眼睛

兄弟　请把我的枪挎在你的肩头
留下一颗子弹在我的口中
你走出去　请用这支枪打一个仇人
然后回到我的江苏东北或贵州
亲亲我从未蒙面的儿子
替我帮妈妈担一挑水浇地
替我帮妻子缝一件衬衣
兄弟　你记住　我的家很远
但很清晰
踩着我的头一直往前走
在我看得见你时用目光送你
在我看不见你时用心送你
兄弟

草　地

这里离天最近离云最近离阳光最近
这里目力只能停留于疲倦的蓝光之中
充足的阳光照亮你刺透你
凛冽的寒风渗透你撕裂你
我们就是在这时腰缠皮带
脚穿草鞋　沿着无路的草地
往前走　狼群在遥远的丛草中

吼得凄风惨雨欲火中烧
看见一个个鲜活的美餐从视线里
滴落　有一个饥饿的身影在倾斜
却掉进深不可测的沼泽
我们的身体是凭着一个信念和精神支撑
我们对付的不只是敌人的炮声
还有　千百年的寒冷　千百年的饥渴
千百年的死亡张开的大网
撒下来又被我们挡回去
我们紧紧跟着那位穿着皮衍的牧人
他领着我们沿着看不见的道路
绕过死亡又回归生存
我们把三千个日子聚集的力量
用来对付每一次举脚落脚
留给沼泽之中的野花之旁一个好印象

看不见炊烟　看不见牛群
看得见的只有变幻着的雷声和雨
一点一滴地流入我们残存的生命
腐烂的脚和滞纯的思维
让一批又一批的汉子们躺入草地
草草而安然地了却一生
他们枕着流血的地狱
甘心为一朵野花流浪
葬于高原　就是活在高原
歌唱还是沉默
都全靠我们这群走动的人

草地宽广　神秘　无边无际

美丽的残酷将我们生存的位置
从昨天移到今天
用我们纯粹的脚步填补了
这美丽中空白的精神荒原

雪 山

你看　我们的路就是这些石头
就是这些裸露的没有着装的石头
沿着山的腹地赤裸裸地滚上山去
没有草　树林和山枣花的盛开
没有绿色的火焰和叮咚流淌的小溪
硕大无朋的山行走于斯
仅仅只是一颗有血有肉的沙粒
我们就凭着一双脚和冻僵的手
去寻找支点和支点上维系生命的机会
越过石头越过一次灭亡的障碍
在接近山的羞怯的同时
就接近了山的白色死亡沙漠
这时我们的名字都凝成冰块
我们的视线里纷扬着雨
我们的血管里挤满寒冷
我们的脸在雪漠中黑暗下来
我们一开始呼吸就听到雪崩的声音
雪裹着山　山裹着我们
一寸一寸把我们的肉体向上靠近
向上　就远离了炊烟人群与战争
我们宁肯攀缘无人问津的绝路
也要探一条铺满和平的足迹

许多的辉煌留给后人享用
许多的伟岸留给后人拥戴
我们　只需要实实在在的苦难
让煎熬在我们坚实的脚下消失
雪苍白而诡秘的微笑
吸吮着我们的体温和仅存的灵魂
在语言和视线无法企及的高度
我们的心使所有的山低下头来

雪山　我们是抓住你的肌肉
是踏着你的筋骨吸着你的脉搏
沿着你瘦峭和嶙峋的严酷
挪过山顶挪过寒风的利爪
去向另一个枫叶飘动的谷地

刊载于《草地》1995 年第 2、3 期

牦牛赞歌

泽　旺

还是与天最近的缘故吧
青藏高原牛也非同寻常
头上一对粗壮犄角
最初也是扩成盆状
后来收成合掌之势
然后徐徐伸向清空
身躯壮如大山
黑毛密似森林
域外以貌取名
把它叫作牦牛
牦牛这一神奇动物
原本就有一个好听的名字
把它叫作“雅”
在牦牛主人的语言里
“雅”就是“美丽”
还有“好”和“妙”的意思
青藏高原物种何止千万
只有牦牛才被主人昵称为“美丽”
牦牛的美丽在于本性

地球上有不少叫作牛的动物
水牛、黄牛、伊利牛、蒙牛
它们无一不被关在圈里
彻底失去自由和梦想
只有青藏高原牦牛
依然游弋于林莽草原之中
依然撒欢于烈日星汉之间
山泉为饮野草为食闲云为伴
自由自在本性如初
牦牛的美丽在于德性
很多年前，它与藏家有个约定
藏家保证驯养它而不奴役它
甚至尊重它的天性放归于山林之中
它也发誓从此子孙万代都是藏家的牛
身在山林心系家园
出力出汗甚至出命
穿越茫茫几千年
铿锵诺言至今坚守
牦牛可比母亲
吃草就是为了出奶
生活在青藏高原的人们
谁敢说不是喝她的奶长大
我们每一个人个个都像长不大的孩子
从出生到死亡，没有一天停止品尝她的乳汁
并且从来不曾想过歇息
更不曾想过她的艰辛
牦牛可比父亲
吃草又是为了增加力气
无论驮运还是拉犁

无论踩场还是骑乘
凡是重活累活他都一概包揽
我们竟习以为常
只要遇到重活累活，自然就想起牦牛
并且从来不曾想过分担
牦牛可比兄长
处处护佑照顾弟弟妹妹
跨上牛背
他乘载我们越林海穿雪原
拽住牛尾
他引领我们渡大江涉险川
旅途中我们一旦头疼脑热
他剜下身上的珍稀牛黄疗治
严冬露宿雪夜，他又用温暖的身躯遮风避寒
牦牛可比大姐
用身上的毛皮剪裁缝织
于是就有了毪衫氆氇
于是就有了毡衣毡帽
于是就有了皮裤皮靴
于是就有了牧人的黑帐篷
远不止这些啊
连褓褓箭筒马鞍皮绳
甚至酒壶水桶笔筒墨瓶
无一不是牦牛大姐的奉献
牦牛虽然从未停止操劳
依然紧皱眉头省心自责
曾经的誓言铭记在心
鞭策的传统不敢不发扬光大
它一定要让奉献的身影无处不在

因此只要是牦牛
最终无一不把自己彻底粉碎
变成千万颗生命的微粒
撒到我们生活的每一个角落
让每一颗微粒都是牦牛
于是牦牛的身影确实无处不在
厨房里它出现在灶膛的火焰中
茶坊里它出现在酥油茶的氤氲中
餐桌上它出现在手抓肉的芬芳中
衣柜里它出现在纽扣的光泽中
梳妆台前它出现在梳齿的缝隙中
卧室里它出现在被褥的温暖中
客厅里它出现在藏毯的花纹中
阳台上它出现在坐垫的经纬中
院坝里它出现在琴声的悠扬中
牦牛与我们形影不离
不断地给予再给予
养育了一个民族一代又一代
我们与牦牛从来就无法割舍
牦牛更似阳光空气
我们分分秒秒都离不开它
很难想象一旦没有了牦牛
我们的命运会出现什么状况
没有牦牛就不会有我们这个民族
这是不可否认的事实
当人类站立起来走出丛林
我们的祖先与牦牛结盟同行若干年后
一个意料不到的难题突然出现在面前
脚下的草原已经缺树少木

钻木取火习惯熟食的人们
没有燃料怎能生存
牦牛“噗嗤”一笑翘了翘尾巴
我们的祖先顿时先哭后笑
正是这一原本捂鼻舍弃的牛粪
竟让将要熄灭的烟火又生生不息
从此牦牛在前面走着
我们的祖先在后面跟着
翻了一座又一座雪山
蹚了一条又一条大河
走了一片又一片草原
穿了一弯又一弯峡谷
用脚步丈量青藏高原的宽度和高度
用热血提升青藏高原的湿度和温度
于是才有了冰山上雪莲花的微笑
于是才有了草原上布谷鸟的欢唱
没有牦牛就没有我们这个民族
这一信念历久弥坚
牦牛把高傲的犄角虔诚地伸向蓝天
我们把感恩的心扉虔诚地向牦牛敞开
家家户户的房顶都供奉牛头
宅屋的墙上也将牛首画上
许多赞美牦牛的歌继续在传唱
许多歌颂牦牛的舞继续在欢跳
牦牛也有生老病死
可它永远活在我们心中

刊载于《阿坝日报》2022 年 11 月 7 日

汶川，已如朝阳升起

曾小平

今日，拥着岷江夜色的汶川
绽放如烟花，即使隆冬衣履臃肿，依然
遮不住这美丽胴体的风韵，
曾经，一幅幅老照片
把人带入百年前的威州城，身背
柴禾，经过竹索桥的羌族汉子目光呆滞，面黄肌瘦，衣衫褴褛
一九三五年五月，一支举着斧头镰刀旗帜
的队伍，把信念与坚韧
春雨一样种在河流山川。从此，熊熊篝火
点燃了羌民心中翻身做主，追梦幸福的灯盏

站在无忧红轮桥上，心哟
如同滚滚江水，涌立潮头
曾经天崩地裂的地震废墟上，汶川
依然雄立于川西大地
来自北京的阳光照耀，我们如同
赛场上击掌致意的球员，为着小康目标奋力拼搏
古老而沧桑的大地，已从睡梦中醒来，
鲜花，鸟鸣与欢声笑语如鼎沸之水

溢出无忧广场。漫山遍野
的甜樱桃脆李子啊，用枝叶间红扑扑的脸蛋，
向世人解说熊猫家园成熟的金秋

你听，你听，岷江奔放的音乐，
奏响了新时代的号角，天府旅游名县刚闪亮登场，
康养胜地已如朝阳升起，
在奋发有为的日历上，在紧锣密鼓的浪涛声中，我们
读到了只争朝夕的壮怀激烈！今天的汶川人
是痴情酿蜜的蜜蜂，制作着勤劳善良感恩奋进的名片
为使八方宾朋在生态康养的乐园慢下来，他们正
唱着羌歌，在创新的阳光中疾走如飞，
以二水争流的闯劲，在广袤的
山川河流之上，高筑无忧城

刊载于《草地》2022 年第 5 期

风吹若尔盖（组诗）

卓玛木初

荡　漾

泽让娜姆小小的身躯
裹在氆氇藏袍里

我用小草挠她痒痒
她眯着眼笑

她笑，像是草原上所有的春风
都溜进了她脸上的两个小酒窝

修行者

一个僧人和一头牦牛
站在达扎寺门口的雪地里
对望——

他们互为镜子

意识到快乐不是永恒
痛苦也不是之后，他们
脚步轻盈，各自返回

对　话

白松枝在碉堡山摇曳
风儿问她：“你这么努力生长
却为什么甘愿在炉火中化为灰烬？”

松枝用升起的桑烟作答：
“别人怎么待我，那是我的因果；
我怎么对待别人，则是我的修行！”

画

众神在若尔盖大草原，涂鸦
画出一顶蘑菇样的黑帐篷

清晨，帐篷里的起巴琼琼
刚喝完酥油茶
就迫不及待地和牛羊撒欢
与野花说起了悄悄话

黄昏，小小的山冈上
他搭起了风马旗
引领一只迷路的黑颈鹤回家

注：起巴琼琼，安多语，意为小男孩。

幸　福

雪落草低，风吹草长
牧人们从未感到悲伤
但出嫁前的泪水
盈满了一个姑娘的眼眶

阿妈拍拍她的肩膀：
“你看那草原上的云朵，开的多低
对生灵万物放下姿态
幸福，就是你的。”

热　爱

再回若尔盖时
不知名的野花，已经布满草原
黄河第一湾的夕阳，又将篝火点燃

所有萎谢的风景，都已重新生长
只是转经的老人阿克仁青，身子更佝偻了一些

他像是一个不断生长的问号
吸引着我，一次次原路返回

刊载于《草地》2020 年第 3 期

阿坝州建州七十周年文学作品精选集

遥远的故乡

白羊子

这次发生在龙门山一带的“汶川大地震”把我的家乡震垮了，使家乡的山河破碎，面目全非，但家乡人民在祖国人民的关心帮助下，在废墟上重建家园的决心和信心始终没有垮。于是，我想起了震前回故乡时记下的这段文字，希望能唤起我们对美丽故乡的些微记忆。

——题记

初春时节，我又回到了那个被人们誉为“松州江南”的美丽山村——我的故乡白羊。当我站在故乡那高高的山脊上时，那种想唱歌的感觉从内心蓦然升起，并不断地冲击着我的喉咙。唱起来，歌声就如同故乡白羊河谷那袅袅升起的炊烟一般自然和谐。

当故乡白羊河谷的山山岭岭喷红吐绿的时候，白羊河谷的孩子们就开始唱起了我们过去唱过的那些歌谣。倾听中我感受到了春天的脚步，也仿佛回到了童年，激动得想写诗。

白羊河谷乡间小路旁那嫩嫩的草叶带来了春天的气息，春燕在我们的头顶翻飞，舞动着美丽的身姿，整个故乡在孩子们的唇间变得更加美丽。仿佛这一切都属于大山的一种音乐，忽豪放，忽婉约，忽精细，无拘无束，此起彼落，把整个白羊河谷吹奏得情韵悠悠。在这欢庆柳条发芽的日子里，听孩子们如此纯正清净的歌谣，谁能说这不是一种享受呢？

溶满爱的童谣，飘出了树林，飞进了原野，越过了那被叫作白马庙、荣华山、六角顶、桦子岭的大山大岭。在母亲温暖的目光里，在他们自己的画面里，吮吸幸福而多汁的时光。故乡的童谣很好听，乡情很好听，白羊河谷的春天更好听。

故乡的童谣挥洒阳光和月光，童谣响亮着一个季节。孩子们告诉我，他们都是白羊河谷春天的童谣。伴着这些童谣，我的思绪走进了故乡的春夏秋冬。

在故乡白羊河谷深处，有一个名叫半边街的村子，那就是生我养我的地方。在半边街那个偏远的地方，我度过了充满欢乐和梦想的童年。许多的日子里，我光着脊背，手拿锄头，爬上村后的大山，在那被野火烧光了的坡地里搜寻一种名叫“泡参”的中药材，将采集来的所有泡参晾晒干后，就运到山外的市场上出售，一个季节下来，总可卖到几十元钱，那可是我上学时唯一的经济来源。尽管风很大，天很凉，我从容地面对这一切，用全身的力气与狂风暴雨和风沙搏斗。那些日子里，我“两耳不闻村外事”，一心一意采挖药材，开拓生活，施展自己的全部才华。饿了，啃一口干玉米馍，渴了，就地饮一口冰凉的山泉。在故乡采药的日子，我一生也难以忘怀！

后来，上中学了，从半边街走到了山那边的乡政府驻地。那时候，我最崇拜的就是乡里的铁匠。俗话说“打铁匠的锤锤一响，银子就往家里淌。谁会打铁，谁就能娶上一个好姑娘”，那可是一个挣钱的好门路呀，更是我那时幼小心灵的美好向往。所以，每次路过铁匠铺时都要驻足半天，因为他们所生产的镰刀、锄头等工具是故乡当时最先进的生产工具，是故乡现代文明的引领者。铁匠铺里的周师父脱下上衣，在阳光里或月光下，对着火红的铁，轮起大锤，一下一下，火星迸现，我不躲闪，看火星在人们身体的四周跳跃。周师父和周围的围观者谈笑着，一个笑声接着一个笑声，轮起的锤也一锤挨着一锤。多年后我还是记不清是人们的笑声高，还是周师父手中的锤举得高？

周师父高举的锤，重重地打在铁的身上，我想铁肯定很疼，但铁不说，忍着。周师父手中的大锤击打得更加有力，一把锄或一把镰刀就初具雏形。周师父告诉我，他们不能停止，哪怕仅仅为了铁少受一些疼。因为打铁就是这样，用完大锤用小锤，一下一下，把铁向着故乡人心里想的方向击打，把意志加给坚硬的钢铁，一块棱角分明的铁，直至成为人们想象的工具，然后，投进冷水里使之变凉，晾在一旁。这令我想起手中的笔和我写下的这些文字，写下后被生活晾在一旁，不知道我的这些文字会不会像反复锤炼的铁具，更加经久耐用或无坚不摧。

初夏季节，故乡白羊河谷的小麦扬着绿色的波浪，在风的吹动下翻腾。站在高高的“大树坪”山梁上，把目光箭一般射出去，绿色渐渐覆盖了我的视野和我平静的呼吸声。一只鸟在前方的树上，叫着，不紧不慢地，一声接着一声。

我就这么张望着，细细的阳光从草帽上渗下来，汗水带着朴素温暖的气息令人感动了一个夏季。就在那个夏季，我从故乡那所初级中学毕业了，抱着对美好人生的向往，一步一回头地告别了故乡，踏上了中考的征程。那时候，我最大的愿望就是考上一所中等师范学校，毕业后回到故乡，用自己辛勤的汗水去浇灌故乡那些唱着我们唱过的童谣的孩子们。谁知，事与愿违，我不幸地成了那次所有考生中唯一的“高分落榜”者。原因很简单，一个农民的孩子，在那个时代是没有人帮你说话的。谁叫你是大山的儿子，谁叫你是从百多公里外的乡下走来的农民的儿子呢？从那天起，我就知道，除了故乡的野狗最恶外，世上还有比野狗更恶毒的“人”！所幸的是，我被位于岷江河畔的那所重点高中录取了，从此开始了远离故乡的求学生涯。三年时间一晃而过，我终于考上了川南那所师范院校，成了故乡第一个参加全国高考而考上大学的孩子，为此，我母亲激动了好长时间，见人便提起这件事。从我入学那天开始，我就立下誓言，决心学习一门咱们家乡最缺的学科，学成后回到故乡，为故乡培养出比自己更有出息的唱童谣的孩子们。于是，我选择了英语专业。然而，在我大学毕业后，事实又一次证明我的想法与现实的距离是那样的遥远，在我大学毕业时，竟然被组织分配到了距离故乡更远的地方工作，使故乡成了我永远的怀念。真是人越长越大，故乡却越走越远。

行走在故乡灿烂的夏季，任夏风凉凉地吹着，我弯下腰又直起来，看见了父老乡亲们昨天锄下的草在一场夜雨里又伸出了顽强的手臂。我家那条大黄狗越过了面前的小水沟，跑在弯弯曲曲的小路上，跑跑停停，时而闻一闻野花的芳香，时而闻一闻黄牛留下的粪便，渐渐地从我的视线中消失。此时此刻，我发现故乡太美了，我从来没有想到在故乡，一只狗的背影也是如此的亲切迷人。

“大树坪”山顶上那棵“朵朵树”依然挺立着，这是一棵很神奇的树，站在故乡的山坡上做了一百年的梦。属于它自己的岁月，绿了又黄，黄了又绿。小时候，我和伙伴们常常来到这棵树下，去阅读它孤独的影子，发现它肩头上的浓阴很凉爽，也很沉重。枝头上的布条红红蓝蓝，系着父老乡亲们的祝福和吉祥。可树干上那深深的皱痕里尽是黑色的雨雪，粗糙得让人心疼让人害怕。山顶上飘来的凉风诉说着“朵朵树”叶子的话，气喘吁吁，继续跟我们一起回忆什么。“朵朵树”还在做梦，尽管已经一百年了。“朵朵树”虽然日渐苍老，但它还是不顾一切地吐绿，因为它有它自己的梦。

盛夏的白羊河谷，是绿色的世界，漫无边际的玉米地是白羊河谷最绿的风景，玉米一人多高时，绿就像风一样，一下子就把人们，不，把整个白羊河谷完全拥抱在自己的怀抱里。就在这块玉米地里，就在那个夏天，我们的爱情故事在浓郁中诞生，在浓郁中发育，在浓郁中成长，在浓郁中走向成熟。

在故乡白羊河谷，当玉米长得高出我的头顶，棵棵背上壮硕的孩子时，也是野猪、黑熊们最活跃的时节，于是，故乡的山野里到处修起了一个又一个的窝棚。每到黄昏时分，乡亲们便唱着小调，扛着火药枪去窝棚里狩猎。在密不透风的玉米地里，用脚踩出了一条条蜿蜒小路，引领着故乡的山民们走向窝棚、走向生活、走向丰收的喜悦。

行走在故乡的田埂上，迎面走来了一位熟悉的老人，他自迁入故乡这一片富庶的土地之后，就再也没有离开过故乡大山里的这块孤独的天空。他种下自己，耕耘农事，抬头与低头之间都是土，属于他的春秋被犁尖划出了道道深痕。农田如喘着粗气的一叶肺，呼吸经历过风雨的拔节声，呼吸他笑容里涌现的收成。太阳留下的脚印从不板结，一串串爬成额头上的长垅．流淌在田间的叹息始终很咸很疼。身边的庄稼绿了又黄，黄了又绿，生长着一茬茬民歌。他们放下锄头的瞬间竟是一生，带走和留下的都是土。禾苗依然那样年轻。

老农牵了一头黄牛，这是故乡半机械化的替代物。每到夏天和秋天，故乡的这些黄牛就望着野外的青草，目光里满是渴望。那些唱童谣的孩子们就是黄牛们最好的伙伴。这些黄牛就喜欢青草，孩子们把牛牵到青草的面前，他们的任务就完成了。牛就会把一颗大脑袋迅速地埋进青草里，吃、呼吸甚至休息，牛的头一旦埋在青草里，就再也不抬起来了，天黑了也不管．害得孩子们不得不去踢它的屁股。可牛的屁股太高了，往往没踢到牛，却把自己摔倒在青草的深处。于是，在这青草的深处又诞生了一个个欢乐的故事。你想，绿绿的草，茂盛的草，清香的草，别说是这些牛和山里的孩子们，就是我们这些久别故乡的人也会把自己埋在这青草里，用鼻子使劲地闻这些青草的芳香。

不经意间，我看见了田埂上有一粒金黄的玉米，在洁净的天空下，把自己现出来，交给大地。一粒金黄的玉米，自己就是自己的种子，在故乡夏天的太阳下埋进土地，忍受干涸，忍受寂寞，忍受雀鸟的利喙，忍受田鼠的尖牙。然后在不经意间冒出地面，随风一点点长高并一点点摇摆，随雨一点点长壮并开始学着一声声歌唱。故乡土地上的每一粒种子都是这样冒出地面，随阳光一点点成长，随故乡农人的脚步一步步走向秋天。到了秋天，千万个兄弟手拉手肩并肩地站在一起，在故乡一望无际的田野里，发着金黄的光芒。栖息在树林里的雀鸟们飞了出来，田野成了它们理想的乐园，只听这些玉米发出了豪爽的语言："你们吃吧、吃吧，反正就凭你们这点能耐是吃不光的。"故乡农人的镰刀来了，它们又发出了这样的声音："收吧、收吧，反正我们已经低下了饱满的头。"这些玉米很坦然，因为它们认为：这个世界我们来过了，虽然土地没有留下痕迹，虽然我们小小的身躯不值得一提。但我们来过了，我们歌唱了。田埂上的这粒金黄的玉米种子仿佛在高声地对我说：请把我从这里拿走吧，把我放进一种轰轰烈烈的土壤里去吧，让我在那里尽情地欢笑，来年再为故乡贡献出更多的力量！

冬天的雪落在了故乡农人们的屋顶上，也落在了故乡的原野上。这是什么样的雪啊，白过纸，白过我所能想象到的白。在冬天的屋顶，在光秃的枝头，雪羞涩地站立着，以白对望着父老乡亲。

如今，故乡的夜晚再也不是过去的景象，一只只灯光的眼睛望破了白羊河谷的夜晚。四周的树木结满了星星，灯光装满了每一间木屋，房间里彩色月亮正凝视着故乡的夜空与整个世界。电视机天线上走来了都市生活的风采，老奶奶的头望着屏幕就再也没有回过来。路灯下，几辆车从山那边开了回来，车箱里满是故乡人欢乐与灿烂的微笑。夜的那边，正是故乡人想象中的曙色……

这就是我的故乡！我永远的故乡！

刊载于《草地》2009 年第 1 期

曲谷漫记

陈顺清

甜　椒

汇入岷江的一列列河谷中，曲谷是一条不起眼的夹皮沟，坡陡沟窄，荒山秃岭，不似有人居住。沟里的溪水不大，冬枯夏涨，泛着细浪，潺潺淙淙，欢快奔流。顺着河谷往里走，沟越走越宽，坡越走越缓，层层梯田依山就势，村寨错落其间，树木葱茏，一派盎然生机。

这条沟有一个乡建制，五个行政村，十多个自然村，地域面积大约 76 平方公里，平均海拔 2500 米。汶川大地震以前，全乡人口接近三千人。灾后重建外迁人口一半多，留守务农的估计不到一千人。这里以前主产玉米、小麦、荞麦、土豆、胡豆，现在以蔬菜、水果为主。

曲谷甜椒一度闻名，远销成都、重庆。甜椒的技术引进，是一位在黑水农牧局工作的曲谷籍农技员，回乡指导，从亲戚家试点，逐步推广。农村人看眼前，只要成功一家，无需动员，立马跟风，甜椒种植迅速铺开。

曲谷人的聪明在甜椒精耕细作上得到细致发挥，温室育苗、地膜种植、田间管理一应周全。每到收获季节，乡道上货车络绎不绝，谁家售卖，就到谁家帮工，一天忙下来，顾不上吃一口热饭。到手的钞票已经变得有“面子”，人手一瓶啤酒既解渴，又比泡咂酒方便时髦，田边地角丢弃的啤酒瓶成为老妇和小孩创收的抢手货。从外地来的菜老板越来越多，行情水涨船高，菜农的规矩逐渐松动，有黑斑的甜椒放在背篼下面过秤，有的小伙子趁老板不注意，第二次过秤，更有横者，喝酒耍威风，欺负外地人。几年下来，外地来的菜老板越来越少，眼看菜烂在地头，几家亲戚赶紧合伙租车，拉到成都菜市场，有堆卖的，也有摆坐摊的。遇到行情好，卖到好价格，返回途中，到郫县安德采购一年的米、面、油，顺车带回来，全年就踏实。遇到行情不好，菜烂在车上，还要交垃圾处理费。所谓的“菜老板”满载着亲戚家的重托自认倒霉，给不了运费就开溜。司机找不着“菜老板”，拿不着运费，又出不了垃圾处理费，只好装着烂菜往回拉，趁路人不注意往河里倒。几番折腾，曲谷人才体会到淳朴实诚是多么可贵。

从八十年代初期到现在，甜椒种植在曲谷没有中断，只要不掺假使坏，保证品质，比种庄稼划算。地多有劳力的，一年在家门口卖一两万，在当时农村可是一笔不少的收入。

种植甜椒尝到了甜头，有些地少有劳力的，开始把目光转向临近的黑水。黑水外出务工经商人多，土地闲置多，租金低，加之语言通、习惯近、有亲戚帮衬，曲谷人很快填补了这个空缺，沿黑水河一带包地种甜椒。可是，产量越高，收购价越低。靠天吃饭，以前是靠天气，现在靠市场，市场这张看不懂的“天”，再次给脸朝黄土背朝天的庄稼人上了一课。

种植甜椒改变了曲谷的生产方式，也在改变曲谷的生活方式。已经走出了曲谷，适应了外面的环境，即使甜椒烂市，很少人再走回头路，有些就近到黑水县城打工，开餐馆、开出租车、卖蔬菜、水果，做一点小本生意，逐步站稳脚跟。有些干脆跟着黑水的亲戚走南闯北做生意，北到黑龙江，南到海南岛，几个回合下来，逐步稳定在天津、湖北、福建等几个较远的发达地区，冒充西藏人，售卖药材、民族饰品。兜售特产，免不了和城管发生冲突，一来二去，争取到了一些“民族照顾”，在允许的路段和时段摆地摊。头脑灵光，嘴巴甜的妇女一年能挣四五万。年轻小伙子面黑人凶，别人畏惧，不敢靠近讨价，生意做不走。有的小伙子按捺不住性子，悄悄贩卖管制刀具、仿真手枪，甚至沾上毒品，吸毒贩毒。有的至今下落不明，有的变成骨灰盒回来，有的进了监狱，几年后回来。家里人顾面子，摆酒席，放鞭炮，冲喜消灾。

大多数在外面还是遵纪守法，安分挣钱，虽然不多，比在家里刨地强，开阔了视野，活跃了脑子。利用灾后重建的机会，选择异地安置，到县城附近买地修房子，远的到都江堰、彭州、绵竹、安县。到坝区的几乎跟着嫁女，投亲靠友。

前几年，山里的女孩，山上的往山下嫁，小村往大村嫁，大村的往城镇嫁。山上的光棍越来越多，也纷纷出山，说是到外面找副业，实际上是找婆娘上门。城镇化已势不可挡，犹如曲谷的小溪，下山出沟，汇入江河，归于大海，既是趋势，也是宿命。

羌 活

农村靠土地收入只能养家糊口，要过上宽裕的生活，还得出门找副业。找副业有两种：一是外出务工经商做生意，二是上山挖药。外出务工经商，缺知识、缺资金、缺门路，要靠熟人帮带。胆子小、办法不多的，最稳当的办法，就是上山挖药。

靠山吃山，山上的药材有虫草、贝母、羌活、细辛、山芪、独活、刺五加等，一轮半个月，挖两三轮下来，即使行情不好，一个壮劳力也能挖一两万元，拖家带口上山的，收入更可观。高山草甸不多，连年采挖，虫草、贝母已经很少。找虫草、贝母眼睛要尖，趴在草坪上，抛开杂草细细打量，搜寻刚冒出的芽尖。这是十几岁少年的强项，每年庄稼种完，冰雪消融，学校就要放虫草假半个月，让学生去挣自己一年的书学费。一轮下山，眼睛不好使的学生一检查，又多一个近视眼。贝母采挖一般在夏秋之交，正好学生放暑假，挖药的队伍到处都是童子军，满山遍野欢歌笑语。贝母苗分几种，一皮叶、灯笼花、树丫子，灯笼花最好找，一皮叶最难辨认。挖贝母讲技巧，“一颗贝母，跪一个头”。双膝跪地，对准贝母苗二指宽的地方下锄，压到尖尖锄七分深，轻轻翘起来，一颗纯白的贝母刚好在锄尖上，被一撮油亮的黑土簇拥着，骄傲地迎着阳光。

羌活，这味地道药材。不知因何得名？对羌区而言，确是大宗药材。羌人因此而有活路？这是我对羌活这味药材的真切感悟。找贝母靠眼力、靠运气，找羌活量多、价格稳，最实在。早出晚归，一天能挖百十斤，二十年前的价格也是七八十元收入。在海拔三千米上下的沟谷中，挖羌活的男女老少穿插其间，只闻其声，不见其人。常言道：“药是一把扇，人走一根线。”挖药人再多，各走一道岭，收工的时候总能满载而归。

挖药人上山，住在岩窝里，或板棚下，清冷的月光照进来，平添几分浪漫情怀。这个时候，老人就会讲一段故事，最经典的是“药夫子讨老婆”，话说：很久以前，一个药夫子到成都坝区卖药材，遇见一个中意的女娃，拉扯上了关系。那女的打听他的家境，那药夫子顺口就是一段溜子：住的地方风吹扫地、月亮照灯，用的家具三石一顶锅、四石一架床，吃的伙食三吹三拍遍山跑。那女娃心想，有三十一鼎锅，四十一架床，家境不知有多好，跟着药夫子进了山。到了住的岩窝，问家在哪？药夫子指着岩窝笑答：你看这是不是风吹扫地、月亮照灯，火塘上三个石头顶着一口锅，旁边四个石头顶着一架床，吃的火烧馍先要吹三下，拍三下，锅里炖的野物肉都是遍山跑的宝贝啊。不知那女娃听后做何感想？我们听了都觉得那女娃可怜。可老人说：那女娃还是留在山里，跟药夫子过了一辈子，生了一堆药夫子，留下了一段百年佳话。当初能下狠心跟药夫子进山，或许图的不是那个诓人的“家境”。讲故事的老人，最后会语重心长地对后生们说：你们今后也要成为一个有出息的药夫子。

石葛菜被称为“药夫子的菜”，从山脚下的河沟边到山顶上的灌木丛，满山遍野，回窝棚的时候随手一两把就够吃一顿，味甘苦，撒一点盐，清醇无比。山上挖药，饭量急剧增加，每天吃腊肉，还是痨得心慌。会狩猎的，就在窝棚附近安一溜套索，每天回窝棚后，搜寻一遍，总能拣回几只野鸡，有时还会套上獾猪、麂子，改善伙食，大快朵颐。炕药是一件苦差事，白天挖回来的羌活，架在火塘上烤，不停地翻转，直到炕干为止。炕药是大人的事，累了一天，孩子们早就捂着被子呼呼入睡。我的父亲经常熬夜炕药，早上起来，总看见他满脸烟灰，当时不觉得，现在想起来，心里隐隐作痛，盘儿养女，真是不容易。挖药一个轮子十多天才下山，人要瘦一圈。还记得，高考放榜之际，我在药山上辗转难眠，先背了炕干的羌活下山，走进县招办的时候，首如飞蓬，满脸黑瘦，一身的羌活味，在场的工作人员，都不相信这个药夫子考上了大学。

考大学在当时农村视为最好的出路，谁家的孩子上了大学，就意味着有了铁饭碗，那样的社会氛围造就了一代农村人。一批苦读书的人，在国家的民族政策关怀下，逐步成长为建设地方不可多得的双语干部。曲谷这条沟先后出了两位全国政协羌族委员。

汶川大地震那一年，吉林的爱心人士到茂县招了一个班异地就读，从初一包到高中毕业，这些孩子大多数考上了大学，曲谷的孩子就有七八个。这些孩子是幸运的，大灾之后，遇上了大爱。现在，农村生活好了，出路多了，刻苦的学生反而少了，有的大学毕业生，错别字连篇，写不好条子，算不来账。家长着急，都到县城租房子供娃儿念书，教育成本增加，家长负担加重。

到曲谷，最好的房子是学校，最好的院坝也在学校，辉煌一时的曲谷乡小学而今已招不到学生。乡下的学校硬件上去了，软件下来了。进城读书，是一种无赖？还是一种趋势？大家都不敢耽搁孩子，再穷不穷孩子的读书钱，再难不误孩子的前程，这是每个药夫子一次次上山的理由。药夫子们从羌活中能品出先苦后甜的人生哲理，可是他们寄托的后人能否品出这些苦出来的道理？

势比人强，进城的多了，上山的少了，但愿这些苦命的药夫子到城里也能挖出不一样的“羌活”。

咂　酒

“无酒不开口，无酒不唱歌，无酒不起舞。”酒文化贯穿于羌人的礼仪庆典，红白喜事，离不开酒。咂酒由青稞、小麦、玉米等煮熟酝酿而成。一坛咂酒置于宴席上方，年长者举酒杆开坛，韵律抑扬顿挫，朗朗上口，比兴说唱意义深远。能用流利羌语致辞的长者已寥寥无几。

曲谷居于羌文化核心区，文化保留完整，区位适中，发音能辐射北部方言区和南部方言区。曲谷羌语被国家民语委确定为羌语标准音，相当于汉语的普通话。乡政府周边的村寨，小孩子能听懂羌语但不会说了。高半山村寨随着外迁增多，不仅语言保留难，就是文化符号也在逝去。汶川大地震以前，全国羌族户籍人口大约三十万左右，震后不完全统计，羌族人口损失三万余人，约十分之一，现今能操羌语的羌族人也许不到七八万人，随着城镇化推进，很多小孩已不说羌语，文化赖以传承的基因和载体将不复存在，再过百年，寻找羌文化，或许只能通过文物、遗迹、录音、录像和资料。

灾后重建，国家高度重视羌文化的传承和保护，规划第一个国家级文化生态保护实验区，羌年列入联合国濒危文化遗产名录。曲谷乡河西村西湖寨的“瓦尔俄足”也走出了深沟，申报为国家级非物质文化遗产，每年在茂县羌城演出，成为九环线人文旅游的一道文化大餐。“瓦尔俄足”是羌语五月初五的音译，端午节的羌族表现形式，庆典期间，女性为尊，又叫领歌节，妇女节，有少女的成人仪式，具有庄严的仪式感和文化内涵。仍然是男子主祭，主持咂酒开坛仪式，但妇女先喝，男子操持家务。作为华夏民族“端午祭”的珍藏版，可与韩国端午祭互鉴共赏。作为传统妇女节，彰显母性荣光，引领现代文明回归本源。

这条沟有妇女的节日，也有男子的节日。羌人中有牛、羊部落之分，以河为界，牛部落叫“日务部”，祭牛头，住阳山；羊部落叫“泽格部”，祭羊头，住阴山。曲谷这条沟，阴阳互补，河东为阳山，河西为阴山，河东人性格阳刚，河西人性格阴柔，河东人说话办事直率，河西人说话办事委婉。

“基勒俄足”是羌语正月初五的音译，又叫狩猎节，男子节，具有现代文明崇尚的生态环保观念。长老在少男成人仪式上，手拿咂酒杆教导冠礼的男子：维护生态平衡，不能随意猎杀动物，保护弱者，善待家人。随后进行传统体育比赛，推杆、抱蛋，用弓箭射击兽形馍。

汶川大地震那一年春节，全乡在河坝村欢聚“基勒俄足”节，乡政府主导，企业和受邀单位赞助，文化协会主办，各村组织代表队参赛，学者、媒体、游客参与，盛况空前。其后几年，由于没有明确办会的责任主体，大家相互观望，时断时续。去年恢复古老的会首制，每个村轮流当会首牵头操办，这个盛会才有序转动起来。

羌族社会是一个人情社会，“吃酒”就是参加酒席，“吃酒”名目繁多，婚丧嫁娶没有三到五个环节完不了事，修房搬新居，考学到外地，治病康复冲喜。一年到头，“吃酒”吃掉一个农村家庭收入的三分之一已经习以为常。拉钱磨账都要吃酒赶礼，不输面子，不欠人情。我的父亲酗酒如命，常自吹：这辈子可能喝了一东风牌货车的酒。此言不虚，从早喝到晚的大有人在。羌区高寿的大多是妇女，偶尔有几个健在的老头，要么不沾酒，要么不滥酒。我的父亲是村上老干部，患高血压，口不离酒，60 岁出头就以脑溢血倒在喝酒的嗜好上。培养子女读书，再苦再难，我的父亲毫不含糊，坚持上山挖药。为村民吃上饱饭，带头起早贪黑，为集体劳动，吃苦受累落下一身残废。如今儿大女成人，成为国家干部。村民分地入户也过上了好日子。不珍惜生活，反而滥酒?! 习俗，滥酒的习俗陶醉了一个古老民族，也在消磨一个古老民族。

烟　土

曲谷的大宗作物，除了甜椒，现在李子种植也迅速铺开。茂县县城附近试种成功，周边很快跟进。海拔原因，曲谷与县城以下地区的李子采摘期，错开了近一个月，避开了高峰期，价格回升，行情看好。

一到开春季节，满山遍野李子花开，格外漂亮，许多游客慕名前来，赏花游玩，拍照留念。这个时候，村民最忙，忙着充当“护花使者”。手拿锣盆，叮叮当当，赶跑啄花鸟雀。各种吓唬鸟雀的草人、彩条星罗棋布，迎风招展，吓跑了鸟雀，也破坏了风景。

境由心造，游客需要风景，农民需要收成，李子开花心境各异。各家各户跟风般地种植李子，被市场折腾过的农民心生余悸，开始担心：李子会不会烂市？离开内地，曲谷的任何作物，都难以昌盛。

烟土，这个迷人的作物，就曾给曲谷带来畸形繁荣。清末民初，内地禁烟严厉的时候，偏狭的山沟，山高皇帝远，烟土种植泛滥。漫山遍野的罂粟花长势旺盛，内地涌入的烟帮、烟客、挑子客络绎不绝。用枪支、布匹、茶盐、百货与烟土交易，交通路口，高山村寨都出现了交易市场。源源不竭的烟土通过四川袍哥组织，顺长江而下，进入大上海。曲谷男子的明火枪已换成快枪，长枪短枪搭配，甚是威风，地方武装迅速膨胀。曲谷的头人王国栋，思想开明，奖勤罚懒，自强不息，一度把势力延伸到洼底、三龙、县城、黑水交界，严禁家人吸食鸦片，把儿子王泰昌送到成都黄埔军校读书。王泰昌吸收汉文化，学业有成，与国共两党打交道中，弃暗投明，逐步成长为民族上层人士，为政权建设、民族团结发挥过重要作用。

鸦片带来的畸形繁荣，膨胀了野心，祸害了地方。图财害命，命如蚊虫；家族仇杀，冤冤相报。一代枭雄王国栋也惨死在烟祸中，雄伟的曲谷官寨也在风雨飘摇中破败。新中国成立后，政府采取严厉的禁烟措施，把吸食鸦片的烟客禁闭在一条两面绝壁的山沟里，扎紧出口，提供食品和药物，戒掉一个，放出一个，百年烟患，从此禁绝。

除了作物与内地交易，入蜀为佣，到内地找副业，也贯穿了羌人历史。明代孙复宏的《羌佣行》写到："太平天子真洪福，六合之内不异族。我来西蜀四经年，眼见羌蛮乐豢畜。其地距蜀又极西，峭峰插汉多阴谷。其性畏暑不畏寒，春去秋来避炎奥。其俗不任蚕桑功，杂织色毛为彩服。朱离音解变华言，雅有名姓人皆熟。不分长幼与妻子，负重履危若平陆。蜀人利其操作能，年年相赁亟乘屋。壮者刈茅老者苫，女者负土男者筑。自秋徂春日无虚，朝此暮彼群相逐。戮力不省何名勤，率性那辩谁与睦。嘻嘻笑语处处家，团团起处便便腹。吁嗟乎乐莫乐今，此羌佣几忘荷我圣主之陶育。群不见中原万里辞家人，故园儿女欲穿目。"

这幅场景不也是今天到内地找副业羌人生活的真实写照？"嘻嘻笑语处处家，团团起处便便腹。"这就是羌人乐天安命的生活。

曲谷有一句谚语："往上看，藏族大；往下看，汉族大，我们在中间最小。"这句谚语说出来既自卑又自信，体现了羌在汉藏之间的生存状态，羌人与周边族群的互动中掌握了夹缝中补需填缺的生存技巧，向外输血，不断拓展生存空间。

以猎耕为生的山地民族，每次作物的更新换代，带来生产生活的变迁；每次与内地的交流互动，开阔了更广的天地。"新故相推，日生不滞。"千山万壑的涓涓细流就这样一路眷恋，一路欢歌，奔向那浩瀚无边的海洋。

刊载于《草地》2017 年第 2 期

瞎子婆婆

陈希平

我家曾有一位婆婆，很亲很亲的婆婆。

婆婆和我家并不沾亲，但我们很亲！

婆婆孤寡一生，三十岁左右还有一只眼睛能看，四十岁后逐渐双眼不见，寨子里人都叫她瞎子婆婆，是生产队多年的“五保户”，直到二十世纪八十年代中期去世，享年七十好几。

婆婆和我们一家处得很亲，全村人见到我们几兄妹，都会说你们婆婆只认你们家的人，你家瞎子婆婆维护你们得很，叫我父亲也是骄傲地直呼小名，我家村里喊瞎子婆婆并不带什么恶意，她自己也都习惯接受。婆婆遇到村里人，也会亲呼她自取的我们的小名，包括我公社当干部的父亲，我家哪个哪个等，乐于自豪的讲述，人们都会认领这个事实。那些年，我们家在寨子里最贫穷也最普通，或者说，也最卑微，可这与我们的“亲”又有什么妨碍？

几十年光阴，弹指一挥间，我才感到我原来对我的婆婆积存有那么多的愧憾与伤感，不断地，源源不断地从远去的羌族村寨，我的婆婆那堆荒冢里奔涌而来。一个人为什么三十岁以前总是事事发昏，多年之后，在历经世间诸事，物质条件已非常充足时，才逐渐领悟到一些东西。婆婆去世，我在外地上班竟然没有任何感知，未回家乡奔丧，家人也没有通知，也没有用心去打听。这是怎样一种年轻迟熟的冷酷愚钝，就像一个睡梦中人，醒来为时已晚。

这愧疚已无法补救，我的忧伤总源源而来，婆婆，我们很亲的婆婆！

大约是二十世纪三十年代末，婆婆二十多岁来到我们寨子帮人，一路从寨子后山，外县地方爬山越岭辗转到此，既能说羌语也能说汉话，穿一身粗麻布白长衫（新中国成立后很有几套生产队购买我家缝制的青衣细布衫），戴一圈黑布头帕，身强体壮，只是一只眼睛瞎着，她比我父亲长十多岁，一起在寨中财主陈三爸家当长工挣碗饭吃。说是财主，其实就是寨中土地较多房屋较大经济比较富裕而已。我父亲十来岁成孤儿，看在婆婆陈姓本家的份上，陈三爸收养了他，还有另一孤儿出身的杨姓长工。婆婆、父亲他们仨一起在陈三爸家做了十多年活路，婆婆属孃孃辈，处处帮他，心好待得人，能干。他们经常一起做农活，她自己那份做完，就来帮父亲，比如上午为一背草，她自己这背割满，就来割我父亲的那一背，常做两个人的工作。其他砍柴背柴、挖地开荒、积肥薅草、种庄稼、搬苞谷，挖洋芋、扯豆子等都这样。说有一次冬天，他们到离寨子很远的坡坡阁（一处山坡地名）砍柴，我父亲背得重下山脚崴伤不能走，大雪天气，婆婆先把人背回来，再来背两转柴回家，十几里山坡路，连跑三趟，天黑尽才完成。给东家做事需勤快踏实，晚饭后还有夜工活路，十一点后方才歇息。每一个冬天，三个长工都要给主人家砍一大码柴（两米多高，十来米长），整齐地砌在院墙上，割一大畜圈的草（让牲畜踩踏沤成肥料），捡一大堆牛羊马粪。你得处处让主家满意高兴才有饱饭吃睡安逸觉，我父亲的少年还真该庆幸遇上我的这个婆婆。

到了新社会，穷人翻身解放，相互也没有多少亲戚，陈三爸家又划成大地主，婆婆和父亲这种亲情就一直保持下来。

我父亲在陈三爸家是受些苦，要有饭吃就得多劳累，比如夜深了，小娃家抹玉米啄瞌睡，三爸便随手拿一个东西投过来，婆婆有时就用手脚遮挡，一起受骂。当时的穿着与盖被都很破烂，但没挨多少饿，农闲时还派父亲到羌族端公和道士那里学些手艺，望他以后自己能有衣饭碗，说是胜过四十亩水田，父亲因此得些文化，新中国成立初期考入四川省立威州乡村师范学校，后来到乡公所、公社工作，但家处农村，带好几个儿女，母亲多病无劳力，连年当超支户，节俭的那点钱年终如数交队尚不能抵够，不敢赖账又入党心切，一直交到土地下放承包制的前一年。那些年，洋芋、元根、萝卜、野菜等要吃两三个月，几个月不见点玉米面，半年难见点荤星，过年才有些肥肉片吃，我的双脚早把鞋后跟踩没，整年的脚板都露在外边，冬天手脚冻得开裂成笑口，破烂的衣裤，打了许多结巴的裤腰带，麻布裹脚扯巾掉片，真是衣不蔽体，虱多虮多疮多。说是干部家庭，其实是村里十几个最贫困户之一。做饭去隔壁借火，照灯到邻家借油，断炊叫我去寨中借面，往往转几十家后，空手提着秤杆和面口袋回来，看到姐姐的一锅滚水空开好久。生产队劳动在地里吃各自所带的午饭，别人家好菜好饭一起围着用餐，我只有几块水匝匝的洋芋坨坨，在黄书包里积厚厚一层巴垢，羞与大家为伍，谎称吃过或躲到暗处私吃。我经常饿得跑到婆婆那里，去吃一次纯粹玉米面做的面疙瘩粥。婆婆是队里五保户，一年四季基本不愁粮食，我去吃过好多次。一锅水开了，她把玉米面用水揉成团，掐成块状丢进铁锅，再放些盐和辣椒节，那是人世间我吃到的最好的美食，是穷困苦涩的生活里最沁骨的甜蜜。

有时家里母亲和姐姐到很远地方劳动，很晚或隔几天才回来，家人就带了我的口粮（大抵是六七两重的玉米馍）把我寄放到婆婆那里，我的那份早被我吃光，就再来享用婆婆那份，婆婆就笑着让我吃饱吃够。婆婆那时就已双目失明，我就牵着她在寨子里转，她就显得非常开心，唱些她重复多遍的山歌。我那时经常肚子出问题，常服尖尖糖打蛔虫，解手时一大绺蛔虫卡在沟子缝（肛门），我很害怕蠕动的长东西，婆婆就摸索着用细棒当筷子一根根夹出来。

后来，婆婆从陈三爸家老房子搬到学堂边，那里有生产大队专门为几个五保户修的一排住房，柴水方便，管理松活。专职照顾五保户的社员，虽拿着队里足额工分，但总使婆婆他们时常水断柴缺，尽管队里分粮是五保户优先提留。我便常常给婆婆捡玉米秆、玉米根蔸或其他柴火，到较远的水沟挑水，冬天路滑，很久才回来，水桶里水已浪走好多，我就又去担，婆婆就在家煮饭，我虽饥饿却再不好意思吃她的饭，婆婆就大发脾气，说："你要把婆婆当外人吗?"

婆婆在新社会不愁吃穿，基本上过着无忧无虑的生活。

在我的印象中，婆婆双眼一直塌陷着，还流些黄水，双手一直伸向眼前探路，之后才拄一根拐杖。如果我们很久没有见面，她就会拿出她存放了很久的东西：核桃、麻饼、花生、米花糖之类，都是别人送她的舍不得吃。那时，我在远处的区中读书回来，我给她说东西已经发霉，不能吃，婆婆就站着傻傻地笑，我那时真不懂事。

那时候的每年春节，家里都叫我去学堂接我的婆婆。大年三十的上午，寨子的上空，全是各家各户烧猪头飘出的香味，贴对联．放火炮。婆婆高兴得手舞足蹈，"回家啰，回家啰，我们乖乖来接我嘞"！从学堂到我家，要穿过两条巷子，拐几个弯，婆婆总是逞能显摆她熟悉路，因为平时她做手工，过节气也常来，她独自往前走，速度很快，结果一头撞上墙角，就一个人发呆在那里，碰得不轻，我不便揭穿她，她就老实把手给我，这样牵着她，年复一年，直到她满头银发，我便背着婆婆到我家过年，出来工作后我也曾回家背过。

除夕之夜，婆婆最为忙碌，那时的年夜饭必须是天要黑尽，父亲把香蜡纸钱交给她，婆婆便一路从大门外烧到里屋神龛面前，作揖磕头，奉香念佛，将天地国亲师，历代先祖，天神木比塔，各路神仙菩萨，一切孤魂野鬼，招呼尽致，为全家老小祈福平安，好久她才收场。大家坐着等她，大米饭，大片的肉，大桌上几十道丰盛的菜肴，那是一年四季把最好吃的都积攒到这时候来享用。我们平时饿痨惯了，此时都已盼昏，才吃一阵就再吃不进去了，高兴得晕晕乎乎陶醉其中，很红亮的炭火，还盼着快点天亮，吃上正月初一黄糖馅的酒米汤圆（那时只初一二才有），父亲还要分发糖果花生之类，我们每人一份。好大一夜，我们才把婆婆送回去，她的那份糖果打包交她手中，因为第二天，还有很多家户会给五保户送去一碗汤圆。

正月的头几天，我们耍得不亦乐乎，寨里人都聚集在学堂坝子，打球，下棋，打长短牌。我们小娃主要是丢核桃窝，就是平地上起一小坑，人远远地站在划的线上，将每个人押的核桃丢掷出去，落入坑的核桃尚不算赢，只有用石块打到大家指定的某个未落坑的核桃才算数，也才一并收获落坑里的核桃，是大小男人们最乐于参加的活动，这种游戏一直要延续到年过之后很久，直到我把所有的核桃和婆婆给的那份全部输光完才收场。那时婆婆也站在旁边看我们丢“宾”，即以石块丢于线内之远近来决定丢窝顺序，别人都打趣婆婆，说“你眼睛能看啊”，她就笑着站着，婆婆的耳朵很灵，能通过听觉来感知这个惊心动魄高潮迭起的核桃游戏，然后我再十分沮丧地和婆婆一起离开。回想那时，我们为什么就不坐下来，一起吃掉一些核桃呢？两百多块核桃，一年宝贵的私有财产，婆婆也没舍得吃，每年都叫我快乐地将它全部输掉，我和婆婆就没有认真享用过那香喷喷的核桃。平时只是积攒，非要保存到过年不可。

过年，几个月前就在倒计时期盼的年，可正式过年了又是那样转瞬即逝。

多年以后想：为什么我就没有买更多好东西给我的婆婆吃呢？那些年单身飘零，爱情婚姻无着，本来可以做到却没有想到。如今成家立业想要买时，婆婆已过世多年，这是怎样一种深深的伤痛，愧死的遗憾。那时好吃的东西太少，婆婆才愿意拿出来交给她自己的人！婆婆到底没能赶上物质条件丰裕的时代。要吃啥就能吃啥，想吃啥就能买到啥。我这悔恨的泪水只能是空空流淌，毫无意义！

婆婆的后半生虽双目失明，但没有给集体带来什么拖累，眼睛能看时是队里全劳力，失明后，手工活路厉害，那时生产队的手工活路很多，常年在公房和晒场里做事，撕抹玉米，筛荞子大豆黄豆，鏇洋芋芽口，鏇元根萝卜（队里养有牲畜），做耕牛犏粑等，一坐就是一整天，几个月，乃至一整年。晚上和节假日，还被邀请到人家户，抹玉米，剥麻搓线（本地叫搓麻秆秆），也属于一种持久性手工，一坐就是个把月，许多人家都坐不久，只有婆婆有这能耐。秋天，生产队晒场里，堆着如山的苞谷，晚饭后，所有社员都带家庭成员男女老少来社场撕玉麦挣工分，撕一百斤得一分，有的家庭人多挣几十分，最少的也可得十来分，专门有过秤记分的人。大概有十多年间，生产队保管室都在有三四层楼高的宽房大屋里，估计过去是财主家的房屋，撕满一背就背到房背平地上过秤，两三楼的木梯，是过去羌村特有的住房格局。婆婆撕的玉米多，手上动作快，但只有她五保户来做工，无需记分，我坐她旁边，就叫她把撕的玉米棒子装在我家的背篼里，且不能被人发现。时间很长，人们围着玉米堆坐成一大圈，玉米堆顶部四围插满各家的背篼，最高处的中间，吊着盏电灯或煤油灯，秋冬季因为小电站水小电弱常停，就挂盏马灯，队里就安排读书人念些报纸文件之类，可记当晚的平均工分，剩余时间还多，就请婆婆唱山歌，婆婆掌握的山歌不多，翻来覆去就那几首，但大家还是要她唱，婆婆也不推辞，比如打连盖歌（过去用此农具使玉米荞麦等脱粒唱的歌）、求雨歌，薅草歌，纯用羌语，没法记录。比较系统的是她唱牧羊歌，我只记得前三段：

正月放羊是初一，
辞拜阿婆要起身，
羊儿出圈前面走，
龙寅无家在后跟；

二月放羊是春分，

百草盘芽往上生，
羊儿不吃东河水，
要吃西山嫩草青；

三月放羊是清明，
家家户户在上坟，
有钱坟上飘白纸，
龙寅坟上草生青。
……

还有首很长的媳妇歌，挺凄惨，已记不得歌词。

婆婆一直对自己身世闭口不谈，谁也不再深问，她家何处？还有亲人没有？都无从知道，永远是个谜，只有她自己清楚。听人说，她年轻时，嫁的男人待不得她，一次吵架，用背柴绳子抽打老婆，恰好绳子一头的圆铁扣打在婆婆眼睛上，鲜血长流，她忍受不了而离家出走。一路帮人，走村过寨，最后落脚我们所在的理县桃坪乡增头寨，或许她早就没有了什么亲人，因为她自来后就从未想过回去，或者她有太多苦难她不愿提起。

婆婆的一生应该感谢世间一切好人，感谢遇上共产党领导的新社会，她在极端饥饿的年代双目失明而衣食无忧，她的丧葬全是公家开支，几乎全村人都去给她送行，很隆重，我们家人作为孝儿孝媳孝孙走在她灵柩的最前面，婆婆没有孤单。

她自己也勤劳善良一生，她爱着一切她觉得该爱的人！

只有我，竟未能报答，终身愧憾而难以排遣，伤痛时时袭击我心而无法弥补！

愿我的婆婆在地下安息！愿我的婆婆眼睛明亮在天堂享福！

刊载于《四川文学》2015 年第 9 期

岷江河畔沙朗舞

陈晓华

岷江河畔的羌人，不仅以勤劳勇敢著称，而且以能歌善舞闻名。在他们的劳动与生活中，歌舞是他们的精神食粮。“无舞人不欢，无歌心不乐”便是佐证。

倘若你驱车前往岷江上游的黄龙寺、九寨沟、羌族地区旅游，无论你从什么季节走来，都会走进春天般的羌族沙朗舞的旋律中，那一个个美丽的甜甜的音符，便会驰骋你的想象，开阔你的胸怀，荡起你心中的诗意。所有的日子，都如风和日丽的阳春三月，满眼皆是鲜花与绿色。那欢快的沙朗舞曲，轻盈的沙朗舞姿，仿如宫中嫦娥舒广袖，拥抱着蓝蓝的天、白白的云、柔柔的风，令你目不暇接，沉浸在欢乐、热烈的气氛中。

说起岷江河畔的沙朗舞来，还有一段美丽的故事呢！传说很久很久以前，天上的“沙朗女神”在每年的五月初五这天都要到人间来唱歌跳舞，她那清亮的歌声和优美的舞姿，使羌族人民大为陶醉，于是纷纷跟她学习歌舞。狠心的土司见了沙朗女神，想将她占为己有。为了不给羌族人民带来灾祸，沙朗女神离开人间回了天庭。羌族人民为了纪念这位歌舞之神，在山顶或山腰上修起了碉楼，每年五月初五这天，他们就在碉楼前祭神、领歌。传说是美好的，亦带有浓郁的神话色彩。不过，喜闻乐见的沙朗舞，易学易会，深受羌族人民的喜爱倒是真的。

羌族沙朗舞种类很多，但不管是礼仪舞类、集会舞类、祭祀舞类，还是自娱型舞类，无不源于古羌舞蹈。尤其是沙朗舞，就是从古代羌人在野外篝火旁围圈又歌又舞的舞蹈形式传承而来的。而且具有浓厚的古俗遗风，充满了热烈、欢乐、跳跃的情感。其中，羊皮鼓舞、铃鼓铠甲舞、腰带舞最为著名。

如羊皮鼓舞：舞姿灵巧、敏捷、粗犷，多为反时针方向围圈而跳。领舞者头戴金丝猴皮帽，左肩扛神棍，右执铜铃；其他表演者，手执羊皮鼓，人数一般为6~8人。其特点是身体稳沉地轴向转动，上身前倾，伴随屈膝抖动，脚步交叉而跳，并敲击手中皮鼓做各种动作，节奏时慢时快，时紧时松，气氛极其热烈。表演者多为男性青、壮年。表现了羌族人民热情，纯朴、勇敢、剽悍的精神风貌。

又如铃鼓铠甲舞：舞者身穿牛皮制作的铠甲，头戴插野鸡翎子和麦秆的头盔或毡帽；腰扎红布腰带，手执长矛、长剑，或短刀、尖刀；身背弓箭。数十人中有一支猎枪，队形排列成单行，形如长蛇阵。在领舞者的带领下，擂起大鼓，吹响牛角号，发出"嘀哈""嘀哈"的吆喝声。舞者个个形象威严，面带阳刚之气。舞步开始时先跳圈，然后排成对阵，长弩飞舞；肩上的铜铃伴着舞者有节奏地强烈呐喊和武器的碰撞声，铿锵有力。展示出远古烽火连天的战争场面，表现了古代羌人为保卫本民族的利益与敌人拼命搏斗的威武气概……

然而，在羌族众多的沙朗舞中，除极少数部分舞蹈带有恐怖、争战、格杀的气氛外，大多数沙朗舞都是欢快、自然、令人心旷神怡的。尤其是自娱型的沙朗舞类，大多体态挺拔，舞姿轻盈，情趣欢快，具有浓郁的羌民族风情和优美别致的独特风韵，给人一种亲切的愉悦感。自娱型沙朗舞的基本舞姿是体态微屈，上身前俯；右脚起步时，下脚重而有力，伴有膝部重拍向下的颤动，小肩自然摆动；沙朗舞手上动作变化较小，但腿和膝部都异常灵活，屈伸自如，小腿尤其灵活。舞蹈时，除起步和结束步相对固定外，中间动作可以自由变化，随心所欲，而且舞者欢快的情感可以得到充分发挥。再加上舞蹈形式不受环境和音乐伴奏等条件的限制，随歌起舞，尽兴抒情，故倍受人们的喜爱。

当你在羌族地区城镇的歌舞厅、卡拉OK厅里，听羌族沙朗舞曲，看沙朗舞蹈时，随着那一阵阵悠扬的沙朗舞曲，一位位身着羌族服饰的男女或一位位妙龄少女依次登上舞台轻歌曼舞，尽情地向观众表演时，那时而轻盈柔美；时而刚健粗犷；时而似水缠绵；时而热情奔放的翩翩舞姿，不仅令你如醉如痴，而且那式样繁多，绚丽多彩、银光闪亮的演出服饰和着演员们银铃般的歌声、甜蜜的微笑以及那独有的神韵，是那样的赏心悦目和美丽迷人。

假若你游兴正浓，兴趣盎然，不妨到羌乡村寨去亲眼看看羌族沙朗舞，那又是别有一番情趣。闲暇时节或喜庆节日，能歌善舞的羌族人民穿着盛装，在山坳平地燃起堆堆篝火或在场院空地，围成弧形或半圆形，人数多少不限，少者几人十几人，多者数十人或上百人。舞蹈时，一般是男前女后或男女间隔，拉手或不拉手，沿反时针方向边歌边舞。男女先各自轮唱一遍歌词，然后同唱，节奏由缓逐渐加快，舞至激烈时，领舞的男子加快舞步，带头交换各种不同的跳法和舞姿，时而双腿交替重踏，时而左右旋转，男女相互竞争，气氛欢快热烈。舞者全神贯注，表演自如；观者聚精会神，如痴如醉。舞至高潮或想换舞时，领舞的男子叫声“呀喂”，领舞的女子应声“学喂”，一种舞就此结束，接着就变换新的舞曲和舞步……欢快激烈，热情豪放的羌族沙朗舞，一般都要跳到午夜，甚至通宵达旦。这个村停了，那个寨子又起，舞曲声、歌声、舞步声、铃声、鼓声、声声响彻山谷，在山间久久地荡漾，令人兴奋，令人难忘。

当你站在羌寨的古碉楼下，或漫步在岷江河畔的城镇街头，听着那悠悠扬扬、美妙动听的《羊角花儿美》《花儿那姐》等沙朗舞曲，看到那翩翩起舞的沙朗舞姿，能不令你心旷神怡、浮想联翩么！能不在你眼前勾勒出一幅幅羌族人民安居乐业、幸福生活的风情画么！能不从你心底升腾起一种作为祖国民族大家庭中一员的骄傲感和自然感与亲切感么！

沙朗舞美，羌族人更美。

刊载于《草地》1995 年第 1 期

家

尕壤卓玛

我生在壤塘一片金灿灿的青稞地里，由于出生很久没人为我取名字，所以当时我叫依姆依格（藏语为小女孩），现在我叫卓玛。

那天，太阳火辣辣的，青稞穗是金灿灿的，我是皱巴巴的。母亲正在收割青稞，没想收割了我，同时收割了她半生的艰辛，我那洪亮的啼哭宣布自己离开了第一个家，母亲的子宫，成了她第三个孩子，第三个女孩子。

三岁那年，父亲弃我们而去，我成了单亲家庭的孩子，母亲的背成了我的第二个家。我能感受母亲用嘴轻轻吸走了我的鼻涕，我却把屎尿淋在她的背上，酣然而睡。那时的我已然成为母亲背后扛着的那个大石头。而日子像极了出生那天的炎炎烈日，生生把大地的沟壑印刻在了母亲的手上，不等我是否明白，就早早地烤灼了我年幼的心，熔断了我的童年。渐渐地，总有淅淅沥沥的小雨降去这样的温度，你不要惊喜，那不是老天的眷顾，那是我母亲滴落在大石上的泪珠，慢慢地催化着我的人生。

幼时，母亲为我们寻觅的“家”，都是县城里最破败的平房，我们的邻居是老鼠和黄鼠狼，母亲总怕黄鼠狼叼走了我的鼻子，所以她会堵住所有的缝隙和地洞，但我们依旧可以听到屋顶上它们穿梭、打闹的声音。我以为它们也是没有父亲的孩子，所以我是不怕它们的。

5 岁那年，母亲让我读了书，在城关小学，这是我们“四娘母”最开心的时刻，因为我读书了，母亲就可以在工地上通天亮干活，多挣 20 元钱！姐姐们也可以光明正大地带着我去学校，中午母亲也不用再带着我，就可以早早将猪草采割回来，把猪食喂了，然后回工地筛沙子。而我也觉得自己仿佛一夜之间长成了一个“巨人”，要实现那个为母亲买一条裙子的愿望了。整整一晚上，我背着书包，和屋顶穿梭的黄鼠狼、老鼠一起久久不肯睡去。后来的一段时间里，我好像又明白了是我自己想穿裙子，母亲是不会穿裙子的，我想她应该穿上松软的绵羊皮袄，外层缝上带有花纹丝绸的藏服，才会特别漂亮吧！同一年里，我改变了一次自己的愿望。

就这样，母亲从这个工地穿梭到那个工地，她的背渐渐佝偻，我们的家也从这个平房换到那个平房，唯一相同的是每一个家都贴满了报纸，每一块地板都被母亲擦拭得发亮，每一个家都有母亲种下的红苕花，每一个家都有几只下蛋的母鸡，每一个家都有母亲的一盘腊肉炒土豆，每一个家门口都会拉上一根晾晒我们棉被的铁丝绳，每一面墙上都贴着几排我的奖状，而每一天，我的母亲都在渐渐地老去。

19 岁那年，我考上了公务员，那年正值公务员涨工资，第一次发工资发了两个月的工资 8400 元，我们四娘母围坐在火炉旁，我把钱一分不少地交到母亲手上，这样的大钱是我们没有见过的，母亲说咱们是不是应该办一张银行卡，接着她抽出两张一百元说：“你也去买一双皮鞋吧，我看你一直穿着胶鞋！”我说：“大家都穿是因为好看，不丢人的。”其实那时帆布鞋真的是比较便宜的，不过，那时穿帆布鞋正是赶时髦的时候，那晚我内心久久不能平复，想着母亲这几年一直以为我都没有皮鞋穿，该有多伤心。

参加工作第二年，母亲生了重病，各种疾病交织缠绕着她，我痛恨命运的不公，而母亲早已做好了别离的准备，每一次的检查，都让我们抱头痛哭，一次 CT 照下来，医生告诉我们，母亲肩部和背部有很多陈旧性的骨折，现在都已经愈合了，可能是曾经摔伤了。我们坐在母亲床前，她喃喃道：“我也不知道，估计是年轻时在工地上背水泥的时候压断的吧，当时我吃了好多止痛片……”这一天，我在华西医院的长廊上放声大哭，没人会诧异地看你，因为在医院，这样的场景会一遍一遍地放映，每个人都有自己的痛苦。

这一年，我的两个姐姐一天会打上好几份工，变着花样做吃的，轮流陪着母亲，祈求老天这次不再铁石心肠了。也许是老天听见了我们的心声，半年以后，母亲竟然好起来了，时至今日依旧非常硬朗。

母亲痊愈那年，二姐考上了教师，她自己说那是照顾母亲的福报。

24 岁那年，我考上了副乡长，母亲叮嘱我：到了乡上要对老百姓好，不要忘了我们自己是怎么过来的，他们要是不会说汉语，你也不能不耐烦，一定要帮忙，想想要是我去办事儿，别人没给我好脸色，你会不会伤心。他们要是讥讽我，你会不会难过？如果是遇上腿脚不好的走路到乡政府，没有办成事该有多失望，他的家人一定盼着好消息呢，你明白吗？我说我记住了。

后来，壤塘不再有平房了，夜间的灯火能照亮山川、河流，霓虹下的壤塘像一颗闪耀的宝石，我家窗户照出的灯也许也为这颗宝石增添了些许光芒吧。

这些年，我们在壤塘这个特定的大家庭里以一个家庭细胞的形式，知足而平淡地过着这来之不易的日子。再后来，我买了房子，不大，但很暖，有母亲在，天冷时家人闲坐，灯火可亲。

卡夫卡说："人的心脏是一座有两间卧室的家，一间住着痛苦，一间住着欢乐，人不能笑得太响，否则笑声会吵醒隔壁房间的痛苦。"我们也一直小心翼翼地呵护着自己的家，我也相信生活一定是一杯茶，也许会苦一阵子，但绝不会苦一辈子。

渐渐地，你会发现，我们生来不能选择出生的故土，不能选择原生的家庭，不能选择命运的洗礼，但我们可以选择，选择坚强，选择改变，选择奋进，选择建设，选择感恩，选择热爱……

热爱那片金灿灿的青稞地，热爱这同样奋进的壤塘，热爱这有母亲的家。

刊载于《草地》2020 年第 3 期

马尔康“天街”行

甘国栋

在距离藏语“火苗旺盛的地方”的高原新城马尔康15公里的松岗的山上，有一条被誉为“柯盘天街”“第二布达拉”的美丽街市。其始建于宋元之际，距今已有800多年的历史。现今，它以其传统的嘉绒民居、高耸入云的土司碉楼和独具特色的嘉绒风情名闻遐迩，令中外游客无不为之心驰神往。几年前的“五一”节，我们一家也有幸慕名前往一游。

当日碧空如洗，艳阳高照。我们自驾的小车一到松岗，便顺着其后山那条通向坝口村的蜿蜒险峻的乡间机耕小道缓慢行进。直至沟内找到一倒车之处，才折返至“天街”下方一个小停车场内泊车。

我牵着小孙儿，与大家一起沿着大青石板铺成的阶梯拾级而上，穿过一座上书“柯盘天街”四个大字的石砌城门洞，再行经侧旁绿树丛丛、杨柳依依、桃花点点的较宽的坝子，便右行进入山脊那条两侧均以块石砌墙建成，由错落有致并相依相邻、多为两层的藏式民居夹道形成的顺势就弯且有小巷贯通的幽深的街道。

我们踏着以青石板铺就的路面缓步前行，一路观赏。眼前“天街”的街道较窄且呈阶梯状抬升，但仅就两旁外观古朴的房屋之内装修极具特色、房舍皆为餐馆茶座的布局、门前高挂着大红灯笼、路面整洁干净，其假日里游人如织的盛况完全可以想见！不意间抬头远眺，透过街道两旁民居屋顶间不宽的缝隙，可见前方山包处冒出的两座碉楼的上部分与蔚蓝的天际相接，一朵白云几乎是“擦”着碉楼顶端飘然而过，那别有一番风韵的绝美景致，让人禁不住心旌荡漾、浮想联翩！

随后爬坡上坎，抵达松岗村卧龙山梁上一个较为宽敞的院坝内。信步游览，可见这院坝的两端，修建于清代乾隆年间的两座四角“官寨碉”相向而立，相距约43米，均为9层，据说寄寓着“王者居其九”之意，土司官寨就建在两座石雕楼之间。石碉皆为石木结构，外观平整，每层皆有瞭望孔，整体由下至上渐次向内收缩呈台柱状；北碉通高29.2米，南碉通高24.7米，互为犄角，依山就势一高一低突兀矗立，直刺苍穹，巍峨壮观！

接着，我们走到北端那座石雕楼前架设的以钢管搭起架子、上面稀疏地铺着木板的简易“梯子”前，经检验其钢架捆绑结实、安全可控后，跃跃欲试的一行人便在康平、健平兄弟的组织下，互相鼓劲，相互搀扶、推拉着，紧抓钢架梯子，小心翼翼地攀爬到二楼。稍事休息，受到鼓舞的大家再相互保护着，脚踩踏着在独木上砍成的梯步，双手紧紧抱着那根靠墙略微倾斜地架在上一层桌面大小的洞口处的“梯子”，缓慢地爬上三楼……直至连续攀爬到楼层低矮的第九层楼，终于登上了其面积不大但周边砌有围墙、四个角抬升呈尖顶状的碉楼顶。当久已萌动的心愿变成现实，视觉中自己与蓝天、白云似乎离得如此之“近”，孩子们都无不为自己靠着勇气和毅力登上了这座高耸的石碉楼而欢呼雀跃，兴高采烈！

随后，我们沐浴着金灿灿的阳光，任由呼呼作响的河风吹拂，凭借着“会当凌绝顶，一览众山小”的高度优势，将不知多少次乘车往返金川县都无缘登临此处观赏过的靓丽景观，尽收眼底。

环视周遭，资料显示和友人介绍的松岗的悠久历史和曾一度繁华的景象浮现于脑际：松岗在嘉绒藏语中的语意为“峡口上的官寨”，因原松岗土司官寨就设于峡口得名。当年，松岗寨子就是川西北高原嘉绒藏区一个物资贸易集散地。在彼时古村寨的狭长街道上，商贾云集，人来人往，内地的茶叶、布匹，嘉绒地区的毛皮、药材就在这里互市交易。松岗也曾因占天时地利人和，生意兴隆、财源兴盛闻名嘉绒藏区。松岗土司的历史则可以追溯到唐代，最初的官寨建在盘果梁子上，大约是宋元之际迁至现址，经过扩修形成新老两座官寨。苍旺扎尔甲（1720年—1752年执政）仿照布达拉宫的样式，大兴土木，把两边连接起来，其建筑的富丽堂皇、所耗人力和财力在当时的四土地区堪称“之最”。

收回思绪，我们遥望东方，发源于红原县壤口乡的梭磨河，沿着高山大峡谷一路奔流，自卓克基才放慢速度，缓缓流经高原新城，以及两岸山峦高耸、银色的高压线铁塔矗立高坡、藏式特色民居栉比鳞次、经幡猎猎的乡村，汇聚起大沟小溪的水流，浩浩荡荡地于松岗夺口而出，再以势不可挡的宏大气势，循着葱翠柏树、桦树等林木掩映的狭窄且落差很大的河道，向大金川江的主要支流脚木足河奔腾而去！

俯瞰山下，新近建成的均为两层以上的崭新民居“松岗新居”映入眼帘。那一栋栋结构相同、均由手艺高超的工匠以一色的花岗岩石块精心砌成的棱角分明的石墙、用白色勾勒出轮廓的窗户、以红瓦覆盖屋顶的藏式民居，比邻绵延长达数百米，蔚为壮观！房舍与公路间夹着的一大片平畴上，嫩绿的禾苗生长茂盛，勤劳的藏族人民在这块土地上辛勤耕耘，齐心协力共奔小康！

松岗大桥下方梭磨河边大片的土地上，播种时覆盖的地膜，仍在太阳光照射下泛着耀眼的白光，颇有云南哈尼族梯田之风韵！

继而放眼河对面的养獐场沟内，远处，皑皑群峰与蓝天相接，莽莽苍苍的森林覆盖着山坡，几只矫健的雄鹰在高空展翅翱翔；近处，源于莫斯都后山雪峰的木脚沟水哗哗地奔流不息，下游两岸的梨树、核桃树和白杨树郁郁葱葱，庄稼生长茂盛，春意盎然，景色宜人！

梭磨河对岸的直波村内耸立着的两座八角碉楼，与松岗村两座四角碉楼统称松岗碉群，是被国家唯一确定为全国重点文物保护单位的石碉群。视线所及，之前我们一家游览该村的所见所闻尚记忆犹新。

这两座八角碉依山势南北分布，南碉地处山脊之上，北碉位于村内，两碉相距 50 米。其外形均呈八角形，内呈圆形，整体由下往上渐内收成锥体形，由石块和泥砌成，内用木质楼梯上下，南碉高 29 米、北碉高 43 米，共 7 层。这两座古碉集嘉绒藏族建筑高超艺术于一身，碉楼高大雄伟，八条棱角笔直向上，直插云霄，墙体平整如削，技术精湛，极为牢固，系八角碉中的杰作，虽经漫长岁月的侵蚀和风雨的冲刷，古碉却变得愈发古朴、浑厚，在巍巍青山的映衬下显得格外壮观！其中修建于清朝乾隆年间的北碉楼，半个多世纪来已经倾斜 2. 3 米，虽经历 3 次大地震却屹立不倒，被称为中国版的“比萨斜塔”。不过，为了游客的安全，梯子前立有“禁止通行”的牌子。

北碉左上方是一个“掘藏”的现场，那里经幡摇曳、香雾袅袅，几间“扎康”（僧人住的小房子）格外醒目。靠山的灌木林托着的那一块大青石下，长明灯闪烁，用于跪拜的蒲团一字排开，隐隐传来清脆的法器敲击声和喃喃的诵经声……掘藏师在这里采用独特的方法发掘昔日莲花生大师的“伏藏”——即莲花生大师为后世弟子之福运而埋藏起来的自己的秘密教义及其密典，以使后世信徒挖掘。

北碉的右上方是一座墙体通红，石木结构，集汉、藏、印（印度）风格为一体的三层寺庙——罗尔伍朗寺。据介绍，该寺创建于公元780年。相传8世纪藏传佛教中的宁玛教，由西藏最早出家的“七觉士”之一的藏学大译师毗卢遮那传入马尔康境内。他传教到松岗时，收直波东尔单、于扎宁波等为徒弟，创建了宁玛派直波罗尔吾朗寺，并在开光时留赠有铁铸莲花生大师、护法神等三尊佛像供奉，保佑着这一方百姓的安康。自此，该寺庙在马尔康声名远播，成为松岗旅游的“打卡地”。

而今居高远眺，我们深感那映入眼帘的虔诚，念经膜拜者焚香的袅袅飘升的缕缕青烟，给人以安宁、祥和之感；那北碉楼周围掩映于绿树丛中的嘉绒民居建筑群，其结构、色彩和装饰，则尽显嘉绒藏族的民居传统，充满着浓郁的嘉绒藏族风情和土司文化的气息！

待到收回视线，眼前的松岗山宛若一条飞龙，而当年的松岗土司官寨就坐落在两座碉楼所在的“龙头”之处，地势高耸且分外险要，想必分外壮观！其最具代表性的嘉绒民居建筑群，均依两侧分外陡峭、险峻的鱼脊似的山梁逐次修建，一直延伸至半山坡上那座经幡猎猎的寺庙处，与遍布山坡及至山巅的郁郁葱葱的青冈林和灌木丛相接，显得自然而和谐。

在碉楼顶尽情观赏并拍照后，大家按照安排，依次循原路下楼。途中，可见每层楼的瞭望口处都有红嘴乌鸦筑的巢，这才明白：我们站在碉楼顶时，那几只扑打着双翅，在我们头顶不住盘旋、掠过、鸣叫的红嘴鸦，原来是在“护崽”！仔细巡看这些鸟巢，则见其中有五个窝内竟产有鸟蛋，它们之中有一只经孵化刚钻出蛋壳、全身红色尚无羽毛的小乌鸦，正尽力晃动那耷拉的小脑袋，在窝内漫无目的地缓慢爬动，很是逗人怜爱。童趣使然的孩子们一拥而上，争相一睹为快；当好奇者忙不迭伸出小手想去抚摸一下小鸟之际，当即被二姐阻止，并以“小鸟也是生命，要爱护小鸟，保护动物”的说教劝阻，只好后退几步观赏，但满脸依然写下了惊喜与满意的神情！

之后，已显疲态的一行人，才意犹未尽地离开天街，前往养獐场内 5 公里处一白杨树林里小憩。大家在淙淙流淌的小溪边洗手、戏耍；在草坪上席地而坐，一边悠闲自在地饮用随带的茶水，品尝水果、糖果，一边回味着在天街的所见所闻，自是惬意、舒畅！

待到太阳偏西，我们才返城用餐。

至今忆及，此次节日郊游虽行程近、时间短，但祖孙三代在饱览高原美丽山水风光的同时，得以深入了解嘉绒藏族的历史文化、风土人情，自是受益匪浅。一家老小攀爬石雕楼观景过程中的执着、惊叹，以及登临碉顶时的欣喜、自豪，必将烙在大家的脑海里，经久难忘。这，实在是中华民族传统文化倡导崇尚、世人分外向往的“天伦之乐事”！

刊载于《阿坝日报》2022 年 9 月 23 日

野生茶也有春天

高　璐

脚下的路，便是“松茂古道”娘子岭段，若干年前牵系着成都平原和松茂二州，成为中原和川西北茶马互市的唯一通道。它蜿蜒于山间的年龄当以千计，马帮背客们从灌县出发，翻越赵公山途径的第一站就是娘子岭。

顺着红椿沟往溪流源头走，扑面而来的负氧离子，让人忍不住大口呼吸。越往大山深处，林木越是葱郁，错落有致的参天大树像天然的大伞，汇聚了一方山水的灵性，一树又一树，均以千年定固的姿态盘踞。

跟随初夏的风，我行走于枝叶茂密的荫凉小径，清风拂面，夹杂着苔藓和腐木的气息。若不是投射在头顶的斑驳光影，我甚至忘记了出发前的大好晴日。渐渐向溪流靠近，叮咚的泉水立马包围了我的耳朵，所以，攀登的脚步也变得轻盈。

“枯藤老树昏鸦，小桥流水人家，古道西风瘦马。”此行的我，无缘遇见诗卷中的“瘦马”，但这娘子岭的古茶树是随处可见，三五步便可邂逅一株，它们藏匿于偌大的松柏之间，羸弱的身姿含羞隐藏于万木丛中，怀抱暗香以自由的姿态兀自生长。若不是标识牌揭示其身份，路人也许会忽略掉它们的存在，更不会把眼光投向瘦骨梭棱的藤树。我固有的认知里，古树都是呈拔地倚天之势，而此地的茶树苍老钩曲。茶树点缀古道，古道衬托茶树。也许缘于骨子里的低调，仙风道骨的它们，凭一个“古”字，便占了韵味非凡的先机。于是，我更加关注它们。

我从小生活在汶川相对干旱的地区，对茶树是鲜少遇见的，但因为父母一直钟爱漩映地区的茶叶，他们抵触这一区域以外的任何茶类，无论是铁观音、金骏眉，还是碧螺春、普洱茶，却偏对漩口茶有着近乎执拗的痴迷，耳濡目染下，我对漩映茶叶也蓄存着一些说不清道不明的情怀。

陆羽《茶经》有云：野者上，园者次。阳崖阴林，紫者上，绿者次。都说自然生长在深山幽谷的野生茶，没有化肥农药的灌溉，富含多种有益矿物质，是茶中上品，而古茶树历经岁月累积，所产茶叶内质丰富、醇厚耐泡，更具香气。眼下有机会与这些古茶树零距离接触，我自然是欣喜的。唤上友人，围茶树，掐嫩芽，还似懂非懂凑近鼻子深吸一口气，故作内行判断茶尖的馨香程度。不过，新鲜茶尖与我印象中的成品茶叶似乎没有产生任何嗅觉上的关联。在娘子岭道观歇脚时，我又把这些嫩芽泡进开水中，却依然没有得到预期的醇香，以至于我开始有些怀疑这些茶树的真伪。直至采风归来，同行文友把沿途采摘的茶树芽带回家用文火炒制，得到了一小撮珍贵的干茶叶与我们分享。只一小勺，那些蜷缩的黝黑的茶卷便精灵般在滚烫的水中上下起舞，随即安静地沉入杯底，再慢慢将青色氤氲开来，幻化成一大杯清亮的茶汤。倒掉洗泡的头道水，冲入滚水，吹去浮沫，绕过腾腾热气，轻抿一口，甘与涩迅速在唇齿间酣畅淋漓。待温度适中时，再咕咚一大口，一帧丹青水墨画在舌尖缓缓铺开，浓郁的馨香也随之涤荡着每一个细胞。

我瞬间顿悟，这不正如人生吗？未经雕琢加工的茶尖年轻懵懂，色彩艳丽，却因少了漫长时间的陈化和磨砺，青涩寡淡。历经生活的百般烘烤、揉摔、发酵后，拂去浮华，色彩开始变得暗淡，浓缩的醇香也呼之欲出，沉稳浑厚。

领悟茶道的同时，不禁思虑，人有血脉延续，岷山茶有吗？迢迢古道的喧嚣渐行渐远，许多人为沉寂多年的茶马文化扼腕叹息，就连九十年代风靡岷江上游的漩口花茶也渐渐没了市场。直至我听说了“茶祥子”。

“黑茶一何美，羌马一何殊。”黑茶曾何其珍贵，大文豪汤显祖早已撰写在《茶马》时光的陈香里。有人说，茶祥子是一个茶厂，也有人说它是一个公益开放的品茗读书地，还有人说茶祥子是远近闻名的黑茶品牌。无论以哪一种情态存在，毋庸置疑的是，黑茶，作为西路边茶非物质文化遗产保存下来的藏茶工艺，凭借悠久的历史、浓郁的文化情怀和“红浓醇陈”的特色，早已挣脱了重重束缚，为古茶开辟了一条新路。

地震后来到映秀创业的茶商，怀揣着传播茶马文化的个人使命，每年收购村民们采摘的“荒荒茶”，引领映秀村民以茶致富，将“独乐乐不如众乐乐”的儒家思想浸揉进每一盏清冽的茶汤中，一步步将茶生意做成了茶品牌，又将茶品牌做成了茶文化。

如今的大土司黑茶不仅走出了汶川、走向了全国，还作为西路边茶的杰出代表迈出国门，远销“一带一路”沿线国家和地区。我想，这些成就并非一朝一夕之功，需要做茶人对这份事业持之以恒的热爱和敬畏。“茶祥子”是黑茶传承者，更是映秀人自强不息的亲历者、引领者，是汶川人从容涅槃的见证者，能成为有思想有内涵的灵魂产业和汶川精神的地标，是完全合乎情理的。

今天，我把目光投向远处的岷山羌地，那些踌躇而行的人是谁？那些迎着山风全力奔跑的人又是谁？铿锵的回声在群山中传递：“是茶马新篇里的古羌后裔，是历经重重磨难后仍然矫健笔挺的岷山儿女。”沉睡多年的茶马文化再度焕发了青春活力，它的蜕变是陈韵的积累。而古道边摇曳了千年的古茶树，像极了我的民族“羌”，或许枝叶稀疏，或许生长缓慢。但它根系完好，给它足够的生长空间，哪怕栉风沐雨，弯曲的虬枝也定能向四面伸展绵延，自强不息。

刊载于《四川日报》2023 年 3 月 21 日

杨扎西的春天（节选）

韩　玲

一

杨扎西背了一大背玉米草从地里往家走，沉重的玉米草把本来就瘦小的杨扎西遮掩得几乎看不到人。

路面是斜着的，杨扎西往上走，像一团蠕动的草团，走得近了，才看见他汗津津的脸，手上还提着黑色的塑料桶，塑料桶里装着半桶烂梨子。杨扎西背着玉米草往敞房里走，他要把玉米草堆在敞房里，放玉米草时，玉米草和人都翻在了地上，桶里的烂梨子滚落了一地，杨扎西嘟嘟囔囔地埋怨了几句，挣掉连着自己和玉米草的绳索，起身把烂梨子捡回桶里倒进猪圈。圈里的两头猪听到声响懒懒地叫了两声，并没有起身吃梨的打算，杨扎西又骂了两句“懒猪”，转身在发黑的洗脸架上撸下洗脸帕，擦黑板一样用劲擦去脸上的汗水，一屁股坐在院坝边上的矮墙上，发起呆来。

四十多岁的杨扎西结过两回婚。第一回结婚是在他二十五岁的时候。冬日晴好的日子，整整忙了两个月才张灯结彩迎娶了新娘。杨扎西和他的母亲都记不起第一回结婚的时间，他们的诉说里只有两个地方是清晰的、一致的：下河修水坝的那一年和冬天天气很晴。对于新媳妇儿，杨扎西的母亲说她菜炒得好吃，馍馍蒸得黄呢，每次硬要放很多碱水，话也不说，一没事就抱着头蹲在屋檐下有太阳的地方。话说到这里杨扎西就打断母亲：人家啥时候天天抱头了呢。杨扎西顿了顿又说，只是那女子病多呢，我都带她到华西医院看了病呢，啥也没有查出来。

那病怪呢，在我们家就发作，回到他们娘屋，她就哪里都好了。她在我们家住了一年，后来就回去了。杨扎西和母亲坐在阳光里，有了一小会儿的沉默。

第二回结婚就更记不住了，说是杨扎西从山埂子的一户人家领回来的，住了一段时间，因为那女子神智不太清楚，老是不分白天黑夜的从家里跑出去，一出去就好几天，家务事也不能做，杨家担心人跑丢了不好交代，就把那女子又送回了山埂子。

杨扎西家的住房临公路，车子可以直接开到院子里，他们说房子修了二十年了，时间倒回二十年，这房子在当时应是数一数二的好建筑。向阳、宽敞，是个布局非常合理的两层楼，房外还搭了一个厨房和饭堂。

我们在一起说这话时，杨扎西一家已经活成了全村一千多户中为数不多的收入不到三千的在册贫困户。因为国家的精准扶贫政策，作为帮扶人的我多了这么一家亲戚。

二

第一回进入这个家是一个雨后的早上，头天晚上刚下过大雨，杨扎西家的屋里摆满了接雨的盆盆罐罐，屋顶还在滴滴答答地往下漏雨。杨扎西的母亲眉头紧锁着从屋里走出来，花布鞋上沾满了泥浆，鞋子有半截明显的进水了。杨扎西的母亲虽然年纪很大了，但人很利索，脸上泛着红光，她一边撩起围腰擦手，一边让我去院坝里坐。我跟着她走进了厨房，立刻就被蜂拥而至的苍蝇左拥右抱，哪儿有空往哪儿钻。我一边用手打开飞扑而来的苍蝇，一边揭开杨扎西家的锅盖，锅里热着半盆酥油打茶和几个黑不溜秋的馍馍。

灶头对着的石缸里装满了清水，石缸上刻着一些图腾的方案，看起来时代比较久远了，有纹路的地方嵌着油光光的黑色的东西，唯一发亮的是一个瓢。吃饭用的方桌上只有拳头大小还能看出原本的木头本色，人坐着的四周都是油腻的黑，板凳也是如此。吃饭的房子里挂着长短不一的农具，熏得漆黑的肉杆上挂着五六根腊肉，还有吃了一半的油饼子。

油饼子这东西现在在农村都已经很少见了，是冬天杀了年猪后，把猪身上的板油用手打匀，用板油皮包了，越匀越紧实越不易变霉，打好的油饼子挂在肉杆上是主家一年炒菜的油荤。而打油饼子也是一项技术活，打得好的，包得匀的油饼子不管天冷天热，一年甚至几年油都不腊口；打得不好的，春天一过，油饼子就变了味，用来炒菜也开始腊口。早些时候，油饼子也是一家家境好坏的一个标志，家境好的，到了五六月青黄不接的时候，家里的肉杆上还挂着一两个油饼子，家境不好人口又多的，到了五月份肉杆上再也看不见一星半点的荤腥，炒菜就炒红锅了。已经过了五月，杨扎西家的肉杆上还悬了半边油饼子，按旧时的标准，这日子还是能过的。

房间里有刺鼻的异味。

客厅里摆着一张旧沙发，用布遮了破败处，两旁的卧室里各置了一张床，床头堆满了洗过后的衣物，以作枕头和换穿时顺手，靠床的地方有一个矮方凳，凳子上堆着劳作时换下来的衣物，一直脱得满地都是。

二楼屋顶的瓦破损厉害，主梁腐朽了，房子之间的隔断与楼顶间空出很大一段距离，墙不挡风屋不遮雨。屋子靠里的墙边搁了一张东倒西歪的床，一张破烂的罩子被屋顶上落下来的泥巴、扬尘、老鼠屎和各种糊里糊涂的垃圾压得有气无力，床上的罩子早看不出本来的颜色。对着门的墙边，四五只塑料口袋并排的盛放着半袋子东西，有玉米，有洋芋，还有一些我叫不出名字的东西，口袋敞开着，像一张张饥饿的嘴巴。

杨扎西弓着身子上楼，赌气似的推开楼上的每一间屋门后转身离开了，我看见了他的脸，还有他的眼神，赤裸裸地写着抗议。

从一楼通往二楼的楼梯是石头砌的，上面糊了一层薄薄的水泥，时日长了，砌在墙上的石头挣脱浅薄的水泥露在外头，松动了的石头风都能吹得动。“把松动的石头捡下去吧。”我跟在杨扎西的身后，自己顺便也带了两小块下楼，石头不重，脚步却沉得像是每一步都能踩垮这两层小楼。下得楼来再回看那楼梯，仿佛一个衣衫褴褛的豁牙老太立在风中。

杨扎西的哑巴父亲自去年手术以后人就又缩了一圈，眼睛像两个又深又黑的洞，他整天咳嗽。咳完后就一动不动地躺在屋檐下晒太阳，若不注意，还以为是谁堆了一堆旧衣服在地上。杨扎西的母亲话多，蹲在哑巴耳边问话的声音像在吵架，“你想吃点什么呢？吃点什么东西？”哑巴摇摇头，疲惫地闭上眼睛晒太阳。尽管哑巴说不吃东西，杨扎西的母亲还是转进屋子里取了一盒牛奶交给哑巴，哑巴握着牛奶不再有任何表情。盒装的牛奶是邻居看望生病的哑巴送过来的，杨扎西把牛奶放在厨房的柜子上，黑色的烟尘布满了纸盒。杨扎西做事的时候总像跟谁赌着一口气。杨扎西母亲说，“扎西兄妹多，数他最小，他爸就给他取了扎西的名字，希望他一生吉祥。”杨扎西母亲顿了顿，“没想到数他最难，看嘛现在，婆娘也没有，我们老两口又成了他的负担。”

杨扎西母亲转进灶房里去做饭，柴火的浓烟一股股从屋里漫出来，馍已蒸在锅里，这个时候已经上气了。杨扎西的母亲双手粘满了和面时留下的面粉，她一只手按着石臼，一只手握着从河边捡来的椭圆的石头砸海椒面。砸好海椒面后，又在盆里洗下午要吃的茄子和黄瓜，顺便也洗去了手上已在逐渐干掉的面。

一盆清水逐渐变浑，颓废像空气，从四围裹向身体，无孔不入。

三

返程有好几十公里，走神的思维控制不住手里的方向盘。雨帘里，仿佛看到自己三十多年前的家，有那么一小会儿，我有点相信所有的遇见都是上天的故意。而且，我跟女主人还同姓，在我们后来数回的合影里，我发现我们真的长得有几分相似，更重要的是，我觉得女主人像我过世的奶奶，或者是我看到所有干净利落的老人都像我的奶奶。内心衍生了这份亲情，肩上好像多了一份责任。

我掉转车头回到乡政府，找到第一书记，我承认我是一个烦琐的人，我试图跟每一份陌生寻找一个善意的契合点。此时，我跟第一书记走在返回贫困户家的公路上，更加深层地寻找他们致贫的原因。“他们家姐弟六个都已各家立业，杨扎西家最艰难。去年，杨扎西和他爸爸都得了一场病，分别入院手术，住的时间还比较长，他们的家全靠他母亲一人支撑着了。”“但是他们目前的状况应该不是一天两天的结果，得病，只是雪上加霜而已。”“他们的家庭人员结构，杨扎西的个人问题以及他的情商智商等问题都是他致贫的主要原因，一个中年男人没有女人，没有孩子，他几乎没有什么动力。”我们一边走一边说，不觉间又看到了他家的屋顶，怕再扰他们，我们又往回走。

周末的时候再去杨扎西家，经过商场时往后备箱里塞了两件牛奶，一袋米和一桶清油。因为没有提前联系，杨扎西家里没人在家，我在他家门前的梨树下坐了很久，不见主人家回来，便去地里找他们。杨扎西的地离他家并不远，有一片甚至就在家门口的公路下边。此时，他正在地里侍弄他那几分菜地。茄子、海椒、西红柿、莲花白等各种蔬菜，菜一畦一畦的，很规整。夏天里，树叶浓密，杨扎西弓着身子劳作，把摘下来的菜分门别类装在塑料筐里，他头上滚着亮晶晶的汗珠，身子小得稍微一用力就会掩在菜叶子里。

"这么多菜，你怎么卖的？"我问。

"茄子一块五一斤，西红柿两块一斤，莲花白便宜一些。"他用手揩了揩脸上的汗水，手上的泥就在脸上化开了。

"这个点上你摘了这么多菜，准备什么时候卖呢？"

"下午的时候拉到镇上去卖。"

"这个点可能卖不完了吧，卖不完怎么办呢？"

"卖不完就兑了。"兑在方言里就是打包给人的意思。

"怎么个兑法？"

"所有的菜加在一起给需要的人嘛。"

"那怎么收费呢？"

"合适给点就行了。"

有时一堆菜，杨扎西十块钱就处理了。杨扎西说完不再理我。对于我们这种县里来的帮扶人，帮扶对象并没有太多热情和希望，他继续弓着身子劳作。我看见红亮亮的西红柿从杨扎西的手里滚到塑料筐里，样子既可爱又无辜，我说："今天你的菜，我全要了哈。"

杨扎西有些不信："你要那么多菜做什么？"

"分给朋友吃哈。"

杨扎西的脸上有了笑意，"好吧，省得我去镇上。"

等杨扎西把四个半筐的菜装进我的后备箱，我付完钱，杨扎西心里的抵触情绪估计消失了一些。这之后，只要我去，他们家的菜我都会买一些，分给家人朋友吃，有时候忘记分了，便烂在了筐里。我跟杨扎西说，摘菜要有计划，每天能卖出的量，你自己心里要有个数，不能总是兑了兑了的，自己要计算成本。

四

我总是刻意淡化我作为帮扶人在杨扎西家里所扮演的角色，在外头多说一句都有显摆和自以为是的嫌疑，我以为每一个帮扶人之于贫困户最多起到一个穿针引线的作用，而决不是决定性作用。尽管这三年来，为了杨扎西一家我是费尽了心血。为了争取杨扎西的房屋维修款我村里一趟、县里一趟地跑，拍摄的图片和递交的材料有一本书那么厚，但看到杨扎西拿到藏区新居建房款时高兴得合不拢嘴的样子，我觉得一切都好值得。

“阿妈，两万元哦，两万呢，两万让我们用来维修旧房子。”杨扎西从屋外走向客厅，连背影都变得充满力量。

旧瓦早已经不能遮风挡雨，屋顶的主梁也是朽了的，换主梁和换瓦在同一天进行。盖房的头天晚上，杨扎西凌晨一点醒了一回，三点又醒了，他索性起床把楼上能搬得动的东西一件一件地搬到楼下。杨扎西心里酸酸的，家里好久没有来过这么多人了，他小心准备着，腊肉昨天已经煮好，蔬菜、豆腐、粉条都买好了，齐齐的码在案板上。头几天，杨扎西就拿了家里过年时剩下的一件啤酒给大嫂家抱去，坐在火塘边，嗫嚅着，好半天才说出一句请大嫂帮忙做饭的话，大嫂倒了半杯枸杞泡酒给扎西后，便很爽快地答应了。临走大嫂还从肉杆上取下一根腊肉搁在扎西的啤酒箱上，让扎西一并抱了回去，“自家人，有什么需要帮忙的就直说，不要客气哈。”大嫂站在路口，路灯是太阳能的，苍白的光把大嫂的影子扯得老长。

天上没有月亮，山坡上、地坎上，各种不知名的小虫子叫得很欢，杨扎西闻到了新鲜的牛粪味道。他抱着啤酒箱子和肉往家走，腊肉在箱子上晃来晃去，油乎乎地撞在衣服上。他有些沮丧。有十多个人呢，杨扎西心里念着，想着自己连个做饭的女人都没有，他朝着漆黑的夜里吐了口口水，想是诅咒个谁，又觉得没有谁是自己该咒的，杨扎西有些悻悻然。

天亮后帮忙的乡亲陆续到了，每个帮忙的人手里或背篼里总要装点新鲜蔬菜帮补一下。杨扎西请的小四轮车突突突地开进了院子，一车又一车的小红瓦拉到了杨扎西家的院子里，乡亲们把小红瓦装在背篼里往楼上背，有人在木梯上接了往梁上盖。

“扎西，房子盖起了，你就有婆娘了。”太阳底下，帮忙的人嘴里逗着杨扎西，手上飞快地传瓦。

杨扎西嘿嘿地笑着：“婆娘拿来咋子哇，多个嘴巴难得养。”

“人家没有长手脚啊，自己不做？”

“咋讨得到婆娘哦，尽说些啥子话。”

人群七嘴八舌地攻击杨扎西，杨扎西也不多说话，仰着头傻乐着。

楼上，断了的主梁已被男人们七手八脚地换下来，旧瓦正在一点点的被新瓦替代，房顶上、院子里前来帮忙的人在杨扎西眼里都是正在开放的花朵。花朵美呐，从慢悠悠的云朵和蓝色的天际滑过，从杨扎西仰望的眼睛里划过。

五

杨扎西的老父亲还是不停地咳，仿佛要把心肺从胸腔里给扯出来。每回听到父亲咳嗽，扎西的气就接不上去。扎西母亲从里屋出来，手里提个半大的塑料袋，里面装着几件旧衣服和一双半旧不新的胶鞋。扎西说是要去工地上打工，扎西母亲帮扎西收拾好东西，扎西就走了。

那一晚上，杨扎西的哑巴父亲几乎整整咳了一夜，杨扎西母亲夜里起来好几回给他送药和水，差不多整晚都没有睡着，早上起来扎西母亲的脚都站不稳了。

“扎西啦，你爸咳得凶哦。”杨扎西母亲的电话打过来时，杨扎西刚从工地上回来。杨扎西是由朋友推荐在一个农网改造的工地上栽电杆，他做基础工作，给要栽的电杆打洞，每一个洞视其深浅难易程度，工价分别为 120 元至 200 元不等，扎西运气不好，要打的洞刚好在山上，土很硬，一锄头下去，锄头也冒金星，打了一早上，杨扎西也就挖了两三尺的样子。

工友们蹲在临时租借的院坝边上吃饭，吸溜吸溜地发出很大的声音，杨扎西从做饭的阿姨手里接过一盆儿热气腾腾的酸菜面片儿，又舀了一大勺熟油辣子放在面片上，红油一点点地洇开，杨扎西的胃里伸出一只无形的手，那只手一寸寸地往上伸，一直伸向碗边。一些吃得快的工友此刻已经吃好，他们靠在向阳的墙边，吸烟的、玩手机的，太阳光打在他们身上，照亮他们片刻的闲适。

打洞是按个数给钱的，多劳多得。早饭过后，工友陆续拿起自己的工具赶到工地上去了，趁天气凉快，多加把劲。每个人都在这么想。有的工友一天能打好几个洞，杨扎西想着打一天就有好几百块钱，也急匆匆地扛起锄头，顺手拿了一把多余的钢钎往工地上赶，锄头上吊了把撮箕，撮箕把口大，一往下走，撮箕就滑在他头上，溅他一头灰。杨扎西有些恼，他干脆拖着锄头走。

山坡向阳，土地又干又硬，挖几锄就会遇到一两个尖石头，那些只露着一个小尖头的石头像一只只怪兽，根本无法确定他的大小。有的轻轻一掰它就松动了，有的则只是巨石的冰山一角，杨扎西的洞打到一米深左右的样子就遇到了这个冰山一角，起先他以为只是个不大的石头，他使劲地用锄头和钢钎刨石头周围的土，露出的石身越来越大，杨扎西感觉不妙，他跳下坑拼尽全力地扳石头，奈何石头纹丝不动。杨扎西愤愤地爆了句粗口，人就瘫在了洞里。瘫在洞里好，洞里凉快。

杨扎西沮丧的在洞里眯了会儿，凉快倒是凉快就是手脚打不伸展，他爬出洞，一屁股坐在长长的电线杆上，电线杆被太阳晒得像块碳，杨扎西被火烧了一样弹起来，他妈的，杨扎西又爆了句粗口，他才看清这干包包上并没有一处可以遮凉的地方，杨扎西自认倒霉，只好坐在新翻的泥土上，泥土有些潮热，但至少没有那么烫。杨扎西打开水杯一口气喝完了杯里所有的水，觉得有点饿了，看看火辣辣的日头刚好正对着这片山包，工头儿送来的盒饭静静的卧在旁边，杨扎西用手拍了拍饭盒上积累的灰尘，三下五除二地吞下了盒饭。

他出神的盯住洞，盯住洞里的石头，大颗大颗的汗珠顺着他又黑又瘦的脸滚落下来，杨扎西一抹脸，脸上的泥又混进眼里，一时间汗水和泪水在他脸上纵横密布，混合交织。

杨扎西回到工棚的时候，工友们都还没有收工，他匆匆收拾好他的衣物，独自离开了这家停着拖板车，堆满农具、电杆的小院子。

刊载于《青年作家》2019 年第 10 期

羌乡一隅

江 漫

沟

岷江上游的主河谷，几乎都是枯燥的赭黄色。一股风来，或一辆车过，河谷中立即烟尘滚滚，行人、庄稼、房屋……全被笼进黄沙帐里了。

可是到了松溪堡，转入左侧的支沟，却另是一番景象。山也青了，水也绿了。

标准的“V”型沟谷，曲折幽深，谁知它究竟通向哪里，掩藏着几多奥秘。

狰狞的岩石，从沟两边“棚”拢来，想把沟封死。溪水慌忙从岩缝中挤出，机耕道也从夹缝中楔进。沟口都是一道险峻的关隘。

磨坊，像缩小的古烽火台，横跨沟上。石墙上厚厚的粉尘，和屋顶上零乱的杂草，填写它的资历。发黑的木制轮盘上，不断抖落团团雪霰，依旧讴唱那多年的老调。

怀着探险的心情，深入吧！沟是曲折逶迤的，它倾出一川碎石，数十里清泉。沟谷的台地上拥挤着玉麦地、核桃树、花椒林、苹果园。

三四月间，沟里装满了果木花，见不到人影，只有在雀和蜜蜂在欣赏。

是世外么，人家在哪里？

抬头，帽子都要望掉的高山上，有撑天巨柱般的石碉，被参差的寨房簇拥着。云雾、炊烟混杂着在寨边飘浮。苍翠的森林、起伏的岗峦给它衬作背景。

这些八角形的，四方形的石碉，几乎占据所有山脊和高坡，不知经历过多少岁月，多少强烈地震，没有崩坍而巍然耸立，大家遥遥相对，是互相声援，还是彼此警戒？

遗憾的是羌山上没有文字凭证，这些古董创自何时，经历过什么？只有从爷爷的爷爷的传说中去探测。

老年期的山如同老年人一样，瘦骨嶙峋，皮肤皱皱，深陷的谷底是它的胸腔吧，那里有深沉的呼吸、喃喃的倾诉，它轻轻嘘气，在树叶底叹息碉的坚定、林的幽深、洞的诡秘。

晨雾中，常有几只猎狗围聚一团狂叫，有人猜测：定是獐子、鹿子被“关”在树上了。没有人声，没有响动，只有躲在灌木中的山鸡在替罹难者呼号。

溪水也在冒着淡淡的雾霭，一早溪边有妇女出现，她们头缠大圈白帕子，腰束巴掌宽的花带，背着水桶，弓着身子，盛上一背音乐，叮咚，叮咚，款摆着腰肢，缓缓向雾中的寨屋走去，留下一个朦胧的身影。

雾，魔术师的披风一样，它又搭在山上了。它要变出什么？啊，满山泼洒上奶茶，有浓有淡，增强了山的皱瘦、层次和立体感。同国画家比赛烘染。

太阳爬上山梁，金辉稀释了雾霭，“嗬嗬嗬”小姑娘们挥动树枝，驱赶羊群向草丛里散去。“咩”的叫声呼应着坡上的叱牛声，在沟里回荡。

沟，山间血管，树上的枝条，联结着更遥远，复错的主体循环着。

四面山寨上，周围树林中，一滴滴水珠，一丝丝细流，都不断地汇聚到沟底，连同那些落叶、泥沙、药材、木料……也流淌到沟中。

一切都在流动着，包括时间和生命。它们和沟里的流水一样，越过层层山峦，向着更广阔的空间。

盐油、布匹、工具、机械……坐着小四轮，突突突爬进山来。

永无止境的循环，老按低频率在进行。那些永不流动的石碉、山岩、桥梁，风雨却在悄悄地剥蚀它们……

时间、风雨、太阳也在雕刻沟谷。

岩

最陡峭险峻的，是乡政府对面的壁板岩。

横看，像条天骄的苍龙；竖看，是一副顶天的屏风。

仰望，它已经拄着天了。那高度，绝不下于二百米。斧劈般的石壁上，点缀蜂层般的孔穴。焉知不是古海期水的漩流的开凿。

飞旋高空的鹰鹫，倦怠时就停息在这些洞穴里。它们攫取到食物，便飘然进洞，在那里从容享受一顿美餐。

禽鸟也有占有欲，吃不完的食物，就储藏在洞中。洞又是它们最理想的住宅。

羌寨上的人估计那洞穴里，可能有奇迹，他们想探看个究竟。

于是几个人约好，从乡政府那面“屏风”的细微裂痕上，爬上龙背。转到那密布洞穴的悬岩边。用长绳一端套在山顶树干上，把另一端系在一人腰间。由另外的人提着绳子，将系着腰的人吊下悬岩半空。

半空的人，身子摆荡着，变成搓羊毛线悬吊的纺锤。鹰在他身边飞，云在他脚下袅，这是无与伦比的高空绝技。

接近洞口时，他摇动铃铛，岩顶的伙伴便稳住绳子，等他抓住岩壁，钻进洞子……

洞里，光线不足，黑咕隆咚，一股冲鼻子的臊腥味儿，还混合着一种奇特的怪味。慢慢看清了，狼藉的鸟粪和兽角蹄毛。

哟！麝香，麝香。

猛禽们叼回整只香獐尸体洞里享受。麝是不能吃的，它也不会腐烂，日子久了，一个个完整地保存下许多。碰上运气，一个洞里就拣到一斤多麝。

这是危险的事，不但要敢于攀悬岩，走绝壁，进洞也需要身手敏捷，防备蹲伏在黑处育雏的猛禽。

对着巍巍绝壁，抬头仰望都有点心惊目眩，嘘见那垂吊半空，只有木偶般大的羌人在那里晃悠，心一下子收缩紧了，实在不敢多看，更不敢想象那站在绝壁边缘放绳子的人，他们下视悬岩千仞，站在可能崩垮的岩边，手里提着一个人的重量。万一脚软、力衰、心悸、会产生什么后果？

羌寨上的人却把这看得很平常，每天都有人爬上这“苍龙”背去砍柴、打猎、挖药，他们还竖背着三四米长的圆木料，从那些松鼠也要摔跟斗的地方下来。

他们人在高山上长大，寨屋就修筑在岩边。

寨房内外

步行二十多里我到了黑猫乡政府的所在，房里空无一人，向学校教师打听，乡长和文书都到跟斗百级解决争执去了，不知何时返回，只好找上那里。

一走又是十多里山沟路。

地势不断上升，山上树木更茂密，岩上藤萝垂挂，细泉下滴。寒气就在身边飘浮，空气湿渍渍的。跨过好几处树干搭成的便桥，却不见一个人影，只有泉响鸟叫，谷中寂静非常，仿佛闯进古诗的境界中。

正着急，向谁打听乡长他们的所在。忽见核桃林边露出几段土石墙。正准备到那里去打听，一阵激烈的争吵传来，说不定他们就在这里。闯逃院子一看，正房双扇门大开着，火塘里烟子上冲，围坐着黑压压一堆人。一个穿山羊皮褂子的人陡地站起来，冲着火塘上手方两位穿化纤衣服的小伙子吼：“你们这在宣传一号文件，文件昨个说的？要照群众意见办。想压制，不得行！”

另一个穿黄衣服的，马上起来支持：“一号文件没有说果树不能分。大家马儿大家骑，刀架在颈项上都要分。”

“哪个敢分！订了承包合同，法律上要生效。想哄抢，不得行！”留着胡子的化纤服青年毫不让步。

“哎哟啊，哄抢？帽子才大喃。吓不到人，该坐牢，打铺盖卷儿，该枪毙，有胸口抵住。”

“法律不是你定的！”

……

多数人坐在火塘上，慢条斯理地“叭”兰花烟，默然无语。

有位老太婆见我是远处来的，穿得单薄。忙搬根板凳来，叫我到火塘边坐。

火塘里烟子袅袅升腾，冲上屋顶，屋顶是小口径圆木铺成的，那些树棒被熏得漆黑透亮，好像就要流油。靠墙边挂的腌猪头和半边整块猪膘，也变成深茶色。

那老太婆大概是这屋子的主人，她坐在装酸菜的大黄桶边上，看那些人争吵。我小声问她乡长在这里吗？她指着两个穿化纤服的青年，还给我解释，正在争吵的原因：去年果园承包下去，专业户发了财，有些人不服，要争转来平分给社员，乡上干部不肯，就闹起来了。

显然，我来这里了解情况不是时候。在吵兴方酣之际，我还是退后一步为妙。于是悄然退出门外。

大门外有一块小院坝，一边堆起高大的柴垛子，还有好些蜂桶；一边挺立着两棵大核桃树，那巨伞般的枝叶，给院子边上搭了大荫棚。几个孩子在荫棚下跑来跑去唱儿歌。曲调是欢快的，但歌词全是乡谈（适用于小区域的羌语），一句也听不懂。

斜凭在墙边上，掏出相机来，想选个画面。几个小姑娘踱了过来，同她们说话，都用“乡谈”回答我，见我不懂，一齐哄笑起来。后来她们用汉话问我：“给照张相要多少钱？”我说分文不取，只要她们唱歌跳舞就行。

“好嘛！”她们互相交谈了几句，三分钟工夫，便有五六个女孩子围在核桃下跳起舞来，有两三个男孩也主动参加进去。女孩大的不过十五岁，小的七八岁。而两个男孩子小的才三岁，大的也不过七岁。

这一带的女孩子体型都修长苗条，多瓜子脸盘，显得很秀媚。她们头上都缠着白帕子，耳后还吊着一圈儿。都束着宽宽的提花腰带，穿长衣衫。跳起舞来，一个个轻盈舒展，衣袂飘飘，他们的舞蹈种类很多，舞姿变化也很大。单看那脚下的屈、翘、跳、滑、踢、窜的种种变化，就把人眼都看花了。

歌声清脆、甜润、舞蹈柔软而轻捷，那白头帕也在脑顶上摇摇扑动，像一群白鸽子在缓缓低飞。

我拍下一个又一个镜头，竟忘了这是在荒山中。忘了这里的瑟瑟春寒。最好还是录像。

突然，正屋里又爆发了吵闹。这些冲破喉咙的叫吼，成了孩子们舞蹈的不和谐的背景音乐。煞风景哟！

孩子们跳了一个钟头，简直不肯休息。队伍越来越大。在这七八家寨屋的地方，竟有十八个孩子参加唱跳。他们对大人们的吵闹，毫无兴趣，简直是置若罔闻。他们陶醉在自己的欢快境界中，轻歌曼舞，把正屋里的噪音碰了回去。

我忽然产生一个奇怪的想法，人们都是从儿童时代走过来，还能返回儿童中去吗？

刊载于《新草地》1984 年第 6 期

腊猪蹄的故事

老房子·刘

“今天是冬至哈，炖个猪蹄咋样?”早餐的时候，我这样对妻子说，“好久没有吃腊猪蹄了哈!”

“我就晓得你这几天的脚没有痛了嘛!”

“是的，人生一世，吃穿二字。何况痛风没有粘着，该吃就吃呗。”

“就是嘛，不忌嘴，羊肉也是发物!”

“唉，羊肉嘛就暂缓一步哈。谁叫山野菜炖腊猪蹄子那么有滋味儿的呢。”

其实，不是自己与自己过不去，只是对这山野菜炖腊猪蹄的喜爱由来已久。虽然身为百姓的命，却患了皇帝的富贵病——痛风，但心里却老惦记着这高嘌呤的好东西，时不时也来它一碗，偷着打个牙祭。

话又得说回来，这的的确确也不是自己嘴馋，而是，这腊猪蹄的味道，给予了我童年一段美好的回忆。何况，隆冬时节，寒气袭人，菜谱里再增添一些佳肴美味，暖和暖和一下身子骨，增加一丝热能，平平安安迎接新年的到来，于情于理都说得过去——逍遥人生，浪漫情怀。

光阴似箭，半个多世纪的光阴一晃而过。抚今追昔，把时光定格在20世纪60年代末。那个时候，自己还是穿开裆裤的小娃娃。清楚地记得，走过寒冬就是春节，到了春节，父亲就要带我去大爷爷家拜年，就能吃上香喷喷的腊猪蹄……

大爷爷叫刘继荣，是我爷爷刘继伦的兄长。因为我们家族200多年没有族谱资料，唯有从内地（安岳或者乐至县）宗亲那里誊抄的字辈歌星火传承，比如祖籍及世系等很多家族信息均是一片茫然。直到2019年，才成功组织编撰了首部

《四川阿坝州小金（懋功）县、甘孜州丹巴县刘氏族谱》资料。我对祖籍的寻访及相关信息资料的搜集、整理之中，终于基本理清了鼻祖邦燕公及以下的家族迁徙及繁衍生息的来龙去脉，也才彻底查证了大爷爷及其兄弟姊妹，是曾祖怀庚公的长房子孙。而在1840年左右，高祖荣义公自四川省乐至县古钦民乡（今双河场乡）迁徙入小金县新桥乡定居，膝下育有四子三女。曾祖排行老二，他前面还有一个姐姐（迄今渺无音讯）。左邻右舍管他叫刘二爸，似乎又因其面部带有啥残疾，所以得了一个绰号，叫：刘歪歪。相传这个“歪歪”刘二哥，不但在家族中一言九鼎，而且在社交场合上也算得上一把好手。他不但能秉承家风家教兴家立业，而且对邻里乡亲也是仗义执言，关怀有佳，十旦八乡都享有良好声誉。而他的儿子，孙子也都继承了这一优良作风，历代都受族人及乡邻的敬重。行善积德，言传身教，我的爷爷一生勤俭持家，虽算不上是大户人家，家里却先后好心收留过近20名生活窘迫的穷苦人。父亲一生也乐于走亲访友，坚持寻根问祖，还不忘带我给长辈们拜年。他荣获过优秀军人、剿匪大英雄、合作社先进个人等诸多先进荣誉，也就绝非偶然，一切皆在情理之中！迁居到丹巴县的那房子孙，也是家道兴隆，名震四方。

言归正传，这家族之事又与腊猪蹄有啥关系呢？年纪尚小，自己的经历大多都记不得了，但有一件事却令我终生难忘。那就是自己跟着父亲去给大爷爷家拜年了，就一定会吃到色香味美的山野菜炖腊猪蹄。

大爷爷的家在一个叫中嘴的地方，也就是新桥沟正沟与西边一条大山沟的交汇处。这里是耸立两条沟之间的那道叫中梁子的山梁的起始点，自此把家乡的地形分割成一个“丫”字，地势也十分狭窄——开门见山，但祖父却偏偏看中了这块风水宝地。他与金川籍杜氏女子婚配成家分立门户之后，就从老家头卡甘沟搬到这里来，租下苏雅堂的土地以及其小河边上的两间水磨坊兴家立业。斗转星移，20世纪80年代末，修建在一棵大白杨树前后的水磨坊，随电动钢磨的问世而下了岗，这棵长到要几个成年人伸臂才能合围的撑天高的白杨树、老磨坊，和着内侧那一栋没有修建过龙门的老宅，依旧那样静静地坐落在这溪流潺潺的小河岸边——笑看风起云涌；喜闻鸟语花香。

在我的记忆里，祖父已经过世了，春节之际，父亲带我去大爷爷家拜年。说实在话，那个年代，大爷爷家也不是大户人家，他们的生活水平也不高，奔奔波波勉强能够维持生计吧！但只要贵客迎门，方能享用这道乡间传统美食。当然，开户之家，不时有左邻右舍来磨面，又是单家独户，家里也就免不了经常有南来北往的客人光顾，有道是：家常便饭天天有，有缘才到你家来。大家不分彼此，不论贵贱，相逢是缘，有啥吃啥，习以为常。天长日久，中嘴上刘家也就随着祖辈们的这些优良作风而扬名四方。

大爷爷家有一个可以一次性炖两只大猪蹄的砂罐，也不知道炖煮了多少只猪蹄，早已被岁月的烟火熏得黢黑。砂罐的两只耳朵上套有两根铁丝，以方便悬挂在火上炖煮。正月里，只要我们父子去拜年了，除了家里现成的几道菜谱，幺婶就会按照大爷爷的吩咐，再烧制好一只腊猪蹄，连同一些晒干的十格菜或蕨苔等山野菜，挂在火塘上炖煮。有时候，碰巧有别的亲戚也来拜年了，砂罐里就是满满一锅腊猪蹄汤了。

那时候还没有用上电，煤油灯盏也经常缺少燃料而成为摆设。火塘里架着几节青冈柴，快要烧尽了，又添加几块进去，让那红红的火苗一直旺盛着，把黢黑的屋子照得透明。一家人围着火塘拉家常，说着笑着，其乐融融。那砂罐里已经烧开的猪蹄汤不时溢出来，飞溅到火塘里，腾起一道道灰烟；随之而飘出来的野菜和着猪蹄的清香，直教人垂涎欲滴……

夜深了，猪蹄也就炖好了。待到第二天大清早用餐的时候，堂屋中央的八仙桌上，就呈上来几大碗热气腾腾的猪蹄汤，看那垒尖满碗的已经离骨的猪膀蹄，泡酥酥、肥嘟嘟……真是色香味俱全，诱人无比。说实话，这山野菜炖出来的腊猪蹄，绿色无污染，那说不出的舌尖上的滋味才真叫着巴适！

这是大爷爷家最热情的待客之道。父亲关照我享用着这美味佳肴，于幼小的孩童而言，自然是一种莫大的享受。不过，接下来的一件事，就让我非但冲着腊猪蹄也是大爷爷家的常客了。原来大爷爷先后娶了三房，结果一屋子都是闺女，直到幺房的幺儿子出世，才让她老人家紧锁的眉头骤开——家门总算有了香火。岁月如梭，轮到幺爸刘述华娶妻生子，转眼家里就添了两闺女，一家人自然还是盼子心切，就私下商议把我过房“压长”（民间习俗，视为已出而就真有子来），以续香火。父亲是个热心肠，膝下有三个男孩，何况是自家亲人，说起此事自然欣然爽口应允下来，可这等事于幼年的我，根本就不知道是咋回事。那年春节去拜了年，当我们就要起身告辞回家的时候，幺婶突然搂着我说：“老三，就在我们家不回去了哈？我给你炖好吃的猪蹄汤!”站在一旁的幺爸也微笑着说：“哼!这一下好了，三娃儿就是我们家的娃娃了哟!”

“就在我们家不回去了哈!”这句话出口，简直骇人听闻，令我有所不安！哪经得起“不回去”这一句话的惊吓，说时迟那时快，我扭扭身子就从幺婶怀中挣脱出来，拔腿就往外跑，头也不回地朝回家的小路狂奔而去。没想到这一口气跑出了头，错过了回家的那条羊肠小道，而且把一年四季才挣到的新鞋子，跑丢了一只。害得父亲在身后大呼小叫，拼命追赶……

时过境迁，想起当年这个十分滑稽而精彩的故事，啼笑皆非，真是令人回味无穷。当自己长大成人之后，大家都还拿它取笑于我。待后来明白这只是一种形式之后，我也不再害怕幺爸留我在他们家当孩子了，何况那肥硕可口的腊猪蹄实在诱人至极，让我至今垂涎不已。后来时值春节前后，我也腾出时间带着孩子，或独自去大爷爷家给长辈们拜年，给已故的老人们上坟、烧纸钱。遗憾的是大爷爷是何年何月离开人世，我浑然不知，他老人家也没有一张影像资料留存于世，这让我怎么也回想不起他那张慈祥的面容。但是，值得庆贺的是自那以后，幺爸果真就如愿以偿有了自己的亲生儿子，他们家也从来没有对我另眼相待，始终将我视为己出，我也引以为荣，一直视幺爸幺婶为自己的亲生父母。

如今年过半百，虽然对过年的习俗已不感新奇，但总会想起拜年，随即也会从记忆深处打捞起童年的那些逸闻趣事。老实说，在内心深处，永远都惦记着大爷爷家那有滋有味的山野菜炖腊猪蹄。

刊载于《草地》2021 年第 1 期

天边的绿绒蒿

李春蓉

雪线以下，树线以上，在我目光所不能及的地方，在人对大自然的认知盲区，在裸露的岩石被风化成小碎石的陡坡，有一条灰白色环形带状区域。从海拔3000米到海拔5000米，它呈现的不是针叶林的墨绿，不是岩石的青白，也不是高山草甸稀薄的低矮植物。在薄薄的黝黑土层上，在迎风不停息的寒风里，在山坡和山体呈45度或者更陡峭的山体，远远看去不是白白的云雾，而是黄色的枯草。当人站在这陡峭的山坡上，和山体也形成45度的夹角时，人的渺小和单一被山体的巨大和寂寞吞噬，几乎变成大自然的一个孤独的小黑点，或者渺小的几乎可以忽视的一小株黑色植物。

先行者的惊叫声传入有些高原反应的耳朵，起先以为他是被山里司空见惯的野兽吓到了。而听到的有些遥远和悠长的声音虽然有些失真，但是无法掩盖住声音里蕴藏的惊喜和激动：天啦！快来啊！太美了！

我的内心却不屑一顾，这荒山野岭的连树都不长的地方能有什么美的？

但是这声音的高八度和激动地颤抖程度，勾起了我的好奇心。按捺一下因为海拔升高而猛烈跳动的心脏，走，看看去。

随着海拔的不断升高，针叶林使劲伸长的手臂也只能停留在离根部不远处的空间，山体不紧不慢地向上延伸，嫩绿的青草像地毯一样铺满大地。眼前突然变换的景象对视觉的冲击力很大，就像一个人上身穿着吊带，下身穿着棉裤一样违和。我突然回过神来，再往上走，密植的草坪也会变得更稀疏，植物的柔弱终究抵挡不住大自然的严酷，这个道理我明白。可是同伴惊喜的叫声却让我纳闷，只能生长寸草的地方，到底有什么美的，能让他如此激动？

刚一抬头，一团耀眼的明黄色迎面撞入眼睛。地面上堆积着几层灰绿色的狭长的叶子，像极了贫血的人的脸。没有青翠的颜色，也没有欲滴的水分，干巴巴的，像极了失去胶原蛋白的老人褶皱的脸。层层重叠的叶子中心，突兀地长出一根紫红色的茎，旗杆一样细长笔直。叶面和根茎上面密密麻麻地布满了灰白色的刺，颜色的隐约和视觉的扩张更加淡化了叶子和茎部的颜色。这些刺初看一眼会被蒙骗，看不到它的存在，只有俯身细看或是在大雾后或者雨后，叶面和茎部锋芒毕露的刺挡住了水分子的移动，成了水分子歇脚的地方，于是叶面上、茎部的每一根刺上都停留着一颗晶莹剔透的水滴，像凸透镜，既放大了茎叶的隐私，又将眼前的一切倒置，还将更远处的一株黄色的绿绒蒿的影子收入画中。

观一叶而观天下。眼前的景色已经让我足够惊喜。

拥有艳丽明黄的全缘叶绿绒蒿占据了高山草甸的一大半，全缘叶绿绒蒿是绿绒蒿大家族里的望族。也许黄色生来就高贵，被黄色装扮的绿绒蒿的身高显然比别的绿绒蒿更有优势。全缘叶绿绒蒿也展现了充分的自信，它的头高高地扬起，看向天空，看向远方。它全力打开身子，露出五角形的高高隆起的花蕊，它的姿态表现出血液里流淌着不屈的倔强。满眼都是的全缘叶绿绒蒿，那清澈明亮的颜色总能给人愉悦的快感，好像世界单纯了，干净了，热烈了。

全缘叶绿绒蒿，我读懂了你的身体语言，读懂了你的自信，也读懂了你的傲慢。

红花绿绒蒿红色的花朵并不明亮，接近坨红，显得低调。花瓣绽放时一定是有些艰难、有些迟疑，有些犹豫。因为每一朵开放的花瓣上都有明显的折痕，它将犹豫的状态写在脸上，刻在身体上，生存的艰难被注入了基因。红花绿绒蒿的花瓣狭长，顶端的地方冒昧地长出一条飘带似的细长带子，像舞者的飘带，又像生出细长的一双手，低低地垂在胸前，一幅恭敬谦卑的模样，活像一个穿着汉代服饰的侍女在主人面前谦卑的神态。红花绿绒蒿总是低垂着头，是低调？是害羞？还是刻意在隐藏着什么？

所以，我看不见红花绿绒蒿的内心和它的花蕊，但是我读懂了红花绿绒蒿性格的内敛，以及不爱张扬的性格。

川西绿绒蒿可能和总状绿绒蒿是近亲，它们紫罗兰或者淡蓝的颜色相近，它们的花苞和花朵含蓄娇小，就像先天不足，缺乏营养的它们只有一层花瓣，就像一个还没有发育成熟的花骨朵。虽然这样也要以含苞的形式含蓄地待放着，没有全缘叶绿绒蒿的纵情，它们不愿意绽放自己，将自己隐藏着，看上去胆小而懦弱。这不怪它们，在植物生存的极限地方，它们更像是寄生在这里的植物，稀少而孱弱。

热烈的紫外线和迎面的大风让脸感到一阵阵地疼。只顾观花而停止走动的身子也感觉有凉风钻进了衣服的冷气。是衣服单薄了还是我身体发出的热量不够？那么，这些不能移动的绿绒蒿呢？它们冷吗？看到不知名的小虫钻进了绿绒蒿的花心里，我觉得奇怪。当我沿着虫子的足迹也试着将手指探入绿绒蒿的体内时，瞬间感觉有一股若有若无的温温的气息包裹了我的手指，这让我惊喜。我突然明白，好像破解了绿绒蒿的生存密码一样兴奋。原来，绿绒蒿的身体可以发出热气来抵抗周边的寒冷，发热在植物界里是一种罕见的现象。原来，这些高原小动物之所以喜欢钻进绿绒蒿的花蕊里，是因为那里有温热的有香气的环境，还有飘着花蜜香味的食物。爬来爬去的虫子贪恋绿绒蒿的体香、温热和丰盛的食物，最终充当了绿绒蒿花粉传播的使者，这是它们两种生物生存的秘密，它们互相依赖，都乐意这么干。授粉后的绿绒蒿结出了小小的黑色种子，当养育它们的外壳裂开的那天，种子将被风带去了远方，可能就落在看得见的那块石头附近，可能落在被牦牛的蹄子踩出一个圆形的水凼凼里，落在哪里并不重要，种子养精蓄锐，等明年春暖，一株绿绒蒿的幼苗就会破土而出。它承载着传播绿绒蒿家族遗传基因的重任，也绽放着自己生命的光彩。

在斯乌克盖，在喇嘛岭，环形带子上的黄色的、红色的、紫色的、蓝色的绿绒蒿正开得欢畅。这是它们付出五六年时间积累的孤注一掷，也是它们最后的辉煌。既是生命的高光时刻，又是生命的最后一段历程。

高大的松树脚力不及的地方，却是矮小的绿绒蒿的天堂。我被它们顽强的生命力震撼了。

孱弱和坚硬的角逐，艳丽和海拔的竞争，试想，谁才是赢家？

绿绒蒿默默无闻地生长在人们的视线之外的喜马拉雅横断山脉，千百年来孤芳自赏的恬静，装扮着远方的诗和岁月的静。人们的思维被彻骨的寒冷和高原的冷寂淹没。除了生活在此地的人，外人根本无法想象在如此偏僻的高寒地带还会有如此热烈的生命在绽放。其实，这里不光有高颜值的绿绒蒿，还生长着很多小可爱，比如报春、杜鹃、龙胆、矮金莲花、川贝母、马先蒿、点地梅、紫苑、雪灵芝、草玉梅、洼瓣花等矮小的植物。但是这些花不论是颜值还是担当，在这里好像只是绿绒蒿的陪衬，就像星星给月亮做伴一样。

地球上的物种分布地极不均匀。一百多年前的英国，植物种类贫乏、单调。当人们期待春暖花开的季节，他们等来的或许只有春暖而没有花开，贵族的城堡被灰黑色的石头包裹，沉闷的颜色显得死气沉沉。英国人清楚地知道装点城堡庭院非得各种颜色的鲜花和各种盆景的树木不可。但是，鲜花在哪里？盆景在哪里？他们知道在地球的某个地方，那里开满艳丽的鲜花，长满高大的植物。他们渴望得到异地的美丽。那时因为航海技术的熟稔，世界上物种大交换的时代已经开始了。全球物种大交换得有个先决条件——发达的交通。信息会长脚，英国人知道了中国的西南部和西北部的喜马拉雅横断山脉一带植物种类繁多，于是很多贵族家庭或者植物园出巨资几十万或者百万英镑，派遣植物猎人来中国寻找植物物种。那个时间段出现了很多有名的植物猎人，比如福雷斯特猎取的主要注意力在杜鹃花，威尔逊猎取的目光在绿绒蒿和珙桐，洛克锁定大风子树……这些植物猎人不但猎走了中国植物的标本和物种，还写了许多著名的书籍。如：威尔逊《中国——园林之母》、约瑟夫·洛克《发现梦中的香格里拉》、詹姆斯·希尔顿《消失的地平线》等。这个时期生长于中国的山茶花、月季花、杜鹃花、绿绒蒿等上千种植物被猎取到西方。“无鹃不成园”成为世界园艺界的名言。这些植物不但被移植成活，还在中国的母本基础上进行了各种嫁接改良，得到了越来越多的新品种。如今，这些被异地繁殖的植物，经过一百余年来不断地改进，已经发展成为更具有观赏性和实用性的植物。

1905 年，威尔逊给维奇公司服务期间，在松潘黄龙附近海拔 3500 米的地方，也就是斯乌克盖到喇嘛岭之间不远的区域发现了喜马拉雅蓝罂粟（绿绒蒿的一种），随后发现了大量其他种类的绿绒蒿。绿绒蒿的物种被运回英国，母本被开发出更多的植物种类。英国维奇公司用五块纯金和 41 颗钻石制成形状如黄色全缘叶绿绒蒿的胸针，奖励给威尔逊，作为威尔逊对猎取异国植物的突出贡献的奖励。被威尔逊带出国门的绿绒蒿，不再是身在深闺无人识，从此名扬天下。

而我眼前的绿绒蒿千百年来牢牢地守住自己的基因不变，给我们展示的还是一百年前威尔逊看到时纯朴的模样。我想，这并不重要。只要物种还在，绿绒蒿未来将会呈现给我们无限种可能的模样。

于是，绿绒蒿留给我们无限的想象空间。

看着绿绒蒿花瓣光滑致密的质地，不由得让我想起一个词语：丝绸。对，就是丝绸，那细腻的质地，那低调的光泽，那温婉的形象，哪一个都有丝绸的气质。而斯乌克盖乃至喇嘛岭，就地处南丝绸之路的边缘地带。

我常想，绿绒蒿在迎合什么吗？或者在记录什么吗？斯文·赫定提出丝绸之路的命名，是不是绿绒蒿给了他启发？

丝绸之路送出丝绸、瓷器等，带回来了佛教、核桃、葡萄等物种。沿着发源于斯乌克盖的河流往下走，就到了黑河大峡谷的陵江，这里仅有的十来株老核桃树结的核桃，皮薄色白，肉质油多饱满，味道醇厚，和九寨沟其他地区的核桃截然不同。这不由地让我想起新疆的纸核桃。通过对比，我想新疆的核桃和陵江的这十来株核桃基因上应该有渊源。这好理解，物种沿着丝绸之路从新疆运输到这里，留下了种子，不多，只有几棵，于是，陵江长出了仅有的几株带有新疆核桃基因的核桃。这也是物种大交流的结果。

流传到九寨沟地区的不光有核桃这种实物，还有关于核桃的习俗。比如，九寨沟地区流传着冬季要用斧头砍几刀核桃树的下部的枝干。为什么呢？老年人说砍几刀后来年核桃才会结又大又饱满。威尔逊在《中国——园林之母》中写道："当地人用斧子砍树干的下部，声称能使其结果，这说明'敲打核桃树'这一古老的谚语在欧洲以外的地区也知道。"

物种交流的不只是物种，还有种植技术。核桃和核桃的种植技术的交流，证实了全球物种大交流的彻底性。

有点扯远了，还是说绿绒蒿。

有人将绿绒蒿叫蓝莲花。歌手许巍写了一首叫《蓝莲花》的歌曲，真是天籁之音，听一遍就会让人爱上了它。据说《蓝莲花》的创作初衷是许巍写给唐朝著名僧人玄奘法师的，表达对玄奘历经千辛万苦取回真经的敬意。这就对了，从歌词和旋律中我听出了一个年轻人追求梦想时的坚定不移的决心，还有心里久久萦绕的佛音。玄奘沿着丝绸之路取回真经，让佛教传入我国。丝绸之路起源于大唐西安，往西方走玄奘并不一定经过了斯乌克盖或者喇嘛岭，但是玄奘沿途绝对看见了漫山遍野的绿绒蒿，玄奘看到如此高海拔如此寒冷的地方，绿绒蒿热烈绽放与大自然抗争，难道就不会触动他？难道他就不会把绿绒蒿当成精神偶像？难道他不会从绿绒蒿顽强的生命吸取前行的力量？

据说有的地方又把绿绒蒿叫蓝莲花。绿绒蒿给了许巍创作的触动和启发。我想许巍取名蓝莲花和佛教里的圣品莲花有关。对许巍来说，玄奘就是蓝莲花，蓝莲花是玄奘的意象。对我来说，玄奘就是绿绒蒿，绿绒蒿是玄奘的意象。

这又有什么不同吗？

与其说我喜欢《蓝莲花》的旋律，还不如说我喜欢《蓝莲花》的歌词，如此清澈高远，能给人力量并能治愈人内心的伤痕。“没有什么能够阻挡，你对自由的向往，天马行空的生涯，你的心了无牵挂，穿过幽暗的岁月，也曾感到彷徨，当你低头的瞬间，才发觉脚下的路，心中那自由的世界，如此的清澈高远，盛开着永不凋零蓝莲花……”

绿绒蒿，当我在写你时，我却写了些什么？我写了你的颜值、品格、意象和隐喻，我写了你的清澈高远。到底哪一种才是你的风骨？我想也许全是。在我的眼里，你就是被意象了的艺术形象。

刊载于《岁月》2023 年第 3 期

不舍的梭磨河

林　旭

一

窗外，迤斜地躺着梭磨河。

乍开，一缕秋风忽地贴上脸来，黏乎乎，湿漉漉，如同小女孩亲昵的小脸蛋，带着一种不可捉摸的醉意和淡淡的幽香。哦，这可是我触摸到的秋天的第一缕风香啊!

风，轻轻吹，桌上那本书自己一页一页地掀动。

记得那年，也是入秋后，那时我已做了几年清苦的文章，收获季节来临，却觉得茫然无力，正不知该怎样开启新的生活。这时收到一封来信，取信之时，恰闻窗响，便去开窗，一阵风吹走了信笺。满地去追，去扑，终于抢到手，原来是一位《草地》老编辑的手笔。我知道老编辑著文曾吃过很多苦，受过许多的磨难，信中是他秋风一样的话语。

那一刻，我心如玉，温润里透着淡雅的红熟。我明白了，写东西也如清风一样，它可以于其中囊括我们所有的悲喜，可以饱含生命中许多的故事。即使普通如一股细流，它也有它自己的收获，也有它自己关于生命和感情的定义，也有它年复一年的故事上演。

今夜，还是那一缕清风吗?她簌簌地在我身上游走，似在描画什么，并且轻笔淡墨地引领着我去开窗。她又回来了，而且轻咽着立于面前的时候，一片树叶的摇曳也是凄美的，一滴水珠的流转也是清凉的，才发觉，有些人，有些事，真的不同了。在一片苍茫里难免有种陌生的感觉，细小的改变也让自己猛地一激灵。

临窗看河，水里有风，虽然看不到她，却能感觉到她的存在，她的轻抚，她的生机。潜入她的深处，细细的体味，竟可以嗅到风中那沉淀千年的藏香，淡淡的，却很真实，时刻提醒你风中的承诺。

好多年了，我一年一年地行走于高原，对风的记忆依然简单而淳朴。风来了，到处泛起晶晶莹莹的水波，风走了，一切一切又都倒伏下来，好像陷入了苍白的沉思。倒是老编辑的话语，同每年触摸到的第一缕秋风一样，流经我的耳朵时，的确是带着音符的，仿佛一首空灵的歌，带给我的意韵有些缠绵，有些悠远，有些坚实的冷峻。

我宁愿自己如这样一缕秋风，从梭磨河里轻轻地逸出，自然，平和，没有另外的野心，却生活得生机勃勃。

二

河边的柳冒出了鹅黄色的新芽，芽尖绒绒的，小小的，如同一粒粒露珠趴在枝条上。

真的，我对柳的认识正是从那些河边柳开始的。春天悄悄来到高原的时候，总是她们先冒出芽儿，率先吐绿，报道春的信息。而后，那些芽儿由淡而深，浮出一层绿烟，变成细细长长的柳丝儿低垂下来，飘呀飘呀，直让枝头点进梭磨河水面，在朝辉中轻歌曼舞。

春意渐浓，已由嫩绿色变为深绿的柳，开始沿梭磨河长长的堤岸砌起一道珠帘丝垂的走廊。倒映在河面上，使河水也染上绿色，仿佛一河剪碎的柳叶向西南流去。许多不知名的小鸟在婀娜的柳枝间鸣叫着跳上跳下。那情景，仿佛是一首赞美复活的歌，一曲表现生命的舞。

阳春三月，百花吐艳，花儿们如同善于梳妆的姑娘，尽情地用各种颜料来炫耀自己的美丽，唯独柳默默地低着头，无声地为春天的生命撑起一把把绿色的大伞，将柔软的手臂轻轻垂下，好像慈母一般轻抚着儿女的脸。走在长长的步道上，你会觉得像进入一个满是翠绿的梦，梦中拣回一个一个儿时的故事。

清明时节，细雨像微尘般地飘着，又轻又细，听不见淅淅的响声，也感觉不到雨浇的淋漓。只觉得这些柳像刚出浴少女的头发，裹着湿漉漉的绿雾，轻柔地滋润着大地和人心。夜幕拉下来了，透过柳叶和雾隙，间或看得到一两颗闪耀的星星。柳就是这样，总是惯于把自己置于峭寒和细雨的前面，呵护着我们走进暖暖的夏天。

一年一年，我就这样穿行在这些柳的下面，从春天出发，又走到冬天。

一天，我见到一位老人摩挲着一棵柳树，久久地，久久地打量，目光像阳光一样温暖。那是一棵什么样的柳啊，那纵横交错的鳞状树皮，正如同这位爱抚着它的老人一样，满是沉默苍老的皱纹。我情不自禁停下来，走向老人。攀谈中，老人告诉说，这些柳，还是二十世纪五十年代种下的。当时，他们把公路从川西坝子修到高原，又从鹧鸪山修到马尔康，一边修一边种下了这些树。几十年过去，他们那批筑路工早已经白发苍苍，还有许多人已经不在世了。他这次回来除了看看州府的变化，还要代表“老伙计”们来看看这些树。

老人说，那时，新中国成立不久，百废待兴，经济困难。修路时他们也想栽些有花有果的树，可这类树要么身子娇贵，栽下去活不了，要么找不到种子，要么得有人服侍。只有柳树烂贱，仅凭一截枝条，几捧沙土，插到哪里，活到哪里。这样，我们的路修到哪里，也就把它们插到哪里。你看，一晃五十多年了，他们还活得这样旺实。

那一刻，我望着老人一双闪射着坚毅目光的眼睛，渐渐地眼前模糊了，两行热泪止不住地流了下来。柳啊，真不愧为树中君子，在沉默中蕴积冷静的自信，在低调中显出平凡的率真。有一缕清风，她便大口呼吸，洒一点阳光，她便生长绿色，给一点土壤，她便重抖生命的旗帜，这是何等的超凡脱俗呀！

“城中桃李须臾尽，争似垂杨无限时。”从唐朝诗人刘禹锡这句诗里，我们足以看清柳的真性情，并向我们揭示了这样一个道理：红尘中我们唯一能做的，是在不尽的繁忙中过滤出心中的恬静。

我越来越喜欢柳树了。

三

梭磨河与脚木足河汇流的地方，在马尔康城下方20公里，没有通常两河相汇时的那种迂回和宽广，而是牵手挤进一道更为逼窄的峡口，被更陡的山、更悬的岩，更狭的天给夹峙住了，水流更大，水声更响，水波更乱，显现出白晃晃、急哼哼的突兀样子。就连从马尔康下来的公路，经过这里时，也被挤到一面岩上，并且抠入岩壁里了。车子行进上面，就如过山车，好不容易吃力地爬上来，又“哇”地落下去。凌空的一边，雾一样的水气在岩下涌动。

从那段“抠”在岩壁里的公路下来，一座晃晃悠悠的索桥已经静候在河面上了。

在桥上回首看两河汇流，觉得没有一点相让之意，裹搅一阵，推让一阵，又不得不你中有我，我中有你，相牵着从那道峡口奔突而来。河水正在峡口里挣扎，左侧那道千仞绝岩却像被什么打斜里劈了一斧，巨大的身子戛然止步，断了魂似的立在那里。接着，在她巨大的身影下凹现出半里滩岸来，高低起伏的田垅在上面弄出一些不规则的碎块，装饰着菜花、青藤和杨树的颜色，蜿蜒的村路和围栏又将田垅的碎块一一连接起来，其间，几座嘉绒藏族特色很浓的民居忽掩忽露。

穿过田垅和藏式民居，一条小溪从一片婆娑的林子里流出。随小溪转入林子，凉爽清新的空气扑面而来，沁入肌肤。林间没有尘埃，没有鸣噪，地上铺着厚厚的落叶，走在上面像踩着厚厚的地毯，飘散着芳香和潮润的气味。阳光下，林子的色彩或缠绕，或流荡，或飘逸，有墨绿、翠绿，有淡青、金黄，也有火一般的红色，还有一两只鸟儿在眼前掠过。一支牦牛驮队正穿行在林地里，一两声铜铃声和吆喝声清悠意远，显出一派温婉缠绵，合成一个迷人的圣境。

林荫小径将大伙儿引上一座原木搭建的小桥，使人十分意外桥那边竟亮着一方天地，给人以真实的“山重水复疑无路，柳暗花明又一村”的感觉。不过，这“村”实在太小，小到只有一座山崖、一间石屋、一条小溪、几口鱼塘。石屋背靠山崖，上空升起袅袅的炊烟，在阳光的照耀下舞出一种炫目的色彩。

朋友说，这就是原生态的鱼塘人家。于是，一群男女欢天喜地奔了过去。

鱼塘人家的主人姓杨，大家叫他老杨。老杨是马尔康城里的下岗工人，儿子也没有好的事做。三年前，老杨放弃对城里的幻想，带着儿子小杨来这里安营扎寨，白手起家。父子俩一錾一錾地将石头打理成方墩，又一墩一墩地垒起一间小石屋，在石屋一侧的滩地上掘起十来个鱼塘。鱼塘依地势而建，以河中卵石随手码砌，方的扁的圆的菱形的，各有各的样式。塘水引自小溪，澄澈得如同有了生命的水晶，里面已投放冷水鱼、鲫鱼、草鱼、红鳟鱼，金鳟鱼等多种鱼苗，池子里浮游着各种颜色的鱼影。父子俩还忙里偷闲，在塘边地角栽花种草，菊花、红苕花、美人蕉、月季花等竞相开放，把个鱼塘伺弄得如同花圃，幽雅、恬静。

大家闹闹热热地看老杨父子投食、换水，同鱼儿说话。有人看着鱼们实在可爱，也便亲手垂钓，亲自捕捞，乐亦悠哉。老杨儿子小杨刚从成都大宾馆学做鱼宴归来，为了让客人享用垂钓的成果，活鲜鲜的鱼直接下锅，上了桌更是鲜美无比。一个大盆端来，就有人先抢开了，一小会工夫，桌上鱼刺呀，汤汁呀，骨架呀，渣滓呀，加上纵横的筷子，歪倒的匙子，就如刚经历了一场激烈战斗的战场。朋友吃相特逗，仰着头，把鱼举得老高的，像吹口琴似的在两唇间刷过，吮着、嚼着、咽着，鼻子和下巴都沾满了鱼汤。

吃累了，男男女女就坐在塘边看游鱼，看红色的蚂蚱跳来跳去；热了，掬一捧碧水扑到脸上；渴了，开一瓶啤酒；馋了，采几颗野沙棘，一派“吃鱼秋菊下，悠然见南山”的景象。

这样的休闲会很费时光的，不知不觉已是满地的斜阳。为了抓紧时间再觅些景色，我便悄然离桌，一个人循着溪水探入溪谷，果然更有想象不到的奇景。

但见两边巨大的山岩笔直地矗立着，曲径通幽，石廊相接，溪水在树影草丛下高跌低落，纵横交错，或潜瀑，或暗流，但闻水声，不见溪流，就像梦一样，缭绕着你，为你唱歌。空蒙的一线天光下，嶙峋的怪石竞相崛起。哦，那块巨石应该是“守望”的主题吧；而这尊呢，表现的就是“凝思”了；头顶上那块像随时要掉下的巨岩，当为“千钧一发”；而这峰缭绕着云霭的石柱，就该是“贵人出浴”了。更奇的是身边不时有岩壁唐突地挡住去路，就如大自然给你造好了各种屏风，上面的山水绝对写意，有的浓墨重彩，有的如雾如烟。而上面的人物呢，可就是西洋印象派大师的杰作啦，那些喜怒哀乐的表情，被极尽扭曲和夸张，你尽可以想象他们都是一些快乐的精灵，这样的活法，说不定那些高贵的人也在遥望呢。

这一刻，我有所顿悟。有人说，真理就是最简单的道理。高贵也是这样，其实就是一种简单的活法，何必在别人的“高贵”对比下，痛苦万丈地经受煎熬呢？做高贵的人，其实就这么简单！

刊载于《草地》2009 年第 5 期

二 爸

卢 燕

我是家中长女，父母的第一个孩子，因为我和父亲八字五行相克，父母在三岁那年找了一位算命先生让我改口，从此便称呼父亲为“二爸”。

那时年岁小，我只记得一个瞎子爷爷（算命先生）和父母商议着什么，不一会儿就把我叫到火塘边，那先生教我喊了三声“二爸”，从此，我漫长的人生中就再未称呼父亲为“爸爸”。

平日里我特别黏母亲，但在回忆里总想写写父亲，这是身为儿女本能的血脉感应。我的父亲平凡的如一粒尘埃，或在太阳下与风飘洒，或在荒沙中积淀成舟，无论如何，他都是广阔的。

父母养育了一双儿女，我和弟弟在严厉又温暖的怀抱中长大，当然这种严厉大多是父亲给予的。

小时候我们裸露在阳光下，光阴赐予我们成长的秘密。三岁那年，父亲开始在金川中学食堂做工，我便经常跟着父亲去学校，他忙碌的时候我就围着树桩玩耍，掏木屑、地上打滚、吃泥巴……甚至哪个学生逗我就跟着跑到没影踪。中午给学生打完饭，还没来得及脱下围裙的父亲端着一大盅稀饭向我走来，那一刻我飞奔着跑向父亲，父亲让我坐在树桩上，一边用勺子搅拌稀饭，一边吹冷往我嘴里喂，父亲张大嘴巴示意我大口大口吃，我也跟着张大嘴巴，一会儿工夫便把一大盅稀饭吃见底，鼓鼓的肚皮把衣服撑到变形，兴许吃饱了就犯困，红彤彤的小脸贴在父亲肩头，不一会儿就呼呼大睡。我生下来体重只有两斤半，按医生说“根本不好养大”，在父母千般呵护中，我得以长大成人，仔细回忆那一勺一勺饭确实不易。

四岁那年冬月，父亲在火盆边为弟弟熬制止咳的蜂蜜水，我站在父亲对面，以一百八十度的平角与父亲对视，父亲的注意力全在那勺蜂蜜水上，全然没注意到我正趴在四脚凳上，我绷直脚尖不断用力蹬地，人随着力度一前一后不断摇摆，忽然脚底一滑，身子一倾，整个脑袋全扎进了火盆。我只记得父亲一把抓起我，待回过神，我已趴在父亲肩头，脸蛋已被灼烫到没有任何知觉，那一刻我几乎感受不到任何疼痛，母亲在一旁惊慌失措，父亲立马背着我一路小跑去往医院。因为年岁太小，具体细节我完全回忆不起来，只清晰记得趴在父亲肩头，从一条幽暗的小径跑过，除了凛冽的冬天还有父亲的肩膀。

当时我的大半个脸已经面目全非，经过一段时间的治疗，脸才开始慢慢结痂，担心以后留疤，父亲又四处打听偏方，最后不知从哪里找来了“猫油”，说擦在患处不会留疤，说来也奇怪，擦了“猫油”之后我的脸不痛不痒，更没有留下任何疤痕。

为了一家人的生计，父亲经常在各个餐馆食堂做活，每天忙碌到很晚才回家，母亲总是叫我和弟弟先睡，我每次都假装睡着，等听见父亲入门的声音便一骨碌爬起来，我知道父亲准会从兜里掏出糖果和其他好吃的，或者一个橘子，或者一个苹果，那时候家里苹果挺多的，但总觉得从父亲兜里掏出来的味道仿佛更甜。父亲要忙到很晚才回家，无论半夜还是凌晨，只有吃到父亲带回来的糖果，才算真正过完了一天。

在孩子眼里，父亲是一双有力的臂膀，长大后才发现父亲原来是一座屹立不倒的山，这座山沟壑纵横，有丰裕饱满的庄稼、有四季分明的山花、有棱角突兀的石头，还有馨香憨厚的泥巴。总之，这座山承载了很多很多……

父亲以前以种庄稼为生，后来四处去包工，拆房子、修马路，他在陌生的行业里以一个老实人的姿态不断摸爬滚打，为了多搬运几袋水泥父亲挣断了三根肋骨，为了能顺利拿到一些小有薄利的活，他受了多少人的脸色，那些下不来台的困境，父亲是如何应对的，我不得而知。只听到“受难人的罪，你们是体会不到的，我也不希望你们体会，既然生了就要养”。当时我并不理解这句话的深意，只是在成长的过程中渐渐感受到了生活的艰辛，现在想来父亲那句话是多么无可奈何的感叹，多么掷地有声的呐喊。

在困境中生长的人，骨头都很硬，用父亲的话说那叫骨气，没有骨气人就会垮，没有骨气，天就会塌。我和弟弟接受的很直接，就是用心努力的读书。初二之前，我对读书是麻木的，只是按点到学校，上课走神，下课与伙伴疯跑，天马行空，还天真地憧憬着以后的故事。

直到初二那年暑假，父亲突然让我和他去关山上（金川县城旁边的一座山）看玉米，看父亲一脸严肃，我没敢推辞，便跟着父亲上了山，已经中午了，按往常，父亲在早上五六点就得出发。他走在前边，我跟在后边，一路上我们几乎没有说话，快走到半山腰的时候，父亲突然停下来，指着前面几座土堆告诉我“这是回回沟，埋死人的地方”，我一听心里直发怵，赶忙跑到父亲身边，我也是被娇生惯养的孩子，有些苦头的确是没吃过。那天我的肺快从胸膛里炸裂出来，呼吸完全跟不上脚步，到了山上，我坐在地埂边休息了好一会儿，父亲呢，一到地里便开始在玉米林里穿梭，一会儿就见不到踪影。听到父亲叫我帮忙捏玉米里的虫，我才起身走到玉米林。说实话，我虽然是农民的孩子，满身尘土，却没有在庄稼地里做过半天农活，人家都说我和弟弟细皮嫩肉，以后肯定不会背着太阳过日子。一条条青色的虫在玉米里蠕动，我翘起手指小心捏死第一只虫，墨绿的汁液溅到脸上，我眨巴眨巴眼睛继续捏第二只青虫，农民的孩子骨子里有一种和泥巴很亲近的情感，我也不例外，修长的玉米叶把我的脸划出一道道口子，而父亲手臂上全是细小的血印，太阳在我们头顶把影子拉得很长很长，山的影子、田埂的影子、玉米的影子，包括父亲和我的影子都很长很长……黄昏的时候山顶的太阳往往是最后一抹光辉，等这道光辉散去的时候天际就会洒下黑暗，夜一点一点从天上洒下来，我抬头望着光芒，时间仿佛都凝聚在了玉米叶上，那一刻真的很美。我们在黑暗中摸索回家，一路上跌跌撞撞，我的膝盖磕了好几个青包，回家之后来不及洗漱便酣然入梦。

那是我第一次感受到光阴，在一次劳作中，在泥巳堆积的山顶上，现在想来举起光芒的人，就是我的父亲。那个暑假之后，我变得很懂事，上课不再走神，也减少了同周围伙伴的来往，性格逐渐变得内敛文静，我把所有的功夫都花在学习上，成绩也一路飙升。我也不知道自己顿悟到了什么，大概当时很累，流了很多汗，不想再去爬那座山，不想脸朝黄土过余生，所以在可以选择的条件下，我宁愿去读书。

父亲特别喜欢饮酒，为此一家人伤透了脑筋，不仅是因为父亲在大醉之后滋事，更恐怖的是他挨个点名说教。不知从什么时候开始，从父亲的酒态中，我渐渐开始反感这个男人，我不再依赖父亲，甚至和他对着干，他爱我的方式从呵护演变成了严厉的斥责。

下午每次放学回家，推开大门母亲只要小心用手比画让我和弟弟不要说话，我们就知道父亲今天又醉了，然后我连水也不敢喝便轻手轻脚地回到自己房间。记得房间里有一本《冰心散文集》和三毛的诗集，做完作业不知道该干什么，又怕走出房间被醉酒的父亲看到，于是就趴在床上翻来覆去看那两本书。父亲总能找到一些书，或是别人不要了赠予他的，母亲拿来烧火，父亲则会拿出一两本放在厕所里用来擦屁股，我记得有玛格丽特·米切尔的《飘》和三毛的《撒哈拉的故事》，前者内容里有一大串外国人名字读起来很绕口，所以我对《撒哈拉的故事》情有独钟。每次上厕所我都要翻看，那本书以手纸的方式存在于厕所中，例如我这次看到三十页，别人一入厕，下次我再看时已经四十页了，因此我错过了很多关于沙漠的故事，那些零星的文字一直在我头脑里扎根，好在长大以后，我终于在书店找到《撒哈拉的故事》，并一鼓作气读完了。

可能从那时候开始，光阴就在冥冥之中启迪我，只是稚嫩的手要用来写作业，一些故事还在以沙粒的方式沉淀。

我高考那一年，父亲也因为醉酒和母亲大肆争论，可怜的母亲为了让我能安心高考，不断祈求父亲停止争吵，那是我改变命运的一次机会，母亲哭诉的样子我至今难忘。弟弟一把推我上楼复习，我还不断和父亲争执，我们娘仨的眼泪未能打动父亲，他还是借着酒劲不依不饶地吼，我只能含着眼泪上楼复习，楼下的骂声仍然在继续……

第二天早上母亲为我煮了两个土鸡蛋，父亲一直未露面，我开玩笑说："吃了鸡蛋会不会考零蛋?"母亲一脸严肃让我别胡说八道。不知为什么，一到重要考试母亲都会煮两个鸡蛋给我。到弟弟高考时，吃的就换成面条了。那天早上母亲一直未敢提父亲，我也没问，我甚至还在心里祈祷千万不要看见他，庆幸的是我并未被头一天的事情所影响，考场发挥正常，被四川民族学院录取。

高考没多久母亲就重病入院了，父亲带着母亲去了离家九十多公里的马尔康医治，我以为只是一般的疾病，做了手术就没事了，突然一天接到父亲电话：

“二婶已经抢救很多次了，恐怕不行了，医生让拉回来……”父亲还未说完，我的腿就已经软了，肩膀不断往下沉，身体突然变得很重很重……父亲在电话那端哭得撕心裂肺，我拿着电话不断发抖，死亡从未离我这么近，我一边安慰父亲，一边宽慰他家里的事情不用担心，尽全力去救治二婶。外婆在里屋听到了哭诉，一下跑来问我母亲的情况，我立马挂掉电话，连忙起身面带微笑告诉外婆已经医治好了，只是需要再观察一段时间，恰巧那时候弟弟放学回来，母亲的情况只字未敢提，转过身，我却躲在厨房哭成了泪人。

那是我第一次听见父亲哭，哭得很无助，哭得很心酸，哭得很让我害怕。我在恐惧里接受母亲病重的消息，在无数个黑暗里彻夜难眠，那段时间我极度消瘦，一米六的身高，体重还不到八十斤，我每天都感觉快晕倒，但每天总强迫自己站起来，我不知道这种坚强是哪里来的，可能让母亲活下去是我唯一的希望吧。因为家里无人照料，我既盼望着早点拿到录取通知书，又害怕拿到录取通知书，因为我放不下还在读高一的弟弟。我从未出过远门，更不知道这个世界的方向，那时候家人们所有的精力都在病重的母亲身上，我只能独自前行。临走前几天父亲让我给弟弟和外婆备好米面粮油，他在电话那头鼓励我不要害怕，同时又给我交代了很多的出门事宜“不要随便和人说话”“不要随便吃陌生人给的东西”“学费要藏好”……后来，我走在了异乡求学的路上，这一走就是四年。

在父母的期望中，我和弟弟在大学毕业后都顺利参加了工作，父亲依旧喜欢饮酒，有时候喝到烂醉如泥回家，母亲说：“儿女出人头地了，他心里痛快，前几年是委屈，有苦难言。”看着烂醉的父亲躺在沙发上，我仿佛明白了什么，又仿佛什么都没懂。父亲大醉之后习惯念叨我的名字，迷迷糊糊说着什么我一句也听不清，看着他，我有时候会气不打一处来，有时候又会心疼地哭。

就这样，父亲的酒味，让我极其厌烦，以至于后来我闻到酒味都会不自觉反胃，酒味总让我想起好多好多。

除开酒味，父亲身上还有很多种味道，汗味、苦味、酸味……那是一个老农民的味道，那是一个父亲的味道。

刊载于《草地》2020 年第 3 期

糊涂人黄吟秋

牛 放

川西高原上的若尔盖草原有位少数民族画家名叫黄吟秋，一看这名字，便知此君不是藏族人。若尔盖是藏族聚居区，黄吟秋是出生于四川内地广安市武胜县的回族人。从生活角度上说，作为回族人，也许黄吟秋更适合在若尔盖安居乐业。若尔盖一万多平方公里的辽阔草原，一百多万混合头（只）牛羊，简直就是他的自留地，菜园子。然而，黄吟秋的人生却像一首草原的牧歌，留给了草原上的牛羊慢慢咀嚼。

1930年一个风和日丽的日子，黄吟秋降生在武胜县城一个普通回族家庭，这样的天光似乎预示着这个初生的小男孩一生的日子一定会是阳光和煦，然而天象的风和日丽却并没有成为他人生的谶语。

黄吟秋虽然出生在回民家庭，却生活在汉族聚居区，回汉两种文化在他身上难分难解，连他自己也分不出界线来。喜欢画画是黄吟秋的最大爱好，做别的事他似乎都比别人笨拙。

1953年，黄吟秋考上了西南民族学院民语系。喜欢画画的黄吟秋没有进入美术系，他好像忘记了自己有此爱好，也没有因有此爱好而向学校提出要求，竟然乐呵呵地懵懵懂懂地顺其自然，民语系就民语系吧。进校不久，个头不足一米七，长得文雅又袖珍，偶尔在篮球场上投几个篮球玩玩的黄吟秋，偏偏在课间投球的时候被学院领导发现了他有“体育天赋”，黄吟秋便顺理成章地从民语系转到了体育系。

生活中黄吟秋虽然愚笨，读书仍然是他的强项。他在体育方面注定不会是什么出类拔萃的人才，也不可能在此领域里弄出什么建树来，但院领导的慧眼定然是不会错的。黄吟秋一边在体育系努力学习，一边依然故我地业余爱好着他的绘画，就这样品学兼优的他于1955年大学毕业了。其他同学背着被盖卷离开学校去到了大江南北或者五湖四海，黄吟秋却幸运地留在了学院研究室工作。

从小地方来省城求学的黄吟秋，学成留校工作了。这样的事实在他的家乡武胜县无疑传为了美谈，着实给家乡和父母脸面上争了荣光。家乡回族马家的女儿君华也已经出落得亭亭玉立，兼及美德贤淑，又两家相互知根知底，而两颗青春的心早已暗中相许。两家父母便顺水推舟地按当地回族习俗择吉日给他们定下了终身。从此，这一对夫妻便跟着共和国的命运风雨飘摇了几十年。

正当他们春风得意之时，国家的反右斗争拉开了帷幕。

一些同事和同学相继变成了“右”派分子，人们见面和言谈逐渐严肃起来，幽默少了，笑容也跟着消失了。黄吟秋是个糊涂人，他从不关心政治，也不参与斗争，他性格生就不爱说话，也许这样的性格对他在政治斗争中有所拯救，所以没有被划成“右”派分子。但他并不知道天下发生了什么事。黄吟秋只是幸免于没有被划成“右”派分子，但组织上还是认为他有问题，这一点他自己并不知道。

有一天，一位领导找黄吟秋谈话：“不管哪个民族，知识分子必须依靠党才有出路!”黄吟秋很糊涂，他想自己已经依靠党了，他没有听懂这句话的意思。不过他很快就忘记了这件事，没有继续去想这句让他听不懂的话的深层含义。几天后，学校反右“消毒”，他被下放西昌劳动。

下放西昌劳动的人不少，黄吟秋高高兴兴地跟着大伙儿一起去了西昌，他觉得这很好玩，可以到外面画画。

黄吟秋劳动之余，抑或节假日，他就支起画夹画画，他很痴迷这个。有一天中午，他在西昌农业展览馆旁的路边画画，他的身后围了很多人，都在引颈看他画画。人群里有位妇女，怀里抱着个娃娃，一边给娃娃喂奶，一边跟大伙儿一起看他画画，她看得比别人更认真更投入几分。这个给娃娃喂奶的妇女是西昌农业展览馆的馆长，是个有心人，她见这个年轻人画得不错，就动员他到农展馆来专业画画。这当然是黄吟秋求之不得的好事情。于是黄吟秋被抽调到西昌农业展览馆专业画画。过了些时候，馆长看他工作勤恳实在，有心将他留在农展馆工作。

黄吟秋不是个贪图城市的人，他压根没有想过反右“消毒”结束后自己还要回到成都的大学里去，或者创造条件积极争取回去，他所能思考的是能够专业从事自己喜欢的美术工作就是最好的，所以他毫不犹豫地就答应了馆长。黄吟秋虽然十分喜爱画画，但也是个十分贪耍的人。就在这个办理调动手续的节骨眼上，他发现了邛海里每天有很多青年女子在游泳，他哪里还坐得住，于是乎天天都跑到邛海里去跟姑娘们游泳，竟然将写申请调动工作的事忘到九霄云外去了。

好事似乎是接踵而至，调动西昌农业展览馆的事过去不久，西昌组织部部长又找黄吟秋谈话，告诉他西昌要办大学，西昌大学下辖农学院、工学院和教育学院三个学院，现在正在筹备。黄吟秋答应愿意到教育学院工作。不久，贺龙元帅到西昌视察，认为西昌办大学条件尚不成熟，设立西昌大学便宣告流产。黄吟秋的好事也因此化作了黄粱一梦。

省里突然来了通知：下放人员不再回省城，全部支援甘孜、阿坝、凉山三个少数民族自治州。

阿坝州最先来选人，黄吟秋便被阿坝州选中，分到了距成都600多公里的若尔盖县国营黑河牧场。这是1959年的冬季，黄吟秋成了若尔盖草原的牧羊人。

黄吟秋工作的时候认真工作，不工作的时候就痴迷于他的画中，他一点都不灵醒，他对外界的变化迟钝得令人难以置信，但他却是快乐的，因简单而获得了快乐。

到若尔盖的第二年，黄吟秋从国营黑河牧场转入了干部农场。若尔盖干部农场相当于“五七干校”，是针对有问题的人通过劳动而促使其思想改造的地方。黄吟秋不知道“五七干校”的性质，他只是很纳闷，为什么看守所管训队队长杨柳斌来当他们的负责人。这个杨柳斌他是认识的，他以前可是管训队管犯人的，为什么让他来当我们的领导呢？他心里有些不痛快。

在“五七干校”劳动其间，还有一件事让黄吟秋百思不得其解：他认真努力地工作，并没有对不起谁，他每次见了农场里的领导都是很友好地笑脸相迎，可干部农场里的领导们见了他全都没有好脸色，他很奇怪，想不明白自己什么地方得罪了他们。后来他也不跟他们计较了，只管做自己的事。

黄吟秋的爱人马君华追随丈夫也从内地调到了若尔盖。马君华跟黄吟秋不一样，她头上有一块中共党员的金字招牌，对政治比丈夫敏感多了。1961年，作为若尔盖县文教科副科长的马君华去州府马尔康开会，州委宣传部部长田宝莹无意间问及她的家庭情况，马君华诉其经过，言语间甚为凄楚可怜。田部长动了恻隐之心，经她打电话过问，黄吟秋便从干部农场被安排到了县文化馆。之后，黄吟秋被上级组织辗转调动，先后在县中学、求吉公社小学、达扎寺镇小学等，一直折腾到 1966 年“文化大革命”爆发。

1966 年初期，黄吟秋跟县文化馆的文学爱好者李秉中有些来往。“文化大革命”刚刚开始，李秉中打算写一本小说，小说还没有动笔，便因人揭发而获罪，被打成“李秉中反革命集团”。此事件轰动全县，被称为“一本书主义”。黄吟秋夫妻受到牵连，定性为“外围组织成员”。黄吟秋的主要罪行是画画，走白专道路，被命名为“一张画主义”。黄吟秋“一张画主义”的由来是因人揭发他画的黑板报刊头画，刊头画画的是迎风举着的几面旗帜，因为是迎风，所以旗帜是朝前举着的，揭发者说他心怀怨恨，旗杆朝前，旗杆上的红缨枪是直接“指向党”，其用心十分险恶。

有罪的黄吟秋夫妻俩一起被下放到班佑公社班佑大队的大队小学教书。大队小学远离集镇，交通闭塞，学校里的老师只有他们两夫妻，再也没有人来打扰他们。善良朴实的村民给他们送来奶渣、酥油、糌粑和牛羊肉，他们这两个异乡的回族人受到了当地藏族人的礼遇，他们在这里充分感受到了人与人之间的亲和友善，感受到了从未有过的安宁和幸福。他们在学校里教书育人，但也不耽误自己的事业追求。黄吟秋潜心揣摩绘画艺术，他的大量习作便是在这一时期完成的。马君华在这里完完全全地将自己变成了一个女人、妻子、老师和母亲，悉心照料家庭，快乐地教着一群蒙童，她把这群藏族孩子完全当着自己的娃娃一样，教他们读书，教他们做人，心疼着他们。有时她也跟着丈夫一起去附近的草原看他写生，但更多的时候是在家里煮好饭炒好菜静静地等他回来，或者远远地长声吆吆地喊他回来吃饭。她就想这样在炊烟氤氲的温暖里长声吆吆地呼喊着自己丈夫的名字，那样肆无忌惮地呼喊，有时过路的村民投来一瞥羡慕和赞许的眼神，是那种真诚里含着笑意的眼神。每当这样的时候，她的心里就会多一分幸福。黄吟秋这个糊涂人现在可一点也不糊涂，他全身心地浸泡在自己的幸福中，他的惬意，他的快乐一点也不比他的爱人少。他在他的画中，他在他爱人那一声声甜丝丝的呼喊声中享受着生活，就像一棵连续遭受烈日暴晒而变枯焦的沙柳树在细细的雨丝中被雨水慢慢浸泡着一般，他要饱吸每一滴水珠，任其浸透全身的每一个细胞，每一根神经。草荣草枯，月缺月圆，日子就这样过着，他们的幺女儿也在这祥和的村庄里出生了，说话了，走路了。

“文化大革命”终于结束了，黄吟秋一家又回到了若尔盖县城。好像草原的天空蓝了许多，草原的野花灿烂了许多一样，这以后连年都有国内知名画家到若尔盖写生。作为若尔盖著名土著画家，黄吟秋受到了来访者的青睐和尊重。其间，林岗、何孔德、高虹、魏传义、李焕民、杜显清、徐匡等名家大家先后来到若尔盖，黄吟秋与他们共同写生，毫无保留地坦诚交流，虚心地向他们请教学习，这一时期，黄吟秋的画艺画风在多年苦练和积累的基础上得到了迅猛提升，发生了质的飞跃，得到业界专家的普遍好评。1986 年，“黄吟秋个人画展”在四川省美术馆隆重开展，同年在昆明举办“四川五人水彩画展”。其作品被四川美术馆、中国美术馆收藏，作品多次被选出国展览。从此以后，黄吟秋先生在中国美术界逐渐被人知晓，而最终成为著名画家。

还有一件不能不提的事，在我们眼里这是一件极其重要的事情，也竟然被黄吟秋先生糊里糊涂地处理了。

中共十一届三中全会后，马君华调入县政协作副秘书长，她了解时局的变化，曾多次劝说丈夫去西南民族学院问问自己反右下放的事情。黄吟秋只是冲她笑笑，就是不去，成天不是出去写生，就是坐在画室里画画，或者约几个朋友聊天喝茶。

1981 年，马君华去成都开会，抽空去西南民院党委办公室上访。办公室领导说“呃，不是早就平反了吗！也许你们那里太偏僻了，政策没有落实到吧!”马君华听后无言，她想到他们夫妻离乡背井在遥远的草原上受了多少委屈，历经了多少磨难，现在终于找到了丈夫的上级组织娘家人了，她的眼泪抑制不住地夺眶而出。办公室的领导见此情形也是百感交集，安慰说：“别着急，民院有黄吟秋这个人，你先回去，我们马上去函若尔盖，过问清理一下他的档案。”成都西门车站距若尔盖车站里程 596 公里，车程 3 天。马君华回到若尔盖的第 3 天，中共若尔盖县纪委电话通知黄吟秋去纪委办公室。黄吟秋找到纪委办公室，军代表早就坐在办公桌前等他了。军代表拿起办公桌上的档案袋，当着黄吟秋的面从档案袋中取出一摞写了字的纸在空中扬了扬，对黄吟秋说：“这部分档案对你不公，现在我们当着你本人的面将它销毁，这段历史从此一笔勾销。”黄吟秋望了望军代表手中的那摞被称作档案的字纸，没有伸手接过来仔细看看上面究竟写了些什么？也没有这样的想法，如果不是他爱人去他的母校西南民族学院上访，他根本就不可能知道还有这样一件事，所以他也不认为是这些东西让他背了这么多年黑锅。他此时脑袋里居然跳出另一个想法来：父母一直盼望娃娃多学些知识，将来才不会吃亏，看来父母的心愿不太正确，弄岔了。军代表没有心情看黄吟秋的表情，他一本正经地顺手用火钳钳开火炉的顶盖，将手中的档案丢进炉子里，不等火焰腾起来又迅速盖严炉盖，只听见炉膛里“呵，呵，呵”一阵风响，那些记录着黄吟秋问题的档案一瞬间便化成了灰烬。作为糊涂人，黄吟秋是不会去想刚才烧掉的是不是他的档案这样的问题的，他只是遗憾刚才那些纸张燃烧时没有能够看见火焰，他想那些火焰一定是很美的。

这时的时序是深秋，但若尔盖草原已经铺上了厚厚的积雪了。

在黄吟秋身上还有一个怪现象，他在草地风风雨雨几十年，竟然没有学会喝酒，一杯啤酒也会令他醉倒桌子下面去。这一点他太不草原了，草原的男人几乎没有不喝酒的，大口吃肉，大碗喝酒是草原男人的天性，不会喝酒一定是草原人的缺点。但草原人的野性，草原人的豪爽劲他似乎一点也不缺少。

黄吟秋退休后没有回到他的故土武胜县，武胜县并没有忘记他这个离乡的游子，1988 年武胜县政协还特地为他举办了“吟秋回乡画展”。黄吟秋觉得自己就是个地道的若尔盖人，但若尔盖海拔 3500 公尺，空气稀薄，气候恶劣，不宜人居，特别是内地体质的人到了 45 岁以后，各种高原疾病就会侵袭肌体器官，所以他只有离开若尔盖。都江堰是阿坝州的门户，定居都江堰就能感觉到若尔盖，黄吟秋是这样说的。黄吟秋的爱人患了青光眼，已经双目失明，黄吟秋前列腺已经动了两次手术，身上吊着个塑料袋。但他们俩一路搀扶着走到现在，快乐地过着每一天。

今年中秋前我去拜访他们，黄吟秋先生拿着笔从画室里迎出来，他的笑声脆生生的，天真得像个孩子。马嬢嬢笑吟吟地端坐在沙发上，她一下子就听出了我的声音。他们硬要到南桥的回民清真餐厅请我吃饭，在南桥临江楼请我喝茶，黄老师牵着马嬢嬢，虽然走路不够利索，但却充满了喜悦。他们面对自己的疾病很坦然，没有丝毫的难为情，我被他们这样的人生态度深深地感动了。

马孃孃对我说，黄吟秋是个糊涂人，除了画画，别的事一概不行，一辈子不知做了多少糊涂事。黄老师对我说，我不是个好老师，但我是个好画家，水粉画和水彩画是有区别的，水粉痴呆，以粉为色，水彩灵动，以水为色，所以我喜欢画水彩画。我也觉得黄老师是个糊涂人，但糊涂没有什么不好，你清醒又能怎么样呢，如果黄老师不糊涂，他现在的笑声一定没有孩子那般清脆无邪。只是这样一个与世无争的率真人、艺术家，受到了那么多的无辜磨难，显得世道苍凉，令人伤感。

选自《听，若尔盖》（四川民族出版社出版）

情归梭磨河

庆　九

一

生命像一条河。不论回首还是瞻望，逝者如斯，前后皆虚茫。

其实，我更愿意将河流看成是一种生命。

不论是顺畅通坦时的涌流与奔泻，还是艰难曲折里的跌宕与蜿蜒，抑或是困厄阻碍中的蓄积与汇聚，它始终以跌宕向前的生命形态和不甘凝滞的精神向度，莹润山川大野，灵动芸芸众生。从冰雪雨露的汇集到溪河江流的奔走，到浩瀚海洋的涌动，再到云雾霞汽的流变，以物态的相互转化，演绎了一种完整生命的循环，伴随着日月轮回、岁月更迭而恒久不息。

梭磨河，就是这样一条饱蕴情味与灵性的生命之河。

二

从 2013 年春天的一个明朗的午后开始，我乘着一匹想象的白驹，回溯哺育了我的少年青春的梭磨河，柔柔地触摸它遥远而切近的身影与眼神，静静地聆听它浑厚而阔远的跫音与心率……

在一片叫作红原的草地边缘，一座叫作查真梁子的山岭，一滴热汗悄然滑过肋骨般的片片山脊，一眨眼，叮叮淙淙，便汇成了一条从云端流出的净河之源。

在草原宽厚的胸膛上蜿蜒，摩挲，极尽了柔情与缠绵之后，像所有水流将低处作为追求的上上之选一样，越过高原草地与高山峡谷舒缓而模糊的边界，再往下，穿云破雾，开林截岩，水刃切入峡谷，以近千米的落差，蜿蜒跌宕，涌流奔泻，演绎瑰丽的自然图景和纷繁的人文蕴藉之后，一路向下，矢志向前，先后汇入脚木足河、金川江、大渡河，然后流向长江、东海……

就这样，这条其貌不扬的河流，流出了浩渺的岁月，流出了峥嵘的历史，流出了永远奔流不息的生命情怀！

三

梭磨河的记忆是渺远、深邃的。远在人类涉足此地之前，它就与苍茫大地上万千河流一样，独自守候着时光，在川西北的崇山峻岭之间，空寂地阅读奔涌的山海，静穆地凝望挺拔的峰林。像蛮荒的时空深处一位生命的远祖，笃定，茕茕而立；淡然，踽踽独行。

梭磨河的心性是高贵、圣洁的。源自嵯峨高峻的雪山，便吸纳了天空的澄澈与幽深，沉淀了天空高远的眼神与梦境；徜徉在广阔宽坦的草原，便收藏了白云的影子与芳心，激荡着白云自由的秉性与憧憬。

梭磨河的魅力是恒久、淳厚的。它像苍郁蓬勃的大地身上的一条脉管，穿过亿万年漫长的时光，从远古直至当下，劲健依旧，搏动如初。不仅蕴藉着通古达今的活力，还以菩萨般的慷慨福泽丰盈着“善利万物而不争”的灵性，更以致柔致刚的隐者般的定力诠释出“坚强者莫之能胜”的情魂。

四

五千五百年啊。当是怎样艰难而顽强的部族，凿石为器，刀耕火种，继而用火与土，将新石器时代那些耀闪着本土土著、仰韶晚期和马家窑的文化因子，封凝在两岸遗址中出土的石钺、陶罐里。

如今，他们去向哪里？如今，在梭磨河谷生息繁衍的藏人们，是怎样的千年一脉的基因密码，让他们的目光和内心一样清澈明亮，脸颊与山岗一样阳光漫溢？

梭磨河涛声依旧，河岸的险山密林寂然无语。

五

当这片僻远的关山被划入西汉广阔的版图，在历史这条没有退路的小径上，梭磨河似乎注定遗失太多，难以拼贴的记忆碎片，斑斑驳驳，留下许多空白皆是失忆的遗憾。

又是多少个寒来暑往，又是多少回风雨飘摇，梭磨河流域的哥邻、咄霸部族终于与西蜀山野的其他部族一道，被威仪万千的大唐，用“西山八国”四个简单的汉字写进了浩繁的典籍。

此时，随着吐蕃东征，佛音从遥远的西藏传来。又随着佛事的繁盛，一个名叫嘉绒的藏族支系迎着高原的腥雨罡风，像一株植物蓬勃生长。于是，历史的天空，经幡狂舞。

大唐的主人们，用保宁都护府这颗硕大的金印，换来了哥邻王的臣服，也封存了索磨川这柄历经岁月淬炼的长剑。于是，婆陵甲萨——因战火而打造的古堡，以岁月夯筑的王城——镇守在梭磨河畔一弯突兀的高地之上，在兵戈与狼烟的缝隙里偏安了几百年的繁盛与平安。

或许，仅仅是蒙古铁骑携裹的蹄声与风啸就疾扫震颤了这片僻壤，一瞥惊鸿掠过，元世主已征服吐蕃，由王朝册封、宣政院统辖的土司制自此滥觞。土司制度如一坛浓黏的咂酒，在满足了一茬茬农奴主的权欲与私利的同时，也让他们迷醉于大河两岸的拓耕或牧放，经年累月，坡岭沟谷间不多的土地便一天天宽坦肥腴起来。

元，无可争辩地成为梭磨河史册上一个浓重的标点。

比这颗标点的分量更重的，当是满族统领中原的那个皇朝。从远征廓尔喀（尼泊尔）到两次“金川之役”，再到鸦片战争时随清军征剿英国侵略军……多少藏兵蕃将前赴后继、舍生取义，将大义、忠勇、剽悍、荣誉等显赫而灼热的文字，烙印在梭磨河谷嵯峨的山崖上，撒播在梭磨河谷葳蕤的林莽间。

从历史深处蜿蜒而至的梭磨河，涛声中夹杂了太多的风啸马鸣与兵戈呐喊，浪影里融汇了太多的生死情仇、荣辱悲欢……

六

逝者如斯。多少嗟叹也杳然而逝。

我以为，卓克基成为梭磨河最具标志性的节点，不仅仅是因为其沟谷相交、河流相汇的地理位置，以及它依山借势、扼关守道的地形优势，还在于它以西索民居而形于外、因嘉绒风情而秀于内的人文蕴涵，以及它那一段峥嵘不凡的红色传奇。

公元一九三五年的夏日，一支头戴五角红星的军队翻越征途中的第二座大雪山——梦笔山，来到梭磨河谷，那些用数字代称的首长们，在卓克基官寨滞留了一周，并且召开了号召广大藏族人民起来反对帝国主义和军阀，实现民族自决的重要会议。此后，这支军队在梭磨河流域辗转一年有余，战斗，筹粮，宣传革命真理，建立乡村苏维埃政权……

因了这次与一个人民共和国的缔造者和为了信仰敢于献出生命的革命军队的邂逅，梭磨河精神焕发、声名鹊起。就在它清澈的河水灌溉的土地上，就是它以甘甜河水养育的藏家儿女，节衣缩食，不仅满足了境内数以万计红军整整一年的粮食供给，还有数百少年追随红军参加革命——从乡村苏维埃政权的妇女部长、游击队长、乡主席，到新中国成立后的政协委员、军分区司令——将一个古老民族的根脉与骨血，深深地植入了共和国的基石。

一任旧社会的土司与兵痞谢幕，又值新时代的风流人物登场。梭磨河，在民族危难之际没有缺位，在社会发展之时没有掉队，自古至今都与家国唇齿相依、心脉相通！

七

梭磨河，一条自东向西的白练，串着珠贝，缀着玉翠，飘舞在峰回路转的峡谷之间——铭刻着辉煌的红色记忆，一直耀闪着原生态的绿色美丽。

首先，蓊郁葱茂的植被，为季节舞台铺设了极为曼妙的背景，不论是春之秀雅、夏之葱绿，还是秋的绚烂、冬的素洁，层叠险峻的山崖都是一幅幅毫无匠气的画屏，由着那些高低错落、疏密浓淡的花草树木率性描绘、恣情装点——秀颀葱翠的箭竹，是哪个朝代归隐的君子？怒放妖娆的杜鹃，是哪家热辣的美人？灿烂燃烧的彩林，该是不知何故痴狂的画家吧？那些只能仰望远观的垂悬高洁的冰瀑，又是哪里来的忧郁诗人，瞩望着梭磨河流经心灵的路途？

伴随着自然的节奏，梭磨河不管是欢跃奔放，还是内敛清瘦，坚守着那份清心，坚持着那种自如，听惯了沿途古寺新庙的晨钟暮鼓、法号梵唱，看惯了两岸老村新城的人来车往、幡旗飘扬。嬗变的阵痛，发展的荣光，连同各族人民以团结奋斗赢得的富足与文明，一如日间热闹祥和的喧嚣、夜晚五彩迷离的灯光，浮荡在梭磨河层层漾动的波光浪影里。

梭磨河的当代版，古老与现代链接，传统与时尚兼容。

……

八

梭磨河，应和着大时代的风云变幻，也见证了小人物的人生际遇。几多求索与辗转，几经磨砺与淬炼，梭磨河就是我精神生命的脐带。

二十世纪六十年代末的一个春天的午夜，我来到这个世界，以一条名叫赶羊沟的支流的方式，切近了梭磨河。当然，那个时候，我还不知道那条小河奔流不远就汇入了梭磨河。

我第一次走出那条渺远幽深的小山沟，是因为母亲带我到了梭磨河边的县城。回返时，母亲让我先搭乘一辆拉运木材的解放牌货车回到赶羊沟口。等待中，孱弱、纯朴甚至是无知的生命幼体，独处于幽深空寂的山谷，瞬间就被惊慌、恐惧击中——我与梭磨河的第一个交集中，竟然塞满了我慌乱奔跑的足迹和无助的哭喊……

而较为清晰的记忆底片，则是我在梭磨河畔的初中时光。那是阿底村对面的子弟学校，一些柔曼摇曳的树，总被我们三楼教室的窗棂装帧为一幅画。其实，那是紧邻河沿的一排高大白杨树的一部分，就那么隔在教学楼和梭磨河之间。“画框”内不管是绿叶黄叶，都似梭磨河缤纷荡漾的波面，或盈盈清润如水彩，或斑驳灿烂如油画；而树叶落尽之后干净疏朗的细枝，却好像冬季里清瘦下来梭磨河在沿岸大片冰面之间露出的水纹，细碎，纤巧，又好似学校里那位年轻的美术老师率性而为的素描。

确实，记忆中的冬天，似乎都被冰锁在梭磨河宽阔的河面，直到春天的钥匙将其打开。因解冻而碎裂、融化的冰块，满怀激动地簇拥着、碰撞着，兴奋地向前赶，那种气势让人过目难忘，那种声音至今还在耳畔回响。

随着中考临近，憧憬伴着身体疯长，似有感应的梭磨河波推浪涌，激情荡漾。

九

当我跨入马尔康民族师范学校，就再次延续了我与梭磨河的难解情缘。从卓克基乡到马尔康县城，从中专求学到留校任教，再到报社编辑，梭磨河就像一块磁石，将我的人生轨迹“吸附”在它的周边滑动、起伏……

许是因了梭磨河波光水色的启悟，我用散板一样的句子拼贴出了第一首诗歌，并有幸在铅印的报纸上“糊弄”师生们的眼睛。文学梦的种子由此扎根于心中，数度寒暑，艰难而又贫弱地生长。

留校后的住宿紧邻河沿，涛声犹如须臾不离的空气，涨落沉浮，像一个人的呼吸，浑厚而沉稳。那几年，独对青灯，寂然伏案，青春的激情泛滥——做化学实验，险些炸瞎双眼，最终成功举办校史中空前的一场化学晚会；办蜡印校刊，留下多处手茧，校园文学蔚为壮观；改学生作文，赛事中多次获奖数度夺冠；教学生手工，陈列室众多作品增光添彩……

一九九二年，连续多日的大雨致使梭磨河洪水暴涨、浊浪漫溢，让长年生息于此、有些得意妄为的人们重新认识了河流与山川、自然与生命的关系。那一年，我扯了结婚证，并以两桌家常便饭“诏告天下”。

简单的婚礼并不能代表丰富的生活，正如梭磨河简单的流动并不能涵盖它全部的存在。闲暇时在河滩上踟蹰，捡回一些别致的石头，似乎也捡拾起流动的波影、鼓荡的涛声；暮色中于河堤上漫步，默读河面柔顺的风语、斑斓的光影，宛如阅读朦胧诗、欣赏抽象画；即便是来来去去的上下班，也像是一条与梭磨河并行的曲线，与之共同构成了我的生活版图。

河流一如既往，鸟云依旧飞翔。梭磨河畔，三年还算刻苦的求学，六年自以为认真的教学，七年也可谓努力的编辑，十六年的时光被流水席卷而去，但一种与之无可避弃的血缘关系与情感积淀却常常濡润着身心，而且历久弥坚。

十

当一个人因一条河流的养育而成长、成功、成名，这条河流也会因为这个人的辉光而鲜活、鲜明、鲜亮。

马塘，梭磨河上游河谷山坡上的一个小小村庄，少年阿来在这里的山光水色中鸟一样自由成长。若干年后，阿来以二十个世纪四十年代的梭磨河流域的土司制度兴衰为主线，以土司的“傻瓜”儿子为视角，用诗化的语言和唯物史观的哲性思考，讲述了一个叫作《尘埃落定》的传奇故事，展现了一幅神秘浪漫的藏族风情，一举斩获第五届茅盾文学奖。

一条温婉朴质的河流，滋育了一个文学大家；一位将故乡视为“肉体与精神的原乡”的文学大家，让这条河从此平添了无限风华。

当人们的视网膜还未完全适应小说家阿来的华彩，又一个社会学者似的散文家阿来便踏着“大地的阶梯”迎面走来。他从成都平原边缘开始，用双脚和内心丈量着他熟悉而又热爱的山川河流，艰难地沿着大渡河水系溯流而上，直到高原群山中的磨梭河之源为止。

我相信，在《大地的阶梯》中，阿来沿着哺育了藏文化之嘉绒文明的大渡河水系，以身作舟，以溯源的方式虔诚漫游或倾情回忆，完成了一段审视人生、审视历史、审视自然万物和自己的心路历程。如今身为四川省作协主席且经常游走世界的阿来，他的情感与思想的河流中，定然会不时涌动着梭磨河的水韵涛声。

十一

今天，漂泊半世的我，再次回到生我养我的梭磨河畔。梭磨河啊，像我有生以来第一眼看见你的时候一样，依然气度雍容，依然气定神闲。

梭磨河，故乡的梭磨河，是我与这个社会相连的初生脐带。

我知道，在科学诞生之前，梭磨河就流动在天地之间，作为高原与盆地之间万千江河中极为普通细小的一脉，在亘古绵长的岁月的河床上，冲刷着自己，濡润着万物，让沿途的苍茫雄阔因之而温婉柔情，让沿途的艰险幽深因之而俊秀绵厚。

回来，回到梭磨河畔。透过你一泻千年的历史，我看到了岁月缝隙里闪过的铁骑与狼烟，看到了政治风云中刻画的疤痕与痂迹，还有信仰在苍天厚土间的光芒和希望，以及万古奔流的生命之河的动力与脉源……你昭示大地上的所有生命，在卑微的命运中顽强地抗争、生息。

回来，回到梭磨河畔。或许，我将找到自己——一个“嘉绒汉族”——的身份与定位，结束自己几十年的文化血脉的寻找；或许，我将顺着你这样一条淌过我生命的河流，触摸到自己未来的精神脉络与价值走向。

梭磨河，在你波翻浪涌的流体深处，我愿重新洗净自己，洗净一切的存在和虚无。

刊载于《草地》2013 年第 6 期

情系远牧场

任冬生

我有一个夙愿，想到远牧场去看看。如果有时间的话，在那里待上一阵子，和牧民一起放放牛，骑骑马，感受一下牧区天高云淡、自由自在的生活，那该有多惬意！

可是，我这个想法就像一只老母鸡，在我的脑子里咯咯咯地叫了好多年，就是孵不出蛋来。就在老母鸡已经快叫不出声来的时候，我很偶然地得到一次机会——随同一个工作组去阿坝镇七村远牧场，检查验收一个产业发展扶持项目。

在去阿坝镇七村远牧场之前，我就曾听人说过那个地方，离县城很远很远，且又不通公路，要骑马走个一天两天，才能到达那里。临行前夜，我既兴奋又忐忑，心中装满了美好向往，又对此行的艰难有些担忧，我特意追问领队：我们要骑马吗？

骑马！不不不！今年国家投资了700多万，修了一条路，远牧场通车了。

这让我大感意外，多少还有点失落，但转念一想，这样也好，在日渐萧凉的十月天，冒着阴冷的风，在无遮无掩的茫茫草原上骑马晃荡个一天两天，也真够受罪的。坐车虽然没什么浪漫情调，但能很快实现我的愿望。

第二天我们早早从县城出发，过了几个村寨，便进入那条新修的路，路面倒是平整，就是那个弯弯绕绕啊，像一根理不清头尾的肠子，就在那起伏不定的山原中缠来绕去，而我们的车子就是这根肠子里蠕动的一块顽固不化的生铁。眼看要翻过一座山坡了，却突然遭遇一个急弯，被迫掉转头来，如此反复无常，无始无终，把我们的脑袋都给绕晕了。终于，在两个小时之后，领队说再翻过一座大山就到了，我们的精神为之一振，心想快到了，可是到了山顶向下一望，我的天啦，下山的路那个纠结，用手一搓，就能搓出一把麻花来。

好不容易到了山脚下，出现了几顶帐篷，村委书记甲木措、村长桑机、会计阿足和几个牧民已经候在那里了。他们热情地凑上前来，紧紧握住我们的手，不停地说着耳嘎踏（辛苦了）！并把我们领进一顶简陋的帐篷，坐在温暖的火炉边的垫子上去，屁股还未坐稳，便硬塞给我们一大堆饮料和饼干之类的零食，还上了好几盘豇豆炒牛肉，每人舀了一大碗米饭。他们一边愧疚地表示没什么像样的东西招待我们，一边不停地催促我们吃喝，热情的真让人有些受不了。

我一边吃一边好奇地问："这就是你们的远牧场啊？"

"不是喔，还远着呢，还要进沟二十来公里，那里还不通公路呢。"甲木措憨厚地笑笑说。

"喔，真远，"我感慨道，"这条路也真够纠结的。"

这时坐在一旁沉默寡言的村主任桑机严肃地对我们说："这条路来之不易啊，有一次我去找一个领导，我说，'领导，为我们远牧场修一条路吧，没有路，村里有几十个不该死的人死了。'"

"人都是要死的，哪个该死，哪个不该死？"领导显然误解了他的话。

他急忙解释道："因为没有路，山上一些牧民突然得了急性阑尾炎之类的疾病，等到家人把他们背下山，还没走多远，就给活活痛死了。要是有条路的话，他们就可以尽快赶到县城就医，他们的命就可以捡回来了。"

领导深受触动，拨了一笔巨款，专门为他们村修了这条生命之路。

我的心突然沉重起来。在我们眼里，在我们的想象里，在我们的笔下，牧场，特别是那些偏远的牧场，因为离天最近，和大地最亲，被我们想象成理想的天堂，赋予诗歌的优美意象，充斥在我们泛滥的抒情文本之上。其实，真实的牧区，被寒冷的风雪包围，被天地的广阔限制，被人间的疼痛折磨，苦难是他们生活的一部分，甚至是最重要的部分。

令人安慰的是，党和政府看到了他们的痛，不光为他们修了路，实施了帐篷新生活，发放了帐篷、炉子、太阳能电池、马背电视等等，还在县城给他们划了一块大大的地皮，扶持每家每户修建了温馨的牧民定居房，还将他们整村纳入农村低保、医疗保险等等一系列惠民政策，我们此行的目的就是检查验收国家为七村投资60余万元实施的产业扶持项目——购牛。这一切的一切，目的只有一个，让牧民群众过得越来越好。

吃完饭，我们便走出帐篷去山坡看牛。天真冷，还没到大冬天，便已经能嗅到冰雪冷漠的气息，幸好我有先见之明穿上了厚厚的羽绒服。我们沿着公路走了好长一截，眼看着牛群就在我们头顶吃草，就是上不去，修建的公路切割出来的高坎阻隔了我们。正在一筹莫展的时候，一辆挖掘机开了过来，甲木措突发异想，让司机将我们送上去。司机轰轰隆隆地降下铲斗，让我们爬进去，然后又轰轰隆隆地慢慢升起来，抵在高处的草地边缘，我们便一个拉一个地爬上去。周围的牧民觉得很新鲜，也跑来过一把瘾，有的甚至干脆顺着那根撑起来的手臂爬上去，很是热闹了一番。

站在已经微微泛黄的草地上，放眼望去，庞大的牛群赫然出现在我们眼前，像一团黑色的云雾，缓缓地在山坡上游离，与天上洁白的云团形成了鲜明的对比。它们是那样悠闲地埋头吃草，完全不理会我们的到来，好像我们就根本不存在一样。

我内心的诗意恰如其分地升腾起来。

突然，我身边的一个牧人大声呼唤起来："啾咯、啾咯、啾咯……"

所有的牧人也跟着大声呼唤起来："啾咯、啾咯、啾咯……"

这一唤可不得了，那些埋头吃草的牛，像是受到了重大刺激，全都噌地抬起坚硬的头角，鼓起铜铃大眼，齐刷刷地盯着我们，一股海潮般威严的气息扑面而来，唤醒了我内心的胆怯，我敏锐地捕捉到一种不祥的信息，有事要发生了。果然，就在我们头顶的山坡上，突然冒出一头罕见的白色牦牛，撒开四蹄，疯狂地向我们俯冲下来，全身的白色长毛，忽地腾飞起来，吓得站在最上头的一个姑娘大惊失色，慌忙躲避。紧接着，满山坡的牦牛也跟着狂奔起来，如泛滥的江河，轰隆隆地，向我们猛扑而来。

我们一时搞不清楚出了什么情况，全身的血液唰地奔跑起来，内心的恐惧轰地达到高潮，双腿不由自主地逃向牧人的身后。与我们相反，那些牧人倒像是迎接亲人的到来，面带微笑，张开双臂，摆出拥抱的姿势。

很快，疯狂的牛群冲到我们跟前，并迅速地安静下来，把我们团团围住，让我们无处躲藏。这是我第一次与一群牦牛保持这样近的距离，它们壮硕的身体，旺盛的活力，以及那钢铁一样坚硬匕首一样尖锐的牛角，是那样猛烈地震撼着我，威慑着我，逼迫着我。我恐慌地看着眼前黑压压的一群牦牛，森林般茂密的刀叉，脆弱的心像一根扶不起的稻草一样紧紧贴服在地面。在如此强大的生灵面前，我就是一只内心弱小的麻雀，小心翼翼地提防和躲避着每一头牛、每一把刀、每一个威胁的逼近。一些顽皮的牛，像是有意炫耀着它们的勇猛，竟然在我的面前相互冲撞起来，刚硬的头角碰撞发出的咔咔声，让我内心的骨头在瞬间断裂，吓得我们恨不能挖个地洞钻进去。

这让我更加羡慕甚至是嫉妒那些勇敢的牧人来，他们是那样自由自在地穿梭在强大的牛群中，是那样轻松自如地抓住一头牛的犄角和耳朵，像摆弄一架庞大的玩具、捉弄自家的小狗那样的得心应手。人与人的距离，天与地的距离，生存与生存的距离，就在这一刻，被活活地撕裂开来。

逃离是我们最好的选择。可是，那群牛像是意犹未尽，一步步地紧跟在我们后头，我们走得快它们也走得快，我们走得慢它们也走得慢，更像是相送熟识的朋友和亲人。当我们溜下高高的坎子，站在安全的地带，再心平气和地回望它们时，它们仍端端正正一动不动地站在上面的山坡上，眼巴巴地望着我们，那高大的身躯和尖锐的犄角在蔚蓝的天空中勾勒出嵯峨的大山轮廓。

不知怎的，我的内心突然升腾起一股难以割舍的庄严情感，我突然想起那些装在大卡车上运往外地的死气沉沉的牛，那些站在屠宰场的血泊中眼睁睁地看着同伴一个个痛苦死去的牛，以及我家门前那条一到秋天便被红色的污水灌满的河沟……

它们曾是那样不经意地从我的生活中穿过，无声无息。

我回过头来问了一个很傻却很实在的问题，向那个被白牦牛惊吓的姑娘。

“站在一群牦牛的中间，你有什么感想？”

她想了一会，骄傲地告诉我：“就像是一个斗牛士。”说着还撩了撩脖子上的红纱巾。

斗牛士？我笑了：“恐怕你恨不得在瞬间缩小，直到牛看不见你。”

周围的人哄地笑了。

在笑声中，我突然听见我的内心说了一句话：

对生命保持一种崇高的敬畏，然后你才慢慢懂得它们。

刊载于《民族文学》汉文版 2023 年 04 期

茂县情缘

塔双江

茂县，据《旧唐书》和《茂州志》记载：茂州“以郡界茂湿山为名”，唐代至民国初期均用此名。1958年更名为茂汶羌族自治县，那是因为茂县大部分地区处于汶山地带，1963年恢复为茂县。在民国时期，茂县县城凤仪镇曾是国民党第十六行政督察区所在地。也是新中国成立后五十年代初期四川省藏族自治区（阿坝州州府前身）区府所在地。这里还是三十年代中期红军长征走过的地方，当年红四方面军在张国焘、徐向前的率领下曾在这里打土豪，分田地，建立苏维埃政权……

老实说，我和茂县的缘分是有很多年了，这可能要从我父辈算起。其实我的家乡汶川县与茂县就是由一条银河似的飘带——岷江连接着。茂县与汶川山连山，水连水，汶川和茂县就是一山之隔。从汶川县雁门萝卜寨“登上垭口山可俯视茂县南新镇的巴川村，还可眺望九顶山及大弯岭……”这是我的拙著《冬季我们去阿坝燃烧》中的一段叙述。

谈起我和茂县的缘分，要追溯到二十世纪五十年代末六十年代初，父亲从老家成都龙泉驿“流窜”到茂县，就被组织上派往白溪乡工作。据父亲讲，我们漩口街上的陈继尧就牺牲在白溪乡。说到陈继尧，他还是我干爹陈继远的兄长。白溪乡与黑水交界，刚分配到白溪乡公所担任所长的陈继尧，便派到了乡下参加民改，他每天和他的同事划着小船往返于叠溪海子之间。陈继尧就是在叠溪海子附近遭到土匪袭击而遇害的。那日黄昏，土匪抓住他时，将他捆绑在核桃树下进行严刑拷打，最后还剥了皮，被活活痛死。我父亲也在这里工作了好一段时间。待暴乱平息不久，父亲奉上级指示回到了县城凤仪镇。并安置在茂县供销合作社联合社，再后来，父亲又“流窜”到了汶川工作。

1993年秋天，我第一次到茂县。那是我和我的女儿一起去看望在《草地》杂志金秋笔会上认识不久的羌族作家梦非，因为他是我的老乡。在那里，还居住着我的另外一位朋友，羌族女诗人雷子。其实，他俩都是我的家乡人。梦非，汶川下庄人，西南民族学院（今西南民族大学）毕业，分配到县委宣传部从事新闻宣传。雷子，最初在汶川县电冶厂上班，她当时是文学青年，完全是依靠自身的奋斗与努力，才调到茂县财政局的。雷子在汶川县电冶厂工作时，她还是我亲自发展的汶川县文联漩口创作组组员。在以后的日子，我在梦非的介绍下，又认识了潘梦笔、成绪尔聃等文朋诗友。潘梦笔，什邡人，小说写得不错，他的短篇小说《那方事情》还获得过《草地》杂志社举办的一个文学奖；成绪尔聃，羌族诗人，当时也在不少报刊发过作品，还出过一本旅游散文集。

当我第二次到茂县时，我已经是省乡镇企业管理局《乡镇企业导报》的记者了。那时的我，一边在阿坝州四A集团公司水泥厂烧成车间当车间工人，一边在全省各地的乡镇企业跑采访。在茂县，我采访过县乡镇企业管理局，凤仪、光明、土门、南新等地的乡镇企业都曾留下过我的足迹，曾写下了近万字的新闻、通讯见报。2003年夏，那是我应聘到《阿坝日报》的第三个年头，当时我在副刊部负责《西部旅游特刊》的编辑、采访。在那张报纸上，我编发过著名摄影家吕玲龙在茂县九顶山采风时创作的散文与摄影作品，也曾利用编辑之余，深入到松坪沟、土地岭采访，写下了散文《松坪沟看海》《品绿踏青土地岭》。尽管这两篇散文不长，字数仅在3000字左右，后来这两篇散文除了我编发在《阿坝日报》“西部旅游特刊”之外，还被2008年2月的澳大利亚《澳洲日报》选用。再后来，在我出版的散文集《倾述》中也将这两篇小文收入。

转眼到了2008年5月8日，我在九寨沟中学筹备创办《九寨沟中学》校刊。在创刊之初，我向澳大利亚著名华人作家李明宴，西华大学教授、作家姚思源，都江堰青年诗人王国平，安徽女作家钟雨以及活跃在省内外文坛的我州藏族女诗人蓝晓、羌族诗人李孝俊等文朋诗友约稿。然而，我最先约稿的是我交往了10多年的茂县羌族朋友诗人雷子、梦非，他俩都非常爽快地答应了。梦非很快通过电子邮件给我发来了他的散文《鹧鸪山上养路人》。然而，不幸的灾难突然降临了。这也就是我到九寨沟中学的第五天，“5·12”汶川特大地震发生了，顷刻之间，毗邻震中的茂县遭受重创而成为极重灾县。当时就急坏了远在他乡的我。于是，我在得知住在映秀、漩口、水磨、都江堰的母亲、姐姐一家、妹妹一家平安无事之后。我便立即通过网上查找、拨打电话、手机等多种方式寻找在茂县的雷子、梦非、成绪尔聃，还有汶川的羊子、画家杨瑞洪一家、都江堰的王国平。那个时候的我心急如焚，像热锅上的蚂蚁。我每天不断地拨打他们的手机、座机，不停地在上网查找，我眼睛急红了，汗水也止不住地往下流，并一下子浸透了我的衣衫。面对这一切，我全然不顾，我找呀，盼呀！找呀，盼呀！

在为好友们默默祈祷的同时，我总是千方百计，想方设法地渴望得到他们幸存的消息……雷子、梦非、潘梦笔、成绪尔聃都是我的好朋友，都是我的好兄妹！当时我在傻想，不会是因为我创办《九寨沟中学》校刊的缘故吧？雷子、梦非、潘梦笔、成绪尔聃、羊子、杨瑞洪、李孝俊、王国平等众多居住在重灾区的朋友，我第一次办刊物，第一次向我最好的朋友约稿……我泪流满面，我捶胸顿足，我真后悔……到了六月初，我终于拨通了梦非的电话。当时我真的有点语无伦次，喜出望外的感觉，同时也迅速得知雷子、羊子、杨瑞洪、王国平都劫后余生。我无不为之而兴奋，为之而欢呼雀跃。

时隔这么多年了，我们都从那场灾难中幸存下来了。我们都曾悲痛过，伤心过。但是我们在党中央国务院、省委、州委的坚强领导下，还有全国各族人民和来自世界各地的国际友人的大力关心与支持下，我们在一片废墟中站立起来了。灾后恢复重建让灾区发生了翻天覆地的变化，我们一路辛劳，一路欢歌，一路走来。是的！每当我从九寨沟踏上去成都出差的路，然后又从成都返回九寨沟，那灾区的面貌的确是日新月异，特别是茂县的嬗变，让我感慨万千，南新、牟托、凤仪等地新楼拔地而起，幸福美丽家园建设如火如荼……今年 6 月初，当我再一次踏上茂县这块热土，感受更是不一般。我这次来参加由省作家协会、巴金文学院、阿坝州文联、茂县文联联合主办的“2012 阿坝州作家培训笔会”，先后深入到了茂县坪头村、白石羌寨等景区采风。我再一次强烈地感受到了那灾后重建的茂县羌城和羌寨美丽的风光，再一次体会到了羌民族独特的民风民俗。在笔会上，老朋友相见格外亲热，我们有说不完的话，道不尽的情。茂县真是让我来了就不想走的地方。我真想定居在茂县，享受在那云朵下的世外桃源……

是的，我和茂县有缘分，这缘分从父辈到我这一代，足足有半个多世纪。我想，我与茂县的缘分还会延续下去，我还想将她传到下一代，传到我的子子孙孙。

刊载于《草地》2012 年第 5 期

大树保

王永安

大树保与我是同一个寨子的人。那时，我住寨子东头，他住寨子西头，中间隔了一道山梁。多少年来，我总是把他与《西游记》中的牛魔王联想到一块儿。别无缘由，就只因他的块头特大和相貌奇丑呗！而今，大树保的坟头已经长出了数株可以遮风避雨的树木，可是他给我留下的印象依然如故。近年来，多次与父母在饭后茶余聊起他，大树保在我的脑海里才又鲜朗可爱起来——

其实，大树保留给我最深的印象，是他的暮年时光。那时，我是六七岁的人，而他是六七十岁的人。童叟之别，对我而言，该是一幅何等荒诞的画抑或一场朦胧离奇的梦！他的身材魁梧高大，四肢特别发达。尤其是一双大脚板，足足有一尺来长。有人在他走过的雪地上偷偷丈量，足足容下了常人的两个脚印。

大树保不管是到地头耕作或者上山捡柴，都得从我家门前的一条小巷里经过。他步子挺大，但步态缓慢。半天才慢腾腾爬上山梁。他把锄把当成拐杖，斜斜地靠前撑起歇气。远远望去，活脱脱就像冒起的一座小山峰。大人们远远地用手指着："你看，大树保！"好像这道山梁和大树保都成了鸡冠寨的一道风景线。稍歇片刻，大树保才一拐一拐地走到小巷里。一般人走过巷子，只能露出半个脑袋，而大树保过巷子，半截身子都冲得老高。他头上绾着一根青布头帕，腰间系着一只皱巴巴的皮鼓肚（当地的一种烟荷包），长着长长的脸，像个犁脖子，土黑土黑的怪吓人。我们几个小朋友躲在门缝里瞅，还调皮地喊："大树保"——然后赶快钻到床下和什么旮旯内藏起，巷子里如雷般传来"云宗儿子没教好！"的骂声（"云宗"是我父亲的小名）。我们不敢出声，既感到害怕又觉得好玩儿……

阿爸责怪我们不礼貌，他带了几把上等兰花烟送给大树保，并表示了歉意。大树保说什么也不肯收下。他说："娃娃家哪个计较?"炒了几碗黄豆，还执意留下我父亲喝酒。

"大树保是个好人呀!"这是阿爸常爱说的一句话。

大树保姐弟三人，只因小时候父母向神树许愿平安长寿，所以姐弟三人的名字都沾"树"：大姐取名树花，兄长取名为树桃。他本人为树保，只因身材高大，力气过人，便在树保前面加了个"大"字——故名大树保。

兄长树桃小时候很调皮。常爱在人家磨盘上偷偷撒泥沙，或在大路上拉屎设"陷阱"。有人栽在"陷阱"里弄得满身都是屎，他就笑得前仰后合；大树保虽也调皮，但他从来不这般恶作剧。为此两兄弟各耍各的，总是尿不到一块儿。树桃长到十四五岁时，又经常偷看妇女屙尿（当地人把解小便称为屙尿）。一次，有位妇女在房背上打青稞，尿急了便蹲在檐角下方便，正好被树桃仰头瞅到。他得意地惊叫，那女人也惊叫，并甩石头撵。树桃拔腿就跑，女人边骂边追。此事被大树保知道，他帮那女人追树桃，追到水边，一掌将其打翻在水里。树桃要拼命，顺势从水里抓起一块鹅卵石要打，大树保铁青着脸不说话，高高扬起一扇铁锨般的手掌示威着两个字："你敢!"树桃也乖巧，把手放回水中但还嘴硬："哪个打你？懒得打脏我的手。"说完蹲下身子洗起手来。那女人看到树桃已是鼻青脸肿的，也就不说什么自个儿走了……

大树保毕竟也才十二三岁，他同样好耍好玩，童趣无限。同寨子的许多小朋友都喜欢结交他，甚至还有点巴结他，因为他们觉得同大树保在一起非常有安全感。就是离开寨子数十里之外遇上了麻烦或威胁，只要打出大树保的招牌，也还很管用。大家一起捉迷藏，玩老鹰捉小鸡的游戏等等，无不开心尽兴。只是相互的个头悬殊太大，知道的就晓得是一群娃娃在狂，不知道的还以为是一个大脑有问题的傻大个在与娃娃们疯。大树保很憨厚，他把两三个小朋友驮在背上爬着走，任背上的"骑手"吆喝、鞭打。他还把一些小朋友举到肩头，放到头顶，或者抛到空中"接皮球"。弄得大家嘻嘻哈哈，又惊又喜，好不自在！可是一回到家，父亲要他念书做功课，他就感到不自在。捧上书本没有一袋烟功夫，就呼呼地睡着了。一次父亲要他背诵孙中山《遗嘱》，他连开头"余致力"三个字都背不出来。父亲性急，劈头给了一耳光。他哭丧着脸，捂着面颊不吭声。父亲执意要他背，他整死不开腔。无奈，父亲咆哮着吼道：“再背不出来老子铡了你的头。”一声未了，大树保“嚯”地站起来，健步跑到二楼将铡刀拿下来，把亮锃锃的刀叶立起来，自己将颈子长长地伸进铡框内，大声喊出：“铡、铡、铡……”父亲怔了一下，赶忙将铡刀收了起来。他气得又跺脚又搓手，万万没有想到这头犟驴果真有这么犟！连连骂出：“这个逆子，这个逆子……”

1935年，老家一带害“窝窝寒”（现在称为“流感”），由于当时缺医少药，一家一家死人。大树保父亲及姐姐树花也在劫难逃，双双在两三天内相继死去。大树保悲痛欲绝，他非常愧对父亲，他把头死死磕着地，很长时间都还留着污青的血泡，他决心把自己的孝心孝道奉献给母亲大人，以弥补父亲的恩情。

大哥树桃成家数年，可家政上嫂子说了算。大树保的母亲年轻时腿脚就有残，他爸在世时相扶相搀，其他家人也感觉不出多少拖累，但老爸走后母亲自理的难度一下子凸显出来。母亲又不好向儿子媳妇吐露，疼痛凶了只得暗自伤心落泪，企盼早一天在另一个世界与他爸相会。媳妇看得明白，她感到树桃他妈是个累赘，两弟兄不分家这日子甭想过抻展。他多次支使丈夫提出分家，丈夫总是嘴上答应却不见真的行动，她感到万分恼火。

树桃夫妇有个儿子才七岁，名叫林强。子承其父，又调皮，又好耍，学习成绩一直很孬。一次，林强的学习情况被老师向家长奏了一本，嫂子很气，当着全家的面劈头盖脸打孩子，高声骂道：“害瘟的，就晓得花钱，就晓得吃饭，你咋个不死?”树桃轻轻制止了两句，那嫂子愈发高声：“小娃儿木脑壳，大人也是木脑壳，我这辈子咋个遇到你们了……”骂完后哭得泪水涟涟，痛不欲生。大树保母亲不敢吱声，暗自不住地唉声叹气，不知往后的日子该如何是好。大树保看得真切，他二话没说，气冲冲背着娘走出了家门。

大树保把老母背到一个山洞里，简单收拾一下，就打算定居下来。母亲怪他倔强，担心母子以后生活难以为继，劝他还是下矮桩回家过日子；大哥树桃也跑来劝说共建家业，但大树保坚决不从。他向来言必行，行必果。他说：“跨出去的门槛矮，走回去的门槛高。糠吃得，菜吃得，就是气受不得。”大哥树桃只好顺势依了弟弟。其实他俩夫妇满心欢喜，巴不得撵了“老不死”省事，现在大树保主动带走老人另起炉灶，真是打起灯笼火把也难找到这等好事。他们之所以上门请请，无非是好在人面上有个交代——这是大树保带走的，是大树保要过场！大树保也懒得计较这些，他只是横下决心把老母亲侍奉好而已。

很长时间母子俩的生活都得靠大树保帮工来维系。谁都知道他的劳力好，又肯出满力，所以请他帮工的人户倒还不少。农村里背柴、耕地、盖房都是些重活，少不得青壮好劳力。而大树保做一天活，抵得上人家做三天。例如修房子上大梁，有时需要七八人甚至十来人。从平地把大梁抬到数丈高的墙头上，号子一声接一声，“蚂蚁上树”般护拥着，老半天才送到位；而只要大树保在场，可就省事多了。他把“马步”一蹲，背脊一弓，“嗨着’一声，钢爪一样的手将大梁稳稳地扣在肩头，一步一板地攀架而上。“咚”地将大梁放于指定位置。剩下的小梁、椽子、柱子之类，一应三下五除二，要不了多少时辰，全都收拾得顺顺当当，了了然然。主人心里如蜜，忙不迭地端上一大碗青稞咂酒，敬上一两枝兰花把子烟。大树保也不客套，仰头就干了。点上烟边做工边吧嗒地抽着，从来不肯闲空白吃。到了晚上主人摆上好酒好菜款待。他就主动提出能给老母分点菜，主人不敢怠慢，满嘟嘟盛上，大树保就热腾腾地端回孝敬老人。

他怕老母孤独寂寞，就将她扶到洞口晒太阳。遇上做田坝活，就将老母带到地头。儿子在田间挖地除草，母亲就在旁边搭白说话。他们谈庄稼、谈收成，也谈儿子的婚事。言寡的大树保不再言寡。遇上母亲高兴，还要给儿子来两首山歌，把母子带到遥远的年代，美好的时光。儿子看到母亲高兴，他自然也就高兴，手头的活儿也就看着长进。大集体时，一年难得看上几场电影，而且多半是“坝坝”电影。大树保也将老母背起来看。影片里的情节他也可能知之甚少，但他还是给母亲指指点点，言之喋喋。老母也就欣然，越发问之多多……遇上冬夜的电影，母子俩也从不缺席，他把母亲用被盖包裹起来，有时母亲还喊冷。大树保就打开胸前的衣扣，将老母的手紧紧捂在心口上，用体温慢慢暖和老人家……

四十出头的人尚未成亲安家，亲戚朋友都替大树保操心，老母亲更是急得吃不下饭，三番五次要儿子早点打主意。无奈，大树保就托付隔房舅舅保山出面相亲。还巧，不到两月就有了点眉目。对象是星上寨陈顺保的幺女儿香云。可惜，半年前就是个寡妇了。大树保有点犹豫，但拗不过母亲和舅舅逼迫：“还挑三选四个啥，太阳都过中天了。”树保也明白，自身条件的确也日过午时，只好将就了事。一日，舅侄俩背起咂酒、猪膘等礼物前往陈家吃小酒（初定婚）。不料陈家提出了两个条件：一是要求不住岩洞建新房，二是老母亲送交老大树桃赡养。大树保听后火冒三丈，拉起舅舅气冲冲转身跨出陈家大门。他在大门外高声嚷道："人无父母身从何来？"

翌年，老母亲病逝，陈家主动前来提谈亲事，并且放弃修建新房的条件，大树保一口拒绝了。自此，从未再提过亲事，以至终身未娶。

我们看到的大树保，已是垂垂老态的大树保。他像一头年迈的牛：木木地瞪着眼，有气无力地喘着气。谁料得当初的他是那样的精神，那样的骨气，那样孔武有力，那样忠厚孝道。这些都是昨天的故事，我辈后生哪里知道呢？

没有多久，小巷子里已经数日没有听到"大脚板"的啪嗒啪嗒的脚步声，山梁上的那道风景线也只剩下山梁自己了。"大树保哪里去了呢？"寨子里看惯"风景"的人们开始警觉和不习惯起来。

几天以后，人们才知道，原来这个巨人已经走了。他被绊倒在山洞前的那块石阶上，他还固执地以为自己跨得过去呢？

刊载于《草地》2006 年第 3 期

桂香沁人趣意浓

文 君

又是秋分时节，院里月桂争先恐后钻出枝丫，沐浴着淅淅沥沥的秋雨，拼命吐蕊。整个空气都弥漫着浓郁的芳香，熏得人不知是在天上还是人间。

白居易诗曰："偃蹇月中桂，结根依青天。天风绕月起，吹子下人间。"这满院子的桂香，自然是天风吹落下凡的尤物，酿得美酒，泡得茶香。

对了，这桂花还能做小吃呢。香尘说，采得少许桂花，用水氽过，放进葛粉里一并调和，就是一道精美小吃。

近日手术后脑袋一直昏沉麻木，自是全麻后遗症。香尘给网购了葛粉，说是长期服用，降三高，补黄酮，养生上品。心下喜欢，自然赶紧采来桂花调制。结果弄成了一团糨糊，尝尝，味苦泛生，满嘴乱钻，心下疑惑，赶紧取来说明书。

这时，母亲进屋，递来几本杂志，说是门卫送来的。接过杂志扔床上，继续看说明书。母亲见状，拿了放大镜凑过来。

老太太已是八十岁的老人了，左眼已瞎，右眼模糊，经过几十年岁月的磨砺，能认清辨明的字儿已没几个了。

随着家里陆续收到刊物，母亲读书认字的兴趣似乎也给挑动起来，闲来总喜欢拿来报纸杂志，一字一句念叨，不解其意，权当解闷取乐。

这家有八九十的老人爱好文字也没啥好稀罕，可一旦有个吃奶的孩子喜好看书就有趣了。小外孙女妏妏刚出生一个月就送家里来，与我同榻共枕已是两年有余。小家伙天性好静，不爱哭闹，每每见我读书看报，便会专注盯着，还不时伸出小手拉扯，好似看兴特浓。

在我调制葛粉的时候，小妏妏一直拿着包装袋细看，见母亲从我手上拿了说明书，一下子就叫了起来："太姥姥，这是我姥姥的，您看您自己的嘛。"母亲和我惊愕地看着她，只见妏妏转身跑进母亲房间，拿出一摞花花绿绿的广告塞在母亲手中，我和母亲忍俊不禁，敢情是母亲每天从超市拿回的广告导购单。

祖孙俩好文爱书，一点也不容置疑。待我搞清怎么调制葛粉时，两人已在床上为争看说明书闹得不可开交了，我不知道该袒护八十岁的老娘还是该袒护两岁半的小外孙女，只好由着她俩撕抢。结果，还是以老母亲跑进自己房间生闷气，小妏妏哇哇大哭而告终。

无奈之下，我端起那碗半生不熟、苦涩难咽的桂花葛根粉，一边夸张地大叫好吃，一边皱眉强咽。果然，两人围了过来，当她们看清我惨不忍睹的表情时，不约而同大笑起来。

母亲和妏妏觉着好玩，拉我再去采摘。我说，正好可以收集做桂花糕。

院里近百棵桂树，每年开花两三次。往年我也有采摘，只是不知如何酿制，采摘之后又都丢弃。有年炮制了一大瓶桂花酒，桂香逸人，家里没人喝，最后也送了人。只不知这次学做桂花糕，会不会善终。

再次来到树下，我攀住枝丫一簇簇慢摘。母亲看了，回屋拿来广告单铺下，一阵乱摇，顷刻间，纸上落满细碎的花粒，黄黄一层，像一张大大的煎饼。妏妏兴奋地抓起一把就往我嘴里塞，敢情以为我能生吃这桂花啊。我扭头一笑说："留着妏妏长大再吃，那时候比现在更香。"

是啊，桂花经过长时间的储存苦涩就会淡化，变得更加芳香，那么，平常的人生经过了时间的沉淀，是不是也会充满特别的意味呢？只是不知，多年以后，妏妏到了我和母亲这般年龄，还有没有今日我们这样的童心和情趣。

院里人见我们采摘桂花都围拢过来，母亲说做桂花糕呢。说话间就有人加入了采摘行列，并向母亲讨教。母亲求救似的望我，我刚要回答，妏妏已拿起母亲的广告单说："太姥姥的书上有。"引得旁人开怀大笑。

家有如此祖孙，真是趣乐无穷。

刊载于《散文百家》2015 年第 1 期

雪域高原小江南——金川咯尔

雯 萍

烈日高照，山风轻拂，午后的天空湛蓝。越野车在明媚和煦的阳光中，沿梭磨河流而下，缓缓行驶在宽敞平展的柏油路上。公路犹如一条飘逸的带子，在大峡谷中迤逦伸展；梭磨河宛如一条游龙匍匐于幽深狭长的峡谷中，以它独特的神功开山辟地，穿过悬崖峭壁一泻千里。时而迂回蜿蜒，时而像脱缰的野马横冲直撞；时而跌宕起伏与崖壁碰撞，与怪石磋磨，时而惊涛拍岸，激起层层浑黄的浪花在空中飞舞，让人惊心动魄。

透过前窗玻璃极目远望，一幅幅清幽秀丽的峡谷风光扑面而来：两岸青山连绵，群峰竞秀，高峰夹峙，奇峰突兀，天然松柏古老而苍劲。山脚下、山腰上散落着一些石垒民居，黄褐色的墙上绘制着各种图腾，五颜六色的经幡在微风中悠悠飘荡。矗立于山梁或田野的石雕，神秘而古朴。空中鸟儿时高时低地自由飞翔，清脆悦耳的鸣唱为静谧的大峡谷增添着无限生机；山风夹带着百花的馨香，透过玻璃窗扑鼻而来，让人感到心旷神怡，好像游走在美丽的山水画廊中。

车很快驶过梭磨大峡谷，进入大渡河畔。从这里开始，青翠欲滴、延绵起伏的群山好像渐渐敞开了胸怀，蓝天变得高远而空旷，山巅云雾缭绕，天边游云汇聚。河流平缓流淌，沿河绿树密布，葳蕤的枝叶泛着绿色翠光。偶见几头牛悠闲地啃吃着野花和青草，当车从旁边穿过时，它们抬起头，甩着尾巴，对着天空“哞……哞……”地叫着。

车缓缓地穿越在大峡谷中，满眼风景如诗如画，不觉中到了谓之雪域高原的小江南——金川咯尔，一座美丽幸福家园。隔岸眺望，咯尔静卧于青翠欲滴的群山怀抱中，别具一格的民居从山脚延绵于山腰，星罗棋布。整个民居笼在云雾下，罩在绿光中，升腾的炊烟在绿海上空萦绕盘旋，房顶空灵的翘角和飘逸的经幡在炊烟缭绕中若隐若现。

跨过一座大桥，沿一条迂回蜿蜒的乡村油路，进入掩藏于绿海中的村寨。车缓缓在林海中爬行，眼前一片绿，成排成团成片的树木像一扇扇绿色屏风，把古朴的村寨、阡陌的田地、仰卧的群山勾勒成一幅绝美的丹青水墨画。

在迂回的急弯处，车发出震耳的轰鸣声，车尾喷出股股浓烟，纯净的空气顿遭污染，浓浓的油味掩盖了阵阵花香。试想，倘若在下桥处（村口）建一个停车场就好了，那么，我们就成了陶渊明笔下的渔人，可以沿着这条幽深静谧的绿色隧道步行，走进胜似“桃花源”的“梨花园”，一路慢慢观赏，细细品味，尽情感受绿色世界的绝美，感受绿色舞动大地的壮美，感受绿色光影中的一种神秘，把疲惫而伤痛的身心深深浸泡在绿海中，把所有的痛苦和烦恼沐浴殆尽……

遐想中，突然传来一阵笑声，随声望去，见几个男女在绿林下一边说笑，一边栽种着什么苗子，旁边的一条黄毛狗对着缓缓上行的车子“汪汪”叫个不停，两只羊羔却不惊不诧，只顾啃吃青草。

渐渐进入路牌指向的金江村，车子在一个宽敞的坝子里缓缓停下。下车后，站在坝子里静静地观望，只见那些掩映在绿树下的寨房全是石木结构，或二层，或三层，或四层，造型独特，风格别致。厚实的墙面上开有许多小巧玲珑的雕花木格窗，窗楣彩绘斑斓。簇拥在房前屋后的梨树、桃树、苹果树、核桃树、石榴树吐绿滴翠，葳蕤的枝叶上挂满青果。石榴花、月季、玫瑰、蔷薇、绣球花争奇斗妍、五彩斑斓。房顶露台上堆满金灿灿的玉米棒，房檐下、横梁上也挂满了玉米棒、红艳艳的辣椒，以及大蒜和干菜。经幡和风马旗在屋顶随风飘动，与蓝天、白云、绿树、青山互为衬托，与大自然浑然一体，构成一幅美丽而丰韵的画卷，犹如田园牧歌般的童话世界。

进入一家门牌写着“红叶谷”的酒家，院子很宽，雅致而整洁。跟随朋友从左侧上到二楼，再往右，进到一个长廊似的亭子，这里全木框架，全木装饰。西斜的阳光普照在廊亭里，正中并排摆放的三张小圆桌上，分别放着红黄分明的两种樱桃。大家刚一落座，朋友就端起果盘热情地说：“请尝尝这里很特别的樱桃，红的是母樱桃，黄的是公樱桃，公母樱桃的口感大不同哦。”

“什么？公母樱桃？水果怎么还分公母？稀奇！真逗趣，太夸张了吧！”朋友解释说：“真的，不是夸张，因为黄樱桃树要经过红樱桃树授粉才结果，所以称之为公樱桃，红的自然谓之母樱桃了！这里村民都这么称之。”惊奇中我从两个盘里分别取来几颗品尝，果然味道不同，母樱桃脆甜、微酸、味浓，公樱桃纯甜、细腻、绵软、味淡，觉得比母樱桃好吃。我从未吃过这么好吃的水果，就不拘小节地直往嘴里喂，一会儿时间，一盘公樱桃就所剩无几了。

为了不再去拿母樱桃吃，便站起来走到廊亭西面倚栏而望，山巅太阳放射着最后的光芒。夕阳中，大地仍然一片绿，青绿、浅绿、墨绿、深绿、油绿、翠绿……把大山覆盖得严严实实。微风拂过，绿浪滚滚，绿波荡漾，民居顶角和露台上的卫星接收器，以及太阳能热水器若隐若现，霎时真切地感受到古朴与现代科技的融合；感受到在幸福美丽家园里，村民们用勤劳和智慧，过着丰衣足食、古朴恬静的美好生活。

楼下后院里，一棵遮天蔽日的百年老核桃树绿得刺眼，一根手臂般粗的树枝横空斜进廊亭，枝叶间缀满乒乓球般大小的青果，伸手就可触摸到。我情不自禁地把脸埋进绸缎般华丽的绿叶和清脆的核桃果实中，深深地、贪婪地吮吸，欲将滋润的绿气吸进肺腑，洗涤五脏六腑的瘴气，驱走所有的痛苦和烦恼。

晚霞中走下廊亭，步入长方形的后花园，花园里梨树成荫，鲜花盛开。东面紧依梯田，田里的土豆苗墨绿一片，枝上的白花与兰花竞相开放；半尺高的玉米苗一片碧绿，在霞光中泛着彩色光晕。梯田与花园间的石壁上，一个小巧的瀑布，只见玉珠飞溅，水流沿着一条卵石砌成的小沟渠，从园中央流过，沟渠两边青草丛生，大小卵石随意搁放。盆花和直接栽入土里的花卉竞相开放，五彩斑斓，让人眼花缭乱，应接不暇。在朋友的催促下，我走进了西面别具一格的方形木屋用餐。并排两间木屋建筑造型很奇特，双胞胎似的骑在一个不规则的水池上，水池旁正在建一个游泳池。木屋四周板壁上的雕花木格窗，精致而古朴。一推开窗，缀满果子的枝叶就探进头来。此时，山风送来阵阵的泥土香，以及淡淡的果树清香和百花的芬芳，心里一阵惬意。恍惚觉得自己就是《桃花源》里的渔人，偶然闯入一个秘境——世外桃源，正在热情好客的村人家里做客……

“请！请动筷子！别客气！尝尝农家菜！”朋友的招呼声，把我从《桃花源》里拉回来，于是机械地伸手去夹菜。只见桌上摆满了我最喜爱的菜肴：黄灿灿的玉米馍、笑开花的土豆、皇帝的贡菜（苦苦菜）、绿色的蕨菜、古老的火锅子等，霎时不知落筷何菜？虽然公母樱桃抢走了我的食欲，但看着朋友的诚恳和热情，心里说不出的感动，于是又狠劲地吃起来。

这里静谧舒适。

夜幕降临，园里百花的芬芳和潺潺的水流催我入眠。一觉醒来，已是次日清晨。推开窗，放眼望去，天空碧蓝如洗，微风夹着丝丝花香扑鼻而来，又是一个好天气。开门走下楼，沿陡直的石梯下到花园里，抬头望，太阳斜挂于东边湛蓝的天空，空气格外清新，氤氲着丝丝凉意，感到浑身舒爽，心情犹如静谧的村寨，宁静而平和。远望，山高峰奇，沟壑纵横，村落掩藏在层峦叠嶂中。那三百年前乾隆打金川的故事，也如起伏的山峦，给村落披上了一层神秘色彩，绵延在历史的长河中。绿树林里，一个身着与蓝天一样颜色的妇女，正半跪半蹲着一边拔草，一边栽种，身后几只鸡不停地啄地，饱食着绿影中的食物。深深地呼吸，尽情享受大自然美妙风光的洗礼；尽情感受幸福美丽家园美轮美奂的景致。

金川咯尔，一个与陶渊明笔下的“桃花源”；一个文人墨客的伊甸园。更是画家的殿堂，摄影家的天堂，游人的天上人间，村人的幸福美丽家园，真是一个无处寻觅的秘境。

刊载于《草地》2013 年第 4、5 期

乡村琐忆

杨碧嫦

过年，回到了养育自己的地方。一踏上故乡的热土，就不禁思绪万千，这块给了我生命的土地，这个给了我灵感的地方，一扑进她的怀抱，总有那无尽的语言，流淌的文字。

——题记

爆米花

腊月已近尾声，街上一片热闹与繁华。摊位成串、物资丰富，真可谓琳琅满目。走到一卖爆米花的摊位前，脚步却不由自主地慢了下来。

老板是一位中年妇女，浑身上下都透出精明与干练，那吆喝声也清脆而利落："卖爆米花了，又香又甜的爆米花啊！"生意并不冷清，不时有人去照顾她。只见她一边称秤一边吆喝，就是在收钱的时候，虽然不吆喝了，但嘴里仍不闲着，"谢谢照顾，欢迎再来！"生意虽然不大，却也不乏现代意识。那几个装爆米花的口袋，诱得我不忍离开，禁不住摸了摸那几个庞然大物。热情的老板马上迎了上来："要买吗？大姐，才爆出来的，好吃得很。"

她见有几个给我当尾巴的小崽，就接着说："称几斤嘛，娃娃些喜欢得很。"

我有些心动，就称了几斤。顺手给小崽们一人抓了一大把，除了淡淡的"谢谢"外，竟没有从他们的眼里读出一丝兴奋。在他们看来，爆米花已属普通之物，并不能引起他们的兴奋。

时代的脚步，是迈得太快了。

回想起孩提时代，爆米花对于我们来说，简直就是奢侈品，是一件可望而不可即的东西。要知道，爆米花可是粮食做成的，而那时的粮食，是何等珍贵啊！特别是像我们这种“劳弱户”，年终分配都才分到几十斤粮食，哪里还舍得拿出去爆米花。

每到腊月下旬的时候，一个爆米花的老头，就要“进驻”村子。村中那些殷实的人家，就是他的主要服务对象。

老头爆米花的罐子是一个黢黑的橄榄状铁罐，铁罐下有架子，尾部有把子。那些金黄的玉米，装入那黢黑的铁罐后，老头一边添柴、加火，一边手握铁把不停地转动着铁罐。不一会儿工夫，老头用一根长长的口袋，罩着铁罐的头部，随着“砰”的一声巨响，他那长长的干瘪的口袋，竟像着了魔似的就鼓了起来。爆米花的孩子，欣喜地提着装爆米花的口袋往瓷盆里一倒，一颗颗硕大的爆米花，便喜笑颜开地挤在了一起。那孩子便性急地抓起一把，一下就往嘴里按去，看着他那得意而忘形的样子，我们这些与爆米花无缘的孩子，不禁就想：那肯定是世界上最香、最甜、最美味的东西。不然，怎么会弄得我们一个劲地吞口水？

有幸照顾那老头生意的时候，已不再是孩子。

那时，爆米花已不再是某些家庭的专利。八十年代了，人们不再稀罕那两三斤玉米，爆米花也不再是奢侈品，它走进了平常百姓家。

腊月上旬，爆米花老头提前了“进驻”村子的时间。尽管如此，他每天都得很晚才能收工。无论大人孩子，都排着长队，一个个的等待着那声巨响。老头是个沉稳的人，无论等待的队伍排多长，他仍不慌不忙地转动着那个黑黢黢的罐子，对那些性急孩子的吵闹，充耳不闻。每声巨响过后，孩子们就会有一阵欢呼，黑瘦老头此时才会露出一丝人们极不易察觉的微笑。

记不清什么时候，黑瘦老头从我们视线中消失了。爆米花，也不再需要长长的等待与企盼，因为爆米花机出现了。它飞快的速度，赢得了孩子们的欢心。

时过境迁，爆米花仍有它的市场，可哪有黑瘦老头时代的风光？现在，一到年关，那些林林总总的东西，弄得孩子们眼花缭乱，也充分扩展了他们选择的空间。也难怪随身的小崽们，不再对爆米花情有独钟了。

爆米花，由兴而衰，由高贵而平凡，由奢侈而普通。其中许多无言的东西，令我咀嚼，令我思考，也令我感慨万千。

自制服装的年代

七十年代中期“毛泽东思想宣传队”如雨后春笋，在全国各地蓬勃发展。我们队紧临县城，自然不会落后。

那时我们正当年轻，加上自身又有些文艺细胞，自然就成了宣传队的一员。

那时我们队的条件已相当不错了，有乐队、歌咏队、舞蹈队。行当也算齐全。

我们都是利用下午收工以后的时间编排舞蹈，编一个练一个，练得差不多了，再编第二个。编上七八个舞蹈后，就集中排练。

那时，公社要搞会演，县上要搞调演，我们的演出任务也不算轻。可那时我们正处于风华正茂的年代，对于唱唱跳跳的事，高兴都来不及，哪里还有丝毫怨言？

说到演出，我们的舞蹈队可谓风光无限，只要他们一出场，有乐队伴奏、有歌咏队伴唱，根本不需要他们自唱自跳，这在许多演出队中，可真有些鹤立鸡群的味道。

然而，不尽人意的就是没有演出服装。每次他们要上台的时候，我们就得集中力量自制服装。

自制服装，离不开剪刀和胶水，同时也离不开各色的蜡光纸。

那时，大家的眼界都不宽，所能编的舞大都离不开比较熟悉的藏、羌、蒙古、朝鲜、新疆舞。我们对这些民族服装的特色也有一些了解，由此做起来就比较得心应手。

我们在做藏装的时候，首先要做围腰。我们将五色的蜡光纸剪成约两寸宽的条子，在考虑了颜色搭配的基础上，然后按横三、竖十的规律，用胶水将蜡光纸粘到围腰上。接着，就开始做水袖。水袖的材料来自商店的纱布，一件服装约要一丈。扯来纱布后，从中间剪断，然后把竖起的两端用针线串起，一只长长的水袖也就做成了。水袖做好后，就开始给衣服加边。女装加一根一寸来长的边子，男装则要加氆氇，这一切都离不开胶水和蜡光纸。

做羌装相对要容易些，因为不需要做水袖和围腰。男、女装也都需要加边子，然后在上面加上一件羊皮褂即可。

做蒙古装的方法与羌装差不多，为了与后者相区别，就在头上拴上红布条。

做朝鲜、新疆的女装，离不开红色的被面。把红被面折好，缝到白衬衣的腰部，然后用红绸在胸前打个蝴蝶结，就做成了漂亮的朝鲜族女装。新疆女装也是用红被面做裙子，上身套一件黑色的褂子，就成了。朝鲜族的男装最好做，白衬衣下套一条黑裤子，再把裤脚一拴，就行了。最难做的就是新疆帽。我们先要找来硬纸壳做好样子，然后再做边、糊顶。新疆帽是有棱角的，所以，既难做、又难糊。

每当我们的舞蹈队上台表演的时候，那些自制的服装就会使人们获得美的享受，由此也受到了人们的欢迎和赞赏。遗憾的是，这些自制服装都是一次性的，下次要演出的时候，大家又得重新做。如此做了演、演了做，我们就这样完成了一次又一次的演出任务。

如今无论是业余还是专业的演出，都不用再自制服装了。每当他们穿上美轮美奂的服装演出时，我们就不禁心生羡慕。羡慕他们遇上了这样好的时光。

真情互动

在我很小的时候，就知道我家有一亲戚。他们远在州府，不能经常来家做客。可外婆经常念叨他们，以至我们的耳朵都要起茧子了。外婆一谈起他们，总是眉飞色舞、不厌其烦，从中不难看出他们之间那种深厚的情谊。

经常被外婆念叨的人姓杨，大人们都不叫他的名字，而是叫他“杨老爷”。他以前是这一带的守备，很受大人们的尊重。我们是怎样的亲属关系，我弄不清楚，只是从外婆的神色中可以看出，他是外婆最亲近的人。

在我几岁的时候，杨老爷带着他的爱人到我家做客。外婆高兴得手舞足蹈，又是烧水、又是做饭，忙得不亦乐乎，还一口一个“老爷”、一口一个“太太”的叫个不停。杨老爷是个和善的人，没有一点架子。在他身上找不到一丝官的影子。杨夫人不大爱说话，处处都表现出她的高贵与矜持。

一切的接待都是外婆在操持，不需我们费心。杨老爷和杨夫人离开后，那一堆花花绿绿的糖果，给予了我们无尽的欣喜与欢乐。同伴们都羡慕我们能有这样富有的亲戚。

以后，杨老爷和杨夫人又来过几次，每次都给我们带来欣喜与欢乐。他们也就成了我们最欢迎的客人。

在我十岁那年，“文革”开始了，有人来接我外婆，让她到州府去批判杨老爷，外婆每次都以身体不好为由推脱了。不久，杨老爷和杨夫人被押回了老家，并被分开关押。

杨夫人出身于名门贵族，从小衣食无忧。被分开关押后，她根本就吃不来粗粮，这无疑成了“红卫兵”小将们批判她的一个有力口实，她也就成了小将们集中攻击的靶子。他们隔三岔五的给她吃点细粮吊着她的命，还不时把她弄出来批判斗争。她被折磨得又黄又瘦、奄奄一息。

消息传到了外婆耳朵里，外婆急得如热锅上的蚂蚁，情急之中她想到了自己的身份（她是杨老爷的丫头，是不折不扣的贫下中农）。于是决定就用这个武器，去与小将们较量。

当天下午收工后，她就在火塘里烧了一个灰面馍馍揣在怀里，大步流星地朝目的地走去。

到了目的地，“红卫兵”小将们根本就不让她接近杨夫人，还说她是要与地主婆勾结。这一来可把她惹怒了，不管三七二十一就发开了火：“鬼娃些，弄清楚，我可是丫头出身，是正儿八经的贫下中农。回去问一下你们的妈老汉儿（方言，爸爸妈妈），这队上哪个最穷，哪个最苦，我会不会来跟这个地主婆勾结。”他们中也有几个认得外婆，知道外婆与杨夫人是主仆关系。外婆是杨夫人的丫头，她只有恨杨夫人的份儿，而绝对没有勾结她的道理。于是小将们只得放宽政策，让外婆去见杨夫人。外婆见了杨夫人，说了几句“坦白从宽、抗拒从严”的话，趁小将们不注意的时候，就将馍馍悄悄地递给了她。

回到家后，外婆为她的胜利而高兴万分，就将她的“壮举”告诉了母亲。母亲也很高兴，还一个劲地夸外婆做得好。大人们的这些举动令我十分的不解，外婆这个当丫头的为什么要这样对待她的主人？

在我的一再追问下，外婆告诉了我其中的缘由：外婆十多岁的时候失去了母亲，后来，她的父亲又吸上了大烟。没多久，仅有的一点家产就让他败了个精光。万般无奈之下，就把女儿卖给了杨家做丫头。外婆年轻时很漂亮，杨夫人就让她做了身边的侍女。她和另外一个侍女的任务，就是陪夫人出行。只要夫人一出门，她们就一左一右紧随身边。杨老爷和夫人在下人面前很难黑脸，更无打骂之事，杨夫人又极爱面子，走哪里总要把侍女们打扮得漂漂亮亮，让她们穿最漂亮的衣服、戴最漂亮的首饰，让她们走到哪里都鲜亮、抢眼、让人羡慕。

外婆的父亲成了烟鬼后，多次到杨家来纠缠外婆，问外婆要钱，弄得外婆十分尴尬。有好多次都是杨夫人解的围。后来外婆的父亲去世，也是杨夫人拿了一笔钱出来，让外婆去尽了孝。由此，外婆对主人心存感激而又一直没有机会报答。如今，主人有难，外婆岂能坐视不管？

就这样，外婆天天都要去“训斥”她的女主人，而女主人也会天天等待着她的“训斥”。

在外婆的关照下，她的女主人终于渡过了一生中最艰难的时候。

后来，杨老爷与杨夫人又回到了州府，他们与我们的联系更紧密了。每当他们出差路过或是回家探亲，他们都要到我家来看望外婆，杨夫人还夸外婆的馍馍做得好。

从她的神色中不难发现，她夸奖的岂止是馍馍的味道，更重要的还是外婆那雪中送炭的情谊和她那为了报恩而天不怕地不怕的精神。

刊载于《草地》2004 年第 2 期

时空两侧对应的征程

杨国庆

不知道人世间还有多少这样的时空，有多少彼此对称呼应的征程正在发生或已经完成，甚至将来仍会发生。但我相信，这种隔代同生的壮举，一定是意义非凡、影响深远的历史行动，也一定是人类文明得以恒久昌盛的精神追求。

——题记

一

幽幽蓝蓝，天府之国上游的天空寂寂宽广，在上古昆仑、今为岷山的胸口对面，播撒又一个初秋的恬静、安详，收获漫山果实的甜美和芬芳。更加辽远的天空下，是我心口中温暖千百回的九百六十万平方公里的华夏大地。

以一个诗人的名义，我生活着，在华夏大地昆仑岷山的怀抱，在亿万同胞声声祝福和默默支援的托举中，踏着滔滔岷江奔流的涛声，与国同在，与时俱进，和古老祖先不朽的心魂一同开拓奋进。

一份沁香的邀请函，适时地，从蔚蓝色天空的祥云中飘落下来，把我从一片澄明的时光中拔取出来，放到另一片神圣伟洁的时空：为纪念红军长征胜利80周年，中国作家重走长征路（红二十五军）主题采风活动——从大别山到六盘山、从中原大地到黄土高原的心灵攀升。个体精神追求获得中华民族精神再次确证和加持，当代生命与波澜壮阔的中国历史再度对接、熔铸。

二

行走在河南信阳宽广、优美、辽远的大地，心思沐浴中原文明的气息与韵律，径直进入大别山八十年前镰刀斧头开天辟地的胆识和行动。

中国历史长河中崛起的又一座红色岛屿——鄂豫皖根据地，坚强的脊梁一般，撑起大别山埋葬黑暗的曙光。长期遭受黑暗压榨的一个个同胞亲人，握着手中驽钝或锋利的、生锈或崭新的镰刀，在湖北黄安、麻城，在河南商城南部，在安徽六安、霍山，呼应那凌风呼啸的一把把红色斧头，紧紧簇拥革命的信仰，在红色旗帜的统帅和指挥之下，一个个刚被唤醒的灵魂和肉体，斩断奴役和屈从，迎来自己的天空和大地。

一支支军队长城般拔地而起：红三十一、三十二、三十三师汇流成中华大地上中国工农红军第一军，进而为红四方面军的红四军和红二十五军，再建红二十五军，再建红二十八军。一个红色政权在翻天覆地中应运而生：鄂豫皖特区苏维埃政府。

不得不赞叹，新县是伟大的——新中国实至名归的一个将军县，诞生将军93位。这也是从解放战争中走进共和国的新县，1947年刘邓大军开进大别山后改“经扶县”为“新县”——政权崭新，民众新生。

不得不牢记，红安是永远的。翻身的土地和人民告别被奴役的方式和决心——“黄安”已死，“红安”永生。那么安全、牢实、纯粹的一座庭院——闵氏祠堂，迎着灿烂朝晖，敞开心扉迎接红军，在七里坪檀树岗，一株古老崔巍的银杏怎么也不会忘记，一颗名叫长胜街的心，拨动着革命政权在大别山顶天立地。不得不歌唱，何家冲是辉煌的，意志坚定的红二十五军以“中国工农红军北上抗日第二先遣队”的英姿从这里出发，开始长征。

一个个信仰坚定、灵魂优美的英雄叫人充满崇敬，不尽缅怀，其中一个是被誉为二十五军军魂的年轻军长吴焕先，这个在青年时期就接受马列主义思想、18岁加入中国共产党的优秀革命者，首先烧毁自家与佃户、债户的所有契约和供据，以决绝、赤城、坦荡的胸怀领导武装斗争和革命起义，领导创建鄂豫皖边区第一块革命根据地，继而与红二十五军长征后创建鄂豫陕革命根据地，后在策应中央红军北上时牺牲在甘肃平凉泾川，年仅 28 岁。

生命点亮的曙光，照亮心中的信仰坚强、雄壮，而且坦荡。

三

在倾听和敬仰、想象与反思的沸腾心绪中，我们循着红二十五军长征前进的步伐，向西进入令人仰望的陕西，走进黄土大地上一个个撼天动地、引人折腰的革命圣地。

血色庾家河。这是红二十五军告别大别山、挺近陕南的重要转折地。眼前仿佛是 80 年前这场殊死奋战的场面：从被迫中断的中共鄂豫皖省委会议中冲出来的军长程子华、军政委吴焕先、副军长徐海东等率领全体指战员，经过二十多次反复冲杀，终于将尾随而来占领有利地形的国民党第 60 师先头部队第 360 团击败撤出庾家河。红二十五军终于摆脱困境，进而创建鄂豫陕革命根据地。春永茂中药铺店主杨春荣是一个大写的人，全力支持这支滚滚奔涌的铁流，救护身负重伤的徐海东、程子华。杨春荣的后人穿着红军服装，满面春风，一面拉着手风琴，一面唱着自己编曲的红军歌，将历史的精神与今天的风采熔铸一起，更让人心潮澎湃，感慨万千。

红色照金。“日照锦衣、遍地似金。”陕甘边照金革命根据地，是二十世纪三十年代初刘志丹、谢子长、习仲勋、李妙斋、王泰吉、高岗等老一辈无产阶级革命家在西北地区创立的第一块革命根据地。薛家寨在阳光的照耀下，将革命历史的风烟演绎在我们的文学情怀。薛家寨四号寨子、三号寨子、二号寨子、一号寨子，是陕甘边根据地的大脑，也是心脏，如此优美含笑在盛世中华文人的膜拜与追思之中。

延安——中国革命的圣地。延安是红军长征胜利的落脚点，也是共产党领导抗日战争胜利和解放全中国胜利的出发点。延河、杨家岭、枣园、宝塔山、南泥湾这些金灿灿的名字，从历史教科书中走出来，陪伴着毛泽东、周恩来、张闻天、朱德、刘少奇等无产阶级革命家迈着坚定的步伐运筹帷幄、决胜千里。重走长征路的作家走进 74 年前中共中央办公厅楼，齐齐坐在一支支长长的条凳，面对讲台，默无声息地倾听着，思索着：1942 年 5 月 2 日到 23 日召开的延安文艺座谈会仍然在进行，毛泽东同志作为党的领袖提出我们的文艺是为广大的人民，占全人口百分之九十以上的人民，是工人、农民、兵士和城市小资产阶级；2014 年 10 月 15 日新时期党的总书记习近平在全国文艺座谈会上，进一步指出“文艺是时代前进的号角，最能代表一个时代的风貌，最能引领一个时代的风气。”“坚持以人民为中心的创作导向”“弘扬中国精神、凝聚中国力量，鼓舞全国各族人民朝气蓬勃迈向未来”。

啊，延安，支撑中国红色革命从胜利走向胜利的家园；啊，北京，领导中国建设特色社会主义国家和实现中华民族伟大复兴梦的灯塔和航标。伟大的长征精神、永不枯竭的文艺精神，在每一个正义的文艺工作者的作品中、生活中、工作中表现出来的内在品质，也是每一个同时代人最为优美宝贵的精神素养，是辉煌的历史承传与创新所升华出来的，更是在岁月时空中前赴后继的革命志士所捍卫、希望的灵魂追求。在延安，在中国，每一寸博大慈悲的土地，无不渗透着这样恢宏永恒的精神。唯其如此，文艺之心才是最红、最真，也是最深、最美。

四

怀着暖暖的情思，踏着红军前进的道路，向着革命崇高的方向，我们从陕西来到甘肃。这里正是古老的中国丝绸之路的核心地带，却也是迎接红二十五军建立苏维埃政府、成全中国工农红军三大主力部队会师壮大的融融乐土。将台堡、六盘山这些注满红色情怀的山川大地，敞开心扉向我们讲述八十年前叱咤风云的历史。

将台堡。一段春秋战国时期的长城，驻守在两千年前虎视天下的秦王朝边陲。跋涉万水千山的红一方面军、红二方面军、红四方面军主力部队，站立在巍巍的将台堡长城之上，站立在中华民族的最前沿，结束了万里长征的战略大转移。中国共产党领导的苏维埃政权和红色军队，从此获得巩固和扩大，从此获得抗日根据地的创建和发展。

六盘山。中国最年轻的山脉之一，竟也支撑着中国红色革命最浪漫的豪情：六盘山上高峰，红旗漫卷西风；今日长缨在手，何时缚住苍龙？八十年后的今天，红旗依然招展，苍龙早已缚住。我们在“天高云淡，望断南飞雁”的秋风中，漫漫思念那些“俏也不争春，只把春来报；待到山花烂漫时，她在丛中笑”的革命领袖和红军将士。

苍山如海，残阳如血。追寻红军长征的脚步和心思在滔滔黄河岸边的甘肃高地，不见了八十年前开天辟地的英雄英姿，不见了八十年前气吞山河的革命人物，不见了八十年前翻身解放的贫民大众，我们的心中翻滚着无边的崇敬与由衷的感激！

五

从大别山到六盘山，从当代遍地生机勃勃的建设到八十年前岁月中一处处革命战争和革命政权的旧地，大大小小无数革命的、军民的、领袖和人民的事迹扑面涌来，生生感动着我这一颗从汶川走来的感恩的心。

一路上，我在想，八十年前黑暗腐朽势力的统治压榨和围住堵截那么强大，党和红军的革命火种传播和根据地建立这么有限，但是，中国历史最终的走向和选择是，革命胜利了，人民解放了，新中国成立了，旧社会灭亡了。五千年中国的社会发展，当中必然存在着某种真理，其间一定隐藏着某种天机，那么，这个天机和这个真理到底又是什么呢？天地哲学中强弱力量的转化、社会阶层与人格尊严的变迁，与这样的天机和真理联系到底有多深呢？历史和现实已经作出最好的回答。

一路上，我总是在想，中国红色革命的进程和最终的胜利，再到眼前的欣欣向荣、和谐发展，无一寸时空不渗透信仰、牺牲和奉献，无一件事务不饱含手心的温度和人格的力量。是啊，不忘初心，一个政党需要这样，一个民族需要这样，一个国家需要这样，但是，归根结底，要归结到鲜活的人的身上，每一个民族的每一个独立同胞的身上——不忘自己作为一个人最初的出发点与出发地，这是一代代有名无名的英烈们和遥远的祖先们开拓奠基的现代生活，还有那高高飘扬的红色旗帜所代表的祖国与家园啊！不忘自己作为一个人最初的理想和信念，那一定是为了家乡、为了故土——小小的家与大大的国，建设得更加文明富有、自尊、自信，而且自强。

一路上，我不停地想，中国大地古往今来，那些被践踏、被撕碎、被戕害、被活埋的一个个同胞的身影，依然近在眼前，痛我心扉；那些奋起反抗的一声声呐喊依然如此清晰，动我心魂。战略转移的长征激起的壮阔波澜，是对红军精神史诗般的描绘，那可是党和红军在生死存亡的历史关头中爆发的力量，也是每一个深受欺凌的劳苦大众向往独立自由而汇聚的力量，共同主宰、改变着中国历史前进的方向。

六

当我回到天府之国上游昆仑岷山怀抱的时候，群山之上的月亮恰好圆了，中华民族传统佳节中秋节如期到来，在团聚家人、领受国泰民安的盛世幸福的同时，赤诚的心中更添了一份感恩缅怀崇敬之情，对祖先，对革命志士。

这一辈辈祖先的渴望和祝福，这一代代革命志士的抗争与期待，同四周绵延、磅礴、巍峨的锦绣山河一样，浩浩荡荡恩泽着盛世中华的意气风发、继往开来。

我仿佛听见来自心海的，桂花一样香郁的声音，去到东方的心灵里面，去到民族的历史与未来，在古老文明的大地上，躬耕种植中国文学的崇高与优美。

选自散文集《红色记忆——中国作家2016年重走长征路作品集》（作家出版社出版）

嘉绒人的葬礼

杨素筠

为达尔基叔叔送葬那天，是初秋雨后的一个早上，送葬队伍出发时，太阳柔亮的光芒刚洒到村庄的碉房，也照在从村口蜿蜒到山边的那条小路上。送葬的队伍静静地爬上山岗，慢慢走过那片只剩油菜秆的大地边，地里的油菜已经全部收割完，林中的树叶刚染上淡淡的秋色，那一缕缕淡淡的颜色，就像村里人心里那丝淡淡的忧伤。

那地，是达尔基叔叔生前栽种过无数岁月、麦子和油菜的地方，叔叔和老妻带着孙子们，不久前刚收割完那地里的油菜，现在，地里只留着油菜秆。油菜地的一头挨着茂密的森林，叔叔的墓地就在油菜地头茂密的森林边。

送葬这天，老老少少的村人，默默地跟在抬棺人的后面，整个队伍里，没有谁发出哭泣的声响，只听见，送葬人们的脚步，轻轻地踏过初秋的落叶，留下一串轻轻的沙沙的脆响声。

送葬的人们，走在叔叔曾经走过一生的那条山路上，脚步轻慢而有力，在这浅浅的秋意里，仿佛怕惊醒了达尔基叔叔深深的睡意。

当全村人到齐时，男人们在大地中央选择一块平地，用柏枝煨起浓浓的桑烟。年轻人在墓地周边的木桩和树丫上，悬挂玛尼经幡。很快，带着全村人祈祷祝愿的经幡，在晨风和桑烟里飘扬起来。瞬间，经幡在天地间发出忧伤的猎猎声，空气中的玛尼安魂歌变得更加凄美而庄重。所有的女人以半跪的姿态坐在大地上，开始为她们村里的这个大男人，逝去的达尔基叔叔，诵念六字真经演唱的玛尼歌。桑烟弥漫大地上空时，玛尼真经歌轻轻诵起——“嗡……嘛……呢……

叭……咪……哄……”歌声空灵而凄美。

秋天土地上，飘扬的经幡声、袅袅升起的桑烟、妇人凄美的玛尼经歌和喇嘛的诵经声混合成一种独立的，呈现出一幅带着淡淡忧伤的神秘的画面。这种画面显得庄重而优美，仿佛要如期完成一场天地间无与伦比的，以生命抵达秋天时的盛大礼赞，这画面诗意地表达着嘉绒藏族人对生与死的理解，对生命无限的尊重和渴望。村人说，今天是亲人和朋友，为逝去的这个村里人举办他一生中最隆重和尊严的仪式，也是他生命中的最后一次仪式。在这一时刻，所有村人，默默地送给一个逝者最虔诚的祈祷和祝愿。

达尔基叔叔走了，用的土葬方式，阿叶告诉我，土葬是叔叔自己选择的安葬方式。入土时间，是按照嘉绒人的风俗请喇嘛测算的，安葬的地点和方式，也是由叔叔他自己选择的。叔叔生前打制了两副棺木，一副自己用了，还有一副留给老妻，那个大他几岁，爱了他一生的老妻。叔叔走时七个孩子都来到他身边，叔叔一定是微笑着走进故乡泥土的。

叔叔的墓地，与他生前居住的美丽的碉房只相隔望一眼的距离，中间隔着一条弯弯的小路和一条小河，叔叔一定是精心设计了自己的皈依地。也许他希望，安眠在故乡的山坡上，可以遥望他自己的村子和家人，在天堂，能听见每次亲人们回家时的脚步声，也能听见每一个村人放牧路过山地边悠扬的牧歌声。

老了，他把身体交还给养育过自己的山水土地，灵魂也在故乡天空找到了皈依。

达尔基叔叔是我好友阿叶的爸爸，他们一家人一直视我为亲人。过去，因工作采访等原因，每次到他们村子，只要达尔基叔叔和阿姨看见我出现在村口，他们就会齐齐地从自己的碉房里跑出来。如果去村子的日子是大雪的冬日，他们俩一定会给我拿一件羊皮褂子披在我的身上，而那件冬日的羊皮褂，一定还带着阿姨的体温。如果是夏季，他俩一定会把刚从山上捡回来的松茸、菌子给我装满袋，还要摘几株家里菜园子的新鲜蔬菜，外加一瓶新鲜牛奶让我带回家。每次到村里，无论如何，总是拉我到他们家里的火塘边坐坐，一定要让我喝几口新鲜的奶茶，吃几口刚刚烤好的烧馍、土豆或者香猪腿，才会让我走。

记得那次录制微电影《风铃声声》主题歌曲《官寨情缘》时，需要一个老人讲述一段土司官寨故事，我当时就想起叔叔那带着磁性的厚重的声音。我给他去了一个电话，他立即赶了车来到县城。在录制中，为了配合歌曲的意境，前后反反复复录了十几次，每次他都会从录音棚里出来询问哪句好哪句不好，那个认真劲儿，好似一个好学的小孩子。那时他已经是七十多岁的老人了，后来阿叶告诉我，录制那天，其实，达尔基叔叔当时正身患重病。今天想起来，有万般思绪和感恩在我眼睛里转动。

桑烟从油菜地边升起，飘飞到森林上空，当经幡悬挂好，桑烟升腾到最高的时候，墓堆上的石板经已经全部安放完备，仿佛叔叔的灵魂已经随着升腾的缕缕桑烟去了天堂。这时，空气里弥漫着女人们缓缓慢慢，有些忧伤的玛尼歌声，那歌声，仿佛既能从生者，也能从逝者的灵魂中穿透过去。这时劳作完的男人们也全部加入诵经的队伍中，玛尼歌声铺满大地和天空。

在嘉绒地区，人去世时的安葬方式，因死者的死因、年龄等不同，还会有天葬、水葬、树葬、塔葬（一般用于高僧大德的安葬）、火葬、擦擦堆积的洞葬等，不管什么形式，最终回到村子里，全部的村人都会为亡灵超度，诵念六字玛尼歌，每家每户还要为死者打擦擦几千或者上万个，擦擦上印着六字真经和各种佛塔，安葬处一定有玛尼歌声和经幡在飘扬。

记得，那年在马尔康西索村，一个嘉绒藏族聚居的村寨，一个朋友母亲去世了，那是我第一次参加嘉绒人的葬礼。

他母亲去世那天，按照喇嘛的种种测算，净身之后，便迅疾地将她未僵硬的身体处理成藏传佛教结跏趺坐姿势，将两足交叉置于左右股上而坐。将她的还未僵硬的躯体按照佛教徒结跏趺坐的姿态用藏白布缠牢端坐在一个木箱子内。以这种坐法去世便是佛教徒理想的“化去俗身”的解脱姿态，帐篷内还会点上柏枝桑烟缭绕。

在安葬仪式前的超度期间，任何亲人和前来吊唁的人都不能哭泣和流泪。藏族人认为，死者刚死没有安葬前，她的灵魂和肉体还没有完全分离，如果亲人大声的哭泣会让死去的人的灵魂不愿离开肉身。葬礼准备阶段不分白天黑夜，响彻在空气中的只是喇嘛诵念《度亡经》的经声，法器敲击声和偶尔吹响的海螺呜呜呜叫声。

出殡的时辰，是由喇嘛提前测算好的，火化所需木料全是松柏木头，1.2米长，共计48根。当一切准备就绪时，死者被用端坐姿态放在堆砌好的高高的柏树架上，并放上足够的酥油，然后帮忙人在喇嘛指挥下用柏木围在死者的周围。不远的旁边，搭着一顶大帐篷，所有被请来念经的喇嘛都端坐在帐篷内诵念《度亡经》，由两个喇嘛不断地向火堆里加入各类供品，供品里还有名贵中药材。

最让我震撼的是大地上那一幕诵经的场景。三月的大地，种子还没有下播，在火葬还没有点火之前，全村的男女老少就整整齐齐地来到大地，黑压压的一片，以跪的姿势端坐在土地的中央，没有一处走动的身影，人们面色庄严，没有哭泣，用一种缓慢，绵绵柔柔的声调同时诵念六字真经，演唱这首为死者送葬的安魂歌曲。

“嗡……嘛……呢……叭……咪……哄……”

那声音并不忧伤，反而像是在安慰一个即将熟睡的婴儿般，轻柔动听，天籁般美妙的玛尼歌声与火堆上逐渐升腾的柏树青烟缠绕在一起，高举着亡者洁白的灵魂升上天堂，伴随着帐篷方向传递而来的喇嘛们悠悠飘诵的经声，大地上这一群曾经与他熟悉的人们，在用心灵与逝去村人的灵魂做一场最后的交流。

那场景，好像村人在参与一场盛大的秋收仪式。在嘉绒人的心里，唯有灵魂存载善恶的果报。这火葬将人的肉身化为虚无，将人的肉身化成一阵青烟轻扬而去，这是此生的终点，也是来世的起点。

我想，如今能在故乡出生，老了还能回到故乡山川死去，与土地为伴，放下自己的人，是多么幸运和美好呀。

我甚至渴望，自己老了那天，当要离开人世那一刻，自己也能以这种方式，在村人诵念着淡淡忧伤的玛尼歌声中，接受生命中最后一次灵魂深处的触摸。如今，很多原本在村里的人，为了一件小事，为了生计，有的甚至是为了莫名其妙的渴望远走他乡。很多人一旦走出村子，就再没有回来，在城市或者他乡漂泊着生命，到老那天，既被城市遗忘，也被故乡遗忘，孤独的灵魂没有机会聆听村人送别时那声声玛尼歌，那么，一人在去天堂的路上，灵魂一定会有些许的孤独。漂泊的灵魂一定找不到回家的路！

老了在故乡，村人会不远万里赶回故乡，为每一个逝去的人做最后的送别，那悠扬的玛尼经声，是对村里逝去的生命最思念的祈祷，祝福一个安静的灵魂能在故乡的山川找到自己位置。

如今，路过那村寨，耳畔时常会响起叔叔曾经说唱的那首歌：“在很久很久以前，在我们村子里，有一座古老的石头房子，那古老的石头房子旁，有一棵白杨树，房子里有一扇门，房子里也有一扇窗，那房子真古老呀，它陪伴了我的祖祖辈辈，也陪伴了我的年年岁岁。”

刊载于《四川文学》2017 年第 7 期

静谧羊拱海

杨友利

羊拱海，坐落于川西北岷山深处的一处静谧的高山湖泊，位于四川省阿坝州松潘县下八寨乡血洛村夏季牧场深处。多年以来，我们只有在卫星地图上看着这一遥远的海子，唯有偶尔进入此地的牧民能够有机会与其近距离接触，几乎无外人涉足。这个神秘的湖泊，却一直让我心生向往，吸引着我的目光。

在网络上，几乎找不到任何关于羊拱海的有用信息。唯一一位描述过二十世纪六十年代羊拱海风光的，是国家测绘局重庆测绘院高级工程师周文超先生，却已于2012年辞世。能够在网络上查找到的近年来去到羊拱海的外地人，只有2014年9月从红原县俄木塘花海穿越经过羊拱海，之后翻山进入黑水县境内的一对来自成都的新婚夫妇，另一次则是2016年清华EMBA媒体户外运动协会三人组重走长征路，经过松潘血洛村进入过羊拱海。除此之外再也没有任何关于外地人进入羊拱海的记载。这处位于松潘境内，紧邻红原、黑水县的海子，愈发的令人向往起来。

时间来到2022年7月，终于有了去羊拱海的机会。与我们同行的有我一位同事——莲涂机，一名藏族女孩，正好家住羊拱海隔壁的村子，请她爸爸开车送我们进羊拱海所在的羊拱沟，这给了我们一行极大的便利。我便约上了松潘摄影协会的高隆刚老师，一行三人正式出发。

我们来到松潘县毛儿盖镇阿俄村莲涂机的家里，换上莲涂机爸爸尼西足的越野车，驱车来到了松潘县下八寨乡血洛村，又换乘在当地村民泽巴那里借来的一辆货车，正式进入了羊拱沟。

羊拱沟内，一条简易的土石路沿着羊拱河向山谷深处蜿蜒而去。雨水冲刷掉了道路上的泥土，只剩下大大小小的石头铺满路面。凹凸不平的道路颠得我们在车里不断地跳了起来，一不小心，脑袋便撞在了车棚顶部。然而羊拱沟内的景色却是如此的美丽，即使如此颠簸，也掩盖不了我们兴奋的心情和对美景的赞叹。

羊拱沟是属于松潘下八寨乡血洛村的夏季牧场，7 月来临，牧民们已经逐渐将牛羊迁入了夏季牧场内。盛夏的羊拱沟内，五颜六色的小花开满了草地，清澈的河流蜿蜒而过，形成了一个个大大小小的牛轭湖。草地上散布着牧民们搭建的临时放牧的房屋，周围点缀着一群群牦牛，远处群山绵延，近处绿草如茵，好一幅恬静的草原放牧图。

经过三个多小时的颠簸，我们终于到达了羊拱沟内最深处的一处牧点，下八寨乡书记和乡长早已经带着几名乡镇工作人员和牧民在此等候，原来他们知道我们要来羊拱海拍照之后，特意前来与我们汇合，给我们协助，希望我们能够拍出好的照片，将这一神秘美景展示出来。

在远牧点，车辆已经无法继续向深处开去了，驾车的尼西足又从附近牧民那里借来一辆越野摩托车，将我们一个个轮流搭在后座，送我们到下羊拱海附近。

羊拱海有大小两个海子，被当地牧民称为上下羊拱海。远牧点这里距离小海子，即下羊拱海，还有大约十多公里的距离。在乱石和泥泞组成的所谓道路上，摩托车不断地腾空飞起。我背着背包坐在后座被颠得七荤八素，真是又惊险又刺激，只得双手紧紧抓住尼西足的肩膀，生怕一不小心就飞了出去。尼西足高超的摩托车驾驶水平在这里展露无遗，我觉得简直完全不输于任何一名国内摩托车越野赛选手了。

到了下羊拱海旁边，赶紧跳下车来，活动一下被震得酸痛以致麻木的身体，静谧的海子已经在眼前展露无遗。下羊拱海不大，因为水流平缓，水面显得格外平静，远处的雪山与白云倒映在水面上，随着水波纹轻轻荡漾着。海子的周边长满了齐膝的高山灌木，开着淡蓝色小花。灌木丛里，间或长着一株全缘叶绿绒蒿，那巨大的淡黄色花苞高高地从灌木丛中伸出来，显得格外鲜艳。双脚踩在海子边的草甸上，又松又软，抬脚起来，凹陷下去的地方便渗出水来。我仿佛已经置身于宫崎骏的动画世界中了。

然而我却不能在这美景中沉醉太久，待到同伴们都到齐之后，我们还要向上羊拱海进发。到了这里，连摩托车也不能骑行了，我们几人背上所有的背包，迈开双腿，向羊拱海走去。

高海拔让人疲劳得特别快，当大伙气喘吁吁地翻过一个海拔四千多米的小山梁之后，眼前顿时豁然开朗，一大片水域在雪山的脚下展露无遗。神秘的羊拱海啊，我们历尽艰辛，终于来到了你的身旁！

那一刻，阳光照进了双眼，那个本来只存在于字里行间和想象中的世界，一下子变成了如同楼下的超市、街口的公交站一样触手可及的地方。无数次在地图前想象的场景，居然便如此清晰地出现在我的面前，整个世界似乎变得缥缈起来，充满了不真实的感觉。我赶紧举起相机，高原凛冽的空气带着原始的野性，瞬间铺满了我的镜头。

远远望去，羊拱海像一块无瑕的碧玉深嵌在雪山群中。走近了去，可以看到水很深，呈现出纯净的碧蓝色，微风轻拂湖面，扰动出一片涟漪，继而形成了片片水波，卷起小小的浪花，拍打着湖面。湖岸有很多草甸，点缀着片片的高山灌木，间或夹杂着一片流石滩，鲜花铺满了大地，紫色、蓝色、粉色、红色、黄色……我们在最美的季节，遇见了最美的羊拱海。

顺着湖岸走去，我们居然发现了一小片由花岗岩沙石组成的沙滩，浅黄色的沙子沿着湖岸向远处延伸而去，上面布满了动物们的脚印，湖水轻轻拍打着沙子，发出哗哗的声音，这真是一个奇妙的世界。

顺着湖水向远处望去，湖两岸的山坡上是密布的针叶森林，而在正前方则是铺着皑皑白雪的雪山，这正是海拔4975米的羊拱海子山，山峰似乎离我们很近，实际上它已经在红原县境内了，是红原县的最高峰，其实从红原县的壤口乡、查真梁子、龙日坝草原等地均可以看到这座雪山。

当太阳逐渐西沉，夕阳将最后一丝光芒投向远处的雪山，山巅的白雪便发出了金色光芒，日照金山的倒影在波光粼粼的湖水中若隐若现，让站立在微寒空气中的我们却感受到了一股暖意从心底升起。静谧的羊拱海带着一丝慵懒的气息笼罩在身边，时间似乎也变得慢了起来。真想在这种没有手机信号、没有复杂人际关系的地方就这样长久地待下去，无忧无虑的浪费上一整天时间，直到第二天醒来后，又开启一段未知旅程。

等到夜幕完全笼罩在我们周围的时候，星星俨然成为这个世界的主角。随着气温逐渐降低，空气对流也逐渐减弱，没有了微风轻拂，湖面像镜子一般在我们面前铺开。在远离城市光污染的一级暗夜环境中，天空的星星显得格外璀璨与明亮，银河似一条明亮光带从雪山背后缓缓升起，横跨整个天际。静谧的湖水也将星辰倒影清晰地展示出来，天地之间的颗颗星光已然连成一片。在星光的包裹中，眼见着天空与湖水疑似银河落九天的壮美，让我不禁沉浸在过去与未来，时间与永恒的宇宙旋涡之中，久久地无法自拔。

在超弦理论中，组成我们世界的每一个基本粒子都是由一根弦所组成，大自然拨动宇宙的琴弦，诞生了宇宙源头的基本粒子，组成每一个基本粒子的弦都会发出属于自己的音乐，这些音符的嘈嘈切切，便有了玄黄世界的星辰点点，最终由世间万物演奏出属于整个宇宙的乐章。宇宙并不洪荒，而是一曲优美动听的交响乐，我们的人生在宇宙永恒的时间与空间中，不过是一个转瞬即逝的小小音符，在这壮阔的宇宙中，我们为什么不能张开双臂，将所有的烦恼与困惑抛诸脑后，去拥抱这更大的世界？

追逐美的道路是孤独的，或者只有孤寂的心才能看到如此的美景。在羊拱海的静谧世界里，我听到了世界最为唯美的乐章，像曙光点亮高原夜空，记录下这片古老大地与星辰在世间的共舞。

刊载于《阿坝日报》2022 年 8 月 17 日

云端上的美景

喻林斌

初春时节，瑞雪骤降。大洼梁子雪景，为摄影者必拍景致。大洼梁子又叫木壳壳梁子，矗立于小金县汗牛乡与美沃乡交界处。凌晨五时许，摄影发烧友们驱车前行。天空繁星簇拥，月亮挂在山边，路灯撑着慵懒眼帘，车窗外模糊的村庄快速消失在车尾，发动机轰鸣声打破山村的宁静。鸡鸣悠悠催早行，犬吠声声送宾客。

车队沿着花牛沟崎岖的山路迂回前行，车内不时传出微微的鼾声。大约一袋烟的工夫，林间传来群鸟叽叽喳喳的叫声，远山露出一丝丝白光，群峰连绵起伏，山谷深邃幽静，道路蜿蜒曲折。从河谷的潺潺溪水，经山下的绿树草甸，到半山的满树黄叶，至山巅的雪峰竞秀，好似穿越了大洼梁子的春夏秋冬，阅尽了大洼梁子的秋冬时装。

登高远眺，环顾众山。我们汇聚在大洼梁子之巅的美汗路开筑“纪念石”前，但见“大洼梁子海拔 4916 米，美汗路全长 51. 7 公里。破天荒之道也，其开之艰、筑之难，于‘蜀道’中，屈指可数……”之碑文，彰显赣蜀援建情。回望途经的山路，山回路转登高处，雪上空留车印辙。霁天欲晓未明间，满目奇峰皆可观。艳阳被浮云包裹，从罅隙中投射出道道金光。只见远远的一道廓影饱蘸着苍黛色，重重地涂抹在蓝天白云下，朦胧的远山，笼罩着一层轻纱，影影绰绰，在缥缈的云烟中忽远忽近、若隐若现，酷似仙家的大手笔水墨画，在蔚蓝的天边流动凝聚。山谷流动的银色小河，从群山脚下汇集茫远的尽头，时断时续，若即若离，在黝黑的山涧丛林滋润万物。用长焦拍摄细节，落叶松的树梢尖，挂满了毛茸茸的雪花，冬夏常青的柏树上堆满了蓬松松的雪球，昔日飞瀑悬泉的崖口缀满亮晶晶的银条……大小冬景悉数入镜。

光影从眼前闪现，美景在镜头停留，激情于胸中燃烧，感悟自内心升华。山是亘古的乐章，水是流动的诗韵。古哲云："上善若水，无际惟山。"山无言，壁立千仞……是为无欲则刚。水无形……上润天下泽地，其至柔而克刚。有人说："山解水意，水伴山行。"山因水的滋润而勃勃生机，水因山的呵护而娇柔多姿。山和水的融合，是静和动的搭配，单调与精彩的结合，完美地组成镜头前靓丽的道道风景。

大洼美景在摄友们镜头里聚焦、储存卡中定格。大家精选拍摄角度、交流作品构图、分享创作喜悦。或拍远山，或摄雪峰，或构图林带光影，或留住神马浮云……在那激情燃烧的岁月，在这灵感喷发的瞬间。长焦拍摄远峰奇观，中焦留下创作花絮，广角囊括大幅精致，微距特写冰柱水花……

忙亦乎，乐亦乎，忙得不亦乐乎。远处又传来同伴的呼喊声，"这里有个高山湖泊哦!"大家背上器材，提上脚架，闻声寻路而至。只见山坳间，静静的一潭碧水，倒映着起伏的山峦、游动的白云。横看成岭侧成峰，远近高低各不同。奇云灵动山水中，水尤清冽，水草细石，直视无碍。宋词里记载："水是眼波横，山是眉峰聚。"水像美人的眼波脉脉传意，山像美人的眉头紧紧蹙起。泉水无声惜细流，山影照水爱晴柔。那潺潺而流的小溪，是它优美的琴声倾诉；那汩汩而涌的泉水，是它靓丽的歌喉展示。水在山之上为云，山之巅为雨，山之峰为雾，山之涧为泉，山之崖为瀑，山之根为潭。同伴惊叹："奇峰出奇云，秀水含秀气。""不识庐山真面目，只缘身在此山中。"

中午时分，天空慢慢放晴，明媚的阳光普照大地。雪地强光直射眼球，腹中饥饿、呼吸急促，我们放慢了行走的脚步，简直是头重脚轻根底浅、负重爬行腹中空。经大家研究决定，奔赴山下的大洼村补充能量。车队行至大洼村口，为拍摄村寨全景，我穿越小路爬上高处，林间雪地路上，家犬串串脚印清晰可见，阴山的树荫下，山鸡脚丫历历在目。让我想起一副对联："黄狗过霜桥，朵朵梅花落地；乌鸦跳雪地，片片竹叶朝天。"悠哉，妙哉！进村入寨，冰雪消融，树木泛绿。嫩柳生机萌动，桃花红白争艳……处处洋溢着春的气息。藏寨内淳朴的村民呼朋引伴，端茶递水，户户传递家的温馨。这里的山水钟灵毓秀，这里的树林葱翠浓郁，这里的溪水波光粼粼，这里的岚霭悠悠萦绕，这里的山村古老幽静，这里的炊烟袅袅升腾，这里的群众和谐共荣。山连着天，水连着山。乡村藏寨、山水草木、陇亩良田……都在大洼梁子优美的生态环境中生存与繁衍。“青稞酿酒美名传，独领风骚数百年。今朝麦穗缀满枝，绿浪翻滚盼壶天。”

打道回府，思绪万千。遣词凿句，偶得心语。“穿越美汗路，探秘大洼梁；举目眺远山，雪霁天晴朗；苍穹云雾飘，浮云裹艳阳；薄雾漫山腰，奇峰披丽裳；天路钻云霄，重峦又叠嶂；车辙碾冰雪，护栏挂冬霜；林中鸟鸣涧，群鹰齐翱翔；新芽缀树梢，瑞雪润花香；青山披银纱，良田催苗壮；丹青绘胸臆，妙笔颂吉祥。”

选自《当代四川散文大观·第八集》

归去来兮

远　星

下山的时候，脚步和心情都是轻快的。像夕阳中的晚风，又像红叶丛中的那只小鸟。

走出寺院的石阶，转过石块和云彬建筑的简陋的转经巷，走过一片有些斜度的草坡，然后就是一块高山海子平躺在开阔的草地中央。从海子边过去那下面就是一片红色桦林所挟隔的一条十分宽阔的草毯路。每次走到这里我总要回首一望我所处的地方。天往往蓝得格外晶莹，而不远处的山寺已向我致别，无语的阳光照耀着山寺的顶端如佛光一样平抚着尘世的伤痛，我也就在这样的心境中开始下山……

我所攀登的山寺名不见经，据考证该寺由藏传佛教格鲁派创始人宗喀巴的弟子阿旺扎巴从圣地拉萨出发沿途化缘沿途兴修寺庙，到达这个地方的时候，看见一只黑鸟飞到那片丛林之中，他确认是一块吉祥的佛地，于是在林海深处海拔3000多公尺的高原上，一座石砌的具有浓郁藏族建筑风格的寺庙就这样落成了。因为从西藏修到这恰好是108座，由宗喀巴为其题词，寺院全称“甘丹达昌恒洲宁”，汉语译为“具善圆满任运成就洲”，意思就是：包括所有的善一切都圆满，任何成就可以心想事成。

对于这座我十分熟稔的山寺，每次攀登都没有厌倦，每次上山的愿望和第一次一样：向往而兴奋。每当我在艰难中不管是从那条山路攀登上去，而豁然开阔的草地中央一群虔诚的石屋簇拥着的辉煌古寺瞬时进入我的视野，我的心总会再一次被古老的宗教所感动……

不论宗教的神秘，就我每次几近休克之中终于到达山寺的时候，我的确获得了一种空灵的清爽，如原野上吹来一股沁凉的柔风，一下把我置于夏日的荫凉。

总是在这种恬静中走近寺院，走近我们心底敬仰的愿望，心平和了，花、草、树平和了，远山、云霭平和了，整个世界也平和了。

走进寺院，每每我都忘记曾经要为亲人们祈福的事，我跪拜在诸神面前，我不能祈祷，因为我的内心深处真的拥有了一切的幸福。我没有什么愿望，我获得的空前的心灵的平静宁和，我还需要什么？财富、事业、爱情以及生命的长寿？所有宗教的意义，我想最终是回归我们纯稚的心灵，我们静静地随缘，我们不能够超越自然的恩赐，我们能够有真正意义上的获得也就是我们心灵终于平静如水的时候。所以我只是祈求这个世界就这么美丽而平和下去，音乐、白鸽、诗人的梦就轻擦寺院边缘向人类最真的情感飞去……

尽管我的攀登每次都那么艰难，每次那刻意地为自己定下一棵树，或一个寨子的目标，但我终于还是一点一点坚持上来了。

告别山寺的老人，告别山寺皮制的经筒，告别那风中自然舒卷的经幡，我想原始的律动其实就在我们心灵深处如至清的山泉，静静流淌。在整个流淌过程中自有跌宕起伏，自有清幽舒畅、自有轰然回响……

下山是轻快的，当我穿越来时的那丛红叶林带，我听见深秋的红叶潮湿腐化的声音，那也是香甜的，是一种在泥土深处的归程。

来时的木水槽上依然流淌着一股山泉，山泉叮咚在林的深处显一种幽凉意境。我留恋于这种下山的轻松，顾盼着山寺下面此起彼落散发于绿色屏障中的石砌的村寨，还有寨边外墙下如向日葵一般耀眼的羊姜花以及看家狗对着陌生过客的一阵狂吠。

此时已到傍晚，农家的炊烟袅袅升腾，似在呼唤外人的归去，农人开始归家。有背着胡豆杆的妇人，有牵耕牛的老人，也有背着小尖背篼捡圆根的小孩，他牵着母亲的衣角与放学回家的姐姐唠叨着他们一整天没有见面的各种“新闻”……

太阳终于完全地落山了，月亮渐渐东升，那是个满月，不知为何我那天竟然迷路了，在一阵摸索之后，月光下涌着一片秋耕过后的大地。月光如水，我奔跑的身影披射到大地上，像一种舞蹈。身影轻盈、步伐敏捷，偶尔被土巴绊了一下，仿佛大地精灵在与我玩笑。我在这种亲昵的玩笑中回望身后那块明月。明月下的草木柔和地散发着银质的光泽。我又继续奔跑，广阔的大地上又投下我长长的影子……

就在那块大地边缘，我看见我迷路过后的第一条小路，也听到寨子边传来一处小金汉人浓重的乡音："我的笨牛儿子咧。"那农人的甜蜜亲昵，我仿佛看到那汉子憨厚的脸上，呈现着的一种幸福。那种粗糙皮肤下所内现的柔情"我的笨牛儿子咧"，就这一声呼唤仿佛置于我一种不能克制的向往：在他终于找到那条贪玩的牛犊之后，在朦胧的月色中，他抚摸牛的样子……

我是从那个无名的寨子边擦肩而过的，一条小路在朦胧的月色中向山下延伸……

告别山寺又回到我每天熟悉的生活中去。我想大千世界的人汇聚在一起的时候，外观上并无什么差异，但是剖开他们的心灵，我想也许他们也曾到过一座山寺，去膜拜过一座佛、去攀登过一座山，身心经过自然与佛的洗礼，在规定之外的宗教里获得禅心……

茫茫人海那么平淡的深处正是我们内心荡漾的那片月光——

归去来兮。

刊载于《草地》2001年第4期

家人在阿坝（节选）

占 巴

一

在寂静的月夜，开车穿过上百公里的雅克大道，是一种独特而深刻的旅行体验。因为不是交通要道，你看不到习惯于夜间行驶的长途货车，望不见牧人的白帐篷，甚至遇不到一头落单的牦牛。路过那些牧民定居后几十年里仓促形成的小镇，人和车就陷入了彻底的黑暗。你能看见的只是车灯射出的两束光，除此之外再无其他。

白天炙热的阳光下，那一片片流动的云彩和遍地的花海、牛群、帐篷，以及草原上冰凉凉的风，入夜后，都被造物主设计的黑夜给收走了，藏住了或者说隐匿了。

巧的是今天恰逢十五，月如银盘，明亮的月光一展千里，远近起伏的丘陵、牧场、天空都散发着不同的微光。这种时候，适合一个人冥想、沉思，对着月亮、草原和黑夜，平静地去反省一切。没有任何事物的干扰，像一个独居的牧民，在微弱的篝火和月光之间，品着烈酒，微醺着记起一个地方、回忆几个亲人，想起几段往事……而此刻正驱车穿越雅克大道的我想到了阿坝。

二

阿坝县与松潘相隔三百多公里，比松潘至省会成都还要远个四五十公里。

2022 年 3 月 17 日农历十五这一天，我和父亲天没亮就从松潘出发，为的是赶到阿坝县郎依寺参加我舅舅能措的格西典礼。

开了七个小时车后，我和父亲终于在下午五点到达阿坝县城。那是一个周遭没有树木，只有大片土地和土房的县城。我们疲惫不堪地吃了顿自助餐后，就找了一家酒店休息了。第二天上午，在朗依寺的大殿广场上，我们被大风刮得睁不开眼，头发上，耳朵里全是灰尘。捱过下午四点，冗长的典礼一结束，顾不得与舅舅能措告别，我和父亲赶紧钻进车子，匆匆往松潘赶。谁料，路上遇到了一起车祸。

省道 302 线上，大货车排起了长龙，急着赶路的轿车越野车在强行占道穿插。我把车停在一排低矮的道班平房前熄火后，问了一个穿反光背心的老头才搞清楚，前方的盘山路上，一辆下行的闷罐车翻车了。司机开着车头，撞开防护栏，滚了下来，把巨大的油罐留在弯道上！什么时候通车，鬼才知道！面容黝黑的老头拉长了音调解释。看着他杂乱的眉头，我不耐烦冒了句脏话。老头厌恶地转过头去，好像很后悔这么热情地跟我对话。

副驾驶上沉默寡言的父亲下车，点了根烟。我百般无聊，只好掏出手机，浏览能措的格西典礼。我照了大概二三十张照片，每一张画面都很乱，混乱拥挤的现场，使我糊里糊涂拍下了许多人的后脑勺和手机。删掉大部分照片后，我对其中几张照片进行加工，调色、裁剪、放大，总算稍稍满意了。

画面中，能措站在郎依寺大殿前，手举神箭，头戴法帽，身披黄色法衣，脚蹬绣有祥云的松巴鞋，神情显得从容、自在。同他一起毕业的二十三名格西表情各异，有的竭力掩饰自己的情绪，面部却十分僵硬，眼睛里透露着不安；有的亲人在底下喜极而泣，他们站在高处一眼就瞧见了，久经修炼的格西们也顾不得庄重，眼含起热泪，频繁眨眼。无数颗黑脑袋上，我观察众格西，自始至终发现唯有能措的心，能措的眼，能措的胸怀，静得像一面湖水。不管底下站着的几百上千号僧俗信众，高喊多少遍令人身心震颤的“尕瓦——嚷”（吉祥的日子），向天空挥洒星辰般的隆达，他脸上始终保持着淡淡的微笑，不见终于熬成正果的狂喜与忘我，也看不出长于穷苦家庭的孩子天生的自卑与孤独。那久久纹丝不动的端庄仪表，看得我内心一阵战栗。

隆重的格西毕业典礼结束后，能措被手拿鲜花的僧人们簇拥着，在呼啦啦的大风中走向他的僧舍。巷子水泥路两侧站着长长的队伍，这些人中有和我一样远道而来的亲戚，也有当地僧舍主人家的家族亲人。不断纷飞的桑烟里，能措穿过向他致祝福词，献上绸缎、哈达的人群，走到僧舍大门下。我离他很近，手上的绸缎、哈达被几个僧人收走后，我拿起手机就拍了张照片。在照相的瞬间，不知怎的，我的注意力停在了他年少时被玻璃弄瞎的左眼上，在众人欢呼的时候，我鼻子一酸，情不自禁落下几滴泪水。

在车上盯着手机，心情很乱，有时候一张照片也能让我这样的人动容。我是个性情中人，很容易就被感动。这种情况到底是善良还是愚笨，我一想估计二者都有。愚笨的人通常善良，伶俐的人又常常冷漠，而我感动过后，又会把这件事情铭刻在心中。

我和能措之间也有一件让我印象深刻的事情，那件事发生在2008年的夏天。那一年，我在老家那条穷山沟里，仅有的一所中学里读初二。学校离我家八九公里，作为偏远村子来的寄宿学生，我们这些孩子经常会受到离学校近的那些学生的霸凌。能措天生神力，十七八岁就能抬起拖拉机半个机头，一旦学校里有人欺负我，我就请他帮我讨公道。记得有一次，三个看我不顺眼，单挑又打不过的学生，想了个损招。他们叫一个小男孩把我骗到一间寝室，然后反锁上门，从背后偷袭我。我一拳打裂了前面一个小子的嘴唇，后面一个小子无耻地拉住了我的手，被我打中嘴巴。头发常常呈爆炸姿态，脑袋长得像藏獒脑袋的那小子，嗷嗷地抡起铁畚斗，照我头砸了几下，我瞬时头破血流。纠缠中，宿管气喘吁吁地打开了门，这时鲜血早已打湿了我的衣领。我没有多想，就给能措打了电话，他和七八个僧人抄擀面杖冲到了学校，把当时的校长老师、派出所民警和乡政府干部都吓坏了。如惊弓之鸟的校领导一再表示好好解决事情，能措他们才肯离开学校。他走出学校大铁门时，转过头对我说，不要怕、不准哭。虽然，那次我的大脑袋受了三处伤，缝了七针，但我真的没流一滴泪。这么一说，可能读者朋友绝对不信。你们也可以不屑地讽刺我，说我会编故事。可我的的确确获得了极大的勇气，我清楚地记得那个晚上，那名手发抖的年轻医生在我头皮上缝针，扯线的撕裂感，那感觉就像头发被人一根根拔掉。

几天后，父母来学校看我，几个老师在他们到校之前就恐吓我，让我自己反省自己的错误，不要乱说话。我头上包着纱布，还隐隐感到恶心，想必是有轻微的脑震荡。但为了不让父母难受，我戴了顶毛线帽子，换了身牛仔衣，站在学校铁门内没有出去，担心走近了他们会看见我伤口。父母隔着铁门问了伤情，我说没事，父亲暴怒。我劝他别生气，我一点事情没有，父亲后来说了什么，我俨然忘记了。我记得回到老师们的办公室后，他们以为他们虚张声势的做法吓到我了，可我并没有一丝一毫害怕的感觉，反倒内心释然了很多。在我看来，能措影响了那时的我，包括现在的我。我躺在车座椅上想，他在郎依寺十几年如一日学习，能够守着青灯黄卷、清规戒律，忍住了常人难以忍受的煎熬，完成了难以想象的无数次考试和辩论，在父母相继离世后，还能坚持修行、学习，也许正是因为他有异于常人的勇气和韧性。

能措在阿坝待了十几年，而我仅仅去看过他一次。说起 2021 年的阿坝之行也是无心之举，我和妻儿自驾游，漫无目的地行驶，却到了阿坝县。那会儿正值夏天，草原上阳光明媚、繁花盛开，沿途能看见放牧的少年骑着马圈牛的场景。我戴着墨镜，把着方向盘，听着丹拿音响里飘出来的肖邦遗作——《升 C 小调夜曲》，在低矮的云絮下，穿过空旷的红原，爬上缓缓起势的阿依拉山，进入草场丰茂的阿坝地界。正午，到达阿坝县城后，我翻出一个久久不曾通话的号码，随手拨了过去。电话那头的能措，听说我到了阿坝，高兴地走到寺院门口来接我们。他向监课的铁棒喇嘛请了半天假，带我们游览了郎依寺大殿外墙上的壁画，大殿内部镀金的佛像，顺便拜见了历代高僧的灵塔，然后带我们到寺内最高的佛塔顶部，在无数镂空的佛像前，点了数盏酥油灯。参观完寺院，他请我们一家人到他的僧舍喝茶，烧茶的时间里，我指着他床榻边码到天花板上的书籍，惊叹道，我那面书架上的书，跟你的书比起来，简直少得不能再少了。他笑了笑说，我们在这里主要就是学习，你工作那么忙，看书的时间很少，可以理解。在他十平方米左右的房间里，我和他聊了好几个小时，欢声笑语不断。

我们谈天论地，上聊人类诞生，下议战争疾病，恨不得把几个小时当作几天时间来用。我说，有一本书叫《人类简史》，前不久我刚看完，书里写了人类的祖先是从非洲大陆走出来的，我们藏族人的祖先一部分也有可能是非洲人。他点点头说，藏族古籍里写到，最初，世界为空寂无垠之体。后十方风起，形成大海，再后须弥山（冈仁波齐）拔出海面，四周形成四大洲。南部有瞻部洲，其中心是雪域吐蕃，为什么说吐蕃是中心，那是因为吐蕃地高、山多、积雪不化，而周围河水都源于此地，并由此向外流出，所以被认为是中心。

见我在倾听，他继续说：在人类诞生之前，藏区就有了三部分地区划分：上部为阿里三围，由雪山与石山环绕，像一个池沼；中部乌斯藏四如，是山岩与水流相击之地，像一条水渠；下部拉热秀周，为森林草原之区，像一块平坦的田地。关于人的起源，许多藏史书，如《王统世系明鉴》《西藏王统记》《贤者喜宴》《雍仲苯教史》《柱间史》里都有“猕猴与罗刹女结合”的传说。这就说明藏族的智者们也早就知道，人由猴子演化成智人，最后优胜劣汰慢慢演变成人的。只是我们的历史都被赋予神的色彩，读起来比较有戏剧性。

能措微笑了一下，然后收敛表情，说起藏族历史。他专注的神情，流利的口齿，寥寥数句便使我对藏族史有种拨开云雾见明月的奇异感觉，也产生了一山更有一山高的敬佩心。自他嘴巴的一张一合中，古老的象雄文明一兴一衰，聂赤赞普和他的天神之子们从天上下来，又回了天界。吐蕃王朝在雪域崛起，松赞干布、赤德祖丹与心怀雄才大略的赤松德赞并称“祖孙三王”，他们象征着吐蕃的鼎盛时代。我插嘴道，我对赤松德赞有好感。能措说，赤松德赞确实是一位明君，可后来的藏王和上层人士沉迷于权力，导致祸乱频发。他认为，朗达玛被刺事件是藏族历史的一个分割线，直接导致了后来平民起义，吐蕃没落，将藏地推入分裂割据时期。到了元明清时代，王朝统治下的藏地，逐渐形成了成熟的政教合一制度。

我对藏族历史中的风风雨雨感到遗憾，能措却平静地说，无论以前如何，最好的时代是今天。新中国成立以后，藏族穷人有了土地，种上了自己的粮食，国家也在变强大。我点了点头，把话题又移到了很久以前，祖师敦巴辛饶米沃佛改良原始苯教时的故事。说到这个，能措又详细解释了过去的“苯”和现在的“本”。那个求同存异、互相融合的几百年历程，让我连连叹息。

一旁的妻子在我身后席地而坐，倾听着我们的谈话，不时低头呷茶，看一眼在屋外草坪上捉蝴蝶的儿子，没发出一丝声音。说完了历史，我问能措阿坝县的由来，他说阿坝县名说法多样，民间说县城从空中俯瞰，仿佛一面大鼓，中间很平坦，四周群山突起，向南流入大渡河的阿曲河，向北注入黄河的贾曲、夏客曲，弯曲似吊鼓的绳带。但还有一种说法是，松赞干布率大军征松州迎娶文成公主，占领松州以西地区后，曾从吐蕃腹地阿里一带移民到此驻军，这些人自称

"阿里洼"（喻指阿里人）。我说郎依寺的主持嘎让罗珠嘉措在一档纪录片里说到，阿坝的藏语谐音"阿坝"，阿指的是鼓，洼指的是人，意思可理解为鼓人或打鼓的人。我很奇怪鼓人这个称呼，他说鼓是本教密宗法器，佛苯斗争时期，苯教信徒为了保护自己才这样对询问的人说的。但这样说也有可能不准，他说历史中的很多事情都是后来写历史的人杜撰和注解上去的，很少有真正说真话，记真事的史学家。加上藏族历史神话与现实混合，有许多人变成神的传说，这叫现代人怎么去辨别真伪呢？

我觉得跟能措聊天，自始至终都很舒服。他回答历史中某件具体的问题，措辞很客观，没有妄自评价，也没有说哪种说法是对或是错。他只是把我追问的事情关键点讲出来，然后让我自己细嚼慢咽，这样的对话让我感觉很舒服。

聊到最后，能措说他明年三月将完成所有考试，获得格西学位，我向他表示了祝贺。他邀请我参加他的毕业典礼，我犹豫了，没出声。直到他送我们到停车场，临分别之际，我才答应他，如果可以，我一定会到阿坝参加他的毕业典礼。

这次我来了，兑现了承诺，然后又走了。一切那么的匆匆，好似一阵风，不，是风中的叶片，来去我自己无法控制，只能任由无法预料的生活来决定我的去留。

时间过了六点，堵车已经两个小时了。我在车里无聊透顶，便翻开能措给我的礼物《朗依寺2022年毕业格西论文集》，在书的54页，我看见一张拇指大小的能措照片。查了查资料，百度百科里只有藏传佛教的格西解释，里面大概指出格西是"格威西联"的省音，意为"善知识"。一般僧人要刻苦学习，精通"五部大论"，再通过层层严格的辩经考核，才能获得"格西"学位。格西又分"拉然巴""措然巴""林赛巴""多然巴""阿然巴""曼然巴""噶然巴"等，每一种格西都需要修行人花上二三十年时间。

能措的格西学位，学的是什么，我不知道，来回时间仓促，我也没来得及问他。但他能在阿坝州最大的雍仲苯教寺院获得格西学位，必定是受了许许多多无法言说的苦。我不知道这种苦是何种无法忍受的苦，犹记得弟弟曾说过，每天五点起床背书，每周每月都有大小各种考试，老师指定的学习书籍，你要口齿清晰地把书中每一句话，都一字不差地背出来。这样的学习量令人无法想象。在那些大雪纷飞、滴水成冰的冬天，在百花齐放、百鸟争鸣的夏日，坐在庄严肃穆的课堂里，寻着一成不变的生活轨迹，一起同去的人吃不了苦，受不了寺外五色五音的袭扰，像一片叶子，随风随阿曲河纷纷离开了。能措像一棵四季常绿的柏树，根植于地下，任凭风吹雨打，稳住了心神，完成了学业。不知他在辩经场挥洒了多少汗水，经受了多少风吹日晒，踩穿了几双鞋底，才在一次智慧争锋中，博得上座考官的欣然一笑。要知道，他只比我年长一岁。

如今，能措名列“格西”，以后有可能成为某座佛学院、某个寺院的老师、主持和法台，也有可能云游天下，成为一名了无牵挂的行脚僧。无论如何，他变成什么样，那都是他自己的选择，无人能够干涉。我只希望他学有所成之日，能以十世班禅大师等高僧大德为楷模，在不断变化的社会中成为爱家乡爱国爱教的典范，这是我对他最大的期望。

想到这儿，车窗外响起了警笛声，我转头一看，警车闪着警灯，一点点逼退占道行驶的车子。右侧司机们不怀好意地笑着，纷纷下车望风。我放平椅子，仰面盯着天窗外蓝得令人眼花的天空想起了弟弟。

刊载于《四川文学》2023 年第 4 期

写意双桥沟

泽里扎西

雨是细的，细得能在你的手心作短暂的停息，之后，又兮然散去；风是轻的，轻得能让你的发丝抚慰眉梢、脸颊，然后，又慢慢地回还。

选择这样的季节与亲朋好友在四姑娘山双桥沟景区游玩，不为别的，只为迎合一种美好的心情与记忆。或许，在某种场合、某个时期，的确需要一种美好的记忆和快乐的心情做伴。

一路上，我们的心情是轻松愉悦的。虽然这些天我的工作有一些烦琐，身心俱疲，然而，能在此时此刻与大自然亲密接触，倒也算是百忙之中少有的机会。我开始庆幸此行正合自己的心意了。剩下的时间，我打算抛开杂念，尽情欣赏双桥沟美丽的景致。

一走进双桥沟，我就再度被她的神秘壮美所吸引。对我来说，双桥沟最大的与众不同，就是在你还没有走进她，心中就有了一种异样的牵挂。看吧，那宁静的农家小院、欢腾奔流的河水，伫立于距离沟口大约 9 公里处的斑驳陆离的五色山，还有一路上神奇伟岸的日月宝镜、尖山子、猎人峰、老鹰岩、牛心山、阿妣山、野人峰等等，都是一处处靓丽的锦簇画廊、一个个神奇的传说故事，无不让人流连忘返、乐不思归。

在双桥沟漫游，心中时常会悠然升起无限的遐思。虽然，我只是一个为了追寻充满希望的绿色梦境而埋头苦干的人，但我常常想，人生不应该没有思想、没有想象，不应该只是一味苦干、蛮干，也不应该只是一路疾行、独行，而应当以一种恬静淡定之心踽踽前行。事实上，有时生活亦会这样，当你对某个结果苦苦追寻、忧心忡忡的时候，突然就有阳光明媚、风和雨细，一份惊喜悄然莅临。

诚然，美好的东西往往不会持久，或如昙花一现，或如过往云烟……经常旅游的人，往往无心留意一些古往今事，他们在意的是吸引眼球的风景。如我，这一次前往双桥沟，给我印象最深的一处景点是“四姑娜措”，相传此景是四位姑娘沐浴的地方，而我认为，它是一池天神晶莹剔透的泪滴。

首先，是她的湖光山色、静影沉璧，水天相映成趣；其次，我也想象了在这里每天都有太阳、月亮或是星子在缓缓地爬升与回落；我也想象了美丽的四姑娜措的涓涓细流、猎猎野风，还有绝美的山、绝美的水、绝美的树在晨曦天光中的飒爽英姿；我也想象了在这里游览的人们竞相捕获着的绝美的光影……

啊，美丽的四姑娜措，我的至爱，你在我心中软软地凝聚和流淌着，我已切切地感悟了你的靓色与纯净了。

匆匆地来，又将匆匆别离。

其实，在任何时候，自己都能感觉到四姑娘山景区的无穷魅力。我想，人与绝美的亲近，往往不因远离而消隐。而且，好些时候，四姑娘山的一山、一水、一草、一木、一抹微云、一池彩林，真是深深抚慰了我的好奇的真心。

午后返程，突然想起一些事，一些美好且难以割舍的事。离美景越来越遥远，心宇的念想越来越强烈……

选自散文集《五月的麦地》

业隆，我不忍离去

郑 刚

对我来说，经幡、碉楼和白塔最能体现一个村寨的特质及风韵，就像有人能从别人的穿着服饰及色调的细微处鉴别出整个人的格调。因此，我每到一个村寨总喜欢独自晃悠在悠长的小道上；呆立在古老的碉楼前，体察这个寨子的秘密。这种乐趣让我在无数次的尝试后感觉到寨子与我思想的碰撞或是融合。我是金川城厢人，藏寨与我是孩提时的生活经历。出于工作，我行走在藏区的很多寨子间。我一度钟情于某某寨的古老纯朴；一度狂热于某某寨的错综复杂、暗藏玄机。但一走进业隆藏寨，我就知道，它的风韵在我的血管里弥漫，浸润着我，是轻悄悄而又十分热烈的那种浸润，不由我不为它心驰神往。

绰斯甲河蓝得有些让人羡慕。一弯一潭水，安静而秀美，时而形如宝镜，时而状如月牙儿，时而如金沙铺地，时而如天女散花……行走在这样的风景里，我会将许多快乐与忧伤统统遗忘。我的面颊将只会记得滤过经幡温和的江风。当寨前悬索桥上洁白的哈达与翻飞的龙达，还有一张张质朴脸膛漾起的笑容让我受宠若惊、手足无措时，我感觉到身体的分量和心之归宿的小小襁褓……

路在两边光洁卵石砌成的墙的挟持下缓缓向前延伸。梨花洁白，骄傲而自信地开放着。几株高大的柏树苍翠欲滴，秀颀而雅致。我能听见麦苗在城堡似的寨楼前咕咕饮水和拔节的声音。二牛抬杠耕作的农人比历史课本的讲述要现实、亲切许多。洁白的云朵行走在蓝天；和煦的春风行走在耳旁；我行走在主人的笑容里。这是何等简单而愉快的行走啊！在主人精巧别致的寨楼前，三两杯“阿然”和“绒卿”还有我听不懂的吉祥颂词让灵魂深处渴望人际交流、和谐相处的基因密码迅速破译，瞬间找到了喷涌的窗口。

笨手笨脚地捏着糌粑。茶水和糌粑粉弄得满身都是，是那种最蹩脚的操作水平；咕噜咕噜喝着香飘四溢的奶茶，完全失去了文人自居的姿势，是那种牛饮的状态；手忙脚乱地切着香猪腿，满嘴流油地放肆咀嚼着，是那种猎人丰收狂欢的样子；痴迷地聆听着主人关于业隆悠远的传说，是神思飞扬、浮想联翩，是小孩对童话的向往。一夜都在锅庄舞里徜徉，寨子里姑娘们用一种叫筛糠的游戏让我非常敦实的身体凌空而起，在姑娘们俊俏的脸膛和修长身段围成的圆圈里自由飞翔。醉了，能不醉吗？躺在花花绿绿藏式厚毛毯里，梦又开始了它愉快的行走。

金黄的阳光悄悄地越过窗棂把一天的祝福暖洋洋地泼洒在身上。各种鸟儿把轻柔而富有激情地鸣叫演奏成豪华的乐章，这是香格里拉式的乐章。桑烟在我们还没有起床前就在主人的祝福声中飘然升腾，祈祷就这样从全寨每家房顶的煨桑台上出发。

“卿克”（水冲的一种经轮）在水轮的带动下悠然地转动着。

“冬克”（手推的一种经轮）在阿妈的推动下默默前行，每转一圈清脆的铜铃提醒着老阿妈行进的速度。微风里的经幡还是那么虔诚的诵读经文。这一切都是敞开心扉与自然的对话，这些流经生命，又从生命渗漏出来的虔诚是一种酒，那种香甜而让人在不知不觉中醉倒，涤荡心灵的尘埃，让灵魂得到升华。

业隆是个奇怪的地方，我总会在业隆萌发与母亲耳语的念头；业隆是个美丽的地方，我总想在业隆美美地睡上一觉；业隆是个让人怀想的地方，我总是把我的怀想告诉别人。

业隆，我不忍离去。

刊载于《草地》2005 年第 5 期

寻找你的乡村

周 正

关于乡村的记忆时时在梦中萦绕。“羁鸟恋旧林，池鱼思故渊”吧，尽管你在一个叫威州的小城待的时间不足十年，在一个叫南充的城市待了四年，在一个叫南坝的小镇待了七年。那个时候看中户口，有朝一日跳出农门，有个“吃三两米”“吃商品粮”的居民户口是父亲对你最大的一个希望。你终于“不负众望”，在农村待了19年，考上大学，“被迫”交了几百斤粮食给粮管所，就“正儿八经”地成了城里人，因为你的户口不在农村了。

但是对于农村的记忆却是刻骨铭心的。父母至今还在农村待着，怎么也不愿意到你工作的地方来。“冠冕堂皇”的理由是会增加你的经济负担，城市里面喝水都要给钱。他们也不愿意成为你的“保姆”，说在城里来，享福就来，一天还要“侍奉”你就不干。你也知道他们是闲不下来的人，即使在下雪的天气里，不能下地干活，父亲也要“借此机会”腰间拴了绳索，坐在凳子上，打起草鞋来。母亲则找了针线，把衣服补了，特别要为父亲缝补一件来年开春下田要用的大裤腿裤子。他们哪里习惯城里面成天泡在麻将堆里的生活，就是在城里面闲着，也会憋他们一身的病。乡亲们都说你父母该是享福的人了，因为他们的两个儿子都在城里有“正经”的工作。母亲会笑着顺着答应，“表婶，说得好，享福呀。”其内心深处却时常装满了对儿子的牵挂，对孙子的念叨。两位不算老的老人见了你和弟弟回去，脸上总是堆满笑容，生怕“得罪”你们，以后不回生你养你的那个家了。既然不能“顺理成章”地把父母接到城里来“享福”，那逢年过节，你都会赶一程程的车子，回到那个生你的乡村。

回家的路途遥远、崎岖。先要坐汽车，然后坐火车，然后坐汽车，还要坐出租摩托车。每次回家，骨头都被车子抖松了，但是常常还会是像很小的时候依恋父母一样，知道离老家的距离越近了，不久就可以见到时常期盼你们回家的母亲了，路边的景致也越来越熟悉了，心情反而绷得老紧。

待了好些天，重新轻轻地走在过去亲吻过多遍的山间的小路上，心里早就填满了心事。那个时候，冬天很冷，你们一群小孩穿得很薄，只在新年来的时候，父亲会为你和弟弟缝了崭新的灯草绒衣服，你和弟弟的脸上，写满了幸福的笑容，你们的身上，也盯满了其他和你们差不多大的小孩羡慕的眼神。你们两只手插在裤兜里，时不时掏出母亲给你们炒的葵花米。那个时候，你们不知道什么是忧愁。对于未来，也从来不会有什么憧憬。那是一个单纯的年龄，稚嫩的年龄，质朴的年龄，也是可爱的年龄。

周围一起长大的小时候的伙伴不容易聚在一起了。他们出去打工去了，在年终的时候也不容易回家看看家里的孩子和父母。他们很忙，不能请假，如果有所耽搁，也就意味着来年要重新找工作，重新去“请”另一位老板来盘剥自己本来就很零星的收入。偶尔见到一两位儿时的朋友，发现相视难言，说什么好呢？问一问他们的情况，又好像在炫耀自己相对固定的工作，尽管这个工作只是鸡肋。你往往一不小心就成了家长，就成了老师，就成了法官。你说什么好像都不对。所以你把烟递过去，把火打上，他把脸凑过来，看到你抽的烟是二十来元的云烟，他就说一句话，我们几个人中，就你混出来了。你说什么好呢，你是明明知道他们出去打工，时运比较好的一年，能揣几万元钱回来，也就把老婆孩子带回来，把家里面的院子装饰一下，或者重新修一间城里面那种楼房。时运不太好，打牌又老输，那就可能去偷，去骗，去抢，老家也就懒得回了。小时候一起长大的朋友，好多都没有了音信，问你的父母，不知道。问他们的父母，还是不知道。

待了一些日子，觉得农村烦躁着呢。昔日村里最德高望重的老村长也不喜欢张口讲三国，在收工的时候也不唱采茶歌。现在已懒得和人计较长短，代表其招牌的长烟杆，已经变成了短烟杆，军大衣还是穿在身上，已经破败不堪了。全然没有了以前的威风和风趣。

那你回家收获了什么呢？你有时老想回到乡村找到儿时的乐趣。找到了吗？好像没有，你回家，以后就变成了例行公事，为了完成任务。你不回去，你老妈又得在田埂上翘首企盼一年，你有时候会觉得那是一种残忍。你父母亲养你，人家在鼾声如雷的时候，他们就起床了，为了打点你的行囊，为了装满一口袋的叮嘱。你读书的时候，一直个子小，在学校里会不会受到同学的欺负，你母亲非常担心，你母亲时常要到学校来看你。你会看到她的眼神里写满了鼓励。你怎能让她生气呢，你在学校里表现很好，数学长期考满分。就是为了看到母亲的笑容。

母亲挂着笑容的脸上，很快爬满了皱纹。尽管那个时候她很年轻。你读书读得越来越远，学费越来越贵。家里的负担越来越重，母亲的肩头就扛满了期盼、矛盾和责任。她想你长期在她身边，她又想你要有出息，于是就很矛盾了。在你长大的时候，母亲就老了。

你怎么不回去呢，你得看你的母亲。你的母亲得看看你。什么心事都可以和她说，但是你不能说，你说了害怕看到她担心的眼神，不过没有关系，可以肯定地说，这个世界最理解你的人却是你母亲，她会知道你的艰难。你会说你工作顺利，从来不撒谎的你撒谎说你日子有盐有味。你母亲会说，他们都说我儿子钱用不完，我是知道的，城里面啦，没有农村安逸，你看猪肉又涨价了，你们吃的那个猪肉，没有油味，叫什么注水猪肉，哪里像我和你爸，鸡喂得有，猪喂得有，小菜务得有，我们日子比你过得安逸。母亲是为了让你对他们的身体和生活放心。

你离开你父母时，你父母把你当成了客人。这点钱你拿着，给你弟弟也拿了的，不要说我们当父母的不公平。你坚决不要你父母的钱，他们挣钱那么辛苦，卖鸡蛋卖粮食凑的。你母亲说，哪里卖鸡蛋，那些时候是这样，现在我们不交农业税了，日子比你好过。你还是不要你父母的钱，心想你父母送你读书，已经比邻居家的父母辛苦到哪里去了。你父亲说，拿着，不是给你的钱，我是给我孙儿的，长这么几岁了，也没有看到他几眼。你老婆会说我们这些大人不懂事的。那就收下吧。

你都觉得你啰嗦了起来，怎么变得如此婆婆妈妈的了呢？他们的辛苦钱，你还是“心安理得”地揣在了身上，虽然数量不多，但是对你的教育却是潜移默化的。你会想你父母那么艰难挣了千儿八百块钱，却舍不得吃，不去买穿，他们为了什么呢？你会像过去那样去打麻将，一晚上输三五几百无所谓吗？

尽管不重要，但是你还是得说说。你老家的乡村在一个叫梁垭子尖山坪的地方，在一个所有地图上都找不到的小乡村。过去读乡土教材，看见上面写着一个叫梁垭子的地方，说是红军当年从这里经过，你莫名高兴了好些年，心想你的家乡终于可以和英雄、解放、伟大等词语联系起来，后来，你终于明白乡土教材里那个叫梁垭子的地方是跟你的老家没有多少关系的。

这算是一些关于乡村的记忆。像你们这些在农村长大的人，总有一个关于城市的梦想，总有一种关于乡村的情结。才开始你想逃离乡村，后来你去寻找乡村，最终可能你也没有找到你想要的乡村。

你继续去找，那是一个周末，才开始还好好的天，阳光明媚。你心情很好，于是你约了两个朋友去爬对面的山。那山呀，是一个高度，你以前去爬过，忘记了它是怎么样的，于是，又决定去爬。也许这个乡村跟你老家那个乡村不一样吧。

你很新奇，盘山公路爬满了整个山村，你们不需要赶路，绕盘山公路慢慢地行走。好像哪里都很新奇，比如成片的狗尾草变得金黄，你们觉得这个地方应该留一张影。有个寨子后面，有两位羌族少女穿着云云鞋你觉得很新奇，你看见那个柿子树上稀稀拉拉挂了几个果实，你觉得新奇，好像跟街上卖的不一样，你向那穿对襟服的羌族小姑娘讨要，她们伸手就摘了好些个，捧在你手里，你轻轻地吮柿子，感觉一股甜甜的乡村的味道。

继续走吧，这个叫万村的乡村，稀稀落落布满了土房。偶尔一个土房的旁边，会有一两棵苹果树，你很想伸手去摘这些还悬挂在树上的充满欲望的苹果。

看见周围有公鸡，你就会想，街上卖的鸡，一只只都不像乡村奔跑的鸡，它们耷拉着脑袋，长一身肥肉，你见了它们，想它们哪里是鸡，分明叫作肉鸡，跟鸡仿佛没有了多少关系。你小时候在农村，见到过鸡，养过鸡，那些公鸡围着母鸡打旋，那些公鸡为了一只母鸡，要斗得头破血流，你看见笼子里面的鸡，分明只长了一身鸡肉，什么事情都提不起它们的兴趣，它们是在靠本能活着，什么事情于它们而言都是无动于衷。好像跟你知道的鸡，印象中的鸡是两码事了。

你看到这些山野的鸡确实不一样，它们很鲜活，你看它的鸡冠，你看它的羽毛，精神抖擞。你还居然听到它们打鸣的声音。这些都久违了，你是觉得好久没有听到过鸡叫了。偶尔到这山上来，你居然听到了鸡鸣，你于是手舞足蹈，像个孩子。

令你新奇的，不仅仅是鸡叫，你还在不经意间，看见锦鸡扑棱棱地就从你眼前飞过，你还听见那么三两声乌鸦单调得如同你工作单位上那口老态龙钟的大钟的声音，你真是太高兴了。你知道，有十多年了你没有听到过乌鸦的叫声了，尽管那时你还待在乡村，尽管那时大家都不愿意听到乌鸦的叫声。但是现在，你却突然听到了它们，你的那种心情，你当时驻足的倾听，你仿佛见到了数年不见的朋友，你仿佛听到了什么神奇的音乐，让你如此高兴。

晚上就住在一户羌民家中。你们纯粹就是他的什么亲戚，他给你拉家常，跟你讲他的儿子，给你讲他种了五亩土地。桌子上有瓜子，你随便抓来吃，水没有了，他们给你倒来，你感觉是跟住宾馆不一样，就好像住在自己家里。你沿你的“新家”走那么一圈，有长长的回廊，像汉族的转角楼，你特别新奇。有屋顶花园，你觉得好像是深秋了吧，满园子怎么还争先恐后开满了花。你向下望去，下面是万家灯火，一座城市隐隐约约地藏在雾霭里，朦朦胧胧，明明灭灭，那种感觉就像一个轻纱的梦境。

天亮了，听到整个村子里此起彼伏雄鸡的叫声，于是你起床了，看看后面偌大一座山体，满山的黄叶、红叶、绿叶，你得辞了你的新家，继续赶路，要去追赶那漫山的彩霞。

你给他们住宿费，他们坚决不要，说还要请你冬天到他们家来做客，杀年猪请你吃没有注水的猪肉。

秋天远处的牛脑寨，像在天边，你得去看看。要得到结果，需要一个长途攀爬的过程。尽管是秋天，却有淫雨霏霏，你们顾不得那么许多了，你们起程了。露水、汗水、雨水早把衣服湿透了，你们顾不得那么许多，前面没有路了，你们还是不顾那么多，你们知道，为了一个目标，不应该给自己寻找一个借口找退路。

你们终于到了牛脑寨，天边的牛脑寨，阡陌纵横，密密匝匝的巷道的尽头，你看见一个小姑娘，穿红红的衣服，为你盛一碗热水，让你洗一把脸，她又去忙她妈妈做的事情了。你觉得她能干，跟你小时候一样，你会想，为什么你自己现在那样慵懒？

这个牛脑寨就在山的背后，很近，离你住的地方。为什么你总在寻找呢？你去攀爬，就会有一次体会。跟你老家的乡村是不一样的。远远看去，烟雾中的牛脑寨像一副色彩深沉的油画，悬挂在你前面。你一定要多去爬爬牛脑寨，你给自己说。不需要永远寻找，你只要驻足，就能把你的乡村找到。

乡村离你很近，又是那样远。

刊载于《四川文学》2008年第10期

古老的寨子

周家琴

藏在大山里的寨子鲜为人知，藏在九寨沟大山里的寨子一样也是落寞孤寂的。这些藏在灵山秀水之间，古人们因地制宜地利用土石树木，依山就势地开始造屋筑寨，就地采集、狩猎放牧、日出而作日落而息、春华秋实……从单家独户到形成相拥而栖的聚落。那时的村寨大多位于远离沟谷的坡顶山梁，散落在九寨沟纵横交错的山野之间，唯与翻山越岭、穿林跨谷的羊肠小道相连。九寨沟，只因沟内有扎如寨、郭都寨、荷叶寨、盘亚寨、亚纳寨、尖盘寨、黑角寨、树正寨、则查洼九个寨子而得名。随着九寨沟旅游业的蓬勃兴起，享誉世界的“童话世界、人间天堂”九寨沟已是声名远播。而那九个村寨似乎韶华已逝、日益凋零；也仿若是躲进幕后的剑客侠士，从此毅然转身隐遁江湖。

这是2020年九寨的春天，这个初始的五月，我们已经感受到了热浪滚滚而来，特殊的年份总感觉山区的气候也和往年不一样了。这个春天，我们决定去九寨沟大山深处探秘盘亚和尖盘两个老寨。

盘亚寨

高原的阳光很抒情，补妆归来的九寨沟依旧楚楚动人，风采不减震前的韵致。五一假期的来临让九寨沟似乎热闹了许多，各个景点都闪耀着游人匆匆的身影。与时间一同归来的荷叶寨、树正寨和则查洼寨都静静躺卧在沟谷的路边，朴素着它们的朴素，芬芳着它们的芬芳。

我匆匆驶过宝镜岩奔向荷叶寨，沿途的海子还是我心目中的样子，宝蓝色的湖水，缓缓流淌的河水，青葱翠绿的灌木丛和温柔的水草。唯一有些不同的就是沟内群山因 2017 年 8 月 8 日地震留下部分破损的痕迹，有点让人黯然神伤。

九寨沟是因沟内有九个寨子而得名，我们到达荷叶寨的时候，这个位于海子边的小寨在清风中显得特别安详，来寨子里游玩的客人并不多，寨前的经幡摇曳在明亮的阳光里，别有一番风味。这个寨子是山上两个老寨子搬迁下来组合而成的，那么位于山上的老寨子如今是啥样的呢？带着这个好奇，我第一次随九寨沟管理局科研处的小陈上山，那里也是她的老家。

绿卡车顺着荷叶寨的盘山公路蜿蜒上山，我们要去寻访的是位于山上的两个老寨子——盘亚寨和尖盘寨。从荷叶寨沿着盘山公路要走几公里的路程，才能到达山腰上的老寨。

盘亚寨：藏语“盘”意为协助、帮助达到好的结果，“亚”意为牦牛。每年过年盘亚寨都要举行跳牦牛舞活动，名字也由此而来，体现出当地农耕人与牛之间的密切关系。

我们在村口的路边停了下来，一下车迎面而来的是一股徐徐清风，阳光明媚的正午，整个村寨山岗都是亮堂堂的。一眼望去，盘亚老寨小巧玲珑的身影出现在我们面前，隐约有鸡鸣声传来，最边上一户人家的门口停着一辆小轿车。这个小小的寨子坐落在山腰一个缓坡地带，只有几十户人家的寨子的确是小巧的，也是秀丽的。寨子周遭可以耕种的土地很少，高山草甸繁茂，树木葱茏，漫山遍野都盛开着纯白色的花。山上野李子树特别多，那些花都是野李花。春天的五月，盘亚寨被野李花装扮得像一位村姑娘，羞羞答答犹抱琵琶半遮面的样子。而对面的群山山巅有积雪，雪峰绵延不绝，蔚为壮观。

盘亚老寨像一位上了岁数的老人，衣着朴素，以黑白灰为主，甚至于从它沧桑的容颜里我能感受到一种祥和的温暖。

寨子依然保存完好，墙体还是坚固稳定，只是那些高高低低的屋顶表现出一种残损或者凋零。大多数屋顶是原始的灰色基调，青灰色的砖瓦。有的屋顶被风吹雨淋后有些破败，寨子里好多人家为了加固屋顶，换成了蓝色的钢板瓦或者是小青瓦，很显然，有那么一点儿岔眼。盘亚寨的村口，最引人注目的是立在空旷坝子里的经旗。在藏区经幡几乎随处可见，大多数的经幡都是挂在长绳上，长达几十米，甚至数百米，经幡上印有经文，有红、黄、蓝、绿、白五种颜色。每一种颜色有不同的象征意义。红色代表太阳火焰，蓝色代表蔚蓝的天空，绿色代表万物森林，白色代表飘飞在白云，黄色代表丰收的大地。盘亚寨村口的经旗成了一道独特的风景，经旗挂在高高的旗杆上，旗杆是就地取材的木杆，禁止砍伐树木后就用钢管当旗杆，旗杆高有几米、十几米、数十米不等，柱顶装饰有柏枝、五彩华盖、日月星组合等，使得迎风招展的猎猎五色经幡更加壮丽神秘。

寨子很小，只有几十户人家。

多数年轻人搬迁到山下的荷叶寨去了，部分年轻人大学毕业后留在外地上班不再回家乡，使得原本小小的寨子更加寂静冷清，这是当前农村的普遍现象。在村里居住的多数是老人。他们留守在世世代代居住的村庄里，居住在老屋里，天天看着青幽苍翠的山林，吟诵者苯教的八字真言，听着从远方吹来又飘向远方的山风，日日面对着雪峰和蓝天，守着祖辈世世代代的传说，回味着他们山水间葳蕤过奔放过的青春故事。守着老屋，守着土地，守着忙碌几十年却有一去不复返的记忆。他们和时间一起反反复复地走过村寨里熟悉的小路，抑或久坐于斑驳的矮墙下，任阳光照耀，任山风吹拂，仿佛搁浅在时光大海上的生命之舟，多少风浪镌刻在额头深深的皱纹里，多少郁苦消融在慈祥的目光下。自然而然，他们和那一座座土屋、一堵堵石墙一样，早已成为村寨的不可分割的一部分。即便是搬下山去的老人，在享受了便捷与安逸、走过人生风雨、尝过幸福甘甜之后，一旦百年，也总是要嘱其后人要将盛装过良善灵魂的肉身运回老寨的。不管是选择在一片向阳的山坡，筑起一座小坟入土为安，还是任由一簇旺盛的火焰超然升天，回到老寨故土，都是老人们的必然归宿。

生命诞生于此，也回归于此，从起点到终点，都离不开这方热土——我相信，那片林立的幡旗，不仅仅是后人们对先逝者的尊崇与怀念，也是对养育一代一代寨里人的故土的虔敬与感恩。天风不止，经幡永动，日里夜里喧响着，颂唱着，或许就是一茬一茬生命延续的歌吟，就是先人对来者的佑护与叮咛。

一户农家在自家的屋顶上圈养了许多鸡，正在给鸡喂食的女主人招呼同行的小陈，想必这么高的寨子里平日来客较少，上来的要么是本村人，要么就是去阿梢垴遗址田野考察的人。

在村口边的草地上，几只绵羊在悠闲地啃食青草，进村宽阔的地带也布置了小小的篮球场，还安置有简单的健身器材，现在的村庄因为交通条件的改变，基础设施都比较完善了，这是一种进步，也是一种文明。

寨子里家家户户房前屋后都码有高高的柴垛，在我眼里这些柴垛都带有我小时候童年生活的很多记忆，因为小时候在林场生活，捡拾柴火、码柴垛都是再熟悉不过的事儿。

我很喜欢藏在大山里的村庄，盘亚老寨也是如此，寨子里出没的人很少。盘娅寨虽是人去楼空的村庄，失去了往日炊烟袅袅，鸡犬相闻的热闹场景。但是老寨并没有死去，它依旧安静地活在田地间，延续着一个村庄的精神气质。因为有些老年人他是不愿意离开生活了很多年的老家，更舍不得房前屋后那些耕耘过的土地。我们绕道盘娅寨的最高处，在一户农家屋后一块已经抽穗的青稞地绿油油地呈现在我们面前，被木栅栏围着青稞地四四方方，平顺整齐，可见主人对自己的土地有多上心和热爱。

站在盘亚老寨的最高处，遥望远处的雪山，天空蔚蓝，云卷云舒，山林青翠，风景这边独好。

尖盘寨

尖盘寨是九寨沟内的九个寨子之一。

尖盘寨：藏语“尖”意为“辩论”“挑战”，“盘”意为“高超”“厉害”。尖盘寨的名字就赋予了优秀的内涵。

一树一树的繁花开满山岗，山岗上的寨子分外妖娆。

不确定那是些什么样的繁花，远远看去白花花的，努力装扮着这片山野。小小的尖盘寨就这样若隐若现的藏匿在大山高处。仿佛静谧中透着一股神秘，一种与世隔绝的安详与旷远。

尖盘寨与盘娅老寨不过三百米的距离，这对姊妹寨坐落在高高的山上到底有多少年了，连寨子里的老人也说不清楚。这两个寨子迁移到山脚下安营扎寨已经有二十多年了，就是今天游客进沟看见的第一个水边寨——荷叶寨。从高处俯瞰这个寨子，就像一片宽阔的荷叶躺在青山绿水间，山水合一，山寨合一。

尖盘寨离山顶更近，更接近蔚蓝的天空。

尖盘寨原本跟盘亚老寨一样，是一个普通的高山老寨。

这是一个藏族村寨，寨子的历史悠久，很多藏区的特色文化在这里保存完好。据说以前春天种完庄稼后，在等待种子破土出苗的空闲时间，九寨沟内每个村寨的人要集中在一起跳“夏莫”。跳“夏莫”，也就是今天说的“跳锅庄”，流传于九寨沟的锅庄叫“夏莫”。在九寨沟当地藏语中“夏”是田地、“莫”是耕作，“夏莫”就是田间地头耕作的意思。其实，在九寨沟地区，甚至整个阿坝州的牧区、半农半牧区流传着一种从古传下来的群众性娱乐歌舞——锅庄。人们白天外出狩猎、辛苦劳作、晚上聚集在一起分享猎物、围锅取食，跳起欢快的舞蹈庆祝这辛劳的一天。

跳“夏莫”锅庄时，通常是寨子之间各自为阵，就一个话题展开，由能唱会道的人领唱，一问一答，边唱边跳，有时候要唱几天几夜不罢休，有意无意中成为一种暗中较劲的比赛，不把对方寨子问唱得无以应答，决不收兵。据说当时尖盘在有个男子能言善辩，能唱会跳，在各寨中为佼佼者，屡屡胜出，因而这寨子也因这名男子而沾光，得名“尖盘”。

跳“夏莫”舞蹈，不单单是让全村老少聚在一起体会欢歌跳舞的乐趣，同时也增进了人们之间的友情。夏莫歌舞因此也成为一种社会纽带，让村寨与村寨之间更加团结互助，享受和谐大家庭相亲相爱的日子。

尖盘寨注定要成为一个引人注目的神秘寨子。说它神秘来自2008年夏天由多家部门开启的考古试掘。

2007年那个夏天，六月的尖盘寨突然来了一群陌生人，这些陌生人来自四川大学、美国华盛顿大学和九寨沟管理局，他们联合对九寨沟景区所属村寨进行人类学调查，在尖盘寨东侧的黄土台地上捣鼓挖掘，他们居然从黄泥土里挖出了陶器和陶片。从采集到的这些早期陶片标本和碳十四标本，经过专家测试其年代可以追溯到2000多年前。这块台地当地老百姓称之为“阿梢垴”，于是就命名为“阿梢垴遗址”。时隔一年后的2008年初夏，为了配合全国第三次文物普查，阿坝州文物管理所会同四川大学中国藏学研究所及考古系、九寨沟管理局组成联合考古队，再次出动人力对阿梢垴遗址进行考古调查与试掘。三方工作人员通力合作，细致对尖盘寨台地进行田野考察工作，最后田野工作结果表明，阿梢垴台地主体堆积大有来头，这是一处具有相当规模的汉代聚落遗址。从此，人们掀开了阿梢垴遗址的神秘面纱，具体更多的历史价值还有待进一步挖掘开发。

阿梢垴遗址的发现，告诉了我们些什么呢？什么时候人类开始在九寨沟内安营扎寨，生生不息的呢？阿梢垴遗址的发现刷新了九寨沟内人类活动的历史记录。从考古发掘出土的陶罐、农具等实物证明，九寨沟的人类历史活动可以上溯到距今2000年左右的汉代时期。是否还能再上溯至更久远的年代呢？这些都是留给我们的一个谜。

我们跟随小陈的脚步走向台地，近距离看清阿梢垴遗址的真面目。

阿梢垴遗址北临尖盘寨，西与数百米外的盘亚寨相望。遗址位于尖盘寨附近的一处多级阶地上，两侧都是深沟，四周杂草丛生，田地荒芜，只有那些盛开的野李花生动着过去或者现在的尖盘寨人们的生活。我们要去遗址台地必须穿过一片小小的森林，森林里长满了青冈树、水杉和红豆杉等树木。其中有一棵行将枯槁而挺拔虬曲的白杨树特别引人注目。据说这里曾经是寨里人的神圣的水源地。不能到此牧放牲畜，不能在此割草伐木，即便有人到此取水，也不能大声说话。

广阔的平台地面上满是干枯的野棉花，高过膝盖的茎秆一片灰惨白，横七竖八地支棱着，顶部挂着萎蔫破败的花絮，被风撩拨着，颤颤巍巍地挑起了跳跃的阳光。绵密的茎秆，萧疏的白的花絮，似乎在为所有逝去的生命祭奠。但是，茎秆底部的地面则是刚从冬天里萌生的叶片，肥厚而青翠，似乎带着一层闪烁着点点毫光的银灰色绒毛。嫩绿色的叶片错落恣肆地铺满了草地，像绿色的波浪，一层层地漾动着，向四周蔓延。

那一朵朵金色的闪耀着阳光质感的蒲公英，像一颗颗金色的钻石镶嵌在渐渐返绿的大地上，为大地平添着丰盈和富贵。或许，它们也像一颗颗从浩渺天际坠落的星星，搏动着大地的心跳，向所有前行的生命昭示着温暖与希望。

据小陈介绍：遗址目前挖掘出两个相连的单间，西侧房屋中部有圆形地窖穴，出土了铁镰等农具，初步判断可能是原主人堆放农具杂物的房间。东侧房间出土有大量的兽骨、炭、烧土等，可能为起居饮食之处，从剖面露出的残墙情况所见，该房屋空间面积较大，可能是这户人家的主屋。

我们一行人来到下面一个台地上，看见一个三到五米左右的长方形深坑，深约两米。四壁的黄土上划有五六道水平凹痕，每道划痕之间相距约有二十厘米左右。坑底是高低不平的黄土，阳光像金水一样灌满了深坑。坑底中央长着两株高不盈尺的绿色植物，样子很像艾草。它的影子像两张细密的蓝色之网，于金色的阳光中轻轻荡漾。突然间我有些恍惚，仿佛在金色的光波中看见了这座古屋的主人，看见了这座古屋主人的一抹眼神。或许，这座试掘的考古遗址，这座长方体的凹陷空间，电光火石般打开了一个时光隧道，让我们的目光跨越千年，在这个特殊的时刻悄然对接。我定神盯着他或她看，看到的只是迷离而虚空的眼神，穿过我四维世界里有形的身体，望向时光的深处，望向他们生死未卜的未来……

九寨沟在距今2000多年的汉代就已经出现了定居的农业民族。阿梢垴遗址是目前九寨沟境内考古发现的年代最早的考古遗址，位于尖盘寨东侧的一处黄土阶地上，其主体堆积是一组2间房屋的汉代夯土与木构架混合结构建筑遗存。阿梢垴遗址目前为止出土的器物有：汉代铁器，包括凹口锸、铍镰、铁环、铁犁残件、陶器残片、珠饰，另外还有彩陶器残片。彩陶器残片表明阿梢垴遗址可能还包括有新石器时代遗存。

九寨沟地处川西北高原，数千年前非汉人的日常生活从阿梢垴遗址的发掘中可以找寻到一些蛛丝马迹，所以意义重大。它独特的历史文化价值也无法估量。所以，阿梢垴遗址的开掘面世，被国家文物局选入“全国第三次文物普查百大新发现”。

与达戈神山遥遥相望的尖盘寨，是受神灵庇护的小寨子。达戈神山山巅终年积雪，陡峭俊逸的山峰在阳光照射下格外威仪雄奇。山腰山麓都是茂密的森林，松树居多，也有白桦和红桦，就连灌木丛都长得十分葳蕤。我们从山脚下往山上蜿蜒爬行的时候，六岁的格桑央宗兴奋地对她妈妈喊道：好漂亮呀……我们到达尖盘寨考古遗址的时候，正午的阳光炙烤着大地，厚实的土墙泛着斑驳的影子，一些青草见缝插针地从土墙里钻出来，表现出草本植物顽强的生命力。随行的九寨沟管理局科研处的小杨算是回到了故乡，她对尖盘寨的考古发掘历史非常熟悉，我们一群人都在认认真真地听她述说着尖盘寨遥远的过去。最初对尖盘寨进行考古发掘还有九寨沟县博物馆和县文体局参与进来，后来九寨沟景区管理局牵头进行了细致的挖掘开发，在宽阔的台地上最先挖掘出两个土坑，在厚实的泥土里掏出了部分先人使用过的陶器、农具和生活用具。那些珍贵的文物在不久的将来，将会在沟口新建的博物馆里陈列展出，与世人见面。经过专家学者分析研究评估，目前证实2000多年前就有人在此居住。随着开发的进一步完善考究，时间有可能还得往前推移。

由于挖掘条件还不够成熟，有些土坑刚刚破土就无法进行下去了，为了保护文物不受损害，在原地址上就地掩埋，等到时机成熟再进行大范围的考古发掘。不久的将来，尖盘寨阿梢垴遗址会得到更好的发掘与保护，远古的文明会告诉我们更多远古的故事。

小巧的寨子带给我们大大的惊喜与反思，在这寂静的空山，万事万物都遵循大自然的生存法则，天地祥和，岁月静好。

刊载于《鹿鸣》2022年第6期

嘎哇藏寨

庄春辉

在若尔盖县城东面40公里处的求吉乡境内，有个气候宜人，景色秀丽，植被茂密的地方，那就是嘎哇村。“古树高低屋，斜阳远近山，林梢烟似带，村外水如环。”嘎哇藏寨离县城较远，山高林密，民风淳朴。世代繁衍生息于此的藏民勤劳、善良、厚道、耿直，就是从这里走出山门闯世界的藏家子孙，骨子里也都深深地烙着父辈秉性的烙印。走进嘎哇村，犹如来到如诗如画的世外桃源，首先映入眼帘的是独具特色的嘎哇藏寨，其建筑呈现出藏族的彩绘、雕刻等审美艺术特点。藏寨房屋都是依山而建，与青山绿水构成了一幅优美的田园风光画。每逢节庆，或者有哪家娃儿结婚、闺女出嫁、老人寿辰、寨子庙会等等，藏寨里就热热闹闹的，温馨得像一家人似的。酥油糌粑、和尚包子、人参果米饭、手抓牛羊肉、香甜的酥油茶、甘美的青稞酒；老艺人弹着龙头琴，唱着欢快的山歌，姑娘们戴着四耳帽，穿着漂亮的藏装，跳起草地锅庄，笑迎远方的客人……这是对嘎哇藏寨的真实写照。在藏寨里，任何一家人的好事，都是大家的好事。谁家操办好事，其他人家都会放下手头活，出力帮忙。藏寨里的红白喜事都有专门负责的总管，每一项工作都有专人具体操办，即使一些最容易被忽视的细节，他们都会替主人想到，不用你操心，包给你办得风风光光，体体面面。

大地的温度、植被的面貌、空气与阳光的质感、乡村里的烟火……到了这里，俯视皆可入画。嘎哇藏寨，融山、水、寨于一体，完全契合藏族传统风水理论，非常符合“龙”“砂”“穴”“水”的意象，“玄武垂头，朱雀翔舞，青龙蜿蜒，白虎驯服”，是公认的“风水藏寨”。是一座有着百年历史的老寨子，宛若一幅历经沧桑的羊皮画卷，写满了时代变迁的诗句，见证了从清朝晚期至当下的历史沿革，被游客誉为“最美乡愁旅游村寨”。藏寨家家户户的大门上画着象征吉祥的图案。如：龙飞凤舞、孔雀开屏、虎啸狮吼。无论走进那家，一进门就是铺着小卵石的小径把方形的院子一分为二。左方是三人古朴的老屋，菱形的木雕格窗，门槛都较高，烟熏火燎的土灶，古老的铜壶，一切都散发着嘎哇藏寨神秘而又厚重的民族文化气息。院中坐北朝南的二层穿斗方式构建的横梁和立柱加砖木或土木民居建筑，是个雕梁画栋的楼房，气派豪华，具有传承王室那种独特风格。走近嘎哇藏寨，但见蓝天、青山、碧水、小桥、流水、磨房、院落、经幡，彩墙、砖墙、黛瓦，靠山面水，天人合一，相映成趣，构成了古朴、悠远的藏乡景色。嘎哇藏寨，系歇山单檐式木质穿斗结构建筑，以其古、雅、幽、翠的独特魅力，吸引着热爱大自然的人们。璞玉一般的藏民一如既往地在藏寨里生活着，悠闲自在地过着简单而快乐的日子。这里没有喧嚣，恍若高原古藏寨，处处散发着古藏寨民俗和建筑文化的味道。人在其间，宛若坐在一座氤氲着茶香的茶楼里品饮藏茶，心中漾起一股超脱红尘的散淡和闲情逸致。

嘎哇藏寨绿树掩映、郁郁葱葱，村民崇德向善，如星星点灯，笔笔点睛，以微小大爱，汇聚成海，蔚为壮观，大气磅礴。真、善、美，是藏寨村民对生命膜拜的一炷香、对生活礼赞的一奉茶，也是藏寨村民静看人生的一种姿态。今天，村民们纷纷建造和提升“农家乐”或“牧家乐”的文化旅游业态，其目的就是为了让海内外游客能够认识到藏寨的传统民俗和建筑文化，不仅能让小孩了解藏寨文化，还能让老人有所回想，更是希望通过重现历史，让人深刻地了解藏寨的半农半牧文化，了解村民的生产和生活方式。村民认识到，“农家乐”或“牧家乐”不只是添砖加瓦的外表功夫，更是从外表到内涵的藏寨文化展示和文化传承。藏寨村民之所以能够世代居住在这里，是因为拥有传统的节庆、歌舞、风俗、村规民约，这是维系藏寨村民凝聚力的核心价值观和力量源泉。嘎哇藏寨建筑具有多种文化类型互化、整合的特点，呈现出一种多层次、多形式、多样化的复合型的特征，体现出藏汉文化的杂交优势和独特风格。藏寨村民形象地将藏汉团结比喻成阳光、空气和水，须臾不能离开。今天，只要你走近嘎哇藏寨，在清晨你能听到鸟鸣声，村民和游客的欢笑声，再加上孩子们的朗朗书声。在建设川西北生态示范区的道路上，村民正在用如椽巨笔描绘现代和谐共生、田园牧歌般的幸福美丽家园。在嘎哇藏寨你会发现，时代再发展，传统藏寨的魅力不会消失。如果你给传统藏寨赋予现代内涵，那么它就会越显出它的生命力。嘎哇藏寨给海内外游客提供的“文化餐饮”，不追求豪华、气派，只期望可口、健康。当海内外游客旅游途中忙里偷闲来到藏寨，就像回到一个心宁静谧的家园。在藏寨里、在两个钟头的时间里，能够充分吸收新鲜的“精神空气”，尽情享受村民为你提供贴心、周到的服务，调整一下自己的旅游心情，回去可以好好睡个觉，明天精神抖擞继续去走四方。

嘎哇藏寨是一首诗，淡雅而隽永。同色尔古藏寨的沉稳凝重相比，嘎哇藏寨就是典型的小家碧玉，婉约雅致，更加朴实和精致，宁静、富足而悠然自得。喜欢归喜欢，嘎哇藏寨可不是看上一眼就能融进去的地方，你得有缘分，心也不能浮躁。到嘎哇藏寨，最好一个人去，你可以要一碗马茶，盘坐在火塘边的垫子上，消磨一个下午。或者，斜靠在暮色中的寨门上，打发一个晚上。此时，尘世的喧嚣与浮华离你远去，时间仿佛停止了，早已蒙上了灰尘的一颗诗心会慢慢醒过来。嘎哇藏寨，让你不经意间，回到了古代；嘎哇藏寨，让你不经意间，唤回了一颗诗心。

刊载于《草地》2015 年第 6 期